あなたに語る日本文学史

角川文庫
23785

目次

まえがき

「文学史」と銘うっていますが、それにしてはずいぶん風変りな文学史だと思われる方も多いと思います。日本文学のそもそもの始まりの時代から現代のことまで、遺漏なく言及し、整理し、筋道をつけてゆくのが文学史の大道だとすれば、これはむしろいたるところで横道にそれ、横道の方にどうやら一層面白い生き物が棲《す》んでいるかもしれないなどと呟《つぶや》きながら、どんどん別の道を歩いていってしまう文学史でしょう。まあ、そう言ってよければ、ゲリラ的文学史とでも言うべきか。

でも、私はこういう「文学史」もあっていいのだと思っています。と言うのも、ごらんになれば明らかなように、ここには「日本文学の基本線は詩歌」という主題が常に鳴っているからで、この見方に立てば、日本文学の歴史は、少なくともその頂あるいは尾根のあたりの景観は、ずいぶん見晴らしがよくなると思うのです。

それを詳しく説明することはいたしません。本文にゆずります。ただ、日本文学がそもそもの最初から詩歌を中心に展開してきたということは、否定しようのない事実だろうと思います。近代以後はそんなに単純に言いきることもできないと言えますが、それでも、近代創始期以来の散文文学について、本当にすばらしい文学史が書かれているかどうかということひとつを考えてみても、散文中心の文学史が書かれるには、まだ時間がかかりそうだと思えるのです。歴史が浅いのです。

しかし、そのようなことよりも何よりも、私がこのような本を作ることになった動機について、少し書いておくべきでしょう。

この本の成立ちをまず書きます。この本の計画の最初は、私自身の発案ではなく、新書館編集部から来ました。日本文学の最も重要で面白い肝どころを、編集部の何人かを聞き手にして話してみてはくれないか、と言うのです。できればそれで本を作りたいのだと。

自慢じゃないが僕にはそういう能力だけはないね、と私は当然のことを答えました。何度かそういう問答が繰返されたのち、ついに私が折れたのは、日本文学について「若い人たち」の手引きになるような本がなければならないと思うと力説されたからです。私もかなり長いあいだ大学の教師をした身ですから、「若い人たち」という言葉にはいろいろ感じるところがあるのです。「若い人たち」よりは、多少とも私の方が日本文学を読んできたし、その面白いところも多少は知っているのもたぶん事実だろうと思います。

それだけでなく、もっと強い内的な要求も、私の中で身をもたげてきたのでした。二つあります。

その一つ。私は一九三一（昭和六）年二月にこの世に生れ出た者ですが、その年齢の人間として、何年か前から思っていることがありました。口に出してしまえばいかにもよそゆきに響きますが、思いきって言ってしまえば、「昭和ひとけた生れの人間の責任」というものがあるんじゃないか、ということです。ひとけた生れ、特に限定して言えば、昭和ひとけた前半期、言いかえれば、教育制度における「旧制度」時代を生きた者。

　私はいわゆる早生れなので、昭和五年組になります。私の年代は、旧制と新制との二つの教育制度が、大混乱状態で入れ替った、まさにその瞬間に、中学高学年（旧制）、高等学校（旧制）、高校（新制）、大学（旧制、および新制）を経過した年代です。私の場合についていえば、中学での同級生は、三年間にわたって、浪人生には一度もならずに、毎年四月になると一部分ずつ上級学校へ入学していく者たちがいたという、奇妙な端境《はざかい》期の学生でした。同級生で途中から新制度の学校の第一期生になる連中もたくさんいた一方で、私を含む比較的少数の者は、中学四年を修了した段階で（正規には中学は五年まででした）旧制高等学校に運よく入れたため、以後大学を出るまで、すべて旧制度の教育システムのもとで学生生活を送ったのでした（中学五年、高等学校三年、大学三年）。

　私は従来こんな問題について、それほど真剣にも深刻にも考えたことはなかったのですが、いつまでものほほんとしてはいられないのじゃないかと思うようになってきました。「若い人たち」が続々と新しい世代の波を形成するのはいいとして、この人たちは、当然常識として持っていなければならない教養をも、意外なほどに欠いている場合があり、それを、「これでいいのだ」と、バカボン・パパみたいにごく無邪気に肯定しているのではないかと思われる場合さえあることに、気づかざるを得なくなったからです。

そして気がついたことは、この若い人たちの中には大人が常識的に当然知っているはずのことでも、実ははじめから教えられず、そのまま体ばかり大きくなってしまった人も結構多いらしいということでした。難解な用語を使ってだとけっこう喋《しゃべ》れるのに、容易に納得できる常識については理解できず、人に迷惑がられているような秀才もいて、こりゃこの人たちの責任ばかりではないよ、と思うようになったのです。

つまり責任は、われわれ以前の「旧」世代と、そのあとのすでに厖大《ぼうだい》な数を擁する「新」世代とを、どうやら結びつけうるかもしれない私のような世代に、大いにあると思わざるを得なくなった――これが、編集部のたび重なる慫慂《しょうよう》に応《こた》える気になった理由です。

理由の二つ目は、今言ったことで半ばすでに言ってしまったようなものですが、要するに私が現代日本の社会に対して感じている居心地の悪さ、違和感にあります。私は一九八〇年代以降の、飽食と自己満足と物質信仰と拝金主義の風潮に、居心地の悪い思いをいだくことが多いのです。それは主としてマスコミ、特にテレビジョンを通じて私たちに浸透した生活感情と連動していることが多いと思いますが、一言で言えば、日本人はずいぶん落着きを失くしちゃったんですね。

再三の求めに対して、「じゃ、できることだけでもやってみようか」という気をおこしたのには、そういう理由もありました。

古い時代のことを少しでも親身に知る機会がふえることは、人間が落着きを取り戻すためにはいいことだ、と思います。若い人も年とった人も、です。

さて、この本の内容をなすのは、十回にわたって話したことです。場所は山の上ホテルの小会議室。午後の三時間ないし四時間近く、ひたすら話しました。時には、話し終えた瞬間、ふっと気が遠くなるような感じになったこともあります。私としては、単なる知識の堆積《たいせき》とその披露に終るようなことは、まったく興味がないので、していないはずです。それより、「何が面白いか」を専心語ること。

六十年余り生きてきた人間として、その「責任」の一端をはたし得ていたら、それで満足です。

言うまでもなく、この程度のことを話すだけでも、じつに多くの先学の学恩を受けています。一々あげていったらきりがないと思います。その一部は、本文中にもお名前を出して敬意を表しておりますが、そのほかにもたくさんの方々の仕事のおこぼれを頂戴《ちょうだい》して、ようやくこの本が成っていることを申しあげておきます。それに、欠かすべからざるものとして、たえず参照した辞書や文学辞典その他の事典類。諸君はほんとに廉価きわまる宝庫だね。深甚なる感謝を捧《ささ》げる。

最後に、文学史は、読み物としては一人の執筆者によって書かれたものにとどめをさしますが、近年の日本文学史では、何といっても小西甚一氏の『日本文藝史』（講談社、五巻）およびドナルド・キーン氏の『日本文学の歴史』（邦訳中央公論社、全十八巻）の二つが圧巻です。そのことを申し添えておきます。

新装版のためのまえがき

『あなたに語る日本文学史』の上巻と下巻を一冊にまとめ、同時にペイパーバックでなく、ハードカヴァーの装幀《そうてい》にして新たに刊行したいが、どうでしょうか、と新書館から申し出がありました。「どうでしょうか」と問われて、「それはいやです」と答えるほど私はへそ曲がりではありません。思いがけない朗報で、そのようにしてもらうことに致しました。

二冊を一冊にまとめますが、内容は二冊本と変わりません。それらに書いた「まえがき」と「あとがき」も、そのまま残してもらいました。その上で、新装版のための「まえがき」と「あとがき」を新たに書くことになったわけです。

旧版のために書いた「まえがき」「あとがき」を読んでいただければ、もともと文学史を書くだけの学問的蓄積にはきわめて乏しい人間であることを、自分自身がいちばんよく知っているにもかかわらず、私が新書館編集部のたび重なる説得に押されて、語り下ろしによるこんな本を作ってしまった理由も、わかってもらえると思います。編集部は「若い人たち」の手引きになるような本がなければならないと思う、と力説し、私も同意したのです。

私の頭には、旧版の「まえがき」に書いたこと以外にも、自分自身の記憶の中に生きている次のような事例も浮かんだのでした。

それは私が大学生だったころ読んだイギリスの文学史についての二冊の本の思い出でした。

一冊目は、当時（一九五〇年代初頭）ようやく大学生協の書店にも出回りはじめていたイギリスやアメリカの本のうち、学生にも手に入れやすかったポケット・ブックの一冊で、アイフォア・エヴァンス Ifor Evans という人の書いた『英国文学小史』を買い求めたことでした。私は国文学科の学生でしたが、そのころは英米やフランスの現代文学に関心を持ち、買う本もそちらの方が多かったのでした。エヴァンスという人がどのような経歴の学者でどんな業績があるかなどということはまるで興味もなく、ただ三百ページにも満たない本でイギリスの古代から現代までの文学の歴史が読めるなんて、いいじゃないか、という程度の気持ちで読みはじめたのでした。そしてたちまち、この本のとりことなっていました。

たった今、この本を書庫でさがしたのですが、なんとしたことか、ペンギン・ブックスなどの小型本を集めて置いてある書棚の中に、大事な思い出の一冊であるこの本が見当たりません。心配ですが、また探し直すとして続ければ、本の内容にふれることができないのが残念ですが、私がこの本でうたれたことのひとつは、文学史とはいっても、無味乾燥な叙述ではまったく無く、チョーサーにせよシェイクスピアにせよ、実に要領のいい引用をしながら、その人と作品を読者に親しく簡潔に紹介してゆく手腕が何ともお見事だったことでした。当時の私の頭にあった文学史（もちろん日本の、です）というものとは、まるで違ったものなのでした。通俗的な啓蒙書《けいもう》と言っていいような本でも、読み易い上にこんなに密度の濃い叙述で「文学史」が書かれているということが、私には驚きでした。

この本は、そのようにして私の記憶にしっかり灼《や》きついたのですが、同じころ、私はゾッキ本を売る本屋さんの店頭で、青山二郎装幀、吉田健一著『英国の文学』（雄鶏社、一九四九）を見つけ、買ったのでした。この本は、驚かされるページの連続でした。第一、文学史の冒頭に置かれた「英国と英国人」という、著者自身の英国暮らしの体験をふまえた序論の、現実感と美しさに、ほとんどうっとりするくらいの感動をおぼえたのです。

吉田さんには一つの伝説があり（たぶんそれは事実そのものだったと思うのですが）、吉田健一は引用する時でも一々原作に当たり直して一字一句間違えないよう厳密に引用することなど、軽蔑《けいべつ》していた、というのです。なぜならヨシケンさんは、とりわけ詩を引用する際は、その詩をちゃんと諳《そら》んじていて、原作を一々参照することなど必要としなかったのだ、というのでした。これには圧倒されました。

私はその後、吉田さん流の考え方が、むしろ当たり前であり、文学というものはそのような接し方で接するのが最も正当なのだ、という考えが、ヨーロッパではごく当然だったのではないかと思わせる事例に時々出会いました。引用する時にも、わざと我流に曲げて引用し、みずからが暗記していた詩を、そのまま引用したのだと印象づけるような筆法も、中にはあるのだとも聞きました。

私のこの本が、それほど立派な態度に貫かれてはいないのを恥じます。しかし、この本にも多少の取り柄はあろうと思います。それは日本文学で自分が面白いと思っている諸点を、なぜそう思っているのか、ということがわかるように語ろうとつとめているからです。文学史に必要なのは、知識の羅列ではなく、面白いなあ、と読者に思ってもらうことが第一だと思うからです。

I

政治の敗者はアンソロジーに生きる――「万葉集」

文学史を考える

文学史というものは、いろいろな書き出し方ができるものでしょう。たとえば民俗学の知見を応用すれば、神々の物語を想像力豊かに思い描き、そこから書き始めることもできます。けれど、僕はここでは、ことばとして表現されたテキストから出発したいと思います。それ以上のこと、つまり大きな枠組みのなかでいろいろな学問成果を援用しながら推論してゆくということには、ここではあまり食指を動かされません。読むのは興味があるけれど、自分で書くまでのことはなかろうと思っています。ある種のテキストが各時代を通じて古典として尊重されてきたということは、それなりに意味があったにちがいない。その前提に立って考えたい。今までテキストとして残ってきたものが、人々にとって享受されやすいかたちで現代まで手渡されてきているかどうかまずそれを考え、評価することが大事じゃないかという気がするんです。言いかえると、すでにあるものを尊重すると同時に、それが本当の意味で尊重されているかどうかということを知りたい。

その視点から近代、現代のことについて考えると、たとえば『万葉集《まんようしゅう》』というのは、江戸時代まではまったくといっていいほど、一般の人には忘れられていました。『万葉集』が復権したのは明らかに明治になってからで、とくにそれが画然とするのは正岡子規《まさおかしき》以降といっていい。正岡子規が率いた、俳句では「ホトトギス」、短歌では「根岸短歌会」というところからはじまる「アララギ」に通ずる人々が、大正以後、俳句と短歌を、いってみれば制覇した。そのために、この人々が尊重する正岡子規先生の見解というものが、一種の批判を超えた聖なることばのようになってしまって、今度は『万葉集』を尊重するのはいいが、そのためにほかのものに対する蔑視も生じてきたわけです。『古今集《こきんしゅう》』は、長い間もっとも権威を持っていたから、逆にもっとも叩《たた》かれた。叩いてみたらその権威はあっというまに沈んだ。その沈み方が、僕にとっては非常にばかばかしいと思えるような感じだった。しかし、ここで静かに考えてみるなら、『古今集』のもたらした伝統、その美学は、今にいたるまで、日本の風俗習慣までも支配しているのです。そういうことを無視して『万葉集』だけ取り上げると、結局のところ日本文学の歴史に対する、人々の考え方そのものに歪みが生じるだろうって気がします。僕は両方を平等に見ることを心がけたい。それによって『万葉集』だけではなくて『古今集』以後の、いわゆる勅撰和歌集《ちょくせんわかしゅう》の伝統というものもやはり大事なだけではなくて非常に面白い、ということを言いたい。

枕詞の魅力

枕詞《まくらことば》のことから話しましょうか。枕詞や序詞《じょことば》がどれほど素晴らしいものであったかということは、『万葉集』のなかに含まれている『柿本人麻呂歌集《かきのもとのひとまろかしゅう》』を見ただけで分かる。『万葉集』のなかには『柿本人麻呂歌集』よりとったと注記される歌が四百首弱あって、これは『万葉集』全体の八～九パーセントを占めているから、たいへんな数のものが『柿本人麻呂歌集』として集められていることになります。その『柿本人麻呂歌集』なるものはどういうものであるか、よく分かりません。しかし、それらの歌にはひとつの特徴があります。『柿本人麻呂歌集』から集められた四百首弱のものは、質からいえば非常にいいものが多いということです。誰かひとりすぐれた詩人が編集して、手を入れたものでなければ、こんなに質のいいものが揃うということはありえない。『人麻呂歌集』の素材としては民謡もいっぱいあったでしょうし、女が作った歌も、男が作った歌もあるかもしれない。そういうものと、人麻呂自身が作った歌が混じっているでしょう。つまり、我々が手控えかノートに自分の詩の断片を書いたり、面白いと思った人の詩を書きつけたりするのと同じことを人麻呂はやっていたと思うんです。彼は民間で流布している歌に手を入れて、自分の手控えに書いていたと思う。だから『人麻呂歌集』というのは、素材としてはほかの人が作ったものがたくさんあると思うけれど、できあがったものは人麻呂の手を経ていると思います。

僕にとってはこれは素晴らしい一群の選ばれた歌ですが、そこでいちばん大事なのは、枕詞や序詞が多いということです。『万葉集』ではほかの人の作った歌のなかにも枕詞と序詞を使った歌がいっぱいある。明瞭《めいりよう》に柿本朝臣人麻呂《かきのもとのあそみひとまろ》の作として出ているものについても、また、『人麻呂歌集』より、として出ているものについても、ほかの歌人が作った枕詞や序詞より質も使い方もいいと私は思います。僕は岩波書店から出した『万葉集』にもかなり書きましたけれど、枕詞、序詞の使い方が違うということにはなにか大事な問題がある。『万葉集』時代の人々にとって枕詞や序の詞というのは生きていて、その生きているものを最高の良さで使ったのが人麻呂だったということです。これは日本の詩歌を考えるうえで大事な問題であることは確かであって、枕詞や序詞を受験のための丸暗記の素材としてのみ見たりするのは非常に悲しいことです。

枕詞のひとつひとつ、意味の分からないものはいっぱいあるし、韓国《かんこく》からきているものもいっぱいあるでしょう。しかし、詩作品として見るときには、いちいち詮索《せんさく》してもしようがないと思っています。分からないのは分からなくていい。ただし、それは意味、由来が正確にはつきとめられないのであって、そのもたらすイメジとか、あるいは語感とか、そういうものは歴然と我々に分かる。それはもちろん千三百年も前の人が感じていたひとつの枕詞の意味とは全然違うかもしれない。にもかかわらず、残されたテキストを見ると、我々が不思議な魅力を感じることができるというのは、おそるべきことばの伝達力によるものです。同時代の人々とは違う感じ方で我々は感じていると思うけれど、それでもできあがったことばが持っている威力というか魅力は絶対無視してはいけない。

枕詞のひとつひとつを昔へ帰して、実はこれはこういうところからきているに違いない、というのは、いわば神様の背中にまでまわって見ることですが、それは僕はしません。枕詞がテキストとして我々に与えられている、そしてそれらはなぜか不思議な魅力を持っているものが多いっていうことだけは明白なんです。その事実は受け入れようと思うのです。

「万葉集」を味わう

『万葉集』は、江戸時代までの相当長い期間、限られた人しか読むことができなかったわけですけれど、読むことのできた例外的な人々がいた。そういう人々がそれを大事に大事にしてきたこと自体に、なにか不思議な歴史の教訓っていうのがあると思います。江戸時代の中期以後の『万葉集』研究の学者たち、契沖《けいちゅう》にせよ、賀茂真淵《かものまぶち》にせよ、本居宣長《もとおりのりなが》にせよ、彼らも一人一人をとれば分かっていなかったことは明らかです。分からなかったから一所懸命研究した。それでもなお、意味がよく分からないものは今でもたくさんあります。例えば、「ぬばたまの」という「夜」にかかる枕詞はどういう意味か、説はいろいろあるけれど、本当のところ「ぬばたまの」というのはなんだかまだ分からないんです。

だけど僕は「ぬばたまの」は「ぬばたまの」でいいんです。「夜」(暗い)にかかる枕詞として、「n」の音が非常に有効なんです。とくに「ぬ」ではじまるのは。そのあとに「ば」というだけで、もうそのあとにくるものの暗い世界が暗示される。音の感じというのがものをいうわけです。イメジだけでなく音まで含めて、この枕詞の場合、大事なのは「夜」にかかる枕詞であることだ、というのが『万葉集』を読んでいくうちに帰納的に分かってきたということです。そういう意味でいうと、語源的な意味が分からなくても、慣習的に「こういう意味である」というのがみんなに伝えられてきて、現代の歌人でも「ぬばたまの……」と歌を作る。僕も、詩集の題名にこの語をつかったことがあるくらいです。

『万葉集』というのは、ほんの些《さ》細《さい》な歌ひとつでも、根拠は闇のなかに沈んでいる、というものが多い。その場合、頼りになるもののひとつは、「左注《さちゅう》」というものです。まず歌の前に、誰がどこでどういう時に歌った歌かという題詞があって、一方、左側には註《ちゅう》がついていてこの歌は「実はこういうときに歌われた歌である」というのがあるわけです。もちろん、限られた歌についてですが、参考になります。額田王《ぬかたのおおきみ》と大海人皇子《おおあまのみこ》の有名な二重唱がありますけれど、近江京《おうみきょう》の時代ですから琵琶湖《びわこ》のほとりに廷臣が行楽するのです。男は狩りをし女は鹿の角を拾ったり薬草を摘んだりする五月の行事があって、そのときに歌われた歌である、という註があって情景が分かるわけです。非常に役に立つ。だけど、左注を真っ向から信じてしまわないほうがいいらしい場合もある。というのは、『万葉集』には編集者がいたわけで、編集したのは誰かという問題が註の場合重要だからです。

大伴家持《おおとものやかもち》がいくつもの巻の編集に深く関わっていたことは明らかですが、なぜそうかといえば大伴家周辺のまったくプライベートでしかありえない作品が載っている。つまり、それらを載せた人がいるわけです。載せた人は、どう考えても家持であろうという場合が多いんですが、それと同時に、ただ編集して時代別に作者の歌を並べただけではなく、微妙な編集者の意図によって、この歌をこういう風に読ませたいというので、歌に註を付けているとしか思えない場合が明らかにあるんです。題目として、これは誰がこう歌った歌である、というのが出ているときでさえも怪しいと思うことがある。左注の場合には、ときどき読者を誘導するために作っているとしか思えない場合があります。そういうものに対しては、もちろん学者たちはそれぞれの場合に当然知っていて、それに注意してある場合もあるけれど、そうでない場合もある。つまり、うさん臭い註というものがある。否定はできないけれど、この註は怪しいなあ、というわけです。想像の段階にとどまるから、学者は敬遠して何もコメントはしない。しかし、註を外して読んでみると全然違って読めてくるというような歌があるのです。

今どきの読者としては、どうせ六、七、八世紀の時代のことが分かるわけがない。ならば、分からないということを前提にして、これを読んでみたらどう読めるか。大いに間違うかもしれないけれど、そこから出発して面白いものを見つけたほうが、『万葉集』の魅力にうたれるうえでは近道かもしれない。そういう気さえします。とにかく本体に達する手前で、語釈とか註釈とか解釈とか、そういうもののお堀をつぎつぎに泳ぎわたっていくと、城のふもとまででもうくたびれ果ててあとは沈没してしまうんです。だから、はじめからあまり学問的な、精密なことを頭に詰め込もうと思うと、これが逆に『万葉集』嫌いを生む可能性があるんじゃないかと僕は思います。

註釈本は絶対必要でありがたいものだけれど、それをまたあんまり尊重すると、なにが面白くてなにが面白くないかっていうことについての最初の判断が薄れてしまう可能性がある。僕は、最初の判断は非常に大事だと思っています。つまり、第一印象というのは大事です。例えば、『万葉集』の魅力に取りつかれた僕らの世代までは、取りつかれるきっかけをなした歌というのは、あの額田王と大海人皇子の恋歌でした。「三角関係って素敵」と、こう思った。ところが、それをぶち破るもっとも基本的なものが、『万葉集』そのものの左側に左注としてあるわけです。

大勢が集まって、ピクニックに行って一晩泊まる。それで、今日はこれだけ鹿の角がとれたとか、薬草をこれだけ摘んだとか、鳥をこれだけ捕まえたとか、兎を何羽捕まえたとか、そういうのを夕方になるとみんな集めて「いやあ、今日は大漁でしたねえ」「じゃあ、これから酒を飲みましょう」ということで飯になる。それで気持ち良くなっているときに、「じゃあ、ちょっと歌ってちょうだい」ということがある。額田王は、声もすごく良かっただろうし、当意即妙の歌を作るのにも長《た》けていた人だと思う。それで、額田王がみんなにおだてられて、というか呼び出されて作ったのがあの歌です。額田王は当時天智《てんじ》天皇の后《きさき》でしたが、大海人皇子に向かってわざと詠んだ。なぜかといえば、二人がかつて大和《やまと》にいたころには恋仲であり、そのあいだに十市皇女《とおちのひめみこ》という女の子が生まれて、今は成人して大友皇子《おおとものみこ》の奥さんになっているということはみんな知っている。そのうえで、昔の夫に向かって彼女が歌ったということは、彼女がどれほどひとつの「うたげ」の世界、みんなの関心と好奇心の中心を知っていたかということです。それで、絶妙な歌を作ってみんなをあっと言わせるわけでしょう。

天皇、蒲生野《かまふの》に遊猟《みかり》する時に、額田王の作る歌
あかねさす　紫野《むらさきの》行き　標野《しめの》行き　野守《のもり》は見ずや　君が袖振る（巻一20）

皇太子《ひつぎのみこ》の答ふる御歌　明日香宮に天の下治めたまふ天皇、謚《おくりな》を天武天皇といふ
紫草《むらさき》の　にほへる妹《いも》を　憎くあらば　人妻ゆゑに　我《あれ》恋ひめやも（巻一21）
紀に曰く、「天皇の七年丁卯《ていばう》の夏五月五日、蒲生野に縦猟《みかり》す。時に、大皇弟《ひつぎのみこ》・諸王《おほきみたち》・内臣《うちのまへつきみ》または群臣《まへつきみたち》、皆悉《ことごと》従ふ」といふ。

「あんなにわたしに向かって手をお振りになって。野原の番人が見ているでしょうに」。この「野原の番人」はいったい誰かは、そのときの連中はすぐに考えたに違いない。野原の番人といわれているのは、明らかに別の人でなければならない。現実の番人なんて存在していないようなものでしょう、存在している番人と言えばやはり天皇しかない、とこう思うわけです。それで、天皇のことだろうとみんなが思うことを知っていて、わざと番人という。それを受けて、昔の恋人であった大海人皇子が「そんなことはどうでもいい、おれはおまえに惚《ほ》れたんだ、だから手を振るくらい当たり前だろう」という歌

を返す。みんなは「見事、見事」と、その日の酒も三倍くらいうまくなるはずです。

そういうのが、昔の人の生き方だったと僕は思う。それを三角関係だというのは、やはり結婚制度が固定してしまって、とくに男性が中心で女性はその付属物みたいに思われてきたそういう歴史のうえに立ってのことであって、想像も卑しくなるわけです。昔の人々はそうは思わない。今、額田王は天智天皇の後宮のひとりであるけれど、昔の恋人と情を通じていてもちっともおかしくない。そういうことのうえに立って、三角関係を連想させるようなきわどい歌をわざとふたりで歌いあったということは大いにあると思う。僕はそう感じているんですが、もっとロマンティックに三角関係を夢想していた人にそう言うと、がっかりするわけです。だけど、額田王は古代の女性で三十代の後半だったでしょう。十市皇女を、十五、十六で生むこともありうるのかもしれないけれど、二十歳で生んだとしたら三十代の後半です。そのくらいになると、昔の場合には今の女性でいうと五十前後の感じだと思います。だから、あんまりロマンティックな感じじゃなくて、むしろ彼らはその場の論理に従っていると思う。だからこそ、絶妙な恋歌ができたのであって、ふたりで秘《ひそ》かに情を交わしているときの歌だったらもっと切実です。ところが、この歌は大勢の人がみんな見て聞いているっていうことを意識しているから、見事に挑発的な歌い方になっている、というふうに考えるほうが僕にとっては自然なんです。そういうふうに考えていくと、『万葉集』の歌のなかにはいっぱい面白い歌があります。

今まで、あまり学者がそういうことについて触れなかったのは、学者それぞれの個人的な個性に当然依《よ》っているわけで、そのなかには謹厳実直な人もいれば、助平な人もいたかもしれない。しかし、実際に学問的業績として書く場合は、そういう個人的逸脱はできないでしょう。個人的逸脱をすることのできるのは、やはり僕らのような素人で、いわば思ったことを率直に書けばいいわけです。そういうふうに考えて書いてみると、書きながら必ず自分で「今まで誰も気がついていないのか、気がついていないはずはない」と思うんです。僕はそんなに註釈書を丹念に読みません。どこかに出ているかもしれないけれど、調べている間に自分で書いてしまったほうが早いと思うから書いているわけで、そういう意味でいうと、『万葉集』は未《いま》だにシャーロック・ホームズをいっぱい待っている。僕は、シャーロック・ホームズじゃなくてワトソン君程度だと思いますが、シャーロック・ホームズが出てきてこれを全部やり直したら、ものすごく面白いものができると思います。

若い人々は教わることだけに満足していては駄目だと思う。学校で教わることは眉《まゆ》に唾《つば》つけて聞いていなければいけない時だってあるんです。今の人はわりと真面目に聞いていますね。それで、そのとおりだと思っているのじゃないか。

「折々のうた」をやっていても、とくに世界の子どもたちの俳句とか台湾の人の短歌を出すと、質問や意見の手紙がとてもたくさん来ます。なかには「すごい意見だなあ、たいへんなものだなあ」と思うのもあるけれど、世の中の人は俺と違って赤も白も中間も、というのではなくて、赤は赤、白は白にしなければいけないんだなと感じることが多い。そういう意味では、やはり教育の問題は大きいと思います。「これはこうではないか」という書き方をする人もいますけど、そうでなくて「これに関しては、こうでなければならない」と思い込んで書いている人もいて、そういう場合に感じるのは、ことばの曖昧《あいまい》さ、多義性を許さない感覚というのが一般的にあるということです。僕の書いている文章の文脈で、おのずと感じてくれるはずなのにと思うときもあるんです。教育はもちろん大事だし、定説を知ることも非常に大事だけれど、同時に、そうでない考え方もありうることをたえず念頭における人を育てないとまずい。断定することは限界を作ることですし、ひとつのことを断定することはそこからなにかを排除することでしょう。ということは、ひとつひとつにこれはこうだという垣根を作っているわけです。たしかに、垣根を作らなければ思想というものは作れない。しかし、同時にその垣根を作ったことによって排除されたもののなかに、実は大変なヒントがあったかもしれないということをいつでも感じていなければならない。

古典との出会い

僕が中学の頃は戦争で、中学二年の頃は工場動員されていて授業をまともに受けた記憶がない。いちばん大事な時期に基礎的な勉強をすることができなかったという世代ですから、それに対する負い目があります。それで、大事なものをあえてルーズに考える、というか、「こうでなければならん」と考えなくても人間なんか生きていけるんだ、というふてぶてしい感覚が育ってしまった。

中学二年なら、真面目に考えなければならないことがあることは知っている。けれど、工場へ行くと先生はいないし、それを考えるうえで誰も助けにきてくれなかった。したがって、自分で探すしかないということでやってきたから、あるひとつのことについて探していると、この人はこう言っているけれど別の人はこう言っているということを、ときどき見つけるわけです。「これはいったいどういうことだろう」という疑問を十四歳頃に持ってしまうと、傷としてずっと残ります。「これは決定的だ」というふうに断定する人の文章を読むと、すぐに眉に唾をつけるわけです。そういう点で言うと軟弱だと思うんですけれど、軟弱だということを必ずしも悪いことだと思わないのは、軟弱ではない人のものを見ていると、たいしたことはないことが多いからです。

現代の若い人たちが、古典を読めなくなったとは言わないけれど、そんなもの読んでいる時間がないという気持ちは分からないでもないんです。つまり、古典というのは未だに動いていて決まっていない。読めば読むほど揺らぎが生じてくるものが古典であって、にもかかわらずそれが魅力であるという存在です。分かりきったものであったら、一回読めばすんでしまう。

僕が子どもの頃に、ふと興味を持ちはじめて読み出したのは、日本の古典で言えば最初は『古事記』でした。僕の家は親父が歌をやっていたというだけですけれど、多少その関係の本はあった。とくに、窪田空穂《くぼたうつぼ》さんの本は親父が「先生」と呼んで昔の本まで集めていたのでずいぶんありました。けれど、もちろん自分で手にとって読むなんてことはしなかった。親父の書くものを通じてはたくさん読んでいたから、空穂さんにたいしては尊敬の念が非常にあったけれど、尊敬の念はあっても読まない。それは、分からないにちがいないと思っているからです。そういうなかで、ふと興味を持って『古事記』を読み出した。その『古事記』は、たまたま親父の本棚のなかにあって、なんでそれに手がいったのか分からないけれど、とにかく読んだんです。もちろん漢文で書いてあった。右ページにテキストがあって、左ページに読み下しがあって、読んでいたらときどき伏せ字がある。それで「あれっ」と思ってみると、女性の生理のことなんかが出てくる。倭 建 命《やまとたけるのみこと》の東征のくだりで、倭建命が尾張の国の美夜受比売《みやずひめ》と結婚しようとしたときに彼女はちょうど生理になってしまった。そこで、「今日は駄目です」みたいなことを言うところが、確か伏せ字だったと思う。それでびっくりして、「神様の時代でも人間と同じなのか」と興味を持ったんです。古典という意識はなくて、なんかわけの分からないものを読みたいと思って読んだ。それから最初にぶつかった小説は、『竹取物語』だった。こんな面白いものがあったのかって、本当にびっくりしました。そういうことで、結局遮二無二自分で面白いと思ったものにぶつかったら読む、というやり方できたから、無駄がずいぶん多かった。

そのうち戦争が終わって二年後に僕は旧制高校に入ったんですが、寮は狭くて万年べッドなんです。生徒は詰め込まれて、ベッドの上で勉強する。朝も昼もベッドから出ていかないやつがぞろぞろいて、教室はガラガラっていうこともありました。そういう時代に、僕は中学の頃から詩を書き出していたためもあって、翻訳で読んだリルケの詩に惹《ひ》かれた。けれど、やっていたのはフランス語だからまっさきにフランス語で読みたいもののひとつがボードレールの『悪の華』だった。それから、ランボーのものも読んでみなければいけないらしいということだったけれど、僕には読んでもよく分からなかった。ボードレールはそれに比べてなんだかすごくよく分かる気がした。ボードレールの文体とランボーの文体と、そこにははっきり違いがあるわけです。

ボードレールを読んでいるときに、中村真一郎、福永武彦、加藤周一の『1946文学的考察』が出て、これが僕の枕頭《ちんとう》の書になったわけです。実際に、加藤さんや中村さんが一高の寮に、現代の文学の最先端をいく人たちっていう感じで呼ばれてきた。中村さんがでっかいパイプくわえて、憂鬱《ゆううつ》そうな顔をしてやってきて、彼らは先輩でもあるからみんな集まっていって、どんな話かちっとも覚えていないけれど、いちばん隅のほうで聞いていたんです。そういう時代だったから、『1946文学的考察』の影響が僕には強いと思います。彼らのなかには、日本文学を西洋文学と同じ水準のものとして読むという、ある意味で画期的な思想があったわけです。

僕は中学時代にリルケの詩を読んで、かたわら中原中也《なかはらちゅうや》とか立原道造《たちはらみちぞう》とか三好達治《みよしたつじ》とか中野重治《なかのしげはる》という人たちの抒情詩《じょじょうし》を読んでいて、その影響があったと思います。ただし、詩を書いていて、勉強になると思ったのは、実は翻訳の詩のほうだった。したがって、そういうものを自分のなかで溶け合わせるためには、必然的に、理論的に支えてくれるものが必要だったんですが、それが中村さんたちの本だったわけです。

僕自身は、学校では『万葉集』を教室で教わりました。親父の本棚のなかに、岩波文庫の教科書版のものがあって、それを教室で聞く『万葉集』のテキストとして持っていった。あの頃は本もろくろく売っていませんから、それぞれ勝手に『万葉集』のテキストを持ってきた。同じとき、『新古今和歌集』も親父の本棚にあったから、そちらのほうも持ってきた。こちらも非常に大事なものであろうと思ったわけです。本は『新古今和歌集』の「春」からはじまるけれど、「春」のところから二、三十首読むうちにすっかりいかれて、「こんなにすごいものがわが国にあったんだ」と思った。象徴派の詩は十九世紀だけれど、これは十三世紀頃にはもうあったわけだし、大変なものじゃないかと思って読みはじめた。だから、『新古今』とボードレールの両方が僕の万年床の数少ない本のなかに二冊並んでいる状態でした。そういうかたちで読んでいくと、註釈書とはまた違った、誤解に満ちているかもしれないけれど、自分なりの読みもまた十分成り立つのではないか、という気がした。なぜかというと、ボードレールの詩のコレスポンダンスという考え方ですが、藤原定家《ふじわらのていか》の歌に突如として出てくる方法、つまり、異質の要素が重なりあって一首の歌になるという方法も、万物照応というかコレスポンダンスだと僕は思ったんです。象徴主義の日本の先駆者ではないかと思ったわけです。そういうことはかつてのどういう種類の註釈書にも書いていない。僕の頭に宿っているだけなんです。その場合、僕の頭に宿っている考え方は間違っているとは全然思わなかった。なぜかというと、そういうふうに読むと、日本の昔の歌の読み方が、自分のなかで納得できる読み方になるからです。要するに、「中心」は「自分」にあったのです。これはその後僕の大切なよりどころになった考えです。

とにかくその頃、突如としてぱっと飛躍して両方がどこかで向かい合って鏡と鏡が映し合うようになっている、そういう詩が書きたかったんです。それは、たぶんヨーロッパの詩を読んでいるうちに僕のなかにできあがった考え方だと思います。僕にとって、もうこれは外せない、大事な考え方だった。ただ、そういう目で見ても、藤原定家の「春の夜の夢の浮橋とだえして峰に別るる横雲の空」には、三十一文字でひとつの世界がぱあっと浮かんでくるような広がりが感じとれるのです。これはどうしてもヨーロッパの詩の方法と同様に自分にとっては大事なものである、この手綱を絶対離せない、そう思ったんです。

歌のイメジ

そのうえで、もう一度『万葉集』を読むと、『万葉集』のなかにもまた不思議な面白さがあるんです。それは磐姫大后《いわのひめのおおきさき》の恋の歌だった。磐姫大后がどんな人かは知らなかったけれど、後々参考書を見てみると、仁徳天皇の妻でやきもち焼きの女だったって書いてある。だけど、そんな人は実在したかどうかも分からない。その歌も磐姫大后作として四首が『万葉集』に出ているけれど、ほかの人が作った歌、ないしはその当時歌われていた民謡かもしれません。僕は民謡だと思います。作者としては、仁徳天皇のお后の、やきもちで有名だった磐姫にしておくと素晴らしいというところでしょう。

伝説を作る手法というのはすべてそうです。民間にある無名の人のものを持ってきて、有名人の名前をつければ伝説になってしまうというやり方です。『古事記』に載っている天皇や皇后や皇子の歌などは、ほとんどすべて、その人が作った歌じゃないと思います。その時代の農民の歌謡でしょう。だけど、このとき倭建はこう歌ったなんて出てくると、それだけで実に悲しい歌になる。素晴らしい歌になる。したがって、その歌に倭建の名前を持ってきただけで永遠に残る歌になってしまうわけです。それが伝説を作るということです。伝説というのは上のほうから人為的に作ろうとしても無理です。すでにあるものに、お料理でいえば調味料を加えるだけなんです。それによって素晴らしい料理になる。二首の歌を並べてみます。

秋の田の　穂の上に霧《き》らふ　朝霞　いつへの方に　我《あ》が恋やまむ　磐姫皇后（万葉集巻二88）

守覚法親王《しゅかくほふしんわう》、五十首歌よませ侍りけるに

春の夜の夢の浮橋とだえして峰に別るる横雲の空　藤原定家朝臣（新古今集巻一春歌上38）

磐姫の歌は上《かみ》の句と下《しも》の句が全然別の要素なんです。上の句は「秋の田圃《たんぼ》の上に霧がふわあっと沈んでいる」、それで下の句は「わたしの恋はどちらへ行ったらやむのだろう」と、まったく関係のない要素を結びつけている。藤原定家の歌も上の句と下の句がやはりどこか食い違っているんです。この歌を読んだときになにか不思議な感覚をおぼえました。これは本当は恋愛の歌なんです。「春の夜の夢の浮橋」といえば、ちょっと古典を読み慣れてくるとすぐに分かるけれど、女と別れる後朝《きぬぎぬ》のシーンです。男は帰ってしまうわけだから、あの一夜は夢だったのか現《うつつ》だったのかという歌はたくさんありますが、そういう感覚なんです。

しかも「夢の浮橋」というのは、源氏物語の巻の名前にあります。そのことは知らなくても、「春の夜の浮橋」ということばが効果的に出てきていて、しかもそれに「夢の」と出てくるから、十五、十六歳の子どもにとって、これは考えられない不思議なことば遣いなんです。その年代の少年であったら、すぐにピンとくるくらいに、なんともうセクシャルな春の目覚めをおぼえさせられる歌なんです。少年のその時期の心情を刺激する歌です。それで、下の句の「峰に別るる横雲の空」は、峰があって横雲がたなびいているがすうっと離れていく、というイメジが出てくる。「春の夜の夢の浮橋とだえして」というのは男と女の感じがすごくある。もう一方で空には横雲がたなびいていたのが、やがて峰から分かれてゆく、これは明らかに男と女の別れのイメジを補強しているわけだけれど、それはあくまでこちらが読み取ってそういうふうに統一的に理解するだけで、表現としてはふたつがちょっとずれているんです。前段階は風景描写ではなくて内面的な風景であり、下の句のほうは純然たる風景描写である。ところがふたつ一緒になると「峰に別るる横雲の空」まで、思いを残しながら横雲が分かれていく、というような一種の人間感情を刺激するものになっている。

このような定家の歌も『万葉集』の磐姫大后の歌も、方法論的にいうと、五七五の上の句と七七と全然別なんです。磐姫のは、上の句は風景描写だが、下の句は恋のため悩みに悩んでいるのに男が来てくれないという女の嘆きです。男がやってきてくれれば霧は晴れるけれど、霧はいつまでもとどまっていて晴れない。下の句から上の句へまた戻ってくるわけです。その往復が歌を一首全体として完結させるわけですが、表現として分解すれば、上の句と下の句は別々なんです。

さて、磐姫大后という人は仁徳天皇の后であったとしても、その人がそういう歌を文字で書き残したはずがない。それは全部伝承であって、もとをただせば農民の女が田圃で詠んでいた歌です。田圃に立った若い娘が、自分の恋人がこの頃ちっともやってきてくれないという思いを込めて詠んだとすれば、逆に飛躍した表現が真実を伝えているわけです。上の句と下の句が離れているというのは僕らが読んだときにそう思うだけです。

その女の心情とすれば、田圃に立って霧がたちこめているのを見て「わたしの恋はどういうふうになるんだろう」と、それは本当にその場で出てくる心情であって、方法論なんかない。思い詰めた女の感情からすると、五七五で風景を描写して七七のほうでいきなり嘆きになるというのは当たり前のことです。民謡の素晴らしさというのはそこにある。

ことばの力 歌の力

この流れは後々、平安朝の『梁塵秘抄《りょうじんひしょう》』とか室町時代の『閑吟集《かんぎんしゅう》』とか、日本の詩の伝統を保つ素晴らしい歌謡のアンソロジーに受けつがれてくるわけです。それら歌謡の持つ力というのは、明らかに磐姫大后の作、実は古代民謡の持っている力とまったく同じところから出ている。ですから、この時代の歌はこうでしたが、次の時代にはそれがこう変わりながら生き続けましたという、連続性のほうがずっと大事です。

僕も若かりし日に一時期『古今集』は良くないという説を信じたけれど、その後はそれは間違いだったと思っています。『万葉集』はいいけれど『古今集』は悪いなんて言う人がいると、「この人は『古今集』のことも『万葉集』のことも分かっていない」としか思えない。なぜかというと、基本的に言って歌というのはもともと民謡から出ている。それは『万葉集』の素晴らしいものを見ればよく分かる。先に『柿本人麻呂歌集』のことを言いましたが、『人麻呂歌集』も民謡からいっぱい採っているに違いないんです。民謡からいっぱい採っているに違いないものが、なぜ個性的な素晴らしさを持っているかといえば、柿本人麻呂という人は民謡から自分ひとりの詩をいくらでも採れた人でした。民謡的な広がりのある世界から自在に吸い上げて、自分の作品にできた人ではないか。いわば自分はふくらんだゴムの風船の首の付け根みたいなものだった。人麻呂はそういう存在だった。

人麻呂だけでなくて、すべての詩人にいえると思いますが、詩人というのはひとつの時代を表現してしまいます。人麻呂という人は『万葉集』中期よりは前の世代に属するけれど、にもかかわらず、後期からさらに平安朝のほうまで全部を予告した人だと思う。どこにその理由があるといえば、人麻呂が決して自己表現をせずに、誰が作ったか分からないような民謡の宝庫から勝手に採ってきて、歌を自分のなかでひとつの統一体の一部にして、もう一度外に放り出してくれたからです。それが『人麻呂歌集』の歌の素晴らしさだと思う。

だいたい枕詞とか序詞が非常に多いということは、歌の歴史で言えばもちろん古いということです。古代になるほど枕詞は多い。そういう意味で言うと、僕には人麻呂の歌と同じようなかんじで磐姫大后の歌も受け取れる。それが、仮に『柿本人麻呂歌集』より、となっていても、少しも不思議じゃない。とくに、今の「秋の田の…」は素晴らしい歌です。この手の歌は『人麻呂歌集』のなかにもある。僕がなんとなく空想するのは、ひょっとしてこのへんも人麻呂が一枚かんでいたかもしれぬということです。時代でいうと、仁徳天皇の時代は飛び離れて昔ですから、『万葉集』の時代の最上限からさらにずっと古い。ということは、この歌は伝承にすぎない。その当時、文字として書き残されているはずがないという時代です。けれども、この『万葉集』の時代の人は、そこへこの歌を持っていって、磐姫大后の伝説を強化した。仁徳天皇は日本の天皇のなかでは非常に重要な位置にいた天皇で、そのお后がやきもちを焼いたというのは男にとってある意味で素晴らしいことだった。やきもちを焼かれるくらいの男だった、ほかに女がいっぱいいたすごい男だったということを示しているわけです。その場合に、磐姫の歌った歌として、実に実感にあふれた農民の女の恋歌を持ってくるということは、編集者の見識です。

『万葉集』のいちばん大事な要素のひとつは、編集した重要な人物が何人か時代順にいたということです。これは百五十年くらいの間にわたって作られた歌を集めていますから、いっぺんに編集されたのではなく、最初の三巻くらいまでとか五巻までとか、『万葉集』の成立学説にはいくつもあります。全二十巻になった時点では、『万葉集』末期の人である大伴家持《おおとものやかもち》が介入した。けれど、その家持より前に何人もの編集者がいた。『柿本人麻呂歌集』というのが残っていたわけだから、人麻呂もずいぶんこれに貢献していると思う。それである時代の編集を担当した人が、歌集に見事な素材が転がっているのを見て、そこからどんどん『万葉集』に持ってきた。人麻呂だけでなく、何人もの古い時代の人のものがあるけれど、とくに柿本人麻呂が圧倒的に優位を占めているということは、当時の時代においては、すでに人麻呂という人がどれほど後の世代の人にとっても偉く思えたか、自分たちの心を代弁しているように見えたか、ということになります。『人麻呂歌集』を見ると、素地からするとずっと古い時代の素地であろうと思われるものがいっぱい入っていて、しかも実にモダンな感覚です。それをひとりの詩人の役割として考えると、「これが詩人だ」としか言いようがないぐらいにひとつの時代を代表しているのと同時に、その後の何百年にも通じるほどの基本的なある基礎をひとりで築いてしまったということです。

日本の詩の歴史のなかにはそういう人が何人かいます。そのなかで、もっとも古い時代の和歌の代表者が人麻呂でした。というのも、人麻呂の枕詞や序詞は人麻呂しか使っていなかったものがいっぱいある。むろん、それらはすべてを人麻呂自身で考えだしたわけではないでしょう。それ以前大勢の農民やら役人やらが歌っていたなかから、面白いと思うものを人麻呂が書き写した。それも、彼らしい独自の書き方で書いているわけです。短くぽつぽつと漢字を並べてある場合と、一字一字「てにをは」まで書き込んである場合とある。短いときは本当に短く省略してある。五七五七七風（非略体歌）に書いてあるのと、五七五七七を略してある（略体歌）のと。この書式についての研究は非常に進んでいます。で、学者は『柿本人麻呂歌集』と名付けられているものを読む場合に、このなかに人麻呂の歌はどれくらいあるか、人麻呂自身のものでない歌はどれくらいあるか、ということを絶えず考えているかもしれません。しかし、専門の立場でない僕の場合には、原作者は別にいるかもしれないけれど、人麻呂という人のゴム風船の口を通過して歌が外に出てきた瞬間に、すでに人麻呂が手を加えているにちがいないと思ってしまう。『人麻呂歌集』の歌というものの全体的なスタイルというか統一感、それから詩としてのある上等な質感は、どう考えてもたんなる民謡を人麻呂がただ集めただけとは思えない。

磐姫大后の伝承の歌も、そのように考えると、万葉時代の誰かが磐姫大后がこういう歌を歌ったということにして『万葉集』のなかに入れたと思います。というのも、『古事記《こじき》』や『日本書紀《にほんしょき》』ではそれが当たり前で、すべて伝説的な人物たちが歌ったことになっている。逆にいえば、要所要所で歌を歌わなければ、その人物たちは伝説にならないのです。伝説になるために歌を歌う。けれど、それは本人が歌っても意味がない。後世が、この人がこう歌ったと言ってあげなければいけない。それで、その名前を被《かぶ》せられた人の霊魂は「俺がこの歌を歌ったのか」でいい。「なんて俺は素晴らしい詩人だろう」と思ってもいい。倭建の歌も全部そうです。それだけじゃなくて、もっとずっと古い時代の影姫のような、いい女たちの恋人が、横暴な天皇に殺されてしまったり、自分が天皇のものにさせられそうになったり、とにかく全部ロマネスクです。元来、歴史というものはロマネスクなんです。『日本書紀』は天皇家で作った正史であって、『古事記』のほうが民間的なものが入っているからそのほうがいい、みたいなことが一種の常識になっていますが、両方ともそんなに違わないと僕は思う。もちろん、天皇制の確立されてくる過程を裏づけているわけだから、『日本書紀』のほうがずっと意識的です。後世が遡《さかのぼ》ってそういうふうに筋道をつけた。そのなかに、聖人君子のような天皇もいたり、横暴な天皇もいたということです。果たして現実にそうだったかどうか、誰も知りはしない。

ことばが、すべてを生み出しているんです。そのことばのエッセンスが歌です。歌には必ず何かひとつの背景なり出来事がある。例えば、悲しい悲しいふたりの恋人同士が最後に歌を詠みあって自殺するという話があるかと思えば、また、兄と妹が通じてしまって、そのために大和を追われて四国まで逃げ、そこで最後に死ぬ、という話もある。そういう話に出てくるのはみんな絶世の美女です。兄さんを恋して追いかけていって、ふたりが死ぬというお話は、やはり後世の人々にしてみると、歴史というものを読むうえでいちばん心にしみることだった。天皇の何年にこういうことがあったなんてきちんと書いてあることは忘れてしまっても、あの人たちは死ぬときにこう言ったんだ、あるいは愛し合って「誰が来てもかまうものか、俺はおまえに惚れた」という歌を男が歌ったとか、女もそれに応えて情熱的な歌を歌ったとか、そういうところだけは必ず覚えている。なぜ覚えるかというと、もちろん五七五七七だからです。あるいはそれ以前だと五七五七七じゃなくてもっと別の形式がいっぱいあって、つまりさまざまなバリエーションがあったということですが、やがて五七五七七に統一されてくるわけです。だけど、いずれにしても、歌は神の与えてくれたことばであった。一般的に言って人間は普通のときには歌を歌わない。平常は散文でしょう。最後の瞬間に歌を歌うことによって、その人々の運命が神聖なものになる。

そういう意味で言うと、歌は日本文学の歴史を顧みるうえで避けて通れない、とても重要なエッセンスを持っていると考えなければいけない。その場合に、誰が作った歌であるというものが仮にあったとしても、それがひょっとしたら全然別の作者であってその歌の状況さえもなかったかもしれない。けれど、このふたりにはこういう状況を与えて、最後にみんなが涙を絞るような結末にしようと、『万葉集』の編者や『古事記』の編者が考えた。そういう歌が必ず有名になった。だから、歴史というものと文学というものの元をたどれば、両方とも同じ根っこから出ていると僕は思います。その場合に、後世、歴史を考える人々が軽んじるというか忘れてしまうことのひとつは、今言った歌というものの存在です。歴史が歌によって彩られているというところを無視すると、本当はでたらめかもしれないものまで事実であるかのごとく思い込む、近代主義的なテキスト至上主義に陥ってしまう。後ろに歌がついているということは、要するにある意味でいえば眉唾ものであるということです。それを、この人の事績はこうだ、と信じてしまうと、根っこで古代の編纂《へんさん》者が仕掛けた罠《わな》にはまっている可能性が大いにある。『万葉集』を読む場合いちばん面白いのはそこだと僕は思います。

穂積皇子

たとえば大伴坂上郎女《おおとものさかのうえのいらつめ》という人がいる。これは家持にとっては叔母《おば》に、家持の父親の旅人からすると異母妹に当たる、『万葉集』時代におけるもっとも魅力的な女の人のひとりです。その彼女は、十二〜十五歳くらいの頃に穂積皇子《ほづみのみこ》に熱愛されています。彼女の歌は『万葉集』の女の歌人のなかではいちばん多く収録されていま す。

穂積皇子は、その時はもう結構な年で恋愛経験がいくつもあった人です。『万葉集』にもありますが、自分の異母妹に当たる但馬皇女《たじまのひめみこ》という高市皇子《たけちのみこ》の正妻だった人と恋愛をして、通じてしまった。穂積皇子はそのためかどうか分からないけれど遠くへ行かされてしまう。遠くへ行かされているときに、但馬皇女が夜明けに河を渡って追っていく歌があります。

但馬皇女、高市皇子の宮に在《いま》す時に、穂積皇子を思ひて作らす歌一首

秋の田の　穂向きの寄れる　片寄りに　君に寄りなな　言痛《こちた》くありとも（巻二114）

但馬皇女が、自分の夫である高市皇子の宮にいるにもかかわらず、心では穂積皇子を思っているという歌で、「秋の田圃の稲の穂が、風になびいて一方へずっと傾いている。それと同じようにあなたにひたむきに寄り添いたい、みんなが噂しても」という歌です。

穂積皇子に勅《みことのり》して、近江の志賀の山寺に遣はす時に、但馬皇女の作らす歌一首

後《おく》れ居て　恋ひつつあらずは　追ひ及《し》かむ　道の隈廻《くまみ》に　標結《しめゆ》へ我が背（巻二115）

この歌は、穂積皇子が但馬皇女と恋愛していることが一方の事実としてあって、もう一方で天皇からの命令を受けて志賀の山寺に遣わされた、というものです。当時大和から近江に行くのは大変です。つまり、ふたりは引き裂かれた。けれどそのときに但馬皇女は「あなたがあちらへ行ってしまった。わたしは、ここにいながらにあなたに恋しつづけなければならない。それは嫌だ。追いかけていきますから、道の回り角に目標の標を結っておいてください、わたしが迷わないように」という歌を作ります。

但馬皇女、高市皇子の宮に在す時に竊《ひそ》かに穂積皇子に接《あ》ひ、事既に形《あら》はれて作らす歌一首

人言《ひとごと》を　繁《しげ》み言痛み　己《おの》が世に　いまだ渡らぬ　朝川渡る（巻二116）

この歌は、ふたりの仲がばれてしまったという時期ですから、実は前歌の115よりは早い作です。しかし『万葉集』の編集者というのはしたたかです。いちばん面白いところからいきなり出している。そしておもむろになぜ115の歌のようになったか、というわけで、ひそかに穂積皇子に会ってばれてしまったときの歌を出す。「人々の噂が繁く、つらくてたまらない。わたしは今まで自分が人生において渡ったことのない朝川を渡りま

す」。古代において、朝に川を渡って女が男のところに行くなんて普通ではありえない。でも、彼女は夫のいるところを抜け出て死に物狂いで男のところへ会いにいく。中国では七夕伝説のように女が行くのが普通だけれど、日本では行くのはかならず男です。ところが、ここでは女が男のところへ奔《はし》るわけです。

高市皇子も穂積皇子も、両方とも天武天皇の子どもで、異母兄弟です。但馬皇女も天武天皇の皇女です。三人とも、父親は同じだけれど、母親が全部違う。『万葉集』では異母兄妹というのがいっぱいある。だから、『古事記』などでも先ほど言ったように異母兄妹が熱烈な恋愛をしますが、例えば高市皇子と但馬皇女のように夫婦と認められている異母兄弟は別として、古代においても近親相姦《そうかん》はばれれば大変です。みんなに指弾されて、いられなくなって逃げたり、討伐されてしまうこともある。つまり、僕の言いたいことは、穂積皇子はそれくらいいい男だったということです。その後どうなったかというと、ふたりはもちろん結婚はできなかった。そのうえ但馬皇女は若死にしてしまう。穂積皇子は但馬皇女が死んだときに、彼女を悼む悲痛な歌を作っています。

但馬皇女の薨《こう》じて後に、穂積皇子、冬の日雪の降るに、御墓《みはか》を遙かに望み、悲傷《ひしやう》流涕《りうてい》して作らす歌一首

降る雪は　あはにな降りそ　吉隠《よなばり》の　猪養《ゐかひ》の岡の　寒くあらまくに（巻二203）

死んだ後但馬皇女は、吉隠の猪養の岡にあるお墓に葬られる。そこに葬られた彼女を遙《はる》かに思って、「雪が降ってくると、お墓のしたでも彼女は寒かろうなあ」と泣いてこの歌を作ったという。僕は、これは伝承ではなくて実際の話だと思います。

なぜ穂積皇子の話をするかといえば、もうひとり、大伴坂上郎女の話をもするためです。穂積皇子はほかにも艶聞《えんぶん》がある人です。自分と一度熱烈に恋しあった女が後に死んで、お墓に雪が降っているのを思っただけで泣いてこういう歌を作るんだから、心のあたたかい人なんです。彼は結構年を取ってから、十代半ばの、大伴家の大切な娘である坂上郎女を見初めて非常に愛し、しばらくの間自分の奥さんにしている。やがて穂積皇子は、年を取っていましたから死んでしまったと思うんですが、「寵愛《ちょうあい》すること限りなし」というふうに書かれている。

大伴の家

その穂積皇子に寵愛された坂上郎女が、後々大伴の家の女主人になった。兄の旅人が大伴家の長だったわけですが、その旅人が晩年に九州博多に大宰府《だざいふ》の長官として行きました。大陸政策において大宰府は非常に重要な場所で、そこの長はもうひとりの天皇みたいなものです。だけど、行く人はつらい。都を離れるのが嫌なんです。行かされたのについては、たぶん藤原家との問題があったにちがいない。藤原一門がこの頃になると完全に政界を制圧しはじめている。藤原一門はどこから出ているかというと、天智天皇の股肱の臣だった藤原鎌足です。

鎌足は元来は藤原姓でなくて中臣《なかとみ》姓だったけれど、鎌足が亡くなる直前に天智天皇が、「おまえほどの立派な臣下はなかった。本当に自分に尽くしてくれた。だからおまえに姓を与える」と与えたのが、藤原という姓だった。その鎌足の子孫に、藤原不比等《ふじわらのふひと》だとか藤原房前《ふじわらのふささき》だとか、傑出したものが続々と出てきて、藤原の長男、次男、とつぎつぎに家を作っていく。その家全部が政界を制圧していく。藤原家は昔はみんな武士だったけれど、政治に長《た》けていた。藤原家のやり方というのは、自分のところで生まれた女の子をどんどん天皇のお后にしてしまうという方法で、これが閨閥《けいばつ》政治のはじまりです。その結果、藤原家は天皇の背後で外戚《がいせき》になる。つまり自分の家の娘が天皇の男の子を生めば、これは次の天皇となる可能性のある赤ん坊です。おじいさんは孫の天皇の後見人になれるんです。現在の天皇の後見人にはなれないけれど、自分の娘の生んだ孫の男の子が天皇になれば、その天皇の後ろ盾になることは当然だったのです。これによって藤原家はどんどん力をつけていった。一門の結束も固かったのでしょう。

その結果として弾《はじ》き飛ばされる家がいっぱい出るわけです。大伴、紀貫之《きのつらゆき》の紀など昔は名門中の名門だった家です。家だけでなく、天皇の系統を引く在原業平《ありわらのなりひら》もそうです。在原業平の家は、もちろん臣下になっていますけれど天皇の直系。けれど、これがやはり出世できない。それで、一応官庁へ務める。その在原業平ですが、あるときから昇進がぴたっと十数年間止まってしまいます。なぜか分からない。女の問題も重要な原因でしょう。天皇のお后になるはずの処女をその前に犯してしまったり、伊勢神宮の神様のところに仕えている斎宮のところに忍んでいって一夜を過ごしたりしているわけですから。しかしその出来事は、有名な歌として『古今集』に残るわけです。『古今集』では業平関係だけが詳しい詞書がちゃんとある。ほかの人のはほとんどない。不思議だけれど、よく分からない。とにかく、紀貫之という業平に絶対的な好意を持っていたらしい人が編集している。紀の家も在原の家も、みんな藤原に飛ばされた家です。『古今和歌集』というものは、藤原家に飛ばされた敗者の側のアンソロジーという言い方もできるんです。

旅人の歌

『万葉集』も大伴家が中心の敗者のアンソロジーと考えられます。その大伴家の中心人物だったのが、最末期では大伴旅人《おおとものたびと》です。初期のほうには大伴吹負《おおとものふけい》などいろいろいて、この人たちは天智、天武の時代に大変な勲功を立てた連中ばかりです。それ以前の、奈良《なら》の豪族たちをどんどん潰《つぶ》していくときにも、大伴とか中臣とかいう人々はみんな協力している。そのなかから中臣だけが上がって残った。大伴の家はだんだんさびれていった。さびれたところは全部詩人になって、大詩人が出てくる。

藤原家が力をつけていくなか、旅人が大宰府長官として赴任した時期は、ちょうど聖《しょう》武《む》天皇が天皇に即《つ》いた頃です。聖武天皇の正妻はあの有名な藤原夫人《ぶにん》といわれた光明子《こうみょうし》

（光明皇后）で、聖武天皇の後宮に入っている。光明子は臣下の娘ですから本来は大勢いるなかのひとりです。しかし光明子が聖武天皇の後宮に入って七、八年経ってから、天皇ははじめて皇后を立てるんです。それは光明子その人でした。それまでただのお妃《きさき》はいたけれど、皇后はいなかった。本来皇后になる人は必ず皇族でなければならなかった。それを民間からはじめて皇后にした人が光明子です。これは古代の宮廷社会においては大事件です。制度の一大改革だったからです。だから問題ではあったけれど、藤原家がそれだけ強くなっていたことを示しています。藤原が完全に勝ってしまったその瞬間に、ほかの氏族はどうなるか。光明子は不比等の娘です。そして不比等の子孫が平安朝の大立者になっていきます。だから、奈良朝と平安朝が深くつながっているのは当然で、『万葉集』と『古今集』との間にも当然深いつながりがあるわけです。

光明子が皇后になったときに、改元されて天平になる。つまり、皇后が立后したので年号を変えた。一方旅人は神亀《じんき》五（七二八）年に大宰府に赴任した。着任してまもなく藤原家出身の光明子が皇后になった。旅人が大宰府に赴任したのは、旅人の心理状態を推測すれば左遷です。つまり、都におくのが面倒な者は、藤原家のほうでいろんな圧力をかけてみんな外へ赴任させた可能性もある。それで、旅人は大宰府にいながら鬱鬱《うつうつ》としていた。しかも、一緒に連れていった妻の大伴郎女《おおとものいらつめ》が、大宰府へ着いてまもなく死んでしまった。だから、彼の有名な酒を讃《たた》える歌も、決して酒を讃えてはいない。酒のおかげで鬱を晴らすという、ただそれだけです。「古《いにしえ》の聖人たちも酒の徳を讃えているじゃないか」と言っていますが、それはうまいと言っているのではなく、酒を飲むと憂き世を忘れることができるというのが基本です。酒を讃えた歌だからこれは享楽主義的かというと、それは正反対です。自分の憂鬱さを紛らわすというそのひとつには、もちろん妻がいないということもあるけれど、もうひとつは、これで自分の氏族が没落していくという運命は明白だということを確認したからだと思う。それによって、旅人はああいう悲しい歌を作り、同時に文学の道に精を出す。

しかもそのとき、うまいことに、山上憶良《やまのうえのおくら》が大宰府の役人として旅人の下にいた。憶良は渡来人説もあるぐらいで、大変な学者です。漢文を読めるということにおいては、当時の時代の随一の人です。ずっと遡ると柿本人麻呂もそうだけれど、人麻呂に比べれば憶良は漢籍の読み方は遙かに遙かに上だった。しかも、読んでいるものは、通俗的な読み物も多かったと思うけれど、ようするに知的アンチョコ、中国の解説書から哲学書、呪術《じゅじゅつ》の本までいろいろ読んでいる。『万葉集』の巻五に続々とその知識が出てきます。巻五というのはその意味でもとても面白い巻です。

旅人は先ほど書いたように憂鬱な人で、憶良はこれまたたいへん真面目な人で、そのうえふたりとも面白い歌を作る。旅人と憶良の歌人としての資質は、全然異質だから良かった。旅人は抵抗なく憶良にいろんな漢籍の知識を教えてもらったんだと思う。旅人が作った非常に伝説的でロマネスクな一連の歌、たとえば巻五の松浦川《まつらがわ》に旅したときの歌などには、仙女といろいろ話をするのが出てきます。旅人は大宰府の長官だから、自分の管内をときどき見回らなければならないので、たぶんそういう時のことをもとに書いたと思います。

蓬客《ほうかく》の更に贈る歌

松浦川　川の瀬光り　鮎釣ると　立たせる妹《いも》が　裳の裾濡れぬ（巻五855）

松浦川　七瀬《ななせ》の淀は　淀むとも　我は淀まず　君をし待たむ（巻五860）

旅人の創作ですが、仙女たちと旅人が歌い合ったことになっている歌です。松浦川というのは、今の唐津で、湾があるとても風光明媚《めいび》なところです。そこへ行ったときに、山上憶良から聞いていたか、貸してもらったかは知りませんが、中国のいろいろなロマネスクな物語にヒントを得て歌を作った。作者は旅人とは書いてないので、憶良という説もあるけれど、全体の作りとしては旅人と考えなければならないと思います。主人公が松浦川のほうに行った、そうしたらそこの川のほとりで美しい女たち何人かに出会った、その女たちとこういう会話を交わしたというのが、ここに出てくる何首かの歌で、それは全部作者が創作している歌物語です。「みなさんのような美しい人たちが、どうしてこんなところにいるのですか」。「わたしたちは、このへんの猟師の娘です」。「猟師の娘であるはずがない。あなたたちはこんなに美しくて、それに教養がありそうだ」。

すると、女たちが「そんなことありませんわ」。このように、その男と仲良く会話をするんです。本来これが中国の物語なら、その後必ず男と女は一夜をともにする。だけど、この場合は不思議なことに旅人はそうしていない。主人公は女たちと別れて帰るのです。『遊仙窟《ゆうせんくつ》』というのは、当時の大伴家一門の男たちにとっては歌の素材の宝庫でした。主人公の男が知らない間に仙人の岩屋へ行って、美しい女と愛し合う物語です。女が男に実に優しくて、男は天にも昇る気持ちで彼女と寝る、ということが克明に書いてある。当時はたくさんあっただろう通俗小説のひとつです。ところが、日本の知識人にとっては歌のアンチョコとして、大切な資料でした。その影響は大伴家持の歌にもたくさん出てくるけれど、旅人の場合もその要素が入っていると思います。山上憶良の歌でさえも、その影響はあると思います。

とにかく、結局旅人の主人公は、何人かの美しい女たちと出会いながら、「わたしの馬がそろそろ家へ帰ろうと言っているから、名残惜しいが」と言って帰ってゆくんです。そこが中国物と違う。中国物は、そこからが濃厚な性愛の描写になるはずなんですが、旅人の歌ではそうならない。ひとつは作者の老齢の影響もあったろうし、また奥さんが死んでしまっていろんなことがあって、憂鬱だったからだと思います。もちろん、これは僕の想像です。いずれにせよ、彼は政界から離れて大宰府にいることによって詩人的な素質を磨くことができた。また、詩によって鬱を散じるということがどうしても必要だった。両方の理由で、大伴旅人は今日僕らが知る素晴らしい詩人になったんです。そして、その後ろには山上憶良の存在があった。

坂上郎女の歌

やがて異母妹大伴坂上郎女も「手伝ってほしい」ということで呼ばれてくる。おそらく、彼女はそのとき独り者だったんです。大伴坂上郎女はさっき言ったように、穂積皇子に愛され、ついで藤原麻呂《ふじわらのまろ》ともたぶん熱烈な恋愛関係にあったと思う。その後ももう一人か二人恋愛関係にあったものがいたようですが、ある時期から自分が生んだ娘のとのほうが関心を占めるようになって、最終的には自分の甥《おい》の大伴家持の正妻に娘はおさまる。従兄《いとこ》婚だからいいんですけれど、とにかく全部近親なんです。その坂上郎女が、自分にとって義理のお姉さんが死んでしまい、憂鬱をかこっている兄さんが来てくれというから行ったわけです。大宰府ではおそらく旅人の妻と同格の立場で、全部を統率したでしょう。また、統率する力があった人なんです。多分、美人だったでしょう。しかも、大らかな性格であったことはまず絶対間違いない。それに少女時代から穂積皇子のようなダンディーに愛されたくらいですから、都の雰囲気をいっぱい持っていたと思います。

僕の推測では、大宰府の役人たちで彼女に恋い焦がれたものが何人かいるはずです。そのなかのひとりが歌った恋の歌に、相手が彼女とは書いていないけれど、どうしても彼女としか思えない歌がある。惚れて惚れて、という歌なんです。それで彼女がからかって「まあ、かわいそう」と応答した歌がある。

大宰大監大伴宿禰百代《だざいのだいけんおおとものすくねももよ》の恋の歌

事もなく　生き来しものを　老いなみに　かかる恋にも　我はあへるかも（巻四559）

恋ひ死なむ　後《のち》は何せむ　生ける日の　ためこそ妹を　見まく欲りすれ（巻四560）

暇《いとま》なく　人の眉根《まよね》を　いたづらに　掻《か》かしめつつも　逢はぬ妹かも（巻四562）

大伴百代は、大宰大監という大宰府の中級クラスの官吏です。この人がもう年を取っていて、「今まで無事にきたのに、年を取ってから、どうしてこんなに惚れて大変なことになったんだろう」。「恋で死にそうだと言いながら、恋で死んでしまったら意味がない。生きていなければ、あなたを抱けない」。「暇もないくらいいたずらに人の眉を掻かせているのに、ちっとも会ってくれない、あなたは」。眉を掻くというのは、会いたいゆえに眉を掻くと、自分の想っている人に会えるという俗信に拠《よ》っています。実は大伴百代の歌が誰に贈られたかは『万葉集』には書いていない。分からないから、推測するしかない。しかも、この恋歌が四首ある。つまり、いってみればアルフレッド・プルーフロックさんの恋歌（T・S・エリオット）で、この恋の歌の次に大伴坂上郎女の歌があります。

大伴坂上郎女の歌二首

黒髪《くろかみ》に　白髪《しろかみ》交じり　老ゆるまで　かかる恋には　いまだあはなくに（巻四563）
山菅《やますげ》の　実成《みな》らぬことを　我《わ》に寄《よ》そり　言はれし君は　たれとか寝らむ（巻四564）

「黒髪に　白髪交じり　老ゆるまで」というのは、この当時もう大伴坂上郎女も三十代後半だと思われますから、自分のことを言っているように見えるけれども、これは実は男の切ない恋歌（559）を詠み直したにすぎないかもしれない。

この女は人との付き合いがよくて、いろんな男を知っていて、おまけにユーモラスな歌を作れる。564の「山菅の」というのは「実」の枕詞ですが、「実」とは「真実」ということです。「わたしについて真実でもないことを、あなたはわたしによそえて言っている。しかし、そのあなたは、いったい誰と寝てらっしゃるのかしら」。こういう歌は、彼女が大宰府においてどういう立場にあったかを暗示している。都から来た美しい女で、中年になっても上にいて仰ぎ見られるような人、男の経験も豊富にある。そんな彼女に、一所懸命仕事をやってきて年を取ってしまった初心《うぶ》な大伴百代が夢中になって惚れるんだけれど、しかし相手からはからかわれてしまう。僕はそうとっています。窪田空穂さんの解釈がそうです。とにかく、いろいろな意味で、大伴坂上郎女という人はたいへん面白い女だったことは確かです。その結果彼女は、大伴旅人が死んでしまった後は、必然的に大伴の家を支えなければならなくなります。家持は、当時二十歳になっていない。

家持は旅人の息子ではあるけれど、正妻の子ではないんです。そうして、しばらくの間は坂上郎女を中心にして、大伴の家は動いたんです。

風流の在り方

そのような事情からも、坂上郎女は大伴家の重要な地位にいた。なおかつ、さっきの話のつながりで言えば、旅人が大宰府にいる間に年号も天平《てんぴょう》に改元された。聖武天皇が藤原光明子を光明皇后にした年です。同時に、大伴家一族としてはこれでどうしようもない、と思わざるをえない事態になったときに、主人の旅人が死ぬというたいへんつらい立場になる。坂上郎女はおそらく大変に頑張ったと思います。彼女のことを家刀自《いえとじ》と書いてあります。刀自《とじ》というのは家全体の頂点にいる女性です。家持もそのかたわらにいて、自分もせっせと人間関係の輪を作ろうとしていた。それでも、この光明子が皇后になった時期から、大伴だけではなくほかのすべての氏族が一段下になってしまったのが明白になります。そのために、家持が絶えず我が大伴家も頑張らなくてはならぬ、という歌を作っているわけです。しかし現実にはそうならない。彼には女性との恋愛の歌などが多くなっていく。藤原一門が制圧してしまった平安朝には、もっと凄《すさ》まじい勢いで貴族が系列化してしまって、藤原家に対する反逆など絶対にできないようになります。そのきっかけがもう天平時代に始まっているわけです。もう一方で、そういう家だから、心を通わせるための道具として歌というものをみんなが重んじたのかもしれない。勢いのいい勝っているほうは歌なんか作らなくてもいいわけです。しかし、負けてしまったほうは歌を作らなければ慰められない。

二十三日に、興に依りて作る歌二首

春の野に　霞たなびき　うら悲し　この夕影に　うぐひす鳴くも（巻十九　4290）

我がやどの　いささ群竹《むらたけ》　吹く風の　音のかそけき　この夕かも（巻十九　4291）

二十五日に作る歌一首

うらうらに　照れる春日に　ひばりあがり　心悲しも　ひとりし思へば（巻十九　4292）

春日遅々に、鶬鶊《うぐいす》正に啼く。悽惆《せいちう》の意、歌に非《あら》ずしては撥《はら》ひ難きのみ。よりてこの歌を作り式《もち》て締緒《ていしょ》を展《の》ぶ。ただし、この巻の中に作者の名字《な》を偁《い》はずして、ただ年月所処縁起《しょしょえんぎ》のみを録《しる》せるは、皆大伴宿禰家持の裁作《つく》る歌詞なり。

これは家持が天平勝宝《てんぴょうしょうほう》五年二月に作った、有名な春の歌です。この三首は近代になってはじめて発見されたような歌で、最初にこれをいいと言ったのは窪田空穂です。その後、釈迢空《しゃくちょうくう》が「空穂さんがいいと言ったけれど、実際この歌は本当にいい」と言った。アララギ派の人にはこの歌の良さが分からなかったのでしょう。4292番の歌の左注にあるように、その憂悶《ゆうもん》の情は、「歌に非ずしては撥ひ難きのみ」というのが家持のモティーフでした。大伴の一族は、自分たちが結局没落しつつあるというのを知っていた。だから「春の日が照ると、うぐいすが鳴いたりひばりが鳴いたりしている。それを見るだけでもなんとなく逆に憂鬱になってしまう」。春日というのは憂鬱なものです。鳥が鳴いているのを見ると、自分のほうの境遇と比較して、鳥は無心だけれど自分たちにはいつも憂鬱のかたまりがあるというのがこの歌の背景にある精神です。これは、まさに近代的な「憂鬱（メランコリー）」なんです。この歌が詠まれた天平勝宝五年は、天平のはじまりからいうと二十年くらい経っている。家持は四十歳ぐらいでした。もっと若い頃には、女たちとの交際もかなり多かったと思われますが、はっきりしない。坂上郎女の娘の坂上大嬢《さかのうえのおおおとめ》が家持の正妻になって、彼女との応答の歌はたくさんあります。しかし元来が真面目で憂鬱な男という印象。旅人も素晴らしい歌を作っている。純粋というか、透明感のある歌です。一方には悲しみがある。そういう一族が、身を寄せあうようにして歌を守ったんです。

　歌を守るのに、どうやって守ったか。大伴旅人は有名な梅花の宴というのを主催しました。大宰府で正月に全部の官吏を集めて、家で梅の花を讃える歌を一首ずつ詠んで、歌合わせみたいな宴会をやった。これはもともとは中国の風習で、漢詩のほうでは日本人も慣れっこだった。漢詩は天皇が中心になって賀宴を張ります。雅《みや》びな宴《うたげ》で詩を詠みあうというのは正式の習慣でした。それを和歌で最初にやったのが、大宰府で開かれ、巻五に収録された「梅花の歌三十二首」です。この梅花の宴は天平二年ですが、この時期には意味がある。天平元年は秋に改元されてはじまっていますから、天平二年正月というのは聖武天皇の皇后に光明子が立后してわずか三、四ヵ月後です。この時期藤原家は完全勝利をせしめたわけです。その一方で、ほかの一族はみんな敗けた。旅人はそれを知っていて、なおかつ正月にそういう宴をやった。筑前から山上憶良が来たのをはじめ、筑紫《つくし》の各地から部下が馳《は》せ参じてくる。旅人はその連中に向かって「今日だけは楽しくやろう」という演説をする。それぞれ梅の花を讃えた歌を一首ずつ詠まなければならない。みんな本当は閉口したと思う。

春されば　まづ咲くやどの　梅の花　ひとつ見つつや　春日暮らさむ　筑前《つくしのみちのくちの》守山上大夫《かみやまのうへだいぶ》（巻五818）

我が園に　梅の花散る　ひさかたの　天《あめ》より雪の　流れ来るかも　主人（巻五822）

その三十二首のなかで圧倒的にいいのは、「主人」とあるこの旅人の歌です。旅人の前の七人は客分、旅人の後は部下です。そして、この818番の憶良の歌はまるで変な歌。つまり喜びの歌ではないんです。憶良が主人の旅人の心になって詠んだのではないか、と僕は推測しています。憶良というのは、そういうちょっと複雑な人だったからです。つまり、「春になって梅の花が咲いた。それをひとり暮らしでぼんやりと見ていていいものだろうか」というので、お祝いの歌でもなんでもなく、心理的な歌です。「みんなを集めて酒を飲もうか」ということになる。つまり憶良は旅人の気持ちになって、旅人の気持ちを推し量って歌っているというふうに僕には思える。僕の解釈はあまりにも極端かもしれないけれど、しかしそのぐらいに心が沈んだ歌でしょう。それは旅人の心だとすれば分かる。みんなを集めて、中国の宴に倣って本邦における最初の詩の宴をやってやろうかと。

　とにかく、梅花の歌三十二首は、我が国における和歌の宴の最初であります。それが没落した大伴の家というものを逆に象徴している。大勢の人を集めて歌を作ることが自分たちにとっての風流だ、我々は風流に生きるしかない、と。さらに、やってみたら素晴らしかった、というのが序文にある。その序文は、作者は記されていないけれど、旅人が書いたに決まっている。美文調の漢文で書いてあります。中国のある種のものを模倣しているとしか思えない。文学的意匠を凝らしてあって、現実の光景はなにも書いてないらしい。蝶《ちょう》でも鳥でも、対句の修辞の必要上出てきます。こんな宴会の記録がなぜ残ったかというと、当然大伴の家の人が『万葉集』を編集しているからです。旅人が都に持って帰って、死んだ後にそれを家持がまとめた。あるいは大伴坂上郎女が、これこそが大伴の家の風流のあり方です、と家持に示した可能性もある。家持はその教訓を身に染みて知っているから、全面的に受け入れる。その意味でも、大伴の家はいわば非常に小説的な家です。

敗者たちの文学

乱暴な意見ですが、結局、大伴という家が『万葉集』を作っているんです。『万葉集』というものが編集されている根本の意味は、大伴の家が持っていた没落したという意識です。それと、文学で自分たちの気持ちを慰める、文学で人の心を動かすことができるということが分かって、そこからみんなで「うたげ」をやろうという動きが出てくる。それが『万葉集』という一大宴の本にもなっていると思います。九州の大宰府でこれをやったことが、歌合わせ、連歌、連句、と後々の人々に影響を及ぼす。「日本文学史」はこういうところから始まったんです。たぶんそういう意味で、大伴家持を重視した人は保田与重郎です。そこに敗北の美学を見た。僕も人麻呂と家持を重視します。僕の場合は敗北の美学としてだけでなく、それがどういう結果になったかに興味があります。家持は「うたげ」というかたちで後の日本文学の、あるいは日本詩歌の大きな流れを作ったという意味で、敗北の美学だけではないと思う。もちろん『古今和歌集』を見ても、歌のほうでは政治的敗者が中心です。紀貫之だけでなく、紀の家から何人か出てくる。在原業平も、紀家の娘が在原家に入って生んだ子どもたちの系譜です。だから紀貫之は在原業平にたいして好感を持っていたのでしょう。目崎徳衛さんが書いていらっしゃいますが、『古今和歌集』の作者のうちの二十パーセントは紀家の系列だと言っていい。『万葉集』においては、五十パーセントぐらいを占めていると言っていいほどの重要度を持っているのが大伴なんです。

その大伴家持がもっとも尊敬したのが、柿本人麻呂でした。『人麻呂歌集』があんなにたくさんの歌を『万葉集』に提供しているのも、明らかに家持が人麻呂を特別扱いしたからです。家持は大変に目が肥えていたから、ほかの人のいろんなものを集めて見ても人麻呂の歌が抜群だと分かっていたのだというのが僕の考えです。あの当時、文芸評論家や詩の評論家はいない。作者が見て選んでいるだけです。その選ばれた歌のなかでピカピカに光っているのが人麻呂の歌です。つまりは編集者自身が凄《すご》かったということです。人麻呂がそれまでいつでも尊敬されていたということではなく、『万葉集』が編纂された時点で、人麻呂の名声は決まった。それまでは、ある時代に人麻呂という偉い歌人がいたということはある程度知られていたかもしれないけれど、それを本当の意味で知っていたのが、たぶん大伴坂上郎女と家持の二人だと思う。

『万葉集』はそういう意味で、我々にもいろいろな点でよく分かる編集形態のものでした。しかも、大伴家は藤原家全体と敵対していたかというと、そうじゃない。藤原房前《ふじわらのふさざき》という、不比等の息子で温《あたた》かい心を持っていた大物がいました。伝説では、彼は母親がだれだか分からなくて、自分の出生を探るために四国まで行くんです。自分の母親がそこにいたらしいということを聞いて、土地の古老に尋ねる。すると、「あなたは死んだあの人の息子さんです」ということを言われる。死んだあの人というのは真珠を採る玉採りの海女《あま》で、藤原家の御曹司の不比等が四国へやってきたとき、彼と恋愛して子どもをひとり生む。あるとき中国からの玉、つまり宝石が竜に盗《と》られてしまう。

不比等は彼女に向かって「竜神の住む竜宮まで行って玉を取り返してきてくれ。もし、おまえが取り返してきてくれたら、おまえの子どもをかならずわたしの正式な子どもにして、将来の出世を約束する」と言う。海女は自分の愛する男のために、また自分の子どものために、玉を奪いに行くわけです。短刀を口にくわえて竜宮に行き、忍び込んで玉を取る。魚の番兵がいっぱいいて、その連中が追いかけてくる。彼女は自分の胸の乳房の下を裂いて、そこに玉を隠して、必死に逃げる。竜宮の神々は血を忌みますから、彼らが血が流れてくるのを避けている間に、命綱をたよりに上がってきて、浜辺で息絶える。玉は胸の下に入っている。不比等はその玉を拾って帰る。房前はそのときの海女が生んでいた男の子で、それが藤原家の頭領になる、というお話がある。これは、のちに能や舞の素材にまでなっています。

さて、現実の房前とその子ども八束《やつか》が二人とも、大伴郎女《いらつめ》と親しいんです。だから、その点では大伴家と藤原家との関係は深い。たとえば、対馬《つしま》で生えた桐で作った非常にいい大和琴を旅人が房前に贈ったりもしているんです。その時の手紙のやりとりが巻五にあります。大和琴というのは、その当時貴重品で、六絃《げん》です。庶民が持っているものではなかった。その立派な対馬の桐で作った琴を贈っているぐらい二人は親しかった。たぶん、旅人は筑紫に着いてすぐに房前にこの大和琴を贈っています。房前は藤原家のなかでは旅人と親しかった。そしてまた、八束と家持が仲がいい。山上憶良が都へ帰ってきて死ぬときには、八束がわざわざ使者を、いまわの際の憶良の枕元へ送る。憶良の最期の歌は実にこの使者に向かって歌われた歌です。つまり、八束らは山上憶良とも親しかったのです。

山上臣憶良《やまのうへのおみおくら》　沈痾《ちんあ》の時の歌一首

士《をのこ》やも　空しくあるべき　万代《よろづよ》に　語り継ぐべき　名は立てずして（巻六978）

右の一首、山上憶良臣の沈痾の時に、藤原朝臣八束《ふぢはらのあそみやつか》、河辺朝臣東人《かはへのあそみあづまと》を使はして疾《や》める状《さま》を問はしむ。ここに、憶良臣、報《こた》ふる語《ことば》已《お》畢《は》る。須《しまら》くありて、涕《なみだ》を拭《のご》ひ悲しび嘆きて、この歌を口吟《うた》ふ。

八束の孫が冬嗣《ふゆつぐ》で、藤原家の摂関家はここから出ているわけです。けれど、この時期には大伴とも親しかった。藤原朝臣八束は、「廉直明敏で上下の信望が厚かったことから従兄の仲麻呂《なかまろ》にそねまれたが病と称してこれを避けた、とその伝に見える」ということで、この時期は藤原家のなかでも主導権争いが凄かった。藤原房前という人は、そういう意味ではそこから超絶しているところがある。しかしこの一族は気の毒なことに、ほとんど全員が流行病《はやり》で死ぬ。そこからやっと生き延びて、冬嗣が出てきたのです。

ともかく旅人は、琴を房前に贈ったくらいで、房前との間には深いつながりがあったわけです。だから旅人としてはやはり鬱鬱としていながら、藤原家のそういう連中とは心が通っていたということがある。その連中を通じていろんな情報が入ってくる。この時期から十年ほどたって、藤原広嗣《ふじわらのひろつぐ》という人が大宰府に次官（少弐）として行きます。そして、君側《くんそく》に奸《かん》が二人いるといってこの広嗣が反乱を起こす。中国帰りのインテリ二人が聖武天皇のそばにいて政治を壟断《ろうだん》しているというのです。都に抗議文どころじゃない一種の挑戦状を出しました。その手紙で都は大騒ぎになって、一万何千人の兵隊を送る。あの時代に一万何千人です、信じられますか。迎え撃った広嗣の側は何千人かで、広嗣は負けて最後に斬首《ざんしゅ》される。そのとき、どこへ逃げようとしたかというと、海を渡って中国へ逃げようとした。あの頃は国際的だったんです。けれど風に阻まれて向こうへ渡れずに、今でいうと長崎の五島列島に吹き流され、捕まって首を斬られてしまう。この広嗣の乱がきっかけとなって、都は恐怖におびえます。聖武天皇など、都と政務を放り出して、離宮から離宮をまわって五年間放浪します。天平という時代は、そういう意味では政情が安定している黄金時代とばかりはいえなかった。

II　平安文化の表と裏——「古今和歌集」

平安文学を俯瞰する

平安時代の和歌は、政治とは一見まるで関係がなさそうに見えます。それは、平安時代は政治的に非常に安定している時代である、という観念があるからです。だからこの時代の文学というものは、政治とまったく関係がないものだと思われてきました。とくに『古今和歌集』は、『万葉集』の「ますらを振り」と対比して、「たをやめ振り」とみなされた。そのために、『万葉集』の端的で単刀直入な感情の表現に対して、婉曲《えんきょく》で直接性の少ない、したがって優美だけれど退屈な歌集であるという常識がある。

これは明治時代に正岡子規が『古今和歌集』と紀貫之を批判したときにできた、ひとつの大きな通念です。根岸にある子規の家に、弟子たちが集まって短歌を作っていたのですが、それが根岸短歌会です。それを母体にして、伊藤左千夫《いとうさちお》が中心になって子規の没後に短歌のグループができて、「アララギ」という雑誌になった。そこから斎藤茂吉《さいとうもきち》のような人が出たのですが、茂吉があまりにも大きな存在だったこともあって、正岡子規の祖述をした茂吉の考え方、それ以外の「アララギ」の人の考え方が近代における短歌観を決定してしまった。その結果、アララギ派と平行して全然別のものの考え方に立っていた与謝野寛《よさのひろし》、晶子《あきこ》夫妻の「明星《みょうじょう》」や、佐佐木信綱《ささきのぶつな》さんを中心にして結成されていた「こころの華」（後の「心の花」）というグループの、非常にゆるやかで広やかな感じの結社の影は薄くなる。つまり「アララギ」が大正時代を制覇したわけです。それは、作品によってだけではなく、歌論によって制覇した。その歌論の中心になっているのは『万葉集』を尊重せよ、ということだったので、必然的に『古今和歌集』は読む必要もないくらいに思われた。それでも戦前の昭和十年代までは『古今和歌集』というのは教科書にも載っていて重要視はされていたけれど、戦後になるとますます『万葉集』中心になってそれさえ読めばいい、ということになっていきます。

そのために、逆に日本文化全体のイメジが分からなくなってしまった。なぜかというと、『古今和歌集』の伝統は千年の間続いています。これが、実は日本文化のさまざまなものの考え方ならびに風俗、習慣、たとえば遊びにいたるまで、日本人の生活をずっと支配してきました。それを「つまらない」と言ったおかげで、日本の風俗、習慣についてまで考える手立てを失ってしまった。そして、現代の日本人は、日本の古代文化ならびに古代文明についてまるで知らないという事態に立ち至っているわけです。僕は、ここ二、三十年たえずそのことが頭にあって、一連の仕事をしてきました。それは『古今集』を復興させるとか紀貫之の名誉を回復させることが目的ではないんです。このふたつの歌集は決して対立してとらえられるものではなく、むしろ『万葉集』末期には『古今集』につながってくる偉大な伝統ができていたということを、僕は強調したい。言いかえれば、『古今和歌集』というものを、貴族階級のお遊びの和歌集というかたちで無視することが、我々自身で「日本」というもののイメジを形成するうえでいかにマイナスになっているかということを言いたい。

さて、そこで『古今和歌集』ですが、編纂されたのは九〇五年です。この歌集は醍醐《だいご》天皇の時代にできあがったけれど、基礎はその前の宇多《うだ》天皇の時代に大体できています。宇多天皇に才能を愛された当時の代表的な歌人が何人かいる。比較的若い三十代の紀貫之など、官吏としては微官であったにもかかわらず登用されて、宇多、醍醐二代の天皇のもとで『古今和歌集』を編纂する。この歌集は題名が示しているように、「古《いにしえ》」と「今」の和歌を集めたものです。「古」というのは『万葉集』まで含めている。その時代を代表する素晴らしい歌から、現在作られている歌までを集めて、ひとつの雄大な詞華《しか》集《しゅう》を作ろうとした。それが『古今和歌集』という題の由来です。九〇五年というのが編纂され終わった年か、編纂を命じられた年かは説が分かれますが、いずれにしてもこの年は重要です。つまり十世紀の初めです。『万葉集』は、だいたい七五〇年くらい、八世紀半ばまで重要なものが出揃っている。百五十年の間があります。

その間、和歌はどうなっていたかというと、もちろんたくさん作られてはいます。いわゆる六歌仙《ろっかせん》といわれた在原業平《ありわらのなりひら》、小野小町《おののこまち》、僧正遍昭《そうじょうへんじょう》、喜撰法師《きせんほうし》、文屋康秀《ふんやのやすひで》、大伴黒主《おおとものくろぬし》などが、素晴らしい歌を作っている。この人々は、まさに中間を埋める存在です。黒主は存在したかも分からない人ですが、昔の人は伝説的人物を非常に重んじた。とにかく六人の歌人が『古今集』が出てくるまでの間の有名歌人です。では、その人々以外にどんな人々が詩を作っていたかというと、実はたくさんの人々が漢詩を作っていた。つまり、その百五十年くらいの間、和歌は後ろへ引っ込んで、表に出ていたのは漢詩であった。漢詩は平安朝の非常に重要な要素です。作品としてたいしたものがあるというわけではないけれど、この漢詩が日本文化の骨格を作っている。和歌は土着の詩で、漢詩は中国、朝鮮から渡ってきた外来のものです。それを人体に譬《たと》えて背骨をなしているのはどちらかといえば、文体のうえでは漢詩、漢文だと思う。『古事記』『日本書紀』の時代には漢文で書かれていたこと、日本の歴史を記述したものが実は漢文だったということを、忘れてはならない。今はひらがなが混じった読み下し文になっていて今のことばで読めるけれど、昔は漢文だったということです。

『日本書紀』は日本政府が作った公式の歴史です。日本の国はどのようにできたか、天皇はどのように天皇になったかというところから始まり、それからずっと続いて、最末期はまさに柿本人麻呂が歌っていた頃で終わる。なぜそんな大事業ができたかというと、天武天皇という古代日本の天皇制を形作った天皇が命じたからです。そこで『日本書紀』と『古事記』両方が作られた。『古事記』のほうが民間伝承をいっぱい含んでいて、文学としては面白い。しかし、あくまでも公式のものとして『日本書紀』がある。日本文化というのは面白い傾向があって、表と裏とがある。また、『古事記』はどちらかといえば語りです。太安万侶《おおのやすまろ》が、稗田阿礼《ひえだのあれ》という人物が語った古代以来の伝承を記録したというかたちになっている。この稗田阿礼が男か女かについては、説が分かれるところです。柳田国男さんなどは、あれは女だったかもしれないと言っていて、僕もそれは非常に面白い説だと思う。女だから歴史をずっと覚えて語れる。今のアイヌの語りも女性でしょう。語れるというのは女の特権だった。それに引き替えて、男は文章を書いた。書かれたものが『日本書紀』で、語られたものが『古事記』だったといえます。このふたつが日本の歴史書として最古です。これが終わって『三代実録《さんだいじつろく》』や『六国史《りっこくし》』など漢文で書かれた歴史が、その後もずっと続いていく。平安朝の大学者、たとえば菅原道真《すがわらのみちざね》などは『六国史』の編集に参画しています。歴史の編纂というのは古代からずっと行われてきますが、その古代から平安朝になっていく歴史は全部漢文で書かれています。平安朝になってからの『六国史』は本当に面白い。書いているのは菅原道真クラスの大知識人です。

その当時の大知識人というのは、漢文を書ける人だった。そういう時代だから、文学作品においても必然的に和歌が表に出てこなくなる。男たちが書いていた時代の文学作品といえば、なんといっても漢文、漢詩です。きちんとした韻を踏んで漢詩を作る。それが詩人たるものの心構えで、いいかげんに文字を並べるのは詩人ではありえない。そういう時代が延々続くのが平安朝初期で、『古今和歌集』はその伝統にひとつの大きな穴を開けたのです。つまり、『古今和歌集』出現以前の時代のことについて触れないと、日本文化について話すことにならない。

朝廷の時代

奈良から京都へ都を移したのは桓武《かんむ》天皇ですが、いつ京都へ都を移したかというと七八四（延暦《えんりやく》三）年です。奈良から京都へいきなり来たのではなく、まず長岡に行った。長岡京があって、それから京都へ行き着いたのが七九四（延暦十三）年です。だから、十年間長岡京の時代があった。長岡京から数えれば、平安時代というのは七八四年から で、だいたい四百年間です。長岡京を経て、七九四年京都に都を定めた。

平安初期がどういう時代だったかというと、朝廷が大変な権力を持っていた時代です。法律制度をじつに見事に完備させている。例えば天武天皇がなぜ古代社会においてあれだけ偉大な天皇制を築いたかというと、中国の唐から政治、経済その他の法律を入れたからです。法律というものは、一国を作るうえでもっとも力を発揮します。近代日本にも欽定《きんてい》憲法ができたけれど、ドイツを中心とするさまざまなヨーロッパの法律、ならびに軍隊の制度がそれを支えた。つまり、国を興してそれを支配するためには何が必要だったかというと、強引に法律を制定してその法律によって一般人民を統率することが必要だった。そこで、桓武天皇がしたことは、官吏、とくにいろいろな地方のさまざまな土地に京都の中央から派遣される国司《こくし》の、監督をすごく厳しく行った。監督を厳しくしないと、彼らはすぐ私利私欲でその土地の重要人物になって、大金持ちになってしまう。現代日本も桓武天皇の時代も同じです。桓武天皇の時代よりもっと悪いのは、法律というものが、それだけでは必ずしも万全でなく、ほうぼうに抜け穴があって、そのかくれた抜け穴が中央政府にも通じているところでしょう。桓武天皇の時代はそれが許されず、違反するときびしい罰則があった。また、班田制《はんでんせい》を施行して農民の生産を全部押さえた。

これは非常に厳しく、どの地方の某《なにがし》という村の何字《あざ》には農民が何人いて、その名前は某と某で、男と女が何人で子どもが何人で、子どもの年齢はいくつで、というのが全部分かった。それから、諸国の兵器を置く武器庫、国府（県庁）を守るための兵士として健《こん》児《でい》という制度を置いた。その制度を定めたおかげで、農業と軍事と地方行政の三つを押さえられた。これを、桓武天皇が施行した。

そして、平安時代の天皇は桓武から、平城《へいぜい》、嵯峨《さが》と続きます。この桓武から一代おいた嵯峨天皇が、平安時代初期の最大の文人のひとりです。この人は、たぶん渡来人の血が入っている。その当時の京都の朝廷の知的な分野は、全部といっていいほど、唐あるいは渤海《ぼっかい》など外来の知識を持っている人々が押さえた。また朝鮮半島あたりでは戦乱が絶えずあって、追われた王族とか貴族が日本に来て、そのまま土着する。もちろんそこで混血児が生まれる。中国大陸との混血児は、京都にはたくさんいたと思う。朝廷の知的な分野というのは、文学よりむしろ行政、立法です。というのも、いちばん大きい問題のひとつは、京都の出水の問題だった。今日の日本でも、東京のある地域が水浸しになったりするでしょう。あれと同じで、ちょっと治水を失敗するともう京都の中心の町並みが水浸しになるという時代だった。だから、治水工事のできる人々が重要だった。これは五世紀ぐらいから絶えずあった問題です。それは、収穫がだめになるというだけではない。水が退《ひ》くまでに時間がかかると、その間に伝染病が一気に発生する。それで大勢の人が死ぬ。例えば、前章に出た藤原房前の兄弟四人も、ほとんど全員がいっぺんに伝染病で死にます。だから、恐ろしい病を防ぐためにも、水を下へ流す必要がある。そういう意味で、知的な分野の職業というのはたくさんあった。おそらく朝廷の周辺には、中国大陸を中心とした渡来の人々がかなり重要な位置にたくさんいたと思います。この人々は当然日本語をマスターし、同時に土着日本人は彼らを通じて中国文学や中国の思想に触れた。この国際交流は非常に重要です。

たとえば『万葉集』時代の最大の歌人のひとりである山上憶良について言えば、中西進さんなどは、彼は渡来人だと言っている。たしかに憶良の漢文は『万葉集』のほかの人の漢文と段違いの、見事な、いろんなものからの引用をちりばめたものだった。いずれにしても漢詩文の知識はこの時代の官吏にとっては絶対不可欠なものだった。

だから、後々の平安時代の最大の歌人のひとりになる在原業平について、漢文で書かれた正史『六国史』の「日本三代実録《にほんさんだいじつろく》」のなかには、「ほぼ才学なし」と書いてある。これは、菅原道真が書いたといわれています。業平は、気立てのたいへん雄々しい男で、容貌《ようぼう》は閑麗、つまり非常にのどかで美しい美男子だったらしい。ところで、才学というのはこの場合なにかというともちろん漢学です。だから、業平は日本の詩歌の歴史でいうと、純日本種の代表的な人物だった。女にすごくもてて、ときどきは伊勢神宮に神様の奥さんとして仕えている人とまで一夜をともにしたり、あるいは天皇の奥方になることが決まっている人と同衾《どうきん》してしまう。そのために『伊勢物語《いせものがたり》』のなかの有名な「芥河《あくたがわ》」という話ができているという説がある。つまり、日本の男は、くだけた言い方をすれば、女にもてて、歌がうまくて、顔つきがのどか、というのが理想的だった。こういう人は、まあ、ほぼ才学なしです。

才学のある人というのは、たとえば菅原道真です。この人は頭のなかに漢詩文がびしっと入っていた。ちょっと引き出しを開ければ出てくるぐらいに知っていなければ、出世しなかった。業平は、十年間ぐらい官位が進んでいない。それは、ひとつは女の問題があった。藤原家の娘を、天皇家への嫁入り前に奪ってしまった。結局、彼女は彼のもとから奪われてお嫁に行きます。これが藤原高子《たかいこ》で、天皇は清和《せいわ》天皇です。高子が天皇のところへ嫁がされたとき、清和天皇はまだたいへん若い。彼女のほうが何歳も年上で、だから本当につらかったと思います。業平が懐かしかっただろうと思う。

嵯峨天皇の時代になると、天皇が外国の連中を非常に重んじるわけです。このあいだ亡くなられた川口久雄さんは、嵯峨天皇の母方にたぶん渡来人の血が入っていたからだろうと言っている。僕はそれが書かれている本を読んで、目が覚めるような思いがした。つまり、嵯峨天皇の時代の朝廷は唐の最末期のデカダンスの影響が非常に強い。その嵯峨天皇は、政治においては、桓武天皇を引き継いでもっと凄いことをしています。蔵人《くろうど》と検非違使《けびいし》を制度として置き、これらを集めておく二つの重要な官庁を創設した。これによって、後々の日本の政治ががっちりと守られていく基礎ができた。蔵人所《くろうどどころ》というのは今でいう大臣官房で、天皇の側近としてさまざまなことを扱った。非常に細かい制度があって、大勢の職員がそこにいる。そして、世間的にたいへん名誉のある地位です。

だから、そこで働いている人々も誇りを持っていた。この総裁にあたる人が蔵人頭《くろうどのとう》といって、左大臣あるいは右大臣というトップの人が兼職した。蔵人所はその直属の官庁です。国政を動かすうえで、天皇のさまざまな決定にすべてかかわっている。もう一方の検非違使は、現代のことばでいえば裁判所と検察庁で、ちょっと怪しいのは全部捕まえるというような凄いところです。太政官《だじょうかん》という組織は古代においては非常に大事だったけれど、蔵人所と検非違使庁というふたつの専門職ができていった平安時代になると、だんだん影が薄れていく。太政官がかつて蔵人所や検非違使庁のようなことをやっていたけれど、もっと大ざっぱだった。だから、そういう意味で、平安朝は官庁の組織が恐るべき勢いできちんとしたものになった時代です。つまり官僚体制ができた。

官僚体制のなかで出世するためには、そこでの決まりに全部従わなければならない。そこでいちばん重要なものとして、漢詩、漢文があった。読めて、かつ書けなければならない。例えば藤原道長《ふじわらのみちなが》のような人は、膨大な日記を漢文で書いています。それが非常に有名な『御堂関白記《みどうかんぱくき》』で、これはフランス語でも翻訳が出ているような重要な文献です。道長は平安中期の人ですが、彼は全部漢文で日記を書いた。そういうことを我々が見落とすと、平安時代の文化はなよなよした、『古今和歌集』や『源氏物語』に代表される、いわゆる仮名を使った文体だけだったと思ってしまう。それはとんでもない間違いです。

嵯峨天皇の時代には、さらに「律令《りつりょう》制度」が細かに整備されていった。律令体制というけれど、律《りつ》は刑法、令《りよう》は行政法です。それをさらに細かくしたのが「格式《きやくしき》」です。奈良時代に作られた律令の文章で、これは平安時代に合わないというのがたくさん出てきますが、これをどんどん変えていったのが格《きやく》です。また、式《しき》というのは律令を実際に施行する場合の細かい細則を付け加えていったものです。つまり、格とはもともとある律令に手を入れて現代に合わせたもので、式はさらに細かい現実に即した新しい法律をつぎつぎに作っていったものです。それを格式という。これが嵯峨天皇のときに始まって、それ以後平安朝ではたびたび改定されています。今の日本国憲法みたいな法律であってもどんどん変えていった。その格式が嵯峨天皇の時に作られて、清和、醍醐と天皇が変わるにつれていろいろと手を加えられていく。そのなかで「延喜式《えんぎしき》」というのが現代に残っていて、これは膨大ですごく細かいものです。たとえば、伊豆《いず》の国の某というところでは人数がこのくらいでどういう産物があって、ということが書いてある。「延喜式」は式でも新しいほうであって、嵯峨天皇や清和天皇の頃のものはもう失われています。一方、格のほうは三代にわたる嵯峨、清和、醍醐の格を集めて分類した「類聚三代格《るいじゆうさんだいきやく》」という膨大なものが作られる。いってみれば六法全書です。

晩唐のデカダンスの頃までは唐との関係がまだあって、制度を改革するうえでの影響が強かった。朝廷も唐文化の摂取に関しては意欲的だった。たぶん、いちばん意欲があったのは奈良時代の末期の頃です。その頃に聖武天皇が奈良の大仏を作っています。また、奈良の唐招提寺《とうしようだいじ》（鑑真《がんじん》創建）みたいに唐から来た僧が日本に大きな寺を開いたり、あるいは大きな寺に住職としてやってきてその寺を再興したりすることがあった。

文化の融合

平安時代になると、唐のほうが息もたえだえになってきて、日本人はもう学ぶものがないということになります。その半面、唐から入ってくる本を日本人はたくさん読んでいる。とくにお坊さんたちが膨大な量の本を読んでいます。また、前章の『万葉集』の大伴旅人とか山上憶良とか大伴家持も、多くの本を読んでいて、日本的なものと中国伝来のものとをうまく混ぜ合わせた。唐と日本の文物の融合が非常に成功していくわけです。その文物、思想を融合することにかけて、平安朝の連中は天才だったと言っていい。

その間に、例えば書道においては三筆《さんぴつ》というのが出てきます。嵯峨天皇、空海、橘《たちばなの》逸勢《はやなり》が三筆で、三蹟《さんせき》というのが小野道風《おののとうふう》、藤原佐理《ふじわらのさり》、藤原行成《ふじわらのゆきなり》の三人で、書家としてはこの六人が有名です。けれど、空海の字はときどき妖気《ようき》が漂っていて、僕はよく分からない。素晴らしいものにも見えるけれど、なんだかつかみどころがない。橘逸勢の字はあまり残っていないけれど、純日本的な成長の仕方をしてきた人が立派な字を書いたという感じです。そして、このなかでも嵯峨天皇の字は規模雄大で立派な字だと思います。あまりめんどうくさい格式にこだわらない。彼は格式をいっぱい作った人だけれど、彼自身は格式にこだわっていない。日本人離れしていると思います。

嵯峨天皇は漢詩も一流でした。漢詩集はこの当時、『凌雲集《りょううんしゅう》』『文華秀麗集《ぶんかしゅうれいしゅう》』を嵯峨天皇が命じて作らせている。三冊目の『経国集《けいこくしゅう》』というのも嵯峨上皇が深くかかわっていて、つまり嵯峨天皇という人は、天皇の時代も上皇の時代も、臣下に漢詩文を作らせることに熱心だった。彼はよく京都周辺に行幸します。行幸したら天皇はそこですぐ詩を作るわけです。ついていった連中は全員がその詩の韻をいただいて、漢詩を作らなければならない。これは大変だったと思う。しかし、こういうものが、後々の日本文化の基本的なかたちを作っていきます。江戸時代はこの「挨拶《あいさつ》」の大発展の時代です。連歌、連句は江戸より前にできたものだけれど、江戸時代になるとそれが一般の庶民にまで広がる。誰かが発句《ほっく》を作り、すぐ誰かが脇をつける。もっとくだけた形式の雑俳《ざっぱい》と一般に称するものもできていく。これらは、誰かが真面目にやったものを別人が茶化してみたり糞真面目《くそまじめ》に作ってみたり、ということで楽しんだ。これを「座」ということばでいえば、日本文学における「座」の思想の最初は大伴家の九州の梅花の宴ですし、その後平安朝の天皇たちが「座」を固めたわけです。

そのうちに唐の国はどんどん衰えていきます。嵯峨天皇のあたりから、もう自分たちだけでやっていこうという新しい傾向が芽生えてくる。そのうえで非常に重要だったのは、仏教の影響です。嵯峨天皇が帝位に即《つ》いたのは八〇九年で、その時代が一方で日本仏教の最初の大興隆期になります。その頃、最澄《さいちょう》、空海が唐から帰ってくる。最澄は比叡山《ひえいざん》の延暦寺《えんりゃくじ》を中心にして天台宗《てんだいしゅう》を興した。空海は京都の東寺《とうじ》（教王護国寺《きょうおうごこくじ》）と紀州の高野山《こうやさん》の金剛峯寺《こんごうぶじ》で真言宗《しんごんしゅう》を広めていく。ふたりとも唐からの帰朝者で、唐へ行ったのも似たようなときです。

最澄が開いた天台宗は、法華経《ほけきょう》を中心とした教義で、これは仏教のなかではどちらかというと哲学的な方向を目指している。だから比叡山というのは、仏教における哲理を研究する学僧たちがたくさんいる。もう一方の真言密教《しんごんみっきょう》を空海が広めます。真言宗は、仏法のマジカルな側面と呪術としての側面を重視して、仏法の呪力の術によって国家を鎮護する。お祈りして、加持祈禱《かじきとう》するわけです。加持祈禱によって、国の安泰だけではなくて個人の幸福をも開き、災いを取りのぞく。そして日本人全体の性質からすれば、やはり密教のほうが体質的に近い。日本人というのは理論は敬遠するけれど、おまじないには非常に感じやすい。密教は日本の土着の信仰心を非常に刺激しました。それに、ひとつの見事なかたちを与えたのが空海の独創性だった。

真言宗があまり凄かったので、天台宗のほうでも、これはいかんということで、円仁《えんにん》、円珍《えんちん》という中興の僧が出てくるわけです。円仁は中国へ行って大変な密教革命を探索してくる。その円仁が帰ってきてどういうことをしたかというと、天台宗に真言密教を入れた。だから天台宗は顕教《けんぎょう》といわれるけれど、日本では顕教だけではやっていけなくて、密教的な要素が入った。これは天台宗の密教だから台密《たいみつ》という。台密は、京都の貴族たちに非常に受けるわけです。例えば清少納言は比叡山に行って、お坊さんたちのあまりにも美しい音楽と姿と衣装と、それからいいようのない薫りにうっとりして、「まあ、あのお坊さんいいわねえ。親しくしてみたいわ」と書いている。つまり完全な総合芸術です。真言宗の東寺は京都のなかにありますが、比叡山は京都の外だから、行って何日も何日もお籠《こも》りしてみたいと思ったわけです。

平安朝の初期、とくに嵯峨天皇の時代に最澄、空海がものすごい勢いで新興仏教を広めたことには大変な意味があります。嵯峨天皇は空海とごく親しくしていたし、最澄とも親しかった。この天皇は自分自身が芸術家であったけれど、同時に仏教思想の大変な擁護者だった。空海とは親しい手紙のやりとりをしている。したがって、世をあげて密教が盛んになる。先ほど空海の字は妖気が漂っていると言いましたが、あれはおまじないの字です。だからちょっと不気味で、僕はあまり好きではない。今のお寺へ行ってもらうお札も、全部そういうところから来ているわけで、平安時代を馬鹿にすると、私たちは現代日本をなにも分からなくなってしまう。

また、神仏習合思想《しんぶつしゅうごうしそう》というものがここから出発します。日本古来の神は実は本地仏《ほんじぶつ》である、というのは、仏教において日本人が発明してしまった理屈です。仏様というのは全世界の中心で、日本の神は仏が日本の風土のなかで姿を変えて現れ給うた、というのを本地垂迹説《ほんじすいじゃくせつ》といいます。したがって、もとの仏様が日本では神様というかたちで現れているから、神社には仏様を祀《まつ》らなければならないし、仏閣には神様を祀らなければならない。熊野《くまの》大社《たいしゃ》などへ行けば分かるけれど、熊野のお寺のなかには神社とお寺が入り交じっている。これは神仏習合思想の典型的な表れであって、実は日本的思想の淵源《えんげん》として非常に大事です。神仏習合思想を、日本のいいかげんな折衷だと言いきってしまうのは簡単だけど、そう言ってしまうと我々はどこへ行けばいいか分からなくなる。現代において、構造主義などを論じているような頭のいい方でも、子どもが生まれる前に神仏におまじないをしてもらう人もいるかもしれない。コンピューター会社の屋上に神社がある、ということもある。それに、地鎮祭は神主さんが来てやります。折衷思想というより、逆に日本人がこの土地で生きているうえで、大陸の雄大な思想を自分たちに合わせて、いかにいろんな着物を作ってしまったかということを考えたほうがいい。

菅原道真の没落

その後、平安中期には唐の影響は全く小さくなってしまいます。しかし、それ以前の平安時代をかたちづくったものは、完全に唐の影響であった。その影響のもうひとつの表れとしていえるのは、教育とその施設です。まず、大学とそこに通う貴族の子弟の住むべき寮を整備した。京の都というのは、地図上では真ん中より少し上に天皇の皇居があった。その周辺に内裏《だいり》があって、内裏の生活を支えるための職人その他が大内裏《だいだいり》にいた。馬も牛も飼っているし、鍬《くわ》も作っているし鎌《かま》も研いでいるし、とにかくいろんな人がいた。大内裏というのは、今の京都としても相当広い、ひとつの都市だったわけです。そして、内裏のすぐ南側に大学があった。

大学ではどういうものを教えたかというと、儒教、仏教、行政法、法律、文学などを教えた。もちろん、その大学に通えるのはごく限られた、藤原家を中心とする高位の貴族たちの子弟です。その高位の貴族たちの子弟にはそれぞれ家によって寮があった。和気氏は弘文院、藤原氏は勧学院、橘氏は学館院、またそれらとは別にいろんな分野を教える綜芸種智院《しゅげいしゅちいん》という学寮ができた。これをいろいろな氏族の子弟が大学へ行くときに、寄宿舎にして使った。こういうところで学ぶわけだから、優秀な者はいやがうえにも優秀になっていく。大学が作られたのは建前として、もともとは明経道、つまり儒学の教典を教えるためだったわけです。

当時の平安朝の支配者にとって、儒学はさまざまなものの考え方の中心だった。しかし次第に文学（文章道）や歴史（紀伝道）を学ぶ者が増えていく。法律（明法道）と四書五経（明経道）のふたつも重要だけれど、これらの学問は政府の官吏になる者の専門的な学科です。だから、平安時代の途中から学問の主流が歴史、文学に移っていく。なぜかといえば、いうまでもなく藤原家が圧倒的になってくるからです。ほかの家は排除されて消えていく。藤原家が政治を指導する以上、支配者の学問をやっても出世する見込みがない、いくら優秀でもたんなる有望な官吏にしかなれない。それで優秀な人材は、リベラルアーツである文学と歴史へいってしまった。

そのきっかけのひとつは、おそらく菅原道真の没落です。菅原道真は、国の臣下としてはトップの右大臣まで行った。娘は天皇の奥方にまでなっている。ということは、道真の子どもが生んだ人が男の子であった場合は次の天皇になる可能性がある。道真が天皇の外戚になったら大変だ、という危機感が藤原家の藤原時平《ふじわらのときひら》にあった。そのために道真は、明らかに罠を仕掛けられて没落していった。九州大宰府へ追われて、二年後に死にます。こういう恐ろしいことがあったことはみんなが覚えていて、政治家になったら大変だ、と思っている。したがって日本文学が政治から離れていくきっかけは、菅原道真の没落だったともいえます。

そして面白いことに、和歌を異常なほど盛んにしたのもこの菅原道真を没落させた藤原時平です。なぜかというと、彼は女好きだった。和歌は女と一緒に育ってきた文学です。和歌が大好きだった宇多天皇は『古今和歌集』が成立するうえでは陰の最大の功労者と言えます。実際には宇多天皇の次の醍醐天皇の時代にできたけれど、宇多が紀貫之などを可愛がったということがあって、その上で『古今集』は成立したといえる。それと同時に、宇多天皇がもっとも愛した官僚は菅原道真だった。

道真は紀貫之よりも三十歳くらい年上だったと思います。その道真が右大臣から一気に失脚して九州へ流された事件というのは、当時の帝臣たちを震えあがらせた。出世して藤原家の逆鱗《げきりん》に触れたらたいへんだ、自分の娘が天皇の妃のひとりになったりすると行く末が恐ろしいことになる。だから学問をしても、みんなリベラルアーツへすすんでいった。したがって国家を支配する学問をする者は少なくなった。これが日本の大学の変遷です。そして、漢詩文を男たちが作るという伝統のなかで、最大最高の詩人が道真です。彼は政治家としても最高の位置にのぼったが、やがて没落し、行った大宰府で日本最高の抒情詩を作って死んだ。道真が大宰府で作った詩は大変なものだった。

道真のこの運命は、その後千年近い日本文学の運命をある意味で決めてしまったわけです。彼は九〇一年大宰府に左遷されて、九〇三年大宰府で死ぬ。そして九〇五年『古今和歌集』が成立する。そのため、僕はこの劇的な交替は重要だと『詩人・菅原道真』という本でも力説したけれど、菅原道真の没落と死は、日本における漢文学のひとつの運命の分かれ目でもあったといえます。道真の家は、もともと立派ではあったけれど学者の家で、いってみれば中産階級みたいな存在だった。それが頭脳だけで右大臣までのし上がっていく。それを藤原家が「なんだ、こいつは」と叩き潰した。そして道真が没落すると同時に、和歌が盛んになるという明瞭な現象、たいへん劇的なある種の時代の交替があった。

道真について少し触れれば、十三歳で書いた詩が残っています。もう十三歳の頃に立派な漢詩を作っていたわけです。幸いにして、岩波書店の日本古典文学大系から『菅家《かんけ》文草《ぶんそう》』という彼の全集と呼べるものが出されていて、十三歳頃作った最初の詩から大宰府で作った最後の詩まで読むことができます。これは稀有《けう》なことだけれど、彼の死に方があまりにも悲惨だったから、粗末なことをしたら祟《たた》る、と非常に大事に保存され、今に残った。

実際に道真が九州で死んだすぐ後、京都ではいくつもの異変が起きる。頭の上に雷が突然落っこちてきたり、と道真左遷に加担した者が異変でつぎつぎに死んだ。「これはいったいどういうことだ」「祟りだ」ということで、京都の北野天満宮に祀って、大宰府にも天満宮を作り道真の愛していた梅の木を植えた。今はそこは梅の名所になっているけれど、元来はこういう異変を鎮めるという意味があった。江戸のお寺の梅も大宰府に飛んで行ったという伝説がある。日本芸術大賞画家の近藤弘明さんの生まれた下谷の赤不動には、お寺の梅の木が大宰府の道真を慕って飛んでいったという話があります。それで飛不動《とびふどう》という名前がついた。梅が飛んでいったのは後の江戸時代です。日本全国にそういう話があるぐらいに、道真の霊威は凄い。今、受験勉強で御参りに行く子がいますが、道真は没落したのだからあまりうまくないかもしれないな。道真の頭が良かったというだけで、出世して最後に没落するということを知らずに御参りに行っている。とにかく、伝説がいっぱい生まれるほど、道真の没落と死は日本人の頭にこびりついた。それで歌舞伎における『菅原伝授手習鑑《すがわらでんじゅてならいかがみ》』のような作品がぞくぞくと作られる。日本人は道真のような人の死を悼み悲しみ、今度は見物する文化を江戸時代に作った。それくらいに影響力が強かったわけです。

道真の歌と心

道真には、子どもの頃の作品の後、京都で栄えていた時代の、それから四十歳代半ばで四国の讃岐《さぬき》へ長官として派遣された頃の作品があります。讃岐行きを、彼は左遷されたと思って――実際に左遷されたと思うけれど――とにかく悲しんだ。ところが、彼は讃岐で非常に熱心な政治家だった。嫌で堪《たま》らない、こんなつらいことはない、と絶えず書いてはいます。それでも彼は、さまざまな土地へ行って、漁師や農民やあるいは木樵《きこり》といった人の生活、塩の商人たちがどれほど塗炭《とたん》の苦しみに喘《あえ》いでいたかというのを見た。薬草園の園丁は薬草を大事に育てていても自分では飲めない、一本でもなくなったら罰則を受ける、というのも見た。そして「寒早十首《かんそうじっしゅ》」という有名な詩を書いた。

以前のふわふわした宮廷のあたたかいものに包まれていた時代から、ある意味で冷飯を喰《く》ったといえる讃岐の生活は、たぶん彼を人間的に非常に成長させた。政治家としては庶民を知っている、大変な力量の人になったと思います。ほとんどの藤原家の連中は、役職としては何何守《のかみ》という地方の長官の役職になっているけれど、京都を出てその地方へ行くわけではなく、行くのは中クラスの官吏だった。そのなかで地方へ行って子どもが大成功したのは、例えば紫式部《むらさきしきぶ》です。紫式部の父親は福井県あたりに官吏として行く。そこへ娘も連れていった。すると、最初都を離れるのが嫌でしようがなかった子どもの頃の紫式部も、行ってみたら意外に面白い、とその土地を猛烈に観察した。それが小説を書くうえで非常に役に立った。道真の場合は、讃岐へ単身赴任で二、三年いる間に庶民の生活をよくよく見たから、都へ帰っても藤原家の者とは同じようなものの見方をしない。その道真が宇多天皇に可愛がられて、地位がどんどん上がっていく。それで藤原家では「これはまずい」「あいつの頭がいいことはわかっていたけれど、四国へ行って実力をつけてきた」となる。おまけに天皇に寵愛されている。天皇に寵愛されたのは、もちろん彼の頭の良さです。例えば、渤海《ぼっかい》国の大使がやってくると、接待するのはたいてい道真か、道真の妻の父親だった田忠臣《でんちゅうしん》（島田忠臣《ただおみ》）だった。名前を三文字で中国風に称して漢詩を作っていたから、唐の人も日本人の作者のことを知っていた。田忠臣は、渤海からやってくる外交官をお迎えする役としてたいへん重要だった。娘の亭主が道真だから、ふたりで組んで外務省の役割をした。道真は外務省の外務次官クラスですが、向こうの外交官とツーカーでやりとりをする。ほかの連中はやきもちを焼いたと思います。

その頃、渤海の外交官がやってくると、敦賀《つるが》から上陸して大勢の美々しい行列で京都へ入った。そして、鴻臚館《こうろかん》という朱雀大路《すざくおおじ》の左右をはさんで立つ立派なホテル（迎賓館）に泊まって、外交官はそこで長い滞在をした。その間どういう接待をするか、となるといちばん大事なことは、おいしいものを食べさせることではなく、日本のなかの優秀な詩人が行って詩の応酬、つまり連詩、連句をすることだった。渤海の大使が文人で彼が詩を作る、それを見て道真がお応えする、その道真の応えをまた受けてと、つぎつぎと応酬するわけです。一時間にいくつくらい作ったかというのを計算すれば、きちんと韻を踏んだ詩を二つや三つは作っていたでしょう。

道真の詩才を誉めて、渤海の裴頲《はいてい》という大使が「君は素晴らしい。日本の白楽天《はくらくてん》だ」と言った。それで、ほかの連中はかんかんになって怒って、いっそうやきもちを焼きます。道真の詩は平仄《ひょうそく》がおかしいという説を出す者もいる、そこで道真は「私は評判が悪い」という詩を書く。これは全部『菅家文草』に載っている。そういうことの結果、道真は渤海国でも有名になってしまう。そして、裴頲が任を終えて帰るとき、悲しい、とふたりで泣きに泣くような関係になっていた。その後、何年も何年もたってから裴頲が来たときは、その道真はもう没落していたんです。

八九四年に遣唐使を廃止したのは、道真です。彼にとって、唐にはもう学ぶものがなくなってしまった。彼は、おそらく李《り》白《はく》、杜《と》甫《ほ》も読んでいたことと思います。けれど、その当時の日本の宮廷では、李白、杜甫の強烈な詩は受け入れられなかった。日本で受け入れられた最大の詩人は白楽天だった。白楽天は政治家だったから、政治的に強烈な部分が詩にもさまざま出ているけれど、日本では白楽天の詩のそういう部分は全部消されている。というより、白楽天の詩で読まれたのはそういうところを外した、実に美しい男女の交情のこまやかさとか、春夏秋冬の季節の美しさといったところだった。とくに彼の『長恨歌《ちょうごんか》』は、非常に愛され、真似された。日本の文学に与えた『長恨歌』の影響は絶大なものがある。けれど、李白とか杜甫の場合は、白楽天の詩のように甘いところがない。白楽天が受けたのは、そういう甘いところだと思う。日本に李白や杜甫が入ってこなかったはずがないのに、平安朝文学には李白や杜甫について言及したものがひとつもない。これはじつに変です。ところが川口久雄さんが、菅原道真が讃岐に派遣されたときの詩は、杜甫の詩を踏んでいるのではないかという説を出した。僕はそれを岩波古典文学大系の頭註《とうちゅう》で見たときには、びっくりしました。今まで言及したものがないのは変だなとは思っていたけれど、道真が非常につらくて悔しいときに、まさに杜甫はぴったりだった。

それからずっと後の現代において高浜虚子《たかはまきょし》が、俳句の在り方として「花鳥諷詠《かちょうふうえい》」とか「花鳥風月《ふうげつ》を詠む」と言った。それは正確にはどういう意味かは分からない。だから今の俳人は虚子先生がそうおっしゃっているということに根ざして、花とか鳥とか月とかそういうものを詠むのが俳句の基本的なひとつの考え方だと思っている。僕もそれはそれでいいと思うけれど、その前提として本当は考えなければならなかったのは、菅原道真の詩のなかに出てくるような花鳥のことだと思うんです。讃岐守に任命されて、彼自身は左遷されたと思って非常に嘆き悲しみながら讃岐まで行く。当時四十二歳の道真が、讃岐へ赴任する途中で作った詩があります。

中途送春

春送客行客送春
傷懐四十二年人
思家涙落書齋舊
在路愁生野草新
花爲随時餘色盡
鳥如知意晩啼頻
風光今日東歸去

春は客行《たびゆ》くひとを送り　客《たびびと》は春を送る
懐を傷《いた》ぶ　四十二年の人
家を思ひては涙は落つ　書齋い舊《ふ》りにたらむ
路《みち》に在りては愁へ生ず　野草ぞ新なる
花は時に随《したが》はむがために餘れる色し盡《つ》きぬ
鳥は意《こころ》を知るが如くして晩《ゆふべ》の啼きや頻《しきり》なる
風光　今日　東に歸《かへ》り去る

一兩心情且附陳　一兩の心情　且《かつ》がつ附陳《ふちん》せむ

野の草は自分と違っていつも新しく萌《も》え生ずる、花は季節に従順に咲き時に従ってしぼむ、夕べ鳥は頻《しき》りに心を知るがごとく啼《な》いている、今は三月末で春も終わりだ、春の風や春の光すべて私に背いて東の都に帰っていく、私だけが西へ向かっている、私には訴えたい思いが少々ある、それを東へ帰っていく風に託して、とにかく私の心のなかを述べたい、という詩なんです。このなかの「花爲隨時餘色盡　鳥如知意晩啼頻」は花鳥を歌っている。僕は「花鳥諷詠」ということを高浜虚子が言ったとき、この詩を知らなかったとしても、花や鳥を詠むには心のなかに強いある感情がないとだめだということを言いたかったと思う。だけど俳人たちの多くの人にはそれは分からない。「花よ鳥よ月よ」と詠めばいいと思っている人が大半です。これが現代の俳句の問題だと僕は考えています。断腸の思いがあって、はじめて花や鳥が生きる。ただ花を讃えるものを詠んでもつまらない、そこに詩の叙情性がなければならない。あるとき対談でそう話したら、「そうだと思う、本当はそれがなければ成り立たないものが花鳥諷詠なんだ」と俳人の川崎展宏君が同感してくれたけれど、たどりかえせば、この菅原道真が左遷された時の詩のようなものに戻ります。花や鳥を歌うのは、単にそれが美しいと歌うのではなく、花や鳥は自分と違ってそのまま美しい、それに比べて自分はこんなにひどい目にあっているということがある。それでやっと花や鳥が歌える。平安朝に、李白や杜甫の詩が日本にまったく入ってこないということはなかったはずです。平安時代の文学者がそれについてだれも触れていないということは、平安朝の貴族社会のほうでそういう思想は受け入れられなかった、危険だったということでしょう。みんなが幸せにやっているときはいいけれど、いったん政権の内部に問題が起きたとき、敗北したやつが李白のような詩を読むと奮起してしまう。それではまずいわけです。だから何百年も後の元禄《げんろく》期に、芭蕉《ばしょう》が李白と杜甫についてあれほど言った理由もわかる。芭蕉は、その時代でいうとはずれ者だった。文学的にいうと、李白と杜甫はやっと芭蕉の時代になって入ってきた。平安朝に李白や杜甫の詩集が唐から入ってはきたけれど、あまりピンとこなかったということでしょう。白楽天のなかでも、政治的な詩ではなく『長恨歌』のなかの美しい詩句のようなものだけが受けた。

大和魂

冒頭で言ったとおり、政治と詩歌、あるいは社会の現状と詩は、日本の場合平安朝においては非常に密接だったと言えます。文学作品はそれだけで独自の歴史を刻むことは絶対にありえない。かならず時代の重要なファクターとかかわっている。だから「芸術のための芸術」という思想も、イギリスの近代化していく工業化社会においては大きなひとつの政治的主張だった。それはただ意匠として受け入れられるわけではありません。藤原定家の『明月記《めいげつき》』にある「紅旗征戎吾事ニ非《アラ》ズ」というのにしても、源平の戦いがある時代に「私はそんなことは知らない、私は詩を書く」というのはものすごい主張だったわけです。それが時代の動きにたいする批判としてあった。定家の場合は同時代の社会現象にたいする抵抗感があって、芸術至上主義が成立していると思う。それは定家だけではなくて、『新古今和歌集』時代の歌人たちは、多くの場合そうだったと思います。

結局、平安朝中期より、大学では文科系が多く学ばれるようになります。政治をきちんと学ぼうとすると危ない、道真の二の舞になったら大変だ、ということで学問が歴史と文学のほうへ傾いていく。その平安時代に、女の人がどういう地位にいたかという問題があります。女性たちは公の場では少なくとも漢詩文のことを知っているということを表に出せなかった。なぜかというと、漢詩文というのは官僚のもので、官僚は男だったからです。実際には女性でも紫式部のように後宮づとめの官女という一種の官僚もいっぱいいて、彼女たちは当然漢詩文が読めた。知らん顔をして読んでいた。有名な話で、紫式部のお父さんが男兄弟と比べて彼女の才能を、「惜しい、男だったら」と言ったという話があるけれど、そのぐらい紫式部は漢文漢詩が楽々読めた。女の子には一般的に漢詩文を教えてはならないことになっている。しかし、あの時代の中流の貴族で学問や文芸にたしなみのある家柄の男たちは、女の子が生まれたときに漢詩文を教えていたはずです。たとえば清少納言の家は、代々国文学系統の学者の家で、清原元輔《きよはらのもとすけ》は彼女の父にあたるという大変な歌の名家です。その家に生まれた清少納言は漢詩文を読まされたゆえに、中宮定子《ちゅうぐうていし》から、雪の降ったある日に「香炉峰《こうろほう》の雪はどんな感じかしら」と言われたら、白楽天の詩のとおりに御簾を上げる。それで定子も一同も、清少納言はこういうときにふさわしい事がちゃんとできるわね、と感心する。

雪のいと高く降りたるを、例ならず御格子《みかうし》まゐらせて（枕草子二八四）

雪のいと高く降りたるを、例ならず御格子まゐらせて、炭櫃《すびつ》に火をおこして、物語などしてあつまり候《さぶら》ふに、「少納言よ、香炉峰《かうろほう》の雪はいかならむ」と仰せらるれば、御格子上げさせて、御簾《みす》を高く上げたれば、笑はせたまふ。人々も「みなさる事は知り、歌などにさへうたへど、思ひこそよらざりつれ。なほこの宮の人にはさるべきなめり」と言ふ。

折りにあってめでたいということ、そのときどきの臨機応変な答えができるというのは日本では非常に大事で、これを「大和魂」といいました。大和魂というのは、その折々にあってふさわしいなにかができること。桜吹雪のようにいさぎよく散るというのは、末世の思想であって、明治時代にそうなってしまっている。元来は、中国のものと日本のものとうまく折衷できるということだったと思う。それから発して、なにかあったときに臨機応変に知っている詩句をちょっと変えて合わせて答えたりすると、立派だということになった。大和魂とは、通俗的に言えば、要するに要領がいいということです。それは『源氏物語』に出ていて、光源氏が「大和魂」について使っている使い方がその場その場に応じて非常に柔軟に事を処するということで、武張ったものではなかった。いずれにしても、女たちのなかにも大和魂がある。だから、作者としての紫式部や清少納言は、素晴らしい大和魂の持ち主だった。

仮名文字の発明

紫式部や清少納言が出てくるうえで重要だったのは、漢詩文を読めたということだけでなく、いうまでもなく彼女たちが駆使した仮名の存在です。漢字の一部分を切り抜いたカタカナと、漢字一字全体をくずした草書体であるひらがな。漢字の一部分をとってカタカナにするか、漢字一字全体をくずしてひらがなにするかというのが、だいたい八世紀か、もっと早くから二通りあった。

とくにお坊さんたちは、それまで経文を読むのに漢文訳のお経が難しかったということがあった。もちろんサンスクリットそのものを読めた人も多少はいただろうけれど、天台宗にしろ真言宗にしろほとんどの人が漢字訳のお経を読んでいたわけです。頭のいい坊さんはいいけれど、それほどでもない坊さんは読むだけでもたいへんだった。意味は分からなくても、朗唱できれば良かったんです。だから、朗唱するのにこの字はなんという音か示すためのうまい符丁を作る必要があった。

それで発明されたのがカタカナです。それをお経の脇に書いておけば、意味が分からなくても、とにかく読める。そういう意味で、カタカナとひらがなの発明は日本人の発明史のなかで最大の発明のひとつだと僕は思っている。そういうものが発明されて、お寺では重宝された。

また、ひらがなは女性たちに非常に重宝された。元来は漢字からきているけれど、純然たる日本の表音文字になった。その表音文字を使って、思ったとおりに、たとえば「思ったとおり」と書けばいい。漢字で「我思」とは、女たちは書いてはいけなかった。それでひらがなで思ったとおりに書くと、漢文よりもずっと身に染みたことが書けてしまう。漢文で書くということは頭の切り替えが必要だから、こまやかな人間の感情が書けない。先ほど挙げた道長の『御堂関白記』は、思ったことや感想というものはなくて、「今日登庁したら某が遅刻した」といったことも漢文で書いているので、面白い文学作品とはいえない。ところがひらがなだと、「あの人は嫌な人だ」と書いただけで分かってしまう。それはひらがなだから書けたことです。だから漢文を書く男たちは、ますます「ああいう女たちがやっている女々しいものは」ということになる。自分たちは辞書を引きながら、せっせせっせと難しい漢文を書いていたと思います。今僕らがフランス語や英語で書くのと同じです。

したがって、自分たちの感情をいきいきと表現するには、漢字よりもひらがな、カタカナのほうが良かった。それが平安朝文学において女性たちがトップにいった理由です。仮名文字の発明という大発明のおかげで、十世紀頃の女たちはたいへんな知的発達をする。十一世紀になって、続々と天才が現れたのはそのためです。だから、文章を表現する器としての文字の発明は、平安時代のもうひとつの非常に大事な歴史的な出来事であるといえます。

その仮名文字の発明によって、和歌というものが非常に発達していきます。和歌は元来どういう種類のものだったかというと、『古今和歌集』の序文にも悔しがって書いてあるように、長い間漢詩文の後塵《こうじん》を拝するものだった。

今の世の中、色につき、人の心、花になりにけるより、あた《(だ)》なる歌、はかなき言のみいでくれば色好みの家に埋れ木の、人知れぬこととなりて、まめなる所には、花薄《すすき》ほに出すべきことにもあらずなりにたり。(仮名序より抜粋)

ここには長い間色好みの家で埋れ木のようになっていた、ということが書かれているけれど、「色好み」つまり翻訳すると恋愛の気持ちを表現するのに和歌が使われていた。恋をする男や女が、自分の気持ちを相手に伝えるためには和歌がいちばん良かった。漢文で書いても女は読めないという前提があるから、漢文では書けないわけです。ひらがなが発明されたおかげで、やっと男も女も自分の気持ちを相手に手紙で伝えることができるようになった。漢詩文という公のものが表現手段としてあった一方で、色好みの家で埋れ木になって歌は悠々と生き延びてきた。いうまでもなく、作者たちが色好みだったから続いたわけです。男と女が恋愛もなにもしなければ、歌は完全に滅び去っていた。表現手段として、寂しいとかなんとかラブレターを書いて、歌をそえる。別の言い方をすれば、漢詩文はパブリックな場で堂々とオープンに語りうるものだった。和歌はプライベートな場で、できればほかの人に見せないで好きあった同士の間でやりとりするものだった。漢詩文全盛の平安時代は、これが和歌の地位だった。それを紀貫之は『古今和歌集』の序文で書いたのです。『古今和歌集』序文の根本は、今まで日陰にいた和歌がやっと表舞台に出てきたという喜びの表現であり、宣言文です。

菅原道真が没落した後、そういう状況が生じてくる。それは宇多天皇が女性の美質に敏感で、それに和歌が好きだったということがある。息子の醍醐天皇は天皇になったときはまだ少年だったけれど、父の遺志を継いで『古今和歌集』成立に力を尽くします。そのときに、邪魔者の菅原道真を追い払った藤原時平が醍醐天皇の後ろにいた。時平も、女好きだった。その当時、女性と意思を通じるためには歌を作るしかない。女のところに行って「僕はあなたが好きだ」と言っても、女は馬鹿にして会ってくれない。男女の仲というのは歌を通してでないと正式になれなかった。だから平安時代においては、和歌を詠めない男はそれだけで女をみすみす逃してしまうこともあった、というくらい厳しかった。女性たちに与えられた唯一の教養の手段が和歌だから、そこに女のプライドもあった。面と向かっておまえに惚れたなんていうのは、それだけで宮廷中のもの笑いです。和歌と漢詩の地位が、この時代に逆転していきます。

平安朝の和歌

日本の和歌のもうひとつの重大テーマは、いうまでもなく春夏秋冬です。これは元来、漢詩のほうの風景を歌う伝統からきている。また、お祝いとか悲しみ、哀悼、それから旅をすることも和歌の重要な分野になる。これらは、要するにプライベートだけれど同時にパブリックでありうるものです。春夏秋冬を歌うもの、つまり「春が来た、うれしい」は個人的な感情であると同時にパブリックな感情です。「秋が来た、はじめての雁《かり》が飛んできた、その雁を見た」というひとりが見たものでも、歌にすればみんなで感情を共有できる。ということは、和歌のなかで春夏秋冬がテーマになってくるのは、それがたんなるプライベートなものというだけではなく、パブリックな鑑賞が成り立つからです。それで、春夏秋冬は昔々から歌われていたけれど『古今和歌集』になって、春の歌、秋の歌が非常に重視され、夏の歌と冬の歌もそれに付随して、要するに四季の歌が非常に重視されるようになる。それと、すでに言ったように恋の歌がたいへん重視される。はじめは恋の歌もプライベートなものだったけれど、和歌が漢詩に代わって公の地位に就くにしたがって、この恋の歌に変質が生じる。「おまえが好きだ」「わたしも」というのではなく、大勢の人の前に恋の歌を出してみんなで読んで、このことば遣いは見事だとか、エステティックな鑑賞に堪えるようにしなければならない。だから、赤裸々に惚れたはれただけを歌っている歌では駄目だった。なんらかの意味で表現上でのしゃれたことばのあやを持っているものが愛される。

そうなると、重要な技法になってくるのは、第一に比喩《ひゆ》です。桜の花が咲いて非常に美しい、しかしその手前に淡い霧がかかっていてちょっと見えなくて残念です、という歌が四季の春の歌として歌われる。これは同時に恋の歌でもある。つまり、花は女、前を遮っている霧は女の侍女とか女を保護している母親。美しい花を見たいのに前に霧がかかっていて見えない、残念だ、というのが季節の歌であると同時に恋の歌にもなりうる。すると、だんだんそういう歌が増えていって、直情的に「あなたが好きだ」というだけでは一般の人々の心をとらえることができなくなる。そういう意味で、技巧というものが非常に大事にされました。

これが奈良時代の歌から平安時代の歌に移ってくるうえで生じた大きな変化です。しかしながら、その変化はもう『万葉集』時代にあった。平安時代のそういう歌の先駆者として、前章で述べた大伴一族、とくに大伴家持は、比喩の歌をたくさん作っている。あるものを歌っているように見えて、実はそれは恋の歌だったという歌を平気で詠んでいる。それと同時に『万葉集』のある巻の編集の仕方でも、歌全体の意味として本当は誰かが死んでそれを悼むという悲しい内容だとしても、なかである珍しい事物が歌われていたとすると、その歌の主題とは関係ない珍しいものをとってきて「何々を詠む」という題にすることがある。『万葉集』の編纂の段階で大伴家持がしたことだと思います。そうなると、歌はすでに歌のその時々に役目を果たしていた意味を離れて、技巧の問題にもなってくる。つまり、本当はこういうことがこの歌のなかで歌われています、その技術と見事さを見てください、と。そこにちょっと意味と表現との間のずれが生じてくる。そのずれがそのまま拡大されて、一般の歌の制作技術になっていくのが平安時代です。なぜそんなことが生じたかというと、漢詩という公の場で歌われる歌に代わって和歌が出てきた以上、和歌も公の場で鑑賞されなければならなかった。すると、感情的に泣き叫ぶような歌ではみんなが恥ずかしくなってしまう。それを美しい比喩で飾ってあれば、万人が比喩を鑑賞できる。だから『古今和歌集』の歌には、比喩の技術が発達したものが多い。これを心に迫るものがないといって否定するのもひとつの見方だけれど、それは平安朝の人々がしたことを、本当の意味では分かっていない。現代人が勝手にそう言っているだけです。そういうところまで見れば、平安朝の歌はやはりずいぶんとしゃれたものです。しゃれた、というか、ことばのあやそのものにリアリティがあった。そういう点で、どの時代も詩歌というものは、自分だけのオートマティックな動き方で動いていることはないということです。

「春夏秋冬」という考え方は、暦との関係ではっきりとそう言えます。『万葉集』の頃は一般の人々に暦の観念がまだなかった。だから『古今和歌集』で生ずる非常に大きな現象のひとつは、中国からやってきた暦が入ってくることです。暦を見ていると、元旦から春が始まる。それでどういう現象が起きるかといえば、東から風が吹いてくるとかその風が氷を溶かすとか、書いてある。東から風が吹いてくるというのは、自然界の現象としてもぴったりだったと思う。そこで「東」がそのまま春の代名詞になる。東西南北は、そのまま春夏秋冬に合います。

ふる年に春たちける日よめる　　在原元方
年のうちに春は来にけりひととせを去年《こぞ》とやいはむ今年とやいはむ（巻一春歌上）

これは『古今和歌集』の開巻第一番目の歌です。「年のうちに」とは今年のうちに、「春は来にけり」の春は来年の一月、ということは立春になってしまったということです。昔の暦は、立春や立夏がぴったり季節のめぐりには合わないこともありました。暦は現在までで何種類か替わっています。その当時どんな暦が使われていたかははっきりしないけれど、いずれにしても、ときどき閏年《うるうどし》というのがあるのと同じで太陰暦には閏月というのがあって、十二月が二回繰り返されたりした。つまり「年のうちに春は来にけり」というのは、旧年まだ十二月の二十日くらいだというのに立春、元旦が来てしまった状態です。それで「ひととせを去年とやいはむ今年とやいはむ」で、これから先の十日間は去年というべきか今年というべきか。この歌については時代によって、こんな馬鹿馬鹿しいものはないという説と、そうではない、ちゃんと考えがあってのものだという説がある。激賞しているのは平安朝の藤原俊成《ふじわらのしゅんぜい》です。『古今集』第一首にふさわしいめでたい歌であるといわれてきた。それが明治になって、正岡子規が出てきていきなり評価ががた落ちになる。その後では窪田空穂が、誉めてはいないけれど、これは実はこういうわけでこうなったということを当時の人の気持ちになって言った。

つまり、いちばん大事なことは何かというと、年内に立春になってしまった、来年の春の最初の日が暦のうえでは来てしまったということです。暦の上では来てしまったけれど、まだ今年はあと十日残っているから、実際には合っていない。そこを暦の知識と実際のところと照らし合わせてみて、十日間のずれがあるというところにひとつの詩を見ている。このずれというのは面白いなあ、ということ自体が詩の題材だった。近代の人はくだらない理屈にすぎないと言う。けれど窪田空穂は、昔の人はそうじゃない、暦と現実の日とのずれを楽しんだ、こう言っている。僕もそう思います。それは大事なことだったんです。

春たちける日よめる　　紀貫之

袖ひちてむすびし水のこほれるを春立つけふの風やとくらむ（巻一春歌上）

『古今集』二首目にある紀貫之の有名な歌です。これは、「春立つけふ」だから立春。古い時代の暦でいうと、立春は一月一日です。春は太陰暦の一月一日で始まった。「袖ひちてむすびし水の」というのは両手を合わせて水を汲《く》むということ、要するに水をすくいとってみんなと遊んだ。「ひちる」は水に濡《ぬ》れる、つまり水をすくいとるときに着物の肘《ひじ》が水に浸《つ》かってしまったわけです。それで「むすぶ」は、その水が冬が来て凍ってしまったということ。遊んだのは去年の夏です。遊んだときの掌《てのひら》の水が冬が来ていったん凍った、それが今日立春が来たから東風がやってきて溶くだろうか、という。ここには、五七五七七という短い形式のなかに、夏と冬と春という三つの季節が、時間的にいうと半年の経過が詠み込まれている。それを「うまいもんだ、さすがに紀貫之だ」とみんなが楽しんだ。これは現代人には馬鹿馬鹿しいかぎりです。手ですくった水が凍ったなんてとんでもない話だ、一年中持っていたのか、と理屈で言えばそうなる。ところが平安朝の人々にしてみれば、それはまったく愚劣な瑣末《さまつ》拘泥主義に過ぎない。平安朝の人々にとっては、手で水を汲んだというのがひとつの事実として、ひとつのイメジとしてすでにある。そのイメジのなかで冬がやってきてその水が凍った。それを今度は、今日最初の春風がやってきて、その氷を解いてくれるだろうか、というのは、頭のなかで時間空間を遊んでいるわけです。

こういう遊びは、日本の和歌ではいっぱいある。もっと遡っていけば、中国の盧生《ろせい》の『邯鄲《かんたん》の夢』になる。ちょっと飯が炊けるまでの間に自分の一生を見てしまって、都に行くのがばからしくなった盧生という青年は、自分の村に帰るんです。出世しようと思ったけれど、出世した後没落して、というのを夢で見てしまったら行く気がなくなってしまった。そういう意味では、日本人は中国人の影響が非常にあると思うけれど、頭のなかで時間と空間の旅をする。こういう遊び方に、和歌は本当に習熟していた。平安時代の『宇津保物語』もそうだし、『御伽草子』のなかにもいっぱい出てきます。牛若丸が天上へいって天の世界をへめぐってしまう、そういう種類の話がある。やはり想像力の働かせ方からすると共通している。

それを、近代リアリズムでは「馬鹿馬鹿しい」と一撃のもとに否定したのが、詩歌でいうと正岡子規がやったことです。正岡子規はそれをやらなければならなかった。その時代までにこの伝統は、腐臭を放つようになってきていた。だから、正岡子規はそれをいっぺんに撲滅したわけです。快刀乱麻です。そのかわり、子規の弟子たちは先生のやったことを「ありがとうございます」とそのまま受けてしまった。だから今度は百年たったら、リアリズムの短歌だけではどうしようもない、それ自体が腐臭を放つようになってきた。それでみんなあれこれ工夫して、空想や想像力を短歌の世界に入れようとした。

昭和時代の短歌にそれの影響が出てくるわけです。ただ、誰でも貫之のような才はないから、必ずしも思ったほどにはいかない。貫之はやることが錚々《そうそう》たるものでした。

暦の思想が発達するうえにおいて、中国の伝統が脈々と日本に入ってきました。この東の風がやってきて氷を解かすだろうというのは、中国の『礼記《らいき》』にあります。これは四書五経の礼について書いてある。一月元旦から大晦日《おおみそか》まで、毎日人が守るべきさまざまな礼がある。つまり儀式です。それに付随して、この季節はこうなったからこうしなければならない、という季節の説明がしてあるわけです。『礼記』のなかに「月令」という章があって、これは月々のいろんな天然現象を人間に結びつけて説明してくれる、現代の日本の『俳句歳時記』の源泉といえるものです。その立春の最初に出てくるもののひとつが「春風（東風）」、東から吹いてくる風は氷を解かすというのが「月令」にちゃんと書いてある。それを、日本の詩人たちは「これは面白い、東風がやってきて氷を解くのか」と、それだけでひとつのイメジが浮かぶ。だからそれ以前の暦のなかった時代の人々は、季節の移りゆきとか、今日が何月何日だからとは言わなかった。それが平安朝になると「今日は何月何日だから暦ではこうなっているけれどまだ雪が降っている」とか、「今日は五月の初めなのに時鳥《ほととぎす》が来て鳴かない、なぜだろう」。五月一日になると時鳥が来なければいけない。つまり、全部メタフィジックです。現実の事態をメタの鏡に照らして見ているのが、平安朝文学のとくに詩歌の特徴です。それを馬鹿にしてしまうと、詩的源泉の相当な部分が失われることもありうるわけです。

表と裏

和歌を作るような人々が日常接していた芸術的な雰囲気というと、お寺は先ほど話に出たように大事なわけですが、寺には何があったかということも大事です。それから一般の家庭に美術品として何があったか、美術品というより工芸品としてですが、そういうことは知っていたほうがいいと思います。例えば紫式部の『源氏物語《げんじものがたり》』を読むとすると、そこに漂っている雰囲気を知るか知らないか、分かるか分からないか、ということは小説全体を読むうえで非常に違ってしまうかもしれない。だから、そのことに触れておくと、いうまでもなくお寺に行けば仏像があります。その仏像を含めた仏教彫刻は、今でも例えば京都の密教の中心の東寺へ行けばいっぱい見られるけれど、仏像とその周辺に密教の仏さんたちが乗っていた動物の実に見事な彫像がある。

つまり、平安朝の貴族階級は寺へ行ったときに、ただ単にお経がありがたくて行ったわけではないし、経文を読んでいるお坊さんたちが神々しくて美しかったから行ったわけでもない。お香の匂いとか鐘の音とか太鼓の音とか、それにプラスして仏像彫刻がいろいろあったから行ったということもある。仏像彫刻の中心はもちろん普通の仏さんですけれど、それだけではなく妖怪変化《ようかいへんげ》的な姿をした異様な動物もいろいろあって、それらはみんな仏教のありがたい教えに従って仏さんを背中に乗せて運ぶ動物だったということになっています。こういう意味で仏教彫刻というのは、たんなる人間像だけではなくて、同時にいろいろな動物などの彫刻もたくさん作っている。これらは多くの人に、視覚的に大きな影響を与えていると思います。

それは寺院の建築そのものも、そう言えます。奈良時代は都が奈良という平地にあったから、山といってもたいしたことはない。その平地にあった平坦《へいたん》な都市計画というのは、伽藍《がらん》の配置が法隆寺《ほうりゅうじ》に見られるように、じつに雄大な左右相称の形なんです。伽藍が中心の線に沿って対称形に作られて、配置されている。それに対して平安時代は、京都は何しろ三方が山で囲まれている。比叡山のようなところは京都の人からすると、山奥と言っていいんです。

実際に比叡山に登ると、今でも森厳な雰囲気です。この比叡山の中心の根本中堂《こんぽんちゅうどう》へ行くと、鬱蒼《うっそう》として暗い感じがして建物が雄大だから、こういうところで過ごしたら人間は荘厳な雰囲気に全部浸ってしまうという感じがあると思う。それに、山だから斜面はいっぱいあります。地形の傾斜にしたがってお堂を建てると、左右相称の奈良時代の建築にならない。奈良時代の建築は中国の丸写しです。北京《ペキン》あたりの寺院と非常に似ている。ところが京都の寺になると、完全に日本の地形になってしまう。日本の地形に合わせて建物を作るということは、日本人の仏教観もそれによって空間的に変わってくるということです。

その時代の遺構はもうほとんどなくて、最澄が作った延暦寺とか空海が作った金剛峯寺もその時代のものは滅び失《う》せているわけですが、桓武天皇が作った東寺、それから羅《ら》城門《じょうもん》の付近に西寺《さいじ》があります。東寺はもちろん非常に有名だし、多くの遺構が昔のままです。なかにある密教彫刻は目を奪うというか心を奪われてしまう。初めて行ったとき、ほとんどシュルレアリスムでびっくりしました。その当時の遺構として今残っているものに、室生寺《むろうじ》の五重塔《ごじゅうのとう》と金堂《こんどう》もあります。そこに置かれている彫刻について言えば、奈良時代の彫刻に比べて、平安時代の彫像はちょっと肉体的にふくよかで、肥満している。顔つきは森厳で、力に満ちた顔をしている。身体全体が力に満ちていて、衣装の衣紋《えもん》が翻波式《ほんぱしき》で彫られている。翻波式というのは、ひだを波がひるがえるように彫る彫刻の方法です。そうしてひだを重ねていくと、厚みが出て単純ではなくなってくる。

そういういわば複雑な技術は、歌のほうでいえば同音異義語を利用して、縁語《えんご》とか掛詞《かけことば》とかまで含めて、一首のなかでひとつのことばが二種類、三種類の意味を持つように作られてくるのとある点で通じているかもしれない。そのために、一首の歌を読むと、こういう意味だと言いきれない、別の意味もある、ということが出てくる。有名な例でいくと、百人一首にも入っている小野小町の、

花の色は移りにけりないたづらにわが身よにふるながめせしまに（巻二春歌下113）

これは最低限二種類の意味が入っています。ひとつは「花の色は移ろってしまった、私が長雨で何にもせずにじっとして、ぼうっと眺めていた間に」。眺めをするというのは、春先から夏の前あたりの雨期の気分です。その間は人間のホルモンの活動も盛んになる。だから春になると何となく色気もつく。女は男が来るのを待っている。しかし男がやってこない、女は雨が降っている庭をじっと眺めている。眺めるというのは何かをじっと見ることだけど、焦点が定まっているようで定まっていない状態をいいます。そのためもうひとつは、「自分のなかに生じている恋愛感情の行き場所がない、いたずらに時は過ぎていく、それで私の花の色は移ろってしまった」という解釈もできる。恋愛のメランコリーに浸っている間に私の花の色香の美しさも失せてしまった、という解釈もまた成り立つわけです。だけどこの歌は『古今集』では春の部に編纂されています。

編纂者のほうもちゃんと分かっていながら春の部に入れた。色香のほうは裏の意味としてみんなが読み取った。だから江戸時代からはじまる『百人一首』の歴史のなかでは、人々は「美人の小町が色香を失う嘆きの歌だ」と言って喜んで取ったけれど、実際は『古今集』の編纂者は、「そんな下劣な解釈は駄目、これは長雨が降って桜の花の色が褪《あ》せたとそういうことを詠んでいる歌なのだ」というのを表に立てているわけです。

こういうふうに、日本の文学、芸術は同じ台詞《せりふ》で表向きの顔を見せておいて実は、と裏側を見せるのが非常に発達している。これは後々のことばでいうと「見立て」の手法といいます。歌舞伎になると、たとえば渡海屋《とかいや》の銀平実は平知盛《たいらのとももり》、とかそういうものです。彫刻でもそうです。絵画といえばほとんどは密教絵画だけれど、もう一方で世俗画、部屋に置く屏風《びょうぶ》が大事で、百済河成《くだらのかわなり》と巨勢金岡《こせのかなおか》という二人の巨匠がいた。この人たちが書いた屏風がたくさんあったらしい。これらは火事その他災害でみな失われてしまった。それらの屏風絵を見て、紀貫之なんかは屏風歌を大量に生産した。これは今我々が気がつかない。というのも実物がないために忘れているのです。けれど世俗画の伝統は大事で、ここから絵巻物に発展していく。貴族社会で女たちが絵巻物を開いて「この人はねえ」と物語を読む。その当時においては、文学は文学、美術は美術、工芸は工芸ではないわけです。平安時代のものは、総合芸術として見なければ駄目です。そこのところは非常に大事です。

Ⅲ　詩歌の歴史は編纂者の歴史——「古今和歌六帖」

アンソロジーとは

古代から近代にいたるまでの日本文学、とくに詩歌のあらゆる作品を読む前提として、「編纂されたもの」の重要性について、ここで触れておきます。『万葉集』『古今集』も編纂されているものであるということからも分かるように、個人歌集ではなく集団的なアンソロジーがいかに日本文学の根本をなしているか、ということです。それで、まず第一にアンソロジーということばについて話をすることから始めます。

アンソロジーというのは「詞華集《しかしゅう》」と訳します。西洋のことばでいうところのアンソロジー、アントロギアというのはギリシア語からきていて、「ἀνθο-λογίᾱ（花を集めること）」ということばから作られたらしい。要するに「花を摘む」ということで、「詞華集」というのはまさにぴったりした訳語です。全人類の文明の歴史を振り返ってみれば、どの民族にもかならず最初アンソロジーがあったはずです。その前には個人の作品があるけれど、その作品はアンソロジーというかたちで編纂されることによって、非常に多くの人に読まれた。そして、それを読むことによって、個人の作品がまた改めて作られていく、という往復運動があった。

ギリシアの場合はヘレニズムが爛熟期《らんじゅくき》に達する紀元前一世紀、パレスチナの詩人でメレアグロスという人がいました。このメレアグロスが『花冠』と題するアンソロジーを編みます。呉茂一《くれしげいち》さんがギリシアの詞華集を編んだのは戦後まもなくの頃でしたが、そのときの題が『花冠』だった。あまり厚くもなくて、僕も読んだけれど、その時はまだ面白みはわからなかった。あまりにも詩編が少なかったからでしょう。元来の原書には実に見事に分類がされていて、それらの分類から代表的なものをたくさん選んで呉さんが訳していれば、「アンソロジーはこういうものか」と分かっただろうけれど、その段階では呉さんは数多くは訳していなかった。あるいは終戦直後だから、紙が足りなくて少ない数の詩だけ選んで訳したのかもしれない。だけど、呉さんが『花冠』という題でギリシア詩集を出したのにはこういう古典的な経緯があった。

パレスチナのメレアグロスが選んだものが、ビザンチン時代を通じて、何種類もいろんなアンソロジーが作られる源泉になっている。次いで、紀元十世紀にケファラスがさまざまなギリシア詩のアンソロジーを集大成して『ギリシア詞華集』を作った。これがその後さらに整理されていって、いくつかの分類がなされてくる。恋愛詩、献詞、墓碑銘、教訓詩、会宴詩、風刺、警句など五千あまりの短詩が集められて、この形式がルネサンス以後西洋の詩に絶大な影響を与えた。西洋文明がギリシア文明から出ているということは、具体的にはそういうことです。もともとギリシア起源のものがアンソロジーを通じて世界に伝播《でんぱ》されてきている。だからアンソロジーがどれだけ大事か、ということがそこで分かる。この『ギリシア詞華集』に集められたものが、呉さんをはじめとして日本のギリシア古典詩を訳したそれぞれの人の訳作品の根本になっています。

例えば、これはルキアーヌスの短い詩ですが、呉さんはこう訳している。

皆が酔っぱらってる中で、アキンデューノスは、
しらふですごすと言い張った
そいだもんで今度は彼のほうが独りだけ
酔ってるんだってことになってしまった。

（ルキアーヌス、呉茂一訳）

これは四行詩ですが、こういう詩がここにはいっぱいあります。機知とか諧謔《かいぎゃく》とかに、じつに富んでいる。もう一方では重々しい墓碑銘などがあるけれど、非常に機知に富んでいるものが多いと言えます。現在僕らが読んでいる古典ギリシア、あるいはローマの詩というのは真面目くさったものよりはほかの人をあげつらう詩が多い。近代ロマン（浪漫）主義以後のように個人の悩みなどを臆面《おくめん》もなく謳《うた》いあげるというのは、当時の詩としてはまったく下品、下賤《げせん》なものだったと思う。

一般的にいって、詩を作る行為というのは、パブリックな行為だったわけです。パブリックな行為である場合には、機知によって人を楽しませる、あるいは風刺によって人を笑わせるというのが絶対的な条件だった。あるいは人を褒めたたえるにしても、人をこてんぱんにくさすにしても、とにかく他者というのを意識しているのが詩だった。そのなかで、ごく限られた分野として、純粋抒情詩みたいな恋愛の詩でサフォーが作ったようなものがある。サフォーはレズビアンだという説があるくらいだから、そういう意

味でも特別に恋愛的な位置が与えられていたのかもしれないけれど、人を愛してその相手と対話するというかたちではなくて、独白で恋の想いを表現するということは古典的な詩全体の流れから見るとごく限られたことだったと思う。だからこそ、逆に近代になってそれが非常に新鮮になった。その点が古典詩と近代詩との大きな分かれ目であることが言えると思います。

アンソロジー意識の流入

さて、東洋ではそれがどうだったかというと、中国におそるべき詞華集があった。あの有名な『文選』がそうです。「もんぜん」とは平安の人がそう読んだからですが、本当は文章の選集だから「ぶんせん」が正しいと思う。これは空前絶後の詞華集であって、西暦五三一年に作られていますが、編集した責任者はわずか三十歳で没した梁《りょう》の国の昭明太子蕭統《しょうとう》という人です。彼が臣下の文人たちに命じて、はるか古代の周から梁までにいたる一千年間の詩と文章を、細目を分けて三十巻に編んだ。これがだんだん膨らんできて最終的には六十巻にもなるけれど、オリジナルのかたちでは三十巻だった。歴史の古さや規模からいけば、『ギリシア詞華集』も足元にも及ばない、大変な詞華集が紀元六世紀にできた。中国文明というのはいかに偉大か、ということがよく分かります。しかも、三十歳にならないような皇子が指揮、編纂した。

これが日本の宮廷文化に絶大な影響を及ぼすのは当然です。まず、分類することがいかに重要かということを知った。分類する場合にいろいろな分け方があるけれど、日本ではこれが模範になった。ただし『文選』でも、政治論の部分は日本では全部外してしまった。それは平安という時代の日本人にとって、血なまぐさい政治とか戦争の話題の文章は、読んでもぴんとこなかった。むしろ、平安四百年という長い平和な時代に、その当時の人々が血眼になっていろいろと争ったとすれば、恋愛しかなかった。ですから、恋愛については、平安時代に非常に細かい表現まで開発される。そして、自然界もいくらでも細かく微妙なところまで言及できる。政治は洗練以前に力と力のぶつかり合いですが、この恋愛と自然との二つだけは文学表現の上で洗練されることが許される分野です。だから洗練度ということであれば、平安朝の文学は中国の文学に匹敵するわけです。

また、もうひとつ影響を受けたのは「皇子が編纂している」ことです。つまり、こういうアンソロジーの頭には貴族・王族を持ってこなければならない、という考え方は日本人にも影響を与えているにちがいない。したがって、日本では天皇が編纂するというかたちの勅撰《ちよくせん》和歌集になる。近代のアンソロジーではもちろんそういうことはないけれど、古代、中世においては天皇の権威が文化的な意味での権威だったから、アンソロジーの最高の権威づけをするとすれば頭に天皇をもってくる必要があります。だから、仮に天皇が歌にまったく興味のない人でもそうならざるをえなかった。しかし、幸か不幸か日本の場合に、天皇は和歌というものを作る人が多かった。作る人は当然自分の代にいいアンソロジーを作りたいと思う。それによって、自分の文化的な名誉がいやがうえにも高まるということを天皇自身もよく知っていた。実際に、日本の勅撰和歌集を編んだ天皇は、その天皇自身が文化的に高い地位を保っています。そういう意味では、天皇にとってアンソロジーの編纂の筆頭人になることは必要なことでもあった。それが勅撰和歌集の生まれる必然性です。『文選』は、『万葉集』が編纂された当時には、最末期には可能性があるけれど、たぶんまだあまり伝わっていないと思います。『古今和歌集』時代の貴族たち、つまり百年以上経ってからの人々はどうやら『万葉集』を勅撰だと思っていたらしく、非常に重んじた。『万葉集』の伝統を継ぐことが『古今集』の紀貫之をはじめとする編纂者たちの第一の誇りだったわけです。

実際には、『万葉集』というのは、すでに幻の歌集に近い。なぜかというと、表記の仕方が全部漢字で、しかもその漢字の書き方が何通りにも分かれるような無秩序な書き方のように見えた。だから、それを読めるようにするために『古今和歌集』よりも五十年ぐらい後の、第二の勅撰和歌集『後撰和歌集《ごせんわかしゅう》』を編纂した四、五人の重要な人たちが天皇に命じられて『万葉集』を読めるようにします。そのなかには貫之の息子時文《ときふみ》もいる。また、大知識人で『倭名類聚抄《わみょうるいじゅうしょう》』という日本最初の国語辞典の編纂者でもある源《みなもとの》順《したごう》のような人もいた。『後撰和歌集』の編纂者たちは、それ以前に『万葉集』の解読を命じられていた。

『万葉集』の解読を命じられるということは、すなわち平安朝中期になると『万葉集』が読めなくなってしまっていたということです。その『後撰和歌集』時代に読みを与えられている『万葉集』でも、その後ずいぶん訂正されたり現在にいたるまでも訓読が確定されていないものがたくさんある。ですから、平安朝初期に属する『古今和歌集』時代の紀貫之たちは『万葉集』を全部は読んでいないわけです。もちろん、柿本人麻呂とか山部赤人《やまべのあかひと》とか何人かの重要な歌人たちの歌はとくに注意して読んでいるにちがいないけれど、ほかの何百人といる万葉歌人たちの歌を丹念に読んでいるということは絶対にありえない。そういう意味では、分からないからますます尊いものとされて、それが『万葉集』崇拝になっているわけです。

『古今集』時代の人にとって『万葉集』が勅撰だと思われていた理由は、『万葉集』全二十巻がいっぺんにできたわけではないということが分からなかったからです。現在我々は、研究によって何段階かに積み上げられて二十巻になったらしいということが分かっている。けれど紀貫之たちの時代には、全部で二十巻あると「最初に巻三までできたにちがいあるまい」というようなことは推測できない。一挙に二十巻の巨大な作品集成があると恐れおののいてしまった。だから、これを勅撰だと思ったのも無理はないでしょう。

いずれにしても、こういうかたちでアンソロジー意識というものが平安時代に生じてきます。その場合のアンソロジー意識というのは和文のそれです。しかし、それ以前に何冊かの勅撰漢詩集ができていた。すでに触れたとおり、桓武、平城、嵯峨天皇とくる平安時代の最初の頃は、漢詩文全盛時代だった。なかでも嵯峨天皇は漢詩と文字（書）

との両方において当時の時代を代表するだけの力を持った文人で、そのために宮廷では漢文が絶対的な権威を持っていた。そうなると、女の除外された男の官僚の世界で、漢詩文を書けない男は出世できないということになってくる。少し後の時代の在原業平のケースが典型的です。「才学なし（学問がない）」というのは漢詩ができなかったということで、和文の詩について言えば、当時いちばん優れている人だったことは確かです。

プライベートとパブリック

平安朝において、漢詩漢文時代が数十年あり、その時代に勅撰漢詩集がいくつか作られます。ただ、詩としては面白いものではなかった。面白いものはというと、貴族が自分の個人生活を漢詩で書いた、つまり日記です。「記」というのはくだけた文章という意味です。たとえば菅原道真は『書斎記』というのを書いている。これは道真が私塾を開いていて、弟子連中が道真のところでどんなふうに勉強をしているかを書いているけれど、じつに面白い。優秀な塾生もいるが、どうしようもないのもいます。例を挙げると、彼は大事にしている本にいちいち短冊を入れていたけれど、それを平気で飛ばしてしまう塾生、破いてしまう塾生、切り取ってしまう塾生などがいて、「もうこんな無礼な愚か者と付き合う気はないけれど、仕方がない」と書いてある。つまり「記」というジャンルはそのまま膝《ひざ》を崩した随筆文学を形づくっている。堂々とした表向きの日本文学はむしろ成功しなかった。ちなみに、「草」というのも正式ではない。『書斎記』から続く『方丈記《ほうじょうき》』『徒然草《つれづれぐさ》』というものも、こういうわけでもとは漢文学からきているわけです。正面きった自分の意見を公表するのではなく、うちうちに私事をつれづれなるままに書く、というのが「草」とか「記」だった。それが日本文学の根本をなしてきた。

日本文学というのはちっぽけな分野であることは確かで、そのちっぽけな分野で非常にユニークなものを作った。だから、日記文学が日本文学でいちばん優秀なものであるという説は、たとえばドナルド・キーンさんがそうですが、僕もそうだと思う。なぜかというと、大勢の人に向かって表向きの演説をぶつような公のものは平安時代四百年の伝統のなかで完全につぶれてしまったわけです。まだ『万葉集』時代には、柿本人麻呂が皇族の死んだときに書いた挽歌《ばんか》のような例がありますが、あれは大勢の人の前で詠んだ。だから個人的なものではなくて、あくまでも故人の偉業を讃えるために客観的に叙述しているから、それは長歌《ちょうか》になる。ところが、短歌になれば個人的なことだけ言えばいい。長歌にたいしては反歌《はんか》があって、反歌は短歌形式で書かれる。そのうちにやがて長歌は滅びて、反歌だけがその後の日本の詩歌表現の中心になっていく。公に大勢の人を代表してなにかを言う詩人は存在しなくなっていき、存在しても長続きしなくなる。大勢の人を代表して詠むことができなくなってしまった。それが現在に至るまでの「日本の詩」の一大特徴なんです。

平安朝四百年というのは、そういう意味で偉大な歴史です。プライベートなことをどこまでも深めることはできたけれど、パブリックなものに関しては詩歌表現はほとんど禁じられた。漢詩文のなかでもそういうことが行われていたわけです。歌を作っていたのは官僚で、今で言えば部長、課長クラスですが、彼らが天下を論じるということは絶対にできない。けれど、恋愛ならば、無難だから許される。どんなに危ない恋であっても、天下国家を危殆《きたい》に瀕《ひん》させるということはありえないからです。この平安朝四百年が築いた伝統というものは、その後の日本文学の伝統というものを明らかに規制しています。それから現代まで何百年しか経っていないし、平安朝四百年を三回やれば現代も含まれてしまうわけですから、この長い時代の間にできた伝統というのはものすごいものがあります。そのうえ、平安朝は伝統ができたというだけではなくて、藤原家以外が天下を論ずることができない政治体制が続いていく。

そういう特殊な政治状況を持つ平安朝という歴史のなかで、アンソロジーは精妙なものにまで鍛え上げられていく余裕ができます。勅撰漢詩集の場合には、「応詔」という分野があって、かなりたくさんの作品が作られた。応詔とは、天皇が詩を作って、全臣下がその韻をいただいて別の詩を作って天皇に唱和するというかたちのものです。それはごく少数のものだけが勅撰漢詩集には選ばれて載っているけれど、もちろん選ばれないものが無数にあった。ひとりの偉い人に合わせて一斉にみんなが歌を詠むというかたちの詩の作り方は、貴族社会においては典型的なひとつのかたちです。すなわち、ひとつの作品が無数の反響を持っているということが言える。その反響はたいしたことがないとしても、その形式としての存在感はものすごい。ここで問答とか贈答とかの形式が確立します。また、春夏秋冬とか自然界の推移に従って分類していくという考え方も芽生えてくる。それを洗練させ、集大成したのが、和文学の一大出発地点となった『古今和歌集』です。

「古今和歌集」

『古今和歌集』は全部で二十巻あり、たぶんそれは『万葉集』を真似したにちがいない。前例というのが絶対的に重要であり、『万葉集』が勅撰だと思われていたからです。しかも『万葉集』に絡めて自分たちのほうがハーモニーを保って、見事なひとつの統一体を作ろうという意識がはっきり表れている。そのために前半と後半、巻一から巻十と巻十一から巻二十までに画然と分かれている。前半でいちばん重要なのは巻一から巻六までの春夏秋冬の歌です。あとは、賀歌《がのうた》とか羇旅歌《きりよのうた》、離別歌《りべつのうた》というのが並んでいて、それで最初の十巻を作る。後半は何が重要かというと、巻十一から巻十五までの恋歌《こいのうた》です。その後またいろいろな分野の歌があって、最後の巻二十は御歌所《おおうたどころの》　御歌《おおんうた》という祝祭的な意味を持つ歌で結ぶ。つまり『古今集』はひとつの音楽、室内楽です。まず最初に自然を歌った歌が六巻まであって、これが第一楽章。次に第二楽章があって、第三楽章に恋の歌がきて、その後第四楽章にいって、最後におめでたい歌で終わる。これは、たぶん紀貫之をはじめとする編纂者たちの独創です。日本の政治形態にぴったり合わせたかたちでアンソロジーができた、ということを意味している。そのうえ自然と恋愛というふたつのテーマにしぼって、それを前半と後半においたというのは天才としかいいようがない。なぜなら、それ以後二十世紀にいたるまで、日本の詩歌は例外なしに自然と恋とが中心をなしている。

だから、『古今和歌集』というのがいかに重大かということです。正岡子規の時代には、全体の構図を見ないでひとつひとつの歌を見た。だから、「つまらない、こんなのはみんなありふれた文句にすぎない」と否定することになった。ところが、ハーモニーとして考えると、決まり文句がいちばん重要です。決まり文句がなければ、ハーモニーは成り立たない。ですから、近代の開始時期であった正岡子規の時代からちょうど百年くらい経った今、そろそろ別の見方で日本文学全体を見ないとだめだということがはっきりしてきたと思います。

巻一から巻十までが前半で、巻十一から巻二十までが後半ということは、まんなかで二つに割れるということです。形式感覚というものが、最初から全部に染みわたっている。しかも、季節を歌っているのが、春と秋は二巻ずつあって全部で六巻になるわけですが、この全六巻は春の初めから冬の最後の大晦日までがきちんと割られている。五日ずつくらいで七十二くらいに区分して、季節が移り変わっていく。『古今集』の春の最初の歌は前に紹介した在原元方の歌です。これを読むと、暦というものが発見され、一般の社会まで入ってきた時代であったということが分かる。暦というものと、自然界の実際の運行がときどきずれる「ずれ」そのものが無限に面白かったわけです。『古今集』

時代の人は、数学的なずれに詩を感じることができた。これは簡素ではあるけれど、メタフィジックの領域に入っています。つまり春というものを感じるのに、肌だけで感じるのではなく、暦というまったく抽象的な数学の世界のものを見ることによって感じることが必要だった。例えば五月になると、ほととぎすが来て鳴かなければならない。

五月《さつき》まつ山郭公《やまほととぎす》うちはぶき今も鳴かなむ去年《こぞ》のふるこゑ　読人しらず（巻三夏歌137）

五月来《さつきこ》ば鳴きもふりなむ郭公《ほととぎす》まだしきほどの声をきかばや　伊勢（巻三夏歌138）

いつの間にさつき来ぬらむあしひきの山郭公《やまほととぎす》今ぞ鳴くなる　読人しらず（巻三夏歌140）

『古今』時代の人々の生活は、生物学的な意味での自然に則した生活だけではなく、同時に頭の生活のなかで季節なり時間なりを感じていた。そういう意味では、すでに精神生活が複雑化している。だから、『古今和歌集』は立春から始めればいいのに、立春と暦の現在とが違っているのをどうしたらいいかというところから始める。暦と現実の違いに注目している歌がまず一首きて、それが同時に非常におめでたい歌として『古今集』開巻第一首になる。二首目からは立春以後の歌になっている。つまり、詩によって時間の流れを自然に感じることができたわけです。

春から冬の最後まで読むと、『古今』時代の人々だけではなく、その後ずっと長い間の古典時代の日本人というのは、『古今和歌集』を読むことによって自然界を見る目を教えられたことが分かります。詩歌を読むことが、詩と科学が結びついて自然界に対する科学的な物の見方をも培ったわけです。すると、現実にはまだ雪が降っているけれど暦ではもう春が来ているということを注意深く探す。「雪が降っているけれど、もうここに木の芽がこれだけ出ている」というのが、素晴らしい詩的歓《よろこ》びを生み出す。そういう意味で、分類によって生ずる詩は大切です。

したがって、たんなる感覚的な反応で歌を詠むということは野蛮な考えとも言える。感覚的なものと同時に知的なものを一致させることによって、円満な詩的感受性が作られるというのが、『古今』時代にできあがった新しい詩的伝統です。近代のリアリズムでは、詩とは感じたものをそのまま詠むものということになっています。だから、古典的な詩歌の面白さ、深さがよく分からなくなってきてしまった。日本の近代教育で失敗したことのひとつでしょう。江戸時代までは、僕が言ったようなことは当たり前だった。フィクションというものが、詩のなかにいきいきと生きていたわけです。今、現実には見えなくても、その裏側には自然界の法則によって何がおきているかということが分かっていた。ところが近代の単純化された感情生活では、目の前になければ存在しない、となる。近代の持っているマイナス面はそこにあると思います。

和歌における恋

ところで『古今集』などを見ると、平安朝の恋愛は、女の人の名前を聞いただけでもう恋が始まってしまう。たとえば高い地位にいる女人の存在を知って恋慕うけれど、雲の彼方《かなた》だから音にだけ聞こえてくる。「音に聞く」というのは噂が聞こえてくるということですが、その段階から始まって、だんだん女に接近する。逢《あ》うことはできないから、接近する手段はすべて歌です。とくに貴族の女性はかたく家のなかに閉ざされていて、深窓の令嬢だった。男はそれにたいして、恋の想いのたけを歌に詠んで手紙にして伝える。

そうすると、女のほうでは女自身が読む以前に、その女の母親や父親といった人がまず見て、男の品定めをするわけです。昔は両親といっても、父母が一緒に住んでいることはほとんどない。しかし、母親だけは絶対に保護者として娘とともにいる。それで、品定めの場合に何が重要かというと、その男に財産があるかどうかということももちろんだけど、もっと大事なのは出世する見込みがあるかどうかということです。出世する見込みがあるかどうかということを見るため、その男の係累も見る。そして、その男の才能を見る。才能を見るうえで、歌というのは判断の基準になる。

それで、男は歌を作らざるをえなくなってしまった。それ以前は、男は漢詩文を作れればよかったわけです。もちろんそれ以前でも、恋の歌をやりとりはしていたわけだけれど、それほど重要ではなかった。ところが『古今和歌集』というものが出てしまった後は、男は和歌を作れないと不利になってしまった。

なぜかというと、『古今和歌集』には恋の歌がずらっと並んでいて、そこで恋の歌の基準ができていくわけです。『古今集』の恋愛の歌は巻十一から巻十五まで全五巻あって、恋の始まりから終わりまで、これも時間的な順序でできている。夫婦になれる場合となれない場合、夫婦別れした場合、といろいろ分類されて出ているわけです。要するに、全五巻の恋の歌を読めば、これは古今の名作ですから、それらと比べて男の水準がだいたい分かる。ということは、男もそれに合わせて歌を作った。女は女で、男の名作の踏まえ方によってこの男がどれくらい機知に富んでいるかといった頭の程度を見る。機知に富んだ人というのは、元の歌を非常にうまく切り替えて別の歌にする。どうしようもなく下手な人は、ほとんど元歌そのままで、最後に少し「惚れています」みたいなことを入れたりする。だから、男にとって『古今集』ができたことは、ある意味でありがたく、別の意味で迷惑なことだったでしょう。逆に女にとっては、『古今集』は必読文献になる。

これは前にものべましたが、宇多天皇と藤原時平のふたりが女性の美に敏感な人たちだった。そのおかげで、漢詩文全盛絶対主義から和歌に切り替わっていく。女は漢字が読めないという前提があるから仮名しか許されない、その女を口説くためには男も仮名ができなければ駄目だ、ということで男も仮名を一所懸命練習した。そこから時代が変わっていきます。それ以前の漢詩文全盛時代は男が表に立っていて、女は裏にいた。ところが、この仮名が主要な表現手段になってくると、必然的に仮名文字と仮名文字を持っている女たちが表に立ってくる。男は仮名文字を書けて、仮名文字による歌を作れなければ、恋さえも成就できないことになってきてしまった。これは大変な文化革命です。これが生じてくるのが、宇多天皇から醍醐天皇の時代だった。

恋の歌をしょっちゅう作るには、歌を作るうえでの参考書が必要になります。『古今和歌集』はひとつの大きな参考書であったわけです。そこで、編纂した人たちについて考えると、彼らはその時代の趣味の判定基準を作らなければならなかった。だから、その時代の生活のもっとも基本である恋愛というものの細部まで支配するような、そういう趣味の基準の模範例題集みたいなものを作らなければならないというのが至上命令だった。彼らは今でいうトレンドメーカーです。その編纂者たちは六位以下のうえ、若い。信じられないくらい凄いことに、紀貫之は『古今集』の編纂を命じられたとき三十代の前半です。いちばん年上の紀友則《きのとものり》でも四十代でしょう。その場合に、もし天皇が関わっていない私の選集であるならば、これはまったく権威がなかった。ところが、醍醐天皇が勅命でこれを作られるということになると、これはもうどうしようもない、絶対的な基準になる。

編纂者たち

紀貫之たちは、天皇に「古い時代の歌、今の時代の歌のいいものを集めて、編纂して和歌集を作れ」と命令されます。それで、かしこまって何年間か、たぶん七、八年間くらいの間、たいへんな苦労をして『万葉集』などを読み取った。十何首か『万葉集』の同じ作者のものが『古今集』に入っています。それと同時に、自分たちの先輩世代である六歌仙の在原業平とか小野小町を改めて読み直した。在原業平は『古今集』で優遇されていますが、紀貫之とは遠縁に当たります。業平は紀貫之と同じく政治的に出世できなかった男です。紀という家は昔は名門だったけれど、彼の時代になるとまったくの下っぱになっていた。そういう意味で、在原業平はひょっとしたら下級貴族でしかも冷飯を食わされている連中にとって、ひとつの憧《あこが》れの対象でありえた。歌が素晴らしいのと相俟《あいま》って、その恋愛遍歴の華やかさも憧れだったろう。そのなかには、皇后になるはずの女性とか伊勢の斎宮といった、どちらも神聖な女の人たちと一夜をともにしてしまうような危険な恋もあった。

『古今和歌集』に入っている歌人たちの戸籍調べをすると、紀貫之の紀の関係者が多い。目崎徳衛さんによれば、二十パーセントぐらい入っている。政治でわりを喰った連中が歌で逆に勢力を挽回《ばんかい》しているということです。日本の詩歌史では、政治的に負けてしまった側が、わりと重要な位置にいます。日本の詩歌の歴史というのは、ひょっとすると敗者が、そこでだけは勝者になっているケースかもしれない。それがはっきり分かるのは、編纂されているからです。編集者というものがじつに重大な決定権を持っていて、彼らの意図したところは分からないけれど、大体政治的に敗北した側が詩のほうでは優秀な連中がいるということを結果的には証明している。だけど、これはもし編集されていなければまったく見えてこない。だから編纂者というのは、そこで隠れた意図があるにしてもないにしても、とにかく重大な役割を果たしていることは確かです。その結果、彼ら自身はまったく考えていなかったことだけれど、日本人の一千年にわたる感受性の歴史というものがこれによって規定されてしまった。だから、編集者というものは絶大な影響力を及ぼした。それも、背後に「天皇の選んだもの」という錦《にしき》の御旗《みはた》があったから可能だったわけですが、そうでなかったケースをこれから話します。

古代においてもアンソロジーがたくさんあったことは確かです。『万葉集』を読んでいると、「ここまでの歌は高橋虫麻呂《たかはしのむしまろ》歌集から選んだ」、あるいは「ここからここまでの歌は古歌集から選んだ」、あるいは「柿本人麻呂歌集から選んだ」ということがわざわざ『万葉集』の編者によって註記されている。『柿本人麻呂歌集』『笠金村《かさのかなむら》歌集』『田辺《たなべの》福麻呂《さきまろ》歌集』とか当時いろいろなものがあった。そして、それらのなかから『万葉集』のなかに吸い上げられたものだけが残った。それ以外にも当時の人々が作った歌はいっぱいあったにもかかわらず、全部失われてしまった。つまり『万葉集』というものが重んじられたから残ったわけです。『万葉集』のなかにだけ「『高橋虫麻呂歌集』より」というのが残っている。やはり『万葉集』は二十巻もあって、勅撰だと思われて非常に重んじられたから現在まで残った。それ以外のものはひょっとしたら傑作がいっぱいあったかもしれないけれど、『万葉集』の編集者の目に留まらなかったがゆえに完全に失われたわけです。このことからも、アンソロジーがいかに重大なものかということが分かる。また、それが権威を持っていることが重大だったわけです。私だけの選集ではだめです。いかに『柿本人麻呂歌集』であるといっても、柿本人麻呂は『万葉集』であれだけ偉大な名前になったから、逆に「『人麻呂歌集』より」として選ばれて『万葉集』に入っているものが非常に重視された。けれど、それ以外の『人麻呂歌集』というものはたぶん膨大な数のものがあったにちがいないと思うけれど、雲散霧消してしまったのではないか。だから、アンソロジーの歴史というのは詩の歴史そのものなのです。

「古今和歌六帖」

さて、これから『古今和歌六帖《こきんわかろくじよう》』の話をします。『古今和歌六帖』というのは、勅撰ではない私の選集です。ただし作品は『万葉集』よりちょっと少ないくらいで、四千余首ばかりある、膨大なものだった。四千首余りあるということは、もちろんひとりの人の作品集ではありえない。何百人もの歌を集めた歌集です。ここには長歌もあれば短歌もありますが、もちろん短歌が大部分です。そして、このアンソロジーの独特なところはというと、類題和歌集であるということです。類題和歌集というのは、題目によって歌を分類してあります。つまり、『古今和歌六帖』は一から六まであるわけですが、第一帖から第六帖までの間に題が分類されて五百余りある。たいへん細かい分類です。

第一帖　歳時部

春

春立つ日　睦月　朔日《ついたち》のひ　残りの雪　子日《ねのひ》　若菜　あを馬　仲の春　彌生　三日《みか》
春のはて

夏

初夏　更衣《ころもがへ》　卯月　卯花　神祭　五月　五日　菖蒲草《あやめぐさ》　水無月　名越の祓
夏のはて

秋

秋立つ日　初秋　七夕　朝　葉月　十五夜　駒引　長月　九日　秋のはて

冬

初冬　神無月　霜月　神楽　師走　佛名　閏月　歳の暮

天

天の原　照日　春の月　夏の月　秋の月　冬の月　雑の月　三日月　夕づく夜
有明　夕闇　星　春の風　夏の風　秋の風　冬の風　山颪《やまおろし》　嵐　雑の風　雨　村雨
時雨　夕立　雲　露　雫　霞　霧　霜　雪　霰　氷　煙　塵　なる神　稲妻　蜻蛉《かげろふ》

第二帖

山

山　山鳥　猿　鹿　虎　熊　むさゝび　山川　山田　山里　山の井　山びこ　巌《いはほ》

峯　谷　杣《そま》　尾上　炭竈　關　原　岡　森　社　道　使　うまや

田

春の田　夏の田　秋の田　冬の田　かりほ　稲負鳥《いなおほせどり》　そほづ

野

春の野　夏の野　秋の野　冬の野　雑の野　狩　照射《ともし》　鷲　大鷹　小鷹　雉　鳩

鶉　大鷹狩　小鷹狩　野邊　御幸

都

都　都鳥　百敷

田舎

国　郡　里　古郷　宿　やどり　かきほ

家

家　隣　井　まがき　庭　庭鳥　かど　と　すだれ　床　むしろ

人

翁　おんな　親　うなゐ　わかいこ　車　牛　馬

佛事
寺　鐘　法師　あま

第三帖
水
水　水鳥　鴛《をし》　鴨　鳰《にを》　鵜　亀　いを　鯉　鮒　鱸《すずき》　鯛　鮎　氷魚《ひを》　河　かはづ
橋　樋《ひ》　ゐせき　柵《しがらみ》　夜川　網代《あじろ》　やな　江　池　沼　うき　瀧　にはたづみ
うたかた　澤　淵　瀬
海
海　栲縄《たくなは》　鹽舟　釣　錨《いかり》　網　莫告藻《なのりそ》　藻　みるめ　われから　浦　貝　渚　島
濱　千鳥　濱木綿《はまゆふ》　崎　磯　浪　澪標《みをつくし》　潟　港　泊

第四帖
恋
恋　片恋　夢　面影　轉寝《うたたね》　涙川　恨　うらみず　ないがしろ　雑の思
祝
祝　若菜　杖　挿頭《かざし》
別

別　ぬさ　手向　旅　かなしび　長歌　小長歌　古き長歌　旋頭歌

第五帖

雑思

知らぬ人　云ひ始《そ》む　年へて云ふ　始て逢へる　あした　しめ　あひ思ふ
あひ思はぬ　異人《ことひと》を思ふ　分きて思ふ　云はで思ふ　人知れぬ　人に知るゝ
夜独をり　独寝　二人をり　ふせり　暁におく　一夜隔てたる　二夜隔てたる
物隔てたる　日頃隔てたる　年隔てたる　遠道隔てたる　打きてあへる　よひの間
物語　近くて逢はず　人をまつ　人を待たず　人を呼ぶ　道の便　文たがへ　人伝《ひとつて》
忘る　忘れず　心変る　驚かす　思ひ出づ　昔を恋ふ　昔逢る人　あつらふ　契る
人を訪ね　めづらし　頼むる　誓ふ　口がたむ　人妻　家とじを思ふ　思ひやす
思ひ煩ふ　来れど逢ず　人を留む　留まらず　名を惜む　惜まず　なき名　吾妹子
吾背子　隠れ妻　今はかひなし　こむ夜　形見　になき思

服飾

玉くしげ　玉かづら　髪　元結　櫛　玉　玉の緒　玉襷《たまだすき》　鏡　枕　手枕　機　衣
鹽焼衣　夏衣　秋衣　衣うつ　かり衣　摺衣《すりごろも》　麻衣　裘《かはごろも》　濡衣　雑の衣　ふすま
裳　紐　帯　ひとり　言の葉　文　琴　笛　弓　矢　太刀　刀　鞘　はかり　扇
笠　簔　かたみ　苞《つと》

色

色　紅　紫　くちなし　緑

錦綾

綿　綾　糸　綿　布

第六帖

草

春の草　夏の草　秋の草　冬の草　下草　にこ草　雑の草　山ぶき　撫子　秋萩

女郎花《をみなへし》　すゝき　篠ずゝき　荻　らに　菊　草のかう　きちかう　りうたん

しをに　くたに　さうび　刈萱《かるかや》　萱　はちす　杜若《かきつばた》　菰《こも》　花かつみ　蘆《あし》　菱《ひし》　蓴《ぬなは》

根蓴　あざゝ　浮草　つき草　忘草　忍草　ことなし草　芹《せり》　なぎ　蓼《たで》　葎《むぐら》　玉蔓《たまかづら》

葛《くず》　さね蔓　青つゞら　朝顔　浅茅《あさぢ》　つばな　かにび　紫陽花《あぢさゐ》　さこく　菫《すみれ》

おはぎ　蕨《わらび》　ゐぐ　百合　あゐ　まさぎ蔓　ひかげ　山たち花　すげ　笹　葵《あふひ》

かたばみ　みくり　蓬《よもぎ》　苔《こけ》　いちじ　しば

蟲

蟲　蟬　夏蟲　蟋蟀《きりぎりす》　松蟲　鈴蟲　蜩《ひぐらし》　蛍　機をりめ　蜘蛛《くも》　蝶

木

木　しをり　花　秋の花　紅葉　柞《ははそ》　真弓　楓　松　かへ　竹　たかんな　梅

紅梅　柳　櫻　庭櫻　花櫻　山櫻　緋櫻　藤　橘　あへ立花　椎　ざくろ　梨
山梨　桃　李《すもも》　唐桃　くるみ　杉　むろ　まき　桂　がふか　樗《あふち》　樫　櫟《くぬぎ》　椿　柏
ほゝ柏　ながめ柏　躑躅《つつじ》　岩つゞじ　楸《ひさぎ》　桑　はたつもり　しきみ　あせみ
山ちさ　ゆづるは　かたがし　つまゝ　さねき

鳥

鳥　放鳥　雛鳥《ひなどり》　かひ　鶴　雁　鶯　時鳥　千鳥　呼子鳥　鴫《しぎ》　烏　鷺《さぎ》　はこ鳥
かほ鳥　鵲《かささぎ》　もず　水雞《くひな》　燕《つばくらめ》

これはつまりアンチョコです。貴族の男子で歌が得意でない男は、こういうのを見る。そのアンチョコを見るうえでいちばん大事なのは、第四帖の「恋」と第五帖の「雑思」です。とくに「雑思」は重要です。「恋」の題には面白いものがいくつかありますが、たいして数がなく、「恋　片恋　夢　面影　轉寝　涙川　恨　うらみず（恨みはもたない）　ないがしろ　雑の思」と、これだけです。第五帖の「雑思」の題は、前のページを見れば分かるとおり六十五あります。「知らぬ人　云ひ始む　年へて云ふ（年を距《へだ》ててからの恋）　始て逢へる　あした（朝）　しめ　あひ思ふ　あひ思はぬ　異人を思ふ（恋人とは別の人を想う）　分きて思ふ（特別に惚れている）　云はで思ふ（忍ぶ恋）　人知れぬ　人に知るゝ　夜独をり　独寝　二人をり　ふせり（寝ている）　暁におく（夜明けに目が醒《さ》める）　一夜隔てたる（一晩会わない）　二夜隔てたる　物隔てたる（遠ざかっている）日頃隔てたる　年隔てたる（何年も会っていない）　遠道隔てたる（遠くに住んでいる）　打きてあへる（突然やってきて会えた）　よひの間　物語　近くて逢はず　人をまつ　人を待たず　人を呼ぶ　道の便（都合がよくて会えた）　文たがへ（恋人にやる文を別の人にやってしまった）　人伝　忘る　忘れず　心変る　驚かす　思ひ出づ　昔を恋ふ　昔逢る人　あつらふ　契る　人を訪ね　めづらし　頼む　誓ふ　口がたむ（口固めする）　人妻　家とじを思ふ（別の家の女を想う）　思ひやす（想うあまり痩《や》せる）　思ひ煩ふ　来れど逢ず　人を留む　留まらず　名を惜む（浮名をおそれる）　惜まず　なき名（想っていない人との間に噂がたつ）　吾妹子　吾背子　隠れ妻　今はかひなし（我慢する甲斐《かい》もない）　こむ夜（恋人の来る夜）　形見（会えないときに偲《しの》ぶことができるように渡す）になき思（ふたつとない想い）」。これはほとんど全部恋の歌です。極論すれば、詩歌に限らず、日本のほとんどの文学はここに尽きているようなものだ。

このように『古今和歌六帖』というのは、題が雑駁《ざっぱく》だった。『古今和歌集』のようにきちんと順序だてているわけではなく、だから逆にたいそう面白い。意外や意外、という歌がつぎつぎと出てきたり、作者の意図とは別の題をつけて集めてみたり、編者が面白がっている。集めた取材源はとくに、『万葉集』『古今集』『後撰集』の三つがおもだった。それ以外にもたくさんいろんな人の歌を集めてある。そして、『万葉集』『古今集』の有名な歌がいっぱい載っているけれど、面白いことに読み方が違う。とくに『万葉集』についてはこれを見ると平安朝のこの時代の読み方が分かる。その後の研究で

「これはこういうふうに読むべきだ」というのが分かってきます。だから、重大な資料的価値もある。また、『古今集』に載っている歌と『古今和歌六帖』に載っている歌と、同じ歌でも文句がところどころ変わっている歌がかなりある。それが意図的に変えてあるとすれば、どちらが変えたか、によってどちらが先にできたかということになってきますが、どうも今の一般的な考え方では『古今集』が出て五、六十年経ってこの『古今和歌六帖』が出てきたことになっています。作り変え方が面白いというか、これを考えるとほとんど推理小説になる。けれど、誰が編纂したかも分からない。

しかし、なかでいちばん有力視されているのは源順です。源順だとすれば、いろいろ分かることがあります。彼が編纂した日本最初の国語辞書である『倭名類聚抄』はこういう分類の仕方、つまり題目によって分類されている。あいうえお順とかいろは順ではなくてジャンル別、あるいはカテゴリー別に分けているから、本質的には同じだと言えます。編纂者の推理は、古くは紀貫之とか紀貫之女《きのつらゆきのむすめ》という説があるけれど、これはまずまったく成り立たない。もうひとつは六条宮兼明親王《ろくじょうのみやかねあきらしんのう》という人の名が出ていて、この人かあるいは源順ということになっている。六条宮兼明親王という人のことはあまりよく分からないけれど、源順の知識の広さからいって彼の可能性が強いと僕は思う。機知に富んだ頭のよさに加えて、この人は驚くべき博識の人物です。機知に富んでいるといえば、日本文学史のなかでは前後を合わせて彼がトップでしょう。その理由は、これから『古今和歌六帖』の編纂の仕方と採られた作品の両方から話をします。

「古今和歌六帖」の面白さ

この『古今和歌六帖』が注目され始めるのは江戸時代の中期からです。まず、最初に『万葉集』の最初の大学者である契沖が『万葉集』を調べるうえで、『古今集』も当然調べた。そして『古今集』を研究したうえで、『古今和歌六帖』を同時に研究した。その『古今集』の註釈で彼がした非常に重要な『古今余材抄《こきんよざいしょう》』という註釈がありますが、これは『古今和歌六帖』を絶えず引き合いに出して『古今集』の歌を見ています。『古今集』ではこうなっているけれど『古今和歌六帖』ではこの歌はこういう歌である、ということを書いていて、その違いが非常に重要な場合があった。『古今和歌六帖』は、そのところで注目されていきます。その後、賀茂真淵も注目したけれど、この時代の『万葉集』の大学者たちは、みんな『古今和歌六帖』も研究している。『万葉集』の読み方を知るうえで『古今和歌六帖』を見ることが重要だと気づいたからです。結果としては『万葉集』を見るうえからだけではなく、『古今集』以後の日本文学の伝統を見るうえでも重要な詩集であることがだんだん分かってきたわけです。

『古今和歌六帖』のなかには、考えるうえでのさまざまなヒントになるような歌がたくさんあると僕は思っています。じつは、四千首あまりのものですから、全部細かく読んだわけではないんですが、パラッと読んでも、特別面白かったところはすぐに分かる。そういうところについては結構読みました。そのなかのひとつでたとえば「雑思」ですが、ここでは『古今和歌六帖』の編者がいかに面白がることが好きだったかということの例をあげますけれど、「人妻」という項目、七首あります。

人妻は杜《もり》か社《やしろ》かから国のとらふす野べか寝て心みむ

「人妻は、杜だろうか、あるいは神聖なお社だろうか、あるいは唐（この場合は朝鮮でしょう）国の虎が寝ている野辺か、寝て試してみよう」。これはふざけた歌です。杜も社も韓国の虎伏す野辺も、とにかく恐ろしい。あるいは畏《おそ》れ多くなければならない。だけど分からないから、寝て試みようという。この歌の作者はもちろん分かりませんが、こういう種類の歌はここにたくさん入っています。『古今和歌集』は勅撰和歌集だからこういう不謹慎な歌は絶対に入らない。しかし『古今和歌六帖』には不謹慎な歌がいっぱいあります。

ま玉つくこしの菅原《すがはら》我刈らで人のからまく惜き菅原

「ま玉つく」というのは本来は「越」の枕詞です。この歌は『万葉集』によみびと知らずで入っています。「越のほうに生えている菅（雑草）の原っぱが生い茂っている。自分が刈らないで人が刈ってしまうのは惜しいな、いい草の菅原だ」ということですが、

「こし」がひらがなで書いてある。つまり、腰には菅原が生えている、とも読めるわけです。そこで「ま玉つく」もギョクの玉か、男の〝玉〟かということになって、それで菅原をつく。「我刈らで人のからまく惜き菅原」だから「自分が刈ることなしに人が刈っている、残念だなあ」となる。人妻がいかにいいかということを、力説しています。「ああ、悔しい。なんでほかのやつがあの草を刈っているんだ」。

蘆《あし》の屋のこやの篠屋《しのや》の忍びにも否否まろは人の妻也

三首目はこの「あなたは忍んで来るかもしれないけれど、だめよ。わたしは人妻よ」というのがあって、次に有名な歌がきます。

紫に匂へる妹をにくゝあらば人妻故に我こひめやも

四首目は大海人皇子が額田王に向けて詠んだ歌で、『万葉集』のなかでももっとも有名な歌です。「おまえが人妻であることは知っている。でもやっぱりおまえに惚れている」とくるわけです。

榊にも手は触るなるをうつたへに人妻にしあればこひぬものかも

五首目も『万葉集』にありますが、『万葉集』は最後の句が違う。わざと変えてあります。榊の木は神聖で神に捧げる木ですから、普通は触ってはいけない。その「榊にさえも手が触れることがあるのに、ましてや人妻であるから恋しないでいられようか。人妻だから恋するのだ」。人妻のほうが乙女よりずっといい、ということです。

紅葉《もみぢば》の過難《すぎかて》ぬ子を人妻と見つゝやをらむ恋しき物を

「とても行き過ぎることができないくらいいい女がいる。けれど人妻だから、恋しいのに触ってはいけないと、我慢しなければならないだろうか」。

誰ぞこの主《ぬし》ある人を呼子鳥声のまに〳〵鳴渡るらむ

「いったい誰、私は主がちゃんといる人間なのに呼子鳥が盛んに呼んでいる」。これが人妻という項目の七首です。

この並べ方は人妻の「杜か社かから国の…」で始まりますから、つまり人妻というのはトップにいるわけです。それでなんとかして触りたいから、だんだんあやしい表現が出てきて、女のほうでは最後はやっぱり「いやよ」という。この七首の並べ方を見ると、明らかに編纂者の意図があって、面白がってやっている。これはもう歌物語です。『古今和歌六帖』だけではなく、日本の編纂ものというのは全部編纂者の意志が入っています。だから編纂者の意志がどこにあるかということを絶えず考えなければならない。『古今和歌六帖』の場合はひとつひとつの題でなんとなくストーリーがある。しかし「人妻」のようなこの種類の歌はほとんどアンチョコにはならない。アンチョコにしてこんな歌を贈ったりしたら、逆に女の人にとって、とんでもないやつになってしまうけれど、ある程度馴染《なじ》んだ知的な女なら、逆に面白がったにちがいない、という歌でもある。

この時代は、『伊勢物語』などとも全部同時代という恐るべき時代です。『古今和歌六帖』にはいろんな歌が入っていますが、ずいぶんふざけているものもある。第四帖「恋」の「雑の思」のなかに次のような歌があります。

をととしのさいつとしよりことしまでこふれどなどかいもにあひがたき

「をととしのさいつとし」とは、「一昨年のまた一年前」ということです。「一昨年の一年前からずっとあなたに恋をしているけれどなぜかあなたに会うことができない、あなたが許してくれない」。これは、ひどく下手な歌です。一方、次のような知的な歌もある。

こころこそこころをはかるこころなれこころのあたはこころなりけり

『古今和歌六帖』にはこの種の歌もたくさん入っていますが、この種の歌で上等なものは『古今和歌集』に入ります。この歌も『古今和歌集』に入ってもちっともおかしくないのに、入っていない。意味としては、「自分の心こそ相手の心を推しはかる心である。だから、心の敵もまたわが心である」ということです。

ゆめにのみききききききときききききききききききききといたくとぞみし

これは「夢であなたをききききと抱くのだけれど、それは夢にすぎない」という歌です。

君によりよよよよよよよとよよよよとねをのみぞなくよよよよよよよ

よよと泣く、というのはこの頃から言っている。つまり「あなたのおかげで私はよよよよとよよよよとよよと泣いています」。こういう歌は、詠んでいるほうはほんとうは深刻かもしれないと考えなければいけない。

おかしなものは同時にグロテスクだったり、悲壮だったりします。ラブレーなどの面白いおかしさというのは、同時に悲壮だということがある。逆に、悲壮なものは、同時にすぐに滑稽《こっけい》なものに変えられるわけです。グロテスクというものはそういうものです。ヨーロッパでいえばバロック時代の美術はグロテスクでしょう。けれど、見方を変えればそのまま非常に滑稽でもある。それが、グロテスクというものの意味です。日本では、グロテスクというとただ不気味なものというだけですが、それはグロテスクをまだよく分かっていないということです。分かろうとしない、というよりも分からないタイプの人がグロテスク論を論じているのでは困る。真面目くさってグロテスクを論じるというだけではだめです。グロテスクというのはものの形態を歪めるわけです。形態を歪めれば、笑いが生じるようになるのは当然です。

グロテスクというものの根源的な要素は、日本の平安朝の物語にはいっぱいあります。『今昔物語集《こんじゃくものがたりしゅう》』などには、幽霊や、蛆《うじ》が湧いているような死体がいっぱい出てくる。それはグロテスクだけれど、一歩退《ひ》いて見ると吹き出して笑うような悲惨で滑稽な話です。例えば、男が女を捨てて旅をしていて、何年か経って帰ってくる。帰ってきたら、女は喜んで迎えてくれる。男は「よく待っていてくれた」といって、一晩中彼女を愛して、寝る。ところが、翌朝見たら死体を抱いて寝ていて、周りはなにもないあばら屋だった。こういう話は『今昔物語集』や『宇治拾遺物語《うじしゅういものがたり》』にはいろいろあります。そういう話は、本人にとっては恐ろしいことだけれど、ほかの人から見たらゲラゲラ笑ってしまうようなことでもあります。女と寝ているつもりで、ひとりで素裸になって夜中に何をしていたか分からないというような話がいっぱいあるということは、仏教的な考え方もその後ろに形而上学《けいじじょうがく》としてあるけれど、とにかくここにはグロテスクの二重性（＝滑稽）が必ずある。それは『古今和歌六帖』にあり、『今昔物語集』にもある。一方、『伊勢物語』はそういうところから、きれいに上澄みだけを取り出している。その下の部分は『大和物語《やまとものがたり》』に入る。伊勢と大和というのは、地名としても物語としても対照的です。日本文学というのは、そういう意味でしたたかです。したたかなものは、だいたい二つに分けられている。そうでない場合は、勅撰にならなかったら捨てられてしまった。『古今和歌六帖』は、猥褻《わいせつ》なものまで含んでいるから勅撰集にはなりえない。だけど、そこに日本文学の忘れられたもうひとつの重要な宝庫があるということを知っていないと、古典を馬鹿にしただけで終わって、それによって本当に馬鹿になる。

編纂者の力量

『古今和歌六帖』には、もちろん真面目な歌もいっぱいあるわけです。たとえば、「ころこそ…」の歌はくるりくるりと回るでしょう。それは『後撰集』に載っている有名な蟬丸《せみまる》の歌、百人一首にも入っている、逢坂《おうさか》の関で庵《いおり》を作って住んでいるときに前を行ったり来たりする人を見て作ったという詞書《ことばがき》がある歌とも似ています。

これやこの行くも帰るもわかれつつ（ては）知るも知らぬもあふ坂の関

このように、表向きの『後撰集』ではとても立派な歌になる。ところが『古今和歌六帖』になると、もっと率直になって「こころこそこころをはかるこころなれ……」となるわけです。あるいは、もっとくだけて言えば「君によりよよよよよと……」になる。小林秀雄さんは西行の「まどひきてさとりうべくもなかりつる心を知るは心なりけり」というのを真面目に引用しています。小林さんは『古今和歌六帖』をご存じなかったでしょうけれど、そういう表現の伝統があったということは知っておられたでしょう。表現の伝統というのは恐るべきものがあって、まず表現の様式があってそれに個別にいろいろなものがくっついて、それが歴史を作っている。最初にある様式が見事にできているとすれば、それをみんなが利用して様式が発展していく。この場合の「心のあたは心なりけり」は、非常に人々を刺激したに違いない。これに類する歌は『万葉集』にもいろいろある。つまり、詩歌というのはしょっぱなに重要なものが出てしまっていて、われら末世の人間はそういうことを知ったうえで詠まないと恩返しができないということにもなると思います。

形として今のと非常に似た歌があります。『古今和歌六帖』第五帖「雑思」の最初に「知らぬ人」というのが十数首ありますが、その一首目が今のとまったく同じです。

誰はかは知《しら》ぬ先より人を知る知《しら》ぬ人こそ知《しる》人になれ

つまり、「いったいどこに知らない先から人を知る人がいるだろうか。知らぬ人こそやがて知る人になるのだ」ということです。これは恋の歌です。「いったいどこに知らない先から知っているなんて人がおりましょうか、そんなことは誰もできない。あなたを今まで知らなかったから、これからは知る人になりましょう」と、こう口説く。「知らぬ人」というのは、恋の始まる最初は誰でも他人、知らぬ人だけど遠ざけないでくれ、という、高級な口説き文句です。

大空に我を思はむ人もがなはかなきことは後に定めむ

この歌は非常にいい歌ですが、それは『古今和歌集』的な意味でいい歌です。「どこか大空に私を思ってくれている人がいないかしら。失敗するかもしれないけれど、それは会った後に決めよう。とにかく会いたい、だれか私を思ってくれないものかしら」。ここでの歌は、知り合いになる前の段階で、つまりそこから恋というものは始まっている。こうやって、だんだん「人妻」などにいく。だから、こちらのほうが『古今集』よりも物語的な興趣がある。にやにや笑いながら読むものとしては、こちらのほうがずっと面白い。

これが『古今和歌六帖』ですが、こんなものを四千五百首ちかくも編んだ人物とは恐るべき人物です。いろいろな歌を見ながら、「これは逢わぬあいだの恋にしよう」「これはうんざりしてからの恋にしよう」と選んでいたにちがいない。それらを大別していって、それからある程度物語的に筋を作ろうということで、ひとつひとつの歌の配列を決めたのでしょう。類題和歌集が『古今集』などと違う理由はそこで、作者の年代とかは一切関係なしにテーマで決まっているわけです。だからこそ類題和歌集とは、アンチョコにも使える。読むうえでは、面白がってゲラゲラ笑って読める。全部歌だけれど、横に並べると小説になってしまう。だから、こういう種類の歌は一首だけ取り出して読むということは、あまり意味がない。言いかえると、読者もある程度編集者に近づかないと面白みが分からないということです。

すなわち、編纂者の立場というのがまずあって、それによって我々は読んでいます。だから、いい歌だけが並んでいるというものではない。そこには自《おの》ずと編纂者の主観的なある種の非常に強い意志が働いて本ができている。それは昔も今も変わりません。今の編集者はここまでやれない。けれど、もし僕が編集してやるならば、いろんな人ののを持ってきて「この題のもとに吉本隆明《よしもとたかあき》のものも柿本人麻呂のものも一緒に並べよう」というやり方でやりたい。谷川俊太郎のものと小野小町のものが隣り合わせにある、ということをやるのが本当の意味でのアンソロジーの作者です。

編纂者の正体

また、ちょっと触れておきますが『古今和歌六帖』の第四帖の「別」に長歌がありま す。そのなかで、紀貫之が「古歌《こか》奉《たてまつ》る時の目録のその長歌」という題で、また「おなじ題」で壬生忠岑《みぶのただみね》が長歌を作っています。これはおそらく両方とも『古今集』、あるいはその前身としての「続《しょく》万葉集」なるもの（内容はわかりません）を奏上したときの喜びの歌でしょう。これらは『古今集』にも載っているけれど、『古今和歌六帖』にも載っている。こういうことも、歴史的に重要だと思います。

古歌奉る時の目録のその長歌　　貫之

千早《ちはや》ふる　神の御代《みよ》より　くれ竹の　よゝにも絶《たへ》ず　天びこの　おとはの山の
春がすみ　思ひみだれて　五月雨の　空もとゞろに　さよ更《ふけ》て　山ほとゝぎす
なく毎に　唯《たれ》も寝ざめて　唐にしき　立田のやまの　紅葉ばを　見てのみ忍ぶ
かみな月　時雨れ〳〵て　冬の夜の　庭もはだれに　ふる雪の　なほ消え返り
年ごとに　時につけつゝ　哀れてふ　事をいひつゝ　君をのみ　千代にと祝ふ
世の人の　おもひ駿河の　ふじのねの　燃ゆる思ひも　飽ずして　別るゝなみだ
藤ごろも　おれる心も　八千草の　言の葉ごとに　すべらぎの　仰せかしこみ
巻まきの　中に尽くすと　いせの海の　浦の鹽がひ　拾ひ集め　取れりとすれど
玉の緒の　みじかき心　思ひ敢ず　猶あらたまの　年をへて　大みやにのみ

久かたの　昼よる分かず　仕ふとて　返りみもせぬ　我が宿の　忍《しのぶ》ぐさ生ふる

板間荒み　ふるはる雨の　漏りやしぬらむ

これは紀貫之の長歌です。ここに詠まれているのは、たくさんの歌を何年もかけて編纂したということです。「見てのみ忍ぶ」とは、忙しくてほとんど遊びにも行けなかったからで、「春がすみ」「かみな月」「冬の夜の」というのは春夏秋冬の移り変わりがあったことを意味している。「年ごとに…事をいひつゝ」（何年ものあいだ、ああ、いい歌だなあ、ということを言いながら）、「君をのみ…別るゝなみだ」（天皇の御世の安泰を千代に八千代に願っている世の人の願いが、あの噴火している富士山の燃えるようなそれも飽きることができない思いである。それがすでに別れなくてはならない）、つまり恋の思いになる。そして、この後が肝心です。「藤ごろも…中に尽くすと」（たくさんの言葉のひとつひとつに天皇の仰せをかしこんで、一巻から二十巻のなかに全部尽くそうとした）、「いせの海の…取れりとすれど」（伊勢の海岸の貝殻を拾い集めたつもりだけれど）、「玉の緒の…年をへて」（年はつぎつぎに過ぎ去って、翌年を迎えて、一年たちまた一年がやってきて）、「大みやにのみ…漏りやしぬらむ」（昼夜の区別もつかずに宮中に仕えて一所懸命仕事をしているために、自分の家も顧みもせず、そこに忍草まで生えて、板の間は荒れて今では春雨が降って雨漏りがしているだろう）と結ぶ。だから、春夏秋冬春夏秋冬とやってきて、現在春です。『古今和歌集』が奏上されたのが延喜五年の四月十八日ですが、そのころにこの歌も奉ったはずです。

おなじ題　　忠岑

くれ竹の　よゝの古こと　無りせば　いかほの沼の　いかにして　思ふこゝろを
のばへまし　哀れむかしべ　有きてふ　人まろこそは　嬉しけれ　身はしも乍《なが》ら
言の葉を　天つそらまで　聞えあげ　末の世までの　跡となし　今もおおせの
下れるは　塵につげとや　塵の身に　積れることを　問はる覧　これを思へば
古へに　薬けがせる　けだ物の　雲にほえけむ　心地して　ちゞのなさけも
思ほえず　一つこゝろぞ　誇らしき　斯はあれども　照ひかり　近きまもりの
身也しを　誰かはあきの　くる方に　欺むき出でゝ　御垣もり　をさ〳〵しくも
思ほえず　九のかさねの　中にては　あらしの風も　聞ざりき　いまは野山し
近ければ　春はかすみに　靉靆《たなび》かれ　夏はうつせみ　なき暮し　秋はしぐれに
袖をかし　冬はしもにぞ　責らるゝ　かゝる侘しさ　身乍らに　つもれる年を
記せれば　五つのむつに　成にけり　是に添はれる　私の　老のかずさへ
やよければ　身は賤しくて　年たかき　ことの苦しさ　斯しつゝ　ながらの橋の
長らへて　難波のうらに　立つ波の　波のしわにや　おぼゝれむ　流石にいのち
惜ければ　越のくになる　しら山の　かしらは白く　なりぬ共　おとはの瀧の
音に聞く　老ず死なずの　薬もが　君がやちよを　わかえつゝ見む

壬生忠岑も、貫之と同様に『古今集』編纂をやってきた。この忠岑の長歌には重要なことが含まれています。つまり人麻呂は素晴らしい古人だったということを言っています。「身はしも乍ら…問はる覧」（人麻呂は、身は下級の人だったけれど言葉は天まで聞こえ、末の世まで残る伝統を作った。今も私たちに仰せが下ったのは、身分は塵の身ながら人麻呂に続けというのであろうか）というのは、人麻呂が『万葉集』を編纂したと考えられていたわけです。「これを思へば…誇らしき」（こういうことを思えば、昔けだものが薬を一服飲んだために雲にまで舞い上がって吠《ほ》えたであろう心地がして、いろいろと心が乱れるようなことがあっても、一心になって誇らしき）仕事をした、「をさ〳〵しくも…責らるゝ」（宮中に自分たちは守られていたため、嵐の風も吹かなかった、今は仕事が終わって私どもは普通の生活、春も夏も秋も冬も惨めな生活に戻っていく）、「かゝる侘しさ…成にけり」（自分たちは普通ならばこのように侘しい人間であるけれど、宮の内で仕事をした年を数えてみれば五、六年にもなる）。「是に添はれる」からは自分が年を取ってきたという嘆きを書いていて、その後は「越のくになる…わかえつゝ見む」（白山の雪の山と同じように頭が白くなってきたけれど、不老不死の薬はないだろうか。不老不死の薬を飲めば天皇の千代に八千代までもずっと見ることができるのに）という結びになります。

これは明らかに『古今集』を編纂して、最後に「勅撰集ができました」と奉ったとき、自分たちの感慨をわざわざ長歌にしてその目録に添えたものだと思う。ところで、『古今集』には凡河内躬恒《おおしこうちのみつね》というもうひとりの編集者がいて、これも素晴らしい歌人で、第四帖の貫之と忠岑の次にこの人の長歌があります。これは「冬の長歌」で、そういうおめでたいことは書いていない。ということは、たぶん貫之と忠岑に「古歌奉る時の目録のその長歌」というのを代表させたからでしょう。いずれにしても、『古今和歌六帖』は『古今和歌集』と非常に近いところにいたものが編纂したということが考えられる。

紀貫之の息子の紀時文は『後撰集』の編纂者です。『後撰和歌集』編纂時には、宮中の梨壺《なしつぼ》という部屋を与えられて何年も仕事をした。編纂者には、紀時文、源順ほか全部で五人いました。彼らは何年間か毎日一緒にいたわけですから、時文と源順は大の仲良しになったでしょう。彼らは『万葉集』解読にあたっているうちに、村上天皇《むらかみてんのう》から命じられ勅撰和歌集の編纂もすることになります。ところで、先ほどの長歌のようなものは、もっともプライベートで同時にもっとも公のものですが、紀の家には下書きが残っている可能性がある。それに、時文は父親と同じ栄えある仕事を仰せつかったわけですから、『古今和歌集』のできたときにはこういうものも添えられて奏上されたんだ」といった可能性はある。そう考えると、『古今和歌集』を編纂した人と個人的に非常につながりのある人がこの『古今和歌六帖』を編んでいると考えたほうがいい。ということは、紀時文と親しかったであろうはずの源順が編纂したとしてもちっともおかしくない。とにかく『古今和歌六帖』の編纂者が誰かということに関しては、探偵小説的な面白さがあります。

アンソロジーの重要性

さて、今は違いますけれど、伝統的な意識でいえば、日本文学の歴史の中心は和歌であるということは疑いの余地がありません。中心になった理由のひとつは、明らかに勅撰集です。勅撰集、といってももちろん天皇が自ら選んだわけではなく、天皇の名のもとに当代を代表するもっともすぐれた歌人たちが、何年にもわたって編纂している。編纂過程でさまざまな事件があり、なぜか見事に物事の始めから終わりまで、つまり春の初めから冬の終わりまで、恋の始まりから恋の終わりまで、というふうに時間の順序にしたがう方針が『古今和歌集』で確立されます。

その場合に、編纂される歌ひとつひとつはまったく相互に無関係で、それに関係づけをしているのは編纂者です。編纂者は「この歌はこう読むべきだ」という、評と解釈をはじめからしているけれど、そのことは表立っては絶対に言わない。だから、人々は「ありがたい勅撰集で、しかもじつに見事に編纂されているから、読んでいて気持ちがいい」ということで、その裏にある編纂者の意図までは普通読めない。それによって、逆に無意識によって非常に豊かな情報を与えられているわけです。勅撰集という名に隠れて、編纂者たちはものの見方、「自然界を見るときにはこうしたらいい」「失恋をしたときにはこういうふうに歌ったらいい」「恋愛をしたときにはこういう機知で切り抜けたらいい」ということを教えるかたちになっている。もちろん、一首一首の歌の作者は全然そういうこととは関係なしに歌を詠んでいますから、読む人も関係なしに「これは人麻呂の歌だ。小町の歌だ」というだけで読む。それが成り立つように一首一首の独立性はちゃんとある。その裏にある編纂者の意図までは普通は考えない。だからこそ、教育的効果があった。もしそれが分かってしまっていたら、「なんだ、あいつらが提示しているひとつの案にすぎないじゃないか。別の案もありうる」ということになってしまうから、それでは駄目だったわけです。

これは世阿弥《ぜあみ》も言っているとおり「秘すれば花なり」です。ありがたいということを人に言ってしまったら、その途端にありがたくなくなってしまうということを世阿弥はしきりに言っていますが、家の秘伝というものは子どもにも言ってはいけないものだった。『古今集』の場合も、要するに分からないからありがたい、ありがたいから人に丸ごと受け入れられる。もし紀貫之が、こう考えていると表現したならば、途端に公《おおやけ》は消え、私《わたくし》の考え方になってしまい、それを押しつけると反発を受ける。だから、この編纂者たちは勅撰和歌集という名のもとに、じつは自分たちの考えを大勢の人に押しつけたけれど、押しつけることを一切煙（気振《けぶ》り）にも見せずに「この歌はみんないい歌ですね、素晴らしいですね」と言っている。そして実際にいい歌だったから、逆に権威が倍増した。そういう意味では、編纂者というのは、微妙な決定権があって、もしそれが教えるに値するものであるならば、無限に重大な影響力を及ぼすものです。

この思想というのは、日本の場合には「天皇」があったために成り立っている特殊性です。同時に天皇が、国家的な意味での最高権威者であったということがこれを可能にしているわけです。もし天皇が、武人でたんなる戦争に強いだけの存在であったら、こういうことは絶対に起こり得ない。これは世界史のうえで非常にめずらしいことですが、平安朝が四百年の平和な時代を保ったということと、女性が圧倒的なある種の権威をある時期から持ち得たということに理由があります。天皇の后になる人は臣下から出るわけですが、それはひとりではなく場合によっては何十人もいた。后同士の争いはどうやってするかといえば、文化的に「私の周りにはこれだけすごい女官たちがいる」ということを示さなければならない。そのために、紫式部と和泉式部《いずみしきぶ》は中宮彰子《ちゅうぐうしょうし》のところに、清少納言は皇后定子のところにいて、天才たちがライバル同士になるわけです。

　このある意味での黄金時代は、平安朝が始まって百年から百五十年くらい経つ間にできてくる。それは結局、天皇が后の数を何人あるいは何十人と持ち得たことからくる現象です。その結果女性の文化というものが、高級なだけではなく、表側の藤原家の政治を支配するようになる。すると女性たちが持っている最高の文化であるところの和歌が、同時に男たちにとっても最高の文化にならざるをえなかった。和歌が下手なやつはうまく出世できない、というくらいに厳しかった。そのために『古今和歌集』というものは、表向きのアンチョコとして非常に重視された。一方、裏向きのアンチョコとして『古今和歌六帖』が重要なものだったろうということが言えるでしょう。そういう意味で、いずれにしてもある指導的権威としてのアンソロジーが重んじられることになった。公的権威という一種の約束事の価値がみんなによって尊奉された。

ただ、日本文学においてはプライベートなものが見事にプライベートである場合は、パブリックな鑑賞に堪えた。それのいちばんいい例が和泉式部です。和泉式部の歌というのは、本当は勅撰和歌集に馴染まない。あまりにもプライベートであまりにも激しくて、ときに男を馬鹿にしている歌もある。また、彼女があまりに次から次に男を公然と替え、その相手のなかには皇子がふたりいたということもある。ちょっと危ない、風紀紊乱《びんらん》すれすれの線です。ところが、彼女の歌は天才的だったために、逆にこれは特例として非常に輝かしいものになった。プライバシーというものは、極端にプライベートであると同時に極端にすぐれた例になると、パブリックな場においてまったく珍しいくらいにめでたいものということになる。それが日本文学の天才たちの開いてきた道です。天才たちには、何か必ず危ないところがあります。けれど、その危なさを上回って歌の質がよければ、逆にパブリックなものはそれを抱き込んでしまう。

だから、プライベートなもので危ないものというのは、公的な場へいくと排除されるか逆に大歓迎されるかでしょう。前章、前々章に述べた、額田王も在原業平もそうです。日本の文学というのは非常にフレキシブルです。菅原道真の書いたものも読み方によっては恨み節ですが、それがみんなの及びもつかない表現を備えているとなると名作になってしまう。ほかにたくさん真似が出そうな場合は悪例になりますが、ほかで真似できないということになればこれは悪例ではなくなる。西行《さいぎょう》にしても芭蕉にしても外れ者で、本来ならば勧められないけれど、そういう人の文学的価値を誰もが認める場合には、逆にそれを抱き込もうとして、日本文学の最高峰ができてきた。だから、現代でいえばスキャンダルの主がそのまま英雄になる。スキャンダルでそのまま潰れてしまうのと、スキャンダルをやればやるほど調子よくいくというのは才能がはっきり違う。スキャンダルを越えて生き延びるという人は、それだけの恵まれた天の恩寵《おんちょう》があるわけです。日本には、暴れ者にたいして寛容な伝統がある。お能などは、暴れ者の最たるものがいっぱい出てくる。

先ほど蟬丸の話をしましたが、能「蟬丸」もその伝統のなかにあります。蟬丸とその姉の逆髪《さかがみ》は醍醐天皇の子どもといわれていますが、逆髪はいつでも髪が逆立ってしまい、蟬丸は目が見えなくなって、恋愛なんてできない。天皇の子どもはいっぱいいるけれど、そのなかの不幸な子どもです。そして、ふたりとも王宮から追放される。逆髪は道々みんなに苛《いじ》められながら流浪するのですが、最後に、逢坂山《おうさかやま》にきて弟が弾いている琵琶《びわ》ではっとして、訪ねていく。ついに逢った姉弟は泣いて自分たちの不運を嘆くわけです。そういうときに、逆髪はすごくしゃれた、哲学的なことを言う。弟の蟬丸のほうは琵琶の天才で、やがて歌舞音曲の守護神になります。芸能の世界では、そういうかたちで現実世界で迫害されたものが救われる。迫害する側と迫害を受ける側との、価値の転換があります。

時の権力者もこの方面に関してはアンタッチャブルだったわけですが、彼らは作り物である芸術には寛容だった。四百年の平和が続いたなかにはいっぱい反逆者が出ていますが、偉大な反逆者というのは全部伝説の主人公になる。大江山《おおえやま》の酒呑童子《しゅてんどうじ》、平将門《たいらのまさかど》、菅原道真、彼らは全部そうです。怨霊《おんりょう》を鎮めるために、彼らはみんな神にされる。日本の神の出現というのは、怨念を鎮めるためにというのがいちばん大事だったわけです。『古今和歌集』も怨念を鎮めるためかもしれない、ということも考えられる。あの作者のなかには怨念の塊の人が何人もいるはずですが、いちおうそこで救われている。ただ、現実生活では何の影響もないから、藤原家にとっては安泰だったわけです。

Ⅳ　奇想の天才源順――「伊勢物語」と「大和物語」

天才、源順

日本の近代文学において力の強かった小説のジャンルは、言うまでもなく自然主義から行き着く私小説、心境小説です。この伝統は、一面では深く日本の和歌の伝統に結びついています。別の側面では、和歌は虚構を当然のものとしましたから、和歌の伝統は一筋縄ではいかないものがありますが、心境の吐露を中心にすえているという点では、この伝統はものの見事に私小説につながっている。そしてこういう伝統に対して反対を唱える側というのは、異端者になってしまう。そこで、源順《みなもとのしたごう》から話をします。

源順という人はいままであまり認められていないけれど、考えれば考えるほど日本の生んだ大変な天才といえます。位は六十代になってやっと従五位《じゅごい》に上った、つまり中くらいの貴族です。長い間宮仕えをしても位は上がらない、お金もたいしてない、という生活をしていた。彼の友達には何人か同じような連中、たとえば紀時文（紀貫之の息子）や清原元輔などがいて、一緒に『後撰集』を編纂しました。彼らの地位は受領《ずりょう》クラスの中級貴族で、頭がすごくいい場合でも社会的にはまるで認められないという、不平不満を抱いていた人々が非常に多い。

源順の略歴を見てみましょう。この人は嵯峨天皇の皇子の源定という人の曾孫《ひまご》です。まさに天皇の血筋を引いている。もっとも、ひとりの天皇が数十人の子どもを持っていたケースはたくさんある。けれど、とにかく天皇の家柄であったことは「源」という名前が示している。彼の生年はよく分からない。没年から換算していくと、延喜十一（九一一）年という年らしい。延喜は醍醐天皇の御代、紀貫之たちが大活躍していた時代です。その時代に生まれて、七十三歳で死んでいる。三十六歌仙のひとりだから、歌人として非常に認められていた。それでも、本当のところはこの人は漢詩・漢文のほうが優れていたと思う。ただ、和歌の世界でも実験的ないくつかの試みをしたという点では、驚くべき才能を持っていた人です。その彼が、四十三歳になるまで学生《がくしょう》だった。学生は試験を受けて文章生になり、文章生になってやっと一人前の学者として認められる。つまり、あれほどの大秀才が四十三歳まで学生だったということは、いかに彼が不遇だったかということです。ただ、四十三歳でまだ学生だったけれど、そのころに実は『後撰集』の編纂を天皇の命令でやっている。この人は四十代に限らず、二十四、五歳で醍醐天皇の第四皇女勤子に命令されて『倭名類聚抄』という国語辞典を作った驚嘆すべき人です。それはわが国最初の国語辞典、漢和辞典といってもいい。そして天元二（九七九）年、六十九歳のとき能登守に任じられる。本当に行ったかどうか分からないけれど、実際に現地に行くと賄賂《わいろ》がいろいろもらえるからお金にはなる。だから、地方官で出るということは都の官人にとって大事な金儲《かねもう》けの機会だったかもしれない。けれど、能登は当時ひどい辺地ですから、六十九歳でそこの県知事になって行くのはたいへんです。この天才的な男は、生涯にわたって官位がちっとも上がらなかった。それに対して不遇をかこつ和歌とか漢詩文をたくさん作っています。

彼には、『本朝文粋《ほんちようもんずい》』に出ている有名な「無尾牛歌《むびぎゆうのうた》」という漢詩の歌があります。漢詩漢文で歌といえば、なんとなく拍子をつけながら歌う、軽薄な歌、戯《ざ》れ歌といった性質を持っています。この「無尾牛歌」を見れば、彼が自分の処遇にいかに憤っていたかということが分かるけれど、同時にちっとも位が上がらない官吏としての知覚においても非常にユニークな抵抗詩を作っていることも分かる。ほかにも自嘲《じちよう》的な、自分ならびに他人を風刺した詩を作っていますが、それは彼が不遇であったという事実と、まったく切り離せない事実です。だから、わが国の文学のなかでも非常に珍しい風刺文学、人を揶揄《やゆ》するシニカルな文学になっている。逼塞《ひつそく》しているために暇があり、なおかつ自分のなかにある創造性は抑えることはできない。そのために自分のなかでいろいろと面白い試み、いくつもの文学的に斬新な試みをやる。それは、その当時は男たちとのやりとりで終わっていたけれど、彼が三十六歌仙だったために『源順集』が大切にされて残ったり、名文の漢詩文が『本朝文粋』その他に載ったりして残ったので、後々の時代になってからみなが影響を受けた。

とくに『本朝文粋』という漢詩文集は、日本の古典漢詩文のなかでも後世への影響が強い。いちばん初めの漢詩集は、『万葉集』と同じ頃にできた『懐風藻《かいふうそう》』ですが、ここではまだ日本人の漢詩がたいして上手ではなかった。我々が英語で詩を書くのと同じで、倣え倣えだった。ところが、さすがに時代が五十年から百年たってくると、漢文の天才が出てくる。とくに源順などの作った漢詩文は、おそらく中国人も感心して読んだと思う。彼より前の菅原道真の書いた詩は、渤海国大使の裴頲《はいてい》が「君の詩は白楽天と共通するものがある」と激賞しています。ご挨拶だとしても、やはりたいしたものです。それよりまだ時代が下がれば、才能は別としても、少なくとも知識だけは増える。もちろん源順の場合は才能も非常にあって、『本朝文粋』に載った彼の「無尾牛歌」その他いくつかのものは後世にいろいろな影響を与えている。

近代になってから、というか昭和の、それも戦後になってから、その種の漢詩文というのは馬鹿にされてきてしまった。しかし、そのような扱いになる前、少なくとも明治・大正時代には、その種の漢詩文に対してもしかるべき評価は多少あったと思います。けれど、もう一方でオーソドックスな『古今集』の伝統、漢詩でいえば五山《ござん》の漢詩文や平安朝の勅撰漢詩文集は、逆になんとなく祀り上げられたままになっているものが多い。だから、いま源順という人ひとりを取り上げるだけでも、意味があると思います。彼ほどではないけれど、ほかにもいっぱい大変な漢詩を書いた人たちがいます。それを知れば知るほど、我々は日本文学の埋蔵量がすごいということが分かると同時に、我々はなんという恩知らずか、ということをも思う。

それは現代人の我々の罪ではなく、教育制度の問題が大きい。戦後になってから、アメリカ式に有効性を追求する教育が盛んになって、有用である、能率的であるということが重んじられた。そうなると、漢詩文というのはいちばん非能率的に見えます。それでたぶん馬鹿にされて、漢文の教育は追求されなくなった。けれど、もし日本人の頭が多少とも良いとしたら、漢詩文を学んだ伝統のおかげもある。日本人は頭がいいといわれているのはある程度本当で、例えばコンピューターを応用する場合に凄い能力を発揮する。あの能力は、一方では漢詩や漢文をやってきた日本人の遺伝子の残存形態だと思ってもいいと思う。漢詩・漢文を読み解きながらひらがなやカタカナに置き換えていくことは、日本人の文化の独特な歴史的制約だと思われていたけれど、実は制約ではなくて良い意味での特徴であり、それが科学的なコンピューターなどの学習にも意外なほど役立っていると僕は思います。

そういう意味で、我々は埋蔵されている自らの富を実はなにも知らないで、浅いところで現代優先の知識をひけらかしているにすぎないのではないかということは考えたほうがいい。そういうこともあって、僕が知っているところの源順の話をしたいと思います。源順について、僕は彼の漢文は全部は読んでいません。けれど、読んだものについていえばやはり凄い。菅原道真もものすごいけれど、道真（九〇三年没）のちょうど二百年後に彼が出てくる日本の漢文学の伝統というものは、ないがしろにしたら自分自身がかえって損をします。

選者としての仕事

まず、順が二十四、五歳で作った『倭名類聚抄』とはどういうものかというと、事物を分類してその項目ひとつひとつにその意味の説明をしています。説明は漢文、倭名のかった。

読み方は万葉仮名です。だから全部漢字です。そして字の辞典であると同時に、いまで言う百科事典でもある。言う百科事典でもある。「何々は」というのがたんに文字の解説だけではなく、百科事典風で歳時記を兼ねているものになっています。それ以前にはそんな画期的な辞書はなかった。

そして、『倭名類聚抄』を作ってから二十年くらいたって、天暦五（九五一）年四十一歳のとき彼は村上天皇に『万葉集』の読解を、それと同時に『後撰和歌集』を編纂せよと命じられます。「後撰」とは、後に選んだということです。『古今集』ができたときに捨てられた歌があって、それは私事を歌っていたわけです。例えば、紀貫之が奥さんの目を一瞬盗んである女性に贈った恋歌とかが、たまたま残っていた。それはそれで面白いものだけれど、『古今集』のような見事に公のものである集には入れられなかった。『後撰集』は、その種のものばかり、といってもいいほど私事の歌を選んでいます。だからじつに面白い。表立って偉そうにしている人が、裏ではみっともないことをいっぱいしている。けれどもそれがちっともみすぼらしくはなくて、微笑ましいこととして選ばれている。紀時文が選者のひとりなのに、お父さんが女にちょっかいを出した歌を載せているのも大らかなことです。このことひとつ見ても、この集が私事や公事を区別せずに面白ければ入れてしまったのだ、ということが分かる。その意味でもユニークな歌集です。

その後出た第三の勅撰和歌集は『拾遺集《しゅういしゅう》』です。だから、『古今』『後撰』『拾遺』『後拾遺』となる。この四冊を並べただけで、非常にいろいろなことが分かる。つまり『古今集』が表で、『後撰集』が裏です。『拾遺集』は、『後撰集』があまりに私事だったからまた改めてオフィシャルでオーソドックスな歌を選んでいます。『古今集』と『後撰集』ですでに古い良いものは選ばれているという考え方から、オーソドックスな和歌集にもかかわらず「私どもは残りを拾い集めただけです」と、控えめに『拾遺集』とした。けれど、やはり表向きの歌なのでまた少し面白みが減る。そこで『後拾遺集』を作ります。『後拾遺和歌集』はこれまた面白い。とくに恋愛詩が面白く、百人一首でもたくさん取り上げられている。なぜ『後拾遺集』かといえば、やはり『拾遺集』では拾えない裏がある。だから、和泉式部の歌は『後拾遺集』では大活躍するわけです。露骨に女の真実を歌ったから、公の社会でちょっと横紙破りで少し品が悪い女の歌人というイメージがあったけれど、後世の我々から見ると天才としかいいようがない素晴らしい歌です。そういう歌が『後拾遺集』に載りました。日本文学というのは、表があればかならず裏がある。

『後撰集』を編纂している間、梨壺の五人は、いわばカンヅメになって仕事をします。いろんな人が覗《のぞ》きにくるから、うるさくてしようがない。それで、その連中の出入りを禁じた禁制の文を作った。誰が作ったかというと源順です。それは『本朝文粋』に載っていて「用のない奴は来るな」というのをわざわざ名文で書いている。つまり、そのくらい仕事が忙しくて、『古今集』を作っていた紀貫之その他と同じように家を離れてカンヅメになっていたわけです。その『後撰集』ができたとき、ちょうど彼は四十一歳だった。彼はまだ学生です。だけど、歌合《うたあ》わせの歴史のなかでも非常に画期的なものだった「天徳四年の内裏《だいり》の歌合」という歌合わせにちゃんと参加しているから、すでに当代有数の歌人と認められていた。

それ以外にも、自分でいろいろな歌を詠んでいますが、なかに『源順馬名歌合』という一連の歌が二十首あります。歌合わせだから二つ一組にして、自分ひとりで歌合わせをしている。そこでは、馬の毛のいろんな名前を歌にします。たとえば「木下鹿毛《このしたかげ》」「海河原毛《あまのかわらげ》」「比佐加多能月毛《ひさかたのつきげ》」「何葉葦毛《なにわのあしげ》」と、昔は馬の毛の形容がずいぶんいろいろあった。馬の毛色によって値段も違ったわけです。鹿の毛みたいなものは鹿毛といい、「木下鹿毛」はどういう色をしていたか分からないけれど、彼は「木下鹿毛」という題で歌を一首作っています。

山のはの明けて朝日の出づるにはまづ木の下の影ぞ先立つ

「山のはずれがほのぼのと明けてきて、太陽が射している。そうすると、まず木の下の影がまっさきに見えてくる」ということです。「木の下の影」というところに「木下鹿毛」という馬の名前が入っている。だから、この場合の歌のかげは「影」だけれど、題名は「木下鹿毛」という。これは物名歌といって物の名前を詠み込む歌で、『古今集』

から始まっています。いろいろと題名があって、例えば「人の顔」というのがあるとしたら、それをうまく詠み込んでなおかつ「人の顔」という意味がない、全然別のものにしてしまうのが物名歌です。これがえらく面白がられ、盛んに作られた。その伝統が彼に引き継がれているけれど、ひとりで馬の名前を二十種類選んで二十首の歌をひとつずつ作って、それを十番に分けて組み合わせをしているわけです。

こういう種類の文人の遊びというのは、ほとんど馬鹿げているといえば馬鹿げています。後に香川景樹《かがわかげき》という『古今集』を崇拝した幕末の歌人が、源順など『後撰和歌集』の時代の歌人を取り上げて、「世も末だ、あの紀貫之の時代の素晴らしい和歌がたちまちにしてあんなくだらないものになった」と憤って書いている。それは、香川景樹がやはり近代人だったからです。香川景樹は正岡子規にコテンパンにやっつけられて、「あれは『古今集』派だから駄目だ、われわれ近代の歌人とは違う」と区別されてしまった。けれど、そう見ると香川景樹もまた正岡子規の側にいる。つまり、パッと見て真面目なもの、心正しきもの、進歩的なものを良しとする側です。

一面では、源順の試みはそういう進歩に逆行しているというか、お遊びにすぎないように見える。ところが、考えてみるとそうは言えないというところがいっぱいある。それで僕は香川景樹もやはり時代の子だと思うわけです。香川景樹の幕末と正岡子規の近代は、僕らの頭のなかではまるで違っていて、幕末の香川景樹は『古今和歌集』の古典派だと思っている。一方、正岡子規は近代派だと思っている。ところが、源順のような人を試金石にしてみると、景樹も子規も同じ近代人であることがよく分かる。近代人というのは自我の健やかな発展を願うわけです。そのために余計なことや、よそ道へ行くことを嫌う。そういう点は子規も景樹も同じです。ところが、源順はお遊びに見えることをやっていたけれど、それは死に物狂いの、命を賭《か》けたといっていいくらいのお遊びだった。順は順で裏側まで回ってみると、文学の進歩というか文学の可能性を、その時代を抜いて探求した近代人、超近代人だったわけです。

文学にはそういうことがじつに多くて、面白いといえば面白いけれど、皮肉といえば皮肉です。彼らはたぶん無念の思いを抱いて死んだから、いま僕が少しでも地獄の闇から引き上げて「あなたは偉かった」と言ってあげたい気持ちがします。とにかく、この人はそういう意味で異色だった。この人の文学は英語でいうウィット、ユーモア、イロニーという性質がいっぱいある。そういうものは近代以後のとくに自然主義以後の近代文学では、全部マイナス点をつけられる要素です。だから順が詩歌でみせた特徴を見れば、それが実は日本文学の根本的なものであって、小説などを参照しなくても日本の近代文学の動きはだいたい分かってしまう、というくらいに僕は思っています。

歌人としての源順

また、彼はいくつかの小説の作者かもしれないといわれています。その小説とは、驚くなかれ『宇津保物語』『落窪物語《おちくぼものがたり》』です。もちろん、彼という確証はない。しかし、昔からこれらの作者に擬せられているというのは、驚くべき事実です。辞書を若くして作った、中年後はひょっとしたら大長編小説である『宇津保物語』、大短編小説集である『落窪物語』を書いたかもしれないといわれている。なおかつ、ことば遊びの歌を作らせたらこの人ほど凄い才能のあった人はひとりもいない。詩人としても凄かった、ということです。

彼について紹介したいのは、やはり歌の超絶技巧です。

彼と同時代に、彼の親友で曾禰好忠《そねのよしただ》という人がいました。丹後掾《たんごのじょう》（丹後の守護職）だったから曾丹《そたん》と呼ばれ、生きていたときから曾丹、曾丹と呼ばれるのでそのうち粗朶《そだ》になってしまうと本人が嘆いたという逸話まであった人です。この曾禰好忠が順と同じように非常に不遇だった。いま読むとそれほど革新的だとは思えないけれど、この人の歌はその当時としては革新的で歌壇から受け入れられなかった、という異端の徒です。そのために彼はみんなから「とんでもない奴だ」といって袋叩きに合うことがあった。子《ね》の日（根伸び、に通じる。年明け最初の子の日。小松を引き抜き、根が長い人ほど長生きするというお呪《まじな》いをした）には、天皇や上皇がいろいろ催して宴をしますが、あるとき円融上皇が子の日にいろんな歌人を集めて宴をした。曾禰好忠は、こういうときだから私も許されるだろうと思ったのか、呼ばれていないのに押しかけてつまみだされた。自分はあいつらより歌は絶対上だと思っていて、前々から忿懣《ふんまん》やるかたなかったということもあったでしょう。つまりそれだけ自分の才能に自信があったのと同時に、才能に対して報われることがあまりに少ないから頭にきていて、ついに暴発したということで有名になった。

源順はその曾禰好忠と親しかった。どうも好忠に頼りにされていたようです。お互い同じくらいうだつの上がらない官吏だけれど、源順は『後撰集』の編者までつとめていますから、曾禰好忠よりずっと歌人として公に認められていたわけです。好忠としては、源順のおかげであわよくば好機に恵まれ引き上げてもらえることもあるかもしれない、と思ったでしょう。だから、彼とはよく歌のやりとりをしていたらしい。あるときに、好忠が百一首作って贈ってきた。そのなかでも、まんなかにあった三十一首の歌が超絶技巧の作です。

有《あり》経じと嘆く物から限あれば涙に浮て世をもふる哉《かな》
沢《さわ》田川淵は瀬にこそ成にけれ水の流は早くながらに
数《かず》ならぬ心を千々に砕きつゝ人を忍ばぬ時し無ければ
八《やっ》橋のくもでに物を思ふかな袖は涙の淵となしつゝ
松《まつ》のはの緑の袖は年ふとも色変るべき我ならなくに

これらはだいたい嘆きの歌ですが、歌の頭文字だけ取っていくと驚くべきことに「浅《あさ》香山《かやま》影さへ見ゆる山の井の浅くは人を思ふ物かは」という恋の歌になる。「あさかやま」は歌枕、「影さえも落ちている山の井戸の」というのは序の詞で、その後が大切な内容です。「山の井戸は岩に穿《うが》つから本来浅いが、そんなふうに浅く人を思うものではない。私は山の井戸の浅いのと違って深くあなたを思っています」という歌です。また、下の文字を取っていくと「難波津に咲くやこの花冬籠り今は春べと咲くやこの花」という歌になる。

これは両方とも有名な歌で、「いろはにほへと」を教わるのと同様に昔の人が教わった歌です。いずれも『古今和歌六帖』に収録されています。ただし、曾禰好忠の歌はちょっと二、三字変で「難波津にきくやこの花冬籠りはまは春へときくやこの花」になっています。いくつかはどうやってもうまくいかなかった。この二つの歌は、いろは歌より前の時代に子どもがこれで文字を覚えためでたい歌です。横に読むとめでたい意味になる歌を上の段と下の段の両方に並べておいて、縦の歌一首一首はみんな自分自身の嘆きの歌を並べている。このことは一見矛盾しているけれど、自分にもやがて「難波津に咲く花のように」美しい季節がめぐってくるだろうという希望を託して作ったのでしょう。曾禰好忠が、趣向を凝らして源順に贈った歌がこのほかにも七十首あったけれど、なかでもこの三十一首が凄かった。上の段と下の段で一見おめでたいような歌は、私にもやがてこういう日がくることを望んでいるんだということで、だけど生活の実態はこうだ、というのが縦の自分自身の歌で歌われている。これは、挨拶の歌としては上々といっていいと思います。

源順は、それにすぐに返事を書いています。百一首贈って、そのうち三十一首を曾禰好忠と同じように詠んだ。けれど、彼のほうがずっと手が込んでいた。それは、三十一首の歌を横に読むと、上に「あさかやま」、下に「なにはつに」を詠み込んであって、さらに第一首から五首までは春の歌、第六首目から十首目までは夏の歌、第十一首から十五首までは秋の歌、第十六首から二十首までは冬の歌、第二十一首から三十一首までは恋の歌、と分けて並べてあった。さすがに曾禰好忠もそこまではできていない。百一首の構成は好忠も結構凝っていて、『古今和歌集』などの組み立て方を踏んで、春十首、夏十首、秋十首、冬十首、恋十首、その次に「あさかやま」の三十一首、さらに「きのえ」から「みづのと」にいたる干支《えと》を物名歌で詠み込んだ歌が十首、一日めぐり一夜めぐりというのが二首、東、辰巳《たつみ》とか方位の詩が八首、計百一首で成っている。ところが源順のほうは、よりいっそう手が込んで複雑で、しかも彼の場合には順序も心も完全に揃っているわけです。

浅《あさ》ましや安積《あさか》の沼の桜花霞込めてもみせずも有る哉《かな》
沢《さわ》田川瀬々の埋木《うもれぎ》顕れて花さきにけり春のしるしに
かをとめて鶯はきぬ靆《たな》びきの隠すかひなし春の霞は
宿《やど》近く桜は植じ心うし咲とはすれど散りぬかつ〴〵
巻《まき》もくの檜原《ひばら》こくこそ思ほゆれ春を過せる心習ひに

はじめの一首は非常に分かりやすい。「安積の沼」というのは歌枕で、「安積の沼の桜の花は本当に頭にくる、なぜならば霞がぱっと立ってしまって見えなくなってしまった」ということです。また、「あさか」「沢田川」と好忠の歌と合わせて作っているのは、そんなに心配するなという心がこもっているわけです。二首目は「沢田川の瀬々に木が埋もれていたけれど、やがて顕《あらわ》れて花が咲いた。春のしるしに」、三首目は「香りを求めて鶯がやってきた。春の霞は隠そうと思っても、鶯が鳴いているからどこにあるか分かってしまう」ということで、驚くべきことに全部、お前はいまは埋もれているけれどやがて顕れてくるという歌です。曾禰好忠がただたんに「俺は駄目だ駄目だ、情けない情けない」と言ってきたのに、「そんなこと心配しなくてもいい、やがては君もなにかの機会にちゃんと外へ顕れるだろう」と慰めている。それで、なおかつ「あさかやま」と「なにはつに」が上と下に詠み込まれているから、源順のほうが何倍もうまい。しかも春夏秋冬が五首ずつあって、恋の歌十一首あってという見事さは、超絶技巧としか言いようがない。

けれど、この人のような才能は日本では胡散《うさん》臭いと思われる。とくに近代以降の日本では、真面目じゃないということになる。自分の気持ちの赤裸々な表現ではなく、たんにきらびやかな奇想の展開にすぎないではないか、と二流扱いされてしまう。けれど、この順という人の存在は日本文学を考えるうえでじつに面白いと僕は思っています。

さて、これだけの歌のお返しをするのに、どれくらいの暇と労力を費やしたかは分かりません。ただ、三十一首の歌を作って相手を慰めるだけでも良かったし、あるいは一首だけでも良かったはずです。ところが相手が作ってきた形式で百一首作って、なおかつ相手をなぐさめ「希望がある」という内容の歌を並べている。心の温かさがよく分かります。しかも、相手より技巧的に疵《きず》がない。また、この男が『宇津保物語』の作者だとしたら、絶えずものを書いていてえらく忙しかったにちがいない。それなのに、友達のためにこんなに温かい歌を作っている。ただたんに頭の回転の良さだけを競う連中なら、暇つぶしにすぎないと考えるようなことを、彼は見事にやってのけている。たぶん彼は好忠にすごく同情していたのでしょう。だから、一所懸命作った。できあがったものは驚くべき技巧です。技巧を排するという日本文学のある意味での原則のようなものがあって、それは技巧より無技巧のほうが上だという考えです。僕も半分くらいはそれに同調するところがあります。技巧だけの人は技巧が目立ってしまって、かえって無技巧に劣る。たとえば西行や良寛の無技巧そのものみたいな歌のほうが、藤原定家の歌より好ましく思えるというのは僕も分からないではないけれど、そう言うためには、まずこういう人の存在を知っていたうえでなければ、言うことはできないと思う。

源順のような人々が何人もいて、命を賭けて超絶技巧の歌を作っていた。昔の人のほうが暇が多かったにちがいないけれど、この精妙に作られた歌は作るのに何日かかかったはずです。昔の人はこのくらいのものだったら四、五日あればできたでしょう。なぜかといえば、連歌師は百首の連歌を巻くのに朝八時くらいからはじめて夕暮れ時にはやめてしまう。燈《ひ》まで点《とも》してやるというのは、よほどのことです。にもかかわらず、百首の連歌を一日に二つや三つ巻いてしまうのは簡単だった。つまり千首の連歌も三日あればできてしまう。そう考えると、せいぜい数日、ひょっとしたら一日で作ったかもしれない。

とにかく、そういう歌を作るときには、ものすごく精力を使います。たいへんに総合的な感受性が要求されます。そうでなければ、そのような歌はできない。また、作っている最中は、無我夢中ですから我を忘れて恍惚《こうこつ》としているでしょう。俳句で考えてみても、写実俳句を作るより想像力で作るほうが、そういう忘我の境地を味わうにはいい。写実俳句というのは、目の前にあるものと頭のなかのことばに橋をかけている。目の前にあるものは、外に存在してそれを見ている。ところが、想像力の世界になると、頭のなかだけでいったりきたりしているわけです。だから、忘我の状態はずっと深い。時間を費やしながら、同時に我を忘れるというのは、創造の行為でもっとも素晴らしい体験です。しかし恍惚として歌を作ったにしても、大変な精力はいるわけです。

彼はなぜそんなことまでして作ったのでしょうか。それはたぶん不遇な相手に対する深い同情からです。なぜならば、自分も不遇だったからです。自分自身も「無尾牛歌」という漢詩で、不遇な身の上を半分以上皮肉って、なおかつ非常に面白い詩にしてしまっている。だから、深く他人の心境を理解できるわけです。したがって、自分自身の気持ちを率直に書いていないから駄目だ、頭のなかででっちあげたものであって心境の吐露でないから駄目だ、というかたちでこの人のやったことを一言のもとに否定してしまうということは、大変な間違いです。順には順で抑えがたい心の憤りとか悲しみがあって、それが同情心になり、瞠目《どうもく》すべきテクニカルで高度な遊びの文学を作っている。遊びの文学すなわちふざけていると思うことは、源順のこういうケースを見るかぎり、実はとんでもない間違いだとはっきり分かります。つまり近代文学で、なんでもかんでも自我の告白が正しいとか、それが一流であって純文学であると考えることは、考えが少し足りないのではないかというわけです。

尾のない牛

源順の話題の最後に、「無尾牛歌」を紹介します。原文はたいへんですから、川口久雄さんというこのあいだ亡くなられた、平安朝漢文と日本文学の比較文学研究の大家の訳文を紹介します。川口さんの本は素晴らしいものがたくさんあります。『平安朝日本漢文学史の研究』（明治書院）という本があって、そのなかに漢文学者としての側面に重点をおいた源順の紹介があります。「和名類聚抄の成立と唐代通俗類書・字書の影響」は、源順の仕事の全貌《ぜんぼう》を知るうえで本当に示唆的な文章で、その冒頭に七言の長詩の「無尾牛歌」の現代日本語訳を掲げています。川口さんの独特な考え方が入っているような気がするけれど、この和文訳を読むと、千年前の漢詩がにわかに身近なものになると思います。

わたしに尾《しっぽ》のない牛がある
人は尾のない牛だと嘲けるが
もとは野の牛、狼にかみきられたのだ
だが狼から死を免かれたにはわけがある
千年の松の精霊の変化だもの
肥えて大きい図体はとても菓《このみ》のなる樹の下の小牛どものたぐいでない
牛にしっぽはないけれど、五つのとりえがあるというもの
どれ、わたしはその牛の角をたたいて一一うたって進ぜよう
まず一つには春の若草を食《は》んで糞をひっても
車の轅《ながえ》をしっぽでもって汚すということがないというもの
二つにはたといのこのこ人の庭にはいりこんだからとて
園丁がおこって死んだ牛の頭に結いつけようとも叶《かな》わぬというもの
三つには曠《ひろ》い牧場の牛たちの群れに迷いこんだとて
牧童は遠くからでも見わけがつくというもの
四つにはむかし黒牛を盗まれた人が
その牛の背の白毛《しらが》をめじるしにして盗人をとらえたというが
たとい盗まれたとてすぐに見わけがつこうというもの

どうしてその毛色を一一おかみに訴える必要があろう
短い尾は長生きのしるしだというが尾がなければ一層長生き
盗んだやつもきっとつかまるというもの
五つには家家のお嬢さんがたは牛車《ぎっしゃ》で外出がお好き
遠くは山の寺詣で、近くは町の市場がよい
帰りは夜ふけ、さもなければ一晩お泊りというわけで
牛は疲れるし車はいたむし貸し主の苦労のたね
ところがわたしの牛にしっぽがないばかりに借りるものもなく
みんなわらっても一向平気　苦労のないのがましというもの

しっぽのない　しっぽのない　お前よくきいておくれ
わたしはお前をつかって田を耕したこともなく
あちこちに賃貸しして荷物を積ませたおぼえもない
荷物を積ませたにしても代をいただいたおぼえはない
わたしはお前が可愛いばかりにそうしたわけじゃなく
貧しいあまりにいつしらず儲けるてだても忘れたのだ
年とっても下っぱ役人づとめの俸給はうすく
ひとりふたりのしもべの少年も居つかぬしまつ

草の青い春の日は肥えた馬にも乗ってみたく
雪の白い冬の日はふっくらしたかわごろもも着てみたいは人情だが
わづかにお前にのることができても愁えははれぬ
――しっぽのない　しっぽのない　お前　知るや知らずや
世の中に道理があれば金がものいうのでなく心がものいうはず
朝はとく起き夜はおそくまで勤めに精をだすならば
やがてこの馬鹿正直も認められ糠《あらぬか》や豆にもお目にかかれよう
そしたら年ごろのお前の苦労にもきっと酬《むく》いをしようもの

「千年の松の精霊の変化」とは、つまりこの牛は千年の樹齢をもつ松が変化して牛になったのだということ。だから、狼に襲われても死ななかった。「牛の角をたたいて」は、「無尾牛歌」の歌にはいろいろと戯れ歌がありますが、この場合は自分がいかに優れた者かを歌ってしんぜようということです。「車の轅をしっぽでもつて汚す」とは、普通の牛はしっぽに糞がくっつくから、車が汚くなるけれど、この牛はそういうことがない。「死んだ牛の頭に結いつけようとも叶わぬ」のは、いたずらして殺された牛がいるとして、その牛の頭に結びつけようとしてもしっぽがないからできない。「牧童は遠くからでも見わけがつく」は、しっぽがない牛は一頭しかいない。「盗まれたとてすぐに見わけがつこうというもの」とは、盗まれても自分だけはすぐ見つけられる。「借りるものもなく」は、しっぽがないからお嬢さんがきれいな牛に牛車で引かせていくわけにいかない、げらげら笑われてしまう。そういう労役には使われずにらくちんだ、ということです。

次の段落からは、源順が牛に向かって言っています。昔のこういう日本の漢詩は、問答歌が多い。山上憶良の『貧窮問答歌《ひんきゅうもんどうか》』がまさにそうです。あれは貧者と窮者がいて、つまり貧しい者がもっと貧しい窮者に向かって「おまえはどうしているんだ」と言う。そうすると窮者が「ひどい目に合っているよ」と返す。それと同じで、漢詩の非常にいいところは対話ができるところです。日本の和歌は対話にならない。だから思想的なことが言えない。和歌の重大問題はそこにあります。長歌の時代には多少はできる要素があっただろうけれど、長歌でそれをやっている人はほとんどいない。旋頭歌《せどうか》は短すぎて、恋愛の問答ならいいけれど思想的な問答ができない。ところが漢詩になると、思想的な問答ができるわけです。この場合は、源順が牛に向かって問答しています。この後半は、多少は誇張してはいるものの、順が自分の生活を詠んでいる。俸給の少ない貧乏な下っぱ役人で、お金なんかない。お前に荷物を積ませてもお代をもらったことがない、なにもお前が可愛くてというのではなく貧しいあまりに儲ける手立ても忘れた、ということはほとんど儲けることもできない。物書きが主だから金にならないわけです。六十九歳で従五位というのは、官位としてはすごく低い。ですから、こういう意味でお気の毒というしかない人だった。

川口久雄さんは「五位どまりの下級官吏で、貧乏に苦しんだ老学究、その祖先は燦たる弘仁の黄金時代の詩人帝皇（筆者註：嵯峨）だという自負をもちながら、源氏の末流として不遇のうちに生涯を終えた老詩人の心境がこの戯れの作に投影している。というよりしっぽを失った牛は彼そのものの戯画化された自画像であり、漢詩文の才能が世渡りのたすけにならないことを諷刺冷嘲している。笑いのそこにうすにがい自嘲と皮肉がこもっている」とこの歌について書かれています。源氏の末流とは、天皇の子どもが源氏になったからです。ですから、そういう男があいうお遊びの歌を作っているというのは、言いかえると余裕があって遊んでいるのではない。余裕がないぎりぎりの生活をしながら、なおかつ必死になって遊んだ。遊ぶしかなかった。だから、我々が考えるところの「遊びの文学」とか「戯れの文学」と違って、もっと突き詰めた意味で、才能の非常に高価な浪費をしたということです。こう見ると、この歌はほとんど千年前のものとは思えない。想像力を働かせて考えてみると、彼らはまったくの現代人といってもいいような気がします。

それに対して、例えば香川景樹が校註した『三十六人集』のなかの『順集』の頭註では、景樹が否定してこう書いています。「この人は梨壺の五人のいちばんの人であって、中国の学問も非常によくできた。世間的にも知られていた人だった。しかし、あまり官位も進まなかった。そういう意味で認められていなかったことに対して精神の気高さをもった人だったが、歌の道では『古今集』の選者たちに比べると同じに論じることができない。少し年齢は下だったけれども、彼が生まれたときには貫之先生もまだ存命だったころの人なのに、それがなんでこんなにひどいのかとまで、あやしく思われるくらいだ。和歌の道の盛んな時期も、衰えるのを待ってはくれないものだ。この和歌の道の本質も形も、『後撰集』が選ばれた天暦ごろすでに下賤なものになってしまった。その罪は、源順をはじめとする『後撰集』の選者たちにある。古い人の歌を『後撰集』に改めて入れているが、それは古人の気持ちを歪曲《わいきょく》している」と、非難している。僕は、香川景樹がこういう批評をしたのはよく分かります。しかし百パーセント賛成、ではない。彼が近代人であったからであり、そういう遊びとか機知の戯れのなかにどれくらい真剣な、命を賭けた文学的な戦いがあったか分かっていない。それは残念だと思う。

遊びの歌、戯れの歌というのは、そういう意味では命を賭けている場合が意外に多いのです。そういうことを見たうえで、なおかつ遊びの歌よりはやはり素朴に自己の心情を表白したほうがいいと考えるのは、これはこれで立場としていい。僕もその考え方に同感する。だけど、もう一方のことを忘れると、他方の筋が分からなくなってしまう。先ほど言ったように『古今集』に対して『後撰集』が、『拾遺集』に対して『後拾遺集』がある。そして、『伊勢物語』に対しては『大和物語』があるわけです。それは、日本文学のいちばん肝心であるところだと僕は思う。表向きのものだけ読むから、貧寒なものに痩せこけてしまう。なぜ痩せこけてしまうか、これからお話しします。

「伊勢物語」の「筒井筒」

神社でいえば、伊勢（陽）と熊野（陰）があるのと同じく、日本の文学というのは全部陰陽でできていると言えます。そこで『伊勢物語』と『大和物語』のなかで同じテーマの話題でありながらまったく扱い方が違うという、ひとつの特徴的な章について話をします。『伊勢物語』の二十三段は、この物語のなかでも有名な「筒井筒」の章です。

むかし、ゐなかわたらひしける人の子ども、井のもとにいでて遊びけるを、おとなになりにければ、男も女もはぢかはしてありけれど、男はこの女をこそ得めと思ふ。女はこの男をと思ひつつ親のあはすれども聞かでなむありける。さて、このとなりの男のもとより、かくなむ、

筒井筒（筒井つの）井筒にかけしまろがたけ過ぎにけらしな妹《いも》見ざるまに

女、返し、

くらべこしふりわけ髪も肩すぎぬ君ならずしてたれかあぐべき

などいひいひて、つひに本意《ほい》のごとくあひにけり。

さて年ごろふるほどに、女、親なく、頼りなくなるままに、もろともにいふかひなくてあらむやはとて、河内《かふち》の国、高安《たかやす》の郡《こほり》に、いき通ふ所いできにけり。さりけれど、このもとの女、あしと思へるけしきもなくて、いだしやりければ、男、こと心ありてかかるにやあらむと思ひうたがひて、前栽《せんざい》のなかにかくれゐて、河内へい

ぬるかほにて見れば、この女、いとよう化粧《けさう》じて、うちながめて、
風吹けば沖つしら浪たつた山夜半《よは》には君がひとりこゆらむ
とよみけるを聞きて、かぎりなくかなしと思ひて、河内へもいかずなりにけり。
まれまれかの高安に来て見れば、はじめこそ心にくもつくりけれ、いまはうちとけて、手づから飯匙《いひがひ》とりて、笥子《けこ》のうつはものにもりけるを見て、心憂《こころう》がりて、いかずなりにけり。さりければ、かの女、大和の方《かた》を見やりて、
君があたり見つつを居らむ生駒山《いこまやま》雲なかくしそ雨はふるとも
といひて見いだすに、からうじて大和人、「来む」といへり。よろこびて待つに、たびたび過ぎぬれば、
君来むといひし夜ごとに過ぎぬれば頼まぬものの恋ひつつぞ経《ふ》る
といひけれど、男すまずなりにけり。

昔、田舎をまわって商いをしていた二組の商人がいた。それぞれの親のところに一方は男の子、もう一方は女の子が生まれ、井戸の近くで遊んでいるうちに年頃になってきます。井戸というのは、筒をずっと立てていて、それで筒井筒といいます。上のほうに七、八十センチ出ているわけです。小さいうちは井筒の丈くらいしかなかったけれど、それをだんだん越えてしまった。井筒と自分の背丈を比べていた子どもたちが大きくなってくる。男の子と女の子が互いに年頃になって、恥じらって顔を合わすこともなくな

った。けれど、ほかの人間にはぜんぜん興味がなくて、見向きもしない。互いに思い合っている。そして男が女に「筒井の井筒と比べていた私の身の丈も、いまでは井筒の丈を越えるまでになったようです。久しくあなたに逢わずにいるうちに」という意味の歌を贈ったわけです。

そうしたら、女がこのような歌を返します。「あなたと長さを比べ合って育ってきたふりわけ髪も、いまは髪が伸びてきて肩を越すくらいになりました。あなたのためでなくて、誰のために髪あげをしましょうか」という意味です。髪をあげるというのは、大人になったしるし、妻になったしるしです。乙女はみんな髪を垂らしていた。そういう歌を返したので、男と女は結局相思相愛で、思いを遂げて結婚した。そして、年がたって女の親が亡くなって、女は頼むものもなくなります。それで、二人でこうしてしがない暮らしをしていてもしようがないと、男は行商に出ているうちに河内の高安というところで新しい女ができてしまった。ところが、前からの妻は、嫌な男だと思っている様子もなく、男を送り出してやる。男は、ひょっとしたら他に男ができたのでは、と疑わしく思うわけです。そこで、河内へ行ったようなふりをして植え込みに隠れてそっと様子を窺《うかが》っていると、女は夜中に丁寧に化粧をして廊下へ出てきて、悲しげに空を見上げる。

「風が吹いてくると、沖つ白浪が立つといわれている龍田山を、夜中にあなたはひとりで越えていくだろうか」という歌を詠みます。山だから本当は白浪が立つわけがないけれど、これは龍田山ということばを引き出すための序の詞です。意味としては、龍田山以降だけでこの歌は成立していますが、つまり男を心配している。男は無性にいとしく思って、河内のほうへは行かなくなってしまう。ごく稀《まれ》に河内の高安のほうへ行って新しい女に逢うと、はじめのうちは奥ゆかしくお化粧をしていたのに、いまではすっかり打ち解けて女房きどりになって飯をしゃもじで盛っていて、それを見て男は嫌気がさして通うのをやめてしまう。この女は下女がいてお給仕をするのが当然という身分です。なぜならば、行商の男が行ってわざわざそこで打ち解けているくらいですから、女はそれなりの財産を持っている。それが、飯をしゃもじで盛っていたから嫌になってしまったというのは、この男もずいぶん贅沢《ぜいたく》です。通うのをやめてしまったために、この女は男の住む大和のほうを見て、歌を詠みます。

「あなたのいるあたりを見たい。生駒山の向こうの大和のほうを。雲よ隠さないでおくれ、たとえ雨が降っても」。つまり、生駒山のあたりから雲がたちのぼって、雨が降るから男のいるほうが見えない。だから、雲よ隠さないで、山の向こうに男の人がいるんだから、せめて山までは隠してくれるな、ということです。そう言っていると、ようやく大和のほうから男が「今度行く」と言ってよこした。女は喜んで待っているけれど、ちっともやってこない。それで、また女が歌を詠む。

「あなたはやってくると言ってきながら、夜ごと夜ごと待ちぼうけです。実際は頼りにはしていないけれども、私はあなたに恋をしているのよ」という歌です。この高安の女もなかなか純情です。だけど、男は行かなかった、というのが『伊勢物語』第二十三段です。

この場合とにかく驚くべきことは、幼なじみの最初の妻が、夫に他の女ができたのに少しも心配しないことです。男はそれをかえって怪しんで、様子を窺っている。すると、女は綺麗《きれい》に化粧をして、悲しげに空を見て夫の旅路を案じて夫を偲ぶ歌を歌う。現実にはまったくありえないほどに理想化された女の、奥ゆかしさ、慎《つつ》ましさ、優しさ、生けるものの哀しさの美学といった要素がここにはある。それがこの第一の妻には全部付与されている。つまり、この女は「もののあはれ」の化身です。

「もののあはれ」とは、『伊勢物語』の作者が書きたかったことです。「もののあはれ」を書きたいがために、女をけったいなくらいに理想化している。これに対して第二の妻のほうは、大抵の女性はこちらでしょうが、現実にありうべき姿ではなはだ人間的です。男に馴染むにつれて、最初の恥じらいとか、気取りとか、身だしなみとかは忘れられてしまう。世話女房になって、男に心を許して頼りきっているわけです。人の良さそうな、善良そうな、しかも貧乏な男はそこで養ってもらってだんだん裕福になっていったという意味では、男は第二の妻に対して何ひとつ不満はないはずです。ところが、そういう女の打ち解けた姿をちらちらと垣間《かいま》見たあとで、男は憂鬱になってしまう。なんだ、あのざまは、と。最初の妻は、夜更けに誰も見ていないのに化粧をして月を眺めて龍田山の歌を詠むわけですから、ほとんど「もののあはれ」のお化けみたいなものです。だけど、これを男は無限にいとしく思って浮気をやめてしまったのだから、現実生活と正反対です。

つまり、一人の男をめぐる二人の女がいて、現実的な女よりは理想的な女に『伊勢物語』の作者は軍配を上げた。これを図式的にいうと、自然よりは不自然、人情よりは非人情、真理よりは美を取った。近代リアリズムでいうと、自然であるほうが、人情のあるほうが、真実であったほうがいいということになる。『伊勢物語』は近代リアリズムの反対です。そのうえで最初の女の不自然、非人情、つまりやきもちなどの人情を超えてしまったところ、美が悲しみを堪《こら》えている女のぎりぎりのところにこそ、人情、真理があるという考えを『伊勢物語』の作者は示したわけです。そこが、人々を感動させた。

この第一の女が、不自然、非人情、あるいは美にすぎないというだけであれば受けない。そこを一皮はげば、かわいそうな女がいますということを『伊勢物語』の作者はなんとなく暗示しています。それはどこで暗示しているかというと、例えば女が男を思って夜中に化粧をしているところがある。そこを「いとよう化粧じて、うちながめて」と書いている。非常に綺麗に化粧して、空を眺めて、というと不自然の極致だけど、歌舞伎の愛好者であるわが民族はじーんと心のなかに涙が流れる。あの不自然の極致の女の内側を見よ、涙滂沱《ぼうだ》である、血の涙が流れている、ということが分かる。だから、『伊勢物語』の作者というのは、じつにうまいわけです。本当は現実にありえないくらいに理想化されている女だけれど、ところどころで真実そうだと思わせる仕組みをいれてある。そうなると、河内の女は第一次的な自然主義にすぎない。それを超えたのは、最初の女の理想主義で覆い隠されている本当の意味での自然主義である、ということです。『伊勢物語』の作者はだれだか分からないけれど、じつに見事です。紀貫之その他何人かの説がある。とにかく大変な手腕を持った文学者であることは確かです。つまり、手腕の確かさというのは、舞台装置のしつらえ方があまりにも現実にありえないだけに、逆に圧倒的なリアリティで迫ってくるということです。あまりにも美化されているから、かえって現実感がある。その間の手続きは文章の見事さで補っている。二番目の妻は世話女房になっているのが自然だろうと思うにもかかわらず、なんとなく読者も男が嫌気がさす心理状態を納得させられる。意図的にある点だけをクローズアップしている。しゃもじで器に盛って食べているというところだけをクローズアップすると、ひどい世話女房になってしまって、男が美的感覚で女に接することがなくなっても当然だと思わせるように書いてある。この女が詠んだ歌もなかなかいいけれど、それはあとのまつりです。男は行かなくなり、そうだろうなと読者は思う。読者は本当は第二の妻のような女に惹《ひ》かれるわけですが、それを忘れる。忘れさせるのは、文学的虚構の素晴らしさです。

「大和物語」にある似た話

ところで『大和物語』でまったく同じ主題を扱っている章段があります。それは百四十九段です。『大和物語』は上巻と下巻に分かれていて、はじめのほうはわりと短い。

後半のほうはずっと文章が長いし、話も面白い紆余曲折《うよきよくせつ》のある話になり、これもそのなかのひとつです。こちらのほうは、幼なじみが詠み交わした歌のエピソードと、河内の女が歌った終わりのエピソードは省かれている。まんなかの部分だけが書かれていて、しかも『伊勢物語』より描写が細かい。そして、話はだいたい同じです。

むかし、大和の国、葛城《かつらぎ》の郡《こほり》にすむ男女ありけり。この女、顔かたちいと清らなり。年ごろ思ひかはしてすむに、この女、いとわろくなりにければ、思ひわづらひて、かぎりなく思ひながら妻《め》をまうけてけり。この今の妻は、富みたる女になむありける。ことに思はねど、いけばいみじういたはり、身の装束《さうぞく》もいと清らにせさせけり。かくにぎはしき所にならひて、来たれば、この女、いとわろげにてゐて、かくほかにありけど、さらにねたげにも見えずなどあれば、いとあはれと思ひけり。心地にはかぎりなくねたく心憂しと思ふをしのぶるになむありける。とどまりなむと思ふ夜《よ》も、なほ「往《い》ね」といひければ、わがかく歩《あり》きするをねたまで、ことわざするにやあらむ、さるわざせずば、恨むることもありなむなど、心のうちに思ひけり。さて、いでていくと見えて、前栽《せんざい》の中にかくれて、男や来ると、見れば、はしにいでゐて、月のいといみじうおもしろきに、かしらかいけづりなどしてをり。夜ふくるまで寝ず、いといたううち嘆きてながめければ、「人待つなめり」と見るに、使ふ人の前なりけるにいひける、

風吹けば沖つしらなみたつた山夜半《よは》にや君がひとりこゆらむ

とよみければ、わがうへを思ふなりけりと思ふに、いと悲しうなりぬ。このいまの妻の家は龍田山《たつたやま》こえていく道になむありける。かくてなほ見をりければ、この女、うち泣きてふして、かなまりに水を入れて、胸になむすゑたりける。あやし、いかにするにかあらむとて、なほ見る。さればこの水、熱湯《あつゆ》にたぎりぬれば、湯ふてつ。また水を入る。見るにいと悲しくて、走りいでて、「いかなる心地したまへば、かくはしたまふぞ」といひて、かき抱きてなむ寝にける。かくてほかへもさらにいかで、つとゐにけり。かくて月日おほく経て思ひけるやう、つれなき顔なれど、女の思ふこと、いといみじきことなりけるを、かくいかぬをいかに思ふらむと思ひいでて、ありし女のがりいきたりけり。久しくいかざりければ、つつましくて立てりけり。さてかいまめば、われにはよくて見えしかど、いとあやしきさまなる衣《きぬ》を着て、大櫛《おほぐし》を面櫛《つらぐし》にさしかけてをり、手づから飯《いひ》もりをりけり。いといみじと思ひて、来にけるままに、いかずなりにけり。この男はおほきみなりけり。

むかし、大和の国葛城の郡に住む男女があった。女はごく清らかな顔かたちをしていた。長い間思ひ交わした挙げ句に一緒になったけれど、女が貧しい境遇になった。昔の女は、お父さんお母さん、あるいはお母さんだけのところにいる家つきの娘です。女が貧しい境遇になるのは、お父さんが死んだりしたからです。男は思い悩んで、女をかぎりなくいとしいと思いながらも、別に新しい女を作った。新しい妻は富裕な女だった。男は、こちらをとくにいとしいと思ったわけではないが、行けば下にも置かず大切にし、服などを新調して身綺麗にしてくれる女だった。『伊勢物語』には新しい女を作った理由が書いてないけれど『大和物語』にははっきりと「裕福な女」と書いてあります。そして、いとしいと思っていないのに通ったというのは、まさに近代小説的です。

この富裕な女に通い慣れた男が、たまに最初の妻のところにやってきてみると、相変わらず貧しい暮らしだが、男がよそに女を作って通っているにもかかわらず、一向に嫉《しっ》妬《と》する様子もない。男もたいそう哀れに思った。女はじつは「心のなかではかぎりなく妬《ねた》ましく悔しく思っていたけれど」、じっと我慢していた。「心のなかではかぎりなく……」というのも、『伊勢物語』では隠していたリアリティですが、『大和物語』では全部出しています。

男が今夜はこちらで過ごそうか、と思う夜も、女はなお「どうぞあちらにおいでなさい」と言うので、男は「女に他に男ができたのではないか、そうでなければ恨みぐらい言うはずなのに」と思った。そこで、出ていくと見せかけて、庭の植え込みのなかにひそみ、あだし男が現れるかと待っていると、女は縁側に出て、月がたいそう美しく照っているところで髪など梳《す》いていた。夜更けまで寝ず、深いため息をしては物思いに沈んでいるので、「やはり男を待ちかねているらしい」と思って見ていると、女は前にいる召使に向かって例の歌を詠む。その後「新しい女の家は……」というのは『伊勢物語』

では書いていないけれど、『大和物語』は合理的で、なぜ龍田山が出てきたかと読者が思うであろうことをちゃんと種明かしします。そこで男は、自分のことを思っているのかと気がついて、無性に女をいとしく思った。新しい女の家は龍田山を越えていく道にあったからです。それでなお見ていたら、この女は泣きふして、金鋺《かなまり》に水を入れて胸に据えていた。おかしい、どうするのだろうと思って見ていたら、この水が熱湯になって、捨てた。金鋺というのは金盥《かなだらい》、薬罐《やかん》みたいなものでしょう。水が熱湯になったのは、やきもちで胸がかっかとしていたからです。また水を入れようとするから、男はいとおしくて、走り出て「いったいどんな気持ちでこんなことをなさっているんですか」と言って、抱いて寝た。ここで、なにも「どうして」と聞くことはないでしょう。とにかく、表向きは全然なんにも言わないで、水が熱湯になるくらいのやきもちを焼いている女がいる。

こうして、よそにも一向に出ていかずに、女の側を離れずに過ごすことになった。多くの月日が経って、男はこう思った。平気を装っているけれど、この女の思うことは本当に凄いものだなあ。「この女の思うこと」というのは、最初の女のやきもちです。そうしてみると、こうして豊かな女のほうに行かないでいるのを、あちらの女はいったいどう思っているだろうか、と。今度は向こうの女が心配になるわけです。それで二番目の女のところに出かけていった。久しく訪ねていかなかったのでさすがに気がとがめて、外に立って様子をじっと窺った。そうして、そっとなかを覗いてみると、自分が通っていた頃は身綺麗にしていた女が、ひどくだらしのない着物を着て、大櫛を真っ正面から差していて、自分で飯を盛っていた。髪の毛を頭のうえに束ね上げると、面長に見える。当時、面長の女というのはあまりいい見栄えではなかった。それで、面長に見えるのはなぜかといえば、男が通っていたころは綺麗にお化粧していたのが、男が来ないから女は髪の毛を垂らしてお化粧をするのが面倒くさくて髪を丸めて上げてしまっている。そうすると、まず第一に滑稽な顔に見える。髪を巻き上げて額を丸出しにして、おまけに櫛を正面から差している。「大櫛を面櫛にさしかけてをり」というのは『伊勢物語』には出てこない。『大和物語』の作者のリアリズムは凄いわけです。女ってのは凄い、と思って、来たままに去っていって、行かなくなった。この男はさる親王の子どもであった。最後に、これは在原業平のことだと書いてあるわけです。

「大和物語」に描かれた「真実」

これが、『大和物語』の百四十九段です。こうして見ると、『伊勢物語』の作者が巧妙に隠していたことを全部引きはがして白日のもとにさらしている。『大和物語』は、男女関係がもつれてきたり飽きがきたりしたときに、男や女が当然考えたり行動するであろうという姿を書いてある。だから、さっき触れたように不自然よりは自然、非人情よりは人情、美よりは真実を取っているわけです。それを『大和物語』の作者は好んで書こうとしている。けれど真実はそのまま描写しても、書けるというものではない。かならず誇張をともないます。だからグロテスクなものになるのは当たり前です。現実感を表現するためには、グロテスクな誇張も必要になりますから、描写はかならず喜劇的になる。つまり、美より真を書こうとするとき、美はあるところまで書いてあとは想像力に任せればいい。けれど真は想像力に任せるわけにいかない。だから、真というものを書こうと思うと、これでもかこれでもかと書くようになり、ほかの人がとてもついていけない真実を追求するようになって、その結果ほかの人から見るとグロテスクなものになる。それがさらに進むと、滑稽になる。

それが近代小説、現代小説が常に行き着く果てであり、したがってユーモアのない現代小説は現代小説ではないということになります。逆の例をあげれば、たとえば、ラテン・アメリカの小説がそうです。日本の近現代小説が遅れていると思われていた理由のひとつは、そういう笑いが書けなかった時代が長かったからでしょう。日本の典型的な私小説は、センチメンタルに訴えるものが多いけれど、そういうものはいまはあまり読まれない。私小説でもグロテスクな私を書いて、笑いにまで達すれば素晴らしい小説になるけれど、その手前でやめてしまうと叙情的な私小説で終わってしまう。小説は行き着くところ笑いが生じるところまでいかないと、真実の追求にならないということがあると思う。古代の『大和物語』の作者はすでにそれをやっています。たとえば、金盥の水が沸き立つというのは、たんにグロテスクなだけではなく、そのなかに作者の教養もある。思いがたぎってその結果水が沸く、とは「思い（おもひ）」の「ひ」が昔の人にとって「火」だったということがある。だから、女でも男でも「胸に熱いおもひを抱いて」、というときには、例えば次のエピソードにあるような具合になりました。『大和物語』の六十に「燃ゆる思ひ」という章段があります。

燃ゆる思ひ
五条の御《ごでうご》といふ人ありけり。男のもとに、わがかたを絵にかきて、女の燃えたるかたをかきて、煙《けぶり》をいとおほくくゆらせて、かくなむ書きたりける。
君を思ひなまなまし身をやく時はけぶりおほかるものにぞありける

五条《ごじょう》の御《ご》という人がいた。男のもとに、自分を絵に描いて、女が燃えている姿を描いて、煙をくゆらせて、そのうえで手紙を送った。男のもとに送るということは、その男は恋人でしょう。恋人がやってこないので私はこういう状態です、と手紙を送った。女が燃えて、煙がぼうぼう出ている姿を描いてよこしたわけです。そして、「あなたを思う火が生々しい私の体まで焼くときは、煙がたくさん出ます」という歌をつけた。「けむり」がたくさん出るということは、煙と気振《けぶ》り、本当につらいから気持ちが千々に乱れて、ということです。こういうユーモラスな女もいる。これは実際にあって、それでこういう話に書かれたと思います。

それと同じように、恋をすることは胸のなかで火が燃えることだと、実際に思っていたわけです。だから、胸のうえで金盥の水が沸いたというのも、それから言えば真実です。その結果、喜劇的でグロテスクな文章になる。結局、例えば最初のしとやかな妻が夫の浮気に対して「かぎりなくねたく心憂しと思ふをしのぶるになむありける」と書いている。つまり、心理的な脈絡を全部つけてしまった。『伊勢物語』の作者は、心理的な脈絡の部分を全部幕の下に隠して、表だけ見せているからじつに綺麗だった。また、二番目の女のいぎたない感じ、つまり男が飽きてしまう感じというのを示すのは「大櫛を面櫛にさしかけて」と書いた。グロテスクなぐらいに、より誇張されて『伊勢物語』よりも、なるほどと読者に納得させるようになっている。写実主義とか合理主義とか、誇張とか、つまりこれは散文精神です。散文精神への傾き具合が、まさに『大和物語』の『伊勢物語』との違いを表しているわけです。

『伊勢』と『大和』という題名の違い自体がなにか曰《いわ》くありげですが、『伊勢物語』が優雅な「もののあはれ」を強調するのに対して、『大和物語』にはもじりの気持ちがあったのではないかと思わせる。『伊勢物語』のほうが前に書かれているのは確かで、書かれたと同時に高い評価を得たはずです。それに比べて「現実はそんなものじゃないのでは」というのが言ってみたくて、『大和物語』は書かれたのかもしれない。この戯画化は、この後の日本の散文文学で二流扱いされている「御伽草子」にはいっぱい出てくる。

戯画化とか、現実主義的ということは、どうしても貴族的ではなくて庶民的です。

日本文学は、貴族主義的な文学を中心に考えてきた関係で、どうしてももう一方の散文精神、コミカルで同時に場合によっては悲劇的で、総じて言えばドラマティックな要素を持つものを、全部二流のものとしてきた。なぜかというと、歌論がすべての文学形式の中心にずっと居座ってきたからだと僕は思う。歌論で絶対的な権威を持っていたのは、紀貫之をはじめとする各時代の指導的な歌人たちが繰り返して言っていたこと、つまり「花実兼備（花と実が、同時に重要だ）。心詞（心と言葉）一体」です。言葉だけではない、実質だけでもない。花と実とが一体化していないと、最高の文学ではないということです。そうすると、散文精神は実のほうに傾くから、どうしても下になってしまう。日本文学は他の国の文学と比べて、長い間和歌の権威が圧倒的だったから、どうしてもそういうふうになってしまう。和歌の権威が圧倒的だったのは、勅撰和歌集が五百年もの間最高権威だったからと言ってもいい。つまり、天皇制というものが日本の文学のひとつのスタイルを作ったといえる。

一方、連歌、俳諧、茶道、華道というものは今言った「花実兼備」の心を絶対的にいちばんにしていたわけです。ここから外れるのは文学でいえば散文だけであって、あとは全部この理想で括《くく》られてしまう。だから、散文精神というものは日本にはどっしりした根を下ろしていないと言えます。我々の批評眼も鑑賞眼も全部「花実兼備」の理想こそ尊ぶべきものだということからきている。だから、実ばかりを重んじるようなもの、あるいは美よりは真実において優れているものはどちらかといえば二流だと思われる傾向があって、『大和物語』から遡って『後撰集』も『後拾遺集』もありとあらゆる歌謡も全部二流になってしまう。御伽草子も二流です。読めば分かりますが、二流といわれてきたものは、理想主義というより現実主義であると思います。現実主義だから、ゴシップなどを非常に重んじる。ゴシップを重んじるとは、同時代に起きたこと、あるいはちょっと前に起きたこと、おかしなことがあると、「そういえばこういう話がありまして」とすぐに戯画化する。それは下品だと思われたにちがいないけれど、面白い。

「伊勢物語」と「大和物語」の評価

日本古典文学大系の『大和物語』の校註は、阿部俊子と今井源衛というふたりのすぐれた国文学者がしています。校註者の解説は阿部先生が書かれていますが、面白いことにそこでは『大和物語』は低い評価しか与えられていません。文学的には低い世俗的なところで満足している、珍奇な題材を取り出して読者に印象づけるような書き方をしている、として龍田山の話を取り上げています。

「たとえば、立田山の話では、例の、女に髪を梳《くしけず》らせ、鋺に水を入れて胸に当てさせるという愚かしい誇張をさせ、処女塚の話では、中間に宮廷人の唱和を挿《はさ》み、さらに後日談をつけ加えるという拙劣不統一な形を示し、その後日談も『いとうとましくおぼゆることなれど人のいひけるまゝなり』と、文芸的効果の如何を顧みず、そのまま書き記しているのである。だから同じく立田山伝説を扱いながら、伊勢物語の筒井筒の段に匂っているような文芸的香気は、こうして終始ゴシップに密着した大和物語の章段からは期待すべくもなかった。伊勢物語も同じく宮廷の秘事や醜聞、あるいは伝説等に取材しながら、雑多な人物の言行はほぼすべて『昔男』という抽象化された普遍的人物の一代記として統一され、官位や人名はその他ほんの僅《わず》かしか見当らないことでもわかるように、作者は歌語りから出来るかぎり世俗的散文的要素を剥奪することによって、個々のゴシップを人間一般の問題にまで深め、それによって文芸としての普遍性を獲得した。大和物語はこうした文芸への昇華過程を経ていない。伊勢物語の後で生まれながら、それよりもかえって幼い精神の段階にそれは位置している」と書いている。

処女塚とは、二人の男に同時に恋をされた女が困って死んでしまう、けれど男が後を追いかけてきてお墓のなかでまで争っている、という話です。いちばん詳しく『大和物語』を知っていて、愛している先生方も、批判的に書いているということは、彼らにとって別の見方がなかったということです。

すなわち、「世俗的発想」「愚かしい誇張」「拙劣不統一」「ゴシップに密着」「雑多な人物の言行」「世俗的散文的要素」「個々のゴシップ」「幼い精神の段階」などの否定的要素と、もう一方で「文芸的世界」「文芸的効果」「文芸的香気」「抽象化された普遍的人物の一代記として統一」「人間一般の問題」「文芸としての普遍性」「文芸への昇華過程」などの肯定的要素がこれに対比されます。この先生方の書いた両者を並べると、じつに面白い。さきほどお話しした「花実兼備」「心詞一体」を理想とする、歌論を受け継いだ形で主張されていることは疑う余地もないわけです。解説を書いた先生たちがどこに重きをおいているかといえば、結局花だけ実だけではなく、花と実が一体になっていることであった。その理想に照らしてみると『大和物語』には文芸的香気がない。『伊勢物語』にはあります。なぜかといえば、言行などが統一している。他方で、『大和物語』は拙劣で不統一です。『伊勢物語』が「世俗的散文的でない」もの、あるいは「拙劣不統一でない」もの、あるいは「愚かしい誇張に走らない」ものということは、その調和と統一を代弁しています。それが、この解説が書かれていた段階での文芸のあるべき姿だった。

けれど、この文芸のあるべき姿というのは歌論的な考え方で、そういう考え方で散文まで統一できるかというと、僕はちょっと違うのではないかと思います。この批評のように、和歌の理想をもって歌物語とか散文を律するということは、今までの日本の国文学の先生たちの拠って立っていた理論的根拠です。そういうものから平気で身を外せた人もいたが、それは、創作者であると同時に国文学者だった窪田空穂のような人です。彼は『伊勢物語』を最初に歌物語であり、小説だと言った人でしょう。それ以前は『伊勢物語』は歌のお手本で、小説だとは思われていなかったから、和歌の見方でみんな見ていた。窪田空穂は、自分が早稲田《わせだ》で教えなければいけなくて、はじめて恐る恐る『伊勢物語』を読んでみた。それで、「面白い、ここには小説がある」と思った。ところが空穂さんの見方は、先にあげた国文学者のひとつの典型的な見方の例のように、それまではとんでもない見方だったわけです。けれど、これは国文学ももうちょっと別の見方で見たほうがいいという例だと思います。

恋の手段としての和歌

元来、男も女も和歌がいちばん大事な表現手段だったことは確かです。それで、和歌で表現するのにいちばん大事だったのは恋です。なぜかというと、交渉をつけるのにそれ以外手段がなく、散文を書くわけにはいかなかった。歌を作って相手の男となんらかの合意が成り立ったり、不合意になったりする。ところが、平安朝も中期になってくると、和歌だけでは済まなくなる。素敵に優れた、教育の高い女がぞくぞくと出てくるわけです。

なぜ、教育が高まったか、というと紫式部のお父さんは典型的です。男の子の場合、位は低くても学問ができるとある程度出世する。戦争をやるわけにいかないから、それ以外には出世の道がない。だから、女の子が生まれたときにはがっかりした。ところが皮肉なことに、そういう家に何人も優秀な女の子が出てきてしまった。清少納言も、和泉式部も、赤染衛門《あかぞめえもん》も父親は中産階級の貴族です。女の子ができて困ったけれど、女の子も可愛いから学問を教えた。すると、男の兄弟よりも出来がいい。お父さんはだんだん打ち込んで、この子は女のくせにすごくできる、と教えているうちにとんでもない秀才が何人か出てくる。そして平安朝の中期になると、女が圧倒的にものを言うことのできる世界、男の入れない後宮ができる。その自分の仕えている皇后や中宮が天皇の寵愛を受けることになれば、天皇も絶えず後宮にやってくる。仕えている女官たちともことばを交わしたかもしれない。一条天皇が、紫式部と話をするということが有り得るわけです。あそこの局《つぼね》にはすごい女官がいると分かると、紫式部が仕えている中宮彰子への天皇の御覚えもえらく良くなるということもあるから、女はものすごく頑張ってしまった。

ところで、清少納言が仕えていた皇后定子は、たいへん美人で、頭が良くて、おまけに優しい人だった。だから天皇はたいへん彼女を愛して、つぎつぎに子どもを作ってしまった。定子は体があまり丈夫ではなかったから、悲劇的なことに第三子を生んだ二十三、四歳のときに亡くなってしまいます。すごく優しい人で、その優しい人が死んだので、清少納言が泣きの涙で書いたのが『枕草子』です。「昔は良かった」というのがテーマで、ついこの間の過去、過ぎ去っていった栄華の時代を追悼している。『枕草子』に出てくる皇后定子はどんなときにも美しく、優しく書かれています。実際そうだったのでしょう。素晴らしくいい人だった皇后定子が早死にしてしまい、同時に清少納言も没落する。紫式部は彰子が栄えたから、次から次へと『源氏物語』を書いて、みんなが「面白いわね」ということになる。

和歌とは、先ほども申しましたが、根本的に男と女の仲立ちをするものだったわけです。春夏秋冬の風景の美しさを歌うものであっても、それは男と女の恋の余情として歌われるのが普通だった。男と女の恋の思いだけを歌っていたらあからさまだから、綺麗にほかの描写で霞のように覆い隠す。『伊勢物語』もまさにそうで、事実をあからさまに言わずに隠している。その理想は『源氏物語』にもちゃんと貫かれているわけです。

むしろ、それをある意味で引きはがしているのが清少納言の『枕草子』だった。なぜかというと、これは小説ではなくて随筆・エッセイだからです。随筆のほうが散文風で、そこに起きたことをすぐに書くのには良かった。したがって、一行だけのものもあれば、一言だけのものもある。また何ページにわたるものもある。清少納言のことをなんとなく生意気そうで気に入らない、という人が多いけれどそれは『枕草子』を読んだことのない人です。読んでみれば、いかに高度な文学か分かります。とにかく、あのふたりの天才がいたということは、平安朝中期は凄い時代です。同時に、詩のほうでは和泉式部という天才が同じところにいた。

面白いことに、清少納言は歌が下手です。紫式部のほうが歌がうまい。清少納言の歌は理屈っぽい。やはり清少納言は和歌的な情緒よりは、機能性、知性に富んでいた。つまり、じつに面白いことに彼女らの文学は、それをそのまま反映しているということです。紫式部の和歌は、友達が恋しい、死んでしまった人が恋しい、という人恋しさを歌った歌が多い。歌のトーンとしては、沈痛なトーンです。紫式部というのはそういう人で、そういう人が『源氏物語』を書いている。恋の思いがあまりに膨れあがってくると和歌の世界の歌一首ではその思いが全部言えなくなって、それを言うために詞書が必要になる。

詞書は、はじめは「誰々に」「何々に」ですが、だんだん増えて五行、十行となる。紫式部の歌では、詞書がわりと長い。やはり『伊勢物語』『大和物語』の伝統が続いているわけです。『大和物語』のはじめのほうは、さきほどの六十段「燃ゆる思ひ」のように詞書が短く、まさに短篇詩篇です。けれど、詞書と歌とを合わせて読むと、じつに面白い物語の世界の原型ができている。そういう意味で、『大和物語』は歌の詞書がどんどん膨らんでいって、物語に移っていくのを示している原型的な世界です。だから後半にいくに従って長くなって、あの百四十九段のような物語になる。元来は、それらはいくつかの歌の詞書に過ぎなかった。それが広がっていって歌物語と呼ばれるようなものになって、やがて歌が取れて『源氏物語』のような物語になる。とても歌では言いきれない思いがいっぱいあったのが、紫式部という天才的な散文作家です。

和歌の世界で外されていた散文的世界がどんどん膨らんできたわけです。そこまでいくと、もう歌は捨てられるという運命にある。だけど、『源氏物語』の各歌のところを見ると、そこまでの散文の集積された流れが歌一首によって要約されている。これは、まだ紫式部が『万葉集』『古今集』の伝統に非常に忠実だったということでしょう。それが次の鎌倉《かまくら》時代になってくると、平安時代の物語が男女の仲、貴族の生活というのが主だったのに対して、物語が男の世界、軍記物に変わってくる。和歌というものはほとんど出てこない。ただし、出てきたときはじつに効果的に見える。

紫式部「源氏物語」の魅力

和歌と散文は、はじめのうちは和歌が優勢で、だんだん勢力が逆転して散文が優勢になっていきます。『源氏物語』の段階では、紫式部は花実兼備を意識しています。だから、例えば末摘花《すえつむはな》は滑稽な存在です。源氏は、彼女が時代遅れの女だということは知っていた。中流貴族の娘で教養が豊かであるけれど、現代的ではない。お父さんが死んで家にもお金がそんなにないから、かつかつな暮らしをしている。ただ、琴がすごく上手であるという。琴が上手だということは、古典的な教養がある女ということです。女としての資格から言えば大事な資格だった。源氏は一芸に秀でている女にはすぐに惚れるから、それで言い寄って寝てみた。けれど、ちっとも面白くない。それで、翌朝見てみたら、最後の打撃を受けたわけです。

まづ、居丈《ゐだけ》の高く、を背長《せなが》に見えたまふに、さればよと、胸つぶれぬ。うちつぎて、あなかたはと見ゆる物は御鼻なりけり。ふと目ぞとまる。普賢菩薩《ふげんぼさつ》の乗物とおぼゆ。あさましう高うのびらかに、先の方《かた》少し垂《た》りて色づきたること、ことのほかにうたてあり。色は雪はづかしく白うて、さ青《を》に、額つきこよなうはれたるに、なを下《しも》がちなる面《おも》やうは、おほかたおどろおどろしう長きなるべし。

明け方窓を開けて雪の明かりで彼女を見ると、鼻は真っ赤に照らされて、顔も変に間伸びしていて、鼻はばかに大きい。源氏は胸をつかれてがっくりくるけれど、それは見せない。一瞬びっくりするけれど、次の瞬間にはいい男の顔に戻って、我慢しながら彼女に優しくするわけです。だんだん足は遠ざかるけれど、一回だけではいけないから何回か通ってあげる。しばらくして、源氏は須磨《すま》に流されますが、帰ってくるとたいへんに栄えます。おめでたくて、以前のことなど忘れてしまう。ところが、あるとき噂で、末摘花のお嬢様はますます没落して家は荒れ果てて召使はいなくなり、今は忠実なものがひとりふたりしかいない惨めな生活をしている、けれどあのお嬢様は毅然《きぜん》としていると聞く。源氏は、それは大変だ、とたくさんのものを贈ります。それで、末摘花はいつのまにか裕福になって、邸宅もたいへん立派に戻り、逃げていった召使も帰ってくる。

つまり、いかに光源氏が男の理想であるところの色好みを貫いたか、ということです。色好みというのは、ただたんに好色なのではなく、女に優しくて、女の欠点など見て見ぬふりをして、同時に自分に関係のあった女ならば最後まで優しく相手に尽くして、相手が幸せになるようにしむける。それが本当の意味での色好みです。そういう意味では、紫式部の理想はやはり花実兼備だった。花もあれば実もある男が光源氏です。『源氏物語』は今までの流れでいうと、表であり、同時に裏をいっぱい知っている女が書いている、やはり、これはすごい花実兼備です。

なぜ、紫式部が裏を知っていたかというと、たぶん彼女は結婚してすぐに旦那《だんな》さんに死に別れてしまったからです。和泉式部もかわいそうな人で、小式部という娘が、美人で歌もうまかったけれど、三十前で子どもを生んで死んでしまった。和泉式部は泣きに泣いた。紫式部の場合は、大弐三位《だいにのさんみ》という娘がいて、幸せなことに母子ともに老年まで生きた。だから、親子関係では幸せだったけれど、亭主との関係は早くに死に別れたからかなり苦しかったと思う。もうひとつ裏を知っていたというのは、子どものころ、お父さんに連れられて福井のほうへ行ったからです。そこで暮らす間に庶民の生活を見て、彼女はたんなるぼんくらな貴族の子女とは違う目を持ったにちがいない。中流で生活があまり豊かでなくて、お父さんとの関係は親密で、お父さんが地方に赴任するときに連れていかれて地方の生活を実際に見たことは、例えば須磨の明石《あかし》の上や玉鬘《たまかずら》のことを書くのに役立ったにちがいない。庶民よりちょっと上の人の出世物語は、紫式部の夢物語だった。紫の上も、京都の北山でお婆ちゃんに育てられた山出しの女の子若紫として出てきて、それがやがて紫の上として源氏の妻になる。そういう地方の女の子と源氏の偶然の出会いがじつに見事に書かれている。それは明らかに紫式部が地方の生活を体験しているからです。少女のころ体験したことをずっと大事にしていた感受性、というものがあったから書けたのです。

『源氏物語』の魅力のひとつは、やはり地方と都が出てくるところでしょう。都のなかの男女関係だけならば、こんなに雄大な物語にはならない。紫式部は、自分の生活のなかから大切なものをたくさん学び、それを表現した一方で、和歌の理想はちゃんと心得ていて重んじている。『古今和歌集』の歌人を尊敬していたということはあると思います。そのうえで、紫式部は和歌の世界だけではない、物語を書かずにいられなかった。そのときに、自分の過去のいろいろな体験をつぎつぎに使う。だから、普通の小説家の道筋をちゃんと踏んでいます。紫式部にしろ大伴家にしろ菅原道真にしろ、日本文学で大きな仕事をする人というのは、都落ちして一度は都を捨てないと駄目なようです。田舎に行って、ひどい目に合わないといけない。日本文学を考えるうえで、表と裏があるとは先に話しましたが、都と鄙《ひな》というのも大事なことです。

V　女たちの中世——建礼門院右京大夫と後深草院二条

建礼門院右京大夫と後深草院二条

中世の女ということで、建礼門院右京大夫《けんれいもんいんうきょうのだいぶ》、そして『とはずがたり』を書いた後深草《ごふかくさ》院二条《いんにじょう》の二人について話をします。二人とも、職名で呼ばれています。

話をするうえで、この場合に僕が何に興味があるかということを最初にお話ししたいと思います。二人とも、生涯のまんなかでぼっきり折れたように前半と後半が違う。建礼門院右京大夫は平安朝の末期の人、後深草院二条の場合はかなり後の鎌倉時代になりますが、前半は王朝の女というのがぴったりの生活をする。美しいし、文字はうまい、宮中の礼式作法は徹底的に知っている。そういう意味で麗しく、かつ雲の峰のなかにいるような密《ひそ》やかな生活を営んでいた人々です。ところが後半に至って、二人とも、いわば霞に包まれていたような自分自身の生活を打ち破って、中世のたくましい女になる。この二人を見るうえで面白いと思うのは、中世というものが女において表れる場合、どういう様態をとるかということです。それがこの二人を取り上げる理由です。

建礼門院右京大夫という人は、生年も没年も正確には分からない。平安から鎌倉時代の初期にかけての人ということです。お父さんは宮内少輔《しょうゆう》従五位上という位だった藤原伊行《これゆき》です。従五位上という位は貴族としては中くらいです。彼女の家は、別名・世尊《せそん》寺《じ》といった。書を多少知っている人ならすぐにピンとくるぐらい、世尊寺流というのは王朝からの日本の書の中心です。藤原一族のなかでも世尊寺家は代々書道に優れている、という大変な家柄だった。藤原伊行という人は『源氏物語』の註釈書も書いているし、同時に日本で最初のたいへん優れた書論『夜鶴庭訓抄《やかくていきんしょう》』の著者でもあって、そういう意味で彼女はずば抜けた知識人の家庭の出です。お兄さんも甥っ子も当時名声を博していた歌人だった。彼女の場合、家族関係についてあらかじめ言っておいたほうがいいと思うのは、彼女は建礼門院に仕えていた。建礼門院は平徳子《たいらのとくこ》、つまり清盛の娘、高倉天皇《たかくらてんのう》の中宮になった人です。徳子の門号が建礼門院です。その建礼門院に仕えたから、彼女は建礼門院右京大夫という。右京大夫というのは、藤原俊成のこの当時の職名だった。俊成がどうして出てくるかというと、建礼門院に出仕するにあたって藤原俊成の養女として彼女は出仕したらしい。それはなぜかというと、彼女の母親が夕霧という女の人で、箏《こと》の名手だった。建礼門院右京大夫のお父さんは書家として、お母さんは箏の名手として有名だったわけです。その夕霧がかつて俊成と夫婦だった。そのときに生まれた男の子がいて、尊円《そんえん》という。尊円は夕霧と俊成との間の子どもだけれど、建礼門院右京大夫からいえば同母兄で異父兄だった。お母さんがその後に尊円を連れ子して嫁いだのが伊行だった。右京大夫という名前は、お母さんと俊成の関係でついたらしい。

その関係で言うと、後々彼女が恋人を何人か持つ。そのなかのひとりが、藤原隆信《ふじわらのたかのぶ》といって、これはかの有名なる絵描きです。この人は、国宝の頼朝像とか重盛像を描いたということになっている。この隆信が、実は藤原為経《ためつね》という人と美福門院加賀《びふくもんいんかが》との間に生まれた男です。ところが、美福門院加賀は後に藤原為経と離婚している。離婚したのは為経が出家してしまったからです。それで隆信を連れ子して、藤原俊成と結婚した。この藤原俊成と美福門院加賀との間に、藤原定家が生まれるわけです。したがって、このへんはものすごく色濃い秀才芸術家の溜《たま》りです。俊成の後妻に行った美福門院加賀とその彼女の前夫だった藤原為経との間に生まれたのが隆信ですから、後々隆信と右京太夫の二人が恋愛したときにも俊成と加賀という二人の夫婦の関与があったかもしれない。だから、尊円、右京大夫、隆信、定家というのは、血は濃くつながってはいないけれど義理の兄弟関係にある。以上で、大体この女性の文化的背景は分かるでしょう。

そこで、いよいよ彼女は宮仕えをするわけですが、母親が病没したので下がって、はじめ同母兄の尊円のところに身を寄せます。その頃には、もう先ほどの隆信との仲は絶えて、その間に源平の動乱が始まっている。そして、源平の動乱の慌ただしさのなかで彼女は新しい恋人を得る。それが彼女の終生の恋ということになりますが、相手は平資《すけ》盛《もり》です。この男は時おりやってくるだけでした。資盛は平家の中心の公達《きんだち》のひとりですから、当然女は幾人もいる。だから訪ねてくるのも間遠だし、彼女は非常に心細い思いをしていた。それでも、彼女は隆信との恋愛はあるところまでで終えてしまい、お父さんも死んでいるから、頼りになるのは資盛だけです。父親が死に母親が死んだ女の子というのは、どんなに金持ちであっても非常に不安定です。したがって、資盛の愛を頼りに生きているというかたちになる。しかし、そこへ源平の戦いが横合いから凄まじい勢いで割って入り、彼と彼女は引き裂かれてしまう。資盛は平家の一門と一緒に西国に落ちて、やがて壇ノ浦で海の藻屑《もくず》になった。その頃尊円はだいぶ早くから僧院に入っていて、なんとか建礼門院右京大夫を助けてくれていた。しかし彼女は非常に心細いわけで、約十年後にまた出仕します。このときは後鳥羽天皇《ごとばてんのう》の時代になっていて、宮中では和歌がものすごく流行っている。彼女はもちろん非常に才能のある女だったけれど、それはそれとして、たぶん年からすれば、若い娘たちと混じって出仕するのはくたびれるわと思っていたにちがいない。けれど、生活のためもあって出仕していた。後鳥羽天皇退位のあとは、天皇の母親である七条院にお仕えして、かなり後まで生きていたらしい。

その間に、藤原定家によって勅撰和歌集が選ばれます。定家が彼女の歌をいくつか覚えていて、『新勅撰集《しんちょくせんしゅう》』という勅撰和歌集に彼女の歌を載せた。当時の歌人にしてみれば、勅撰和歌集に載るということはたいへん嬉《うれ》しいことです。ちなみに、『新勅撰集』は『新古今集』よりずっとあとで、定家が七十代前半の頃のものです。『新古今集』の編纂をしたとき、まだ定家は四十代ですから、それから三十数年後のことになります。建礼門院右京大夫は定家よりだいぶ年上の老女ですが、『新勅撰集』に入れようとしたとき、八十歳近かったらしい。たぶん定家は先ほど話した関係がありますから、まったく知らない女であるというふうには扱っていない。彼女の巡り合った悲運も知っていたから同情もしただろうけれど、とにかく「あなたの歌を取り上げて『新勅撰集』に入れる。ついては、作者名をどうしようか」ということになる。つまり、女の人の場合にはいろんな名前を付けうるわけです。建礼門院右京大夫という名前は建礼門院に仕えていたときだけの名前です。それ以後の名前は、いろいろと変わっているはずです。そのときの名前は書かれていないから全然分からない。だけど彼女は定家に「私にとって生きていたのはあの時だけです。ですから昔の名前で入れてください」と言って、結局「建礼門院右京大夫」という作者名で採られている。だから、建礼門院右京大夫としてしか残っていないんです。もう遙かな昔になってしまったことなのに、今なお心にあるのはあの頃のことだけだった。彼女にとっては資盛との恋愛というものが、自分の一生だった。それに加えて、その良き時代に建礼門院に仕えていたので、建礼門院に対する絶大なる愛情が彼女にはあって、この名になっているわけです。

平家滅亡の実感

建礼門院は壇ノ浦で入水《じゅすい》しますが、源氏の兵隊に引っ掛けられて救いあげられてしまいます。そして彼女は泣く泣く都に送り返されて、大原の寂光院《じゃっこういん》で庵主《あんしゅ》さんになってずっと暮らす。大原の寂光院は今でも車で行っても結構遠いところです。京都住まいの人にとって昔は大変な田舎です。そういうところに建礼門院が尼さんになって、平家の一門の菩提《ぼだい》を弔いながらひっそりと暮らしている。そこへこの建礼門院右京大夫が訪ねていくことがあった。ここへ訪ねていった人のなかには、例えば後白河院《ごしらかわいん》もいる。天皇を退位した男と、死にたかったのに救われてしまったために未だ生きながらえて尼さんになったかつての皇后との再会の場は、『平家物語』にも入っているし、有名な画にもなっている。そういう意味でも洛北《らくほく》の名所ですが、実際まるで人が訪ねていかないような遠いところにある場所へ、建礼門院右京大夫はひとりで冬に訪ねていく。そのときに書いた歌と詞書が素晴らしい。後でお話しします。

そういうわけで、彼女にとっては恋人の資盛と建礼門院とが、いってみれば自分の生きた証《あかし》だった。この人の作った歌は全部で三百六十一首あります。それは『建礼門院右京大夫集』という歌集になっている。これは前半と後半に分かれていて、後半は平家が都落ちするところから始まる。そこから急に詞書も長くなるし、細かい情景や歴史的な事実も書かれていき、それにくっついて歌がある。この後半の歌が非常にいい。平家が栄えていた時代の歌は、ありきたりの王朝の女の歌人の歌です。そこのところがずいぶん違っていて、文学的にはだからこそ価値がある。『平家物語』そのものを生きた女とも言える。

前半の生活はあまり言うこともないけれど、平家が滅びた後、彼女は自分の生涯を書き留めておきたくなった。その書き留めておきたくなったところに、女のひとつの個性、自覚がある。そのこと自体がすでにしてたんなる王朝の美しい女というのではない、別の自我が生まれているわけです。この『建礼門院右京大夫集』の序文に、

家の集などいひて、歌よむ人こそ書きとどむることとなれ、これは、ゆめゆめさにはあらず。ただ、あはれにも、かなしくも、なにとなく忘れがたくおぼゆることど

ものゝ、あるをりをり、ふと心におぼえしを思ひ出らるるままに、我が目ひとつに見むとて書きおくなり。

という一節がある。これは、おおよそのことを言えば「誰々さんの家の集などといって、歌を詠むほどの人は、みなそれぞれに自分の歌集というものをまとめるものです。けれど、私の場合は、ここに集めてあるものはそんな意味ではまったくありません。ただ、自分にとって哀れにも悲しくも何となく忘れがたく思っているようなことどもを、それも系統だててではなくて、ときどきふと心に浮かぶことを思い出すままに、自分だけで見る備忘録として書いておくものです」と書いている。だから、外部に見せるつもりのものではなかったと考えていい。

後半の歌が始まるところに、こういう文章がまたあって、

寿永元暦などのころの世のさわぎは、夢ともまぼろしとも、あはれとも、なにとも、すべてすべていふべききはにもなかりしかば、よろづいかなりしとだに思ひわかれず、なかなか思ひもいでじとのみぞ、いままでもおぼゆる。見し人々の都別ると聞きし秋ざまのこと、とかくいひても思ひても、心も詞も及ばれず。

と書いています。大意は「平家が都落ちした寿永元暦の頃の世の中の騒ぎときたら、夢

とももまぼろしとも哀れとも何とも、すべてすべてまったく言うことができないほどのことでした。そこで万事どうだったかということさえも区別がつかないくらいになってしまい、ほとんど思い出すこともできないと今でも思えます。知り合いだった人々の都を別れて落ちていくと聞いたあの秋のことは、どのように言っても考えても、心もことばもとても表現できるものではありません」。そして歌が出てくるわけですが、深窓の令嬢として育った女性にとって、源平の争乱の時代、分けても平家の速やかな滅亡というものに若い身空でぶつかってしまったということは、本当に凄い衝撃だった。とにかく日毎に新しい局面を見せて展開していく残酷な現実の現象というものがあって、これはたぶん彼女だけではなく当時の女たちには、まったく理解を絶していたわけです。そういう意味では、彼女はまさに『平家物語』に出てくるひとりの作中人物にほかならなかった。

『平家物語』に出てくる人物というのも、ひとりひとりはそれぞれ教養も豊かで優雅な生活を送っているけれど、全体として歴史の波に翻弄《ほんろう》されているときには、まったくといっていいほど時代が理解できなかったのかもしれない。『平家物語』について言えば、平家一門の公達はもちろんのこと、相手の源氏方にしてもえらく短期間に木曾義仲《きそのよしなか》とか源　義経《みなもとのよしつね》をはじめとする英雄的な連中が、次から次へとまったく破壊的に死んでいくわけで、その短期間の滅亡はとにかくものすごい速度だった。おそらく日本人の経験では、第二次大戦中の四年間、とくに最後の一年半くらいのところであれよあれよという間に日本が落ちこんだ感じがするわけですが、あの滅亡の実感と比べても『平家物語』の滅亡の実感というものはもっともっと激しかった。なぜならば、第二次大戦は日本国内では大部分の人が死んでいない。戦争は外国で行われた。ところが『平家物語』の場合は、日本中ひっくり返るような大騒ぎをしながら、つぎつぎに折り重なるようにしていろいろな男と女が死んでいく。ですから、短期間に変わり果てていく人間の運命というものを、日本人があれだけ深刻に鮮明に体験したという点では、平家の滅亡の時期は特別に激しいのではないかと思う。「諸行無常」という『平家物語』を貫いている根本的な観念は、非常にリアリティがある。

叙情詩の誕生

そういう時代に生きていた人間が内面的にはどういうふうに生きたかということが、建礼門院右京大夫を読むうえでのいちばんの興味の対象となります。いってみれば『平家物語』が散文精神の極限的な状態を示しているとすれば、建礼門院右京大夫の歌とことばの世界というのは『平家物語』のちょうど裏面を示していると言っていい。『平家物語』はあまり内面を書いていません。だいたい、軍記物というのは内面を書かない。内面を書かないがゆえに、逆に深く内面的なものが表れるということがある。それに対して『建礼門院右京大夫集』のようなものを読むと、そこには『平家物語』が書いていないところの裏面史がじつに見事に表れていると言っていいのです。ここでは、叙情詩と物語が対照的に劇的な違いを見せていると思います。建礼門院右京大夫は別のところでこう書いています。やはり平家が滅亡したことを書いていて、

さすが心あるかぎり、このあはれをいひ思はぬ人はなけれど、かつ見る人々も、わが心の友はたれかはあらむとおぼえしかば、人にも物もいはれず、つくづくと思ひ続けて、胸にも余れば、仏に向ひたてまつりて、泣き暮すほかのことなし。されど、げに命はかぎりあるのみにあらず。

と言っている。「さすがに、多少はものを考えることのできるほどの人ならば、誰でもみな、ああ、なんて哀れなことだろう、あんなに栄えた平家があっという間に滅亡したと、哀れを極めた運命を言わない人、あるいは思わない人はひとりもなかった。でも、にもかかわらず、そうやって出会ういろんな人のなかに、私の本当の意味での心の友は誰がいるだろうか、と思われる。自分の深い気持ちは人にも言うことができなくて、ただひたすらつくづくと思い続けて、やがてその思いが胸にも余る、そこで仏に向かいたてまつって、泣き暮らすほかなかった」。つまり、彼女の場合は完全に叙情詩です。悲しみを心あるかぎりの人々、みんなと語り合う。けれども、私の本当の気持ちは誰にも分からない。どうにも言うことのできない気持ちを自分の胸に包み込んで、仏に向かって泣き暮らすよりほかない。つまり、あふれた思いをどうすればいいかといえば、歌を

作るほかない。散文では書けない。だから彼女はこの時代の叙情詩の誕生と深い関わりがあるわけです。もちろんほかの人は、彼女のように平家の公達を恋人にした人ばかりではないから、なかにはケロリとしている人もいたでしょう。かわいそうだね、酷《ひど》かったねえ、とは言っているけれど、本当にその悲しみを心から分かっているという人はあまりいないことを彼女は知っている。だから、胸にあふれる思いは歌に書くしかないということがあって、歌は切羽詰まった表現になる。切羽詰まった表現だからこそ、叙情詩としてはもっとも純粋な歌になる。実際に彼女のいくつかの歌は、素晴らしくいい。

それに対して、『平家物語』の作者はおよそ正反対のところに位置しています。つまり、残虐無類な死に方とか滅亡の仕方を、次から次へとスピード感あふれる筆致で書いています。その場合、涙に濡れた目を持っていることはできない。だから爛々《らんらん》と見開いた目で、凄まじい破滅の話と滅亡を書いているわけです。そのなかでもっとも美しい死に方をしたのはだれかというと、たぶん木曾義仲ということになる。人を恐れさせた乱暴者で野卑である男の死ぬ場面を『平家物語』は書いているのですが、これが無類に美しい。

木曾殿は只一騎、粟津の松原へかけ給ふが、正月廿一日《にじゆういちにち》入《いり》あひばかりの事なるに、うす氷ははッたりけり、深田《ふかた》ありともしらずして、馬をざッとうち入たれば、馬のかしらも見えざりけり。あおれども〳〵、うてども〳〵はたらかず。

今井が行《ゆく》へのおぼつかなさに、ふりあふぎ給へるうち甲《かぶと》を、三浦の石田次郎為久、おッかゝッてよッぴいてひやうふつといる。いた手なれば、まッかうを馬のかしらにあててうつぶし給へる処に、石田が郎等二人落《おち》あふて、つひに木曾殿の頸をばとッてンげり。太刀のさきにつらぬき、たかくさしあげ、大音声をあげて、「この日来《ひごろ》日本国聞えさせ給ひつる木曾殿を、三浦の石田次郎為久がうち奉《たてまつり》たるぞや」となのりければ、今井四郎いくさ《（軍）》しけるが、是をきゝ、「いまはたれをかばはんとてかいくさをばすべき。是を見給へ、東国の殿原、日本一の剛《かう》の者の自害する手本」とて、太刀のさきを口に含み、馬よりさかさまにとび落、つら《（貫）》ぬかッてぞう《（矢）》せんける。さてこそ粟津のいくさはなかりけれ。

『平家物語』というのはやはり叙情詩の世界の正反対にあるのです。「祇《ぎ》園《おん》精舎の鐘の声、諸行無常の響あり。娑羅《しゃら》双樹の花の色、盛者必衰の理《ことわり》をあらはす」という最初の文を見るだけだと、叙情的な文学だと思い込みやすい。哀れな人々や生活をしめやかに書いてあると思ったら大間違いであって、むしろ死んでいく連中を舌舐《したな》めずりしてつぎつぎに数え上げていく感じがする。そこに逆に悲しみを超えた、大きな意味での悲しみがある。たたみこむように押し寄せてくる運命の大波に人々が飛び込んでいくから、ひとりひとりについて事細かに悲しみを書くことをしていない。それが見事な悲しみになっている。無常という意味で言えば、無常を情緒的に嘆くことはせずに無常の状態をつぎつぎに書いていくことによって、広い意味での無常というものが見事に浮かび上がってくるかたちになっている。ですから、この時代にはっきりと、一方では叙情詩が極端なかたちで成立し、もう一方では同じ素材からむしろ冷徹な物語、そして散文が成立したということが言えると思う。

『平家物語』では「灌頂巻《かんじようのまき》」までいくと、ばらばらになっていたはずのいろんなものがつながっていきます。『平家物語』というものは、作者がいったい誰かということも分からないけれど、作者がひとりであるということはまずありえない。何人も何人もがいくつもの時代を超えてしだいに作り加えていった物語です。そういう意味でいえば、最初から出来具合が単純な、たったひとりの思いを歌うというものではない。涙にかきくれて、自分ならびに自分に関係の深い人の嘆きを嘆くという態度とは全然違って、人の死をはじめとする人間の哀れというものを、したたかにリアリスティックな目で眺めているというところがあるわけです。

建礼門院右京大夫の恋

建礼門院右京大夫の話に戻りますが、寿永三年の夏に平家一門が源氏に追われて落ちていきます。その頃、彼女はたぶん二十代の後半だったと思う。そして、平重盛《たいらのしげもり》の子の平資盛と恋をしはじめている。けれども、資盛は必ずしも忠実な恋人ではなかったわけです。それはもちろん、当時の貴公子はだいたい誰でもそうだった。だから彼女ひとりだけあまり頼りにならない恋人を持っていたというのではなく、いろんな人がみんなそうだったと考えていい。けれど、女としては自分の純情を捧げているわけだから、その分悲しいといえば悲しい。恋人の情があまりこまやかでないと嘆くとも恨むともつかぬ歌が、彼女の最初の歌にはかなりあります。それでも平家が優勢であった間は、無責任に言えば恋の悲しみもまた王朝生活の彩りというところがあった。悲しみに沈んでいる女というのも、恋愛のおいしい後味のひとつであったわけです。嬉しいことがあれば、悲しいこともひとつの彩りになる。ところが、彼女の場合にはそういう幸せな恋愛生活はもちろんできなかった。彼女自身は、源氏と平家の対立がどのくらい凄まじいものになっていくかはまったく分かっていないから、事件はすべて驚天動地のものとなるわけです。つまり、大きくいえば平安朝から鎌倉時代に変わっていく、貴族の時代から武家の時代に移っていくという端境期に、ちょうど生まれあわせて恋をした。

平家の軍勢が源氏に追われて落ちていくときに、恋人の資盛が、こんな意味の手紙を彼女に送ってきます。「世の中がこんな騒ぎになってきた以上、私はすぐにでも命を失うようなことになろう。私たちがともに経た年月もかなりの長さになった。その年月に照らしてだけでもいい。いささかの哀れはかけてください。私が死んだらせめて後生は弔ってください。西へ落ちていく先々から都へ便りすることなどはもうすまいと決心しています。決して冷たくて便りしないと思ってくださるな。もう昔の自分は死んでしまったのだ。しかし、とはいうものの、そう思う心の下から昔ながらの弱い心が蘇るのはどうしようもない」。つまり、ああでもないこうでもない、悲しい、でも仕方がない、という繰り返しをしながら、でも、これでお別れだという意思表示をしている。

彼女自身はもちろん平家ではないから、恋人を追いかけていくわけにもいかない。当然、都に残るわけです。どこどこで平家が敗れた、どこどこでまた敗れたという噂を何日も何日も経ってから聞くだけの生活になってしまう。ほとんど胸もつぶれんばかりになって、情報をただただ受けて聞いている。しかも噂ですから、一ノ谷とか屋島とか壇ノ浦とか、つぎつぎに現れる土地の名前が全部彼女にとって恐ろしい名前だったにちがいない。それだけではなく、京都の町を東国の源氏の荒武者が平家を追いかけて疾風の如くに駆け抜けていきます。この人たちが私の恋人などをみんな叩き殺すだろう、ということを思いながら眺めている。彼女はときどき夢を見ます。いつも見慣れていた直衣《のうし》姿の資盛が、風が慌ただしく吹き荒れている浜辺に物思わしげに打ち沈んだ顔をして佇《たたず》んでいる姿を見る。胸騒ぎがしてはっと気がつくと夢だった、ということになるけれど、その時にあの人はきっと今この夢のとおりの姿で西の海の浜辺に佇んでいるんじゃないかと思う。昔の人には、夢はほとんどが事実の翻訳だった。

そうこうするうちに、壇ノ浦で平家の軍勢が海の藻屑と消えてしまいます。彼女の仕えていた建礼門院は、その子どもの安徳天皇《あんとくてんのう》と一緒に海に飛び込んだ。安徳天皇は死んでしまうけれど、母親の建礼門院は源氏の兵士に救いあげられてしまう。それで京都に帰って、剃髪《ていはつ》して洛北の大原の寂光院に住む。その後久しく、平家の菩提を弔うために尼さんとして生きたわけです。かつては六十人もの女房にかしずかれた建礼門院がひとりで、召使と一緒に寂光院で尼さん暮らしをしている姿を右京大夫はやがて見る。そういう運命の甚だしい変転をしたなかで、彼女の歌はだんだん本当に真実の声だけを聞かせるようになっていきます。たとえばこういう歌があります。

なべて世の　はかなきことを　悲しとは　かかる夢見ぬ　人やいひけむ

「世の中のはかなさを、人はよく口にする。はかない人生は本当に悲しいと人は言うけれど、そんなことを言うことができる人というのは、自分が見たような悪夢を見たことがない人だからこそ、そういうことが言えるのでしょう。世の中がはかないと本当に知っている人は、悲しいなどとは言えない。人生が悲しいと言える人は、いま私が見ているような、凄まじい、ただ茫然《ぼうぜん》とするよりないような夢を見たことがない人にちがいない」。

悲しとも　またあはれとも　世の常に　いふべきことに　あらばこそあらめ

「悲しいとか、哀れだとかいうことは、いつの時代でも言うべきようなことであるならばそれで結構だけれども、本当はそんなことは言えたものではない」ということです。

悲しいとか哀れだとかいうことは、世の常のことばとしては言ってもいい。けれど、私の場合は言えない。

また、『玉葉和歌集《ぎょくようわかしゅう》』というのがあって、これは当時よりもだいぶ後で編まれた鎌倉時代後期の勅撰和歌集です。これは非常にいい歌を集めてある集ですが、このなかに彼女の歌が出てきます。

月をこそ　ながめ馴れしか　星の夜の　深き哀れを　今宵知りぬる

「月ばかり眺め慣れてしまったものです。私は今やっと星の夜の深い哀れを知った」。星のことを歌った歌というのは、日本文学では非常に少ない。ほとんど月のことです。それも物理的現象として月を詠むのは少なくて、たいていは人の心の象徴として詠まれている。だから日本人は、自然界を詠むときに自然が人間的であるときに詠んでいる。そういう意味で、星はほとんど詠まれていない。星で詠まれているのは七夕だけです。七夕というのは男女の恋が主であって、星そのものを詠んではいない。昴《すばる》なども多少は詠まれているけれど、それ以外の夜空の無数にある星はほとんど歌に出てこないという不思議な面白さがある。そういうなかで、この歌は非常に珍しい歌です。今までは月ばかり眺めていた、眺め馴れていた。ところが今になって、月ではなくて星空の深い哀れというものが分かってきた。それはそういう状況があって詠んでいるわけです。

けれど、この『玉葉和歌集』の場合には勅撰和歌集だから詞書、つまりまえがきが変えられています。わりと短くて、簡潔になっている。そのまえがきがどうなっているかというと、「やみなる夜ほしの光ことにあざやかにて晴れたる空は縹《はなだ》の色なるがこよひ見そめたる心ちしていとおもしろく覚えければ」、つまり、「今は闇夜で細い月のときで、したがって星が非常に鮮やかに見える。晴れ渡った空のはなだ色（緑青）をしているのが、まるで今夜はじめて見たというふうな気持ちがして、たいへんに趣きふかく思えたので」というまえがきで、「月をこそ…」と歌が出ている。

ところがこの歌は、『建礼門院右京大夫集』によれば、次のようにものすごく長い詞書が出ています。

十二月ついたちごろなりしやらん、夜に入て、あめとも雪ともなくうちちりて、むら雲さはがしく、ひとへにくもりはてぬ物から、むら〳〵星うち消えしたり。ひきかづきふしたるきぬを、更けぬるほど、うし二つばかりにやとおもふほどに、ひきのけて、そらをみあげたれば、ことにはれて、あさぎ色なるに、ひかりこと〴〵しき星のおほきなる、むらなくいでたる、なのめならずおもしろくて、はなのかみに、箔をうちちらしたるによう似たり。こよひはじめてみそめたる心ちす。さき〴〵もほし月夜みなれたることなれど、これは折りからにや、ことなる心ちするにつけても、たゞ物のみおぼゆ。

「ひとへに…」というのは、すっかり曇ってしまうのでもなく、ということです。「むら〳〵星…」というのは、あちらこちらにまばらに星が光ったり消えたりした。「ひきかづきふしたるきぬ…」蒲団《ふとん》を引っ被って寝ていたその夜具を、「更けぬるほど…」夜更けになって午前三時頃ではないかと思う頃に蒲団を引きはがして、「そらをみあげたれば…」空を見上げてみると、ことによく晴れていて、浅葱《あさぎ》色（緑と青の中間）で、光が非常にはっきりと見える星の大きなものが、いっせいに晴れ渡って出ている。「なのめ」とは斜めと同じことで、「なのめならず…」まっすぐに非常に面白くて、「はなのかみに…」はなだ色（薄藍）の紙に金箔《きんぱく》を散らしたように見える。「こよひはじめて…」今夜はじめてこういう星空を見たような気がする。「さき〳〵も…」今までも星月夜というのはよくよく見馴れてはいたけれど、これは時が時だからだろうか、特別な気持がするにつけても、ただ物思いにふけさせられてしまう。

なかなかいい文章です。こういう文章を書いているのですが、なぜ夜中に起きて星をつくづく眺めたかには理由があります。それはどういうことかというと、冬のある日、彼女は意を決して今の建礼門院を大原に訪ねていく。そして、女院とともに涙にかきくれる。そのときには、

今や夢　昔や夢と　まよはれて　いかに思へど　うつつとぞなき

「今が夢だろうか、それとも昔が夢だろうか、どちらとも迷ってしまうくらいに、前後の時間の区別がつかないくらいに悲しい。どんなふうに思おうと、これは現実とは思えない」という歌を詠みます。これは『風雅和歌集《ふうがわかしゅう》』という、『玉葉和歌集』と並んで素晴らしい和歌集があるのですが、そこにとられている。このへんの歌は、やはりそれぞれの歌集を選んだ撰者にとって、客観的に見ても、とてもいい歌だと思われたから勅撰和歌集にとられたのでしょう。

そういうふうに女院を訪ねて、二人で手を取りあって涙にくれて、その後は資盛の追善のために近江路へ回ります。湖水のほとりの坂本の比叡神社に参詣《さんけい》しました。当時ちょうど十二月ですから、雪が降っている。雪のなかを難渋しながら旅していくその途中の宿屋で「月をこそ…」の歌を作っているらしい。まず建礼門院をお訪ねして、そこを辞去し、近江の琵琶湖のほとりに出て、坂本まで行って資盛の菩提を弔った。だからあのへんに資盛のお寺があるのかもしれない。「折りからにや、ことなる心ちするにつけても」というのは、まさにその途中の心境です。夜中に目が覚めて、夜空を眺めてはじめて星の深い深い光のなかで星月夜を見つけている。

だから、そういう意味では、叙情詩のできる経過というものが、じつに見事に見えるという感じがする。叙情詩というのは、こういうふうにできるんだというのがよく分かる。しかも文章がじつにうまい。書いている人の心理状態がそのまま、つぎつぎにそのときの風景にぴったりとくっついた状態で動いている。その間に見事な振幅があるし、肝心なところはちゃんと逃さずに言っているし、文章家として素晴らしい人だと思う。

「建礼門院右京大夫集」の物語的要素

だけど、この叙情的な文章は『平家物語』の文章とは全然質が違う。日本の散文でも、女の人たちが書く散文というのがある。『源氏物語』などは、もちろん彼女も当然のように読んでいるはずです。したがって、そういうものをお手本にしたということは十分に考えられるけれど、それだけではない。お手本があって書いているふうには見えない。むしろ、そのときどきに思いついたことをそのまま書いて、それがじつに美しくできていいます。ということは、要するに才能があるということだけど、才能があるというだけではなくて、そういう時代相だった。自分が目で見たものを、そのまま素直に書く。それがそのままで文学、「文学」という言葉はなかったけれど、心をやることができるだけのひとつの客観的な自分の軌跡というか、集積を自分で知って書いた。この頃になると文体意識というものがはっきりと芽生えてきていて、才能のある女たちがつぎつぎにやっていた。我々だけが文体意識があるわけではない。この連中の文体意識というのは凄いものだという気がします。

また、勅撰集では分からない心の機微が私家集では分かります。そういう意味で、私家集の詞書というのは重要です。『玉葉集』の詞書だけ読めばこれはたんなる星空の美しさ、見事さを讃えているだけにしかとれない。実際に勅撰和歌集というのは、そんな個人的な悲しみを濃厚に持っているものは忌避してとらない。にもかかわらず、この歌がとられているのはこの歌がいい歌だからです。したがって、この勅撰集を選んだ人物が詞書を書き直した。だから、そういう意味でも私の集は読む必要がある。とくにこの時代になってくると、時代の動乱が非常にはっきりとそういうものに反映してくる。必ずしも『平家物語』だけに反映しているだけではなく、むしろ『建礼門院右京大夫集』のようなひとりの女の私の記憶だけのために書いたその集のなかに、もっと痛切にありありと現実の動向の凄まじさと痛ましさと悲しさと哀れさが出ているということが、非常に大事なところだと思います。

だから、この『建礼門院右京大夫集』は歌集だけれど、同時に歌物語的な要素を持っています。また、日記文学でもある。平安朝の初期は、男がまだ書いていたわけです。紀貫之の『土佐日記』にしてもそうですし、『伊勢物語』も女が書いたとは考えられない。それが平安朝の末期になると、女たちが書き手としてはっきりと自己確立してくる。その間に、紫式部、清少納言、赤染衛門また和泉式部と凄い連中が出ていて、女性文学の登場をはっきりと促しています。けれど、生存中はまったく誰にも知られていなかったようなありふれた、綺麗な、歌も下手ではなく女性としては知られていたにちがいないけれど、文学者としてはまったく知られていなかったような人が、さらに後になって出てくる。『建礼門院右京大夫集』の価値が表に出てくるのは、昭和になってからです。

ています。入っている以上はちゃんと江戸の昔からあった。けれど『群書類衆《ぐんしょるいじゅう》』に入っているというだけでは、ここには膨大なものが入っているから価値が分からない。その価値を見出《みいだ》すのは近代の詩人です。それは『建礼門院右京大夫集』だけではない。佐佐木信綱の功績がどれだけ偉大か分からない。『万葉集』の読み方は未だに全部は確定していないけれど、それを読めるようにした第一の功績者は彼のお父さんと彼です。『万葉集』をやっていたとき、信綱さんはまだ十代の青年です。それで、お父さんが若死にして、その後を受け継いで彼が全部やっているから大変な人です。『建礼門院右京大夫集』もそうだし、『梁塵秘抄《りょうじんひしょう》』もそうです。つまり、あの時代の学者であった詩人たちがどれくらい偉かったか、ということです。我々は本当に恥ずかしい。この本の持っている価値を発見した意味というのは、そのへんの問題まで包含するくらい大きい。

前章、前々章で、表と裏の文学ということを言ってきましたが、ここでもそれが膨大な背景になっている。勅撰和歌集と家の集というものが表と裏にありますし、『平家物語』と『建礼門院右京大夫集』もそうです。世の中のことは決してひとつの流れで動かない。それを、今の流行はこれだからこれでいこう、と何でもくっついていってしまうというのは、日本文学の伝統からすると伝統にもとる所業ということになる。ひとつの流行があったら、必ずその反対側に素晴らしいものがあると考えるのが、正しい考え方だと思います。

もう一首彼女の歌を読んで、建礼門院右京大夫にはお別れします。

今はただ　しひてわするる　いにしへを　思ひいでよと　すめる月かな

「今はただ、強いてでも忘れてしまいたい、忘れているそういういにしえなのに、それを思い出せ、思い出せ、といって澄んでいる、あの月は」。たいへんにいい歌です。こういう歌に女歌のひとつの真髄があるのでしょう。この時代の女は、男に去られてしまったとか、男に死なれてしまったとか、ましてや男に悲惨な死に方をされてしまったとかすると、もう取り返しがつかないから、ただただ悲しみに沈むわけです。そういう悲しみに沈んだ状態で見る月はますます美しい。ますます美しいがゆえにますます悲しいということになってくる。そういう意味で言えば、どうにもしようがなく切羽詰まって突き上げてくる叙情がこういう歌になる。この種の歌があったということは、やはり日本の和歌の歴史は女によって支えられているということをはっきりと言わなければならない。悲しい歌だけれど、悲しいからいい。悲しいがゆえに多くの人の心を打つ。結晶力もあるし、透明さもある歌です。

北条政子と静御前

建礼門院右京大夫とほぼ同時代の人ということで、北条政子《ほうじょうまさこ》の話もしておきます。北条政子という人は、大変な女傑でした。たぶん夫の頼朝よりも、政治家としては偉かった。その偉かった彼女が、女としてはじつに情が深い、いい女だったということです。

北条政子が出てくる話で非常に印象的な話のひとつは、源義経の愛人の静御前《しずかごぜん》が捕えられたときの話です。

時間的順序で言うと、まず静が捕まって鎌倉へ護送され、お母さんの尼さんも一緒に来る。そのとき静は身籠《みごも》っているわけです。それを頼朝をはじめとして評定した結果、男の子が生まれたら殺す、女の子が生まれたら見逃してやるということになりますが、月満ちて生まれてみたら男だった。みんな非常に悲しみ、北条政子も悲しむわけです。結局子どもは連れ出されて、由比ヶ浜《ゆいがはま》で殺される。その死骸《しがい》を静は必死になって探して、海に浮かんでいるのを拾ってきて埋葬した。

がっくりしているところへ、今度は鶴岡八幡宮の若宮のほうでしかるべき儀式がある。頼朝をはじめとして全員がその儀式に参加しますが、そのときに思いついた者があったらしく、静に舞を舞わせようとする。静は都で随一の白拍子《しらびょうし》だったわけです。実際、そういうことが実証されているのは、彼女が舞った途端にそれまで大勢の人が舞ってもだめだった雨乞《あまご》いが成就するということがあった。彼女の舞で沛然《はいぜん》として雨が降ってくるということがあって、これは随一の舞い手であるということは、天皇が言っています。そういうことがあったから、彼女を連れてきたらどうでしょうか、と誰か入れ知恵をする者があったらしい。頼朝は、「あの女は俺を憎みつくしているから、舞ったりすることはないだろう」と言ったけれど、頼朝の配下のひとりである工藤祐経（すけつね）がわりあい口が上手なうえに都育ちで、そして祐経の奥さんというのも非常に人あしらいのいい女で、結局彼女をなだめすかして、なんとなくだました形で、気持ちを和らげて頼朝の前に連れてくる。そのときに舞いながら詠んだのが、有名な二つの歌です。

吉野山　みねの白雪　ふみわけて　入りにし人の　あとぞ恋ひしき

しづやしづ　しづのをだまき　くり返し　昔を今に　なすよしもがな

それで、頼朝は激怒してしまう。さっと御簾を下ろします。頼朝が追跡している義経に恋の思いを訴えている、そういう歌を歌いながら舞ったのだから、静は大胆不敵なことをしているけれど、頼朝は手を出せない。彼女は非常に美しいうえに、威厳があって、頼朝の家来たちはみんなほとんど崇拝的な眼差《まなざ》しでうっとりしている始末。

頼朝が激怒したこともあって、こんなところにいると危ないということもあったのでしょう。母親も含めた静一行は早々に京都へ帰ってしまう。もちろん、身籠った子どもは殺されてしまい、静ひとりなら無害だから、殺しもせずにそのまま都に帰した。その後、『義経記』の記述によれば、義経一行が亡きものにされてしまい、その菩提を弔って、静かな生活をひっそりと送ったのち一生を閉じたということになっている。とにかく静は稀にみる貞女であり、烈婦であったという評価がされている。それで、彼女たちが都に帰るときに、二の尼（北条政子）がたくさんの贈り物をしています。だから、気持ちの上で非常に同情していたことは確かです。政子の気持ちとしては二回にわたって、一回は静の子どもが殺されたときにそれを聞いて涙滂沱として流したと『義経記』にも書いてあることと、二回目は都に帰るときに豪勢な贈り物をしたということからして、夫の頼朝が憎んでいる女であるけれど、政子は政子で女性にたいする同情というものをはっきり示しているということです。

だけど、北条政子は後に「尼将軍」という異名をとるほどの女傑になります。これは、もちろん頼朝が死んでからです。頼朝はご承知のように馬から落ちて死んでしまうのですが、そのときに鎌倉幕府は大変な危機に陥るわけです。残された長男の頼家《よりいえ》は、別に無能ではなかったらしいけれど、人物として強くはなかった。おまけに若死にする。頼朝という大将軍が死んでしまって、非常に孤独な立場になりそうな感じの将軍家だった。たとえば頼家が二代将軍を受け継ぐけれど、頻々と訴訟が起きる。どういう訴訟かというと、だいたいが所領争いです。「源氏は平家に勝った。俺はこれこれの時のこの戦いで軍功をたてているから、領地をよこさなければならない。こういう書付がある」。そう言って、みんな続々と鎌倉へやってくる。それを裁いていくには、頼家ではとても無理だった。彼には人間観察の力がちょっと欠けていた。それで、頼家の独裁をやめさせて十三人の合議制にしてしまった。それは誰がやったかというと、もちろん政子です。

この十三人のなかに、父親の北条時政《ほうじょうときまさ》とか、弟の義時《よしとき》とかを入れてある。したがって、北条家は源氏の十三人の合議制ができたときにすでにその中心部にいて、やがて鎌倉幕府が源氏から北条に替わっていくという基礎はこのときにできていた。だからじつに頭がいい。それだけではなく、自分の一族でだんだん押さえていくということをやった。政治的に言えば、嗅覚《きゅうかく》がものすごく冴《さ》えていた女だということが言えます。

この二代将軍の頼家が若いときに大病になります。胸をやられる。そうすると、その後継ぎは誰にするかということになる。頼朝は若くして死んで、頼家もまだ若いから、その後というのはいない。家督相続は頼家の子どもの一幡《いちまん》でいくのが当然だけれど、一幡はまだ幼い。これを将軍にたてると、今度は一幡の母方のバック、埼玉県の比企《ひき》氏が権勢を急激に増すわけです。それはできない、というので相談して、一幡には関東二十八ヵ国の総守護職（地頭《じとう》を束ねる役）、関西の総守護職には頼家の弟の実朝《さねとも》を就けます。だから、一方の関東では頼家の息子の一幡に親分をさせ、関西では頼家の弟の実朝をトップにして、関東と関西を分けた。バランス・オブ・パワーで、非常にうまい。というのは、本来なら全部自分たちでやるべきだと思っている一幡とその背後の比企とは、頭にきます。北条氏を倒すべし、とくるのを見越していたわけです。それを立ち上がらせて叩けばいい。この謀議を予想していた政子は、比企の軍勢をすでに密かに全部囲んでいた。比企の軍勢が立ち上がったときには北条の軍勢によって囲まれていて、一網打尽にされてしまった。一幡はこのときうまく逃げ出した。頼家はそのとき伊豆に幽閉されていて、やがて死にます。殺されたという説もある。残ったのは十二歳の実朝だけだった。この実朝が三代将軍になります。その後見人は当然政子だった。政子はそれによってますます権力を増したわけです。一幡は逃げ出したけれども、その後殺されます。頼家も死んでしまったあとは、実朝しか残っていない。それで政子が実権を握るわけですから、幕府を維持するために、子の頼家を見殺しにし、孫の一幡も殺してしまった。そういう意味では、彼女は則天武后《そくてんぶこう》の小型版です。結局、それはかつて義経の思い人であった静と静の子どもに対してやったのと同じことを、自分でもやってしまった。静の男の子を見殺しにしたときは可哀相だと泣いたけれど、自分自身に対しても同じことをした。歴史というのはじつに残酷なものですが、もしこういうことが行われなかったならば、あの時点で北条家もめちゃくちゃになって、源平の時代というのは非常に短い間に過ぎ去って、凄まじい戦国時代が早くから始まったかもしれない。

そういう意味で、やはり北条政子というのは大政治家であるわけです。北条政子はほかの北条家とも事を構えています。というのは、父親の時政が、政子にとっては継母の、後妻・牧の方にそそのかされて、牧の方の娘婿を将軍にたてようとする。政子は父親を強引に剃髪させて、出家させてしまう。そして、牧の方と父親を一緒に伊豆の北条の邸宅へ幽閉してしまった。その後、承久《じょうきゅう》の乱が起きます。後鳥羽院が北条家と戦って王政復古を謀った。だけど、それもやっつけてしまった。やっつけたのは誰かというと、北条政子です。だから、ついには朝廷にも勝ってしまう。幕府方が見事に勝った理由のひとつは、北条政子の采配《さいはい》のふるい方がうまかったからです。したがって、頼朝の死後二十年間というもの、彼女は完全に政治を動かした。ものすごく貫禄《かんろく》のある女で、豪胆で、そして部下の操縦術が非常にうまくて、褒めるときはじつにうまく褒めるということをやった。彼女が六十九歳で亡くなったとき、神功皇后の再来と言った人もあるぐらいで、出家する男や女がたくさん出たそうです。

結局、こういう女だったから肉親の愛には恵まれていない。頼家は死んでしまうし、実朝も殺されています。実朝はロボット将軍だから、和歌や蹴鞠《けまり》などで憂いをいくら晴らしても晴れない、というような悲しい青春時代を送って、そのあいだに殺されてしまった。殺したのは公暁《くぎょう》ですが、公暁が何者かといえば頼家の子どもですから、つまり一幡の弟です。だから、北条政子の孫の公暁が息子の実朝を殺したわけです。「骨肉相争う」ということばの典型的なもので、公暁自身もその場で捕まって殺されてしまった。そういう意味で、政子は修羅の世界を生きた女です。ただし、政治家として彼女はじつに清廉潔白だったらしい。賄賂《わいろ》とかえこひいきとかをいっさい排除した。政治は常にできるかぎりの公正な在り方を重んじた。でも、やはり彼女は政治の荒波のなかで昔の彼女ではなくなってしまったわけです。

そういう意味で言うと、彼女も先ほどの建礼門院右京大夫とそんなに年齢の違いはない。おそらく同世代でしょう。ここには、一方に建礼門院右京大夫のような貴族の女の悲しい一生があるとすれば、新しいタイプの武家の女の凄まじいばかりの修羅の世界を生きぬいた勇壮な生涯がある。けれど、その政子の生涯にしてもやはり悲しみはいっぱい持っていた。そういう悲しみを経験している女たちが中世を作っていったと言える。だから、その頃の女の人の生涯、なんらかの意味で傑出していた女というのはすべて、生涯に陰影が非常に濃くある。必ずしも自分で望んで陰影の濃い生活をしようと思ったわけでは毛頭ないけれど、そうなってしまったというわけです。

「とはずがたり」の後深草院二条

それからだいぶ後、建礼門院右京大夫より百年ほど後になりますが、『とはずがたり』の後深草院二条の話をします。時代としては鎌倉末期で、室町に入りかけている時代です。王朝が二つに分かれている時代で、彼女は後深草院に仕えたので後深草院二条という名です。北条家の後押しによって大覚寺《だいかくじ》統《とう》と持明院統《じみょういんとう》ができますが、これはあの南北朝よりもちょっと早い時期です。この頃、大覚寺統と持明院統とで交互に天皇を出すわけです。そして、この通称・後深草院二条という人ですが、父親は中院大納言源雅忠《まさただ》、母親は四条大納言隆親女《たかちかのむすめ》近子という人で、彼女自身は正嘉《しょうか》二（一二五八）年に生まれています。それ以後一応四十九歳までのことは分かっていますが、その後どれぐらい生きたか、いつ死んだかは全然分からない。この父方は村上源家の出ですが、源というのはもともと天皇家の息子ですから、代々有力な政治家とか勅撰集に歌が載っている歌人が出ています。有力な政治家というと摂関家の権力を削減する一策として後三条天皇に起用されて右大臣、やがて太政大臣にまでなった源師房《もろふさ》をはじめ、代々藤原氏と対抗するかたちで政治家を輩出した家だった。しかしお父さんの雅忠のころになると、さすがに力が衰えてくるらしい。ただし歌では、まだ代々有力な歌人が出ているということで、後深草院二条自身も歌道の名門であることを非常に誇りにしていた。彼女も自分の歌が勅撰集に載ることを夢に見ていたけれど、可哀相に結局出なかった。そのかわり、散文作家として、はるか後世、すなわち現代になって急に有名になってしまった。彼女のお母さんの近子は、後深草天皇に仕えていた人です。後深草天皇にとって、母の近子はお気に入りだった。お気に入りの女が源雅忠と結婚して、そしてとてもきれいな子どもを生んだけれども、母近子は二条が二歳のとき死んでしまう。後深草天皇自身はとても気にかけました。それで宮中に彼女を引き取り、彼女は宮中で育つ。幼年期、少女期は、たいへん美少女だったため、天皇や周りの人にとても可愛がられた。ところが、ある時突然天皇が寝床に入ってきて変なことをするので、彼女はびっくりして肝をつぶす。けれども、結局犯されてしまって、それ以来ずっと後深草院の思いもののひとりになる。そういう意味では、物心もなにもつかないうちに男と女のことを教えられ、しかも教えた人が主上だから、特殊な女性になってしまったわけです。

その宮中にはいろいろな本がふんだんにありますが、なかでも西行法師の修行の道筋の絵巻物を見て、彼女は非常に西行に憧れていた。西行を慕うあまり、自分も西行のあとを追って諸国を行脚したいとまで思っていた。そういう意味では、やはり中世の女です。わりと幼い少女期から西行に憧れたということは、言ってみればひとつの精神世界に憧れている。それから、外を見て歩くことに憧れている。精神の世界に憧れ、なおかつ外部の世界に憧れるというのは明らかに中世です。平安朝ではそんなことはない。平安朝の女は、精神にも外部にもほとんど興味がない。中世とそれ以前との大きな違いというのは、自立してくるということです。平安朝の小説とかエッセイを書いた人々というのは、もちろん自立した精神を持っていたけれど、ほとんどの場合には男の言いなり、あるいは家の言いなりということがまったく疑うべからざる普通の女の守るべき道だったから、それ以外のことは考えられない。それが平安朝だった。けれど中世になって、独りぼっちになることがあるんだということを女たちが知った。だからこの後深草院二条の場合にも、やはり中世という時代の注目すべき精神的な課題を抱えていたということになると思う。

　けれど、いずれにしても後深草院に女にされてしまうわけです。後深草院に寵愛を受けたのは十四歳の正月です。そして翌年お父さんが死んで、彼女は孤児になってしまう。母親も父親もいない孤児になってしまうので、ますます後深草院の意に反することは一切できなくなります。彼女自身は後深草院にたえず深い愛情を持っていて、後深草院も彼女をいとしく思っていることはいるけれど、この後深草院という人は非常に不思議な人で、ほかの男たちにも彼女を斡旋《あっせん》する。そういう一種の倒錯した愛情の持ち主だった。それはやはり宮廷という社会のデカダンスのひとつかもしれない。

また彼女は、これは後深草院が全然知らなかったことですが、西園寺《さいおんじ》実兼《さねかね》というその当時もっとも有力な貴族のひとりに愛され、秘密の関係が生じる。西園寺実兼は「雪の曙《あけぼの》」という名前で『とはずがたり』に登場しますが、彼女は非常に罪の呵責《かしやく》に悩んでいる。言いかえると、彼に惚れていたということです。惚れていたから、彼女は悩む。

それから、こともあろうに後深草院の異母弟の性助法親王《しようじよほつしんのう》の求愛を受けて、罪深い女だと畏れおののきながらも男関係が続々と広がってきてしまう。性助法親王は「有明の月」という名前で出てきます。これはほかの人という説もありますが、だいたいは「有明の月」はすなわち性助法親王ということになっています。結局関係ができて、できてしまうと愛してしまう。つまり多情仏心の女です。

もうひとりは、これも奇妙な話ですが、後深草院自身が仲立ちをして、ひとりの男と彼女との間で恋愛関係を生じさせる。それは近衛大殿といって、鷹司兼平《たかつかさかねひら》がモデルだという。これがつまり後深草院の倒錯的な愛情です。彼女自身はいつでも後深草院を思っているけれども、その思っていることを分かっているにもかかわらず、平然とほかの男に彼女を世話する。そういう間に、「有明けの月」つまり院の異母弟の性助法親王ですが、この人との恋愛がばれてしまう。それまでは密かに愛していたけれど、このとき後深草院は「いいよ」と言っただけではなく、「あれはすばらしい女だ」と男にけしかけた。それで公然と恋愛関係が進行する。このお坊さんと灼熱《しやくねつ》の恋になって、どうなることかと読者としては思うけれど、運が良くというか悪くというかこの人は流行病で死んでしまう。彼女は非常に悲しむけれど、しようがない。

そのうちに、今度は後深草院にとって堪え難いことが起きます。彼女が亀山天皇とできたのではないか、という噂が生じる。天皇同士ということで、これだけは許せなかった。おそらく大覚寺統と持明院統との関係もあったのではないかと思うけれど、結局二条は宮中にいられなくなる。もうひとつは、いろいろ噂になって後深草院の中宮の東二条院という女性もだんだん事情が分かってきて、あなたはけしからん、ということになる。だからお后にはやられる、天皇にもうとんじられるというわけで、一気に寵愛が衰えた感じになってくる。それで御所を退いた。御所を退いた後にも、宮中で盛大な儀式などがあるときには出仕したりしているけれど、後深草院とは縁が切れるわけです。けれど、縁が切れた後々も、院を慕っているらしいのですから、不思議なことです。

尼になった後深草院二条

縁が切れて、彼女はいよいよ旅に出ます。それからがまた面白くなってくる。かねての念願どおり出家します。つまり女西行になろうとした。そこで、まず東国に旅します。鎌倉へ行って、あたりを周遊していると、将軍の惟康《これやす》親王という人が幕府の意向で廃止されて都へ護送される時にぶつかった。この時代、天皇の周辺から必ずひとり将軍が送られているわけです。そこのシーンがじつに面白い。その後、後深草院の皇子の久明親王が新しい将軍として下る。その御所の準備にも加わっている。故事来歴《こじらいれき》を知っているから、そういうときには重宝されます。いたるところで彼女は先生になって、結構お礼などももらっていたと思う。田舎の金持ちとか田舎の侍の家などに逗留《とうりゅう》するとき、そこの家の女どもにいろいろと教えます。絵の先生になるし、礼儀作法の先生になるし、着物の着方から何からすべての先生になる。彼女は非常におもしろい生き方をするようになる。で、惟康親王が送られていくところがとくに注目すべきところで、みじめで目も当てられないという状態をじっと見て、書いている。普通の女は「いとも目も当てられぬ」ときは見ない。けれども彼女は「いとも目も当てられぬ」という状況をじっと見ている。それが本当に面白い。凄い女だと思う。その部分を少しくわしく説明します。

鎌倉に彼女が滞在していたときに、将軍の惟康親王が執権の北条貞時《ほうじょうさだとき》に罷免されてしまった。それで真夜中に不吉な風雨のなか、容赦なく都に送還されていく。それまで将軍だった人を、雨のばしゃばしゃ降る嵐の日、しかも真夜中に叩きだすのだからひどい。都に送還されていく様子がじつに哀れで、それを逐一見て『とはずがたり』に記している。例えば将軍が乗るべき御輿《みこし》が「罪人護送の際の先例に倣うべし」というので、前後逆さまにさせられた。普通は前を向いて座るのに、後ろを向いて座らされる。これは罪人護送のときにそうしたらしい。また、将軍がまだ御輿に乗り込まないうちに、はや将軍が使っていた庭のほうでは下人が、わらじをはいたままずかずかと御殿へ上って御簾を引きむしったりしている。そういうありさまを逐一じっと見て、「いと目も当てられずと書いている。いと目も当てられなければ見なければいいと思うけれど、それを逆に克明に書いて記録している。さらに佐介《さすけ》の谷というところにいったんとどまった惟康親王が、いよいよ上洛するために真夜中に御輿に乗って出発するのを、わざわざ付近に宿をとって見送りにいく。本人としては、可哀相に、と見送るつもりなんでしょう。だけど客観的に見ると、むしろ好奇心に満ちている。でなければ、そんな雨の晩にこんなことはしません。この親王は、後深草院とも縁がないわけではないから、行為は深い同情から出ているけれど、同時に同情だけでやっているとも思えない。それがよくよく分かるのは、彼女の文章、文体です。

既に発たせおはします。折節、宵《よひ》より降る雨、殊更《ことさら》その程となりてはおびただしく、風吹き添へて、物など渡るにやと覚ゆる様なるに、時違《たが》へとじとて、出し参らするに、御輿《こし》を筵《むしろ》といふ物にて包みたり。あさましく、目もあてられぬ御様《やう》なり。御輿寄せて、召しぬと覚ゆれども、何かとて、又庭に舁《か》き据ゑ参らせて、程経《ほどふ》れば、御鼻かみ給ふ。いとしのびたる物から、度々聞ゆるにぞ、御袖の涙も推し量られ侍りし。

「物」というのは妖怪変化です。雨が降っているし、お化けなど出そうな時刻なのに、時刻を狂わせるわけにはいかないといって出し参らせると、将軍の乗っている御輿がむしろで包まれている。御輿を寄せて乗り込むかと思っていると、何かとぐずぐずしていて、庭にまた輿をでんと据えた。しばらくすると親王が洟《はな》をかんだ。ひっそりと忍んでやっているのだけれど、たびたびかんでいる、と書いている。しかも、この将軍は同じように将軍職を罷免されて都へ帰った宗尊《むねたか》親王とは違って、都への帰路あるいは都へ帰った後に、歌を詠んで自らの潔白の証とするようなことをしなかった。つまり、この親王は幕府に突っ返されたままだった。宗尊親王の場合は歌を詠んで、「俺は潔白だ、なのに」とやったのに、それができなかった。二条はそれが「いと口惜しかりし」、本当にしゃくにさわった、悔しい、と書いている。だからただ同情しているのではなく、「残念だわ、ちゃんとした歌を一首や二首作ればいいのに」ということを言っている。単純に「おかわいそうに」というだけではないことが良く分かる。それと、ここで注目すべきことは、親王が御輿のなかに入って洟をしばしばかんでいるとあるけれど、このとき雨がじゃあじゃあ降っています。雨が降っていて、輿のなかで洟をかんだ音が聞こえたということは、彼女はよほど近くに行っていなければならない。本当に夜の闇に紛れて、よほど間近まで行って見ていた。面識はなかったのだから、これは不思議です。しかし、面識はなかっただろうけれど、彼女にとってはやはりそのままにはしておけなかった。そのうえで、観察力のしたたかさは文章で分かります。それに、別に真夜中に行く必要はないのに見送りにいって、しかも「こんな惨めな姿で送られていくなんてかわいそう」「せめて歌でも詠めばいいと思うけれどちっとも詠まない」「情けない」と思っているわけだから、かなり勝ち気です。

『とはずがたり』は巻一から巻五までに分かれていますが、巻四と巻五が放浪時代を書いている。巻五では備後《びんご》の国、広島と岩国のあたりの「和知《わち》の里」というところへ行きます。「悪業深重なる武士」と書いてあるので、悪業を重ねた武士のところへしばらく逗留する。そこで見聞したことを書いていますが、そこでも本当に肝っ玉が太いことが分かるようなことを書いている。結局、男どもは彼女に手を出せない。美しい女で威厳があって、尼さんで、というので、相当したたかな男でも一目も二目もおいてしまう。それから、男たちには女が、妻や妾がいる。そういう女どもは彼女の一挙手一投足に注目しているから、男は彼女に近づけない。この女たちは、彼女に都の風習を教えてもらおうという熱望があるから、非常に尊敬している。たぶん、気品から何からまったく違ったから、女たちにしてみれば彼女に嫉妬するなんてありえない。嫉妬する理由がなかった。彼女のほうでも男どもをまったく問題にしていない。そういう意味で非常に肝の太いところがある。とにかく面白い。

人生を二度生きた女たち

彼女が行った場所というのを見ると、まずはじめに鎌倉へ行って、そこから今の埼玉県の川口へ行くところで年を過ごし、それから善光寺へ行ってお参りして高岡へ行く。そしてまた関東へ戻ってきて、武蔵野で秋が来て、それから草深い浅草寺にお参りに行く。その当時浅草のへんは草深かった。それから、隅田川、また鎌倉へ戻り、京都へ戻ってくる。それから、まもなく出発して、今度は奈良へ行く。途中、石清水《いわしみず》で偶然後深草院と再会する。再会するけれど、また別れて伊勢、熱田と回って、伏見の御所に行く。伏見の御所へ行ったときに、そこで後深草院と会います。会って、いろいろ昔話をする。けれども、そのときはもう男と女の関係はない。それから五年たったときに、備後、安芸《あき》、厳島《いつくしま》、それから足摺岬《あしずりみさき》へ行った。この足摺岬はフィクションかもしれない。足摺岬というのは四国の末端ですから。そこから有名な西行の話に倣って香川県の白峰へ、それから松山に泊まる。その昔、悲惨な運命にあった崇徳上皇《すとくじょうこう》を、西行が慕ってわざわざ白峰の崇徳院のお墓に詣でて、夢のなかで崇徳院と問答する有名な話があります。『西行物語』や『撰集抄』、また謡曲にもなっていますが、一番知られているのが上田秋成の『雨月物語』のなかの「白峰」です。松山も、崇徳院の血がぽたぽた垂れていたという話が伝わっているところです。香川県は崇徳院の足跡がいろいろありますが、そういうところに二条はお参りしている。四国から戻ってきて、次には備後へ行きます。備後の和知へ行って、ここで豪族どもの争いに巻き込まれ、たいへん困った立場に二条は追い込まれる。そのとき鎌倉で出会ったある出家した入道が割って入って、運良く助けてもらう。入道とは男と女の仲ではなくて、鎌倉の連歌の会で知っていた人です。争いあっていた人たちの従兄だった。こうして争いから解放された二条は、結局大変な教養を見せて、そこの荒くれ男どもを心服させる。みんながひれ伏してしまう。「悪業深重なる男ども」が、なんとかしてここへとどまってくれと言う。けれど振り払って帰る。

る。その後、後深草院のお后で、彼女を嫉妬で苦しめた東二条院が病気でお亡くなりになる。その半年後に、今度は後深草院が病気になる。院は結局、真夏にお亡くなりになる。彼女は悲嘆にくれて、裸足《はだし》で院の柩《ひつぎ》をずっと追いかけていきます。感動的なシーンです。その後はほとんど物語はなくて、法皇の三回忌があったというところで終わります。だから、後深草院のことを書き終えれば、もう書く気がなくなってしまった。言いかえると、女の一生というものが、最初の男との不思議な運命の糸でつながれてしまったということの、ひとつの典型的なケースです。

そういう意味で、たいへん数奇な運命をたどった人ですけれど、とにかく巻四と巻五を読むと肝っ玉が据わっている女ということが強く感じられる。そこを読むと、かつては天皇ならびに高位の貴族や僧侶《そうりょ》のあいだで性的な人形として、まるでピンポン玉みたいにあっちへやられたりこっちへやられたりしていた時代の彼女とは、まるで違った別の女が誕生していることがよく分かります。貴族ではあるけれど、精神状態としては新しいなにかを求めている女というイメージが非常に強い。求めているものの最たるものは、おそらく自分自身とはなにか、というような一種の哲学的な問題でしょう。そういう哲学的な問題を抱えている女だと思うしかない。そうでなければ、女だてらに西行の後を追って、東だけではなくて西のほうへも行って歩き回ってしまうということはできない。むしろ、これは西行の後を追うということを越えてしまっている。

そういう意味では後深草院二条も、前に話した建礼門院右京大夫、そして北条政子も、それぞれの生き方で、自らの意志をもってひとり立ちした女であったというふうに思います。その場合に建礼門院右京大夫と後深草院二条の二人に共通のものは、人生の道の半ばで両方とも非常に苦しんで、その最後にいったんは世を捨てたという状態を経て、また社会に復活したことです。建礼門院右京大夫の場合には、出家はしなかったけれど引っ込んでしまった。ところがまた復活して、とにかくお婆さんになるまで、なんらかの意味で宮仕えをしていた。だけど、自分の生涯はある地点でぽっきり折れてしまっているということを自覚している。それから、後深草院二条の場合にも、やはり折れてしまったということは、『とはずがたり』が後深草院の崩御というところで終わっているということではっきりしている。だから、言ってみれば人生を二回生きている。それはやはり中世的な現象だと思う。

王朝の女たちというのは、一本線です。もちろん、その間にはいろんなことがある。和泉式部の場合には、恋愛で大変に苦しんだりしているけれども、人生の軌道を飛び出して全然別のところへ行って、またやり直してみるというふうなかたちの生き方ではなかったと思う。相変わらず、ずっと同じところで生活しているわけです。

ところが、この中世の女たちの場合は、世を捨てたということがあります。世捨て人になるということは中世でなければ生じなかった現象です。日本では、世捨て人の、草《そう》庵《あん》文学というのがあって、『方丈記』とか『徒然草』が非常に有名です。『方丈記』も『徒然草』も、やはりあるところで世を捨てるというところが、はっきりした文学的な、つまり見るに足る現象として生じている。それが新しい文学形式としてのいわゆる「随筆」というものの出発点になっています。そういう点で言うと女の場合にも、建礼門院右京大夫は、おおざっぱだけれど時代的にいえば鴨長明《かものちょうめい》、西行と一緒で、後深草院二条の場合は兼好法師《けんこうほうし》と一緒です。

中世の時代をそう見ますと、なんらかの意味で男と女は対応しています。それは、男だけが中世を生きたわけではないからです。女もやはり中世を生きていた。そういうところが、面白いと言えば面白い、当たり前と言えば当たり前のことだった。しかし、当たり前のことを我々はあまりに知らないから、当たり前のことを知るとびっくりすることもある。先ほど『方丈記』『徒然草』をあげましたが、ある意味で言うと、兼好法師と後深草院二条の観察眼は接近しているかもしれない。兼好のほうが、やはり男だからさっぱりしている。後深草院二条の場合にはしつこいところがあって、そこがなんともいえない魅力でもあります。

Ⅵ　男たちの中世——俊成／西行／定家

批評家としての歌人

前回は、建礼門院右京大夫と後深草院二条の話をしました。二人とも男性を愛し、その愛が挫折《ざせつ》することによって、今風に言えば自我に目覚めたということがひとつ、もうひとつは王朝から中世への転換期をふたりとも見事に示している、というそのふたつでした。今回は男の場合について、同じような問題について考えてみます。

最初に藤原俊成の話からするのがいちばんいいように思えますので、俊成を中心にしてまずだいぶ長く話をしようと思います。藤原俊成という人は息子藤原定家と並んで、平安朝から鎌倉中世にかけてのいわゆる時代の転換期というものを一身に体現した親子の大歌人であったわけですが、それがなぜだったかということを考えます。その場合に考えられるのは、俊成も定家も非常に優れた理論家であったということです。

日本の詩歌芸術の伝統でもっとも重要なポイントのひとつは、大歌人がかならずと言っていいほど大批評家であったということです。これは江戸時代まで変わらずに続いた、あるいは明治時代まで続いたひとつの大きな流れです。そのことは別に論じる必要はないけれど、たえず念頭に置いておいてもらいたいと思うことです。歌というものは、たんなる感覚的な喜びとかあるいは感性の繊細さを競うものではなかった。根本にはつねに批評があったということで、その批評というのは歌そのものに対する批評でもあるけれど、もっと言えば人間そのものに対する批評だった。男が女に対するあるいは女が男に対する、あるいはもっと強い意味で言うと、自分が自分に対して批評する自己批評の精神があるかないかが、一流か二流かの決め手と言っていいくらいであって、これはすべてどの国の詩においてもそうです。なぜかと言えば詩を書く人は、最もことばについて細かく分析的に考えることもできるし、非常に大づかみに総合的に大きな時代の流れとか空間の広がりをことばを通じてとらえることもできる人であるからです。そういうことができる人は、必然的に批評家にならざるをえない。

その批評家になった人のなかで特別に感覚的に優れているとか、感受性、繊細さ、あるいは鋭さが優れている人は、ただ歌を作るだけではなくて、ほかの人の歌を見ているうちになんとしても批評したくなってしまったのだと思う。それが結局、昔の一流歌人は全部批評家だったということの理由だとしか思えない。

古代から言えば、柿本人麻呂は大批評家です。彼は批評をひとつも書いていないけれど、大批評家であることは『柿本人麻呂歌集』という歌集を見れば分かります。そのなかにはほかの人の歌がいっぱい入っているけれど、それが柿本人麻呂の編集した歌集という意味で『柿本人麻呂歌集』と言われているのだと思います。実際にそこに並んでいる何百もの歌は、『万葉集』に載っているかぎりにおいてですが、非常に優れたものです。ほかの人のものであっても優れたものだけを選んでいるということは、大批評家であることの歴然たる証拠です。たぶん、ほかの人の歌に彼自身が手を加えている。それで自分の手控え、自分のためのノートとして作っていた歌集だと思います。それがそのまま残ってしまったから後の人は『柿本人麻呂歌集』と言っているわけですが、そのなかにはほかの人の作った歌もあるにちがいない。けれど、昔は著作権がなかったから。

その時代の後でいえば、大伴旅人、大伴家持父子、その脇に山上憶良という人がいて、この三人は大批評家です。これは『万葉集』の末期です。平安朝に移ると、平安朝の第一の勅撰和歌集である『古今集』の編纂者の中心だった紀貫之が、大の批評家だった。これは『古今集』の仮名で書いた序文を見れば歴然としています。漢字で書いた「真名《まな》序《じょ》」というのは、紀淑望《きのよしもち》という人が書いていますが、いずれにしても「仮名序」は紀貫之が書いたことになっていて、それによれば大変な批評家であることが分かる。なにしろ、一千年の間『古今集』の美学が完全に後の時代を支配したわけです。紀貫之が書いた序文によって支配した。

それから、平安中期でいうと藤原公任《ふじわらのきんとう》という人がいました。公任という人は歌人としてももちろん当代一流の人で、その彼の同時代人のひとりが紫式部です。つまり、平安朝の文運隆盛の最極にあった時代の代表歌人が公任です。その公任が大批評家であったことは彼の書いたいくつかの批評文に表れているけれど、同時にまた『和漢朗詠集《わかんろうえいしゅう》』の編纂者で、和と漢の両方の名歌を識別して分類できた。ということは、これははっきりと批評家の才能です。

それで、平安朝末期になるとどうなるかというと、今申し上げた藤原俊成が出てきます。それに続いて、鎌倉時代の初頭に俊成の息子の定家が出てきた。

後の時代のことを言えば、たとえば二条良基《にじょうよしもと》という関白までやった大変な人がいますが、この人は連歌《れんが》のほうの最初の理論家です。自分も作ったけれど、同時にまたいくつかのたいへん重要な理論書を書きました。それによって、連歌の道は一気に隆盛の一途をたどるわけです。それと同じ頃に心敬《しんけい》というお坊さんがいて、心敬の先生が正徹《しょうてつ》という人だった。正徹とか心敬とかはみんなお坊さんで、禅僧です。禅宗の坊さんというのは、当然、人間性に対する批評家です。ですから、連歌という形式は批評だからいちばんぴったりくる。そういうところから、心敬のような一方では凄まじいくらいの理論家と、二条良基のような貴族の最高位の人が連歌に入ってきた。連歌というのは地下《じげ》の者にまで広まっていったけれど、広まるにあたっては地下人としての連歌師、宗祇《そうぎ》がいた。この人は批評文はほとんど残していないけれど、にもかかわらず各地へ行って貴族、武家を指導した。批評家だから指導できたわけです。

連歌師の場合だけではなくて、あまり批評は書かないけれど一流だった人、たとえば西行のような人もいます。西行はやはり大変な人間性の批評家だったことは、彼の歌を見れば一目瞭然に分かります。自己批評の達人でもあった。宗祇は、連歌の網の目を広げる上ですごい力を発揮しているけれど、それはなんといっても貴族や武家にまで通じるところのある種のちゃんとした理論を持っていたからできたわけです。そうでなければ、生まれもよく分からない地下の民が、非常な成功を収めるはずがない。

それから、それに続いては言うまでもなく松尾芭蕉《まつおばしょう》が出てきます。芭蕉という人は、俳文のなかではいくつか出てくるけれど、俳論はほとんど書いていません。その代わり弟子が素晴らしい芭蕉の語録をたくさん残していて、それらはじつに正確に芭蕉の語っていることを写しています。昔の人の師匠と弟子の関係というのは現代とはまるで違っているから、師匠と弟子というのを現代風に解釈したらまったくお笑い草になるのでやめたほうがいい。つまり、師匠が言ったことをまったく間違いなしに別の日にでも思い出して書ける。そういうのが弟子というものだった。

それは十三世紀の禅僧もそうで、たとえば道元《どうげん》の『正法眼蔵《しょうぼうげんぞう》』の内容をよく嚙《か》み砕き、道元がまた別の機会に話していることをも忠実に懐奘《えじょう》という弟子が記録したのが『正法《しょうぼう》眼蔵随聞記《げんぞうずいもんき》』という薄っぺらだけれど素晴らしい本になっています。この系列に属するのが、時間的に前のほうで言えば鴨長明の『方丈記』、後のほうで言えば吉田兼好の『徒然草』というふうになります。つまり日本の散文において、もっとも理論的な内容を語ることに成功した本です。それが『正法眼蔵随聞記』であり、『方丈記』であり、『徒然草』であるわけで、そのなかでももっとも高度に理論的であるのは『正法眼蔵随聞記』です。わりと簡単なことばで、高度に理論的です。それはなぜかと言うと、もちろん道元がそうであったから、言いかえると道元が話したことがそのまま懐奘によって記録されているから、その水準の高さがわかる。

つまり、先生の話したことをテープレコーダーがなくてもちゃんと正確に書けるのが弟子というものだった。だから、日本の師弟関係というのは、そういう意味で非常に厳しかった。芭蕉の場合は向井去来《むかいきょらい》の『去来抄』と服部土芳《はっとりとほう》の『三冊子《さんぞうし》』で、それらは非常に正確に芭蕉の言ったことを書いています。そういうものを眺めてみると、芭蕉はやはり恐るべき理論家であった。理論というのはどこか別のところにあるのではなく、実作について語ること、実作について指導すること、そしてそれが非常に高度な理論を反映していたということが理論家という意味です。その意味でやはり芭蕉は、日本の大詩人の伝統の真ん中に位置しています。その後、約百年経って与謝蕪村《よさぶそん》が出てくる。蕪村もまた、素晴らしい理論を弟子たちに教えていて、たとえば彼よりも若いくせに先に死んでしまって、彼を悲しませた弟子黒柳召波《くろやなぎしょうは》（春泥《しゅんでい》）の句集のために書いた彼の序文があって、そのなかに彼が書いていることは素晴らしいものです。

「俳諧は堕落する。そのたびに中国文学に赴かなければならない」。俳諧は宿命的に堕落するということを感じていた。そのたびに、堕落したときにはかならず中国文学に赴かなければならないということを書いています。それは、日本文学の千古不易の真理ではないかという気がする。だから現代文学でも、堕落した場合に外国文学になんらかの意味で自分を照らしだす鏡を求めて、そこから逆にその鏡に照らした場合には自分の別の面が見えてくるから、新しい血路も拓《ひら》けるということが、はっきりあります。

俊成の偉大さ

つまり、そのような伝統を担うひとりとして、俊成という人がいたということが言いたかったわけです。俊成の家集は『長秋詠藻《ちょうしゅうえいそう》』というのが六十五歳のとき作られています。彼は九十一歳まで生きた。息子の定家も八十歳過ぎまで生きているから、当時としては恐るべき長命の家です。定家の場合には神経病も含めて、若いときから万病の持ち主のように自分では言っているし、実際にそうだったらしい。神経が非常に過敏だったことははっきりしていて、殿中で人の頭をいきなりぶん殴ってしまい、そのために出世が遅れたという話もあるくらいの男です。それに、胃病やら何やら内臓が悪かったらしいのですが、それにもかかわらず八十歳過ぎまで生きている。

最晩年は脳卒中のような、つまり中風のような病気もやったから右手が少しおかしくなって、七十歳代の定家の文字というのは歪んでいる。僕はそれを京都の冷泉《れいぜい》家で拝見したことがあってたいへん感動しました。

それと、俊成がやはり晩年に書いた本のひとつに式子内親王《しょくしないしんのう》に捧げた『古来風体抄《こらいふうていしょう》』というものがあって、本物は奉ってしまってありませんが、その下書きがあります。冷泉家には下書きが残っていて、その下書きの文字を見て、びっくりしました。それは俊成が八十歳代に入ってからのものでしょう。式子内親王に「どんなものをいい歌と言うのですか」とご下問を受けて、感激して書いている理論書です。その藤原俊成の字というのは、やはり九十歳まで生きる人の字です。じつにのびやかで、その本について言えば、わりと薄い透明感のある青墨を使って、すらすら書いている。

息子の定家は、中風になってからずいぶんたくさんの古典を書き写しています。定家にはいろいろな功績があるけれど、最大の功績のひとつはやはり古典の書物を正確に写したことです。定家本というのは、写し間違いがなく信頼がおけると考えられています。定家の字は続け字ではなく、続け字であっても分かりやすい。僕らみたいな末世の人間からすると、定家の字は非常に分かりやすいほうです。字の右肩が少し下にさがり気味です。脳神経をちょっとやられたのでしょう。それを一所懸命直したと思うけれど、筆には震えがあります。

ふたつとももちろん国宝で、冷泉家に今保存されています。僕はたまたまそういう機会があって拝見できましたが、そのときに非常に嬉しかったのは、ワープロ時代には失われるかも知れない文字というものの持っている力が八百年たっても変わらずにそこにあるということでした。その力が、我々に伝わってくる。俊成や定家の活力というものが、その字から放射してくるわけです。それには驚きました。

僕は俊成については大変に尊敬しているのでゆっくり話します。俊成は、批評家だったから長生きしたと思います。たんなる歌詠みならば、惚《ぼ》けて死んでしまったかもしれない。そういう意味でも、人はだれでも、創作家はとくに批評家であるべきだと思います。私は小説を書きます、だから批評は書きませんという人は、自分の生命力に、あるところで句読点を打ってしまっている人だと思います。人間の能力のなかには「批評」という能力があって、これは「創作」とまったく切り離せないものだということがあまり分かってない人もときどきいます。それが残念です。

家集の『長秋詠藻』という名はなぜついたかというと、中国の文字で皇后のいる場所・皇后宮《こうごうきゅう》を「長秋宮」といいます。それが、彼の家集名の由来です。当時六十五歳でした。彼はさらに二十数年生きるわけですが、その間にもう一冊家集があって『長秋《ちょうしゅう》草《そう》』という。いずれにしろ「長秋」です。なぜかというと、俊成はかなりの歳になってから、後白河上皇の時に皇后宮大夫になります。そして三年間在官しました。承安二（一一七二）年という年に皇后が皇太后《こうたいごう》になったので、引き続いて皇太后宮大夫にまた任ぜられた。そして大病のために、安元二（一一七六）年に官職を全部辞してしまった。そして出家して法名を釈阿《しゃくあ》としますが、これが六十三歳です。結局、五十七歳から六十三歳まで六年間、皇后ならびに皇太后というひとりの同じ人に仕え、そこに仕える職員たちを束ねる長官だった。そのために『長秋詠藻』『長秋草』という名前が家集についたというわけです。

同じように、息子の定家は自分の家集に『拾遺愚草《しゅういぐそう》』と名づけます。「草」というのは、手なぐさみにものを書くということで、自分を卑下しているわけです。『拾遺愚草』という家集名は定家が自らつけたのだけれど、「拾遺」とは侍従職の中国名です。だから「拾い集めました」という意味ではなく、「拾遺」という職にあった藤原定家の家集であるという意味です。「愚草」の「愚」は、「愚かな」ということで卑下してそうつけているわけで、謙遜している。ふたりとも宮廷に仕えたときの官職をそのまま自分の家集の題名にしているということです。これはしばしばありえたことです。しかし、とくにふたりは自分の官職に対して誇りを持っていたということでしょう。

俊成と「千載和歌集」

普通、俊成（しゅんぜい）といっているけれども、俊成（としなり）は生まれが一一一四（永久二）年という年で、十二世紀のはじめです。鳥羽天皇の時代に生まれて、鳥羽天皇から始まって崇徳、近衛《このえ》、後白河、二条、六条、高倉、安徳、後鳥羽、土御門《つちみかど》と十代に及ぶ天皇の時代に生きた。彼が九十一歳で死ぬまでの間に、天皇が十代替わった。いかに凄まじい転換期であったかということを示している。そういう時代に天皇である人は本当につらかったと思うけれど、幸いなことに俊成の場合は天皇に仕えたほうだったから、長生きして結局十代の天皇の時代に生きたということになります。長命であった点では抜群ですが、それだけでなくてたぶん亡くなる直前まで非常にかくしゃくとしていたのではないかと思います。そういう歌の質です。だから、歌壇の重鎮というも愚かな、大きな存在の人であるわけです。

たとえば『平家物語』で有名な薩摩守忠度《さつまのかみただのり》が、平家がいったん都から雪崩を打って逃げ出したけれど、ふと思いとどまってもう一回帰ってくる。自分は落人《おちゅうど》ですから、夜になってから俊成の家の戸を叩いて、「自分はこれからどうせ死ぬだろう。ついては、自分の詠んだ歌のなかから一首でも採れるものがあったらば、あなたが勅撰和歌集を編纂なさっているという噂を聞きましたので、見てくれませんか」といって残していった。

その話は有名で、そのときは俊成は確かに天皇から勅撰和歌集の編纂を命じられたけれど、なにしろめちゃくちゃな乱世になってしまったからいったん話は沙汰《さた》やみになります。その後、だいぶ経ってから改めて藤原俊成が編んだ勅撰和歌集があって、それが『千載和歌集《せんざいわかしゅう》』です。これは勅撰和歌集のなかでは七番目にあたるもので、その後に『新古今和歌集』がくるわけです。八代集というものの最後の勅撰集が『新古今集』で、その橋渡しをする意味でも『千載集』は重要な歌集ですが、その歌集に薩摩守忠度としてではなくてよみ人知らずとして彼の秀作を一首入れたわけです。今は朝敵になった人の歌ですからそれを入れるだけでも決心が要ったと思います。

　　故郷花といへる心をよみ侍りける　　　　よみ人しらず
　さゞ浪や志賀のみやこはあれにしをむかしながらの山ざくらかな

有名な歌ですが、そういうものをわざわざ落人のなかの武将のひとりが引き返してきて彼に託すということは、彼がいかに信頼されていたか、親しかったかということです。彼をめぐる話でこんなに劇的な話はほかにはないけれど、この人がいかに当時の歌人として赫々《かくかく》たる名声を持っていたかということは、いろいろなケースで分かる。もちろん、はじめからそうだったわけではなく、中年までは歌のほうにも敵はたくさんいて、もっと有力な人々もいたわけです。

俊成の家は、藤原家のなかでも御子左家《みこひだりけ》といいます。俊成の曾祖父《そうそふ》の藤原長家《ふじわらのながいえ》という人が祖先ですが、その人が新しく家を作った。そのときに御子左という邸宅に住んだ。その邸宅は醍醐天皇の御子で左大臣になった人がもともと住んでいた家だったから、御子の左で御子左という名が出てきた。いってみれば「御子左」というのはあだ名で、それがそのまま通称になっていて、藤原家のなかの御子左家といいます。祖先をたどれば、長家のお父さんは藤原道長です。すなわち平安時代の最大の政治家であり、平安時代藤原家栄華の絶頂期の指導者であった人です。女の子が三人とも天皇のお后になったわけだし、当時の宮廷文壇でいえば紫式部、清少納言、和泉式部など、いわばみんな道長の宮廷でお仕えしたといってもいいくらいのものです。そういう人の第六番目の息子が長家だった。ですから当然直系ではないわけで、別に家を起《た》てて御子左となった。そこから代々いい歌人が出て、ついに俊成、その子の定家に至って花開いたということです。やはり家代々の文化的教養の流れというものがあります。

俊成が勅撰和歌集の『千載集』を作ったのはもちろん天皇に命じられたからですが、その命じた天皇というか法皇は後白河院です。後白河院というのは、いってみればおかしな人です。『梁塵秘抄』を作ったという意味では当代随一の歌謡曲の凄い歌い手だった。けれども、同時に俊成に命じて勅撰和歌集を作らせている。その選は結構長くかかって、できあがったのは少し経った後鳥羽天皇になって、俊成七十五歳のときに『千載和歌集』というのができたわけです。

これはどういう意味を持っているかというと、平安朝の勅撰和歌集の最初はもちろん『古今和歌集』です。これは醍醐天皇の延喜五（九〇五）年に奏覧されている。『古今集』ができてから『千載集』ができたときまで、じつは二百八十三年の歳月が流れている。その間に七冊の勅撰和歌集が出ています。『古今集』から始まって、『後撰集』『拾遺集』『後拾遺集』『金葉集《きんようしゅう》』『詞華集《しかしゅう》』『千載集』ときて、八冊目に『新古今集』ができた。これを全部で八代集といいます。これが勅撰和歌集のなかではもっとも重要なもので、その後またさらに出て、勅撰集というのは『古今集』から数えて全部で二十一あります。しかし、そのうちの前半の八代集というのが非常に有名です。もちろん、その後出たなかでも『玉葉集』『風雅集』というのは逸すべからざる歌集で、これは中ほどより後に出されます。しかし、あとのものは、どちらかというとマンネリズムに陥った歌集です。

つまり『古今集』における紀貫之、『千載集』における藤原俊成、このふたりが平安朝の和歌史の発端と最末尾に位置するわけです。『千載集』の後の『新古今集』というのは、鎌倉時代になりますから、まさに平安時代全体をはじめと終わりで締めくくっているのがこのふたつの歌集ということになる。そういう意味でも、『千載集』というのは重要です。同時に、内容的に言うと『古今和歌集』は、平安王朝が上昇期にあった時期ですからのどかで大らかで元気がいい。それから、何をするにしても率直な物言いがまだあった。とくに『古今和歌集』のなかでも初期の作者たち、すなわち在原業平とか小野小町など素晴らしい歌人たちが平安朝の初期にいたわけですが、闊達《かったつ》な力にあふれていた。その人々の歌というのは、紀貫之が業平を評して「心余りてことば足らず」といっているけれど、まさに心があふれるようにあって、ことばは貫之から見ればまだあまり上手でない。けれど、それあるがゆえに逆に心があふれるような切迫感があっていい。やがてそういうものがだんだん失われていくわけですが、『古今集』全体ではまだそういう種類の歌がたくさんあった。とくによみ人知らずの歌というのは、位が低い連中か、ないしは古い時代の歌を集めているのですが、そこにはじつにのどかで、同時にストレートに心の思いのたけを述べる、いい歌がたくさんあった。

「千載集」の無常観

それに対して『千載集』というのは、二百八十三年後になる。この間には、平安朝つまり貴族階級が絶頂にのぼりつめてやがて下り坂になり、『千載集』ができた頃には源氏平家の戦いがあって、そして平家が敗れ去り、やがては源氏も北条家によって実質的には乗っ取られる、そんな時代です。そういう世の中ですから、貴族階級に属するこの作者たちの気持ちというのは非常に複雑です。それで、無常観が横溢《おういつ》してきます。『古今和歌集』を改めて見なおしてみると、無常観というのはまだ簡単なものです。ところが『千載集』、それに続く『新古今集』になると、無常観を歌った歌がいちばんいいのです。言いかえると、思想的な歌がいちばんいいということになる。『古今集』に貫之、

『千載集』『新古今集』に俊成がいたことは、思想の変遷という意味においても重要だったわけです。

もう少し細かく今のことを言えば、保元の乱・平治の乱というのがある。保元と平治というのは、源氏と平家の勢力争いのふたつの大きな内乱です。その結果、源氏がだんだん敗れ去って、ついに平治の乱のときに平家が勝つわけです。このとき俊成はいくつかというと、保元の乱のときに四十三歳、平治の乱のときに四十六歳だった。そういう時代で、まさに壮年期です。その壮年期の歌人の目には、時代の凄まじい変化というものは、たぶん恐ろしいようなものとして映っていたにちがいない。毎日毎日、目が覚めたら世の中が引っくり返っていたという時代です。だから、現代でいえばボスニア・ヘルツェゴヴィナのような時代に生きていたと言っても過言ではない。つまり、盛者必滅です。盛えるものはかならず滅びるというそういう思いが、普通の人で言えば老年期に入っていますが、彼の全生涯で言えば中年期の俊成のなかにはあったに違いない。同時に源氏と平家は武家同士で争うけれど、いずれにしても武家が貴族階級を倒していく過程です。それで、自分は倒される側にいたわけです。権力の外側にあっという間に締め出されたのが、平安朝の貴族階級だった。

しかし、そういう人々は文化というものを持っていた。伝統的な意味では、武家は文化を持っていなかった。武家の文化というものはほかにはあったにちがいないけれど、いわゆる伝統文化の中心は何かといえば言うまでもなく和歌です。伝統文化の中心は和歌であって、そこから香道も出てくれば、歌舞音曲も出てくれば、演劇も出てくれば、流行歌《はやりうた》も出てくるということです。さらに面白いことに、文化に対立するはずの武道のほうまで、結局和歌の精神がだんだん浸透していくのが、日本の文化の不思議なところです。たとえば、ずっと後の武術の達人である宮本武蔵《むさし》が、同時に絵画においても国宝になるような絵を描く画家でもあった。こういう文武にすぐれている人の多いことは、日本の文化の特異な現象のように思えます。武家のなかからは、古い時代まで遡ると天皇も武家ですが、和歌を作る歌人がずっと続いています。そういう意味では、古代の『万葉集』時代からずっと、武家は同時に歌を作ったということでもあった。けれど「武」に対する「文」というもののシステマティックな影響力というものは、平安朝の末期からたぶん始まっていると思います。鎌倉時代から室町へ行くと、武家は貴族文化にメロメロにされて骨抜きになる。

室町文化というのは、要するにそういうものです。室町時代の武家というのは言うまでもなく将軍家ですが、将軍家のなかにはたくさんの芸術愛好家が出ます。たとえば足《あし》利義満《かがよしみつ》というのは、世阿弥《ぜあみ》をたいへんに寵愛するわけです。同時に、一方では二条良基のような人が世阿弥に連歌を教える。これは、貴族階級が、連歌の道を世阿弥に教えた。寵愛してくれた足利義満というのは、武家の棟梁《とうりょう》ですから、そういう意味ではわけが分からないくらいに「武」と「文」が入り交じっているのが室町時代です。

やがて、武家のなかにさまざまな和歌的な教養が入って変形していくと、たとえば香道を例にとりますと、部屋のしつらえには和歌を書いた詠草が飾ってある。これは茶道も同じで、まず床の間に歌、または漢詩の一節を飾るのが当然のことになる。つまりここに入るかぎりは歌あるいは詩を崇《あが》める、というかたちができてきます。そこではつねに武家がかならず中心の招待客のひとりにいる。後々の太閤《たいこう》秀吉のような人も出てくるわけです。彼はまったくといっていいほどちゃんとした教育を受けていない。にもかかわらず、文字を見てもいい字だし、歌なども辞世の句という説のある俳句はうまいものです。全体として言えば、手紙を見ても、とくに自分の妻や恋人に対して書いたものなど、本当に心のこもった手紙を書ける男だった。そういうものを見ると、武家ではあるけれども貴族文化の精髄を身につけていた。貴族文化の精髄はなにかと言うと、簡単に言うと恋歌です。

ですから、いずれにしても日本文化のなかで、武家というものがかならずといっていいほど貴族文化に抱き取られていく不思議な過程があって、その仲立ちをしているのが和歌です。和歌の中心人物は、趣味に関する指導者でもあった。

一面では非常な無常感を感じながら生きていたにちがいない俊成ですが、もう一方でこの頃からとくに盛んになった歌合わせの判者になっています。何度も何度も非常に重要な歌合わせがあります。歌合わせという宮廷、あるいはプライベートな家での行事の重要性については言うまでもない。その判者というのは、その時代を代表する歌人でなければならなかった。その場合には、歌人といってもただ歌を作るのがうまいというだけではなく、古い時代の古歌の優れたものを全部諳《そら》んじている。また、その古歌が後にどのようにほかの人によって利用され、引用されてきたかということの歴史も知っている。その上で今、現在目の前に出された歌がどういうことを踏まえていて、それについては引用の歴史がどうなっているかということを知っていなければならない。ですから、僕が先ほど批評家は重要だと言ったのはそういうことです。創作するだけではなくて、創作したものを見てそれがなぜいいか、なぜ駄目かということを明快に言える人が批評家です。

名歌を踏まえた歌

その時代に古い時代の歌を踏まえて書くということが、歌を詠む上で非常に重要な、教養ではなくて実践的な意味での才能の証であった。なぜ古い時代の歌を踏まえるか、うまく説明できるかどうか分からないけれど、僕流の説明をすれば、それによって歌のなかで時間の持続を証明しようとしたわけです。三、四百年前からの歌のなかの、時間の持続を実感する上では古歌を踏まえることがいちばん簡単です。古い時代の有名な歌、誰でも知っているようなすごい名歌を、あえて踏みながら、それとは本質も表現も違う歌を作る。それが古歌よりも良くないようであれば、馬鹿にされるわけです。けれど、古い時代、たとえば在原業平が作った歌を踏まえながら、みんなが驚くほど新味のある歌を作った場合、その間に二、三百年は経っているのですから歌のさまは当然変わっています。それなのに古歌のことばをいくつかの重要な点で残している人は、業平と並ぶだけの才能だと認められるわけです。そして業平の時代より新しい良いものを作った上で、なおかつ時間の持続というものを踏まえているということは、つまり業平と自分の間に非常に深い必然的なつながりがあることを証明したわけだから、逆に言うと業平から今に至るまでの和歌の道がはっきりとあるということを証明しているのです。それはさらにいえば、歌あるいは詩の永遠性を証明しているということです。

そういうことを貴族階級が非常に気にしたということは、僕の思いつきですが、たぶんこの頃の人は現実世界においては明日の命は分からないという時代に生きています。だからこそ、生物的な意味では肉体が滅びても自分の歌は残る、三百年前の歌を甦《よみがえ》らせた自分の歌はこれからまた三百年経っても残る、そういう意味で詩歌のなかでは自分の命は普遍である、不滅であるということを信じたかったのだと思います。たんなる文学的なテクニックの問題としてこんなことをするのは、本当にくだらないことです。しかし、技巧としてではなく、本質的な欲求から出てくる変化ならば、かならず必然性があるはずです。この場合には、ほとんど自覚されないままにそういうことが内面的にあったと思います。つまり、自分は滅びても歌は滅びない、自分が作った歌は滅びない、ということを実証したかった。そのためにも、三百年前の歌を踏まえた上で、その歌を変えることができて、しかも三百年前の名歌に匹敵する別の新しいものを出した。そうであるならば、それはその人の現在における誉れであると同時に、たぶん未来にわたってその歌は生きるであろうと考えたのです。そうでなければ、貴族階級のたんなるお遊びみたいなものが、その後長い間、日本の詩歌の大きなひとつの流れになるはずがない。

そういう意味を解さないで、「あれは紀貫之の歌だから、すなわちくだらない」という考えが近代以後長い間流行ってきました。そういう人はたいてい『万葉集』をほめて『古今集』をくさすのですが、『万葉集』と『古今集』の間にはほとんどまったくといっていいほど断絶というものがない。大伴家持の周辺の大伴家は、それから百五十年も経った後の平安朝の美学と同じ性質の美学を持っています。『万葉集』と『古今集』の間に断絶があるなんてことはとんでもないことです。歴史がぷつんと断絶してもいないのに、美意識がとつぜん全く別ものになるということは、ありえないことです。

平清盛が太政大臣《だじょうだいじん》になったのが仁安二（一一六七）年という年で、俊成は五十四歳です。そして、寿永の乱で平家が滅亡したときは、彼は七十二歳だった。つまり、平清盛が全盛を迎えたときから滅亡するまでに十八年しかありません。その後は、もちろん源頼朝が天下の実権を手中に収めるわけですが、そのときが俊成七十五歳です。その翌年に『千載集』を奏覧に供したということで、『千載集』とは本当に動乱の産物であったわけです。彼は、元久元（一二〇四）年という年に九十一歳で死にますが、それは鎌倉で源実朝が十二歳で将軍になった次の年です。その後、藤原定家は源実朝の歌の先生になる。この間の経過というのは俊成、定家父子にとってもドラマティックな歳月だったわけです。

けれど、不思議なことに俊成自身の官位はなかなか進まなかった。五十五歳のときにようやく三位になって、上達部《かんだちめ》になることができた。それで、先ほど言ったように五十七歳で皇后宮大夫になって、六十三歳で官を辞した。だから、皇后宮大夫（皇太后宮大夫）という長秋宮の長官が、彼にとって官位としては最高だったということです。その翌年、治承元（一一七七）年、六十四歳のときには、彼の娘の亭主権大納言（藤原）成親《なりちか》が非業の死をとげました。この人は、『平家物語』に出てくる有名な人で、平家転覆のための陰謀を企てて殺される人です。それがじつは彼の娘婿だったというわけです。成親が謀反の罪に問われて、備前《びぜん》国に流罪になってやがて斬られてしまったということは、ある意味では俊成も危なかった。つまり、諸行無常の風は絶えず彼のまわりに吹いていたということです。

彼が七十七歳の時に、多年の友人であるところの西行が死にました。西行のほうが四つほど若いけれど、まさに俊成の同世代人です。同世代の大歌人が、一方は藤原家を代表する一門の歌人で、もう一方はある意味で在野の武家出身だった。けれど、ふたりはとても親しかった。

建久八（一一九七）年の八十四歳のときに、式子内親王の「どういう歌がいちばんいい歌ですか」という質問を受けて、先ほどお話しした『古来風体抄』を書きます。これは歌論集としては和歌史のなかでもっとも重要な歌論のひとつです。家集としては前述のように、俊成が六十五歳のときに『長秋詠藻』、それから『長秋草』がずっと後にできたということになります。

俊成の恋歌

そこで、ひとつ重要なことをこれから話します。前回のふたりの女性との関連で話をしたいと思うので、これから俊成の恋歌の話をします。できれば、西行と定家の恋歌についても話をしたいと思います。それによって、前回と今回とのつながりと、同時に男と女の違いみたいなものが出ればいいというのが僕のねらいです。

『長秋詠藻』の中の巻に、二十三首の非常に切迫した気持ちを歌った恋歌があります。その全部が俊成の歌ではなくて、うち九首は女のほうからの返し歌です。そのほとんどが、藤原成家とか定家などの母になるはずの女の人の作と考えられます。

うかりける秋の山路を跡《ふ》みそめて後の世までもまどふべき哉

この最初の歌を一回くらい読んだだけでは分かりませんが、じつは「秋ころさがのやまのかたにあそびけるに、ゆきくらしてほのみける女のもとにしば〳〵ふみつかはしけれど返事もせざりければつかはしける」という長い詞書があります。「秋の頃に京都の嵯峨の」とは、当時の人にとっては北郊の結構な田舎だったわけです。「嵯峨の山のほうにさまよって日を送っていた頃に、ふと見かけて恋しく思った女がいた。その女にしばしば手紙を書いたが、返事もくれない。そこでこの歌を送った」という前書きです。

そして歌が出てくるのですが、これは「こんなにつらいことになるとは夢にも知らず、秋の山路に迷い込んでしまいました。このまま暗い木の下闇をさまよって、死後もなお心は空にさまようのでしょうか」という意味の歌です。「うかりける」とは秋の山路と同時に女にもかかっている。つまり自分にとって、つれなかった秋の山路をちょっと「跡みそめて」、すなわち彼女に会っておそらく互いに恋もしたのでしょう。その後、女がばかにつれなくなってしまった。秋の山路を踏みそめたけれども、その後はなぜか「うかりける」、心ここになく駄目になってしまった。「後の世までも」死んだ後までも、「まどふべき哉《かな》」気持ちがまどうことになるのでしょうか、ということです。ですから、はじめから変な歌です。

このふたりがどういうきっかけで恋人同士になったのかわからないけれど、相思相愛の仲であったことは確かだったようです。とにかく彼女は後に俊成と結婚して、藤原成家とか定家を生むことになるはずの女の人です。けれど、どうやらたやすくは恋が成就しにくい事情があったのでしょう。俊成の歌の詞書を見ると、いろいろありますから。「つれなくのみみえける女」「あひがたくてあひたりける女」「うらむる事ありてしばしばいはざりける女」「うらむる事ありける女」「しのぶる事ありて、あひがたかりける女」などのことばが詞書に並んでいて、複雑そうです。つまり「つれなくばかりされている」とか、「逢いがたくて、やっと逢うことができた女」「心に恨むことがあって、しばし文通もできなかった女」、それから「また恨むことがある女」「他の人に秘密にしなければならなくて、そのためになかなか逢えなかった女」と、そういうことばが並んでいる。ということは、ふたりは相愛の仲であるのに、会うためにはなにか障害があったわけです。もちろんその場合には、気持ちの問題よりは外面的な障害があったはずですが、それは分からない。

では、この女の人は誰かということになります。これは藤原親忠《ちかただ》の娘で、鳥羽天皇の皇后である美福門院（近衛天皇の母）に、加賀という名前でお仕えしていた人です。親忠の妻、つまり彼女の母親は美福門院の乳母《めのと》だった人で、伯耆局《ほうきのつぼね》と呼ばれていました。美福門院の乳母だということは、朝廷のもっとも重要な部分に接触があった女です。このことは、たぶん後に俊成が加賀と結婚したときに非常に役に立った。つまり加賀のお母さんが美福門院の乳母であったわけだから、いわば母親代わりであり、言いかえると天皇のもっとも近くにいる人でもあった。だから、俊成は妻のお母さんを通じて、天皇の周辺の人脈とはつながっていたわけです。それがおそらく彼の歌人としての成功にも、陰に陽に働いたかもしれないという気がする。僕は、こういうことに疎いのですが、この場の勘は実際にそうじゃないかと思う。

俊成は歌では別の派と熾烈《しれつ》な戦いがあったけれど、結局御子左家の歌学が時代を制覇してゆき、やがて『新古今』時代を完全に指導します。『新古今』時代には藤原定家が中心になりますが、そうなっていく上で定家たちを非常に応援してくれた貴族がいます。

当時の藤原家最高位の貴族は藤原良経《ふじわらのよしつね》で、藤原家のいわば本当の中心ですが、この人がパトロンになって俊成、定家を応援してくれました。その意味では、たんなる歌の美学のみで勝ったというよりは、人脈的にもだんだん勝っていくということであったと思います。歌の道というのは、たんなるきれいごとだけではなくて、人間的な関係もいろいろあったでしょう。現代の文学界でも、全然ないとは言えないわけです。親しい人とまったく知らない人と、ふたつの作品があれば、親しい人の作品のほうに好意を持つということはしばしばあることではないでしょうか。そういう意味で言うとたいへん自然ですが、それがもっと現実的な意味で俊成の場合にあったかもしれない。その結果、俊成、定家親子は藤原良経の庇護《ひご》のもとに、つぎつぎに歌壇を制覇するわけです。同時に、妻の線からたどれば、天皇に近接した部分での人脈的なつながりがいろいろとあったと思います。

では、美福門院加賀は、俊成に幸せをもたらした運のいいだけの女だったかと言えば、そうではない。この人自身が、たぶん天才的な女だったと思います。なぜかと言うと、彼女の生んだ息子たちがみんなすごい。

彼女は最初から俊成と結婚したわけではなく、まず藤原為経と結婚しました。このときに生まれたのが藤原隆信という有名な絵描きです。国宝の源頼朝像とか平重盛像などを描いたのではないかといわれている当の隆信が、前の旦那さんとの間の子どもです。前の旦那さんは出家してしまい、寂超《じゃくちょう》という名前になって大原の里に住みました。「大原の三寂」といって、大原に「寂」という字がつく出家した三人の人物がいて、そのうちのひとりがこの寂超だった。寂超はどういう理由で出家したかは知らない、けれど出家してしまった。彼女は隆信という子どももできていたのに、いわば夫に去られたわけです。

その後に、俊成が彼女に夢中になったのだと思います。嵯峨野を歩いていたときに、ちょっと逢い見た女だったということは、嵯峨野は大原のふもとですからそのへんに女も住んでいたのでしょう。それで、どうやって知り合いになったかというと、最初の旦那さんの為経のお父さんの為忠《ためただ》と俊成とは歌の上では知り合いだった。だから僕の推測では、自分より年上の為忠のところへしばしば出入りしていたのではないかと思います。たぶん、俊成が若いけれどできるということで、先生みたいになって行ったのかもしれない。ですから、しばしば出入りしているうちに彼女のほうとも知り合いになったにちがいない。あるいは為経と結婚している時代から知り合いだったかもしれない。いずれにしても、為経と彼女が別れてから後で結婚するわけです。

ところが、もうひとつ面白いのは、俊成は俊成でほかに何人も妻がいて、生涯に三、四人は妻妾《さいしょう》がいたと思うのですが、その正妻が加賀だったらしい。知り合いになったのは三十代の終わりか四十代のはじめだと思います。しかし、先妻に男の子がなかったので、弟の俊海《しゅんかい》の子どもの定長を養子にしていました。やがて加賀との間に成家や定家らが生まれたために、今度は定長が出家して僧になりました。これが寂蓮《じゃくれん》といった。この寂蓮は百人一首でもはなはだ有名な歌の作者です。「村雨の露もまだひぬまきの葉に霧立ちのぼる秋の夕暮」という、その当時としては非常に爽《さわ》やかな叙景歌を作っている。これが寂蓮です。つまり、定家の異母兄に当たるわけです。ですから、ここはものすごく濃密な人間関係をもった芸術一家になる。

定家の母、美福門院加賀

美福門院加賀は、最初の男との間に隆信を生んだ。隆信は絵の天才です。似絵《にせえ》といったのですが、今でいう肖像画は歴史的にいえば隆信から始まるようなものです。それが、加賀の生んだ男の子です。その後加賀は俊成という男と結婚して、定家という歌の天才を生んだ。絵の天才と歌の天才の両方が加賀から生まれたのだから、どう考えても美福門院加賀という女の人は彼女自身が天才としか思えない。だからこそ、藤原俊成という素晴らしい歌人が無我夢中になって惚れて、なぜか知らないけれどなかなか障害が多くて会えなかったにもかかわらずついに結婚してしまった、ということになります。

それでは、彼女に送った恋歌をもうひとつ読みましょう。

つれなくのみみえける女につかはしける

よしさらば後の世とだにたのめをけつらさに堪へぬ身ともこそなれ

意味は、「ままよ、それならばあきらめよう。せめて来世だけでもいいから、ふたり固く結ばれるのだと信じさせておいてくれ。このようなつれない仕打ちにはもうとても堪えられない、このままでは思い死にするばかりだ」ということです。「よしさらば」とは「ままよ、それなら」、「後の世」とは「来世」です。「たのむ」とは「信頼する」ですが、「たのめ」では「信頼させる」です。これは『長秋詠藻』に載っているのと同時に、『新古今集』巻十三「恋歌三」というところにも載っています。『新古今集』の「恋歌」というのは非常にいい歌が並んでいて、この歌の次には「返し」として藤原定家朝臣母という作者名で返し歌が載っています。

　　返し
頼め置かむただきばかりを契にてうき世の中の夢になしてよ

これは、「来世だけはせめてあなたとご一緒に、ただその思いだけを今生の契りとして、今のあなたのお気持ちは、憂きことの多いこの浮き世のはかない夢とあきらめてください」という意味です。「頼め置かむ」頼みにさせるという、「さばかりを」その気持ちだけを、「契にて」契りにして、うき世の夢としてください。だから、女が「わたしをあきらめてください」と言っている。にもかかわらず、藤原定家朝臣母として作者名が載っている。ということは、彼女が恋愛の最中に俊成から「なんとかしてくれ、もう死にそうだ」と言われたのに対して、「やはり今生ではだめです。来世に夢を託しましょう」と言って断るようなふりをしている。冷たい態度を取り続けているわけですけれど、結局俊成と結婚して定家たちを生んだ。

その結果どうなったかというと、公の面でいえば俊成には朝廷との関係がはっきりとできた。私的な面でいうと、御子左家の歌学というものを子どもの定家、孫の為家《ためいえ》に伝えた。これはその後、為家の息子たちの代になってから二条、京極《きょうごく》、冷泉の三派に分かれますが、今現在は冷泉家しか残っていない。しかし今現在にまで残っているということは大変なことです。冷泉家は、未だに歌の師範の家として毎年毎年まったく変わらずに昔のように行事をちゃんとやっている。僕はその行事のひとつに招かれたことがあって、その伝統の強固な持続にびっくりしました。二条家と京極家は滅びてしまったのですが、冷泉家だけでも残っているということは、言いかえると藤原俊成、定家の血筋は未だに冷泉家に残っているということです。

為家という人もなかなか優れていた人です。彼は定家の名前に隠れてしまっているけれど、むしろお祖父《じい》さんに近いような男だったかもしれない。藤原定家の鋭さがない代わりに、やわらかい広がりがある。それがそれぞれの子ども、つまり相手の女が違うということで二条、京極、冷泉という三つの家になってしまったのですが、歌の優秀な遺伝子が代々伝わってきたわけです。そして、御子左家の歌学というものが歌壇を制覇する。

でも、やはり二条家、京極家もありますから、伝わっていったというだけではなく、三派ともみんな違う。いちばん進歩的で、新しい試みを果敢にやったのは京極家です。京極家のなかに京極為兼《きょうごくためかね》という人がいて、『玉葉集』と『風雅集』という後のふたつの素晴らしい歌集を生み出す原動力になった人です。理論家で同時に創作者としても優れているという人が京極家から出ている。二条家は室町時代の将軍家をはじめとして、主だった人々の歌の師匠はだいたい二条家です。それは冷泉家と両方が分けあっているけれど、たとえば足利尊氏《たかうじ》とか『徒然草』の兼好などはみんな二条家の歌を学んでいます。室町時代の歌はかなりの程度まで二条家ふうです。ということは、京極よりは少し保守的ですが決して頑迷固陋《ころう》ではなくて、新しいものはごく自然に受け入れるという歌です。冷泉という家はそういうなかではもっとも中間派だったと思いますが、伝統を保全するという意味ではいちばん適していたと思います。その適していた家が、たまたま血筋として続いていているわけです。

時代を超えた俊成の歌

俊成はそういう女性との恋愛を成就して、定家のような天才を生むわけですが、ある意味で定家はお父さんに及ばないところがありました。年齢も及ばなかったけれど、それだけではなく、俊成にあった無常観の深さというものが、定家の場合には表現としては少し欠けていると思います。先ほど言ったとおり激動の時代を本当に目のあたりにしてしまったということが、俊成を鍛えています。同時に六十三歳のときに、どうしてかは知らないけれど完全に死にかけた。それで蘇ったものですから、そのときかぎりで現世的な意味でのつながりを断とうとしたのでしょう。しかし、実際にはそう断てなくて、息子の定家などの出世に関しては非常に神経質で、なんとか息子を出世させようとした。けれどもとにかく出家をしたのは六十三歳のときで、それ以後は釈阿入道となり、以後約三十年近く生きたわけです。その間に書いた歌は虚飾を去っているところがあって、その点では友人の西行の歌に近づいています。虚飾というのは文学的レトリックということで、それを取り払ってなおかつ素晴らしい作品が多いようです。それは、ある意味で人生について「どうでもいい」というくらいに達観したところがあったからでしょう。それが、逆に喜怒哀楽の表現においては、たいへん率直になっています。

息子の定家のほうは、喜怒哀楽の表現を歌でやるにはあまりにも歌の道、歌の美学を信じていたと思います。歌の美というものは人生とは違うというところがあり、人生以上のものだ、と思っていたのでしょう。それが逆に、定家の歌よりも俊成の歌のほうが深くなっている理由だと僕は思う。しかし、定家信者で逆の意見の人も当然いるはずです。僕は、定家も好きだったけれど、俊成を読んで「やはり親父のほうが偉かったのではないか」という気がしている。

そして美福門院加賀は、俊成が八十歳のときに死にます。たぶん彼女は俊成よりもうちょっと若かったでしょう。けれど、七十歳はとっくに過ぎていたと思います。彼女を法性寺《ほっしょうじ》の墓地に埋葬しますが、それから四ヵ月経ったときに彼は歌をたくさん作ります。どういう歌かといえば、本当に分かりやすい歌です。

なげきつゝ春より夏もくれぬれど別れはけふのこゝちこそすれ
いつまでかこの世の空をながめつゝゆふべの雪をあはれともみん

最初の歌は簡単です。次の歌は、「いつまで私はこうやって、現世の空を眺めながら夕暮れの雪を『ああ、美しいな』というふうに見るのだろうか」。美意識的にとれば「あはれ」というのはこの場合「美しい」という意味にとれますが、同時に「墓の下はこれとは全く違って冷たいだろう」ということが裏面にあるでしょう。彼女はたぶん春先に死んだのだと思います。

おのづからしばし忘るゝ夢もあれば驚かれてぞさらに悲しき
前の世にいかに契りしちぎりにてかくしも深く悲しかるらむ

「おのづから…」とは、「自ずからときどき忘れてしまう夢もある」というのは、「人間の性質の本性として、どんなに悲しいことでも忘れてしまうことがある」ということです。「驚かれてぞ…」は、ふと気がついて、という意味。「悲しい夢を見た。だけどそれもときどきふっと忘れる。にもかかわらず、はっと気がついて目がさめてみると、さらに悲しみが増す」ということです。いい歌です。

　草の原分くる涙はくだくれど苔の下にはこたへざりけり
　苔の下とゞまる魂もありといふゆきけんかたはそことをしへよ

「草の原…」は、「草野原を分けて涙は砕けて散っていく。けれど、苔の下にいる彼女はちっとも答えてくれなかった」という歌です。「苔の下…」とは、つまり「お墓にとどまる魂もあるという。お前はいったいどこへ行ってしまったのか、行った方向はどこか、そこと教えておくれ」。

やはり定家には、これらの歌は作れなかった。これは完全に時代を超えてしまっています。平安朝の美学ではないし、『新古今和歌集』の美学でもない。ということは、俊成ひとりの魂から出てきている普通の言葉ですが、普遍的な詩に昇華されているということです。

それから、さらに一年後の忌日には法性寺に夜泊まって、また歌を詠みます。

　かりそめの夜半も悲しき松風をたえずや苔の下で聞くらむ
　いつまでか来てもしのばん我もまたかくこそ苔の下に朽ちなむ

最初の歌は「一夜かりそめに聞くだけでも悲しいものであるのに、その松風をいつも苔の下で聞いていることだろうか」と、彼女のことを痛いほどに思いやっています。そして、次には「いったいいつまで、私はここへやってきて彼女を偲ぶことだろうか。私もやがてこれと同じように苔の下で朽ちるだろうに」という歌を詠んでいる。

それから六年間経って、六年祭があります。そのときにはこう書いています。

別れては六とせへにけり六つの道いづかたとだになどか知らせぬ

「別れてしまってから六年経った。六つの道がある。どの道に今いるとだけでもなぜ知らせてよこさないのか」。六つの道とは六道のことで、人間は死んだ後六道を遍歴するわけです。六年をそれに引っかけて、「いったいお前は、あの地獄などいろいろある道のどこにいるのか、なぜ知らせてくれないのか」とよびかけている。こういうのは、全部俊成の晩年の『長秋草』に載っている歌です。すごい歌ばかりです。俊成の歌は、晩年に到ってその実力がいよいよはっきり出ているわけです。

俊成の無常観

翻って考えると、俊成は若い頃にもこういう歌を歌っています。俊成の無常観は非常に深いと思います。若い頃のある歌を引いてみましょう。これは『新古今集』巻八の「哀傷歌」に採られていますが、もちろん『長秋詠藻』にも入っていて『長秋詠藻』の詞書を見ると「保延五年ばかりの事にや、母の服なりし年法輪寺にしばしこもりたりける時、よる嵐のいたく吹きければ」というので、つまり保延五（一一三九）年に俊成の母親が亡くなって、彼は二十六歳で喪に服していたときということです。

うき世にはいまは嵐の山風にこれやなれゆくはじめなるらむ

これは、簡単にはすぐに分からない。なぜならば、「嵐」のところでは「あらし」と「あらじ」とくっついています。つまり「浮き世にはもう、生きてはありえない」ということになります。全体の意味で言うと、「この浮き世にはもう生きてなどいたくないとさえ思う。そう思っているときに、嵐が山から吹き下ろしてくる。しかし、今こうして嵐に堪え、寺に籠って喪に服していると、心は早くも嵐に慣れ、悲嘆にも哀しみにも慣れはじめていくようだ」ということになるわけです。うまい和歌はこれくらい多くのことを言ってしまうものです。「いまは嵐」は、浮き世には今は生きていたくない「あらじ」と、そういう思いを誘う「嵐」が山から吹いてくる。「これやなれゆくはじめなるらむ」は、「嵐に慣れて、もうすでにこの夜の嵐が吹いていても、なんとか自分はこうやって慣れて、堪えている。同じように、母の死という自分にとっての嵐にも、だんだん慣れていくというはじめだろうか」、つまりこれは単純ではない歌です。

　話の最初に批評家と言ったけれど、ここには自己凝視の目があるわけです。だからこそ、お母さんが死んで喪に服している。悲しくてしようがないと思っているけれども、同時に嵐がものすごく吹いていて、それを聞いていると嵐に自分はこうやって堪えている、母が死んだという嵐にも堪えている、そしてこの浮き世で生きていくということは、この嵐にだんだん堪えていくことなんだ、ということになる。言いかえると、こんなにすごい嵐でも、人間というものは悲しいもので、生きていればだんだん慣れてしまう、そのはじめが、この経験だろうか、喪に服している今日、すでに嵐に慣れていくということのはじまりがあるのか、ということです。母親という最愛の肉親を失った悲しみでも、人はやがてそれに慣れていく、それが生きるものすべての習いなんだ、という諦観《ていかん》をこの歌は告げているわけです。

　それを二十六歳で言っているということは、冷めた認識者の悲しみというものを彼はすでに二十代で知っていたということです。彼のお父さんは十歳のときに死んでいるから、俊成という人は早くに肉親に死に別れている。十歳で父親に死なれ、いま母親にも死なれたということはますます悲しいわけです。だから、ひたすら悲しい、と思いのたけだけを言っても名歌になったかもしれない。ところがそれだけではなくて、彼はその悲しみのなかで、「私はだんだんこの悲しみに慣れていく」ことを知っています。これは心が屈折している、自己分裂しているわけです。こういう自己分裂の意識というのがこの歌ではっきり定着されてしまった。悲しんでいる自分と、そういう自分を眺めている自分と分かれている、つまり自己分裂している。ということは何を意味しているかというと、飛躍的に言えば平安朝はもう終わって、中世がはじまっているということです。

自己分裂の意識

少し強引ですが、中世の中世的人間は、自己分裂しています。中世という時代は、武家と貴族が分裂した時代でした。武家のなかにも内面に貴族的な自分と武家的な自分に分裂する源実朝のような典型的な武家が出てくる。前回お話しした建礼門院右京大夫とか後深草院二条の場合には、人生そのものが前と後で分裂しました。ところがすでに自分自身のなかで同時にふたつに割れている、そしてそれを強く意識しているという場合があって、俊成の場合にはそれが始まっている。人が死んだという悲しみにおいては、遡れば柿本人麻呂の場合にも、紀貫之の場合にもみんな同じだったわけです。ところが、それらの人の歌にはこういう歌はない。このふたりと比べると、俊成の二十六歳のこの歌一首をとってみても、それだけで中世的人間が生まれている、時代が変わってきたということがはっきりしています。紀貫之はどんなに悲しんでも、こういう歌は絶対に作れなかった。だから、時代というものは恐ろしいものです。

その時代をちゃんと生きている人はちゃんとした歌を作って、現代の我々にもよく分かる普遍性で、歌を現代に蘇らせてくれるのです。そういう意味では、その時代時代をちゃんと生きている人のものしか信用してはいけないということでもあります。現代文学について言えば、現代のほとんどの人はたぶん泡沫《ほうまつ》のように消えていくと思います。だけど、自分自身に忠実に、ということは時代に忠実に、ということですが、そのなかで素直に自分を表現することを心がけた人の場合には、その人のものは時代を超えることができるということを、意味しているのではないかと思います。レトリックだけでその時代を詠んだ人は、やはり十年、二十年経つうちにそのレトリックの魅力が失われればもうおしまいということにもなる。いちばん素直に生き残るのは、個人の非常に単純な「私はここにこうして生きてきました」ということです。もちろんその場合にいろいろな表現の仕方があるけれど、根本においてそういうことを心がけているかいないかということが問題ではないかという気がします。

俊成の場合には、はじめから自己分裂の意識を持っていたような気がします。言いかえると、自己分裂の意識というのは、それをもうひとつ上から見る目さえあれば自分を相対化できるということです。自己相対化できるということは、言いかえると相対的な自分というものではなく、それをもうひとつ上から見ているもうひとりの自分がいるということになる。それを持てた人は、かならず時代を超えたひとつの問題になっていく。

それでふっと思い出せば、夏目漱石《なつめそうせき》という人が目指したところもそうだったと思う。則天去私ということを漱石はよく言っていましたが、則天去私というのは結局同じことだった。自分の相対性を見て、自分は自己分裂しているということを見た上で、自己分裂の上に立って自己分裂する自己そのものを見る、ということが天に則するということだった。だから、自分のなかのすべての矛盾を溶け合わせて矛盾のない状態にしてしまうというのではなく、自分がどうしようもなく分裂していることを、そのまま上に立って見つめる、そのもうひとりの自分を作ること、それが則天去私だと思います。じつはそのことは、僕は卒業論文で『夏目漱石論』を書いたときに、とても大事な問題として意識したことでした。その卒論では、そのことだけしか言わなかったんです。だから、僕はその頃から今に到るまで同じことを言っているわけです。けれど、いろいろな偉い人を見ると、自己相対化に習熟するということがどうやら成熟するということではないかと思います。

それは、自分を取り巻く世界を見るものすごくリアルな目にもなるし、同時に普通の人間にはリアルに見えないものの世界、つまりシュルレアル（超現実）とかアンレアル（非現実）な世界を見る目にもなる。そして、不可視の世界にまで詩が広がるということは、いつの時代でも通用するものになるということです。こういうことが明らかな問題になるような精神がはっきり出てくるのが、人類史のなかでいうと中世という時代であるわけです。中世という時代は非常に矛盾が多く出てきて、それをはっきり自覚しはじめた時代です。それ以前にも多く矛盾はあったとしても、それを自覚するというのは中世人からです。中世人というのは矛盾を自覚していて、矛盾を自覚している自分を知っている。そういう人間がたくさん出たのが中世だということです。だからこそ、日本で言うと、十三世紀の真っ只中《ただなか》に、仏教があれほどにすごい勢いで興隆し、浸透したわけです。

したがって、俊成は二十六歳のときと同じ見方で、彼が八十歳のときに死んだ奥さんのことを詠んでいるということになるのでしょう。だからこそ、男の中世というものは、やはり女の中世とまた違うところがあるということです。

西行という人は、僕は俊成ほどには詳しく知りません。西行について言えば、『新古今集』や『山家集』に出ている範囲の西行の歌はもちろん知っているから、その範囲内で話をします。『新古今集』「恋」の部に西行の恋歌が十七首採られています。そのなかのひとつに次のような歌があります。

はるかなる岩のはざまに独《ひとり》ゐて人目思はでものおもはばや

「はるか遠くにある岩のあいだに、たったひとりで身を隠して、人目をはばかることなしに物思いにふけりたい」。これはつまりどういうことかと言うと、遠くのほうに隠れていて、たったひとりで思う存分人目を気にせずに「ものおもはばや」、恋の思いにふけっていたい、あの人のことばかり、ということです。

もちろん、これは恋の部に入っているから恋の歌と分かるけれど、恋しているということばは全然入っていないわけです。にもかかわらず、人の感じる恋の気持ちというのはじつによく出ている。現代の歌として見ても、ちっともおかしくない。俊成も西行も現代の歌として平気で読める歌を作っていて、そこが偉大なところです。それはつまり当たり前のことを歌っているから、いつの時代にも通用する。あまりにも当たり前でないものは、その時代の見事なものということで、次の時代に通用しなくなるところが、不思議というか皮肉な現象です。現代は、みんな人と違うものばかり作りたがるようですけれど。

西行の恋の歌

西行とはどういう人かと言うと、先祖には藤原秀郷《ふじわらのひでさと》、別名俵藤太《たわらのとうた》という有名な人がいます。たいへんな武将です。そして、じつは平泉の藤原清衡《きよひら》、基衡《もとひら》、秀衡《ひでひら》の三代も同じ一族でした。西行の先祖は、関東（武蔵）、東北（陸奥《むつ》）などに勢力を張っていた佐藤家、つまり藤原家です。俵藤太が有名になったのはなぜかと言うと、平将門《たいらのまさかど》が乱を起こしたときにこの人が討伐の指揮をして、それで有名になりました。

西行自身も家代々の武士だったわけです。名前は佐藤義清《さとうのりきよ》といいます。彼は鳥羽院を守っている近衛兵の武士のひとりで、二十三歳のときまでは出世が予定されているであろう武将候補でした。ところが保延六（一一四〇）年十月十五日、二十三歳のときに突然出家してしまうわけです。当時でもこれは不審なこととして有名だったらしく、ほかの貴族の日記に「家代々の勇士であるところの佐藤家のいちばん嘱望されている青年が出家してしまった」ということが書かれているくらいです。その出家の理由がなぜかは分からない。ただ、有名な武将の家ですからもちろんいろんなところに領地を持っていた。それに彼の家の領地だけではなく親戚もいっぱいいたから、出家しても行く先々でいろいろと親族に会えます。だから、彼は旅をしていても困らなかった。種田山頭火《たねださんとうか》ではないわけです。ああいうふうに人の好意におすがりするかたちで旅から旅をする放浪の人ではなくて、西行の旅は目的がちゃんとあったはずです。一説では、東大寺の寄進のためにいろいろと財宝を集めた僧侶のひとりだという説もありますが分かりません。けれど、とにかく奥州へは三十代と六十代で二回も行っています。二度目はすごいです。

東の方へまかりけるに、よみ侍りける
年たけてまた越ゆべしと思ひきや命なりけり小夜《さよ》の中山

生きて再びこの小夜の中山を越えることができたとは、という有名な歌ですが、このときは六十歳を過ぎていました。てくてく歩いていくのですから、すごい健脚です。とにかく立派な体をしていたそうです。源頼朝が鎌倉で西行と会っています。西行は諸国を歩いているから、諸国の情勢でも聞こうと思ったのでしょう。西行が辞去した後に、頼朝は「すごいやつだ」と感嘆しています。胆力も据わっている大変な坊さんだったのでしょう。

そして、坊さんにしてはあまりにも歌がうまかった。しかも坊さんになってから恋の歌を作った。『新古今和歌集』に入っている恋歌のなかでは絶対に西行が一位であるという、たいへん面白い人です。なぜそうなるのかという下世話的な興味も出てきますが、裕福な若武者がどうして出家したのかは結局わからない。いろいろと説はあります。『源平盛衰記《げんぺいじようすいき》』に載っている説には、高貴な身分の女性に恋をしてひとたびは思いを遂げることができたけれど、噂を恐れねばならない女性の立場を考えて、苦しい恋をあきらめて出家した、とあります。高貴な身分の女性と言えば、当然天皇のお妃になるかもしれないような藤原家の女の人と恋をしたということです。そうすると、ほとんど在原業平と同じです。そういう点で言うと、非常にロマネスクな興味もわき立たせられる人ですが、実際はよく分かりません。

西行については、それとは別に『西行物語』というものがあります。そこには義清が親友の不慮の死に無常を深く感じて帰宅すると、四歳になる自分の可愛い娘があどけなくまといついてきたため、「これはいかん。煩悩の絆《きずな》は断たねばならん」と思って、娘を縁側から蹴落《けお》としてそのまま出家したと伝えられています。これは有名な話で、西行が煩悩の絆を断つため、いちばん可愛い自分の娘を縁側から蹴落とすようなひどいことをしたということです。だけど、これも本当かどうか分からない。ただ、一男一女があったという説はありますから、出家するについては奥さんと子どもが泣き叫んだだろうし、これに近い状態はあったと思います。しかし、どれかひとつの理由を見つめることはできない。いずれにしても、彼の恋歌が『新古今和歌集』の貴族社会のほかの恋歌とはまるで違っているということだけは確かです。

違っていることのひとつは、定家とは対極で、ほとんどレトリックを使っていないということです。いや、高度なレトリックはあります。けれども、見てすぐに分かるような「なんだ、これは」と思わせるような意味での複雑なレトリックは使っていない。また、俊成の場合と同じで、自分の気持ちを伝えるのがとにかく絶対に重要であって、その他のことは後からくっついてくる、という、物の本質だけを言おうとしている恋愛の歌です。

後鳥羽院と俊成、西行

後鳥羽院は『新古今和歌集』の編纂にもっとも深く関わった人ですが、後鳥羽院は北条家とことを構えて隠岐《おき》に流されて、そこで死ぬわけです。『新古今集』もその隠岐へ行ってから削ったり入れたり、また削ったり入れたりしています。それから、『御口伝《ごくでん》』という自分の回想録も書いています。そのなかで藤原定家の歌については、ある種の歯止めをかけた程度のほめ方しかしていませんが、俊成と西行は手放しで、ふたりともにそれぞれじつに的確なほめ方をしています。それに対して定家については、「総じてかの卿が歌存知の趣、いささかも事により折によるといふことなし」と突き放して批評しています。つまり「総体的に定家という男の歌についての考え方、作り方についていえば、決して事により折によるということがない」。「事により折による」とは、何か不意に出来事があったときに、それに反応して即興的にぱっと作ることです。そういうことが決してないということは、定家は歌をつねに徹底的に考えて作った、ということです。つまり窮屈だった。

後鳥羽院にとっての歌の理想は「事により折による」、よって折々に書くということだった。無手勝流で、なにかことが起きたときに自分の感じたことをそのまま歌にするということで、これは俊成にも西行にもあるけれど定家にはなかった。後鳥羽院自身もそういう歌の作り方をしています。帝王振りというのは、無防備で「なんでもかかってこい、来たら答える」というものです。それに対して、防備を固めて非常に見事になんでも防いでいく、攻めていくという歌もあって、それが定家の歌だった。このふたつをはっきりと分けている後鳥羽院だったから、俊成と西行は好きだった。

僕もそちらが好きなので、定家に対して少し点が辛いという人もいるでしょう。馬鹿ではないかと言う人がいるかもしれないけれど、馬鹿にならないとできない歌もあります。しかし、定家という人は馬鹿にならなかった。ただしこれは若かりし頃の定家で、後の定家は考え方の上でも非常に深まっていく。晩年に書いた『近代秀歌《きんだいしゅうか》』という歌論書があります。これは源実朝に頼まれて送ってやった本で、歌の詠み方について書いてあります。ここでは、「父俊成の教えを自分はつねにかたく守ってきた」と書いています。そういう意味では、優れた歌というものは、どこかに破れたところのある歌ということがあるのではないか。

西行の家集を『山家集』といいます。それにもれた歌もたくさんありますが、『山家集』に西行の主だった歌は載っていますので、恋歌をいくつか読んでみます。

　　おもかげの忘らるまじきわかれかななごりを人の月にとどめて

「あの人の面影は決して忘れることのできない、そういう別れだった。せめて名残は、あの空にかかっている月にとどめて、別れてきた」。月が自分が恋している女、後朝《きぬぎぬ》の別れをしてきた女の面影として空にかかっている、という歌です。

　　なかなかに思ひ知るてふ言の葉は問はぬに過ぎてうらめしきかな

「なかなかに思ひ知るてふ言の葉は」というのは少し分かりにくいかもしれません。あなたのお気持ちはよく分かっておりますということばが「思ひ知るてふ言の葉」ということです。「なかなかに」却《かえ》って、「問はぬに過ぎて」自分に対してことばをかけてくれないよりも、「うらめしきかな」さらに恨めしい。つまり、いい加減にうまいことを言われてはかなわないということです。「あなたの気持ちはわかってますわということを女が言う。それはむしろなんにも言わないよりももっとつらい」という。どこか俊成の歌に似ています。

よしさらば涙の池に身をなして心のままに月をやどさむ

「それならば、いいですよ。私は涙の池にこの身をなしてしまいましょう。そうすれば心のままに、その涙の池に月がやどるでしょう」。つまり、「女がまったくつれない、だからせめて私は涙を滂沱と流して、私の体自身を涙の池にしてしまおう。そして、自分の心ゆくままに月をそこにやどそう」ということで、月というのは、この場合女の面影でもあるわけです。同時にまた、澄みきった月、煩悩を去った月ということでもある。

葉がくれに散りとどまれる花のみぞ忍びし人に逢ふ心地する

「葉がくれに」というのは、もう多くの桜の花が散ってしまった葉桜の状態です。「葉がくれにまだ、少し散りとどまっている花がある。その花だけが、私にとってはまるで忍び逢いする人と同じような気持ちで逢える花だ」。つまりそういう花を見ると、忍び逢う人と逢ったときと同じような気持ちになる。桜好きの彼だから、葉桜になってしまったけれど、葉がくれに少し花があるのを見ると嬉しくてたまらない。それを見ると、まるで忍び逢いする人に逢ったのと同じような気持ちになるということです。

うとくなる人を何とて恨むらむ知られず知らぬ折もありしに

「うとくなる」というのは、関係がだんだん疎くなっていくことです。「疎く冷たくなっていく人を、なぜ恨むことがあろうか。相手にも知られなかったし私も知らなかった、そういうときもあったじゃないか」、つまりあきらめるということです。彼女が冷たくなったからと恨むことはない。なぜならば、それ以前は、知られもしなかったし知りもしなかった。

花にそむ心のいかで残りけむ捨てはてゝきと思ふ我が身を

「そむ」とは「染まる」ということです。「桜の花に染まっていく気持ちが、まだなぜ残っているのだろう。私の身は全部捨て果ててしまったと思っていたのに、なおかつまだ花を愛する気持ちが残っていたのか」。これは同時に、女のことでもある。これらは全部恋歌です。

こういうふうに見てくると、西行の恋歌はいいです。よくよく眺めて現代語訳にすれば、そのままで現代の歌謡曲になる、しゃれた恋歌です。これも不思議なことと言えば言えるわけで、西行が出家をしてからいっぱい恋をしたかといえば、そんなことはないだろうと思う。そうすると、これだけの真に迫った恋歌を作れたということは、彼にそういう悲しくてつらくて死んでしまいたいというくらいの恋をしたことが経験的にあったと思うしかないでしょう。

定家――新しい歌の水先案内人

俊成と西行はこのへんで終わりにして、定家の話をします。僕はここまでわりと藤原定家についてそれほどあたたかいことばでないことを言ったのですが、実際にはそんなことはない。最初に言いましたが、定家という人には、冷泉家にある藤原定家の写本を見ただけでも涙が出るくらい感動しました。この人は亡くなるまで努力した人であったことは確かで、その努力のなかには写本という非常に重要な、学問の基本的な仕事があった。彼は学問をしているつもりではなくて、『源氏物語』をはじめとして、自分の尊敬し愛するすべての文学作品はなんとかしてちゃんとしたかたちで残したいと思っていた。彼の字は非常に速かったらしいけれど、それにしてはすらすらと続け字にはなっていなくて、一字一字がわりとはっきり書かれているということがありがたい。性格的には、きっちりと几帳面《きちようめん》にする人だったにちがいないと思います。

定家が『新古今和歌集』をそのなかのひとりとして編纂した頃、その中心になってきたのは言うまでもなく後鳥羽院で、それを側面から全面的に援助してくれたのが藤原良経です。良経は三十歳ちょっとで急死しました。一説には、暗殺、毒殺という説がありますが、藤原家のトップにいたからいろいろと政治的な敵もいたはずです。定家はそういうパトロンに死なれてしまったわけですが、最終的に平家が滅びて源氏の世の中になり、貴族階級も没落してしまった。にもかかわらず、源実朝の歌の師匠になったということ、また、彼の家の系列に西園寺《さいおんじ》という家があって、その西園寺家は源氏とさまざまなかたちで縁があったために、定家は武家の支配下になってからも現実生活ではわりあいうまく世の中を泳ぎきることができた。これは別にずるいことをしたのではなく、人脈的にそういうことになった。その結果、たぶん彼は膨大な仕事ができたわけです。写本をすることだけではなく、創作する上でも、創作以外の理論的な著述をする場合についても、それなりに歌壇の第一線にいてたえず緊張を保ちながら仕事ができたという意味では、幸せな生涯を送ったと思います。

もちろん、彼は病気が非常に多かった。彼の『明月記《めいげつき》』のなかには病気の記述がすごく多い。後鳥羽院に従って紀州の熊野神社へ参詣したことがあります。天皇あるいは上皇が行幸するときにお付きの者を選びますが、そのなかには歌人がかならずいなければならない。行く先々に王子社《おうじしゃ》という熊野神社の支社がいっぱいあって、そこへ参詣して、場合によっては泊まって神様にお祈りをするわけですが、そのときにはかならず歌を奉納しなければならない。歌を奉納する上では歌人がいなければならないので、そのなかのひとりに定家も選ばれてついていったのだけれど、もう途中から完全にへたばって惨めなことになって、歌人としてはまったくの名折れでした。そういうことがあるくらい健康の面ではたえず問題を抱えていたけれど、とにかくなんとか八十歳くらいまで生きたのは立派です。そういう神経の不安定さ、情緒不安定さ、異常過敏も彼の歌にはいい面で作用したところもあると思う。けれどそれは中年までであって、後年は歌も非常におとなしくなってくる。また、古典を重んじるという性格がますます強くなってきます。いずれにせよ、定家は一代の新しい歌の水先案内人としての役割を立派に果たした人であり、同時にそれ以後長い生涯を通じて、学術的な意味でも大変な功績のあった人であると言えます。その場合に、彼の位置というか、彼の仕事の意味のいちばん大きなところは何か、僕が感じていることを言いますと、彼は平安時代の歌のひとつの理想に対して、はっきりとある面では終止符を打っている。そして別の面では、新しい歌のスタイルの素晴らしさを鮮やかに示した人だと思う。平安朝の歌は誰をもって理想とするかというと、やはり紀貫之、言いかえると『古今和歌集』です。『古今集』というのは平安時代の初期に発していて、勅撰和歌集では第一冊目です。その美学に対して、藤原定家は「もうこれはおしまいにしよう」と言った。そこが非常に鮮やかです。

じつは、それはお父さんの俊成のやったことをある意味では受け継いだのですが、それをはっきりと言いきったのが定家だったわけです。どういうことかというと、定家の『近代秀歌』という短い歌論があります。この文章は短いものですが、引用した歌がたくさんあります。なぜそういうふうになったかというと、それは先ほど言ったように源実朝に教えるために「こういう歌が理想的な歌です」とたくさんの名歌を挙げた。だから、もともとの歌論的な部分は非常に少ない。そこでは本当に有用なことを言っていて、「昔、貫之、歌の心巧みに、たけ及び難く、詞強く、姿おもしろきさまを好みて、余情妖艶の躰をよまず」と言いましたが、ここが非常に大事です。

これをある現代語訳（藤平春男）で言うと、「昔、紀貫之は、歌の趣向の立て方が巧妙で、声調の張りがずば抜けてすぐれ、詞のあらわす意味が明確で、従って一首全体から趣向のおもしろみが感じられてくる、という歌いぶりを好んで、余情妖艶の歌風を捨てました」。別の現代語訳（久松潜一）を見ると「昔、貫之は歌の知的内容が巧みで、品位のあることは比類なく、詞が強く趣向に優れている姿の歌を好んだが、余情妖艶の体が欠けている」と言っていて、久松訳のほうがさっぱりしています。要するに、「昔、紀貫之は作歌の心得という点で言うと、歌全体の作り方が巧妙で、位が高く調べもぴんと張っている上、意味がはっきりしていて、こういう観点から作ったという趣向の見所がある、という歌を好んだ。その反面、ことばが明示している向こうに暗示されるものを重んじたり、妖《あや》しく艶《つや》っぽいという歌風は捨てた」ということ、それが紀貫之の生き方だったと言っています。それはまさにそうだった。

たとえば、屛風歌を作る場合などにはそれが見事に発揮されています。屛風の絵を見て、そこに男や女が描かれていてなにかをしている、池があって美しい花が咲いているとか、そういう場合にはそれをそのままぱっととらえてきて、そこに趣向の面白さ、つまりその女が今どういうふうに何を言っているかということまで考えて、想像力を駆使して書くわけです。それははじめから終わりまできちっと書く。そういうものが平安時代を通じてずっと理想的だった。

ところが、それがどうもそうではなくなってくる。それはいつくらいからかというと、人の名前でいうと藤原俊成のときに違ってくる。俊成はここで「幽玄」という言葉を使いました。幽玄という概念は、もともとは非常に深くて暗いもののことを言います。俊成はその言葉を中国の言葉から持ってきた。もともとは哲学的な奥深いことを言うときに幽玄と言ったのですが、美学、美意識に転じたのは俊成の大きな功績です。はるか後の現代画家の岡田謙三さんが、ユーゲニズムということを言って戦後アメリカでたいへん売れた。それぐらい幽玄という言葉は現代まで生きています。要するに幽玄とは、貫之がはっきりとことばにして言ったのに対して、ことばで言う以外にその余情を非常に重んじたということです。それをもうひとつ時代が下がった定家は、俊成が幽玄と言ったものを「余情妖艶《ようえん》」と言った。それはつまり、俊成の幽玄をもう少し華やかに、そしてもっと理論的にも明確にしているわけです。俊成の幽玄はどういうふうにでも解釈できるけれど、定家は「余情」と「妖艶」と言った。それは、理論家としての定家のはっきりしているところです。「余情」はヨセイとよみました。現代にはもちろんヨジョウ。

つまり、貫之たちの生き方というのは、屏風歌に適しているといえば適していた。ということは、言いかえるとかっちりとひとつのイメジなり感情なりを言いきっている。なおかつ、そこにふわっとした広がりがある。それが素晴らしかった。貫之はそういう歌では名人だった。この貫之のいいものになると、他の連中が及びもつかないくらい明確で大らかな歌を作った。それに、貫之的な歌というのは社交に非常に役に立つ。社交の最たるものは宮廷における宴会です。そのようなところで、「すごいな、いい歌だな」といわれるのは誰にも分かる明確な歌です。つまり、貫之のそういう理想というのは、やはり平安時代初期から中期にかけて台頭してくる貴族階級の意気込みが見事にそこに表れていたのです。宮中の宴会などでもすぐにお互いに分かり合うような歌を歌い合って、それがひとつの文学的エネルギーになって、やがて百年近く経った後、紫式部とか清少納言とか和泉式部とか赤染衛門とかを生み出してくるだけの宮廷全体の文化的なエネルギーを生み出した。それはやはり、お互いに付き合いがあってできたことです。

「新古今和歌集」の美意識

ところが、三百年近く経って平安朝が終わってしまう。その時期になると、もう貴族階級は現実的な意味でほとんどまったく生き延びるようすがもないような感じになります。文化的にいっても、武家の文化を頭に入れずには、なにもできなくなってくる。自分たちの未来がほとんどないということも分かっている、という時期です。したがって、公の場でみんなが共通して、ああ素晴らしいと言えるものを生み出す余地がなくなってくる。同時に、だれにも彼にも通じるような美学的な物差しというものがなくなった。ひとりひとり違う気持ちをみんなが持ちだした。つまり、分裂です。中世というものがはじまってきます。

言いかえると、歌人は公に向けて歌う必要がなくなってきた。宮廷社会そのものが、だんだん文化的にエネルギーが衰えてきて、ある人は素晴らしいけれどある人はまるで関心がない、ということでも詠むようになります。紀貫之の時代には、宮廷人たるものはすべて同じある美学的な基準を認識していて、その上に立ってなにかをやらなければならなかった。定家の頃になると、それがもうなくなってきています。だから『新古今和歌集』というのは、最後の砦《とりで》だった。最後の堡塁《ほうるい》を築いて、ここに立て籠った。それ以外のところにいる貴族たちは、文化的に言うともう落ちてしまっていた。だから、貴族階級最後のすごいエネルギーが結集したものが、『新古今和歌集』であるわけです。

それは言いかえると、美意識の上で誰も彼もに通じる美意識でないほうが良くなってきたということです。さらに言うと、自分自身の心の奥底を探れば探るほど、それが新しさに通じてくる。それで生き延びていくわけです。つまり定家はそういう時代に棹差《さおさ》して、もっとも先端までその風潮を推し進めたということになります。つまり、晴れの舞台に向かないで褻《け》のほうを非常に重んじる歌風になっていく。だからこそ、余情妖艶と言えた。幽玄も同じことです。幽玄なものというのは、イメジで見て分かるものではありません。そういうものではなくて、幽玄であるということは、その人その人によって感じ方が違ってしまう。ある人にとってはとても幽玄な歌であるけれど、別の人にとってはなんでもないというものが出てくるわけです。だから、ひとつのものを見ても、その人自身の心の深さ浅さによってものの見方が変わってくる。つきつめれば、「私しかいない」という意識でもある。

したがって、弟子を選ぶことも非常に難しくなってきます。また、弟子になるためには、本当に努めなければならない。そういうことがさっき言った師弟の関係の緊密さにつながっていくわけです。それは道元だけではなくて、鎌倉時代の仏教というものはすべてそれで成り立っています。鎌倉仏教というものは、誰も彼もみんな同じ気持ちでいるということを前提にしていない。それは逆で、ひとりひとりが「お前はどうなんだ」ということを言った。「お前はどうなんだ」と言われた奴が、「私はこれだ」と深いところを見せたなら、それで弟子になれる。深さと深さで付き合っていく。だから、「広がり」ではなくて「深さ」ということがとても大事であった。

そして、定家の『近代秀歌』のもうひとつの重要な部分ですが、それは自分の立場を言っています。紀貫之が形づくった伝統というものは本当に重んじているのですが、重んじていながらだんだん末世になってきたので、「われわれの時代になるとみんな勝手なことになっている、人に分からなければいいというくらいのやつまで出てきている」と言っている。定家は自分のものは分かると思っている。定家よりずっとひどい、わけの分からないものを作ればそれが新しいというやつがいて、というわけです。わけの分からないものを作ればそれが新しいという歌風がこのころ実際に出ています。それは現代にもいえる末世の典型的なものです。要するに、偉大な『古今和歌集』の時代は過ぎ去って、評価の基準で一定したものがなくなってしまった。だから、勝手に新しがりが馬鹿なことをやっていて、それはそれで成り立っているけれど、私は違うということを言っている。これは大事なことです。

この道を詳しくさとるべしとばかりは思ふ給へながら、わづかに重代の名ばかりを伝へて、あるいは用ゐられあるいは譏《そし》られ侍れど、もとより道を好む心欠けて、わづかに人の許さぬ事を申し続くるよりほかに習ひ知ることも侍らず。おろそかなる親の教へとては、「歌は広く見遠く聞く道にあらず。心より出でて自らさとるものなり」とばかりぞ申し侍りしかど、それをまことなりけりとまでたどり知ることも侍らず。いはむや老に臨みて後、病も重く憂へも深く沈み侍りにしかば、詞の花色を忘れ心の泉源枯れて、物をとかく思ひ続くることも侍らざりしかば、いよいよ跡かたなく思ひ捨て侍りにき。ただ愚かなる心にいまこひねがひ侍る歌のさまばかりを、些か申し侍るなり。

定家はこういうふうに言っていますが、ここが非常に大事です。これは、僕の『詩の日本語』にも引いていて、そのなかの「詩の『広がり』と『深み』」という章はだいたいそのことについて言っていますが、ここでは久松さんの現代語訳で。

「私は歌の道を委《くわ》しく悟ろうとだけは思っているが、わずかに歌の家として重代の名ばかりを伝えて、あるいは世に重んじられ、あるいは誹謗《ひぼう》されたりはしたが、もとより和歌の道を好む心にかけ、わずかに、人の認めないことを申しつづけるより他には、身につけたこととてない。

不十分であるが父俊成の教訓としては、『歌は、知識・見聞を広く、また遠く昔に遡って求めるべき道ではない。自分の心から出て、自分で悟るものである』とだけ申したが、それを真実だと深くしみいって思うまでにも到らないで来た。

ましてや、老に臨んでよりこのかた、病も重く、世俗のことに思いわずらわされることも多く、愁《うれい》もひとしおで気も滅入《めい》っているので、詞にはなやかさを失い、心から湧き出る感動もかれ、歌について心をこめて思案することとてなかったので、ますますみるかげもなく、すっかり歌のことを思いすててしまったようなわけである。ただ不つつかな心に、現在そうありたいと思い描く歌の様ばかりを、少しく、申し上げるのである」

と言っています。ここには、父俊成の言ったことが書いてあります。ここでいちばん重要なのはいうまでもなく、「歌は広く見遠く聞く道にあらず。心より出でて自らさとるものなり」という教えです。俊成がこう言っていたということはすごく面白い。歌は、「広く見」なんでもかんでも広く見る、「遠く聞く」いろんな知識を聞き集める、そういうことではない。心から出ている、自ら悟るものなんだということです。まさに、これこそ和歌の根本的な原理です。けれど、時代が移るとつねにこのことを忘れる。ほかのことを一所懸命やって、広く見たり遠く聞いたりして歩いて、ふと「心より出でて自らさとる」ということに気がつく。気がつくと、また翌日忘れてしまう。そういう意味では、これはじつに難しい教えです。

定家にそう言ったということは、やはり俊成は定家の行く末を心配したのでしょう。定家はすごく抵抗したのだと思う。だから、今のように「それをまことなりけりとまでたどり知ることも侍らず」と言っているわけです。つまり、卑下するだけではなくて「やはり、お父さんの言ったことは本当だった、とたどりついて知るまでにはなかなかいきませんでした」と言っている。実朝に言っているので、これがどれくらい本当の気持ちを言っているのかは分かりません。けれどやはり、大切なことを言っているのではないでしょうか。つまり、これはもう一度言うと、広がりではなくて深みが必要だ、ということです。

歌は声とともに

紀貫之の時代にも藤原公任（紫式部と同時代）の時代にも、歌というものは広く見、遠く聞く能力、つまり広く豊かな学識と有識故実《ゆうそくこじつ》の知識とともにあった。だからこそ、藤原公任という人は『紫式部日記』にもこのように出てきます。道長の娘で一条天皇に入内した彰子が子どもを生んだときに、盛大な宴席が開かれます。そこに公任もいた。そのために女房たちが全員ひるんでしまうことがあった。そこでは、お祝いの歌をひとりひとり詠みあげなければならない。みんなは「公任さんがいる」ということで、とて

ア文庫　好評既刊

地理を楽しむ

自然のしくみがわかる地理学入門
水野一晴
定価990円 978-4-04-400647-1

人間の営みがわかる地理学入門
水野一晴
定価1、034円 978-4-04-400706-5

地図をつくった男たち　明治測量物語
山岡光治
定価1、144円 978-4-04-400718-8

平野が語る日本史
日下雅義
定価968円 978-4-04-400607-5

日本の地霊　ゲニウス・ロキ
鈴木博之
定価968円 978-4-04-400190-[illegible]

仏教・禅に親しむ

ブッダ伝　生涯と思想
中村元
定価1、100円 978-4-04-408914-6

禅と日本文化
新訳完全版
鈴木大拙／碧海寿広 訳
定価1、540円 978-4-04-400659-4

白隠　禅画の世界
芳澤勝弘
定価1、144円 978-4-04-400021-9

夢中問答入門
禅のこころを読む
西村惠信
定価968円 978-4-04-408909-2

道元と生きる
正法眼蔵随聞記
角田泰隆
定価1、408円 978-4-04-400747-8

自分をみつめる禅問答
南直哉
定価748円 978-4-04-40880[illegible]

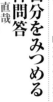

角川ソフ

自閉症は津軽弁を話さない

自閉スペクトラム症のことばの謎を読み解く

松本敏治

最初は噂に過ぎなかった――。十年の研究を経て辿り着いた成果。人気シリーズ第1弾。

定価1、078円 978-4-04-400620-4

草木とともに

牧野富太郎自伝

牧野富太郎

NHK連続テレビ小説『らんまん』主人公のモデル。植物に魅せられた日常をユーモアたっぷりに綴る。

定価880円 978-4-04-400709-6

角川

俳句

定価 950 円

毎月
25日発売

※定価、発売日は変更になる場合があります

発行
角川文化振興財団

角川

短歌

定価 950 円

KADOKAWA
発行 株式会社KADOKAWA

〒102-8177 東京都千代田区富士見2-13-3
https://www.kadokawa.co.jp/

内容やカバーは変更する場合がございます。
定価は全て税込み（10%）表示。2023年8月現在の定価です。

［電子書籍も好評発売中！］
※電子版がないタイトルもございます。
「BOOK☆WALKER」(https://bookwalker.jp/)など電子書店で購入できます。

Facebookで
最新情報
配信中！

も恥ずかしがった。そのわけは、歌の意味とかそういうことだけではなくて、声です。声がとても大事だったのです。

それは俊成も式子内親王にあてて書いた『古来風体抄』で「歌は読み上げても、詠じても、とにかく何度かやってみて、すらっと通るのがいい」と言っています。そのときに、やはり「声が大事です」と言っている。つまり、われわれと詩歌についての考えが違う。詩歌とは人の心を動かすものです。人の心を動かすものというのは、ただ目で読むものではない。声に出して読んで、その人の全身の存在感そのものが、相手を圧倒する。それが歌を詠むということです。その点では俊成も公任もたぶん貫之も、みんな同じだったと思います。詩というものは声とともにあった。

そういうわけで、女房たちは公任に自分の歌を詠むのを聞かれるのが嫌だったのでしょう。女房のなかには小さな声の人もたくさんいたでしょう。美人だけれども、残念ながら気が小さくて臆病《おくびょう》な人もいて、ごにょごにょと詠んで、それだけでも「なんだ、あれは」と言われた。恐ろしい時代です。紫式部も「困った、どうしよう」と思った、ということを書いていています。

そういう時代には、当然のことですが詩人は同時に歌舞音曲に優れていなければならなかった。歌舞音曲に優れていたということは、言いかえると実際に朗詠することまで含めてできなければならなかったということです。だから、藤原公任が『和漢朗詠集』を編んだということには必然的な意義がある。当時、詩人には社交的な明るい才能、多面的な教養が必要だった。その上で、威風堂々たる存在感が必要だった。だから体の大きい奴は得だったというのはある。けれど、でかすぎてボンクラというのは本当に馬鹿にされてしまうから、難しかった。今の文学者はその当時に生きていなくてよかったと思っていてもいいくらいです。

俊成はもちろんそういうことは否定しなかった。にもかかわらず、「歌は広く見遠く聞く道にあらず」と定家に向かって言った。定家はいちばん広く見、遠く聞く能力がある人だったからです。

それから、妖艶ということが非常に大事だった。言いかえると、女や花のあやしい美しさ、艶やかさのことで、これはつねに絶対大事だった。幽玄という場合にも、艶というものが後ろにふわっと出なければ幽玄ではない。叙景詩は『新古今集』からは非常にたくさん出てきますが、ただたんに見えているものをそのまま正確に写しているというのは、近代のリアリズムであって昔の叙景詩はそんなものではない。景色の向こう側に女の美しい面影、あるいは男の雄々しい面影が立っているということが分かる歌がいちばん良かった。広がりではなくて深みがなければならなかったわけです。

だから、俊成は『古来風体抄』のなかで式子内親王に向かってこういうことを言っています。「歌はただよみあげもし、詠じもしたるに、何となく艶にもあはれにも聞ゆる事のあるなるべし。もとより詠歌といひて、声につきて善くも悪しくも聞ゆるものなり」。つまり「歌の意味は同じでも、読み上げる声によって、善くも悪くも聞こえる」

ということです。恐ろしいことです。ようするに、それだけの自信がなければいけない。また、いちばん大事なのは「何となく艶にもあはれにも聞ゆる事のあるなるべし」、これは謎めいた言葉です。簡単に言うと、理屈ではないということです。だから「この歌はこういう意味でイメジはこうだから素晴らしい」というのは二流の批評であるわけです。一流の批評は何も言わないで、「いいね」「まあまあ」というのが一流というわけ。冗談ではなく、実際そういう批評のことばが日本の文芸、芸道の世界で最高の人の評価として通じることがある。それにはそれなりの理由があった。だから、芸能の世界でもそうですが、お能ならお能を見て、眠れるのがいい能だというのは、半分冗談だけれど冗談ではない面もあって、ただ目をらんらんとして能の一挙手一投足を見ているだけじゃつまらない、というわけです。起きているか寝ているか分からないような見方をしているのが、実際なんともいえない能の醍醐味《だいごみ》です。つまり、そのくらいに、たんに明晰《めいせき》、明確なものでは駄目だということです。

俊成も定家も同じことを言っているのです。ですから、中世の日本の詩人たちはこの時代に明らかに日本の美学を作ってしまったということが分かると思います。そのためには、やはり『古今集』の紀貫之以降のものがちゃんと下敷きになっているということを言わなければならない。文芸の世界ではそういう意味でかならず連続性があった、そのことを忘れてはならないということです。

Ⅶ　歌謡の本質的な面白さ――「梁塵秘抄」

平安朝の歌謡

みんなが馬鹿にして書かない、あるいは読まないという場合が多いものについては、僕はバランスを崩しても好きだと言いたくなるときがあります。この頃は多少は歌謡についてのものの見方も変わってきたかと思うけれど、一般的に言えば、文学史をちょっと読んだくらいで日本文学について多少とも知っているつもりの人でも、歌謡のことについては何も知りません。それは非常に残念だ、というだけではなくて、日本文学についての知識そのものが誤っていると思います。歌謡を知らなくて詩歌がわかるということは、絶対にありえない。『万葉集』とか『古今和歌集』を知っている、あるいは『新古今集』とか芭蕉を知っているというだけで、日本の詩がだいたいわかっていると思ったら大間違いだとまず最初に言っておきたいと思う。今日はそういうわけで、流行歌――流行歌というのを古典的な呼び名でいう場合には歌謡といいますが――歌謡のことをちょっと考えてみたいと思います。

まず最初に、歌謡というのは大変に古くて、きちんとした短歌形式である和歌よりももっと古い時代から、堂々たる存在としてありました。そこまで遡れば大変なことになりますが、一応古代の歌謡で私たちが名前を知っているものについて言えば、非常に古い時代では『神楽歌《かぐらうた》』とか『催馬楽《さいばら》』という、平安朝の貴族が主として好んで歌っていた歌があるわけです。それ以前には『古事記』とか『日本書紀』にたくさんの歌謡が含まれていて、それらは『古事記』の「記」と『日本書紀』の「紀」を合わせて『記紀《きき》歌謡』といいますが、そこにたくさん集められています。日本の歌謡でそれ以外にもっとも古いものは『風土記歌謡』というのがあって、『風土記』にいくつかある。これも『古事記』『日本書紀』と同じジャンルに入ると言っていい。ですから、そういう意味での『記紀歌謡』があり、それから『万葉集』に含まれている歌のなかにも歌謡的なものは結構ある。『万葉集』の旋頭歌《せどうか》の類、そして短歌形式のものでも古いものに歌謡と考えてもいいものが入っています。

また、歌謡は普通は全部無署名です。つまり作者未詳歌、あるいはよみ人知らず、になります。けれど歌謡のいちばん本質的なこととは、作者未詳であることとです。それはとても大事なことで、作者未詳であるがゆえに、最高であるということが逆説的にある。

古い時代の歌謡まで遡って細かくやると大変なことになりますから、平安朝の歌謡について話をすれば、『神楽歌』とか『催馬楽』にも非常に面白いものがあります。人間に対する興味ということからすると、男女間の愛欲というものをテーマとして赤裸々に取り上げているものが随分ある。『神楽歌』とか『催馬楽』というのは宮中で歌われるものですから、もちろん天皇をはじめとする貴族階級の連中が絶えずそれを聴いたり歌ったりして、歓を尽くしていたわけです。そういうもののなかには、ほとんど猥褻そのものというようなものもかなりあります。その理由は、歌謡が貴族階級の生活から直接に出てきたものではなくて、だいたいが一般民衆の生活のなかから生まれてきた、男女間の愛というものを描いたものが、そのままのかたちで宮廷の貴族階級にまで吸い上げられていったからです。一般の民衆、というのは、とくにその頃ですから農民的な生活をしている人が多いわけです。それが宮廷の貴族階級の人々に歌われたところが大変に面白いといえば面白いことです。

ほかの国でもそういうことが多少はあったかもしれないけれど、日本の場合には上下間の運動が非常に激しく行われているということがあったと思います。つまり、下層階級といわれている人々の生活に貴族階級は非常に興味、関心を持っていた。そして、その人々の歌っていた作品、要するに流行歌を聴くたびに、それを「面白い」とすぐに判断できた。それを面白いと判断しただけではなくて、自分たちの歌に取り入れる。その場合、変更したところ、変化したところはたくさんあった。そのいちばん大きな変化は、多分メロディだったと思う。

歌謡というのは、もともといえばリズムのほうが中心だったと思います。まず第一に、歌謡というのは「歌」「謡」両方とも「うたふ」という意味です。歌うということばの語源はどういうことかという議論があるわけです。僕は語源説については、興味を持つと同時に、いつでもそれが本当かどうかは分からないけれど、という気持ちはあります。「うたふ」についていえば、語源はウタ（歌）アフ（合）の約だとも、また一説にはウチ（打）アフ（合）の約だとも、ウタ（歌）を活用したものだとも、その他まだありますが、とにかく歌のことばに節をつけて唱えることだったわけです。もともと、歌を唱和することを意味していたと思われます。また、別の説を見ると、こんなことを書いてあります。「ふ」という助動詞は、古代においては動作を繰り返すときによくつけたらしい。動作を繰り返すものにわりとつくというのです。つまり、「うつ」ということばの未然形「うた」と「ふ」で「打つことを繰り返す」、それが「うたふ」ということばだというのです。「打つことを繰り返す」ということはどういうことかというと、カンカンカンカン（とコップを叩いて）、つまりこれが「うたふ」ということです。すなわち「うたふ」は、もともとはメロディを発するよりも先に、まずリズムを取ったのだということになります。

「たたかふ」も、いろんな説によると「たたく」プラス接尾語「ふ」で、繰り返し叩くこと、互いに力を比べて優劣を争うという意味だそうです。また他の説では、「たたかふ」というのは、こちらが相手を「たたく」だけではなくて、「叩き合う」から「たたかふ」ということらしい。ちょっと脱線しますが、日本語には「合う」がつくことばが多い。「見る」は「見合う」になるし、「食べる」は「食べ合う」になるし、いろんな動詞に「合う」ということばをつけるとまた別のことばになる、それから派生したことばができるという不思議な現象があって、「合う」ということばは日本語においてとくに重要な位置にあることばだと思います。

それはそれでまた別の問題ですが、とにかくいろんな動詞に「合う」ということばをつけると、くっついてしまうということは、日本人にとって何かと何かが合うということが、根本的に重要であったのでしょう。重要だから、そういうことばが発生してくるのだと思う。つまり、合うとか合わせることを人間生活の基本においている民族、言いかえると人と自分と心が合わないととても居心地が悪い、という民族であるわけです。どこの民族でもそうだと思いますが、日本人はとくに人に合わせる、あるいは人が自分に合ってくれるということがたいへん重要な民族であることは確かだと思う。それは多分国土が狭くて、人間が住める範囲の平野が非常に少ない。日本列島の面積の三分の二近くはいわば山地ですから、海辺の小さな平野あるいは盆地みたいになっているところ、あるいはせいぜい関東平野くらいのところに人が密集して住んでいる。ですから、どうしても「合う」「合わせる」ということが基本的に重要になります。合わないと、喧嘩《けんか》してしまうから社会的秩序が保てない。だから「合う」ということばを人間の日常生活の基本におくような生活習慣ができたのではないかと思います。

それはことばに反映されていると思うけれどそれはそれとして、「叩く」ということばが、歌の場合には「打つ」ということばにもなる。「打つ」ということばがもし「歌う」の語源だとすれば、もともとはリズムからきているわけですけれど、それにプラス、メロディが必要になってくる。メロディというのは、いろんな工夫ができます。それに比べるとリズムは工夫ができないわけです。もちろん、リズムはいろいろなリズムがありますから、組み合わせなどの工夫はできますが基本的にはつねに均等なものを基礎にしています。ところが、メロディというのは均等でなくてもいい。いろんなメロディがありうるわけです。平安朝の貴族が民間の人々の歌った民謡を自分たちが取り入れる場合に、たぶんメロディの上では非常に工夫したと思う。そのメロディを工夫したもののなかには、当然中国の唐楽からの影響があったにちがいない。そこで斬新な工夫を加えれば、猥褻なことばもモダンなメロディに乗って歌われるというふうなことになり、それだけで面白いものになったにちがいない。ただたんに土の匂いがするようなものではなく、洒落《しゃれ》たメロディをつけることによって、急に、土の匂いを保ったまま新しい別の歌に変貌《へんぼう》するということがあったはずです。それはたぶん平安朝の音楽のかなり大事な要素だったのではないか、と僕は想像しています。

歌謡によって結びつく社会

とにかく、日本の古代から中世、近世の江戸時代まで含めて、音楽の在り方というのは今日の比ではないと思います。ものすごいバラエティがあって、曲の名前だけで何十とある。曲というのは、個別の曲というよりはスタイルということで、今様《いまよう》はそのなかのひとつのスタイルにすぎないわけです。今様とは「今ふう」ということで、モダン・スタイルということですから、平安時代の後期の頃のモダン・スタイル、それがつまり、後白河法皇などが夢中になってやった今様歌謡です。そのなかには、じつにいろいろなスタイルが混じり込んでいるわけです。それをすべて今様というのだから、前の時代のものとはちょっとどこかで工夫して変えてある。その工夫して変えていくというところが、その時代の歌謡好きの連中にとってはじつに命をかけるくらいのことだった。だからこそ後白河が『梁塵秘抄《りょうじんひしょう》』というものを編纂し、自分自身で今様修業の手記を書いてもいるのです。そして、それがものすごく面白い手記になっているわけです。

とにかく、音楽というものは記録できません。今みたいに記録する機械がなかった時代には風とともに消えていくものですから、それだけにスタイルがずるずる変わっていってても平気というのが逆にあった。スタイルが変わるたびに、彼女のスタイルは彼のスタイルとは違うとか、名人同士がいろいろと言う。名人同士を見比べる場合には、自分の耳を頼りに判断します。耳を頼りに判断するものが本当に凄い専門的な歌い手ならば、当然その判断はほかのものの判断よりもずっと深くて、鋭くて、切れ味があって、ということがあった。

後白河院という人はそういう人であったわけです。今様の奥義を極めたうえで、練習を怠らなかった男だった。そういう人が天皇で出てきたということは、やはり日本文化の奇妙奇天烈《きてれつ》なところでしょう。ほかの国ではまずちょっと見当たらないのではないかと思います。少なくとも、ヨーロッパなどの王宮を形づくっていた貴族、元はといえば武人の家柄が多いのですが、そういうヨーロッパの貴族の生活は、シェイクスピアの芝居などで見ても、音楽的な観点からいうとそれほど洗練されていたとは思えない。それ以前のギリシアまで遡ればたぶん少しはそういう人がいたと思います。それにキリスト教、とくにカトリックの僧侶にはたくさん音楽家がいたと思うけれど、帝王でとにかくその時代きっての名歌手という人はあまりいなかっただろうと思う。

つまり歌というのは、位のいちばん高いような人をも魅了するだけの魅力のあるものだったわけです。したがって社会階級的に言えば、いちばん上の人もいちばん下の人も歌によって結びつく、という性格のものだった。それが記録されていないために、僕らは文字だけでなんとなく判断していますからそのことを忘れてしまう。けれど、いったん文字から音楽、あるいは歌というものを立ち上がらせてダンスとかその他の身振りをくっつけて想像してみればわかりますが、そこには恐るべき豊かさの世界がある。歌謡には階級を縦断する力がある、ということですが、同時に歌謡の種類というのはすごく多くて、それはいろんな分け方ができます。ただ、かたちの上から判断すると「歌いもの」と「語りもの」とふたつに分けられる。古代の「歌いもの」というのは先ほど言ったように『神楽歌』とか『催馬楽』とか、あるいは朗詠とか今様とかその他いろいろあります。それに対して「語りもの」は、平曲《へいきょく》とか幸若舞《こうわかまい》とか浄瑠璃《じょうるり》とか説経節とか浪花《なにわ》節《ぶし》にいたるまでこれまたいろいろある。

「語りもの」は筋がある物語になんとなく曲がついて、なおかつ楽器が伴ってきます。「歌いもの」の場合には、楽器が伴う場合と伴わない場合と両方ありうるけれど、「語りもの」には楽器が伴わないと語りがメロメロになってしまうこともありうるでしょう。それはじつに面白いことです。楽器も、琵琶《びわ》とか、あるいは鼓《つづみ》とか三味線《しゃみせん》とかいろいろなものが時代によってある。「歌いもの」と「語りもの」の両方合わせると、この世界が多彩で豊かだったことは一目瞭然に分かるわけです。つけ加えるならば、「語りもの」の音楽というのはメロディがつかない。「語りもの」をやっていて、触りのところにいくとかならず「デデデデン」と楽器を鳴らすだけ、つまり叩くだけです。だから、旋律的にいえば、ほとんどまったくいつでも同じ旋律です。それは基本的に拍子だけ、ということになります。

「語りもの」も含めて歌謡の世界全体の内容をいえば、ひとつは宗教的な歌謡があって、そのなかには、仏教の分野と神道の分野と両方あります。またひとつには、労働というものがあります。これは世俗的といっていいわけですが、労働の歌謡は非常に重要です。そこにはお遊びの分野が豊かにある。労働の場合、例えば田植えのような単純でつらい労働をするときに、その労働の苦しみを多少とも和らげるために歌を歌いながらするというのは重要です。家を建てるときには「木遣《きや》り」を歌うとか、その時々によっていろんな種類の労働の歌がある。そして、もうひとつ重要なものとして遊ぶ世界、宴の世界があって、これがまた重要です。遊びの歌といえば、まず酒盛り、それから盆踊りその他の季節季節の祭り、それに付随しての酒盛り、ここでも酒盛り歌というのがあります。そのように多様な歌があることを知ったうえで、多様性とは別の重要な分類があることをいいます。それはひとつは一般の民謡、つまり歌う人も作った人も誰でもいい無名の人であるというのと、もうひとつは芸能的になってしまって、芸を見せるプロフェッショナルな歌い手がいるという分類です。

プロフェッショナルの歌い手が出てくるというのは、必然的ではありますが重要なことです。この一般の民謡とは違う、プロフェッショナルな芸、つまり技芸を見せるほうでとくに重要なのは女でした。遊女はもちろん神社の巫女《みこ》さんもプロフェッショナルな仲間に入るでしょう。神社の巫女さんも相当な程度そのまま遊女だったから、こういうところでは歌が上手であるかないかは大変な違いです。ひょっとして、それによって天皇の思いものになるかもしれない、ということがある。天皇の子どもを生めばそのままお后ですから、最下層の女でもお后ということがありえる。そういう意味では、歌を歌う歌い手たちのことを考えただけでも、歌謡の世界は範囲が広いというわけです。

歌謡というのは、民間のそれぞれの地域において歌われて、その地区で自然発生しています。けれど、そういう民謡は同じところにあるかぎりあまり大きな変化はない。ところが、旅人がやってくる。旅人がやってきて、「ここの歌にはこんな面白いものがあったのか」と言って都に運ぶ。そして、都でそれが加工されて洗練された新しい芸謡になるということは絶えずあった。ここに面白い循環過程があるわけです。

その仲立ちをしたのはどういう連中かというと、もちろん遊女がいます。それから傀《く》儡《ぐつ》がいる。傀儡というのはよく分からないのですが、ジプシーみたいな存在ではないかと言われています。美濃の青墓というところなどは傀儡の集結地みたいなもので、そこがひとつの中心地です。そこから傀儡たちが近畿《きんき》地方や中部地方に出ていっては芸をする、そういう一種のセンターだったらしいのですがよく分からないことです。いわゆる下層民の類に思われていますから、その人たちと芸を通じて関わっている天皇との関係など、今日の常識ではおしはかれないことだと思います。後白河法皇などの先生だった女の人、芸の師匠は、だいたい美濃の青墓出身の傀儡あるいは傀儡女《くぐつめ》だったりすることが多いのですが、遊女も随分いたでしょう。そういう人々は出自からするといちばん下の階級だけれど、同時に後白河法皇は非常に丁重に彼女たちを扱った。宮中に上げて、下にもおかぬもてなしをしている。そこにいたっては、芸というものを通じて、社会階級の差が一挙になくなってしまうということがあったんだと思います。

　また、新潟の越後のほうでは瞽女《ごぜ》がいます。瞽女になるような女の人たちは、ある程度の広がりでもちろんどこの土地にもいたわけだけど、とくに越後が盛んだったというのも面白い。それから門付けをやったり旅人としてしょっちゅう行商したりして歩いたりする人、そういう連中は非常に遠方まで歩いている。近代・現代でいえば、僕らが子どもの頃には富山の薬屋さんはかならず周期的に回ってきたものです。富山の人が例えば静岡県まで来ているということは当たり前のことだったから、そういう意味でいうと彼らは噂話を運ぶ人であり、いろんな物語を運ぶ人であり、国それぞれの特色のあるものに加えて流行の物語を運ぶ人であり、同時に歌を運ぶ人であったということです。歌謡の伝播者としてこの人々の功績は大きい。

　さらに後には、演劇が劇場を持つようになった。室町時代以後は劇場形式のいろいろな催しがたくさん行われてくるわけです。とくに江戸になると、歌舞伎というものが流行ってくる。すると、その年その年の流行《はやり》歌というのは、歌舞伎役者が歌う歌が結構重要な中心になってくる。それはやはり、歌舞伎役者は舞台の上では帝王であり王妃であったということです。そういう人々が歌う歌というものは魅力的なものだったから、たちまち伝わった。ファッションも同時に伝わった。そういう意味で、日本人の広い範囲の人々にとって、歌舞伎俳優の模範的な歌とファッションというのが、深い影響を及ぼしている。そしてそれらには全部歌がくっついているわけですから、歌謡を無視した文学史というのは本当はありえない、というふうに僕は思うわけです。

藤原公任と「和漢朗詠集」

一応、概論的に言えばそういうことなので、この後は主として『梁塵秘抄』を話したいと思っているのですが、その前にこれだけはやはり外すわけにはいかないというものがある。それは『和漢朗詠集《わかんろうえいしゅう》』です。『和漢朗詠集』というのは藤原公任《ふじわらのきんとう》の選で、上下二巻に分かれています。細かいことはあまり言いませんが、いろんな証拠から推して年代はだいたい西暦紀元一〇一〇年代にできているようです。ということは、十一世紀のはじめです。もちろんこれは紫式部をはじめとするあの才女たちとまったくの同世代、つまりもう一方で女たちのすごい文学作品が続々と出た時代です。そして、男でその同じ時代に紫式部とか清少納言と匹敵する仕事をした人の筆頭を挙げるとすると、『和漢朗詠集』を編んだということから考えて藤原公任でありましょう。

『和漢朗詠集』を編纂したことがなぜすごいことかというと、まず第一にこれは女には絶対にできなかった。「和漢」ということは、大和と漢と両方です。漢とはその当時の唐で、唐はその当時潰れていたかもしれませんけれど、つまり漢詩・漢文ということです。漢詩・漢文が表向きにできたのはとにかく男だけです。裏では紫式部にしても清少納言にしても、漢文・漢詩はたくさん読んでいたわけですが、あくまで表向きは知らん顔をしていた。かな文字が彼女らの表現手段だったわけです。だからこそ、かな文字は女手《おんなで》と呼ばれた。女手とは女の人の文字、女のための文字ということで、表向きは漢字はまだ男のものということになっていました。その場合に、漢文・漢詩は大変な歴史があるから、それらのことをよくよく知っている人というのは、やはり限られていた。限られてくるなかに、藤原公任がいたわけです。

公任は和歌でももちろん当時の代表的な歌人だったのだけれど、同時に学者として大変優れていて、彼の歌論的なものにはいくつか重要なものがあります。それからもちろん、『和漢朗詠集』を編纂している。『和漢朗詠集』を編纂する上で、何が必要だったかというと、まず第一に先ほど触れたようにたくさんの漢詩・漢文を読んでいるということが必要だった。とくに漢詩を読んでいなければできない仕事だった。

そして、彼は面白いことに漢詩に日本人的な工夫をしたわけです。白楽天をはじめとする中国のさまざまな詩人たちの作品を読んだ上で、そのなかから二行、三行、四行とピックアップしてくる。元の原作は、いま僕らの言い方で四行のものもあるし八行のものもあるし、十六行のものもあるし、というふうになっています。長いものになると、非常に長い『長恨歌《ちょうごんか》』のようなものもありますし、そういうものを含めてとにかく原作そのものを引用するなら長い長いものになったはずなのに、公任はそのなかからさわりの部分だけを抜いてくるという方法を使っている。もちろんこの方法は彼の発明ではないけれど、日本人の社会においてこの摘句を方法論として確立したのは、明らかに公任です。以後、現代の『折々のうた』にいたるまで摘句が行われているわけです。その間には『俳句《はいく》歳時記《さいじき》』、あるいはそれ以前の『歳時記』という長い伝統がある。それは元をたぐっていくと公任の『和漢朗詠集』にいく。もちろんそれ以前に、適当にさわりだけ抜いてくるほかのものもあったでしょう。しかし、方法論としてやったというのは公任です。

公任の時代は『古今集』からまた百年くらい経っていて、その間に勅撰集がいくつか出ていますが、日本の詩歌の歴史で非常に重要なのは、『万葉集』でもそうですし『古今集』でもそうですし、全部に共通して言えることですが、詩集とか詩歌集というのは元来がアンソロジーだったということです。個人の集ももちろんあるけれど、個人の詩集が重要な意味を持っているのはアンソロジーのための素材としての意味ででした。要するに、アンソロジーを編纂するうえで基礎になる材料を作らなければならない。その材料をひとりひとりが適当に作っていたわけです。それは『古今集』ができてからもうはっきりとしてきていて、『古今集』のような公的な選集に自分の歌をひとつでも載せてもらいたいと思う。そうすると当然、まず「こういうものが私のなかのいいものです」「こういうものがいいものとしてあります」と素材を提供しなければならないから、みんなその点に気を遣って個人集を作った。ですから、『古今和歌集』の頃になると、ずいぶんいろんな個人の家集ができますが、家の集は勅撰和歌集の素材として意味を持っていた。それ自体が非常に面白いことです。

それはそれとして、名作のさわりを引き抜いてくるという考え方は『古今和歌集』を作る考え方と同じです。それをもっとひとつの分野に極限して、鋭くある方法論に磨き上げたのが、藤原公任だった。では、公任はどのように方法論的に鋭いところを見せたのかというと、まず上巻と下巻に分けたのです。

上巻では春夏秋冬という編成の仕方をしています。それは、『古今集』以来の和歌集の伝統をちゃんと踏んでいる。だから、『和漢朗詠集』ももともとは勅撰和歌集の基礎があって、その上に則《のっと》っている。その場合に、上巻では春夏秋冬、それ以外にも勅撰和歌集に出るいろいろな題があるわけです。それらに合わせて和と漢と両方の名作を集めてきた。それはピラミッド式になっていて、この歌とこの漢詩は同じジャンルに入れていいだろう、ではどの歌を採ればいいだろう、ということでだんだん削られていって、精選されたものがいちばんトップのところに並んでいるという形になっている。それで、上巻はだいたい季節を中心にしている。

下巻は何が入っているかというと、不思議なことに恋愛という項目がない。勅撰和歌集では、例えば『古今和歌集』を見ると、巻十一から十五までが恋の歌です。それが、『和漢朗詠集』にはその項目がなくて、代わりに今までの勅撰和歌集では取り上げられにくかったものがさまざまに取り上げられている。風とか雲とか晴とか暁とかの天象、それから松とか竹とか草とか鶴とか猿とか草木禽獣《そうもくきんじゅう》を取り上げている。それから管弦や舞妓《ぶぎ》。さらに文詞、つまり名文の文章の摘句、それから酒がある。これらの全部は、管弦も文詞も酒も、じつは宴の世界の語彙《ごい》です。

下巻に独特なのは、帝王とか法皇、親皇とか王孫、丞相《じょうしょう》、執政、将軍その他。これらはまったく和歌のほうではありえなかった題目ですが、これらの政治向きの題目も選ばれています。ほかにも、歴史的なさまざまな出来事などをテーマにしたものなども選ばれています。中国の詩のなかにも帝王や王族などを立てるものはあまりなかったけれど、これは平安時代の当時の社会情勢からすると、天皇をはじめとしていろいろな親皇とか貴族階級の連中が社会の中心にありましたから、必然的だったでしょう。そういう人々についての文章、詩の一節を取り上げて一項目立てるというふうにしておいたほうが、その時代の人々の歌を歌うときの気分にも合うだろう、と中国の詩の分け方にもないような独自の題の立て方を藤原公任がやっている。要するに、その時代にあったような題目を選んでいるということです。そして、上巻ではむしろ時代を超えて、日本人にいつでもぴったりくるような春夏秋冬などを配している。

これは非常によく編纂された、その当時における日本人の美意識の分類表がそのまま題目になって出ているといってもいいところがある。ですから、これは大変綿密に計算されたひとつのアンソロジーであることは確かです。しかも和歌集のアンソロジーである『古今集』などにも見出せないような、ちょっと高雅な題目も入れてあるというので、漢詩を取り入れた理由がはっきりわかる。編成としては漢詩を先に置いているけれど、同じ題で漢詩と和歌と似たような作品を集めてきていて、それらはふたつだけの場合もあり、たくさん付け合わせている場合もあります。

結局、これが持っていた非常に大きな意味とは、もとの作品、とくに漢詩のもとの作品のなかからいちばんいいところだけ抜いてきて、あとは捨てて顧みなかったということです。二行なら二行の美しい詩句が採られているとして、それがじつはものすごく血なまぐさい詩のなかの素晴らしく美しい二行だけだということだってありうることです。したがって、それだけ採ってきて後は捨ててしまったということは、詩のいわば実際にはそうであったはずの思想的な内容とか、歴史的な背景とかをもばっさり切り捨てている。言いかえると、上澄みだけ採っている。それが『和漢朗詠集』の持っている大きな意味です。

これを長い間、一千年もの間、人々が愛誦《あいしょう》し、愛読してきた。その影響を受けた別の朗詠集というものも、次から次へと各時代に作られた。それらは全部いま言った摘句の原理で行われています。だから、要するにそこに日本人の思想的な態度が表れているといえば言えるわけです。句を摘みとってはきても、体系的な思想的内容にまでは立ち入らないという思想、というのがはっきりする。叙情的に美しく気分が良いというもの、藤原公任の時代には当然それで良かった。それは自分たちの生きたひとつの時代をそういうかたちで褒め讃えていたからです。材料としては中国の詩を持ってきてもいいけれど、それらを並べてじつに美しいひとつの箱庭的なものができている。あそこを見れば山がある、ここを見れば美しい月も昇っている。その月の下にはきれいな川が流れている。それが要するに『和漢朗詠集』の風景です。そういう意味では、じつになんともいえないくらい、この世の平和を讃えた世界がある。もちろん『和漢朗詠集』のなかには多少なりとも人生苦のようなものを歌ったものも入ってきますけれど、しかしそれはあくまでもやはり隠し味みたいなものです。全体として、この世の春を謳歌《おうか》しているということです。まさに藤原道長の時代、天皇でいえば一条天皇の時代、そういう時代の晴れやかな平安朝の最盛期の美意識がこれに投影しているわけです。

その伝統がずっと続いてきてしまったところに、日本的なところがあります。次の時代も次の時代も、江戸時代になってさえも、同じようなかたちでつぎつぎに別の朗詠集的なものができる。そして、現代においてさえそういうものがさまざまなかたちである。やはりアンソロジーというものは、ひとつの時代を集約し代表するものだということは確かです。ですから、藤原道長の時代を美意識の上で代表させるとすれば、一方で男の美意識の代表が『和漢朗詠集』で、女の美意識の代表が清少納言と紫式部であるといえます。そして、外れものとしてまことに天才的な切れ味のいい歌を作ったのが和泉式部であったわけです。

「梁塵秘抄」

ですから、歌謡というのはそういう意味でいうと、やはりひとつの時代全体を代表できる要素がある。そういうことを見た上で『梁塵秘抄』に移りたいのですが、『梁塵秘抄』というのは後白河院が撰したものです。もともとは二十巻あったらしい。歌詞が十巻、『梁塵秘抄口伝集《くでんしゅう》』というのが十巻あったというふうに考えられています。だけど今現在残っているのは、巻一から十までの歌詞集のなかでは、巻一がほんのわずか、巻二は全部、というだけです。歌詞の十巻は、たぶん今我々が見ているものの十倍近い内容のものが元来あったかもしれない。恐るべきものです。現在残っているわずか十分の一にちょっと毛が生えた程度のものでも非常に面白い。それが全部残っていたならば、国民的財産ということばがあるけれど、本当にそのとおりです。口伝集では、巻十の後白河院の御口伝《ごくでん》というのが残っていて、これが面白い。口伝集というのは、歌い方とか演奏の仕方を細かく書いてあったもののようです。口伝集そのものの形態は本当はよくわからないといえばわからないのですが、後白河院の御口伝というものを見れば、やはり歌の歌い方の「ここはこう歌わなければならない」というのを細かく具体的に教えたものだと思います。後白河院御口伝というのはそういうものについて概略を書いた上で、「私はこういうふうに修行してきた」という修行一代記を書いているわけです。その体験談が実に貴重です。

そこで、今残っているものでいえば巻一と巻二しかないわけですが、巻一は数も限られていて、なかには面白いものもあるけれど、それほど多くあるわけではない。巻二については、法文歌《ほうもんか》というのがまずあって、それから四句神歌というのが二百四首ある。そして二句神歌というのが百二十一首あります。

この法文歌についても神歌についても、とくに法文歌のほうは仏教のいろんなお経がたくさんある。般若経《はんにゃきょう》だとか法華経《ほけきょう》だとか阿含経《あごんきょう》だとか華厳経《けごんきょう》だとか、教典の種類はたいへんに多いわけですが、経文《きょうもん》でいちばん重要だと思われる要点をすべて四句ずつに要約しています。一首だけではとても言いきれない場合は、何首も続けてやっていく。これらは法華経がとくに多いです。それは法華経が平安朝の人々にとってもっとも重要な教典だったからです。なぜかといえば、法華経というのは浄土、極楽を詠んでいるからです。極楽往生というのが、その当時の日本人にとっては絶対的な関心事だった。したがって、法華経が経文として選ばれ、とくに重要になってきます。美しい浄土の風景、自分が死んだ後導かれてゆく極楽浄土というものが、法華経のなかでいちばん美しく描かれている。それで、人々は自分の死後に第二の生命が行き着くであろう美しいところを思い描いたわけです。法華経は二十八品《ほん》ありますが、その二十八品ごとに歌が全部ついている。だから、法華経については、わりと一般の人にもわかるようなかたちでさわりの部分を歌にして、ポピュラーな教えにしているわけです。これは全部で百十数首かあって、とにかく法華経についてだけは長々とあります。法華経がいかに重要なお経だったかというのがここでもよくわかります。

四句の神歌というほうは、原則的には神道《しんとう》の神様を歌っていますが、日本の独特なところは、仏を詠んだ歌と神を詠んだ歌とがわりと混ざっているところにあります。それから、四句神歌のなかには世俗の歌謡がいっぱいあります。そのなかには、エロティックなものがいっぱいある。一方二句の神歌というのは、和歌に近い短い歌です。性質としては四句神歌と同じで、ただ短いだけです。こちらのなかにもやはり世俗的な歌がいっぱいある。とにかく歌謡というものは、俗世間とのつながりが非常に強いということがはっきりしています。仏教では仏法僧《ぶっぽうそう》というように、とくに僧侶というのは仏教のもっとも大事な三つのもののなかのひとつです。いちばん重要なのが仏さん、それから法、それから僧と、この三つが仏教のなかでは非常に重んじられる。仏さんを詠んだ歌というのはたくさんありますが、その僧侶を詠む場合にはどんなふうにしているかというと、「あのお坊さんすてき、とってもいい男ね」「色男だし、声もいいし」というふうに詠む。そんな歌が出てくるわけだから、世俗的で親しみ深い。そういう世俗的なものがあるから、歌謡というのは、また人々にとって生活から切り離すことのできないものでもあったわけです。

それで、『梁塵秘抄』にどんなものがあるかという場合に、色っぽいものがたくさんあるので、主としてそれを取り上げることにします。しかし、最初に法文歌のなかのもっとも有名な歌を挙げなければならないでしょう。

仏は常に在《いま》せども
現《うつつ》ならぬぞあはれなる
人の音せぬ暁《あかつき》に
仄《ほの》かに夢に見え給ふ

これは七五・四句です。この歌は法文歌のなかのひとつですが、非常に清らかな、『梁塵秘抄』全体を通じての傑作の歌です。「仏はいつでもどこにでもいらっしゃるけれど、けっして現実にお見えになることはない。ことばにならないほど尊い」。あはれとは「ああ」というため息のようなものです。でも「みんな寝静まり人の音がまったくしなくなってしまった暁に、ほのかに夢に現れておいでなさる」。これは『梁塵秘抄』のいろいろな法文歌のなかでもっとも有名な歌ですが、まことに綺麗な歌です。「仄かに夢に見え給ふ」というのはどういう状態を詠んでいるか、ということをいろいろ論じれば論じることはできる。それは、これを作っている人が誰かということと関係がある。例えば、仏教の僧侶がこの歌を作っているとすれば、一晩中ずっと徹夜でお勤めをしてお経を読むことがあると、そういう場合にさすがに明け方になって眠気がさしてきて、本当に夢現《ゆめうつつ》の状態でお経を読む。すると、ふっと幻覚のように仏が現れる状態があって、それを詠んだということもできる。また、ぐっすり寝ていて夢を見てしまって、「夢を見たら仏さまが本当に微笑んで、くっきりと鮮やかに私の夢枕に立ったわ」という場合もある。いずれにしても、解釈によっていろいろありうるけれど、僕は坊さんが徹夜して一所懸命お経を読んで、頭がぼうっと夢現になった状態のときに仏がはっと現れる、というのが面白いと思う。

こういう歌は、たぶん僧侶が作った歌です。仏教の法文歌は当然僧侶が作った歌が多い。作者たちでいえば、圧倒的に男で、知識人です。したがってことばのほうも、仏教的な、ある意味で高度の知識を持っていないと作れないような歌が多いわけです。お経の経文をかみくだいて言っているわけだから、知識人でなければならない。

世俗歌謡の面白さ

ところが、もう一方に、世俗歌謡がとりわけ目立つ分野としてあるわけです。それは例えばどういうものかというと、巻二の歌番号三百四十二番には、

美女《びんぢよう》うち見れば
一本葛《ひともとかづら》にもなりなばやとぞ思ふ
本《もと》より末《すゑ》まで縒《よ》られればや
切るとも刻むとも

離れ難きはわが宿世《すくせ》

という歌があります。美女を「びんぢょぅ」とわざと跳ねて読むのは歌謡の特徴です。今でもことばをわざと歪めて歌ぅ場合があるでしょぅ。「美女ぅち見れば」と書いて「びんぢょぅぅちみれば」と歌えば、それだけでわっとなる。意味はどうぃぅことかというと、「自分の惚れたあの美女を見るたびに、俺は一本の葛《かずら》になりたいものだと思ぅ」。葛というのは木にまといつくわけです。一本の木にまといついて、「本より末まで縒られてしまいたい。そうなれば、切っても刻んでも絶対に離れることはできない。離れることができないのが私の運命だ」。ずいぶん洒落ているでしょぅ。イメジがじつに鮮明で、観念的なところがなんにもない。『梁塵秘抄』の代表的な歌のひとつと言えるでしょう。

『梁塵秘抄』のなかには、そういぅ意味でも男女の肉体的な結びつきを露骨なまでに強調しているものがたくさんあるわけですが、例えば四百六十番の、

恋ひ恋ひて
たまさかに逢《あ》ひて寝たる夜《よ》の
夢はいかが見る
さしさしきしと抱《だ》くとこそ見れ

は、もうそのものずばりです。「さしさしきさし」というのは、もう完全に擬音です。註釈書などでは、そこをあまりきちんとそのまま訳すと具合が悪いからか、「手を差しかわし、ぎゅっと抱きしめる夢を見るだろう」というように訳しているけれど、やはり「さしさしきしと」とは「さしさしきさし」としか言いようがない。間に註釈を入れることのできないことばの世界がある。

この類はいろいろあります。例えば四百八十一番には、

いざ寝なむ
夜《よ》も明け方になりにけり
鐘も打つ
宵より寝たるだにも飽かぬ心を
や　いかにせむ

という歌があります。「宵から早々とおまえと寝ていても、けっして飽きることがないであろうのに、その気持ちを一体どうしようか」ということです。「いざ寝なむ　夜も明け方になりにけり」というのはどういうことかというと、たぶんこれは僕の感じでは、逢って話をしているうちに、男のほうでは一緒に早く寝たいのに、女のほうでは長く逢

わなかったとかでぺちゃくちゃとしゃべっている。それで、男が我慢しきれずに言っているのではないか。実態はわからないけれど、僕はそういう感じにとります。男ははやる心を抑えることができない。

そういう類のことは、例えば四百八十七番にもあります。

盃《さかづき》と鵜《う》の食ふ魚《いを》と女子《をんなご》は
果てなきものぞいざ二人寝ん

酒はいくら飲んでも果てない。それから「鵜の食ふ魚」というのは、鵜は魚を食っても飲み込めないから、いくらでも繰り返し繰り返し捕らなければならない。それと「女子」も果てがない。終わりを知らないものだ、だから「いざ寝ん」。これは女が非常に淫欲《いんよく》的だということを言っているのか、あるいは女に対する自分の気持ちが果てしないと言っているのか、微妙なところでわからない。そこがかえって魅力があります。

これなどは、おそらく酒の席で好かれた歌のひとつだと思います。こういう歌を歌っては喜んでげらげらやっていただろう。二人だけでこんな歌を歌ってもしようがないから、もちろんパブリックな席で歌った。だから、この時代の歌というのは淫猥な歌ではないわけです。かならず聴衆がいて、その前でのパフォーマンスだった。このパフォーマンスが基本にある。だから、『梁塵秘抄』の歌というのはどれもこれも全部、どんなに猥褻であっても猥褻であるだけではないと思います。これが江戸時代の歌謡になると、猥褻な感じが増してくる。

非常におかしいのが四百七十三番の、

東《あづま》より昨日来《きた》れば妻《め》も持たず
この着たる紺の狩襖《かりあを》に女《むすめ》換へたべ

という歌です。東国から昨日やってきたばかりだという。「妻も持たず」ということは、まだ自分の女に出逢えない。ここにいい女がいるから、「せめて自分が着ているこの狩をする正式な紺の上着、今ここに紺の上着があるからなんとか女と換えてくれ」という即物的な歌です。上着というのはそれぞれの人がデザインに凝ったりしていますが、もちろんこの男の場合にはそんなに洒落た着物を着ていることはありえない。けれど、自分の着ている着物のなかでいちばん上等なのが上着であるわけです。では、誰にこの歌を歌ったか。女と換えてくれと言われている人がいて、それは誰かといえば、たぶん置屋の亭主みたいなものです。あるいは、女が親分でいるかもしれなくて、とにかく何人か遊女を抱えているわけです。その抱えている人に、「すいません、今金もないし何もないけれど、女を抱きたいから、この紺色の僕の上着をちょっと」と言って出している。どういう人間がこのように言っているかというと、おそらく田舎からやってきたばかりの東国の田舎者だったでしょう。女が欲しくて夢中になって、いちばんいいものはこれしかないからといって上着を差し出している姿を見て、おかしくてくすくす笑っていたものがいるわけです。それは誰かというと、そこにいた遊女です。遊女が何人かいて、「面白いわね、あの田舎者のおっちゃんは、まあなんていうこと」と言っている。この情景が面白かったから、これを歌にした。そしてすぐに作曲して、男の可愛らしい馬鹿馬鹿しさをからかう歌にしています。この種の歌はたくさんあります。

非常に有名な歌で、三百五十九番に、

遊びをせんとや生まれけむ
戯《たはぶ》れせんとや生まれけん
遊ぶ子どもの声聞けば
わが身さへこそ揺るがるれ

という歌があります。これは昔からの普通の解釈では、清純な子どもの遊びを見ているうちに、大人と子どもと一緒に体が揺るぐような気がした、ということで解釈されてきただろうと思います。しかし、小西甚一さんが昭和十年代に出した『梁塵秘抄考』という本のなかで書いている解釈、これがたぶん最初だと思うのですが、僕はそれを見てびっくりして、「なるほど」と思った解釈があります。それはどういうことかというと、小西さんはこう書いています。「この歌は秘抄の中でもすぐれたものであるが、以下の数首が遊女に関する歌であるから、これも遊女の感慨であるかと思ふ。平生罪業深い生活を送つてゐる遊女が、みづからの沈淪に対しての身をゆるがす悔恨をうたつたのであらう。『たはぶれ』は『類聚名義抄《るいじゅうみょうぎしょう》』の〈淫　タハフル〉が当るやうである」。『類聚名義抄』というのは漢字の辞書です。「戯れ」ということばがこの歌詞のなかに出てくるわけですけれど、「戯る」というのはただ遊ぶというだけではなくて、売淫の「淫」のことを「戯る」といった。だから、「戯る」「戯れ」というのは昔から淫欲の「淫」でもあります。そちらの意味が当たるのではないかと小西さんは書いています。

実際にここの後に出てくる歌には遊女の歌があるというのですが、これが遊女の歌と取れるかどうかは難しいところではあります。二首ばかりおいた先には、たしかに巫女さんが遊女である歌があります。そのへんは難しいところです。もし遊女の数首がこのあたりに並んでいるとする解釈ならば、「これも遊女の感慨であるかと思ふ」というのは当たっているかもしれない。つまり『梁塵秘抄』では、ある程度の同じ種類の歌が並んでいるので、これだけが一首独立しているということはあまりない。そう見れば、小西さんがおっしゃるようにこれはつまり「遊び」というのが淫欲だから遊女の「遊」でもあり、遊び女というのもまさに淫欲を生業《なりわい》とする女です。だから、「遊び」も「戯れ」も両方ともじつは「淫」ということばに関わっているかもしれない、という解釈もできます。子どもを見ながら、男と女の関係であるところの「遊び」を商売にするために生まれたんだろうか、「遊び」をしようとして生まれたんだろうか、「戯れ」をしようとして生まれたんだろうか、遊んでいる子どもの声を聞くと私の身まで揺られてくる。つまり、この子の将来の運命が私と同じような運命になることを感じて、なんだかすごく身も心も揺らいでしまうというふうに遊女の身である女が歌っている、という解釈も成り立つ。普通の意味で、子どもが無心に遊んでいるのを見ると、楽しげで自分の気持ちも体も揺らいでくる、というのももちろん解釈として正しいわけです。どちらか僕には決めかねる。「遊び」ということばを単純に遊びと取るか、あるいは別の意味で「遊び」であるというふうに穿って取るか、どちらかです。小西さんのほうが近代的で同時に根源にまでさかのぼった面白い解釈です。

それに関連して今の歌の三つ先の三百六十二番に、

王子《わうじ》の御前《おまへ》の笹草《ささくさ》は
駒は食《は》めどもなほ茂し
主は来ねども夜殿《よどの》には
床の間ぞなき若ければ

という歌があります。この「王子」とは熊野神社の支社で、支社はみんな王子です。熊野信仰というのは日本全国に行き渡っていて、いたるところに王子社があった。王子社にはかならず巫女さんがいた。そして、巫女さんは同時に売春をしていた人もいた。これは「王子の宮の社の前の笹草は、馬が食っても食ってもなおしげく生えている。（特定の）あの人はやってこないけれど、夜の巫女さんの寝るところにはいつでも寝床の空く暇がない、若いから」と言っています。彼女には決まった男がいるのに、ほかの男が誰でも彼でもやってきて彼女と寝ている。これなどはそのものずばりで、巫女さんは同時に売春をしていたということがこの歌を見るとわかる。「王子の御前の笹草は　駒は食めどもなほ茂し」とは洒落ています。つまり、馬が食っても後から後から草が生えてくる、とはなお精力が湧いてくる若さのことです。それは同時に彼女の局部の毛を指しているでしょう。

お行儀のいい見方ではないと思うけれど、こういうのは本当に男が喜んで歌っていたと思います。とくにその一座に遊女などが混じっていて宴会などをやれば、当然歌ったと思う。女を目の前にしながら巫女さんのことを歌っているというのは、猥褻な感じがします。先ほどの田舎者の歌は、遊女が田舎者の歌ったように歌っているし、歌は誰が歌うかによって全然違ってきます。

歌謡のいちばん面白いところは、利用するものがどんなふうにでも利用できるところです。だから、近代文学とは全然違う。近代文学でこんなことをしたら、作者がカンカンに怒ります。けれど歌というのは作者不明で、「誰でも私をどういうふうにしてもいいわよ」と歌謡自体が言っている。つまり、歌謡の適用範囲が広いということが、例えば後白河院などが歌謡を好んだ理由でもありましょう。だから彼は臣下によく「今様を歌え」と命令する。うまいものはすぐにその場に合うように、有名な歌謡をことばを変えながら歌う。そうすると、「おまえの歌は折りにあってめでたい」と、天皇は着ていたものを臣下にぽんとくれてやったりする。ということは、折りにあってめでたいというふうになるのが歌謡だからです。だから歌謡で、はじめから終わりまできまりきった同じ歌詞でちっとも歌詞が変わらなかったというのは、歌としては三流だということです。どんどん変えられていって、いろんなバリエーションができてくるというのが歌謡というものの重要な存在理由だったのではないでしょうか。つまり、われわれの厳しい文学概念を鼻であしらっているわけです。とにかく、メロディをいっているのか拍子をいっているのかわからないけれど、『梁塵秘抄』の御口伝のほうに歌い方のいろいろな種類が書いてあります。それがほとんど実体はわからない。歌い方の名前がとにかくいっぱい出てくるということは、当然歌い方にもいろんなバリエーションがあったわけです。

例えば、三百八十番の、

遊女《あそび》の好むもの
雑芸《ざふげい》鼓《つづみ》小《こ》端舟《はしぶね》
簦《おほがさ》翳《かざし》艫《とも》取女《とりめ》

男の愛祈る百大夫《ひゃくだいふ》

「遊び女が好むものときたら」で始まる歌です。「雑芸《ぞうげい》」とは歌舞音曲いろんなものを含めて言います。「鼓」は楽器、「小端舟」は小舟と同じで小さな舟というほどの意味です。「簦《おほがさ》」とは、柄が長くて直径も非常に大きな傘を指します。なぜそれをさしたかというと、その陰で男と寝たからです。でも団扇《うちわ》「翳《かざし》」というのは、よくわからないけれど大傘をかざす人をいったかもしれない。「翳」ということもありうる。今ではわからなくなってしまったことばがたくさんあります。いずれにしても、大きな傘をさし翳すわけです。「艫取女《ともとりめ》」というのはどういうことかというと、舟の中で女が商売をするときに、一方で若い女が男と一緒に寝て、もうひとりのたぶん年輩の女でしょう、櫓《ろ》を漕《こ》いでいるのです。そして「男の愛祈る百大夫」の「百大夫」というのは、「なんとかして私にいい男を与えてください」とお祈りをするための小さな祈りの道具です。それがなんであるかわからないけれど、たぶん道祖神《どうそじん》みたいなものです。男のセックスのシンボルは道祖神にされますから、そのものずばり男のセックスシンボルをかたちとして神様みたいにしたようなものを女たちが持っていて、「お願いします、お願いします」と言っている可能性がある。

このところは遊女のその当時の生活環境がじつによく出ています。舟に乗ってひとりが男をもてなして、もうひとりが舟がどこかに流れていかないように舵《かじ》をとっているということは、セックスがいかにおおっぴらになんの恥ずかしげもなく行われていたかを意味しているわけでしょう。そしてもちろんこの場合に、女たちは全部がうまく避妊できたわけもないから、子どもができたかもしれない。そうすると、子どもを生んだ女も塊まって住んでいた。どこに住んでいたかというと、だいたい川べりです。淀川べりなどには、川の港々に遊女の集落が、つぎつぎにあったにちがいない。江口とか神崎とか有名な場所はありますけれど、それだけではなくてちょっとした入江があればすぐにそこに女たちがたむろした。なかには子どももぎゃあぎゃあ泣いたりしていただろうし、まさに彼女らは生活者であるわけです。

そういう生活者である遊女が出てくると思えるものが、三百三十八番の、

厳粧狩場《けしやうかりば》の小屋習ひ
しばしは立てたれ閨《ねや》の外《と》に
懲ろしめよ
宵のほど
昨夜《よべ》も昨夜《よべ》も夜離《よが》れしき
悔過《けくわ》はしたりともしたりとも
目な見せそ

ですが、これは本によって少し読みが違って僕が知っているのは「見せそ→見せむ」となっています。全体的な意味としては、「厳粧狩場の小屋習ひ」というのは「きちんと仕立てた狩をする場所の小屋では、こうするのが習慣である」ということです。だから、「しばしは立たせておきなさい、閨の外側に」。誰を立たせておくかというと、遊女のところへ通ってきた男を立たせるわけです。その男はわりと位の高い侍なのでしょうが、彼がこのところ昨夜も一昨日もちっとも現れなかった。それで遊女は「馬鹿にしている」と怒っているわけです。狩小屋のある周辺というのは当然、男が、それも侍連中がよくやってくるところです。その周りには、女たちがかならずすぐに自分たちの住みかを作ります。それで、毎晩毎晩男たちが通ってくる。そういう場所に住んでいるわけですけれど、綺麗な狩場というのだから、位の高い連中が使う、今でいうとゴルフコースのようなもので、ゴルフをやる連中の周りに女が群がるという状況を考えればいいわけです。要するに、このクラブハウスの周りで商売をしているのにクラブハウスの連中は礼儀を知らない、私たちがいるのにほかの女たちのところへ通っているらしい、だから少しいじめてやろう、というのが女たちの言い分です。

「夜離れしき」というのは、男が通ってこなくなるということです。だから、私たちのほうからあいつを締め出してやろう。「悔過はしたりとも」後悔してきたとしても、「目な見せそ」目を見せてはいけない、つまり逢ってやってはいけません。「目に見せむ」ならば、ひどい目に合わせてやろう、ということです。男が少しよそへ通っているらしいときに、女が怒って「あいつをちょっと懲らしめてやろう。謝ってきたって、すぐに簡単に一緒に寝てやるもんか」という歌です。これなどは、たんなる男と女の一夜の関係ではなくて、もうその男がほとんど亭主みたいにして来ていたのです。ところがこの頃、ほかに目移りした。彼女としては男の足が遠退《とおの》くと生活に関わるわけです。したがってかなり真剣に怒っています。

次の歌の、

われを頼めて来ぬ男
角《つの》三つ生ひたる鬼になれ
さて人に疎《うと》まれよ
霜雪霰《しもゆきあられ》　降る水田《みづた》の鳥となれ
さて足冷たかれ
池の浮草となりねかし
と揺りかう揺り揺られ歩《あり》け

というのは、やはりまったく同じことで、「いいよ、おまえのことは全部俺に任せておけば面倒を見てやる」と私を頼みにさせて（「われを頼めて」）いた男が来なくなってしまった。その男に向かって、「角が三つ生えた鬼になってしまえ。そうすれば人がみんな逃げていく。霜や雪や霰が降るあそこの水田の鳥になってしまえ。そうすれば、足が冷えるだろう」。そして最後に「池の浮草となってしまえ。あっちへ揺られこっちへ揺られ、ふらりふらり、ちゃんとした自分の場所もない風来坊になってしまえ」。このへんは、女が非常に強いです。ということは、言いかえるとそれだけ男との縁が切れたら大変だという意識があって、だからこう強く言っている。

それから、その次の三百四十番はおかしくて、

冠者《くわざ》は妻《め》設《まう》けに来《き》んけるは
構へて二夜《ふたよ》は寝にけるは
三夜《みよ》といふ夜《よ》の夜半《よなか》ばかりの暁《あかつき》に
袴《はかま》取りして逃げにけるは

という歌です。「冠者」とは若者という意味です。「あの若造は女を探してやってきた。計略をして騙《だま》して二夜は彼女と寝たけれど、ところが三晩めの朝方に、いきなり袴の股《もも》立《だ》ちを取って逃げてしまった」。だから、この場合は女が騙された歌です。つまり、三日一緒にいれば、たぶんその女とずっと一緒にいなければならなくなる。そういう習慣があった。一晩、二晩、三晩と一緒にいれば、「もうあの男と女は夫婦だ」とみんなが認める。そこで、二晩まではうまいことやってしまい、三晩めの夜中にさっと男が逃げ

てしまった。「袴取りして」というのがいいです。これはぐっと袴を持ち上げて、逃げ足早く尻《しり》に帆をかけて逃げたという非常にリアルな描写です。こういうことはいっぱいあったと思います。

そして、この場合も女は遊女だったろうと思います。遊女というのがどのくらいまでの範囲を言ったかわからない。そのまま結婚したということもありえます。この歌などは生活がじつによく出ていて、この女はぐっすり寝ていて翌朝ふっと横を見たら男に逃げられていて、カンカンになったという状況です。してやられてしまった。そういう点でいうと、『梁塵秘抄』には平安時代の人々の、かなり限られた層にも見えるけれどそうでもない、少なくとも女は限られているけれど、男についてはもうありとあらゆる男が遊びに行ったわけですから、生活風俗がやはり露骨に描かれていると言っていいでしょう。

また、親と子の関係を歌った歌が結構あって、そのなかには身につまされるようなものが多い。三百六十四、三百六十五、三百六十六番のあたりはそうです。三百六十四番、

わが子は十余《じふよ》になりぬらん
　巫《かうなぎ》してこそ歩くなれ
田子の浦に潮踏《あまびとつど》むと
いかに海人集ふらん

正《まさ》しとて
問ひみ問はずみなぶるらん
いとほしや

という この歌は、娘と母親が別れ別れになっています。娘は十余歳となっていますが、どこへ行ったかわからない。しかし、歩き巫女をやっているのだろう。歩き巫女とは売《ばい》女《た》です。巫女さんのふりをして実際には遊女であるということです。「巫してこそ歩くなれ」歩き巫女にでもなって歩いているのでしょうね、と母親が言っている。今頃、「田子の浦に潮踏むと」富士山のふもとの田子の浦のへんで水べりを歩いている、そのへんでうろうろしているらしい、という話を聞いた。そして、「いかに海人集ふらん」彼女の周りにどんなにか漁師たちが集まってくることだろうか。巫女さんは形式的には占いをするわけですから、「正しとて　問ひみ問はずみなぶるらん」おまえの占いは合っているとか合っていないとか言って、漁師どもが彼女に聞いてなぶるであろう。「いとほしや」それがかわいそうなことです、と言っている。これはつまり、母親は京都の周辺にいるかもしれない。娘ははるばると東海地方までさすらっている。風の便りで、田子の浦でふらついているらしいと聞いたけれど、占い師の真似をしているらしい。漁師たちが集まってきて、「おまえの占いが本当に合っているか、合っていないか」とからかわれて、結局は肉体を売っているわけですし、そういうことが本当にかわいそうでならないと、母親が嘆いている。
　その次の歌は、

わが子は二十《はたち》になりぬらん
博打《ばくち》してこそ歩くなれ
国々の博堂《ばくだう》に
さすがに子なれば憎かなし
負《ま》かいたまふな
王子《わうじ》の住吉西宮《すみよしにしのみや》

と、前の歌と対《つい》になっています。「私の息子はそろそろもう二十歳になる頃です。博打をしてほうぼううろついているらしい。国々の博打をやる連中にたち混じって、私の息子も博打をして歩いているらしい。さすがに、子どもですから憎くはない。負かさないでください、王子の宮、住吉の宮、西宮」。

「王子の住吉西宮」というのはよく分からないのですが、熊野神社の王子社にお願いし、なおかつ住吉大社にもお願いし、西宮神社にもお願いしますということなら、三つになります。王子さま、住吉さま、西宮さま、とにかくそろそろ二十歳になる私の息子は、博徒になってしまって博打をして歩いているらしい。どうしようもない子どもだけれど、さすがにやはり子どもだから憎くはありません。せめて負かさないでやってください、神さまよ。

それから、三つめの歌は、

嫗《おうな》の子どもの有様は
冠者《くわざ》は博打の打ち負けや
勝つ世《よ》なし
禅師《ぜんし》はまだきに夜行《やかう》好むめり
姫が心のしどけなければいとわびし

というのですが、「この婆《ばば》の子どもの有様ときたら、まず若い男の子は博打で負けてばかりいて、勝つということがありません」。「禅師」というのは二番目の子どもでしょうか。禅師となっていますから、お坊さんの修業をしているらしい。「二番目の男の子はまだ本当に早いのに、夜遊びばかりしている」。「姫」とは娘のことです。「娘のお姫さまときたら、本当にだらしなくて困りますわ」と、お婆さんが嘆いている。だから、みんな非行少年少女です。こういう歌は読んでいたらいくらでも出てくるから、もういいでしょう。

それから、三百九十四番もおかしいから、読んでおきましょう。

女の盛りなるは
十四五六歳二十三四とか
三十四五にしなりぬれば
紅葉《もみぢ》の下葉《したば》に異ならず

「女の盛りというのは、十四、五、六歳、せいぜい二十三、四歳までだとかいいます。三十四、五歳になってしまったならば、まるで紅葉の下葉に異なりません」。「紅葉の下葉」とは、紅葉は上は明るくぱあっと色づいて綺麗だけれど、下のほうの葉、隠れている葉は色づくことができない。ようするに、枝の下のほうの葉っぱは目立たない。三十四、五歳になったらそうだ、ということです。これは、平安時代の女性たちの年の感覚ということです。現在では全然考えられない。

そういう種類の歌はたくさんあるので、これはもうやっていったらきりがない。あとは、二句の神歌をいくつか読んで終わりにします。この二句神歌も、またいいものが多いです。例えば、四百六十番「恋ひ恋ひて…」、四百七十三番「東より…」などは神歌ではないのですが、いいものです。また、四百七十五番、

淀川の底の深きに鮎の子の

鵜といふ鳥に背中食はれてきりきりめく
いとほしや

という歌があります。「淀川の底の深いところで、鮎の小さな子どもが、鵜に背中をぱくっと食いつかれてきりきり暴れている。かわいそうに」。これはどういうことかというと、「淀川の底の深きに」たぶん淀川べりにこの歌を歌った人間がいるわけです。淀川べりに住んでいるということは当然遊女です。淀川の底の深いほうで、鵜飼いの鵜に捕まって鮎が「放してくれ、放してくれ」といっても、鵜は魚をがっちり咬《か》んで放してくれない。「きりきりめく」というのは、きりきりきりっと暴れている様子で、最後の「いとほしや」だけ歌っているものの感情が出ています。それは遊女が言っているわけです。穿って言えば、自分の運命とくっつけている。「鮎の子どもよ、おまえさんもそうだけど、私だってやはり運命に嚙みつかれてどうにもしようがないのよ」という感情を読み取ることもできる。ただし、昔の女はそれほどまでにそういう感想をいちいち歌に込めたかということはわかりません。瞬間的にそう思ったことを詠んでいるにちがいない。だけど、この歌などはじつに印象鮮明な歌です。

それから、四百六十八番に、

山伏の腰につけたる法螺貝《ほらがひ》の

ちやうと落ちていと割れ
砕けてものを思ふころかな

というのがあります。「ちやう」と「てい」というのは、要するに拍子で言っていて、からーんと落ちてバシャンと割れてしまったということです。「山伏が腰につけている法螺貝が、ふとしたことでからんと落ちて割れてしまった。それで自分の心も砕けるほどに、それくらい男のことを思い続けている」。とても洒落ていて、これは掛詞になっています。だからここで言いたいことは、「砕けてものを思ふころかな」だけです。だけどそれを言うのに「山伏の腰につけたる法螺貝の　ちやうと落ちていと割れ」と、これだけ長い序詞《じょことば》をつけている。随分洒落ていますが、これなどは当然作ったのは女ではなくて男で、相当文学的な意味でセンスのある、教養のある男でしょう。

近代文学と「梁塵秘抄」

では、四百五十五番を読んで終わりにしましょう。これは、

吹く風に消息《せうそく》をだにつけばやと思へども
よしなき野辺《のべ》に落ちもこそすれ

という歌です。「消息」というのは恋人への手紙のことです。「空吹く風に乗せて、恋人への恋文だけでも届けたいと思うけれど、方角違いのところに落ちてしまうのではないか」。恋人に逢えない男、あるいは女、どちらでもいいでしょう。吹いていく風があの人のほうに吹いていくのでそれに乗せて風に手紙を運んでもらいたいと思うのだけれど、とはかない望みを歌っていますが、じつはこれは近代文学と非常に関係があります。

大正のはじめにこの『梁塵秘抄』が初めて公刊されました。長い間、『梁塵秘抄』は完全に忘れられていました。『徒然草』などに、『梁塵秘抄』という本があってとても素晴らしいものらしい、とあったけれど、すでにその頃でさえ、本そのものが見つからないほどの幻の本だった。ところが明治四十四年、和田英松《ひでまつ》さんが「どうも珍しい変なものが見つかった」と、知り合いの佐佐木信綱に「これはなんだろう、ひょっとして『梁塵秘抄』ではないか」と話しました。あの幻の本かもしれない、ということを感じたのです。佐佐木信綱が調べてみたらまさにそれだった。和田英松という国史学者がたいへんな発見をしてくれたわけです。佐佐木信綱さんが調べたところが、「やはりこれは『梁塵秘抄』だ、本文である」ということが分かった。そしてこの巻二の本文が大正元年の八月に刊行されることになった。面白い偶然は重なるもので、今様歌謡に縁が深い家柄で綾小路《あやのこうじ》という家があって、本の校正をしている最中にその家で『梁塵秘抄』の巻一と『梁塵秘抄口伝集』巻一のそれぞれの断簡が佐佐木信綱によってまったく偶然に発見された。それで一挙に今我々が持っている『梁塵秘抄』のすべてが、改めて大正元年にまとめて刊行されたわけです。

大正元年に『梁塵秘抄』が刊行されたことは大事件で、北原白秋とか斎藤茂吉とか、あるいは佐藤春夫とか芥川龍之介とか、みんなが読んだ。読んでひどく感激しました。ちょうど大正元年現在で、茂吉が三十歳、白秋が二十七歳、春夫と龍之介は同じく二十歳という年だった。そして、それぞれの『梁塵秘抄』の受け入れがそのときから始まった。大正の元年から始まって二年、三年の頃までに彼らがみんな『梁塵秘抄』の影響を受けた作品を作ったわけです。

今読んだ「吹く風に……」というのは、たとえば佐藤春夫の詩のなかに取り入れられています。七五・八行句で「箏《こと》うた」という題の詩がそうです。人妻との恋愛を歌った歌で、谷崎潤一郎の奥さんに恋をしてうまくいかなくて作った歌のひとつが、この「箏うた」です。

かくまでふかき恋慕とは
わが身ながらに知らざりき、
日をふるままにいやまさる
みれんを何にかよはせむ。

空ふくかぜにつけばやと

ふみ書きみれどかひなしや、
むかしのうたをさながらに
よしなき野べにおつるとぞ。

「むかしのうたをさながらに」とは、『梁塵秘抄』さながらにということです。佐藤春夫のこの詩は大正九年から十年にかけての谷崎千代への恋の歌ですが、じつは彼はそれより何年か前にこれと同じ種類の歌を作っています。

ふく風に、消息をだにつけばやとおもへどもよしなき野辺におちもこそすれ

というので、ほとんどまったく『梁塵秘抄』そのものです。じつはこの時、佐藤春夫は尾竹ふくみという女性に恋をした。初恋の人だったけれど、彼女は親の選んだほかの相手と結婚してしまった。つまり、佐藤春夫は振られてしまったわけです。ときに大正三年、春夫二十二歳、この年の五月に失恋した。六月に彼は短い断章的な詩を集めた作品を作ります。それが「情癡録秘抄《じょうちろくひしょう》」というものでこれはあきらかに『梁塵秘抄』をふんでいます。代表的な詩にこういうものがあります。

かばかりわれにおもはせて真実あわれとおもひなばひとよは夢にきてもみよなべ

て無情《すげな》き世のおきて夢だに不義といふやらん

「これほどまでに私に思わせて、本当に真実哀れだと思うならば、一夜は夢にでもやってきてみよ。すべてこの世はつれない世の掟《おきて》である。夢でさえも不義密通というであろうか」、という歌です。これが第一番目の断章で、そういう断章のなかに今読んだ「ふく風に…」というのが入っている。そっくりそのまま『梁塵秘抄』をふんで自分の「情癡録秘抄」のなかに入れているのです。

初恋の人尾竹ふくみのときと同じ詩を、その数年後に谷崎千代にまた書いたということは、いかに佐藤春夫がこの『梁塵秘抄』の詩を好きだったかということでもあるけれど、別々の女に同じ詩を使って書いているというところもいいです。つまり、先ほど言いましたけれど、使い手によってどうにでも使える、という歌謡の本質をよく表している。個人主義の時代の詩ではこういうことは普通ありえない。歌謡というのは、そういう意味で非常に心広やかなものです。いろんな人に利用されても怒らない。

後白河院と後鳥羽院

これらの歌が後白河院の在世中に集められて『梁塵秘抄』が作られましたが、ずいぶん昔から歌われているものも入っているでしょう。僕が思うに、天皇が編纂したのだから彼が自分で「あれとこれと」と言って全部編纂したはずがない。彼の周辺には、秘書役とか、歌が好きで後白河に今様を習っていた連中がいました。歌謡好きな者だけではなくて、あまり好きでなかった者も「おまえも習え」と習わされた。とにかく帝王だからわがままです。それで御口伝のなかでは「みんな下手くそでどうしようもない」と怒っている。「我慢が足りない、すぐに泣き言を言う」といって書いているのです。「迷惑だ」と思っていた連中もたくさんいたでしょう。だけど、とにかく「歌を集めて、これから歌謡集を編纂する」といって命令が下ったものですから、みんな一所懸命集めた。古い時代の歌などは、覚えている者に歌わせて記録したでしょう。だから、昔遊女だったようなおばあさんなど、大いに貢献していたはずです。歌はおそらくものすごくたくさんあったでしょうから、それぞれ得意な歌があったと思います。「私はこちらの方面の歌が好きです。よく知っている」というおばあさんにはそれを歌わせて、どんどん記録していった。そのおばあさんが信心深い女だったら、仏さんとか神さまの歌などをたくさん知っていた。そういうことで、おそらく大勢の人を動員してわりと短期間にぱっと作れたと思う。

巻一、巻二というふうにして、それなりに分類しながら作ったのだろうと思いますが、その結果大変な量のものが集まったはずです。この巻二だけでも大変な数、五百ちょっとあるわけです。これを機械的に十倍するならば五千余になりますが、全部でどのくらいありえたか、ちょっと分かりません。この時代のことは、結局最後はどうだったか分からない。けれど僕らには考えられないくらいの豊かなものが少なくとも歌の世界にはあったでしょうから、もし今どこかから出てきたとしたら驚倒するでしょう。

後白河院という人はお后にした女が十何人かいたわけですけれど、平安博物館の館長の角田文衛さんの『日本の後宮』という本の後ろに、斎院・斎宮・女院・歴代皇妃・歴代主要官女というのが表になっています。その歴代皇妃表の後白河院の項には、中宮藤原忻子《きんし》以下、十七人の皇妃の表があります。そこで、はっきりしているかぎり十七人のお后を持っていた。この人は多いほうですが、いちばん多いとも言えません。後鳥羽院などのほうが多い。日本の詩歌の歴史でふたりの帝王、後白河天皇と少し後の後鳥羽天皇は最重要の二人ですが、このふたりはお后にした女もいちばん数が多い。そして、お后のなかにもいろんな人がいた。

後白河院の場合、そのなかに「紀某女」という女性がいた。それは丹波局《たんばのつぼね》と呼ばれた人ですが、この丹波局はじつははじめ遊女だった。遊女が天皇のお妃になったわけです。嘉応《かおう》元（一一六九）年皇子を生んだからお后になったのですが、『天台座主記』という本には「内膳司紀孝資女。江口遊女云々」とある。そして、彼女自身は江口の遊女だったけれど、お母さんも遊女だっただろうと言われています。お父さんの紀孝資は、紀貫之などと同じ系統の紀の家の人です。もちろん、在野の息子ならば全然違うかもしれないけれど、紀という家柄の孝資という人が女に生ませたのが丹波局になる女で、その人は江口の遊女だった。そしてその母親、紀孝資の相手の女も遊女だったということです。つまり天皇のお后といっても、遊女から大貴族の娘まで、非常にバラエティがあったということです。

　後白河天皇の場合は、とくに皇妃の数が抜きんでて多かった人のひとりだけれど、ちょっと気に入った女房を見つけるとすぐに車をぱっと遣わせて迎えにいかせた。「すぐにおいで」と言って、宮中に召したらしい。そのなかのひとりに有名な女流歌人の小侍従《こじじゅう》もいた。小侍従のお母さんは小大進といって、後白河天皇の今様のサークルのひとりでお気に入りの歌い手だった。恐らく彼女は後白河院とは当然契った仲だと思いますが、その娘が小侍従といって、その当時の有名な女の歌人のひとりだった。その小侍従に天皇が興味を持って、ある日迎えに行かせる。小侍従も「やっぱり来たわ」という感じですっと天皇のところへ行って、一晩過ごします。一晩過ごした後、翌朝わざとか間違えてかは知らないけれど、下着を取り替えて帰ってしまった。つまり、天皇の下着を女が着て帰ってしまった。それでひねもすその衣の移り香のあまりの香りの良さにうっとりとして彼女は過ごす、ということが実際に『古今著聞集』に小侍従自身の告白として出ています。このとき季節は晩秋から初冬にかけての頃らしく、今のように暖房もないから寒いわけです。それでいながら、ふたりは完全に着物を取り替えてしまったのだから、裸で寝たということが分かるということを角田さんはお書きになっている。「二人は裸形で契り合ったことが知られる」。学者も面白いことを言います。

　いずれにしても、後白河天皇という人はそういう雰囲気のなかで生きていた人です。そういう人だから、当然歌謡が好きだった。歌謡が好きな天皇だったから、歌謡集を編纂した。なぜならば、彼の御口伝のなかにおいて、「歌というのは歌われると、空気のなかにふわっと〈風と共に去りぬ〉になってしまう」、それが非常に残念だと書いている。彼は和歌が嫌いで、和歌を作らなければならないことがあるといやいや作った。『新古今和歌集』には二首か三首か後白河の歌がある。それはのんびりしたいい歌だけれど、その時代の趣味趣向からすればまったくの素朴な歌です。素朴な帝王振りといえばそうですが、要するに一所懸命作りたいという気がないわけです。だから逆にのどかないい歌に見える。和歌は嫌いだった。けれど自分の嫌いな和歌が勅撰和歌集として残って重んじられる。それで、自分の好きな歌謡が残らなくて残念だ。だから今様歌謡を編纂して、勅撰和歌集と同じように残したい、と思ったのが『梁塵秘抄』を作ったモティーフです。

今回は『和漢朗詠集』の話から始めましたが、あれは歌詞集という要素が非常に強いということもあります。要するに位の高い連中、藤原公任も位が高いのですが、そういう連中は文学なんてものをそんなに真剣に考えてはいなかった。文学を真剣に考えるのは、藤原俊成とか定家とか、藤原家のなかでも中くらいに位置している連中で、これはつまり和歌で身を立てるわけです。だけど、身を立てる必要のないような上の連中には、むしろ文学は遊びの一種です。後鳥羽院が藤原定家をあまり好きでなかった理由は、定家が「文学、文学」と本当に文学に目の色を変えていたから、「あれは下品だ」と思ったわけです。それに比べれば定家のお父さんの俊成とか西行は、歌をのどかに作ることを知っていた。定家のように理詰めに歌を考えるということはしなかった、ということを後鳥羽院は書いています。別の言葉で言えば、帝王振りということがあるわけです。後白河院と後鳥羽院は似ています。世代的に天皇の即位順でいって四代か五代違うけれど、この頃はむしろさっさと上皇や法皇になって逆に権力を大きく揮《ふる》いたいというのがあって天皇がどんどん代わっているから、時代的にはほとんど変わらない。つまり、後白河は平安最末期で、後鳥羽は鎌倉最先端で、くっついているわけです。

歌謡の歴史を見ると、普通かたちの上では『神楽歌』『催馬楽』『梁塵秘抄』『閑吟集』という流れになるのでしょうが、その間に公任が入ってきたらますますいい。今様がその間どうなっていたかは、『閑吟集』までは、りっぱな本のかたちとして残っていないからわかりません。ただ、恐らくこういう種類の歌というのは、随分いろんなものがあったのではないかと思います。民謡とは全然違う高級な、それでいて文学ではないものが帝王の周辺にあった。逆説的に言えば、文学を馬鹿にしているくらい高級だった。

後鳥羽院に関して言うと、隠岐島へ流されてそこで死ぬわけですが、隠岐島へ連れていった女性がいます。それは亀菊という女で、白拍子です。えらい藤原家の貴族のお嬢さんと一緒に行く気はありません。なにもなくてつまらない所へ行くので、面白がらせてくれる女がいい。その亀菊という女を、そういう意味で本当に寵愛していた。白拍子だったというから、歌舞音曲にはすぐれていたことでしょう。だから、そういう女を連れていった。

また、後鳥羽院という人はえらく力の強い人で、武道にも長けていた。文武両道です。文のほうでは本当に和歌が好きで、その点は後白河とは違います。後鳥羽の場合にも、やはり歌ったりするのは好きでしたが、さらに連歌が好きだった。そして後白河同様、歌を文芸としてその歌一首の価値を命をかけて追跡する、というようなことは好きでなかった。藤原定家のことを、彼は隠岐島でいろいろ書いています。「あの男は、折りにあってという気持ちがまるでない。それでは駄目だ」。つまり、後白河とまったく一緒です。歌というものは、何か出来事があったときに、それに触れてふっと出てくるのが歌で、即興性が大事だということです。芸術性などについてきりきり考えているのは下品だ、と彼は考えたらしい。「折りにふれてということが全然分からない男だ」ということは言いかえれば、「王者というのはなんでも深刻に考え込んでしまうのではなく、目の前に出てきたらすぐに答えればいい。そういう自由さが必要だ」ということです。そういうことを一方で考える人は、きりきりと深刻に考えるのがお定まりになっているような現代文学の一面などは馬鹿馬鹿しくなってしまうということがあったでしょう。吉田健一さんなども「そんなに目の色を変えて何をしているの」という気持ちが強かったのではないかと思います。

歴代天皇でこういう天皇は後白河、後鳥羽の後は、例えば前にお話しした後深草院もまさにそうで、自分の寵愛する女を、女の気持ちを考えずにわざわざほかの男に斡旋したりしています。デカダンスの天皇というのがいたわけです。ほかにも何人かはいると思います。江戸になってからだと修学院離宮《しゅがくいんりきゅう》を作った後水尾天皇《ごみずのおてんのう》がいます。書も上手だし、歌もやったし、連歌を絶えず催して白拍子などを呼んでいた。幕府に対していろいろ頭にきていて、だからますますそういう方面にいったということはたしかですが、後水尾天皇は江戸時代の天皇のなかではとくに文化的に優れた天皇だったと言えるでしょう。

Ⅷ　風俗の万華鏡――「閑吟集」から「唱歌」「童謡」まで

「閑吟集」成立の背景

『閑吟集《かんぎんしゅう》』並びに、江戸時代の小歌《こうた》、そして近代以後の子どもの歌の話をしようと思います。小学唱歌と童謡についてまで話すと、日本歌謡史がだいたい完結します。

まずは『閑吟集』についてですが、『閑吟集』の背景になっているものを先にお話ししたほうがいいでしょう。『閑吟集』は、十六世紀の初頭、永正十五（一五一八）年に出ました。その頃の時代はどんな状態だったかということをお話しすると、この十六世紀初頭というのは、まずその前に応仁の乱という大乱がありました。これは一四六七年から一四七七年までの十一年間続きました。そして、その後は日本の上層部の支配体制が非常に波瀾《はらん》に富んで複雑になってしまう。人々は明日の命もわからないという時代だから、無常感に浸るというのが当たり前の現象になってくる。無常感に浸るのは、武士階級や一般庶民であることはもちろんだけれど、もっとそうであったのはたぶん商人の階級だと思います。商人は武士階級に金を貸しているわけです。その武士が明日ひっくり返るかもしれないから、貸すときは命がけで貸す。逆に、それで大金持ちになる場合もありえます。そのなかのひとりはいうまでもなく千利休です。千利休の場合は秀吉と組んだから大金持ちになったでしょうが、最後には殺された。それはまるで菅原道真みたいであったともいえるわけです。当時の無常感は、具体的な生活がかかっているのですから、今日現代人が無常感といったときに感じるだらだらしたものではありません。

『閑吟集』が生まれた十六世紀はじめというのは応仁の乱の影響がまだ強かった、そんな時代です。

一方、永正十五年よりも三十年くらい後で大変な事件が起こります。それは、スペイン人のザビエルがインドからマラッカを経由して、天文十八（一五四九）年に鹿児島に上陸したという出来事です。つまり、言いかえるとヨーロッパあるいはアジア、いずれにしても広い範囲での世界というものが突然目の前に現れた時期です。そのような時期に『閑吟集』ができた。これは、まったく無視できない重要な事実です。

その時代のことを少し話すにあたって、たとえば一、二まず歌の例をあげますと、

何せうぞ　燻《くす》んで　一期《いちご》は夢よ　ただ狂へ

という、有名な『閑吟集』の歌があります。これは「何をしようというのだ、真面目くさって。どうせ人生一期は夢じゃないか、ただ狂え」ということなのですが、この場合「狂う」ということばがどういう意味を持っているかということです。正気と狂気のあいだの区別は決してはっきりしてはいませんが、いずれにしても普通の状態ではない状態になることを「狂う」といいます。たとえば「風狂」ということばがありますが、それは今言った異常というものではなくて、正常の範囲でしかも普通の人とは違うものに夢中になることとです。とくに、芸術とか芸能とかそういうものに狂うことが「風狂」で

す。日本では中世以来草庵文学というのがあって、都会の現実、あるいは農村の現実から離れて、ちょっと郊外に小さな庵を結んで自分気ままな生活をする、気随気ままに芸術的な感興の趣《おもむ》くままに生きるのが「風狂」ということでしたが、狂うということは実際に常軌を逸したことに夢中になるわけで、バサラとかそういう概念もこの時代に同じに出ているわけです。

とにかく、普通のあり方を踏み外すところに一種の異常なる快感を覚える人々が増えたということがあった。そのひとつは、上下関係の秩序が崩れたからです。いちばんトップにいるものには武力などでは及びませんから、いちおう奉ってはいる。しかし、生き方として自分のほうがあいつよりずっと上だと思ったものは、みんなバサラ大名になってしまう。大名というのは、ひょっとしたら天下をとるかもしれないし、ひょっとしたら明日の朝首を斬られているかもしれないしというものですから、そういう命がけの生命の燃焼を自分で実感するためには狂わなければならなかった。だから、狂うということが積極的な意味で存在していた。日本では、いちばんそれが濃密であった時代が、室町末期だと思います。

「何せうぞ　燻んで　一期は夢よ　ただ狂へ」というのは、そういう背景があって出てきている歌だと思います。『閑吟集』のこういう歌は、もとをただせば歌われて、同時に踊られていたわけです。つまり、普通の意味でいえば文面は無常感だからさみしい人生観だと思われるけれど、それは逆でじつは人生の享楽主義を強烈に主張している歌だと僕は思います。狂うということはなにかに憑《つ》かれたように狂って、我を忘れたように夢中になるということです。しかも、宴会の席でみんなでこの歌を歌って踊り狂っていたわけだから、たんなる文字の上だけで鑑賞しようとすると大間違いになる恐れがあります。

『閑吟集』ではいろんな新しい歌の要素が出てきますが、その歌のなかでも特別にめざましいもののひとつは、もちろん男女関係です。『閑吟集』のほとんど三分の二は男女関係ですが、そのなかでもとくに面白いのは男色です。それから、女の年がずっと上で少年を愛する歌が、露骨なまでに見事に歌われている。

男色の歌でいえば、

われは讃岐《さぬき》の鶴羽《つるは》の者　阿波《あは》の若衆《わかしゅう》に肌触れて　足好《よ》や腹好《よ》や　鶴羽のことも思はぬ

というのがあります。讃岐は、今の香川県です。この歌を歌っているのは、香川県の鶴羽というところで生まれた、たぶん漁師だと思います。漁師というよりはもう少し貿易商的な意味で、船を持っているかなり裕福な男だと思うけれど、その讃岐の者が阿波つまり徳島へ、南へ下る。四国は北側と南側で生活条件が違います。土佐、阿波と讃岐、伊予の間には、四国の真ん中を横に走る山脈があって、そこを越えるか越えないかで全然違うわけです。そこをわざわざ阿波まで行っているのは、つまり船を持ったかなり裕福な男に違いない。その男が「阿波の若衆に肌触れて」というのだから、阿波の若者に肌を触れたわけです。その結果どうなったかというと、そのものずばり「足がいい、腹がいい、自分の故郷の鶴羽のことは忘れてしまった」。たぶん鶴羽には女、つまり奥さんが待っています。これは、僕はとてもいい歌だと思います。だけど、「折々のうた」には出せない。残念ですけれど。

つまり『閑吟集』の歌の面白さというのはここにあるわけで、ひとつには倒錯的です。倒錯的であるということは狂うということでもあり、秩序を乱すことをむしろ喜ぶという精神の姿勢があります。一般的に言って『閑吟集』の底に流れているものは、そういう倒錯的なもので、それにかなり強い関心を持っているということです。正統派の和歌では絶対に出てこない主題が歌謡には出てくるという意味で、歌謡を知らずして日本の詩歌を語ることくらい滑稽なことはないということになります。こういう歌は全部面白いのですが、もうひとつ言えば、

新茶の茶壺よなう　入れての後は　こちや知らぬ　こちや知らぬ

というのがあります。今年とれたお茶の茶壺《ちゃつぼ》があって、そこにお茶を入れます。入れてしまった後は「こちや知らぬ」とは、「古いお茶」と「こちらは」というのと両方に引

っかけてある。つまり、新茶の茶壺はもちろん若い女のことで、「入れてしまった後は古いお茶のことは知らないよ、知らないよ」というのです。その裏の意味では、「俺は知らないよ」という意味にもなる。ここには男女関係における貞節、貞操という観念はないわけです。

たとえば、少し長いのですがこういう歌もあります。

誰《た》そよお軽忽《きやうこつ》　主あるを　をしむるは　食ひつくは　よしやじやるるとも　十七八の習ひよ
十七八の習ひよ　そと食ひつゐてたまうれなう　歯形のあればあらはるる

「誰そよお軽忽」とは「誰よいったい、軽はずみな」ということ。「惚れた男がいて、ちゃんと養ってもらっている私を、しめたり食いついたりして。たとえじゃれたとしてもそれは十七、八の習いよ、十七、八の習いよ」。つまり、十七、八歳だったら、そんなことは当たり前です、ということです。「食いつく場合にはそっと食いついてちょうだいね、歯の形がついてしまうと私の主にばれちゃうから」。これは、たぶん普通のお嬢様ではない、遊女でもない。いや、遊女かもしれない。遊女ならばもちろん決まった相手がいる場合、その相手にばれたら困るから、「あんたとはしっぽり濡れている場合でも、噛みつくことだけはやめてよ」と言っているわけ。たいへんにストレートです。

つぼいなう　青裳《せいしやう》　つぼいなう　つぼや　寝もせいで　ねむかるらう

「つぼい」というのは可愛らしいということで、感じのあることばですね。ようするに、「可愛らしい、可愛らしい」と言っている。「青裳」とはじつは合歓木《ねむのき》のことですが、合歓木は男と女の情交そのものを示しているわけです。合歓木は夜になると葉が閉じてくっついて抱き合うから、それで「おねむ」ということにもなります。ただ、一説には「青裳」の「裳」を、本当は「少」と書くべきだという説があって、そうすると「青少」、少年ということです。その場合には「可愛らしいねえ、あんたは」と少年に向かっていっている。「つぼくてつぼくて、どうしようもないくらいに可愛らしい。眠いでしょうねえ、あんたは」。つまり、女が男の子を眠らせないわけです。これは明らかに女が年上で少年を可愛がっているということになります。

普通だったら隠しておきたいようなことを平気で満座のなかで、楽器を使ってわいわい騒ぎながら次から次へと歌を繰り出すわけです。楽器といえば、三味線はこの頃伝わってきていますから使ったかもしれないし、あるいはもっと単純な竹かなにかを打ち合せるような楽器かもしれない。けれど、とにかく現代人の享楽主義など比ではないということです。つまり、享楽というものが純粋に男と女の関係であった。現代人ならば、もう少し幅広く享楽というのが出てきますが、昔の人間はそういうことはありえないから、どうしても男と女の問題になる。男と女の関係をより享楽的にするということは、より文化的にするということです。いちばん単純なのはただふたりで抱き合っていればいいけれど、その上に立ってことばの花を咲かせることが享楽です。ことばの花を咲かせるということは、言いかえると歌を歌ったり踊ったりするということで、その場合歌うための歌詞がいかに優れているかということが、彼らの競争のいちばん激しい場面だったと思います。

そういうなかから、『閑吟集』は三百十一首を選んできています。そこに今あげたような享楽的な詩がいっぱいあるということは、日本の詩歌全体を考える場合、とても大事なことです。それは恋愛というものではなくて、性愛です。恋の歌が全体の三分の二を占めていますから、三百十一首のうち二百首余りが恋の歌ということになる。人生に諦めをつけた、諦念を歌っている歌も結構ありますが、実は裏返すと全部それらも歌われて踊られているわけです。つまり、「明日の命はないよ。だから俺たちは最高に楽しもう」ということに嫌でもなってしまう。その点は見誤らないほうがいいと思います。日本の詩歌はさみしい主題を歌っているように見えるけれど、実は享楽的だと思います。人間関係の興味というものが、結局主題を占めてきたわけです。

欲望を肯定する時代

歌謡とそれ以前の和歌との大きな違いは、それ以前の和歌では自然を歌うことが多かったということです。歌謡はもちろん自然をも歌っているけれど、やはり含みがあって自然を歌っていても恋を歌っている。勅撰和歌集の伝統との本質的な違いというのは、そういう今まで上品に覆われていたものを露骨に表に出してきたことで、その背景は先ほど言ったように社会的な秩序の変動があったということです。要するに、室町幕府とか禅宗の寺院がそれまで社会のトップにいてピラミッド型の文化形態があったわけですが、十年間続いた応仁・文明の乱はそれが完全に崩れたということを意味しています。京どういうことかというと、都がすべての頂点だという考え方がなくなってしまった。京都は焼け野原になっていますから、都の権威も失墜して文化の流れもどんどん地方へ広がっていきます。地方へ広がっているということは、地方が都に劣らぬほどの経済的な実力を蓄えているからです。だから下剋上《げこくじょう》というのも、武士は簡単にできた時代だった。

たとえば、堺《さかい》のように港町に行けば、日本国内を向いているよりはむしろ国外を向いている目のほうが、ずっと鋭くて強くて、遠くまで見渡せたという時代です。南蛮に向かっての視線というものを、千利休をはじめとした商人たちは持っていたと思います。新しいものと古いもの、豪胆なものと繊細なもの、それを両方合わせたのが千利休でしょう。千利休のお茶というのは一方ではとても豪胆で、花を全部摘んでしまって、一本しか残していない花で秀吉を迎えるというエピソードがあります。秀吉ほどの最高権力者を茶室に迎えるのに、通り道の花を全部摘み取ってしまって一本だけ残しておくことをできるということ自体が、武家の権力を相対化してしまっている目があるといえるわけです。

それはなにかというと、経済力です。もちろん、経済力を背景にした文化的な自信というものがある。とくにお茶というのは、あの頃のお茶器は全部唐物ですから、要するにハイカラです。お茶というのは、わび・さびではなかった。わび・さびの上をいくのは、ハイカラということです。そして、そこにはそれだけのものを収集することができた自信がある。ですから、秀吉にはへりくだってはいるけれど、文化的に見たら秀吉なんてなんでもないという気がもちろんある。そういう魅惑的な人物が、堺の港という海外貿易の中心地にいたということは、新しい時代を象徴するひとつの出来事です。

このことに関しては、キリスト教の布教をした最初の頃のいろんな宣教師が、ローマへ報告を書いています。「日本の国は実に面白い。日本の商人の実力はたいへんなものである。知性は高くしかも信義を守る。だけど、ひとつだけ問題がある。それは、来世を信じていない点だ」というのです。未来を全然信じていない、今生きている現世だけが問題である、というはっきりした態度がある。だから、「その人たちにキリスト教を信じさせることは、非常に難しい」と報告している。

十六世紀の経済人というのは、自分たちが蓄えつつある力に対して、十分な自覚と自信を持っていました。それが、鎌倉以前の商人との大きな違いです。鎌倉以前の商人は、自分たちの商売を善とは考えなかった。考える自信がなかったわけです。ところが、十六世紀の商人たちは、自分たちの仕事はひたすら善だと、つまり現世が幸福の源泉であると信じた。そして、こういう確信が自然や人間を新しい目で見直させた。人間の存在をあるがままの存在として認めるようになった。ですから、この人たちは後ろめたくない。そういう意味では、現代人に比べてはるかにはるかに強い存在です。我々はひ弱になってきています。なぜかというと、観念を知ったからです。観念を知って、本当に弱くなってしまった。これはじつに面白い逆説的な事態です。

室町時代の後期、十六世紀が、日本の詩歌や芸術全般のなかで大きな転換点を意味していたことは、そのことからもはっきりしています。これは詩歌だけではなく、今現存しているものでいえば、絵画です。それ以外に現存しているのは、庭園とか料理とかがある。料理は、室町末期のものが今の我々にとって最高の料理です。豆腐とか納豆とか、味噌汁とか豆類を中心にしたもの。それから一般的にいって精進料理、これらはみんな室町の僧院の発明です。そういう意味では、我々は室町末期にはじまる時代によってずっと生きている。僕はそう思っている。

お能とか狂言も、これより少し前に生まれています。足利《あしかが》三代将軍義満《よしみつ》の頃に世阿弥《ぜあみ》は生きていて、その頃ぱあっと人気が広がった。室町を通じて、能・狂言というのはとても盛んになっていったわけです。

さらに、禅宗の僧院のなかで行われていた文化的なものとしては、水墨画、そして漢詩です。禅林《ぜんりん》の漢詩というのは馬鹿馬鹿しいくらいに多くて、多くは陳腐なつまらない作品だけど、なかにはいいものもある。義堂周信《ぎどうしゅうしん》とか、絶海中津《ぜっかいちゅうしん》とか、いい人の漢詩はやはりいい。一休《いっきゅう》禅師や、ほかにも何人か大詩人がいますが、それらもやはり室町の生んだ大詩人です。絵画でいえば、いうまでもなく雪舟《せっしゅう》がいて、雪舟の前に真筆かどうかわからない人が二、三人いて、素晴らしくいい絵がある。そういうものが室町でまず生まれます。それは室町のむしろ前半期だけど、後半期、今の『閑吟集』の時代になると、絵画作品そのものの色彩が豊富になってくる。一方では、禅宗の坊さんの水墨画や、狩野永徳《かのうえいとく》ら狩野派のかっちりとした画の伝統がずっと江戸時代まで続きますが、そういう水墨画の伝統と並んで大和絵系統のものももっともっと雄大な画面になってくる。

それが屏風絵です。絵巻、絵図も作られますが、しかし絵描きが現代の絵画みたいに、絵描きの自発的な芸術的欲望によって、誰からも注文されない絵を作るということはなかった。この当時の屏風絵はまったく一点残らず注文制作されています。注文品としての屏風絵は膨大な数だったと思いますけれど、そのなかに二百点近く残っているのが南蛮屏風です。南蛮屏風は素晴らしい。それに並んで、乱痴気騒ぎの図がたくさんあります。「洛中洛外図屏風《らくちゅうらくがいずびょうぶ》」というふうに普通いわれているものですが、現世的な欲望の解放というものが、それらの絵のまず第一の主題です。

たとえば狩野永徳の「洛中洛外図屏風」、狩野内膳《かのうないぜん》の豊臣秀吉を祀った神社を描いた「豊国神社臨時祭礼図《ほうこくじんじゃりんじさいれいず》」、これらはたいへんな傑作です。それから狩野長信の「花下遊楽図《かかゆうらくず》」。それらは作者が分かっているものですが、作者不明の図のなかにも傑作が出てきて、だいたい国宝になっています。そのなかでもとりわけ素晴らしいのは「彦根屏風《ひこねびょうぶ》」

「松浦屏風《まつうらびょうぶ》」です。これはもうなんとも言いようがないくらい、見ただけでうっとりしてしまうという絵です。それから「四条河原遊楽図屏風《しじょうがわらゆうらくずびょうぶ》」「歌舞伎図屏風」、これらも作者はわからないけれど、全部室町末期に描かれています。

それを注文した注文主は、京都の豪商とか、あるいは武将に違いない。貴族階級はもうほとんど駄目で、それに庶民の遊楽している図なんか見たくもないでしょう。代わって武将は、貴族に代わる新しい権力者としての文化的な地位を示すためにそういうものを必要としたわけです。大きな屏風絵を持っているかいないかは、その武将の精神的な権威の問題として必要不可欠です。だから、金持ちの武将はたくさん注文して部屋部屋に置いたにちがいない。

たとえば花の下で踊り狂っている女たち男たちがいっぱい描かれている図があります。「花下遊楽図」はだいたいそうですが、そこにはたくさんの人物が描かれていて、そのなかにだらしなく刀をぶら下げた武士もいるし、頭をつるつるに剃《そ》っているからわかりますが、坊さんがいる。もちろん一般の商人であろうところの庶民もいる。場合によっては、驚くべきことに外国の宣教師たちのお付きだったであろうような外国人もいる。とにかく、そういう意味ではこういう屏風絵を読むということは近世を知る上でとても大事な作業です。

そのなかでも、「洛中洛外図屏風」というのは特別大事です。出てくる人物が、ひとつの情景のなかに三百人とか五百人とかじつに克明に描き込まれてあって、人物の表情などがすぐわかる。今の日本の比ではない、大変な絵描きがいたのです。そして、それらの絵描きは名前も書いていない。つまり、職人芸というものは、すでに室町のこの頃に極致に達していたのです。それ以前にも、たとえば平安時代の頃には、厳島神社《いつくしまじんじゃ》にある「平家納経《へいけのうきょう》」という工芸の大傑作があるわけです。伝統はつねに受けつがれています。やはり日本は美術・工芸の伝統でいえば、世界で有数の国だと思います。室町時代のこの時代には、絵描きのなかにそういう無名だけど恐ろしいくらい腕が達者な人がたくさんいて、その伝統のなかから俵屋宗達《たわらやそうたつ》とか光琳《こうりん》が出てきているのは明らかです。だから、光琳とか宗達だけが天才ではない。そういう時代です。

それ以前の絵画で中心を占めていたのは山水《さんすい》、それから宗教的な主題、たとえば来迎《らいごう》図《ず》のようなものですが、この時代になるとそんなものは消し飛んでしまう。「宗教的な主題なんてくそくらえ、来世なんてどうでもいい」というのは驚くべき変化でした。遊楽に歓喜をつくすという主題がまずあって、そこから出発して当時の現実そのものを描く。だから、現実に家がどうだったか、家のなかの装飾がどうだったかとか、家の外でも店の暖簾《のれん》にいろいろなものがあるということまで分かるわけです。すべての商店が全部暖簾を出していたから、暖簾を見ることによって「なるほど、なるほど」といろんな商売があったことが分かる。通りには三味線などをぶら下げた、ぞろりとしたいい女が、数人で隊を組んで歩いています。草履を履いて、帯などをちょっとだらしなく締めて、それがとてもいい女だった。そういう意味では、この時代というのは少なくともある種の階級にとっては明日没落するかもしれないというくらいに危機感があったから、逆に快楽の感度は強かった。デカダンスというのはそういうものだった。画面には酒を飲んでいる場面、碁や将棋、ラブレターを書いている女とか全部一緒に出てきます。たとえば、「松浦屛風」「彦根屛風」だと、碁・将棋とか、女がラブレターを書いている隣に男同士の恋の姿が描かれたり、いろいろ面白い。お小姓というのはだいたいどの画面にも描かれています。男色というのは当たり前の風俗だったから、登場が多いようです。それでも、やはり幸せなことに女のほうがたくさん描かれている。

つまり、応仁・文明の乱から後の百年くらいの間に、ある意味で芸術がすっかり変わり、現世的な主題になる。同じ頃、一五〇〇年から一六〇〇年くらいまでの間のヨーロッパはルネッサンスならびにルネッサンスのあとのバロック時代で、日本はそれとまったく軌を一にして時代、そして芸術的主題を変えていたのです。人間の欲望の表現というものを積極的に肯定する、そこに美を見つけるということは、まったく新しい現実だった。それ以前は、「美」というものはどこか遠くのところにあるものだったわけです。例えば、山と山の間から下ってくる仏さまにある美、一種永遠を象徴する美ですから、みんなはそれに向かって祈りを捧げていた。ところが、今度は祈りを捧げていた側が本当に美の中心になれたわけです。だから、たいへんな座標軸の変換があったということです。そして、それ以後の四百年間くらいはだいたい同じだと見ていいです。明治維新などもあったけれど、実際のところをいえばその時代、十六世紀以後は近代です。ポストモダンというのは、まだ来ない。明らかに我々は、その頃から始まった近代文明の末期にいるという感じです。末期があと何百年あるいは何十年続くかわかりませんが。

結局平安朝の頃からいうと、美や愛の表現というのはほとんど貴族社会に限られていたわけです。室町時代から、安土《あづち》・桃山、徳川初期にかけての時代になると、貴族も武将も武士も、僧侶も俗人も、公武僧俗の区別なく、ひとりひとりの人間の性への関心、命への関心、肉体への強烈な好奇心、それから官能のよろこびに対する肯定、それがはっきりと主張されてきている。たとえば前章でお話しした『梁塵秘抄』の場合にはまだ神歌とか法文歌があって、信仰というのが重要なパートを占めていたわけです。ところが『閑吟集』になると、まったく姿を消している。

「閑吟集」の鑑賞

では、『閑吟集』はいったいどんなものかという話をいたしますが、これは編者は不明です。何人か推定されている人はいますが、連歌師の宗長《そうちょう》かもしれないという説と、あとは富士山の遠くに見えるところに住んでいた人という説で、これは序文によっての推測です。富士山が遠くに見えるところというのはどういうことを意味しているかというと、たぶんもともとは京都にいた男です。老人になって面倒くさいことはいやになって、応仁の乱以後の京都の混乱を避けて、わざわざ少し東のほうへ下ってたぶん駿河あたりに住んでいたのではないかと思われます。そういう意味では都から落ち延びてきた、もともとは教養の豊かな階級の男だったろうと思われます。禅宗のお坊さん的な人物だったかもしれない。そういう説と、連歌師の宗長ではないかという説と、いくつか説があります。ただ、序文や内容から察するに、相当の年配になるまでかなり上級の貴族か、あるいはそれに近い人間として、朝廷や将軍家にも出入りした後に出家して、富士山の遠望できるところに隠棲《いんせい》した人だったかもしれないといわれている人です。けれど、決定的な説はなくて、いずれにしても遁世《とんせい》した人ということです。

乱世を避けて遁世したから「閑吟」であり、閑《ひま》にまかせて吟じ、詠唱した歌、というのが題の意味でしょう。若い頃に愛唱したと言っているし、その内容からすれば明らかに京都、それから淀川周辺というわけですから、当然若い頃にはそちらにいた男ということです。「閑」という字には「閑雅」というときの雅《みや》びという意味もありますから、ただたんに閑というだけではなくて、雅びな閑を楽しむものとして歌を選んでいます。選ぶ態度について「三百十一首とは何かというと、毛詩《もうし》に準《なぞら》えて」と序文に書いていますが、それは中国の詩経《しきょう》と同じ数を選んでいるということです。わざわざ三百十一首。だから、閑にまかせてよほど考えて作った。選び方としては、勅撰和歌集の部立てに準じて、「春・夏・秋・冬・恋」。

そして、同時にそれだけではなくて、どうも連歌のやり方を学んでというか連歌ふうなつなぎ方をしている。例えば、歌詞がいろいろ出てくるのですが、その歌詞のなかに「柳」ということばが出てくると、「柳」を一、二首並べて、それからその後に「若菜」、あるいは「松」「梅」と、順繰りにしりとりみたいにして並べていきます。この方法は連歌の方法です。それから、「見る」「思う」「恋しい」「忍ぶ」がずらっと並んでいます。これはやはり恋の歌で、連想によってだんだん出てくる。それは全部歌詞のなかに出てきます。ずいぶん凝っています。全体として、たんに名作小歌を集めただけではなくて、じつに凝った並べ方をしていることが分かります。

また、全体の歌のなかの七割以上が小歌といわれているものです。数はこの小歌が一番多くありますが、それ以外にもいろいろあります。形式としては七五七五の調子が多い。七五七五ということは、今様歌謡の半分です。それから七五七七、七七七七、七七七五というものになっていて、七七七五というのが江戸時代になると主流を占めてくる。やはり歌のことば数というのは時代によって変遷があります。だいたいこれが『閑吟集』の概略です。

いくつか洒落た、面白いものをご紹介しておきます。最初のは、明らかに遊女が面白がって歌った歌だと思います。

わごれう思へば　安濃《あの》の津より来たものを　俺振《ふ》り事《ごと》は　こりや何事

「わごれう」というのは、「おまえさん」ということです。安濃の津は、今の三重県の津のことをいっています。古い名前を安濃の津といった。「おまえに会いたくて、わざわざ津からやってきたのに、俺を振るとは何事だ」と男が怒っているのを、女が面白がって歌にしたのでしょう。「あの男は馬鹿なやつでね、わざわざ私に会いに三重県の津からやってきたんだけどさあ、振ったらかんかんでね」と。女がそういうふうに男を滑稽に思って詠んだのだというのは、僕の解釈ですが、この歌はそれ以外に解しえない。

遊女に振られて怒った歌を、男が自分で歌っているということはありえませんから。つまり、その遊女は自分がそれほどいい女であると威張っているわけです。

それから、いい男の描写。これも遊女が歌ったと思います。

思へど思はぬふりをして　しやつとしておりやるこそ　底は深けれ

「私のことを思ってくれてはいるけれど、思わぬふりをわざとしていて、そしていつもしゃきっとしているのはかっこいいわねえ。それだけ、思いは深いのよ」と、遊女が自己満足的に言っているはずです。ところが、この歌の続きだと思うのですが、

思へど思はぬふりをしてなう　思ひ痩せに痩せ候

というのが、並んで出てきます。これは男のほうの述懐です。「惚れてたけれど惚れてないようなふりをして、恰好よくしていた。そのうちに、思い痩せに痩せてしまった」。

ひょっとするとこういうところは、この歌の編者が自分で作ったかもしれない。はじめのほうはもちろん流行歌であったでしょう。「思へど思はぬふりをして　しやつとしておりやるこそ　底は深けれ」というのは、いい男の描写としてなかなかいい流行歌です。ところが編纂した男がこれを見て、「これは面白い。この男の立場に立って書いてやろう」と。僕だったら作りますね。知らん顔して作っておいて、「よみ人知らず」と入れたくなります。なかなか洒落ています。色男もつらい。

歌の詠み手は、遊女がやはり多い。

名残《なごり》惜しさに　出《い》でて見れば　山中に　笠のとがりばかりが　ほのかに見え候

これはつまり男女が一夜をともにしたわけです。「笠のとがりが」ということはたぶん武士でしょうが、かなり位の高い武士が朝早くに女のところを立ち去っていきます。けれど、女は名残惜しくてしようがないので出てみると、男は小高い山をたどって行く。男の姿はもう見えないのだけれど、笠のとがりばかりがほのかに見える。いい歌ですね。

それから、同じく、

一夜馴れたが　名残惜しさに　出でて見たれば　沖中に　舟の速さよ　霧の深さよ

これも男が去っていく歌です。一晩男が泊まって、馴れ親しんだ。翌朝、名残惜しさに女が出て見ると、もう沖のほうに舟が行っている。男は漁師というか舟の貿易商かなにかです。沖中に舟が速くどんどん去ってしまう。ああ、霧の深さよ、見えなくなってしまった。これも洒落ています。

女の述懐として、こういうのがあります。

ただ人には　馴れまじものぢや　馴れての後《のち》に　離《か》るるるるるるるが　大事ぢやるもの

「ああ、とにかく人には夢中になって入れ込んではいけないわよ。馴れてしまった後で、今度は、離るるるるるるが大事であるから」。離れるときが本当に大変だから、あまり夢中になって男に惚れないほうがいい、という戒め、自戒の歌です。

そういう女が、惚れて惚れて惚れているのに、ちっとも男がやってこない。その場合に歌った歌として、

来ぬも可なり　夢の間《ま》の露の身の　逢ふとも宵の稲妻

「来なくてもいいわよ。どうせ私は、夢のあいだに露が結んで、やがてすぐに露が消え

てしまう、そんなふうな身だから。逢ったとしても宵の口に稲妻がピカピカッとして、それきりになってしまうのと同じようにはかない命だから」と、こういうことです。やはりここには、彼女らの無常感がある。同時に、無常感があるがゆえに「今夜どうしてきてくれないの」という気持ちもある。

次の歌も同じです。

人の情のありし時　などひとり寝をならはざるらん

「人の情があったときに、なんで独り寝を習っておかなかったのだろう」。つまり、男と女と惚れ合っていたときに独り寝も習熟しておけばよかったのに、そのときはちっとも分からなくて嬉しくて嬉しくてしょうがなかった。独り寝なんていうもののつらさはまったく知らなかった。今は男に捨てられてしまって、独り寝をしなければならない。それで、輾転反側《てんてんはんそく》しながらこういう述懐をしているわけです。これは、今僕は女と解釈したけれど、男であることもまったく同じパーセンテージで考えられます。たぶん、男と考えたほうが面白いでしょう。つまり、女に可愛がられていると思っていい気になっていたけれど、今は女に捨てられてしまった。女のところへ行ってもけんもほろろで全然会ってくれない。そのときに男が述懐して、「あれだけ女に優しくしてもらったときに、独り寝というもののつらさをどうして同時に習っておかなかったのかなあ」と考えている。

歌謡の面白さは、歌っているのが男か女か分からないところです。男が歌ったとしたら男でもいいし、女が歌ったとしたら女でもいい。あの頃は少なくとも男女関係については、まったく対等だったと言っていい。日本の歌謡は「私は」という主語は全部省いています。ですから、「俺は」と言っているのか、「あたしは」と言っているのかどちらかわからない。そこが面白いといえば面白い。

男が振られた歌があります。たとえば、

とがもない尺八を　枕にかたりと投げ当てても　さびしやひとり寝

「罪もない尺八なのに、あんまり頭にきてしまって枕にかたりと投げ当てるが、それでもこのさみしさは変わらない。さみしいなあ、独り寝は」。振られた場合に独り寝のつらさ、さびしさを歌うという例は、たいへん多いのです。振られた場合に独り寝を歌う歌がこんなに多いということは、それ以外の接触の仕方をあまり考えなかったということでしょう。

つまり男と女が愛しあうということは、ふたりが一緒に寝るということなんです。だから、言いかえると、恋愛というもののなかでいちばん大事だったのは性愛であって、僕らのようないわゆる現代人が考える恋愛の「愛」は、あまりない。性愛、セクシャルな愛――それは日本人に見られる大きな特徴ではないでしょうか。愛を歌う場合に、女に対する精神的な憧れとか男に対する憧れが膨張して、ある美しいあるいは恐ろしい幻を描く、その幻そのものがひとつの存在になって迫ってくるというふうな意味での、形而上学的ともいえる愛は、日本の愛の歌にはほとんどまったく存在しない。これもまた面白い。我ら日本人はあまり精神的存在ではないのです。

例えば、こういう歌があります。

あまり見たさに　そと隠れて走て来た　まづ放さいなう　放してものを言はさいなう

そぞろいとほしうて　何とせうぞなう

「あんまり会いたくて会いたくて、人目を忍んで走ってやってきた。だから、とにかくまず放してくださいな。放して、ものを言わせてちょうだい。どれだけあんたに夢中だったかというだけでも言いたいのに。なんともはや、いとおしくて、どうしたらいいのかしら」。ここでは、いくつかの省略が間に入っています。「まづ放さいなう」は、抱き合っているから、「放して」となるわけです。そして「ものを言はさいなう」、だからものを言うのかと思うとそうではなくて、「そぞろいとほしうて　何とせうぞなう」、つまりものを言っていない。それが逆に真に迫っているわけです。これも、話者は一体全体男か女か分からない。どちらとも取れる。僕は女だと思うけれど。

それから、

来し方より　今の世までも　絶えせぬものは　恋といへる曲物　げに恋は曲物　曲物かな

身はさらさらさら　さらさらさら　さらに恋こそ寝られね

「さら」ということばをうまく使って、「さらに恋こそ寝られね」というふうにもっていっていますが、和泉式部に「竹の葉に霰《あられ》振るなりさらさらにひとりは寝《ぬ》べき心地《ここち》こそせね」という歌があって、これあたりはその「さらさら」というのを使っています。いずれにしても「過去から現在まで、ちっとも絶えないのは恋という曲者《くせもの》。げに、恋は曲者。そのためにこの身は、恋をするといっこうに寝られないよ」ということです。「身はさらさらさら」と、こういうところが歌謡です。

最後から二つ目にとても洒落た歌があります。

花籠に月を入れて　漏らさじこれを　曇らさじと　持つが大事な

「花籠に月を入れて」というのは、花の籠《かご》にお月さまを入れるから矛盾しているのだけれど、つまり花籠があってそのなかに私の大事な月を入れる、ということは男を入れる。「私の花籠に大事な大事な男を入れて、月光を外には絶対に漏らすまい、みんなから隠しておこう。同時に、その月の光を決して曇らすまい、というふうにしてずっと持っているのがとても大切なことよ」と。これは、もちろんそういうふうに解釈すればそれでもいいけれど、明らかに女と男のセックスです。花籠に月を入れて「漏らさじ」だから、そのものずばりのイメジです。これが『閑吟集』の終わりから二番目に置かれているということはどういうことを意味しているかというと、花と月というのは、昔々から日本の和歌ではいちばん大事な二つのものだったわけです。それを持ってきて、最後から二番目に置いているということは、連歌でも連句でも花の座というのは終わりから二つ目だから、それをちゃんと踏まえている。おまけに月まで持ってきてしまった。だから、贅沢です。こういうのが『閑吟集』です。はじめから終わりまで洒落のめしている。それでなおかつ、性愛的な意味での露骨な男女の恋愛というものを、こんなに見事にことばとして美しく歌っている歌を集めた集は、やはり日本の歌謡のなかでは『閑吟集』が随一です。たいへん考えて作っています。

高三隆達と江戸初期の歌謡

『閑吟集』から約十年経った頃――永正十五（一五一八）年に『閑吟集』は生まれたわけですが――ある男が生まれます。それが高三隆達《たかさぶりゅうたつ》という男で、一五二七年から一六一一一年まで生きていた人です。これは泉州堺の豪商の高三氏という家に生まれたのですが、この高三氏というのは、どうも漢《かん》の高祖劉邦《こうそりゆうほう》の同胞の子孫で、日本には十二世紀頃に渡ってきたらしい。泉州堺で貿易商をしていました。漢高祖劉邦の末弟劉高遊が祖先ということです。一一七四年に来朝して、帰化して、最初は筑前《ちくぜん》博多に住んでいました。その通称が高三官といった。それで高を姓として、名を三郎兵衛として高三郎兵衛といったのが最初でした。薬問屋だった。

代々薬問屋をやっていて、堺に移り、薬種商と貿易商の両方を営んだ。祖先の渡来はよくわかっていて、堺市史にもちゃんとある。その孫か曾孫か、堺市に移ってから何代か後に高三隆達が生まれた。隆達ははじめはそういう家の出だから、もちろん贅沢を極めた生活をしていて、その後禅宗の坊さんになったわけです。だけど、いやになってまた還俗してしまった。こういう男はものすごく趣味が豊かです。僧籍にまで行ったから、僧侶の生活を知っていてなおかつ俗人の世界にまた戻ってきているし、それにたいへんな金持ちだったから遊びほうけていたにちがいない。

当時そういう男はやはり歌い手になってしまう。諸芸に通じていて、関ヶ原の役の前後、つまり文禄《ぶんろく》から慶長にかけて、一六〇〇年前後に、すでに歌われていた既存の小歌などと合わせて、自分の作詞作曲した歌も歌った。これは全部小歌として歌った。これが受けて、この時代に泉州堺を中心とした関西地方で、さかんに歌われたらしい。小歌は何百首もあったようです。彼は自分では本は作らなかったから、後々の人が『隆達《りゆうたつ》小歌《うた》』、あるいは隆達節《りゅうたつぶし》と称して、彼の歌ったといわれている歌を集めてきます。最初は百首とか二百首とかしかなかったのが、今はだいたい五百首前後あります。これは本人が編集した本ではなくて、後の人が隆達の歌った歌として崇め奉って編んだという小歌集です。このなかにも、面白い歌がたくさんあります。時代は慶長年間ですから、出雲《いずも》の阿国《おくに》が出てくる頃で、だいたいこの頃から百年くらい、元禄の頃まで流行したらしい。

その影響はその後に江戸時代の中期から後期にかけて作られた『松の葉』とか、『松の落葉』とか、それらの歌謡集にもちゃんと残っています。歌詞も『閑吟集』と重なっている歌が結構あります。いずれも、三味線を使ったようですが、ただ三味線も一般には広く普及していないから、大勢の人はむしろ尺八に似たような一節切《ひとよぎり》の楽器があって、それを使ったかもしれないといわれています。それから鼓。いずれにしても、このなかにはなかなか面白い歌がいっぱいあって、たとえば、

つれなのふりや　すげなの顔や　あのやうな人が　はたと落つる

「つれないふりをしている、すげない顔をしている、ああいう人に限って落ちるときは簡単よ」と言っている。これは女が言っているという解釈ですが、男なら「つんとすましたり、つれないそぶりをしたり、すげない顔をしたりしている、ああいう女ほど簡単に落ちるのさ」。

君まちて　待ちかねて　定番鐘《じやうばんがね》の　其下での　じだ〱じだだ　じだ〱をふむ

定番鐘というのは城内警備用の鐘です。だから、たぶんその鐘の下で、女が男と待ち合わせたのでしょう。カンカンカンカン、と城内の警備用の鐘楼がある。目印にいいから、「じゃあ、あそこで会おうね」と言って、男を一所懸命待ったのだけれど、いつまで経っても男がやってこない。それで、「その下で、じだじだじだだ、じだじだを踏む」。なんともいいようのない、面白い歌ですね。日本語の擬音の面白さです。先ほどの「さらさらさら」もそうだし、前章の「さしさしきし」もそうだけれど、とにかく擬音が豊かだということは、日本語の大きな特徴です。地団駄はここから来ています。もともとは地蹈鞴《たたら》から来た。火を起こす蹈鞴を踏む、あれから来ているらしいのですが、いずれにしても、いらいら待っていていらいらいらいらしているうちに、じだじだ地団駄を踏んでしまった。

そういうふうに、女がなじる。それに対して、男は、

せめて詞《ことば》を　うららかにの　今帰る我に　何のうらみぞ

という歌があります。一夜を過ごした男は帰らなければならない。当時の日本の恋人は

本当にややこしく、朝早くに男は帰らなければならなかったわけです。もちろん、この場合は夫婦ではない、女は当然商売の女です。「じゃあね」と男は帰り支度をし始める。この男に惚れている女は「どうしてもう帰ってしまうのよ」とすねる。それで、「別れのことばくらい麗しく言ってくれよ」と男は言っているわけです。「今帰ろうとしている俺に、なんの恨みがあるんだよ」。馴染みの客と女との会話だろうけれど、こういうことはいっぱいあったでしょう。「もう帰っちゃうの、まだいいじゃないの、何よいそそとしてさ」と言われて、男が閉口して、「今帰るというところに、なんの恨みがあってそんなひどいことを言うんだよ。せめて別れは、うららかに別れなければ、この次来られないじゃないか」と言っているわけです。たぶん、女は嫉妬に燃えているわけです。

それから、これも先ほどの「あのやうな人が　はたと落つる」と同じで、

竹ほど直《すぐ》なる　物はなけれども　ゆきゆき積れば　末はなびくに

「ゆきゆき」は「雪」というのにかけてあります。「竹ほどまっすぐなものはないけれど、雪だって、だんだん積もっていけば、末はかならずなびくのに」ということで、つまり「あの気の強い女も、繁々と通っていけば、最後にはなびくに違いない、竹のように」ということです。歌詞は、だいたい男が女より弱い立場です。あの時代は、それで

バランスがとれてきっと良かったのでしょう。

人と契らば　薄く契りて　末遂げよ　紅葉《もみぢば》を見よ　濃きは散るもの

「人と契るならば、薄く契って、その代わり末長く、人とずっと添い遂げなさい。紅葉を見なさい、濃くなれば後は散るだけ」。これも真実です。ところが、これと並んで次に出てくる歌がじつに洒落ています。

人と契らば　濃く契れ　薄き紅葉《もみぢ》も　散れば散るもの

この次も同じ、

独り寝はいやよ　暁の別れありとも

「独り寝はいやですよ。暁の別れがあったとしても」。暁の別れはつらいけれど、でもやはり独り寝はいや、男がいたほうがいい、と言っています。ところが、

独り寝も良やの　暁の別れ思へばの

「暁の別れがあるということを思えば、独り寝もまあいいものだ」。だから、こういうところはバランスがちゃんと取れている。同じことの裏表があることを知っていて歌っているのだから、無我夢中にロマンティックに「惚れたはれた」と言っているようなものではないわけです。惚れた、と言っていながら同時に別れることを考えている。別れていてつらいな、と思っても「いや、暁のほうがもっとつらいから、むしろひとりでいたほうがいい」と言っている。こういうところは、日本の歌謡の成熟していた時代のものです。惚れたはれた、だけではない。別れを思って言っている。ということは、歌の歌い手が遊女の階級にいる女だったことが多かったということと関係があります。遊女はどんなに男に惚れても、男と一緒になれないということを前提で惚れている。だから、惚れたといえば別れることを考える。そういうことが基本にはあると思います。それは男にも伝わっているわけです。だから、この時代の歌には最終的にいうと哀れなところがある。おかしいけれど、最後に哀れなところがある。哀れがあっておかしいというのは、芭蕉などの歌にもそういうところがあります。「おもしろうてやがて悲しき鵜舟《うぶね》かな」などと考え方が近い。人生には、おかしい面と哀れな面と両方あるということを絶えず知っていた。そういう人たちの歌ということです。

僕はこういう時代の歌は流行歌としては立派だと思います。現代の歌謡曲というのは、行けば行ったばかりでしょう。惚れた惚れた惚れた、とそれで終わりでしょう。そういう歌は、底が浅い気がします。

江戸時代の歌謡にはほかにも数多くあるわけですが、たとえば『松の葉』というのがあります。『松の葉』というのは完全に三味線歌謡です。三味線歌謡になると、かたちがだんだんできてくる。かたちができてくると、どちらかといえば奔放さがなくなってしまうからつまらないけれど、こういう歌が増えて、やがて四畳半主義になってきて、後は現代にいたるまでほとんど変わらないということになってくる。けれど、『松の葉』というのはやはりまだ傑作のうちに入ります。編まれたのが元禄十六（一七〇三）年で、一五一八年に編まれた『閑吟集』から二百年近くたっていることになります。これは歌謡黄金時代の幕を引いた集といってもいいくらいです。なかなかいい歌があります。この頃になると、楽器がきちんとしてきて、歌う歌も一首だけというのではなくて、組み歌になってくる。五首組みでストーリーになってくるということです。

そのなかから、三つ四つ選べば、

とろり〳〵としむる目の　笠のうちよりしむりや　腰が細くなり候よ

これは、歌い手が男か女か分かりません。意味は「笠のうちから、とろりとろりと目で締めつけてくるために、こちらの腰が細くなってしまった」。腰が細くなるくらい、いい男かいい女か知らないけれど目ですうっと締められてしまった。自分の腰が細くなるくらい、というのはとても肉体的な感覚です。たいへんにいい歌です。
それから、

山で小芝をしむるが如く 今宵其様《そさま》としめあかす

「山で小芝を」というのは、芝刈りの芝、つまり小芝をぎゅっと束ねるように「今宵其様と」、そちらさま、あなたと「しめあかす」ということです。

われが殿御は藤五郎どの、朱雀、粟田口より石また曳きやる、えいや やころさに
やつといふて曳きやる お声きくさへ四肢が萎《な》ゆる まして添ふたら死のずよの

「私の男は藤五郎といいます。今日も朱雀《すざく》や粟田口《あわたぐち》から石を曳《ひ》いておいでになる。えいや、やっこらさの、やっといって曳いておいでになる。かれは石を扱う男です。声を聞くだけでも四つの足がへなへなになってしまう。まして、一緒に寝たら死んでしまうだろうよ」。

こういう歌を見てもわかるように、日本の恋歌はすべて男と女のセックスの歌です。もちろん、惚れている男あるいは女と会えないときには、いうまでもなく心の歌を歌う。心の歌を歌ってはいるけれど、目的はつねにふたりで寝ること。どこの国の恋歌でも多

かれ少なかれそうですが、こういう歌が見事に歌われたということは、日本人が、とくに近世以後は肉体的接触をもって恋愛としたということです。つまり、信仰が失われてしまった。それ以前は、何らかの形で信仰心があったわけです。ことばでも和歌のかたちで言いかければ、それには呪力があるから、和歌に対する信仰がある。ところが、和歌に対する、ことばに対する信仰がなくなってしまった。にもかかわらず、ことばの技術は相変わらず優れていたということがあるわけです。

非常にほのぼのとした歌もあります。

腰に下げたる巾着《きんちゃく》は　これも憂き人の縫《ぬひ》じやほどに

「私が腰に下げている巾着がある。これも惚れた女の縫ってくれたものだから大事だよ」。憂き人というのがいい。恋をしているから、その人のことを思うと憂鬱になってしまうわけです。これが『松の葉』のごく一部です。

松尾芭蕉の登場

江戸時代というのは、全体の流れからいえば、和歌が本当に衰微していた時代です。代わりに俳諧《はいかい》がぐっと出てきた。俳諧が出てきた後ろには、いうまでもなくこういう歌謡が多くあったから、歌謡にのせて人はいくらでもことばで表現できたわけです。歌謡が一般化したというのは、明らかに江戸時代の大きな文化的特徴です。室町の頃にはまだ豪商とか武士とか、あるいは一般の庶民でもそういう人たちと付き合いがある人は限られていた。江戸時代になるとたいへんに関係者が増えています。一般の庶民がみんな歌を歌った。そういうなかから、俳諧文学が生まれてくるのは当然です。

図式的に言うと江戸時代に和歌の伝統は廃れるけれど、代わりに室町時代からさかんになった連歌がまずあって、その連歌が貴族階級、武将、上層の商人、一般の村の名主、そういう人々の間からあっというまに一般化して、いわゆる俳諧の連歌になる。連歌というのは百首で一巻をなすけれども、俳諧の連歌になるといろんな形式があったわけです。そのなかでいちばん盛んになったのは、歌仙形式の三十六句でおしまいになるものです。この形式は芭蕉などが出てくる時代にいきなり最高にまでいってしまった。俳諧の連歌になって、短くなってしまったかわりに、人生を歌うスピードが増してきた。同時に材料も、連歌の優雅な主題が、どちらかといえば春夏秋冬とか、恋といってもほのかに優雅な恋というものだったのに比べて、俳諧の連歌は露骨なくらいに人間くさくなるわけです。俳諧の連歌というのは、つまり今我々が言っているところの連句です。それは連歌と形式的にはまったく同じ五七五と七七をつらねていく形式ですけれど、内容的には新しくなっています。新しくなった理由のひとつは、人間中心主義になったということですけれど、歌仙形式を主とした連句の文芸が勃興《ぼっこう》すると、またたくまに大流行をきたし、そして大指導者がいきなり最初に出てくるわけです。

それがつまり、松尾芭蕉《まつおばしょう》です。そして、芭蕉から百年足らずのときに天明時代がやってきて、与謝蕪村《よさぶそん》が出てきた。蕪村も連句・俳句をたくさん残しています。ところで、芭蕉時代の俳句はどちらかといえばまだ中世から室町時代の暮らしの感じが残っていることが、逆に蕪村を読むとよくわかる。俳句というのは、たとえば道を行く人を眺めた場合、その人がこちらへ向かって歩いてくるか、それとも後ろ姿を見せてだんだん遠景へ遠ざかっていくか、というふたつのことがありえます。芭蕉の場合、こちらへ向かってくるのではなく、むしろ芭蕉の後ろ姿が見えて、それがだんだん遠景へ遠ざかって、その遠景全体がぱーっと広がって、素晴らしく大きな宇宙が見えるという感じがあります。蕪村の場合には、逆に蕪村という人が向こうから歩いてきて、だんだんだんだん蕪村自身が大きくなって、その蕪村の周りにある近景が色彩豊かに見えるという感じがする。僕の感覚的な印象で言うとですが。

だから、芭蕉には中世的なものがまだ残っています。芭蕉自身の生き方もそうです。世捨て人的で、禁欲的で、芭蕉が恋愛したとすれば女の恋人というのはあまり考えられない。逆に男について言えば、芭蕉の弟子で、芭蕉より早くに死んだ杜国《とこく》という男がいます。杜国は尾張の人ですが、なにか法に触れることをした。米穀商として、商売の上でご法度に触れることをしてしまったわけです。それで投獄されて、釈放された後は、わりと早くに死んでしまいます。芭蕉は、その杜国と一緒に旅をしたことがありました。紀行文としては『更科紀行《さらしなきこう》』で、杜国と一緒に歩いたのがとにかく嬉しくて嬉しくてしようがないという文章です。杜国と戯れて歩いたというシーンが出てくるし、杜国が寝ていびきをかいている図をもわざわざ描いている。その杜国が死んでしまった。

芭蕉は晩年、元禄四（一六九一）年に弟子の去来《きょらい》の持っていた嵯峨野の別荘、落柿舎《らくししゃ》にひと月ばかり滞在して、とてもくつろいで暮らしました。『奥の細道』の旅から一年半くらい経っていますが、まだくたびれていたのでしょう。そこにいろんな弟子が遊びにきて、とても楽しかったらしい。その落柿舎では、白楽天とか『方丈記』などを読んでいたのではないでしょうか。とにかくそういうものを置いているだけで、後はなんにもない。のんびりとしているときに、ある晩死んでしまった杜国のことを夢に見て、はっと目が覚めてさめざめと泣きます。杜国のことを思って泣いた、と書いてある。あたかも杜国が恋人だったかのようです。芭蕉にも女性関係はあったと思いますが、落柿舎の『嵯峨日記』の杜国のところを読むと、どう考えても彼は恋人だったのではないかと想像されるように書いてあります。

たとえば芥川龍之介などは芭蕉は男色だったと思っていたし、ほかにもそういうことをはっきり書いている人は何人かいると思います。女としてはひとり、尼さんになっている人で寿貞という人がいて、芭蕉の奥さんだったという人もいます。男も女も相手にする、ということはありうるから、それはそうかもしれないけれど、それにしても女っ気はあまりない。

にもかかわらず、連句の世界で、芭蕉の恋の句以上の恋の句を作ったものは、ほかにはひとりかふたりが一句とか二句作っただろうけれど、それ以上ではなかったと言っていい。芭蕉の恋の句は無類にいいんです。つまり、恋愛経験がそんなになくても、たとえば『源氏物語』を読み、源氏の物語における恋ということを考えて、それで恋の句をひねるということは十分ありえたわけです。恋愛をたくさんして、女をいっぱい知っている男が恋の素晴らしい詩を書くとはいえない。そういう男は大体冷静な思考は苦手でしょうから、恋の句などできないのが当たり前で、むしろ恋の句などを作る男を軽蔑しているでしょう。それより現実の女のほうがずっといいよ、と思っている人が現世のうちの九十八パーセントくらいだと思います。けれど、芭蕉は実際に恋をしてもしなくても、恋の句を作ることはできた。

　それはなぜかというと、いうまでもなく古典を数多く知っていたからです。日本の場合に古典の詩歌を知っているということは、簡単に言うと恋の歌、恋の句を知っていたということです。なぜならば、和歌というのはもともとは和する歌で、和する歌の基本は男と女が和する歌だった。しかし和歌というのは恋の歌であるというのが基本なのに、それを忘れている人があまりにも多い。忘れてもいいけれど、和歌が和する歌だったことは知っておいていい。和歌というもののいちばん大事なことは、人に向かって語りかけることとです。うたいかけられた人が直ちにそれに「和する」、合わせることです。和歌というのは、いま実際に恋をしていてもいなくても、恋歌を作れなければいけないものだった。和歌の本質というのは、和する歌だから。

芭蕉はつまり和歌の伝統をきっちりと持っていた人だということです。そのとき恋をしていようがしていまいが、恋の句はできるという自信がなければ、和歌の伝統を引いている俳諧の先生などやってはいられない。連歌・連句ではかならず恋の句がどこか決まったところになくてはならないという鉄則があります。つまり、それ以外の人事百般、面白いことはいっぱいあるけれど、それだけ歌ったのでは本当に画竜点睛《がりょうてんせい》を欠くわけです。いちばん大事なのは恋の句で、それは二句か三句しかない。それを出すためにほかの句があるくらいで、恋の句を作れない詩人なんて考えられない。だがそういう伝統は江戸時代の和歌からはやがて失われてしまった。

江戸川柳の誕生

その代わりに、雑俳《ざっぱい》と呼ばれているものがありますが、そういうものがいっぱい出てきます。また雑俳としばしば言われたけれど、本当は雑俳ではないもの、つまり、連句のなかの一行を独立させ、「これは面白い、一句だけでちゃんと立っている」というものを自由に集めて、並べて一冊の本にしたものがあります。それを出版したら、やたらに売れた。

それで、これはいけるというので、第二編、第三編、第四編、第五編とずらっと並べたのが、『武玉川《むたまがわ》』という連句の付句《つけく》の抜き書き集みたいなものです。つまり、『武玉川』には五七五、だけではなくて七七もあるのです。七七というのは普通なら歌の一部分にすぎない。五七五七七というのが和歌の形式で、そのうち五七五というのは俳句として独立したけれど後の七七なんていうのはとても独立できるはずがないのに、江戸時代の人々はそれを独立させた。それは驚くべきものだと思う。いうまでもなく連句形式が五七五と七七だから、それを連ねていくうちに七七のなかにも素晴らしくいい付合が当然出てくる。それを「これは面白い」と抜いてきて五七五とアトランダムに並べたわけです。そして『武玉川』というのができてみたら、とても面白いということがわかって、とにかく大変な冊数（十八編）が出た。江戸時代後期のベストセラーです。

　それを最初にやったのが、慶紀《けいき》逸《いつ》です。この人は俳諧師だったからもちろん俳句を作っていて、僕も「折々のうた」で一回取り上げたことがあります。独立の俳句ではそれほど素晴らしい俳人とは思えないけれど、その代わり編集者としての力量があった。慶紀逸というのは、もちろん「ケイキイヅ」という意味で、もじりでしょう。景気が出てくる、ということですが、慶紀逸といえば立派な俳名です。あの時代の人は洒落ているから。例えば狂歌作者頭光《つむりのひかる》なんていうのは、たぶん頭がつるつるの人だった。頭光は、たしか幕府の役人だったと思います。それで、狂歌の作者で大変な人です。要するに、これらの作者は、作った名前そのものがたいがいユーモラスな名前だった。

『武玉川』がまずあって、雑俳というものが盛んになってきた。それで、雑俳の名人が江戸でも何百人もいたわけです。そういう人が、それぞれ自分で師匠になってしまって、例えば神田なら神田の何丁目には誰がいて、何丁目には誰々がいて、というふうなことで、そのなかでいちばん凄いやつがまた出てくる。それが、柄井川柳《からいせんりゅう》だった。川柳という形式の名は柄井川柳の名前から出てきたのですが、形式そのものの名前になってしまうくらい柄井川柳というのは大変な師匠だったわけです。

そこへ行くまでの間に、どうやってああいう五七五の川柳の形式ができたかというと、その雑俳に前句付けというのがあって、それが大流行するわけです。それは大体七七であらかじめ題を出します。例えば、「困ったことかな、困ったことかな」。こういう題を出す。江戸時代は交通手段と通信手段がすでにたいへん発達した時代ですから、あっというまに広い範囲にそれが伝わります。みんなが出題に対して面白い五七五を一所懸命つけるわけです。投稿料をつけて、うまい人が応募してくる。宗匠がそれを集める。最優秀から順に等級をつけて、今度はそれを一枚の刷り物にして、「今回の優勝者はこれだ」と応募者に返してやった。「ちくしょう、また駄目だった」「あ、嬉しい」。嬉しいというのはなんで嬉しいかというと、お金が返ってくるからです。一等賞にはいくら、二等賞にはいくら、というのがかなりいい金になった。それで宗匠はとにかく食えたのだから、どれぐらい大勢が応募したかということが分かるわけです。

五七五を付けてきたなかから、面白いものを選ぶのですが、眺めてみたら、「これは面白い」ということが分かった。これの師匠としてとくに柄井川柳が有名になります。宗匠のなかのいちばんの宗匠が柄井川柳で、浅草新堀端の名主でした。その柄井川柳が『誹風柳多留《はいふうやなぎだる》』という本を編集して出します。これは例の五七五の回答のなかから秀逸を選《よ》りすぐって並べたものでした。これがまた『武玉川』と同じように猛烈に売れてしまった。それで延々と初代川柳、二代目川柳、三代目川柳と、川柳という人の後ろに代々川柳が出て、初代が死ぬと二代目、三代目、四代目、五代目までいった。

とにかく、それで五七五の「川柳」形式があれだけ大流行したわけです。川柳のいちばんの特徴といえば、いうまでもなく季語がないということです。季語を入れないと季節を言う必要がないので自然に人事が圧倒的に多くなる。人事を歌う場合には、男と女のこと、親と子のこと、それから風俗一般、これが豊かに入っている。そしてもちろん風刺もです。

例えば、「役人の子はにぎにぎをよく覚え」というのは、「役人が袖の下をにぎにぎしたから、それで子どもまでにぎにぎを覚えてしまった」というので、これはかなり差別的です。が、一方ではまた「役人のほねつほ《ぽ》いのハ猪牙《ちょき》に乗せ」というのがあります。猪牙というのは「猪牙舟」といって、これは隅田川で愛用された細い小さな舟だった。吉原は隅田川のほとりにあったから、この舟は全部遊里に通っていたわけです。ぱあっと舟で遡って廓《くるわ》へつけて、お客はそこから登楼するわけです。そういう意味では、「役人のほねつほ《ぽ》いのハ」というのはつまりどうしようもないお固い役人、そういう男は「何をやっても駄目、賄賂を使っても駄目、だから最後は女だ」ということです。猪牙舟に乗せて送り込めばなんとかなるぞ、女でめろめろになってしまうから、と。この句は江戸時代の田沼意次《たぬまおきつぐ》の時代です。ところが、あまりに役人風刺の句が出たり、役人風刺的な狂歌が出たりするので、大弾圧されてしまった。田沼の次の、松平定信《まつだいらさだのぶ》のときに奢侈禁止令《しゃしきんしれい》が出ます。商人が大弾圧を受けるわけです。商人たちが困ってしまったのは、借金の上得意が侍だったからです。侍連中がぱっと借金をやめたので、とても困った。その時代、狂歌は大田蜀山人《おおたしょくさんじん》（狂名・四方赤良《よものあから》）が天明時代に指導して、天明狂歌というのが大変な勢いで栄えていた。

天明時代というのは一方で、俳諧では蕪村が中心になっています。大坂近くの生まれの蕪村は、主に京都を中心に関西で暮らしますが、最初は江戸の方にいました。この時代に俳諧は、江戸よりは関西のほうがむしろ重要になります。幕府のお膝元で締めつけられたことと関係あるのかもしれないけれど、天明の俳句というのは、なんといっても蕪村です。蕪村を中心にして、彼の周辺にいた連中が多かった。江戸からわざわざ京都へ行って、島原の妓楼《ぎろう》の真ん中に住んでいた俳諧師もいます。これは素晴らしい俳諧師で、炭太祇《たんたいぎ》といいます。太祇は遊廓の真ん中に住んでいた。なぜ住んでいたかというと、遊廓の主人が彼をすごく好きで尊敬していたのと、たぶん遊女たちに文字を教えたり俳諧を教えていたのでしょう。そういう人は何人もいたはずです。お習字とか、絵とか、とにかく遊女というのは同時に知識人でなくてはならなかった。そういう意味で、遊女の文化というのは重要です。それを教えたひとりとして炭太祇がいる。太祇は江戸に生まれて京都へ行って、京都で俳句をやってそのまま京都で死にます。当時、江戸から京都へ行った人が結構いました。逆方向へも人が動いて、江戸の俳諧が盛んになった。こういうことがあるから、面白い。

そのお江戸の実際はどうだったかというと、幕府のお膝元では大田蜀山人のような人が中心になって、天明狂歌が爆発的に流行り、パッと火がついてすぐに消えてしまうのが松平のときです。川柳はそれでも盛んだった。その代わり川柳における社会風刺はなくなって、色里に行く男と女の句は増えている。親子の愛情を歌った句も多くて、

南無女房《なむにようぼう》　ちゝをのませに　化《ばけ》て来ひ

この句は、死んでしまった女房に向かって頼んでいます。女房が赤ちゃんを生んですぐに死んでしまう。お乳をのませに、墓から出てきてくれと言っているわけです。川柳で豊かなのは親子の愛の句です。

道楽息子で閉口している母親を風刺している句もかなり多い。

座敷らう　母も手じゃうが　ものハ有《あり》

座《ざ》敷牢《しきろう》に入っているのはもちろん息子です。息子が放蕩《ほうとう》息子でどうしようもない。とうとう座敷牢に入れられた。表に出してもらえない。家のなかの牢屋に閉じこめられているわけです。「手じゃうが　ものハ有」というのは、母親にも本当は手錠をつけなけ

ればいけないのに、ということです。母親が甘くていくらでも金を渡しているために、とうとう息子がどうしようもなくぐれてしまった、という句です。

江戸時代の社会の風俗を庶民レベルで見るには、俳諧とくに川柳、それ以前の『武玉川』の連句の付合《つけあい》の句と、川柳になってからの五七五の雑俳といわれているものを見なければ、よく分からない。江戸時代はもちろん物語でも黄表紙とかいろいろあるわけですが、いちばん簡単なのは俳諧です。それを見ないと本当のところは分からない。

『誹風柳多留』というのは、はじめ第二十四編（全百六十七編）まで出た。柄井川柳が一代のうちにどれぐらい川柳を見たかというのは百万をもって数える、といわれています。このなかには助詞をひとつ変えただけというのもいっぱいあったと思いますが、とにかく面白いものがたくさんあった。そして、作者はほとんど分からないわけです。テレビジョンのほとんどの視聴者参加番組などは、江戸時代の前句付けならびに『誹風柳多留』などに載っているような川柳の流行を受け継いでいると僕は思っています。昔は頭をしぼって自分で作ったから、たぶん今のほうがもっと曲は少ないでしょう。日本人は、とにかくことばのやたら好きな民族らしい。不思議なものです。

江戸末期の民謡

今、話したのはだいたい都会の話です。では、田舎の歌謡はどうか。田舎は田舎で、江戸時代に農民の間で歌われていた民謡的な歌謡が数多くあります。それを採集して、三河国とか駿河国とか国別に編んだものがある。それを『山家鳥虫歌《さんかちょうちゅうか》』といいます。これは江戸時代有数の歌謡集ですが、できあがった年代が正確には分からない。上限としては、序文の日付にある明和八年あるいは九年です。そのときに本当に編まれたのかどうかがちょっと分からないけれど、いずれにしても、それは一七七一年、七二年だから、十八世紀の後半、もうほとんど江戸も末期に近い。その頃ですが、内容としては相当前の時代、江戸時代より前の時代からの農村におけるいろんな民謡を集めた集で、版元は大坂です。

できあがった経過についてはいろんな説があってはっきりしないけれど、天皇が命じて編ませたという説があります。だとすると、後水尾天皇あたりということになる。どういう歌かというと、ほとんどが恋歌です。それが面白くて、洒落ている。

こなた思へば千里も一里　逢はず戻れば一里が千里　（山城国）
恋に焦がれて啼く蟬よりも　啼かぬ蛍が身を焦がす　（山城国）
吉野川には棲むかよ鮎が　わしが胸にはこひが住む　（大和国）

三つめの歌の「こひ」は、もちろん魚の鯉と恋愛の恋と両方かけてある。吉野川は鮎で有名ですから、「吉野川には鮎が住んでいるのか、俺の胸にはこいが住んでいるよ」。

富士の裾野の一本薄　いつか穂に出て乱れあう　（河内国）

「富士の裾野《すその》にある一本のすすきが、いつのまにか穂になって乱れあう」というのですが、「穂に出る」というのは、稲の穂とかすすきの穂などにかけている。「穂」とは尖《とが》った先っぽのことです。波では「波の穂先」とか、三角に尖ったものをいうけれど、恋愛の場合の「穂」というのは、隠していたのにとうとう出てきてしまったということで、それに掛けています。河内国の歌なのに「富士の裾野」というのが洒落ています。

こなた百までわしゃ九十九まで　髪に白髪の生ゆるまで　（和泉国）

「あんたは百まで、私は九十九まで、生きようねえ。髪に白髪の生えるまで」というのです。

咲いた桜になぜ駒つなぐ　駒が勇めば花が散る　（伊賀国）

「咲いた桜に、なぜ馬をつないだりするんだ。馬が跳ねたりすれば花が散ってしまうじゃないか」というのは、やはり男と女のことだと思います。はっきり分からないのですが、「咲いた桜」というのは少女がいよいよ女になってきたことでしょう。その女になぜすぐに跳ね回る勇ましい男をつないでしまうのだ、男が勇んで女にあまりにもいろいろ挑みかかったら、あの花が散ってしまうではないか、という意味だと思います。

幼馴染に離れたをりは　沖の櫓櫂が折れたよな　（伊賀国）

「幼馴染に……」というのは、やはり男と女のことです。幼なじみの筒井筒で一緒に大きくなったのに、とうとう彼女あるいは彼はほかへ行ってしまった。まるで沖へ出た舟が、櫓や櫂《かい》が折れたみたいだ。叙情的な歌です。

次のはおかしい。

様のやうな〳〵瓢箪男　川へ流して鯰と語りや　（駿河国）

「おまえみたいな瓢箪《ひょうたん》男は、川へ流して鯰《なまず》としゃべらせたい」というのです。「ひょうたん鯰」というのは、禅宗の有名な比喩ですが、なにかものの本質をつかむのに〈瓢箪で鯰をつかむ〉ということはできない。瓢箪は瓢箪でつるつるしているし、鯰は鯰でつるつるしていて、全然つかみどころがなくて逃げ回ってしまうのと同じです。私のほうがいいと思っているのに、なぜあんたという瓢箪男は私に一直線に来ないのか。つまり、煮えきらない、ということです。そんな男は鯰としゃべらせたい。

籠の鳥ではわしやござらねど　親が出さねば籠の鳥　(信濃国)

様は釣り竿わしや池の鮒　釣られながらも面白い　(佐渡国)

最初の歌は「私は籠の鳥ではないけれど、親が出してくれないから籠の鳥です」。次の歌は、もう完全に都々逸《どどいつ》です。

岩の清水は底から湧くが　さまの心も底からか　(丹後国)

「岩の清水は底から湧いてくるけれど、あんたの気持ちも本当に底から湧いているの」。これも洒落ている、というより女心です。こういうのが、『山家鳥虫歌』です。

それから、『鄙廼一曲《ひなのひとふし》』というのがあります。鄙（田舎）で歌われている小歌、というほどの意味ですが、これは旅行家としては大変に有名だった江戸の民俗学者の菅江真澄《すがえますみ》が、東北とか越後とか信濃とか三河の農山村で収集した民謡集です。これは近年になってから世に出た本です。近年といっても、五、六十年前です。都で流行したのは三味線歌ですが、それとは別種の素朴な民謡で胡桃沢勘内《くるみざわかんない》という人によって発見された、昭和五年に柳田国男の校註をつけて世に出たものです。田植歌とか鳥追いとか鹿踊《ししおど》り、祝言唄、神楽唄その他、さまざまな場で歌われています。いずれも、都会で当時大いに流行していた三味線歌の影響をあまり受けていない、非常に素朴な歌です。それだけに、とてもいい。たとえば、こういう歌があります。

箱根八里は歌でも越すが　越すに越されぬおもひ川（信濃国）

これはもちろん、「越すに越されぬ大井川」という有名な歌があります。大井川というのは静岡県の掛川のほうにある川で、急流で江戸時代の人は大井川を渡るのは大変だった。とくに雨期は何日も何日も岸辺で逗留しなければならなくなって、そのために「箱根八里は歌でも越すが　越すに越されぬおもひ川」。おもひ川というのは恋の川ということです。「天下の嶮《けん》といわれた箱根八里でも鼻歌で越すぐらいだが、越すに越されないのが恋の川である」ということです。

これにはどちらが先かということがあって、僕はこのことを「折々のうた」で昔々に取り上げたことがあります。そのときに原型は「おもひ川」で、「大井川」のほうは後から付けただろうと書いたら、大井川の歌碑を作って建てて毎年お祭りをやっている人から、激烈な抗議文が来てしまいました。その人は僕の親父の知り合いで、「あんたは何事だ。静岡県の人間なのに、なんていうやつだ」と言ってきて、参ったことがあった。しかし、僕はやはりこちらが本当だと思います。

なぜそう思っているかというと、これは恋の歌です。どちらが古いかといえば、恋の歌のほうが古いに決まっている、と僕は思います。箱根八里くらいは鼻歌でも越えられるけど、「越すに越されぬおもひ川」というのは、いいなあ。おもひ川というのはつまり、思っている川、あるいは思われている川。さらにおもひ川というのは人間の体のなかに流れている川であり、これは古くからあることばで、とても由緒のあるものです。

それに比べると、馬と大井川というのは、あまりにも露骨に現実的です。だから、やはり「おもひ川」が先だと僕は思っているのですが。僕は以前にも、「静岡県大井川の出ほとりの島田市には、この大井川の歌を記念する歌碑が建設されています。大井川の出水は天下に名高かったから、このようなかたちで伝承された歌詞にも、十分現実的な理由はあった。しかし、民謡というものの全体のなりたちから考えてみると、この歌詞は元来は右に引いた信濃民謡の臼唄のかたちで歌われていたと考えられる。民謡は、とくに労働に関わる歌の場合、恋歌のほうが圧倒的に多い」(『恋の歌』(講談社・日本の歌))と書いています。いずれにしても、おもひ川ということば――逃げることのできない恋、そのつらさ――をちゃんと伝承して残しただけでも立派だと僕は思います。

それから、これは、また別の意味で「なるほどこういうものを歌ったのか」と僕らの世代までは思う歌です。

明日《あす》はお立ちかお名残り惜しや　風の身ならば吹き戻そ　(越後国)

「明日はお立ちかお名残り惜しや」というのは、男が明日いよいよ女と名残を惜しみながら旅立ってしまう。もし、私が吹く風の身であったならば、一所懸命ここまで男を吹き戻してしまいたいのに、という歌です。女は泣く泣く残って、だけどしようがない。せめて私が風であったならば、ここまで吹き戻してしまいたい。これは第二次大戦中にしばしば歌われました。「♪明日はお立ちかお名残り惜しや」というのですが、いろんな曲があった。これは歌謡曲だから、戦争中の厭戦歌《えんせんか》です。しかし明日戦争へ行かなければならない男たちを送る宴会では、かならず歌われました。戦争中は一般的にいうと、歌われた歌謡の大半は好戦的な歌ではなく、ほとんどが厭戦歌です。それがもともとこからきていたということを、初めて知ったときはたいへん驚きました。なるほど、そういうところに伝わっていたのか、ということです。

さて又昨夕《よんべ》の浅葱染《あさぎぞめ》　あひが足らぬで濃く案じる　（陸奥・宮城・牡鹿《おしか》半島）

という歌があります。これは女の立場で歌っている歌でしょう。「さてまた、昨夕浅葱に染めた布は、藍の染料が足りなかったのでとても色濃く案じているのに。心配でならない」というのが、ひとつの意味です。つまり、昨夕染めた浅葱染の染め物、藍の染料が足りなかったからいまとても心配でならない、とこういう歌ですが、別の意味がある。それは「昨夕浅く逢っただけだったので、逢うことが足りない。とても色濃く案じている」。「濃く」は「浅（く）」と対比しています。そして、これはまだまだ逢い方が足りない、いつあの男が行ってしまうかわからないからということです。これなどは、掛詞を使って洒落ています。「あひ」は藍と逢い引きにかけている。「濃く」というのは心深くという意味だけれども、同時に浅葱染の「浅」に対比している。だから、歌の意味が二重になっているわけです。浅葱に染めた布の藍が足りなかったためにひどく気になるというのが表向きの意味で、本当はふたり逢い引きした、そして浅葱色に染まったけれども、逢瀬《おうせ》があまりに浅くて短かったから物思いが非常に濃い、また逢いたい、何度も何度も愛を染め返したい、こういうことです。藍染の染色に引っかけて、こういう歌があった。

ですから、歌の伝統でいうと、都で流行っている歌はあっというまに鄙に伝わったに違いないし、鄙の歌のなかには非常に洒落た、今みたいな縁語とか掛詞とかその他ことばの技巧をうまく、引っかけて使っている場合がよくある。都と鄙というのは、素材においては多少差があって、全体の技法的な意味でいうと非常に近いものがあったと言えるわけです。

愛国思想と唱歌

最後に、唱歌のことをちょっと話しておきたいのですが、僕の言いたいのは、今まで話したようなかたちで、結局都でも鄙でも歌はそれぞれいっぱい歌われていたということがあって、それでは明治以降はどうなったかということです。僕は野口雨情《のぐちうじょう》についてかなり長く書いたことがあったのですが、大人の歌は貧弱だから、明治以後の大人の歌はもう問題にしません。歌われているとすれば色恋沙汰《ざた》であることはいいのだけれど、ほとんど上手とはいえない。僕らも含めて恋の歌というのはうまく書けない。それで、そういう面は避けて、大事な話題と思うことを申し上げておきます。

それはなにかというと、子どもの歌です。子どもの歌はどういうふうな経路をたどり今現在どうなっているか、これは大事な問題です。子どもの歌は童歌《わらべうた》というかたちで、江戸時代から明治に伝承されましたが、その頃の童歌というのはとても豊かでした。「お月さまいくつ　十三、七つ」とか、ああいうのは全部童歌だから、その種類の歌はたいへんに豊富だったので、北原白秋はそれに着目してとにかくそういうものを集成しようとした。全部集めないうちに、結局中断してしまった。白秋は児童詩集成みたいなものを、いくつか試みたことがありますが、お弟子さんも一緒になってかなりたくさん集めました。藪田義雄《やぶたよしお》さんや何人かが協力して、童歌のなかでも天象気象を歌った歌とか、植物を歌った歌とか動物を歌った歌とか、お月さまを歌った歌とか、いろいろな部類で分けた。あるひとつの歌が各地で歌詞が少しずつ違ったりということもあるし、「大寒小寒　山から小僧が飛んできた」というあの有名な歌にもいろんな歌詞がある。例えば、「とおりゃんせ」も童歌だし、素晴らしい歌が数多くある。

けれども、明治になってどういう現象が起こったか。明治政府にとっては童歌というものは、要するに「民度」の低いものだった。歌舞伎などを矯正して、外国の賓客が来ても見せられるものにしたいということから演劇改良運動が起きたけれど、それと同じ現象が童歌にも起きています。童歌は民間の歌だから仕方がない、しかし民間の歌でないもので、公が子どもたちを教育するためには、別の歌を作らなければならなかった。それで小学唱歌集を作ったわけです。小学唱歌というのは、明治のはじめに作られましたが、最初に言っておかなければいけないのは、ことばの問題についてです。初めてここで「唱歌《しょうか》」ということばが作られました。もちろん、昔から唱歌（しょうが）というのはあった。芸能者が歌を歌うときに歌詞とメロディを覚えるために、節付けをして歌ったのが唱歌《しょうが》です。だから例えば、お能の基礎も唱歌《しょうが》です。しかし、唱歌《しょうか》というのは明治になってからのものです。また、童謡ということばがあります。これは大正時代になって作られました。もちろん、童謡ということばは昔々からあって、昔は「わざ歌」といった。これはもう古代からあるわけです。古代の「童謡」と書いてわざ歌というのは、政治を風刺するものだった。だから、落首と同じです。そうではなくて、子どもの歌という意味での童謡ということばが一般化したのは、大正時代からです。

まず明治のはじめ、文部省唱歌ということで、唱歌ということばがきちんと一般化した。その発端は明治十四年から十七年にかけて出た、文部省音楽取調掛編による『小学唱歌集』で、これは次々出ます。「蛍の光」とか「ちょうちょう」とか、「庭の千草」とか「仰げば尊し」とかいうのは、みんなこの時代に作られた。「皇御国《すめらみくに》」という歌も小学唱歌です。もちろん明治時代ですから、富国強兵・殖産興業ということが中心です。子どもというのは小国民として、やがて国家のためにつくすべき人材です。その当時はもちろん皇国思想ですから、皇御国《すめらみくに》です。皇御国を守るためには命を投げ出さねばならぬ、という思想を小学唱歌で教えこまなければならない。だから昔々に、文字を知らない連中に対して仏教の教義を広めるために、今様歌謡が偉大な力を発揮したのと同じような意味があるわけです。文字を知らなくても、歌は歌える。

このように、歌からイデオロギーを注ぎ込むことはある。それとは別に、そのイデオロギーがおどろおどろしいイデオロギーだけではなくて、子どもに対して、国を愛し、父を愛し母を愛し、家を愛しなさい、という思想を注ぎ込まなければならぬというのが、明治政府の思想だった。それは、明治時代の日本国民のほとんどすべての思想でもあったわけです。別のことばでいえば、忠君愛国思想です。忠君愛国思想の歌がたくさん作られて、たとえば「蛍の光」も一番と二番までは今でも多少は歌われているかな、と思うけれど、あの歌の驚くべきところは三番と四番です。三番と四番は、例えば、九州とか沖縄まで、それから北海道とか千島まで国を守らなければなりません、という思想を歌っています。今はまったく歌われていないけれど、歌詞の三番、四番を見れば、面白い発見があると思います。

いずれにしても、この文明開化の新しい時代というのは忠君愛国の時代であった。日清・日露、大戦をふたつ経て、小学唱歌には軍歌もふえていきます。小学唱歌集というのは軍歌集だと言ってもいいようなところもある。そのなかには、名作もたくさんあります。それから、例えば「箱根の山は天下の嶮《けん》　函谷関《かんこくかん》もものならず」と、ああいう歌は意味はなにもわからない。けれど、曲がとてもいいから子どもはみんな歌う。「箱根の山は天下の嶮　函谷関もものならず」というと、「函谷関」というのはもちろん中国の故事を引いているわけだけれど、そんなことはまったく問題にもならない。カの音とカンの音の響きだけでも──「函谷関」というのはやはりカの音とカンの音で、響きがいいのでしょう──とても感じがいい曲だと思っているけれど、そういうものを通じていつのまにか、勇壮活潑《かっぱつ》な気風が育てられ、愛国思想、それからその果てには、国のためには死ぬのも厭《いと》わないというイデオロギーまでも注ぎ込むことに、ある種の威力が発揮されます。

そのかたわら、例えば長い長い鉄道唱歌のようなものができてくる。その系列で、あの「戦友」という歌もできてくるわけです。つまり軍歌は、小学唱歌とまったく一体化して、車の両輪みたいに回っています。新しい詩集でも、明治十五（一八八二）年に出た『新体詩抄《しんたいししょう》』は翻訳が多くて、あのなかには創作詩は五つしかない。その創作詩のなかには不思議な面白いものもあった。編集した三人のなかには詩人がひとりもいなくて、ひとりは植物学者、ひとりは倫理学（哲学）者、ひとりは社会学者だった。そういう人たちが日本の過去の和歌では新しい時代の思想は歌えないのではないかと考えて、西洋の詩に倣って七五調、あるいは五七調で歌を作った。「我は官軍　我敵《わがてき》は」で始まる

「抜刀隊《ばっとうたい》」の歌もそのなかのひとつです。あれは傑作です。社会学の原理を歌うというのもあって、これが長い。そこには社会学の基本原理が書いてあります。

明治の三十年ぐらいまでは、詩歌文芸は完全に新しい時代の啓蒙思想の砦だったわけです。その最初は福沢諭吉《ふくざわゆきち》の『世界國盡《せかいくにづくし》』で、明治二、三年に出た。これは、「世界は廣《ひろ》し萬國《ばんこく》はおほしといへど」というところから始まって、世界のすべての大陸、そして主な国の人口、それから地理、歴史、産物、現在の文明度、とくに鉄道があるとかないとかが書いてある。また、その国々の人が新興の息吹にあふれているか、それとも堕落して駄目になってしまっているかということも書いてあります。日清戦争の前ですから、中国に対する侮蔑的な感情もあるわけです。清国に対して、昔の大文明国はどこへ行ってしまったのか、という嘆きが歌われています。明治のはじめですし、寺子屋で習った子も少なかったから、大人を含めて文字を知らない人々が本当にたくさんいたわけですが、その人々でも暗誦《あんしょう》できた。

小学校ができたのが明治五(一八七二)年で、これはその前ですから、七五調だと御詠歌のように唱えられるわけです。『新体詩抄』の作者たちが日本にはないスタイルでやったと思うのは間違いであって、本当はそういう唱導文芸、七五調の文芸は古く『古事記』『日本書紀』の昔からあった。それはまた、和讃《わさん》の伝統です。今様歌謡もいってみれば和讃のひとつですが、和讃というのは一遍上人《いっぺんしょうにん》とか親鸞《しんらん》、日蓮《にちれん》などがみんな書いています。そういう人たちが書いたのは、七五調で延々と仏教の教理を詠むものでした。

地獄極楽のことが書いてあって、それらを歌うことによって日本人の庶民は想像力を刺激されたわけです。和讃は政治的にも非常に重要な意味がある文学です。

その伝統の最後が福沢諭吉の『世界國盡』で、上下に分かれていた。福沢はその当時としては啓蒙思想の大家です。それが七五調で書いてあったから、みんな覚えて歌った。そのように七五調の歌というのは、たくさんの人の体に染みついていた。そこへもってきて、その上に乗ったのが小学唱歌、それからキリスト教の賛美歌です。賛美歌も早くからたくさん作られています。とにかく福沢諭吉の『世界國盡』があり、明治十五年には『新体詩抄』があって、それらはすべて啓蒙思想であるということがはっきりしている。国を愛する思想がまずあり、知識や学問は大事だ、だからみんな勉強しろ、ということがかならずついてくる。

同時に、立身出世を鼓舞した『西国立志編』（S・スマイルズ）もあった。『西国立志編』、つまり西洋の「立志伝」というのがいい。志を立てる、立身出世をすることが大事だ、というのは明治政府のイデオロギーそのものでもある。立身出世するということは、言いかえると社会階級の別を越えて、ということがあったわけです。明治時代のとても大事なことというのは、それまでの封建社会時代と違って、社会的に下の階級でも一所懸命勉強して努めれば、立身出世して末は博士か大臣かになれたということです。それは明治の新しい時代の思想です。『西国立志編』というのは、中村正直訳で明治四（一八七一）年に出ました。このように大人に対しては立身出世を教えるための『西国立志編』のようなものがあって、大影響を与えた。福沢諭吉の仕事もほかに並ぶものがないぐらい大きな影響力がありました。彼が慶応義塾を作ったことも大きかった。

子どもたちに対しては、今言ったように小学唱歌が作られた。けれども、詩人たちはあまり参加していません。かわりに参加したのは国文学者です。佐佐木信綱さんのような人は、歌人であると同時に国文学者だったから、唱歌も作りましたが、信綱さんの作った小学唱歌は名作です。たとえば「夏は来ぬ」。あの頃の子どもは、日本語について素晴らしい恩恵を被っているわけです。現代の僕らは校歌のようなものしか作らないから、申し訳ないようなものです。その頃の最高の国文学者が子どもたちのために七五調で歌をたくさん作ったことは、一考する必要があるでしょう。

曲は東京音楽学校の先生たちが主に作った。その当時としては、日本で最高の人たちが作ったということになる。彼らはだいたい日本の俗曲ははじめから拒否していた。ヨーロッパ、アメリカのメロディで、なかではアイルランド民謡とか、スコットランド民謡がなぜか多い。それは、アメリカから来ています。伊沢修二《いざわしゅうじ》がアメリカ留学生だったことと関係があるのかもしれない。東京音楽学校を作ったとき、はじめから三味線音楽を排除した。それが、問題だったと僕は思っています。日本人が日本の音楽をちゃんとした形では知らないという妙な状態が起きてしまった。

大正デモクラシーと童謡の隆盛

それはそれとして、詩人も「公」には参加していなかった。「これではまずい。変じゃないか」という考えが生まれてきた。大正の時代に入ると、一般民衆の要望も加わりますから、当然そういう思想を反映したものが出てこなければいけない。そこで、「童謡」が生まれたわけです。大正七（一九一八）年に鈴木《すずき》三《み》重《え》吉《きち》が作ったあの有名な「赤い鳥」で、童謡運動が起きた。三重吉の仲間は北原白秋《きたはらはくしゅう》、それから山田耕筰《やまだこうさく》です。「赤い鳥」だけではなくて、ほかにもいくつかの子どものための雑誌がありましたが、一流の詩人と作曲家が組んで、創作童謡を作りはじめた。そのときに、「童謡」ということばが、非常にはっきりと市民権を持ったわけです。例えば、どういう人がいたかというと、詩人では北原白秋、野口雨情、西条八十《さいじょうやそ》、この三人が横綱です。その他にも大勢いた。作曲家では、山田耕筰、中山晋平《なかやましんぺい》、弘田龍太郎《ひろたりゅうたろう》、本居長世《もとおりながよ》という人たちだった。この人たちの作った歌は今でも愛唱に堪えます。滝廉太郎《たきれんたろう》まで加えれば、それはもう大変なものです。

　それでは童謡の性質というのはなにか。第一には純然たる民間の立場に立った歌だということです。小学唱歌集は文部省ですから、お上から下へ降りてきたものだけれど、これは民間です。小学唱歌集は文語ですが、童謡は口語を使った。これは大事なことです。そして、童謡は驚くべきことに、できたと同時に芸術的にいって文句なしの歌であった。童謡は大人が作っているけれど、子どもの立場に立っており、子どもの生活の私的な部分、個性的な部分を多面的に歌った点が画期的だった。

北原白秋は、子どもになれた人です。野口雨情は面白いけれど、子どもになりきれないところがあった。それは雨情が茨城県のなかでも農村の生まれだったことと関係がありそうです。同時に彼は、精神的に言うといわば左翼的であり、無邪気な子どもの立場になりきることができなかった。子どもみたいになれた白秋は、暖かい九州の生まれで、はじめは造り酒屋の息子だった。それが没落して、有名になった途端に赤貧洗うが如き生活をしはじめた人ですけれど、歌にはそういうことはまったく表れなかった。日本人の文芸愛好家は私小説好きで、貧乏人が好きですから、文学者は貧乏でなければならないということで、白秋は損をしています。本当は実生活においてはほかの人よりはるかにはるかに貧乏だったのに、歌は豊かだという人は、大人たちには誤解された。これは、明治時代からの日本人の情けない風習だと思う。

かつての明治の時代は公が優先した。一方、昭和のとくに満州事変以後の時代はますます公優先です。僕は満州事変の年に生まれたから分かるけれど、教えられていたことの中心は「公」です。「公」のためにつくすのが「私」であるという思想がはっきりしていた。そのあいだにはさまって大正時代というのは自由主義、いわゆる大正デモクラシーといわれて青春を謳歌したわけです。大正という時代は「私」優先。私生活を大事にし、個性を大事にする。子どもと大人は対等だという意識があった。大正時代がやがて昭和になって、大正の思想が急速に忘れられた理由は、はっきりしています。今、昭和がすぎてしまい、昭和の終わり頃から大正時代が復活してきた理由もはっきりしている。さすがに日本人も公ばかりではなくなってきたからです。

ここで大事なことは、大正時代の詩人たちがそういう子どものための詩を作るのに全力を捧げたということです。それは驚くべきことです。北原白秋の才能の最上の部分は、童謡において発揮されたということになるでしょう。「からたちの花」その他たくさんの作品。一方また、野口雨情の「青い眼の人形」。「青い眼の人形」には妙なエロティシズムがあって、不思議な歌です。ひとつには外国人に対する憧れ。青い目をした人形が、アメリカから来る。日本に来て、だれも身寄りがいないから悲しがって泣いている、という歌でしょう。それだけでエロティックです。少なくとも男の子は、あれを歌っているときにかならずエロティシズムを感じていたと思います。青い目の人に対する、一種の不思議な憧れがあります。

「赤い靴」も、女の子が異人さんに連れられていくし、「青い眼の人形」は人形と言っているけれど、本当は青い目をした人が来るということです。野口雨情は、田舎の出身なのに、その当時の都会人のヨーロッパやアメリカに対する憧れを裏返しして使っている。北原白秋にはそれがなかった。雨情のほうがセクシャルな好奇心を刺激したという点においては、白秋よりも凄いと思います。

先ほども言ったように、大正の童謡というのは、大正リベラリズムとデモクラシーの思想を反映しています。少なくともその面でいえば、明治とはちがう大正リベラリズムやデモクラシーは日本に根付いたといえる。それを裏切ったのは大人であって、子どもは少なくともその匂いをかいだ。僕はその最後の世代にくっついて生まれています。僕の家にはアルスの『日本児童文庫』があったわけですが、それは僕の生まれる前に父親が買った全集です。僕はそれを最初に読んで育ったので、大正の匂いを嗅《か》いでいます。例えば、そのなかの『印度童話集』は後に共産党幹部になる高倉輝が書いている。あの人がその昔仏教のことを書いていて、僕はそれを読んで影響を受けて詩を書くようになってしまったのだから、そういう意味でいうと非常に縁が深いです。

アルスの『日本児童文庫』というのは七十巻くらいあって、それを総編集したのが北原白秋です。弟さんがアルスをやっていて、弟のところから出した。当時文藝春秋も創始され、菊池《きくち》寛《かん》がやはり子ども向けの文学全集のアイディアを持ち、芥川龍之介は菊池寛との因縁でそちらに協力した。文藝春秋のほうは速製だけれど、白秋のほうは何年もかけて実現した。土田杏村《つちだきようそん》が一緒だった関係で、哲学者もその当時最高の人たちが揃っていたし、文学者で言えば、たとえば『歌・俳句・諺』という本は、歌が釈迢空《しやくちようくう》、俳句が高浜虚子《たかはまきよし》、それから諺《ことわざ》が柳田国男、この三人で作っている。これは今読んでも大変な本だと思いますが、スポーツから何から全部を含めて、こういうものが七十何冊、大児童文化史の宝庫が昭和のはじめに出た。大正文化の精髄を集めて、昭和に送りこんだわけです。このことは北原白秋が、大正時代の本当の意味で代表的な文学者であり、文人だったことを示しています。彼が書いているものはそのなかの二、三冊しかないけれど、とにかく全部彼の人脈で作った。まさに大正文化の底力を示しています。

それらがあっというまに薙《な》ぎ倒された。象徴的なのが、文藝春秋の子どもの全集と正面衝突して、文春のほうが財力があるから勝ってしまったということです。白秋は本当に悔しかったらしい。一説によると、芥川が自殺した遠因のひとつには、これがあったのではないかという説もあるくらいです。自分の知り合いの友人たちを裏切ってしまったからというんです。それは考えすぎだと思うけれど、憂鬱になったことの原因のひとつにはそれがあったかもしれないということはありえます。とにかく弱り目に祟り目だった。

大正時代にもうひとつ大事なことがあります。文学全集や日本古典文学全集など、大正の末から昭和のはじめまで続々と出ました。改造社とか、文庫本の赤い表紙で与謝野《よさの》鉄幹《てっかん》夫妻と正宗敦夫《まさむねあつお》さんの三人で編集した素晴らしい『日本古典文庫』という全集もあった。大型のものでも何種類か日本古典文学全集が出ています。これらは、全部大正時代の成果です。全集が出たのは昭和のはじめですが、この時代になんらかの意味で時代が変わるということが実感としてあった。それで、今日本の古典をいろいろまとめておかなければということが、大勢の人の間で一種の共通の認識だった。そのなかのひとつが、白秋たちの子どもの本だったわけです。

子どもの本も大人の本も、アンソロジーが数多く出版されたということは、大正文化の力です。日本の文化の重要なものがアンソロジーです。例えば、勅撰和歌集二十一代集を中心にできてきたのが日本の文化の歴史であることはたしかです。裏返して言えば、いいアンソロジーを馬鹿にする時代は駄目な時代だということです。

Ⅸ 良基も芭蕉もパスも——連歌／連句／レンガ

連歌の歴史のはじめ

今回は連歌《れんが》、そして連句《れんく》といわれるところの俳諧の連歌——正式名称としては俳諧の連歌というのですが、連歌と対比して連句と呼んでいます——について話をします。連歌は歴史的にいえば、だいたい十三世紀から十六世紀くらいまでの間に栄えた形式です。その後十六世紀後半くらいから俳諧の連歌、つまり連句というのが急激に勃興して、やがて芭蕉一門をはじめとする元禄時代の黄金期を迎えます。それから百年たらずで、天明時代には蕪村をはじめとする何人かの優秀な俳人の出現を見た。さらに幕末近くなって大衆化時代を迎え、小林一茶《こばやしいっさ》その他の有名な俳人たちがたくさん出ました。しかし、大衆化したために、文学的にはかえって停滞した。言いかえれば文学的に輝かしい人が一茶を除くとあまりいなくなってきた。それでもまだ数の上では勢いはあったけれど、幕末から明治にかけての作品には、後にいわゆる旧派と呼ばれるものですけれど、ほとんど新しいものがなくなっていく。明治二十年代の正岡子規《まさおかしき》による革新運動にそのままなだれ込み、後半期から後、近代俳句というものがはっきり出現してきます。

そういうかたちで連歌が十三世紀くらいから栄えていたということは、念頭におくべきではないかと思います。しかし、本当は日本の和歌の歴史というのは、連歌の歴史と重なっていたのです。ある時期から連歌の道というのは「筑波《つくば》の道《みち》」と呼ばれました。倭建命《やまとたけるのみこと》が東征したとき、筑波山のほとりまで行って、再び西へ向かいます。やがて伊吹山《いぶきやま》を通りかかったところで、山の神に打ち惑わされ、ついに没するのですが、筑波からの帰路、甲斐《かい》の酒折宮《さかおりのみや》へ着いた頃に、御火焼《みひたき》の老人《おきな》、つまり夜警の火を焚《た》くお爺さんと彼との間で交わされた会話が連歌の発祥の形態だといわれています。『古事記』によると、倭建命が「新治《にいばり》　筑波を過ぎて　幾夜か寝つる」と訊《たず》ねたのです。「新治や筑波山を過ぎてから幾晩寝たかね」とお爺さんにぽつりと聞いたということは、彼自身はとても孤独だったということでしょう。本来ならば、一軍を率いていた総大将です。それが、「ここに来るまでの間に、いったい幾晩寝たっけねえ」と聞く。するとお爺さんが答えて「日日並《かがな》べて夜には九夜《ここのよ》日には十日を」と言った。「日日並べて」とは、一日一日を並べてという意味で、一日一日数えると「夜でいえば九夜、昼間でいうと十日が過ぎました」と答えている。筑波山から甲斐まで行くのに十日かかっているわけです。

そのときの問答が、まさに五七七・五七七になっています。新治というのは四音ですが、五音と同じことです。五七七単独のかたちを片歌《かたうた》といい、五七七の片歌を二つ並べると旋頭歌《せどうか》という形式になる。片方だけだと、片歌です。この片歌というのは、昔から日本人に親しまれた形式で、江戸時代にも片歌だけで独立した詩を書こうとした俳人がいたくらいです。五七七だけでも詩になるという考えです。しかし五七七ですと、その次がつかないとどうも落着きが悪い。五七五だとそれだけで一句になるけれど、五七七だと、歌謡と同じように歌いかけてつぎつぎに歌いながら進んでいくようになります。五七七で、五七七・五七七と二つの句が重ね合わせになって、ひとつの問答になった。

後世、その形式が由緒正しい最初の連歌の出発であったというふうに思われています。後世の連歌師は、自分たちの作っている連歌というものが十世紀以後のものであるということでは我慢できないので、かならず、古い時代から我々のやっている形式は、すでにありました、となるわけです。『古今和歌集』の序文で紀貫之が言っているのも同じことです。紀貫之はやはり神代《かみよ》の昔まで遡って、和歌の起源を説きました。自分の血統証明をするために、古い時代に遡るということがつねに行われるわけです。流行歌であれ何であれ、起源論というものはすべて闇夜の彼方《かなた》にまでつながるものです。

そのような歌は、十三世紀までは行われていなかったというわけではなく、多く作られています。『万葉集』のなかだけでもたくさん問答形式の歌があります。『万葉集』のなかでいうと、大伴家持と家持の家に住んでいた、あるいは非常に親しい関係にあった尼さんがいて、その尼さんと家持が二人で一首の歌を作っている。尼さんが前半を作って、後半を家持がくっつけたというかたちになっている。歌そのものはわけの分からない不思議な歌で、一句ずつで終わってしまったから形式的には短連歌といいます。その種類のものは後々は『古今和歌集』でも、あるいは『古今和歌集』以後数多く出てくるほかの歌集のなかにも見出せます。それらは見え隠れしながら、何百年の間作られ続けたわけです。

例えば以前お話しした『大和物語』は、平安朝の『古今和歌集』が出た後しばらくした頃に作られた物語集です。その物語集のなかには歌物語がたくさんあって、その歌物語のなかには面白くてエロティックな男と女の連歌というのが出ています。良岑宗貞《よしみねのむねさだ》——百人一首に出てくる後々の僧正遍昭《そうじょうへんじょう》——が、女からあるとき恨みの句を投げかけられる。なぜかというと、遍昭というのはとても色男でもてた男だったからです。後に仁明《にんみょう》天皇が亡くなったために頭を剃って僧籍に入ってしまったけれど、それ以前はプレイボーイ的で、しかも優雅な、女が憧れるような貴族だったわけです。その良岑宗貞に、あるとき女から「人心《ひとごころ》うつしみつ今は頼まじよ」という句が来た。丑《うし》三つ時までにあなたのところに訪ねていくね、と彼が言ったにもかかわらず来なかった。それでひとつには、「あなたの気持ちなんて、もう全然頼りにしません。丑三つ時になってしまったじゃないの」。もうひとつには「うしみつ」の「うし」は「憂し」、つまり「頼りにならない」。女は「人の気持ちなんて本当に頼りにならないものです。本当にいやなものですね。もう絶対あなたのことなんて、頼りにしません」と言ってきた。それで、彼もまずいと思って、答えて言うには「夢に見ゆやとねぞすぎにける」。どういう意味かというと「夢であなたと会ったというふうに思ったのだろうかね」。「ねぞすぎにける」とは、ひとつには「子の刻を過ぎてしまった」、それからもうひとつは「寝過ぎてしまった」という意味です。「ついうっかりして寝すぎてしまってね」と答えた。彼女は仕方がないと思ったか、うまく逃げられたと思ったか知らないけれど、とにかくそういう類の問答がこの形式でたくさんありえたわけです。

なぜならば、和歌というのはたびたび言っていますが、和する歌です。和する歌といえば、やはりいちばん和する必要があったのは男と女だったわけです。天地自然と和することはその後にくる。和歌が出発するときに、なぜ和する歌といわれたのかといえば、男と女が合い和するという意味が最初にあったからです。日本の和歌の発生はそれ以外にはありえない。

日本の神話ではなにしろ、いちばん初めの、伊邪那岐命《いざなぎのみこと》と伊邪那美命《いざなみのみこと》が交媾《まぐわ》いをすることによって、日本という島国が作られています。最初は女が先に歌を歌ってしまったために、全然土が固まらなかった。それで、もう一回ぐるぐるとふたりで回りながら、今度は男が先に「ああ、なんておまえはいい女だろう」、女がその次に答えて「なんてあなたは素敵な男でしょう」と言って、うまく大八島《おおやしま》ができたわけです。伊邪那岐命と伊邪那美命が「あなにやしえをとめを」「あなにやしえをとこを」と唱和するのが、和歌の発生です。

そういう意味では、和歌の発生は連歌の発生と同じです。歴史的な経過をたどるならば、ほとんどすべての和歌は、自然界の花を讃える歌であっても、空行く雲を讃えている歌であっても、それは花のなかに女を、雲のなかに男を見ている。王朝の和歌には、恋歌といわれていないものであっても、自然界の春夏秋冬の四季を歌っている歌であっても、どこかに色っぽいものが隠されている歌がたくさんある。自然によそえて、実は女を讃えたり男を讃えたりしている。それが王朝和歌の根本であった。それ以前の『万葉集』でもこのような例は多くあります。『万葉集』の自然を歌った歌は、奈良時代以後ならば、はっきりと自然のなかに女を、あるいは男を見ています。ですから、そこから発展したとすれば、すべての歌が本質的に問答であったということが言える。一言付け加えておくと、現代詩が再び活気を取り戻すためにも、この「語りかけ」あるいは問答の持っている意味について、詩人も読者ももっと自由に考え、試みもすることが必要な時代が来ていると思います。

とにかく、良岑宗貞の「夢に見ゆやとねぞすぎにける」というのは、正確に翻訳すれば「あなたが夢のなかにまで入ってくると思ったからだろうか」。つまり「こんなに思っているのだから、夢のなかにまであなたがかならず現れるだろうか、と思っているうちに寝過ごしてしまった」と一方で女を讃えて言うのだから、女としては困ってしまうわけです。そこにはしたたかなユーモアがある。洒落た連歌の場合、ユーモアがある。同時に言い訳だとか恨みだとか、相手があって生じてくる一連の心の働きが、かならず入ってくる。だから、連歌を読み解くとそこにはドラマがある。ドラマがない連歌というのは、つまらない連歌ということになってしまう。良岑宗貞などは短連歌の時代の連歌ですが、やがて長連歌というのがはっきりと確立されてくるのが先ほど言った十三世紀です。

後鳥羽院と連歌

十三世紀にいったい何が起きたかというと、『新古今和歌集』と関係があります。『新古今和歌集』のなかにもずいぶん連歌精神がありますが、連歌というのが形式的にきちんと出てくるのは、『新古今和歌集』が作り上げられてみんなほっとした頃でしょう。いってみれば藤原定家をはじめとする何人かの編纂歌人の人々を、後鳥羽院が一段上から統率していた。それで緊張していたけれど、ついに『新古今集』という素晴らしいアンソロジーができた。その目星がだいたいついた頃になって、後鳥羽院がふとはじめたのが連歌だったわけです。「有心《うしん》」「無心《むしん》」連歌というものをはじめた。「有心」とは雅びやかな詩句を主体とする句です。そして、「無心」、「心が無い」というのは、じつは滑稽ということです。「無心」とは、もともとは滑稽なものを指した。あるいは、ユーモアを指した。「有心」というのは「心有る」、つまり雅びで幽玄な、ということです。日本の詩歌における二つの要素がそこにあるわけです。和歌とは、雅びなだけでなく、かならず滑稽な隠し味があるのが正しいものだった。それを今の人は忘れて、一面的なものしか理解していない。本当は「有心」と「無心」と両方とがうまく競い合い、結ばれ合って、そこで一編の素晴らしく豊かな、面白くもあれば滑稽でもあるものができあがる。それがもともとの考え方です。

後鳥羽院の周辺では、そういう句を競争で作るようになる。そのうちに、ただたんに「有心」の句と「無心」の句と交互に作っていくだけではつまらなくなってきて、次第に形式がきちんと決まってきます。ですから、後鳥羽院というのは『新古今和歌集』という稀代《きたい》のアンソロジーの編纂の中心になっただけではなく、もう一方で「有心」「無心」の連歌を創始していますから、大変な人です。鎌倉幕府が発足してから十三年くらい経った頃です。

それからまもなく百韻《ひゃくいん》形式の連歌が登場します。百韻というのは、百句で終わるということです。五十韻といえば、五十句で終わる。韻を踏んでもいないのに百韻といったのは、漢詩からの影響だと思います。中世の連歌は、こうしてしっかりとした形式を持ったものになっていくわけです。

やがて、一二二一年に後鳥羽院が幕府に対して起こした承久の乱が始まります。後鳥羽院は、もう一度、天皇のもとに政治的権力を取り戻そうとした。大変な野心家でもあった人です。幕府によって牛耳られている政治経済その他の権限を取り戻そうとして、乱を起こすわけですが、あっというまに負けてしまう。その後、隠岐島に十年も二十年もずっと流されたまま、最後にそこで死にますが、そのときに連れていった愛人が亀菊という白拍子上がりの女性だった。彼女は美しかった。それだけではなく、歌も舞も一流だっただろうし、楽器もいくつか扱えたはずです。そういう女だから、当然歌謡の精神を体のなかに持っているわけです。そういう女性は、話をしたら面白い。たんなる藤原家の堂上《どうじょう》の貴族の最高クラスのお嬢様が天皇のもとにお輿入《こしい》れをしたのとは違う。貴族の娘のような女性は、高貴な生まれではあっても、女としてはあまり面白くない。白拍子のほうが面白い。後鳥羽院はそういう、つまりは「詩的な」女性を連れていったわけです。詩的であるということは、詩を体のなかに持っている。詩というのは対話であり、ユーモアでもあり、同時に心哀れを知るものでもある。連れていった女はそういうことをよく理解していた。このように、後鳥羽院の生涯は、詩を愛したということで一貫しています。

承久の乱が起きて後鳥羽院が京の都から流されますから、後鳥羽院のもとでの連歌は終わります。ところが不思議なことに、連歌そのものはますます盛んになる。後鳥羽院が去った後も、つぎつぎと連歌の新しい指導者的な存在が現れてくるのです。連歌の歴史を書いた本にはかならずといっていいほど書いてあるはずですが、連歌というのは、乱世に栄えている。ほかの文芸形式、例えば小説や和歌、あるいは日記、随筆は、平安時代の例でいえば、平和な時代に栄えた。ところが、連歌だけは不思議なことに乱世になるときに栄えている。これは金子金治郎さんや島津忠夫さんというような優れた連歌の学者たちが、細かい概論書や入門書や連歌の歴史など、さまざまなかたちで本を書いているので、それらをご覧になればよくわかります。

概略でいえば、まず最初に文永《ぶんえい》の役《えき》（一二七四年）、弘安《こうあん》の役（一二八一年）があります。これは北条家・鎌倉幕府の時代です。両方とも蒙古襲来《もうこしゆうらい》であり、偶然にも外国の船はみな嵐のために沈んでしまったために助かるわけですが、未曾有《みぞう》の国難の時代であったことはたしかです。ところが、その時代に連歌の式目《しきもく》というものが次第に整理されていきます。一方で、中国での聯句《れんく》というのがあって、これは漢詩の二行で作られており、日本の連歌にも明らかに影響を与えています。しかし、日本の連歌はあっというまにその影響を乗り越えて、はるかに精密なものになる。その中国の聯句は藤原定家の頃、およそ十三世紀はじめから入ってきています。

　また、貴族だけでなく武家も京都や鎌倉で連歌を盛んにたしなむようになります。さらに新しい要素として、地下《じげ》の民も連歌を盛んに行うようになる。これはまったく新しい現象です。和歌をたしなむ一般の庶民はまだ比較的少なかった。連歌が盛んになったとたんに、庶民にまで広がりはじめました。これは、連歌というものが日本の詩歌の本質だったからです。公武貴賤《きせん》さまざま、夢中になるわけです。やがて、宗祇《そうぎ》のような地下の民で、どういう出身かも分からないような人が連歌の巨匠になります。貴族階級とか武家の家にも平気で出入りして、師匠としての尊敬を受けながら教えていく。このことは、連歌というものにそれだけ魅力があったと同時に、本質的に日本人が階級を問わず夢中になれる形式だったということを意味している。宗祇以前にも、何人もの庶民の連歌師が出てきました。

宗祇と心敬

　やがて十四世紀の初頭になり、鎌倉幕府が崩壊します。元弘《げんこう》の役（一三三一年）、建武《けんむ》の中興《ちゅうこう》（一三三四年）という二つの大乱があった。十四世紀に入って三十年ほど経った頃です。この大動乱の時代を経て、南北朝になる。ここで、天皇の地位が北朝と南朝の二つに割れてしまった。しかし動乱そのものの時代に、京都の連歌も鎌倉の連歌も合体して、飛躍的に発展したのです。

こういう深刻な政情不安が続くなかで、『菟玖波集《つくば》』という準勅撰の連歌集ができます。『菟玖波集』を編纂したのは関白で摂政で、にもかかわらず比類のない連歌師であった二条良基《にじょうよしもと》です。彼は、その時代における最高の政治家であると同時に、最高の連歌師であり、連歌の整備をしたことで重要な人です。『菟玖波集』という連歌集は、連歌においてはどういう付合《つけあい》がいちばんいいか、優れた付合の連歌をふたつずつ選び、それを模範として示すというかたちになっている。模範たりうるには、権威が必要です。権威が必要だから勅撰にしようとしたけれど、勅撰連歌集というのはできなかった。しかし準勅撰ということはたしかです。この集の協力者のひとりが連歌界の第一人者だった救済《ぐさい》(あるいは「きゅうさい」)。この人は法師で、出家者です。連歌師のなかには出家者が多く、そして優れた人が多い。これも面白い現象です。救済のような第一人者が協力し、幕府が後援した。つまり、幕府が後援したことによって天皇の勅撰にはならなかったけれど、幕府がこれは素晴らしいということで後押しした。

その頃の流派としては二条家の歌風が主流でしたが、足利尊氏《あしかがたかうじ》というまさに和歌狂いみたいな人がいた。足利尊氏は優雅な和歌をたくさん詠んでいますが、同時に連歌にもたいへん興味を持ち、後押ししました。『菟玖波集』は中世文学における詩の中心が、和歌よりはむしろ連歌にあるということをはっきりと示し、ひとつの記念碑となったわけです。

良基は、その後もいろいろな本を書いています。とくに有名なのが『連理秘抄《れんりひしょう》』で、これは最初の重要な連歌理論書であり、その後何冊も書いている。『連理秘抄』のなかには原理論と応用編とがある。今読んでもじつに面白い立派なものです。

やがて一三九二年、つまり十四世紀の末に南北朝が合体し、十五世紀の初頭には、政情が比較的安定します。ところがそうなってみたら、あにはからんや、連歌は衰退する。そして一四六七年、十五世紀の半ば過ぎに、応仁の大乱が勃発します。この頃にまた、連歌は朝野をあげて狂うというくらいに盛んになる。先ほどもお話ししたように、連歌は乱が起きるたびに盛んになる、というわけです。応仁の大乱の時期の前後には、宗砌《そうぜい》や心敬《しんけい》という僧侶の大作家が出てきます。とくに心敬は、かなり現実にも高い地位にいた。そういう人たちが連歌師だったということは、皮肉に見れば、いかに日本の宗教がいかがわしいかということを表しているかもしれない。しかしキリスト教にも、『カルミナ・ブラーナ』――中世の南ドイツあたりの僧院などで歌われたエロティシズムと破戒、大酒の歌――などを聴けばわかるけれど、エロティシズムや酒と宗教は切っても切れない縁があることはたしかです。

このような流れを受けて、最後に宗祇《そうぎ》という人が現れて集大成をします。これが、芸術的にいえば連歌における最高の達成といわれている『新撰菟玖波集《しんせんつくばしゅう》』（一四九五年）です。『菟玖波集』が一三五六年で、『新撰菟玖波集』が一四九五年ですから、両者には百四十年くらいの時代の開きがある。その間連歌は平和時に多少のへこみはあったにせよ、ずっと盛んで、この時代に最高潮に達しました。この『新撰菟玖波集』は第二冊目の準勅撰連歌集になります。応仁の乱が起きてからだいたい三十年くらい後のことで、この時代になると足利幕府は連歌集を編纂するのに十分な応援をするだけの余裕がなくなっている。にもかかわらず集ができたのは、それだけ一般の社会における連歌への支援があったということです。ここで宗祇が大活躍して地方の大名を説き、その他にも金持ちからの援助を得た。現代の日本と同じです。政府に力はないけれど、地方自治体に行けば結構いろんな文化的な行事ができるのとまったく同じ状況です。だから今は本当は乱世で、ただ連歌が盛んにならないのが不思議なくらいです。その代わり、連詩をフランス、あるいはヨーロッパ各地という地方自治体でやっている。冗談はさておいて、連歌には乱世がつきものだということが、お分かりだと思います。

心敬には『さゝめごと』、宗祇には『吾妻問答《あづまもんどう》』という有名な連歌論集があります。いずれにしても、これらの人々は自作を作るだけではなくて、理論も書いた。その点でも連詩と似ています。やはり、連歌というものは単独ではすぐに分からないことが多い。つまり、連歌をどこで作っていたか、どういう機会に作っていたか、どんな人々と一緒に行ったたか。それらが合わさることによって、あるひとつの文学的実質ができあがります。つまり、純然たる書かれた作品だけではないから、この人たちの連歌論はすべてヴィヴィッドで面白い。単にことばの理屈だけでなく、どういうときにどういうふうにするか書いてある。

宗祇は一五〇二年に没します。つまり、十六世紀の初頭です。それから戦国時代が始まり、あっというまに江戸幕府の時代になります。その間何人かの優れた連歌師が活躍しましたが、連歌は十六世紀の半ばから半ば過ぎくらいで歴史を終える。十七世紀に入ると、芭蕉が登場し、連歌がいわゆる連句、つまり俳諧の連歌に発展します。

連句の誕生

連句は連歌と形式的にはまったく同じに、五七五と七七を重ねていくものです。ただ、連歌では百韻というのが基本的な形式で、百行でひとつのものができていた。連歌百韻がどれくらいの時間でできるかというと、朝食後から始め、日暮れ時には終わる。ですから、終わるのは午後五時以前ということになる。今では、現代人が三十六行の連句を作るのに、かなり急いでも一日ではできません。三十六行で二日かかる。その理由はひとつには、この時代にはみんなが習熟していたということがあげられるけれど、大切なもうひとつの理由として、決まり文句がいろいろありました。これは早い。例えば風景の句をどこかにうまく入れていくなどでも、いろんな工夫を知っていた。

基本的にいえば、使うことばは優雅なものでなければならない。優雅なことばというのは限られてきます。その当時においても、いってみれば現代における文語のようなものです。ですから、そういう知識がある人は割合楽にできてしまう。そして、気持ちがよく優雅なものができる。ただ、今見るとなんとも退屈です。決まり文句として使われているとばが多すぎるからです。また、血沸き肉躍るというような、驚くべき落差のあるさまざまな現象を歌い込むということをしない。しかし、このような伝統のなかに住むかぎり、文学の世界に習熟している人ほど作者たるにはふさわしい。素人が入り込むには多少難しいけれど、逆に修練を重ねていけば、即座に連歌の一派を成す宗匠になれた。

とにかく、作るスピードは十分に早かった。当然その頃の生活では燈が貴重品でしたから、日が暮れたら必然的に終わらなければならない。日が暮れる前に百韻作るのは大事なことでした。翌日に持ち越すとだれてしまうから、一気に作るわけです。それがいい連歌の条件だった。そういう意味では、スリルがあったから流行したということもいえると思います。

このかたちの連歌が十六世紀に終わり、十七世紀になると内部構造的な変化が生じます。つまり、百行では長すぎるというので三十六行にします。これは最初が六行で、次が十二行、その次が十二行で、最後が六行という四つのパートに分かれる。この分かれ方がいかに優れていたかということは、実際にやってみればよく分かる。この三十六行にした理由は、三十六歌仙にちなんで、ということもあると思います。歌仙形式というくらいですから、三十六歌仙、中世に選んだ三十六人の和歌の名人にちなんでいる。ひとつには和歌を非常に尊重しているということがある。もうひとつには、その数が実際にとても良かったからという具体的な理由もあったにちがいない。もっといえば、六という数は、もともと六歌仙というのがありますから、日本の詩歌の歴史のなかで重要な数であることもたしかです。また、六、十二という二つの数が、いろんな意味でたくさん使われています。三十六行の歌仙形式以外にも、六で割り切れる数字というのが非常に多い。六というのはなぜか日本の詩と関係が深く、神秘的な数字です。

　三十六行の俳諧の連歌は芭蕉以前からすでに行われていました。けれども、芭蕉の蕉風の俳諧の連歌が三十六行を主体とするものになって、質としては最初にして最高のものを作ってしまった。もちろん芭蕉の生前には、連句や俳句が無数に行われていました。蕉風の連句だけでも、一般に知られている『芭蕉七部集《ばしょうしちぶしゅう》』がありますが、『芭蕉七部集』というのは芭蕉の連句並びに芭蕉一門の連句、並びに発句《ほっく》のいいものを集めたものです。集めたのは、芭蕉の死後四十年ばかりしてから、佐久間柳居《さくまりゅうきょ》という人ではないかといわれています。芭蕉が選んで『七部集』を作ったわけではない。けれど、それがある意味でうまくできていたので、今現在『芭蕉七部集』はもっとも広く行われてきた蕉門の連句、並びに発句の集ということになっています。芭蕉の生涯は長くないけれど、そこに初期の頃から最晩年にいたるまでの連句がいくつも収められていて、それらを見ているだけでも蕉門の俳諧の連歌、つまり連句がどれくらい見事に変化していったかということがよくわかる。

　そういう歴史からいっても、連句の最大の功績者はやはり芭蕉です。芭蕉が、それまで百韻だった連歌を三十六韻で、非の打ち所がないくらい見事な形式にしてしまった。

百行より六十四行少ないわけだから、たいへんに短い。にもかかわらず、十分に満足がいくものです。なぜかというと、春夏秋冬、それから月と花、というとても大事な要素があって、しかもそのあいだに無季――季語がない句がたくさんちりばめられて、それらのなかで、人生の句ならなんでも詠み込んでいる。無常もあれば、喜び・慶事もある。そして何よりも、恋がかならず二ヵ所はあります。恋の句は一句だけで捨てることはほとんどなく、二句つながるから、最低四句は恋の句がある。その最低四句の恋の句のなかで、芭蕉がどれくらい見事だったかを見ますと、三十六行で十分だったということが分かる。

連歌が横に蕩々《とうとう》と流れる大河だとすれば、連句は縦に波が上下して荒々しい。時に下に沈み込み、ところどころでは淡々と流れ、そのために変化のあるものになります。これは、日本の文芸における大きな変化だったと思います。戦乱の時代に盛んだった連歌は、面白いことに連歌の百行の内部では淡々と流れる。それは穏やかで平和なものだった。たぶん戦乱の時代だったからこそ、逆に連歌に平和なものを求めたのだと思います。実際に連歌が作られた場については、いろんなことが考えられます。たとえば、武将は連歌をたいへん重んじていますし、あるいは戦争に行く前の晩に出ていく兵隊たちが、連歌を一巻巻くわけです。それを神社やお寺に奉納して、勝利を祈願し、自分の無事を祈って出ていく。このように、戦乱の時代には連歌が盛んで、そのなかに平和への祈りを込めていたわけです。

宗祇らが活躍したことの理由のひとつは、彼が武家に出入りしたことにあるかもしれません。こちらの武家とあちらの武家との間で一触即発の危機があるとすると、両方から連歌の対決者が、あるいは親玉が出てきて連歌の座を組む。それで仮に百韻巻くとします。その間に互いに穏やかになり、ひょっとすれば明日戦うかもしれなかった敵同士が、連歌のおかげで味方同士になるということがありえた。そういう意味での連歌の効用もありました。一方、芭蕉の時代になるとまったく平和になります。そういう時代には、逆に連句のなかでも荒々しい戦争の情景や無常の死を歌った句や病を歌った句、あるいは恋の句などがつぎつぎと出てくる。連句のなかでは、荒れ放題に荒れてもいい場所があります。連句の真ん中は荒れれば荒れるほどいい。その意味では、文学は現実と相互補完の関係にあると思います。

連歌の会席

連句を行う人数ですが、二人以上、十人でもいい。たとえば連句で十人いたら、ひとりが三句と少しを作るということもありえた。それはそれでよかった。ただ連歌の場合も、連句の場合も、望ましい人数としては三、四人でしょう。有名な『水無瀬三吟《みなせさんぎん》』も三人です。これは古典的な、落ち着いた、見事で雅びな連歌です。水無瀬の離宮址《あと》で作ったから『水無瀬三吟』といいます。

いずれにしてもこの形式は、現実と密接にかかわっていました。この連歌の会席の様子は、面白いから話しておきます。つまり集まってどういうふうに連歌の興行をしたらいいかということです。同好の士が集まって気楽に作る場合もあったけれど、それとは別に、緊張して神社や仏閣に奉納することをはじめから目標にし、法楽《ほうらく》（神前）で自分たちの作品を作って捧げたこともあった。これを目的にしたものでは、多いときは一千句あるいは一万句作りました。

足利幕府は、そのような一日一万句連歌の会席を主催しました。例えば北野《きたの》天満宮《てんまんぐう》で「北野社法楽一日一万句連歌」を行ったことがあります。北野神社の社殿と回廊などに座を二十設け、各座一日五百句詠作した。すると一万句になる。名の知られている作者の数は二百六十人近くいました。つまり、二十組中各十数人ほどはいた。各座が一日五百句を作る。ということは、たいへんなスピードです。けれど、おそらく一座のなかでまた座がいくつかに分かれたのでしょう。そうでなければ、とても五百句は作れません。何人かずつでグループを作り、それらが集まって一座として五百、その一座五百が二十座集まると一万句になる、という計算です。したがって、それぞれの小グループでも最低一日百句は作らなければなるまい。その場合、朝日が昇りはじめたらすぐに取りかかり、夕暮れ時になって、多少は遅れても日が陰ってくる頃には、「とにかく満尾になった」「挙句《あげく》を作った」「よかった」ということになったでしょう。とにかく、一日一万句というのは大変です。多くの人が集まるお祭り行事です。そのためには当然、幕府のような巨大な勢力が後押ししなければできなかった。幕府は積極的に連歌にかかわっていました。

会席の在り方については、いろいろなことが書かれていますが、二条良基の『連理秘抄』に会席についての理論があります。これは二条良基の会席ですから、当然最高クラスの貴族で行われています。地下《じげ》の連中もいますが、彼らももちろん謹んで参加しているわけです。ですから、全体としては非常に優雅で、規律がある形式になります。そこで、二条良基が『連理秘抄』で書いていることの一部をあげます。

一座を張行《ちやうぎやう》せんと思はば、まづ時分を選び眺望を尋ぬべし。雪月の時、花木の砌《みぎり》、時にしたがひて変る姿を見れば、心も内に動き言葉も外にあらはるゝ也。おなじくは、眺望ならびに地景あらん所を選ぶべし。山にも向ひ水にも望み、風情をこらす尤も其の便りあり。稠人《ちうじん》・広座・大飲・荒言の席、ゆめ〳〵張行すべからず。すべて其の興なし。興尽きぬれば、五十韻一折にてやがて止むる事、返々《かへすがへす》無念第一也。おほかた、百韻にたらぬ一座、さらに其の益なし。時をうかゞひ折をえて、この道の好士ばかり会合して、心を澄し座をしづめて、しみ〴〵と詠吟して、秀逸を出だすべし。

「時分を選び眺望を尋ぬべし」とは、季節と眺望が大事だということです。見晴らしが良くなければならない。そして、景色が変わっていけば、「心も内に動き言葉も外にあらはるゝ」」、自然に心も動くということです。これは紀貫之の『古今和歌集』の序文と似ている。要するに自然が動くにつれて心が動き、心が動けばことばがおのずと動いてくる。「眺望ならびに地景あらん所を選ぶべし」とは、どうせならば、景色が良くて地のかたちのいいところを選びなさい。山に向かい水にものぞみ「風情をこらす、尤《もっと》も其の便りあり」」、そういう風情をこらすことがいちばん具合がいい。「稠人」とは人を選ばず多くの人でということで、あまりいい意味ではありません。大勢の人で、広い座で、たくさん飲み、荒いことばの席、そういう状況ではゆめゆめやってはいけない。興味が途中でつきてしまうと、「五十韻一折にて」——半分くらいで一折になって、返すことができなくてやめてしまうことになるけれど、それは返すがえすも無念である。おおた、百行もできないような一座は、意味がない。時を窺い折を得て、この道の「好士」——優れた連中ばかりが会合し、心を澄まし座を鎮めて、しみじみと詠吟し、秀逸を出さなければならない。

このように、条件がとても厳しい。やはりそれだけの資格がなければやってはいけない、ということです。これが連歌の会席のおおよその基本的な条件です。現代においても、基本的には同じ条件です。ところが、現実にはどうだったかというと、ここに面白い資料があります。都から遠い関東の人々、鎌倉より東のここでは上野国《こうずけのくに》とありますが、栃木県や群馬県の人々はどうやって連歌を行ったか。これは元禄七年に刊行された『連歌世々之指南』という本に入っていますから、二条良基よりだいぶ時代が下っています。

芭蕉が活躍していた時代です。その時代にも連歌は行われていて、『連歌《れんが》会席式《かいせきしき》』という本があった。著者の新田尚純《ひさずみ》は、宗祇らと親交があった関東有数の連歌作者で、ここには地方の庶民の会席の有様がじつに生き生きと描かれています。全体二十二項目ほどにわたっていろいろ言っています。金子金治郎さんが引いている二、三項目が特徴があって面白いので、以下の三つくらいを引いておきます。

一、側《そば》向き、歪み傾《かたぶ》き、扇面にあてなどして案じたる、いと見苦し。句を持たるも、見えぬやうに案じ習ふべき也。少俯《うつ》ぶきて案じたるいとよし。

横を向いて、歪み傾いて、扇に顔を当て、う～んと考えるのは見苦しい。あらかじめ句を用意して、「こういうのが出たら、おれはこういうのを出そう」と思って待っている人は、見えないようにわざと一所懸命考えているような顔をして作るべきである。「あ、しめた」と言って喜んで出したり、「ああ、これにぴったりなのを作ってきたよ」と言って出すのは、じつに見苦しいからやめなさい、と言っています。少し俯《うつむ》いて考えているのは非常によろしい。これが一条。

一、ほがらかに扇を使ひ、鼻ことゞしくかみ、みだりに痰を吐き、胸広く開け、或ハ腕まくり、脛《はぎ》むくり、足の指動かし、面杖《つらづゑ》つき、物に掛り添ひ、髭うち捻《ひね》り、扇まはし、目鼻まさぐり、手遊などしたる、いと蔑《ないがし》ろなり。

「脛むくり」とは脛をめくること。「足の指動かし」はどうやるかわかりませんが、たぶん足の指を開いたり閉じたり回したりしたのでしょう。そして、頬杖《ほおづえ》をつき、物に寄っかかり、髭《ひげ》を捻り、扇をぐるぐると回し、目鼻をまさぐって「手遊などしたる」、手持ち無沙汰《ぶさた》でいろいろと遊んでいるのは「いと蔑ろなり」、つまり本当に軽蔑すべきことであるというのです。

一、会席は遅くとも日出る比《ころ》より初て、黄昏過る程に、果つるやうに有《ある》べし。田舎ほとりには、朝には何となき事囀《さへづ》りをりて、日たけて始め、暮ぬさきに罷《まかり》帰りてなど急ぐ程に、いかなる賢き人も能事《よきこと》せられ侍らんや。

会席は、黄昏《たそがれ》になったら終わるようにすべきである。田舎のあたりでは、なんでもないことをみんなでさえずっていて、日が高くなってから連歌を始め、そしてまだ日が暮れないうちに「ちょっと失礼します、わたしは先に帰ります」と帰ってしまうやつもいる。「罷帰りて」というのは「失礼します」ということです。そう言って急ぐのでは、「いかなる賢き人も能事せられ侍らんや」、そんなことではどんなに賢い人でもうまくいくわけがない。

じつに生々しく、また親しく我々にもよく分かります。だから、先ほどの二条良基の、貴族の本当に優れた連歌師たちの情景と、こういう地下《じげ》の民が田舎で連歌をやる場合の親しげな情景との間にも、連歌はさまざまな条件のもとで数多くある。新田尚純が書いているのは俳諧の連歌ではなく、百韻の連歌ですが、こういう類のことはありえました。ここに書かれていることに似たようなことは、いたるところで行われたにちがいないと思います。『猿草子』という有名な絵巻がありますが、そのなかに猿が連歌をやっているところがあります。それは、とてもユーモラスな情景です。

心敬も『さゝめごと』のなかで、田舎連歌について書いています。

> 田舎ほとりの一座は、昼つかたに過ぎ、遅きは未《ひつじ》の刻などに退散す、これよりもいささかも時移り侍れば、道ならぬやうにつぶめく人侍り。いかさまにあるべきやらむ。
>
> 人の語り侍りしは、二条の太閤さまなどのやむごとなき御一座は、毎々朝より深更に及び侍りしとなり。それればかりこそ侍らずとも、朝天より日晡にいたらざらむ一座は、心にくゝも侍らず。

「未の刻」とは午後二時のこと。田舎の連歌は、昼頃に終わってしまったり、午後二時頃に終わってしまったりすることがあったらしい。これよりさらに遅くなると、「これは変じゃないか」と言う人もいるという。だからあっというまに終わってしまうわけです。とにかく、百韻やってしまう。いかにいいかげんなものが多くあったか、ということです。心敬は、「田舎の連中は困る、これでちゃんとした連歌ができるわけない」と言っているわけです。「二条の太閤さま」とは、二条良基のこと。二条良基様などのやんごとなき御一座は、朝から始めて夜更けまでやった。夜更けまでできたのは、彼らには明かりが豊かにあったからです。燈がない田舎では、とても夜更けまでできなかった。二条良基などは芸術的洗練を求めていけば、やはり時間がかかります。「日晡《じつほ》」とは日暮れ、「心にくゝも」とは立派だなあということで、「そういうふうに日暮れまでやらないような連歌の一座は、立派だとはとてもいえない」ということです。

心敬は、そんな田舎の人たちのようにあっというまに終わってしまうようでは困る、と言っています。日暮れまでに百韻ということが至上の条件で、それが標準だと考えていいらしい。翌日まで延ばすと、かならず駄目になる。僕たちの連詩は三日も四日もかかりますが、相手が外国人だからできる。日本人同士だったら、だれているのがすぐにわかってしまう。外国人が相手だといいのは、だれているのかだれていないのか、よくわからないという点にある。緊張が持続するから、逆に言うといいのでしょう。

心敬などは、やはり先ほどの新田尚純が書いているのと同じことをいろいろと書いています。

連歌に雑談し、いねぶりなどするものは、その身はさたのかぎりにて候。一人なれどもまじり候へば、皆のあだになる也。ゆめ〳〵まぜ候まじきにて候。指合《さしあい》、輪廻《りんね》、遠輪廻、句のしな、面影・余情などいふやうなる、さま〴〵の大事ども胸にさしはさみ候はゞ、何事かいはれ候はん。さやうに雑談などする物は、げにもたはごとのやうなる事をのみ候て、善悪の分別の候はゞこそ。かへす〴〵あたりへも寄すまじきにて候。しみこほり神も仏も影向《やうがう》なりつべうすみわたり、時々香のにほひ空だき物などこそおもしろくは候へ。

連歌で雑談し、居眠りなどするものを、「一人なれどもまじり候へば」ひとりでも混ぜたら、皆のあだになる。「ゆめ〳〵まぜ候まじきにて候」、そんな人は絶対にひとりも混ぜてはいけない、排除しなければならない。ということは、連歌にはやはり社交としての側面がある。末世の連詩でもそうですから、昔は社交ということがまず第一の条件としてあったはずです。そして、そのなかで許されないものも、当然たくさん出てきます。やはり厳しいいろいろな限定があり、条件もあった。

神社などに連歌を奉納するのは、詩を神が喜ぶという観念からきています。たとえば、後白河院は熊野にお参りして、神殿で夜が明けるまでずっと今様歌謡を歌い続けるということもしていた。今様歌謡には詩の精神が籠っています。その詩というのは、仏様や神様のありがたい理屈や教えを七七七五の形式に込めてある。神様や仏様の教えを短く、要領よくまとめてあるのが今様です。それを歌い続けるということは、神殿に「法華経を読む代わりに、それを圧縮した今様を奉納している」ということです。神様の場合は祝詞《のりと》ですが、当時から神仏混淆《こんこう》ですから仏教の歌謡も奉納していい。そのように、今様歌謡を詠じて奉納することにより、お経を延々と読むのと同じように神様のご機嫌をうかがったわけです。

芭蕉が旅する理由

後白河院が一所懸命歌っているとき、それまでどこかで居眠りしていたはずの臣下が転げるようにやってきて、「今松の木の天辺《てっぺん》から『うん、大変に気持ちがいいぞ』と声がしました」と、わざわざ法皇のところに報告した。実際に、松の木の上から神様の声が聞こえてきたというわけです。賛美歌とはまた違うけれど、神様に奉納する点が似ている。ですから、神殿・仏殿に歌を奉納するということが、ありがたいお経を奉納するのと同じだというのは、すでに、後白河院などの時代からはっきりとありました。

つまり、それが狂言綺語《きょうげんきぎょ》の功徳です。「狂言綺語」というのはまともではないことばを意味します。まともなことばというのは仏教の教えで、それではない歌は狂言綺語ということになる。それをわざわざ神殿に捧げるのはなぜかというと、狂言綺語もまた讃《さん》仏乗《ぶつじょう》の因《いん》だからです。要するに、狂言綺語もまた仏を讃える心のもっとも優れた表れだということです。それは白楽天から来ていて、そのことばを理論的に取り入れたわけです。歌い暮らすことはそのまま仏様を讃えつづけることだという、とても見事な理屈になっているわけです。もともと日本の和歌も連歌も、仏様や神様に自分たちの真心を捧げるという気持ちが深いところにあって、それが理論的な支えになっています。ですから、かなり狂言綺語を弄《ろう》してもいいのだとなって、理論的な融通も利く。

理論書を書いている連歌師の優れた人たちが、多く仏教の僧侶でもあったということは、たぶんそういうことと関係があると思います。もともとをいえば、たいへんに神聖なる儀式的な要素を含んでいるものが連歌です。連歌の方式を厳密に適用したことには、やはりいいかげんなことはできないという考えがあったのでしょう。その精神は芭蕉以後の連句のなかにもつながります。根本的に、詩歌が神聖なものであるという誇りを持っている。決して自分の心情をただ吐露するというだけではない。もっと深く、高い価値と自分が結ばれている。その仲立ちをしているのが詩歌だということがあったにちがいないのです。

芭蕉の生き方を見ると、そう思います。芭蕉は『奥の細道』を代表とするように、一生涯片雲の風に乗って歩いた人です。その理由はなにかといえば、土地の霊魂と結ばれるということにありました。そのためには、旅をしなければならない。霊魂というのは、死者の魂ですから、土地土地の歌枕《うたまくら》を訪ねていく。なぜ歌枕を訪れるかといえば、そこで土地の名前を詠み込んだ優れた歌が作られているからです。白河《しらかわ》の関《せき》であれ、松島であれ、そこを訪ねた古《いにしえ》の名歌人たちが、かならずその土地の名前を詠み込んだ名作を残している。優れた古人が、その土地を讃える気持ちで歌を作っているということは、すなわちその歌のなかにその土地の霊魂が移り住んでいるということです。その歌はどこでも詠むことができるけれど、本当の意味でその霊魂と一体化するためには実際にその土地に行かなければならない。芭蕉が旅をしたのは、そういう意味で、ほとんどが優れた歌枕の土地を訪ねるためであった。

木曾の山中に行ったのは、そこで更級《さらしな》の名月を見るためです。月はどこにいても見られるけれど、わざわざ更級の月を見にいく。なぜか。それは『古今和歌集』に更級の山の素晴らしい歌があるからです。更級という土地は、行ってみれば何でもない。『古今和歌集』のよみ人知らずで「わが心慰めかねつ更級や姨捨《をばすて》山に照る月を見て」という歌があります。これは、たまたまそこを通りかかった旅人が作ったにちがいない。更級の月を見たら、あたりが寂しいが、皓々《こうこう》と名月が照っている。それを見て異様な美しさに打たれた、という歌です。それが有名になり、同時に更級山の姨捨伝説と結びつく。名月を見あげつつその伝説を思い浮かべると、一種の不思議な心の空間ができるわけです。じつに美しい、ぞっとするほど美しい月が出ていて、親孝行の息子の母思いの気持ちがしみじみと分かる。月が照っている上に、月までしみじみとする、という関係ができあがっています。すると、更級山へ行って名月を見なければその気持ちは分からない、ということがあって、危険な吊《つ》り橋まで一所懸命渡り、木曾へ行って、更級の月を見て満足し、帰ってくるのです。ほかに何も目的はない。名歌のなかに籠っている土地の霊魂を自分も味わい、慰め、できればそこで自分も一句手向けてきたい。それだけで、わざわざ危険な木曾路の山奥に行くわけです。

そういう精神に、日本の詩歌がほかのものと違って重んじられた理由を見出すことができます。歌の功徳というものが出てきます。例えば自分が恋焦がれている女がいて、その女をなんとかして自分のものにしたいと思う。けれども、自分は惨めな身分の人間で、相手は上﨟《じょうろう》の女、あるいはまた有名な遊女である。有名で位の高い貴族か武士でなければ、彼女に近づくこともできない。御伽草子のなかに「猿源氏草紙」という題名で、歌の功徳をじつに見事に説いている物語があります。蛍火《けいが》という名前の遊女に惚れてしまった伊勢の鰯《いわし》売りの話です。

男は伊勢の鰯売りで、鰯を持って都に出ては「鰯買ふゐい」といって、売って歩いていました。「みなさん、鰯を買いましょう」と売って歩いている。ところが、ふと垣間見た絶世の美女に恋焦がれてしまう。調べてみたら、「とてもおまえなんか近づくこともできないたいへんな遊女だよ」と言われて、ますます恋焦がれてしまう。そこで東国からやってきた武士と偽る。立派な武将だという触れ込みで行き、ついに彼女に会えることになる。女は、東国から上洛してきた素晴らしい武将が自分のところへやってきたというので、一夜をともにします。ところが、寝ているうちに男が「鰯買ふゐい」と寝言を言ってしまった。そこで蛍火は、「私の相手はとんでもない男だった。東国の位の高い侍かと思えば、伊勢の鰯売りだった」と、ほろほろと涙を流して泣きます。そこで、男は歌を詠んで、うまく乗りきった。男が見事な歌の道を知っているので、女は彼がしがない鰯売りのはずがないと思い直すわけです。

平安朝の貴族の男は女を歌で口説いたのだから、歌がいかに大事かということです。歌に優れている男は美女を自分のものにできる可能性があった。そういう時代がずっと続き、庶民まで普及してきていることを、その物語は示しています。御伽草子には、このほかにも「和泉式部」という物語があります。そこでは和泉式部が遊女になっていて、彼女の本当の子どもである道命という人と別れ別れになってしまっている。その説話にもやはり歌が出てきますが、和泉式部の生んだ子どもが彼女にぽうっとなって、歌を詠み合い、やがて一夜をともにします。しかし、その後に親子だということが分かって、たいへんなことだということになり、和泉式部は出家してしまうという話です。また、御伽草子のなかには、「ひとつとやふたつとや」と数え歌を物売りが詠んでいると、御大家の女中さんたちがみんな出てきて、「まあ、とても面白い人だわねえ。いい歌を詠んで」ということで物が売れてしまう話や、その他さまざまな歌の功徳を説く物語がたくさんあります。いずれにしても、歌のなかには霊魂が宿っているというので、普通の散文とはまったく違う扱いだった。散文ではいくら言っても感動しないような女が、歌を歌われると、もっと単純な内容であっても、ホロリとするということがありました。

歌枕を訪ねる松尾芭蕉の態度もそういうことからでした。尊重すべき土地の霊魂を見事に保っているのが歌であった。芭蕉が旅から旅を重ねるということは、詩を訪ねて行くということだったわけです。行く先々で彼を待ち受けていたのは、それぞれの土地にいる彼の心酔者であり、俳諧に興味を持っている人々です。それが日本全国にわたっていたということは、いかに芭蕉が元禄のあの時代にあって、全国的に有名であり、スターだったかということです。彼が死んだときにも、あのような不便なところにある義仲寺に、何百人もの人が参列する。それは今だったら何万人、という大変な数に相当します。

いかに彼が尊敬されていたか。物質的な理由は何もない。金持ちではない、結婚もしていないから子どももいない。職業にも就いていない。何をしていたかというと、俳句を作り俳諧師として生きていただけです。施し物をしてもらって食べていた。彼には乞《こ》食《じき》同然という意識があって、乞食（こつじき）ということばがしばしば書簡や散文に出てきます。それは決して誇張でもなんでもない。食を乞《こ》うわけです。そのお返しに何を与えたかというと、俳諧ということばを与えただけです。それだけで大勢の人が集まってきたというのは、とても今の世の中では考えられないことでしょう。「私は詩人です」と言っても、誰も集まってこないもの。だから、それくらいことばの魂――つまり言霊《ことだま》――が集まっている韻文というものが、現実的に威力を持っていたということです。

芭蕉が俳諧師であるということは、連句を行ったということです。連句を行うのには、かならず相手が何人か必要でしょう。その相手が問題です。それはもちろん芭蕉一門の人々です。芭蕉には弟子たちがたくさんいました。芭蕉一門の人々が芭蕉と連句をすることによって、彼を尊敬し、崇め奉るようになった。ただそれだけのことで、人々が彼を敬ったということ自体が我々には今理解できなくなってきていると思うのだけれど、実態はそうだったわけです。

彼の臨終については弟子が何人も記録を残しているし、僕も『永訣《えいけつ》かくのごとくに候』という本のなかで書きました。芭蕉は、大坂の宿屋の離れで寝ついて、そこでそのまま死ぬわけです。病んでいた十数日の間の、弟子たちによる献身的な看病は大変なものです。芭蕉は一座を組んで俳諧師としてみんなの連句を指導しただけで、それ以外に理由は何もない。つまり連句、俳諧の連歌というものが、人々にとっていかに魅力的であったか。そして、それを通じて、いかに芭蕉先生から人生百般について教わったか。これは、たんに面白い俳句を作るというだけではなく、人生そのものについて芭蕉から教わったということです。芭蕉にそんな資格があったかといえば、ないかもしれない。恋愛したかどうかもわからないし、男色だったという説もある。男女関係についてはまるで知らないかもしれない。にもかかわらず、男女の機微については彼ほど知っていた人はいない、と思えるような俳句を作っている。信じられないことですが、実際にそうだとすると、やはり普通の人間とはいえないわけです。普通の観念でいえば、遊び暮らしている風来坊です。そういう人が多くの人の尊敬を受けたというのは、日本の美しい伝統といっていいのではないでしょうか。

ことばを動かすことだけによって、素晴らしく魅力のある存在であったということはどういうことでしょうか。たんなる発句を作っていただけでは決してそんなふうにはならなかったのも、たしかに言えることとです。連句の座を興行で組む。みんなが芭蕉に一座して朝から晩まで一緒にいることによって、芭蕉のすべてがわかる。人格的に打たれてしまうのです。彼が風来坊で無欲恬淡《てんたん》としていたから、尊い人になった。適当に世俗的だったら、尊敬はされません。無一物だからこそすべてを持っていたということになります。それは発句だけの世界ではありえないことです。みんなが連句で一座して、そこで芭蕉を知り、それによって、人格的に影響を与えられた。しかも同時に、芭蕉が最高の句の作り手だったというのは驚くべきことでした。人格的に優れているというだけならば、芭蕉は今ほどに有名にはならなかった。句が本当に優れていたというのが重要な条件です。

露伴の芭蕉論

ここで、幸田露伴《こうだろはん》と芥川龍之介という二人の優れた先達に出番をお願いすることになります。というのは、じつをいえば僕は芭蕉の俳諧、つまり連句の世界に初めて触れたのはこの二人によるからです。連句の面白さを最初に教えてくれた二人でした。

まず、幸田露伴。彼には「俳諧に於ける小説味戯曲味」（昭和二年九月「中央公論」）という文章があります。そのなかにこんな一節があります。

既に俳諧をして真の意味に於ける詩歌たらしめた芭蕉等である。何で世相や人情を度外にして単に雪月花《せつげつか》や四時の節物のみを詩として扱《あつか》はうや。たゞ俳諧之連歌は本来が連歌である以上、連歌の式に準拠して句を為し辞を聯《つら》ねるのである。そこで自然に定式上其の発句には特別の場合に除いては恋愛や哀傷などを扱つたものは少《すくな》い訳である。それ故に発句のみを以て、それが芭蕉等一派の作品全部のやうに誤解したならば、芭蕉等は一生恋愛其他、今日の人の所謂《いはゆる》詩味小説味戯曲味等に全く目を閉ぢてゐる偏人のやうに見えて、こんな不可解なをかしな事は無い訳になる。(中略)我邦《わがくに》では、記、紀、万葉の頃から、古今以後になつては形式的にさへ取扱ふまで恋愛などは詩題となつてゐるのである。何で俳諧者流が遠慮や忌憚するところが有らう。発句のみで俳諧を論談すると、恋愛は俳諧に於ては甚だ稀薄ではあるが、俳諧が何で恋愛を疎外して居らう。

ここで言っているのは、「俳諧をして本当の意味での詩歌にしたのは芭蕉たちの俳諧である。雪月花や季節の美しいものだけを詩として扱うだろうか。いや、そんなはずはない。それ以外にもいろいろ、素材としてあるいは目的としてあったはずである」ということです。それがまず最初にある。そして発句については、「最初の句である発句には恋愛や人の生死などは扱わない。それは連歌のときからそうだった。発句には、かならず丈高く麗しい世界を持ってくる」。それは当然のことです。朗らかに、壮大なものを言うのがいい。だから発句だけを採ると、「それだけ見たら、芭蕉一派はほかの人生の大事なことをなんにもわからない連中だと思ってしまうだろう。しかし、そうではない。恋愛などは、日本の詩においてはいちばん大事なもののひとつである。歴史をさかのぼって見ても、『古事記』『日本書紀』、あるいは『万葉集』『古今集』からずっと、形式的にさえなるほどに恋愛というのはつねに詩の重要な題であった。どうして、俳諧者流が遠慮したり避けることがあるだろうか。俳諧は発句だけで見ると、恋愛になにも触れていないから朴念仁に見えるけれど、じつはそうではない。発句だけで論じることはできない」ということです。

露伴はこういう観点から、『芭蕉七部集』のなかの、いわゆる「小説味的、戯曲味的なものさへ含んで人情世態の記述批評諷刺慨歎等を縦横揮灑《きさい》する」句を引いて、その面白味を例えば次のように説いています。以下は三句の引用、そして露伴の引用です。

夕飯に鮴子《かますご》喰へば風薫る　凡兆《ぼんちょう》
蛭の口処《くちど》を掻きて気味よき　芭蕉
物思ひ今日は忘れて休む日に　野水《やすい》

の三句の如きは、今の人の所謂気分の描写が自然に出てゐる。

「夕飯に鮴子」というのは、魚の小女子《こうなご》のことです。「五月頃の夕飯のときに小女子を喰っていると、折しも夕暮れ時の風が薫っている、初夏である」というのが最初の凡兆の句。これは庶民が、百姓でも、漁師でも、あるいは下級武士でもいいのですが、夕飯にそこいらを開け放って小女子で飯を喰っているわけです。そのときにいい風がふわっとくる。芭蕉がそれにつけて、「蛭の口処を掻きて気味よき」。農作業をしていて、蛭《ひる》に食いつかれてしまった。「口処」というのは喰われた痕《あと》。「口処をぽりぽり掻くのは気持ちがいい」。つまり、小女子の飯を喰いながら、夕暮れ時の風が気持ち良く吹いている。一日の農作業を終えた百姓は、蛭に食われた痕が痒《かゆ》くてしようがない。そこを掻きながら「気持ちがいい」と感じてくつろいでいるわけです。それにさらに野水が「物思ひ今日は忘れて休む日に」とつけた。「物思ひ」とは当然恋の物思いです。「恋に悩んでいる物思いも今日はふと忘れて休んでいるときに」という付句です。

この三つを並べると、農民が夕暮れ時まで蛭に喰われながらせっせと働き、やっと晩飯をゆっくり喰いながら、「ああ、いい風だな」と言っている。恋をしているけれど、そのときにはそれも忘れている。というような情景が鮮明に浮かんでくるわけです。

もうひとつは、

大胆に思ひ崩れぬ恋をして　半残《はんざん》
身は濡れ紙の取り所無き　土芳《とほう》

という二人の付合を引用している。「大胆に思ひ崩れぬ恋をして」というのは、大胆に恋をするけれど、その恋はなかなか遂げることができない。階級的にいえば、たとえば階級の下の男が、上の女に夢中になって恋をする。一途《いちず》に恋をしている。それが「大胆に」ということです。普段なら恋などできるような相手ではないのに、惚れてしまった。「思ひ崩れぬ」というのは、「中途半端にしない、いつまでも思い続けている、大胆な恋を」ということです。

それに対して土芳。これが半残という弟子の句。『三冊子《さんぞうし》』を書いた有名な服部土芳です。彼は伊賀地方の芭蕉の生まれ故郷にいた弟子です。この土芳のつけたのが、なかなかの付句です。「身は濡れ紙の取り所無き」、つまりそういう恋をしてしまって、その結果身も心も傷ついている。どういう状態かというと、紙が濡れてしまって、それをつかもうとしてもみんな破れてしまう、「身は濡れ紙の状態になって、どこを取っても取りどころがないくらいに、ずたずたになっている」ということです。夢中になって恋をしているけれども、実態としては、まるで濡れている紙をつまめば破れてしまう、そのように一触即発である、ということです。洒落ています。

露伴がこの二句の付合について批評しています。ここは露伴らしく、西鶴の小説を引き合いに出している。

前句も好いが後句の嗟《さ》歎《たん》も好い。西鶴が書いた刀鍛冶の貧乏弟子が全盛の芳野大《よしのだ》夫《ゆう》を思染めたところに、及ぶことの及ばぬ身、と自ら悲む悶《もだえ》を書いたのは名句だが、此句の方が端的に描出してゐる。近松が博多小女郎に、宗八の汗を小女郎が拭ふところ、延紙《のべ》有りたけをふき捨つる、濡れて破るゝ人心と書いたのは実に妙句だが、それとこれとは事情が全く異なるけれど恋に同じ連想を寄せた此句も其巧に於ては多く譲らない。嗟歎の情、無力無能のなげき、漸く頽廃的ならんとする心、而《しかう》して已《や》まんとして已む能《あた》はざる真情のにじみ出して来るのに自ら保つことの出来ないさまを僅々十四字で描写して居る。

すなわち露伴は、二句の付合については、「前句もいいけれど、後の句の嘆きもまたいい」というのです。西鶴は、貧乏な刀鍛冶《かたなかじ》が絶世の美女の芳野大夫を思い染めるときに「及ぶことの及ばぬ身」というふうに書いたけれど、この句のほうが端的にそういう気持ちを描出している。近松が「延紙有りたけをふき捨つる、濡れて破るゝ人心」と書いたのはじつに素晴らしく、見事な表現だった。つまり「紙のありたけを拭《ふ》き捨ててしまったくらいに、涙が流れた。そして、涙で濡れて紙が破れてしまった、そういう心だ」と恋人の男のことをいっている。じつにうまいものだ、というのですが、それに匹敵する素晴らしさがこの付合にはある、というのです。「十四字」とあるのは七七のことです。

芥川と芭蕉

一方、芥川龍之介はどうかというと、彼は大正十二年から十三年にかけて、「芭蕉雑記」を書き、それから死の直前である昭和二年の七月にもごく短い「続芭蕉雑記」を書いています。芥川は自ら優れた俳人でしたが、この芭蕉論は最晩年の仕事のなかではなかなかいい。そのなかで、蕉門の恋の句について、いろいろな歌仙から材料を取り、次のように熱弁をふるっています。

> 念の為にもう一度繰り返せば、芭蕉は少しも時代の外に孤立してゐた詩人ではない。最も切実に時代を捉へ、最も大胆に時代を描いた万葉集以後の詩人である。この事実を知る為には芭蕉の付け合を一瞥すれば好い。芭蕉は茶漬を愛したなどと云ふのも嘘ではないかと思はれるほど、近松を生み、西鶴を生み、更に又師宣《もろのぶ》を生んだ元禄の人情を曲尽《きよくじん》してゐる。殊に恋愛を歌つたものを見れば、其角《きかく》さへ木強漢《ぼくきやうかん》に見えぬことはない。況《いはん》や後代の才人などは空也の痩せか、乾鮭《からざけ》か、或は腎気を失つた若隠居かと疑はれる位である。

「付け合」というのは、連句の付合です。「師宣」は菱川師宣《ひしかわもろのぶ》。「其角」は芭蕉の弟子の榎本あるいは宝井其角。「其角さへ木強漢に見えぬことはない」とは、「あの遊び好きで酒好きの、洒落者の其角でさえも、芭蕉の付句を読めばなお木強漢に見える」。「腎気を失つた若隠居」というのは腎虚《じんきょ》になってしまった若隠居ということです。

ここに芭蕉の付句をいくつか挙げます。前句はそれぞれいろいろな弟子ですが、たとえば曾良《そら》の句で、

宮に召されしうき名はづかし　曾良
手枕に細きかひなをさし入て　芭蕉

曾良の七七に対して、芭蕉が五七五の付句「手枕に細きかひなをさし入て」を付けています。「女が男の頭の下に、手で枕にするように細き腕を差し入れて」ということは、もちろん同衾しています。そして「宮に召されしうき名はづかし」。「宮」はもちろん高貴な人です。高貴なる人がお召しになってしまった。つまり、「側に召されてしまったために浮き名が立ってしまった。その浮き名が恥ずかしい」というのが曾良の句です。これもそう悪くはない。けれど、その女が高貴な存在であるところの宮に召し出されてしまった。浮き名が立って恥ずかしいというのに対し、芭蕉が付けた「手枕に細きかひなをさし入て」という句は、女が「うき名はづかし」でやはりおずおずしているところがよく出ている。ほっそりした腕を男の手枕にそっと差し入れて、ということは差し入れられている男はこの場合「宮」です。次に曾良がどんな句を付けたかは、「続芭蕉雑記」には出ていないので分からないけれど、そこでは宮は消えているはずです。別の男

か女に発展していくわけです。
それから、千里《ちり》という弟子の、

殿守がねぶたがりつる朝ぼらけ　千里
兀《は》げたる眉を隠すきぬぎぬ　芭蕉

という句があります。「殿守がねぶたがりつる朝ぼらけ」とは、「建物の守衛が早く起きなければならない、ああ眠たいな」という、ここでは恋でもなんでもない。ただ、そのへんで警護の任務に当たっている侍が眠たいな、と言っているだけです。ところが、芭蕉はそれを一気に恋の句にします。「兀げたる眉を隠すきぬぎぬ」。眉毛《まゆげ》がちょっとはげている、どうしてそうなったかは分からないけれど、年を取った女ではないと思います。昔は眉毛を書きましたから、剃っていると思いますが、女はそれが恥ずかしい。後朝《きぬぎぬ》、男と一夜を過ごした明け方、前の句が「朝ぼらけ」ですから朝になり、そろそろ光が射してきて、自分の顔が全部男に見えてしまう、それが恥ずかしい。だから、はげている眉を女が隠している。これで一気に恋の句になります。「兀げたる眉を隠すきぬぎぬ」というのは、洒落ている。これによって、前の句の「殿守がねぶたがりつる朝ぼらけ」も、この男が女と一晩過ごしたということになる。一晩中起きていたということです。そして、朝になって男が「う〜ん、眠い」と言っている。一方、相手の女は「恥ずかしい」と眉を隠しているというのです。
その次は、

足駄はかせぬ雨のあけぼの　越人《えつじん》
きぬぎぬやあまりかぼそくあでやかに　芭蕉

という句があります。この「あでやか」というよみ方には問題があります。あとでそれにふれます。「足駄はかせぬ雨のあけぼの」というのは、すでに男と女の情景が暗示されています。明け方、雨が降っている。ここにはない前の句は全然そうではなくて、わりと荒っぽい男の句だったのですが、越人の句だけ取るとどうにでも想像できます。その想像のなかで、芭蕉はこれを高貴な女の恋の句に仕立てています。どういうことかというと、越人は「まあいいじゃない、もう少し残っていけば」といって足駄を履かせない。雨だから足駄を履くわけです。それを履かせないということは、「まだ帰らなくてもいいじゃないですか、まだもう少しいなさいよ」。これだけだったら、男か女かわからない。それを芭蕉は前の越人の句の主体を女にしてしまった。女が男を帰らせないように、足駄を履かせないようにした。「きぬぎぬやあまりかぼそくあでやかに」。後朝の別れを惜しんでふと彼女を見ると、あまりかぼそくあでやかな風情だという。つまり後朝に見れば、女は本当にかぼそい。しかもあでやかである。ところで、芥川が引用している「あでやか」は、「あてやか」とあるべきところで、露伴も「あてやかは都雅なるなり、あでと濁るは非なり」と注意しています。字を当てれば「貴やか」です。気品が高いのです。ただし、本によっては「あでやか」と濁って読んでいるものもある。芥川は濁って読むほうを採ったわけです。

それから、

上置《うはおき》の干菜《ほしな》きざむもうはの空　野坡《やば》
馬に出ぬ日は内で恋する　芭蕉

「上置の干菜きざむもうはの空」は、漬物を作っていて、干した菜っ葉をきざむ手もうわの空になってしまう。うわの空で忙しくバタバタしている、という句です。ところがそれに対して芭蕉は、そういう人間を女中さんと思い定めている。台所を取り仕切っている人です。そして、「馬に出ぬ日は内で恋する」。つまり「馬に出ぬ日」というのは馬を使って労働しているが、その日は雨が降ってしまったかなにかで外に出ない。そして何をするかというと、「内で恋する」。内で男と女が同衾する。そのことを思って、女は菜っ葉をきざむ手もうわの空である。いとしい男がいるから、これから二人でしっぽりと濡れるというわけです。

また、嵐蘭《らんらん》という人の句に、

やさしき色に咲《さけ》るなでしこ　嵐蘭
よつ折の蒲団に君が丸《まろ》くねて　芭蕉

というものがあります。「優しい色に咲いている撫子」というのは綺麗な句です。それに対して芭蕉が付けたのは、「よつ折の蒲団に君が丸くねて」。四折の蒲団ですから、蒲団をのべる暇《いとま》もないということです。また、一晩二人が寝た後で蒲団を上げ、四つに折った。そこに君が丸くなって寝ている。それは「眠い」ということです。その君の近くには優しい色に咲いている撫子がある。撫子の花は昔から恋を暗示するものですから、撫子と、女（大和撫子）の間にはせめぎ合うメタファーがある。

龍之介は、芭蕉を朴念仁にするおまえはなんだ、腎虚ではないのかと言っている。そして、付け加えて、

是等の作品を作つた芭蕉は近代の芭蕉崇拝者の芭蕉とは聊《いさゝ》か異つた芭蕉である。たとへば「きぬぎぬやあまりか細くあでやかに」は枯淡なる世捨人の作品ではない。菱川の浮世絵に髣髴《ほうふつ》たる女や若衆の美しさにも鋭い感受性を震はせてゐた、多情なる元禄びとの作品である。「元禄びと」――僕は敢《あへ》て「元禄びとの」と言つた。是等の作品の抒情詩的甘露味はかの化政度の通人などの夢寐《むび》にも到り得る境地ではな

い。彼等は年代を数へれば、「わが稚名《おさなな》を君はおぼゆや」と歌つた芭蕉と、僅か百年を隔つるのに過ぎぬ。が、実は千年の昔に「常陸少女を忘れたまふな」と歌つた万葉集中の女人よりも遙かに縁の遠い俗人だつたではないか？（「芭蕉雑記」十二詩人）

「菱川」は師宣、「若衆」は男色。「化政度」とは文化・文政ですから、ずっと後の時代です。「縁の遠い俗人だつたではないか？」と啖呵《たんか》を切っていますが、要するに「文化・文政の頃の通人というのは俗人に過ぎなかった、芭蕉よりも、またずっと昔の『常陸少女を忘れたまふな』と歌った万葉の歌人よりもさらに縁の遠い俗人だった」と言いきっています。いかに連句というものが大切かということを意味している。これこそが芭蕉の真髄でした。

矢数俳諧

露伴も龍之介も期せずして西鶴のことを言っていますが、時代としては談林俳諧《だんりんはいかい》の万《まん》句興行《くこうぎょう》、一昼夜独吟四千句の『大矢《おおや》数《かず》』、同じく二万三千五百句、あのようなものも奉納するわけです。神社・仏閣に作品を奉納するという儀式はずっとありました。西鶴は、生玉神社で四千句、住吉神社で二万三千五百句を詠んでいます。一句でもたくさん詠むということを競う。それは西鶴だけではなく、いろいろな俳人がやっています。

神社や仏閣の前で証人を立て、五七五と七七を交互に延々と詠む、早く詠むやり方を矢《や》数俳諧《かずはいかい》といいます。「矢数」というのは、矢継ぎ早にということです。西鶴だけではなく、大勢の俳人が考えたにちがいないけれど、これができた人は少ない。西鶴の前には大淀三千風《おおよどみちかぜ》が三千句の記録を作っています。それに対して、西鶴は「そんなことは大したことはない」と敵愾心《てきがいしん》を燃やし、準備万端整えて実際に挑み、四千句を詠んでしまいました。神社の境内で美々しく準備を整える。そして気付け薬を持っている医者も用心して呼びます。卒倒するのを支えるための医者です。奉納するために、世の中の人が考えつかないようなことをする。それによって、神様がお喜びになるからで、この場合には、とにかく数多く詠みました。大淀三千風という人は伊勢の人で、矢数俳諧で有名になる。それで西鶴が敵愾心を燃やした。たすき掛けでたっつけ袴の介添え人がいて、「ひとつ、ふたつ、三つ、四つ」と数えていきます。これは実際に数字で勘定していくと、二十四時間は八万六千四百秒だから、二万三千五百句詠んだときには四秒に一句ということになる。考えられないようなスピードです。

だれでも、そんなことができるわけがないと思います。なぜできるのかということを、尾形仂《おがたつとむ》さんに聞いたことがあります。尾形さんはそういうことに関しての権威です。細かいことはもちろん尾形さんにも分からないけれど、形式は五七五と七七です。連句のとても長いものをやっていると思えばいい。しかも、月にも季節にも関係がない。これらは、全部記録されてはいません。現代でいう速記者がいれば良かったのでしょうが、とても記録をするひまがなかった。側に大勢取り巻いて、物見高く人々が集まってきたわけです。そして、みんなを近づけないように矢来《やらい》を作る。そのなかに入れるのは本当に少数の人です。とにかく完全に確認だけはしている。ある程度記録できるスピードのものもあったけれど、なかには記録できないものもあったでしょう。

矢数俳諧で五七五と七七を連ねていくということは、案外楽だったような気もします。先ほど読んだいくつかの付合でも、詠むものが全部五七五だったら決して続きません。ところが、五七五でその次が七七となると、とても滑らかに行く。七七から五七五へも続きます。長短長短長短……でないと駄目です。長長長長あるいは短短短短では無理です。従って、五七五と七七の両方で一句です。それを、一昼夜以上を寝ずの番で詠む。そこでは、とにかく数が多いということを求められていますけれど、ある程度は意味がなければならない。そこで具合がいいのは、決まり文句をたくさん知っていることです。僕たちは決まり文句を多く忘れてしまっています。戦後の日本の教育というのは、決まり文句は個性的でないからと蔑視したでしょう。個性というのは何でもいいことだ、と思っている。ところが、そう思っているうちに個性もなにもない若者がいっぱい出てきてしまいました。個性がないことは駄目だということは思っていながら、逆に個性のない人をたくさん作ることになった。

個性がないように見える決まり文句をたくさん知っていると、それが個性になる。そのいちばんいい例が開高健《かいこうたけし》です。開高健はしばしば決まり文句を連発した。そしていくらでもしゃべることができた。彼も、やはり西鶴と同じ大阪の人です。いま思い出したけれど、開高健がテレビで辻静雄《つじしずお》さんとお料理について対談したことがありました。辻さんと開高健は昔からとても親しかったのです。けれど、そのとき辻さんが辟易《へきえき》しているようだった。なぜかというと、一言辻さんが言うたびに、開高が駄洒落をとばしたからです。駄洒落なのだけれど、それがそのまま真面目なものになっている。彼は現代の西鶴なんだなあ、と思いました。

このように、決まり文句を並べてもそれが個性になりうるのです。そういう意味で、開高は本当に個性的だった。決まり文句の並べ方によって個性が出る。決まり文句は素材であり、素材と素材の取り合わせによって、いくらでもいろいろな料理ができるでしょう。それと同じことです。決まり文句さえ知らない人間は何にも言えない。

ここで、現代の国語教育の大問題もはっきりするわけです。決まり文句あるいは常套《じようとう》句《く》などを馬鹿にして、個性的ではないとした瞬間に、本当の意味での個性的なものの考え方がなくなってしまった。同時に漢文や漢詩を蔑視すると、単純な意味で、とにかくことばを知らないという状況が出てくる。漢文は常套句の宝庫ですから、それを蔑視したため、常套句や決まり文句も知らないし、普通にしゃべることばさえ知らないということになってしまった。

西鶴という人は、決まり文句を決まり文句でなく見せる天才的な人間だった。彼の小説を今読もうと思うと、ことばが豊富で、毎行毎行註を読まなければ分からなくなってしまう。しかし、あまり神経質に註など読まずに調子ですっと読むと、なんとなく分かるところがあります。彼の矢数俳諧もそれと同じでしょう。漢語や、その当時の流行のことばを使ったにちがいない。そういうなかに、純正なる和歌などに使われることばも、味付けとして使ったにちがいありません。

そういうことからすると、ある観点からすれば、シュルレアリスムの自動筆記みたいです。西鶴のようなやり方をしていれば、自動筆記にならざるをえない。僕がなぜ連歌・連句に関心を持ったかといえば、シュルレアリスムの自動筆記などとの関連がありますす。連句をするというと、「大岡は保守派になった」と思われるけれど、そんなことはない。連句・連詩はむしろ、現代のもっとも大事な文学的な営みのひとつになるかもしれないと思っています。

オクタヴィオ・パスたちによる「RENGA」

最後に、欧米で連歌をやったオクタヴィオ・パスたちの試みにここでふれておかなければならないでしょう。メキシコ人のオクタヴィオ・パス、イタリア人のエドアルド・サンギネティ、イギリス人のチャールズ・トムリンスン、そしてフランス人のジャック・ルーボー。この四人が一九六九年の三月三十日から四月三日までの五日間、パリのあるホテルで同宿して、題名からして『RENGA』（ガリマール書店）という共同制作詩集を出しました。彼らは、国籍はもちろん、使うことばも全部違います。本は七一年に出ましたが、七一年というのは、たまたま僕らが連句をしたのと東西ほぼ時期を同じくしているわけです。

短歌形式はあくまでも日本語ですから、彼らは、ソネット形式を使いました。いちばん基本的なソネットの形式というのは、四行四行三行三行です。彼らはそれを使って、全部で二十七編の十四行詩を作った。どういうふうにして作ったかというと、パスたちはソネットを構成する四つの連をそれぞれ独立させてしまった。四つの連は、四四三三あるいは四三四三、またはそれ以外のいろいろなバリエーションがありますが、いずれにしても十四行に収まる。たとえば、最初の四行をパスが作り、次の四行をサンギネティが、その次の三行をルーボーが、最後の三行をトムリンスンが作った。そうすると、まずスペイン語、イタリア語、フランス語、英語の四ヵ国語で連詩ができます。そして、それを全部共通言語のフランス語に統一した。のちに英語にも翻訳されました。

彼らは、このとき全部で二十七編の十四行詩を作りました。その二十七編がまた四つのブロックに分かれていて、四番同時進行の形で書き進められていったらしい。一から三のブロックまでは各七編、四のブロックだけが六編、それぞれのブロックを一番から七番、あるいは六番まで読んでいく。また、それを縦に読んでいくだけではなく、横にも読んだ。つまり四ブロックある各ブロックの一番の詩を横に読むということは、四つのブロックの一番だけを読めばそれはまた四つになる。第一ブロックの一番と第二ブロックの一番と第三ブロックの一番と第四ブロックの一番、その四つを読めばそれぞれが四段で十四行になるようになっている。たぶんジャック・ルーボーがそういうふうになるようにしたのだと思います。彼は数学者ですから、見事なものです。

ただし、僕は読んだけれどあまりよく分からなかった。連歌とか連句というのは、そのときの事情によって他者が読むと分からないことも出てくることがある、という問題があります。たとえばこの『RENGA』という作品のなかにも、急に灰皿が出てきます。また「ドナルドの本によれば」という箇所も出てきますが、これはドナルド・キーンのことを指しています。これらのものは、たぶん苦しまぎれに思いついたのでしょう。僕たちと同じです。けれど、全体として面白いものを作ったという事実は残ります。

日本の連歌の基本単位は五七五と七七だけの組み合わせだけれど、ソネット形式だと各単位が日本の連歌の一単位よりもずっと長い。したがって、その組み合わせはもっと複雑になります。その二十七編のソネットは、不思議なつながりの長編詩ということもいえますし、いろいろな読み方ができる。面白い試みですから、企画としては成功といえます。しかし、作品としては成功したかどうか分からない。それは、ほとんどすべての連詩作品に共通していえることです。

面白いことに、ガリマール書店で出た『RENGA』というこの詩集は、アンドレ・ブルトンに捧げられている。シュルレアリスムとの関連性を四人とも明らかに意識していたということです。そのことは、僕が連句を始めた時点ではもちろん知らなかった。けれど連句というものを知ったとき、僕は最初から「これはシュルレアリスムではない

か」と思った。シュルレアリスムの連想の働き方に近い。後ろの一行が、かならず前の

句に対する解釈を含んでいる。前と後ろで、一行がかならず二行として読める。前と後

ろが違った要素を何も持っていない場合には、失敗になります。一義的にしか読めない

のは駄目なのです。

ロマンティシズムは個性や独創性、天才性という概念を神殿に祭り上げてしまった。それをシュルレアリスムが引きずり下ろし、代わりにアンスピラシオン——霊感というものを重んじた。霊感の復権を重要視したわけです。これは周知のとおり、エリュアールであろうがアラゴンであろうがブルトンであろうがみんなそうです。日本の現代詩の場合、作品を支配しているのは作者自身、つまりロマンティシズムです。ロマン主義は「おれはおれだ、おれの作品はおれの作品だ」というところがあるでしょう。それが天才の作品だというところまでいく。それをシュルレアリスムは否定します。どこかからインスピレーションがやってくるということを重視した。作品を支配しているのは作者自身であるという自我崇拝、そういうものの観念がシュルレアリスムによって否定されました。

そして、詩集としての『RENGA』の作者たち四人が、日本の連歌のなかに新しい要素として見出したのも、まさにシュルレアリスムだった。この理念のひとつの表れを、連歌に見ている。共同制作で詩を作るということは、創作行為を非個性的な場に持ち出すことです。ですから、個性を主張し、「おれの個性はこのように、絶対ほかの人が分

かち持つことのできないような神聖な素晴らしいものだ」と思っている人は、シュルレアリスム的なものの考え方からしても、連歌・連句的な考え方からしても違います。ここでは、そのようなご立派な個性というものを否定している。

『RENGA』にオクタヴィオ・パスの書いた優れた序文があります。それは「Centre mobile（動く中心点）」という題です。一ヵ所だけに中心があり、これを崇め奉るというロマン主義的な文学観ははじめに否定されている。そのことが「Centre mobile」というそのエッセイの題ですでに分かります。そのなかで、こういうことを言っている。「連歌の実行は、魂や、自我の実在への信仰といった、西洋のいくつかの本質的概念を否定することを意味する。連歌が生まれ育った日本の歴史の文脈には、創造主としての神の実在という観念はなく、魂や自我に関して幻想をいだくことも有害だとして拒否された。伝統的な日本においては、社会の細胞、その基本単位は、個人ではなく、グループだった。その上、仏教、儒教、神道は、それぞれのやり方で、自我崇拝と戦っていた。（中略）連歌は日本人に対し、自分自身から脱出する可能性、孤立した個人の無名性から、交換と承認が形づくる円環へと転じる可能性を提供したのではないかと思われる。これは階級制度の重圧から自己を解き放つ一つの方法だった。連歌は礼儀作法に匹敵するような厳格な規則にしばられてはいるものの、その目的は個人の自発性を抑えつけることではなく、反対に、各人の才能が、他人にも自分自身にも害を及ぼすことなく発揮されるような自由な空間を開くことにあった」。

引き続いて、こう言っています。「西洋の諸々の信条に反する制作行為である連歌は、われわれにとっては一つの試練、小さな煉獄《れんごく》だった。これは試合でもなければ競争でもないので、われわれに本質的に備わっている攻撃性は、吐け口を見失った。到達すべき的もない。勝ちとるべき賞金もない。打ち負かすべきライバルもいない。敵のいない遊びである。そもそもの初めの日たる三月三十日から四月三日まで、われわれが知ったのは自我の屈辱だった」。これは面白い。

そう言いながら、別のところでこんなことも言っています。「私は他の人々の前で書き、彼らは私の前で書く。何というか、カフェで素裸になるとか、他人の前で排泄《はいせつ》したり泣いたりするような感じ。日本人は公衆浴場で裸になって入浴するのと同じ理由、同じやり方で、連歌を発明したのである。われわれ西洋人にとっては、浴室や書き物をする部屋は、厳密にプライベートな場所であり、そこへは一人で入って、みっともないこと、あるいは輝かしいことをかわるがわる行うのだ」。「われわれ西洋人にとっては……」というのがいいですね。

そして最後に、パスが自信を持って書いています。「われわれのこの試みは、まったく自然に、西洋現代詩の伝統の中に書き加えられるものである。それどころか、これは西洋現代詩の主要な諸傾向から必然的に導きだされる一結論なのだとさえ言うことができる。それらの傾向とは、たとえばエクリチュールは組み合わせで成り立つとする考え方、翻訳と原作との境界線は薄れてきたとする考え方、共同で作る詩（集団主義的な詩ではない）への渇望、などである」。

シュルレアリスムの理想は、まさに彼らが新しく発見し、実行したところの連歌と一致しているということです。その点こそ、僕が連詩に関心を持っている理由でもあります。僕も、じつはそういう観点から連詩をやってきているので、作品として成功したとかしないとかはあまり問題ではない。人間を、いろいろな意味で自我の束縛から解放するというところに連詩の意味がある。

それが、先ほどいった発句の名手としての芭蕉とは決して矛盾しません。それが「うたげ」と「孤心」ということです。つまり個性的で、独創的でなければならないということです。連詩はもちろんのこと、連歌・連句でいい仕事ができた人は、全員がとても個性的で、自我主義的であり、我が強く、他者に対して拒絶的だったと僕は思います。そういう人でないと、本当の意味で新しい独創的なことはできない。

僕はまったく別の機会に、それを痛感したことがあります。加藤楸邨《かとうしゅうそん》の句に僕が付けた付句集があります。まだ本にはしていません。もちろん楸邨の五七五に僕が勝手に七七を付けただけです。なぜこれをしたかというと、楸邨という人ほど拒絶的な人はいないからです。そして楸邨は「やっぱり連句のようなものはできない」、と思っている。なぜかといえば、自分は発句の人だと思っているからです。その楸邨の、面白そうな、なるべく拒絶的な句を取ってきて僕が付句をつけてしまった。驚いたのは楸邨本人です。「大岡さん、こんなことができるんですね」。ふたりで面白がりました。楸邨の拒絶的なくらいに孤高な五七五に対して、こうすればあなたの句を広々とした世界に広げてゆくこともできます、ということを示したつもりです。逆にいえば、そういう可能性がなければ発句としても優れているとはいえません。楸邨さんは本当に喜んでくれました。で、何回か試みては、お宅へ伺って二人で一枚の紙に発句と付句の両方を書き合いました。開かれないように頑張っている句ほど、どうしてもこちらから開きたくなる。「和する心なり」ということです。そういう意味で、僕の付句のかなりの部分はエロティックです。先ほどの龍之介の文章にも、芭蕉の付句の選び方もそのように強引に開いている、という箇所があって面白い。

　現代というのは、人が他人に立ち入るのを恐れるでしょう。それは、不謹慎なことだと思っている。僕も立ち入られるのは嫌ですが、それをしないかぎり発展はない。我々の個性というのはあまりにも限界があって小さい、ということが明白に分かってしまったのですから。モダニズムの後は、ポストモダンなどといっても、実際はそんな具合に前後関係だけでは割りきれない。本当はポストモダンという以前に、モダンのなかにいろいろとあります。ぶつかり合ってみないと分からないものは、モダンのなかにもポストモダンのなかにも等しくあるでしょう。それから逃げて、よそへ行って犬の遠吠《とおぼ》えをしているのでは、モダンもポストモダンもありやしない。みんな、ますます孤独になっていってしまう。ポストモダンは、いってみれば解釈の解釈です。「うたげ」と「孤心」というのが、対立命題みたいに思われているけれど、その主旨からいえば「うたげ」は

「孤心」を必要とするし、「孤心」は「うたげ」を必要としています。最終的にはエロスの千変万化する諸相しかないと言ってもいいくらいなのですが。

X

「写生」は近代文学のかなめ——子規の道・紅葉の道

短詩型文学を考える

芭蕉といえば蕪村ですが、蕪村という人は話しはじめたら彼一人でも終わってしまいます。ですから、単純な筋でしかも重要な点に触れられる気がするので、近代から逆に江戸時代に遡るというかたちにします。そのうえで、とくに俳句、俳人について話をします。何人かの重要な俳人のなかに、日本文学のもっとも単純で、しかも基本的な命題がはっきりと表れているように思うのです。なぜかといえば、俳句というのは五七五と短く、短いがゆえに問題がいちばん単純率直に出てしまう。

僕は、正岡子規《まさおかしき》がいる一方で尾崎紅葉《おざきこうよう》がいると思う。尾崎紅葉の俳句というのは、今日ほとんどまったく知られていない、といってもいい。『尾崎紅葉全集』の編集に関わった関係で、紅葉の俳諧ならびに紅葉の短詩型文学とその理論を並べた巻に携わりました。その結果、正岡子規の側から近代俳句を見るだけでは、事態の一方しか言っていないことになると感じたのです。今のところ、みんなの目から覆い隠されている人の代表であるところの尾崎紅葉。そしてその紅葉の周辺には小栗風葉《おぐりふうよう》、川上眉山《かわかみびざん》、巌谷小波《いわやさざなみ》、泉鏡花《いずみきょうか》などたくさんの人がいた。そして、この人々がみんな俳句を作っている。泉鏡花にしても巌谷小波にしても、この人々の俳句以外の仕事も、本当に豊かでしょう。俳諧で苦労をしたことが別のところで生きているということがある。そういう点で、俳句文学というのは「種」です。種のまわりにたくさんなった実は、ある人にとっては小説になったり、ある人にとっては戯曲になったりということになる。いずれにしても、いちばん中心になっている俳句文学というものをひとつの核として考えると、核をきゅっと押し開いてみれば、近代のいろいろな問題が出てくるのではないかと思うのです。

そこで、蕪村と子規と紅葉を頭に置いて、時代を遡ってみたいと思っています。まず、とても大事な概念がひとつある。それは「写生」という概念です。写生という概念を中心にして、正岡子規は与謝蕪村を激賞、称揚し、逆に松尾芭蕉をやや低く見た。そういう経過があります。これはたいへんに面白い。つまりそのことによって、芭蕉や蕪村の句もはっきりする面があるけれど、それ以上に正岡子規がはっきりする。まず、最初にそういうことについて、話をしていきます。

写生という考え方、これが実は近代・現代の俳句文学の基本になっています。また、文章においては、写生文というのがあります。写生文というのは、それそのものとしては今はあまり話題になっていないかもしれないけれど、文章を書くうえでの基本的な倫理を押さえている考え方のひとつだと思う。見たものをきちんと書く、単純なことだけれど、実はとても大事なことです。それを写生文の場合にはきちんと意識しているわけです。そのアイディアは正岡子規に始まっていますが、その後、写生文についていえば、高浜虚子《たかはまきよし》が正岡子規の没後になって一層重んじるようになった。それを推進したことのひとつの結果は、夏目漱石です。そして、もうひとつの結果としては、さまざまないわゆる随筆とか科学エッセイ、そういうものの書き方にたいへんに影響したということがある。たとえば寺田寅彦《てらだとらひこ》のような人に、深く影響しているはずです。近代の文章のもっとも基礎的な書き方の心構えを強く叩きこんだのは、写生文という考え方です。

そういう点で、写生文とは決して無視してはいけないものです。しかし、写生文の主唱者が俳人で、日本の散文愛好家たちは俳句の作者たちを下に見る傾向がありますから、「写生文なんていうものは大したことはない、あんなものは作文と同じだ」と思っている人が多いと思う。実際は、たとえば夏目漱石は写生文という考え方を利用しながら、自分自身の文学をあっというまに築いた。写生文というのは、漱石の考え方でいえば余裕を持ってものを見るということです。主観的に思いつめてなにかを書くというのと反対で、事物を見るのも人間を見るのも、まったく同じ観点に立つのが基本です。ですから、「余裕がある」ということで、余裕派とか低徊《ていかい》派とか言われました。それは夏目漱石にとって、居心地のいい観念だったと思います。

漱石と写生文

漱石の出世作であるところの『吾輩《わがはい》は猫である』は、まず最初に「ホトトギス」に一回だけ試みに出しました。そうしたら爆発的な人気になって、結局ずっと続いてしまった。漱石はその好評をとても喜んで、神経衰弱が治ってしまう。はじめのうちは、高浜虚子が漱石の家に原稿を取りに行った。お互い親友だから、取りにいって謡《うたい》の一節を唸《うな》ったりして、ふたりで何時間ものんびりと対座した。その頃は漱石も有名な大漱石ではなく、虚子もたいして有名な人ではなく、和やかな友達関係でいる。それは漱石が死ぬまでずっとそうですが、漱石が有名になるにしたがって関係は微妙にずれていきます。

最初の頃は、漱石が待ち構えていて、原稿を虚子に渡して「ちょっとこれを、声を出して読んでくれ」と言う。写生文を書く会——「山会」と称したのですが——でもつねに声を出して読むのが鉄則だった。それを漱石ははじめから実践したわけです。虚子は面白かったともなんとも書いていないけれど、虚子が読んでいるうちに漱石はひとりでくつくつと笑う。相好をくずして喜んで笑って、「もう一回読んでくれ」という。

虚子は原稿を持ち帰るのですが、その原稿は文章に少し踊るようなところがあって、虚子からすると気に入らない。虚子はすでにして写生文主義者です。ところが、漱石はそういう主義は気に入ってはいるけれど、別にそれを信奉しているわけではない。漱石は、『坊っちゃん』やその他『漾虚集《ようきょしゅう》』に載っているような短篇を書いた、あるいは書きつつあるところです。書くにしたがって、嬉しくてしようがないからいくらでも筆が踊ってくる。余剰なことばをもたくさん書く。虚子は気に入らなくて、削りたくなる。第一回目のとき、漱石に、「夏目さん、雑誌に載せるうえで冗句があるようだから、それを削ってもいいか」と言うと、漱石は「ああ、勝手にどうぞ」と言う。漱石という人は、そういうところは恬淡としています。そこで第一回は、虚子がかなり手を入れて削る。第二回も削った。だけど、第二回の頃にはすでに日本中から歓呼の声が沸き上がる。それで漱石は喜んでいる。喜んだといっても顔に出してではなく、むしろしかつめらしい顔をしていた。

毎回、虚子が原稿を受けとりに訪ねてきます。あるとき、まだとても原稿はできていないだろうと思って行ってみると、「ああ、できたよ」といってすぐに渡される。漱石が乗りに乗って書いていたことは、はっきりしています。虚子が「平凡化された漱石」という文章を漱石が亡くなってからだいぶ後に追憶の記で書いているのですが、だんだん漱石の文章に手をつけにくくなってくる。虚子が淡々と読むと、読むたびに漱石が声をあげて面白そうに笑うので、虚子は複雑な気持ちになります。その当時「ホトトギス」をやっていたけれども、虚子も小説家になりたかった。小説家を目指したことでいえば、虚子のほうが古い。それなのに、漱石があっというまに文壇の寵児になってしまったから、嫉妬とは書いていないけれど、とても微妙な心情がそこに動き、「夏目さんの文章にそれ以後手を入れることはできなくなってしまった」と書いている。

『吾輩は猫である』の一回目、二回目と三回目以降は文体がちょっと違うはずです。虚子にとっては余計な、漱石にとってはそこが面白くて書いたということばを使っていたのだと思う。それが結局、あっというまに漱石を日本的な国民作家のようなものにする。でも、その基本は写生文です。我々はそういうことを忘れてしまっているから、夏目漱石という人ははじめから漱石だったと思うけれどそうではなく、間にいくつかの虚子との関係があった。それ以前は、漱石は正岡子規と友達でした。はじめは正岡子規が威張っていて、漱石の文章も漢文も添削します。子規は五歳から漢文をやっていてやはりすごいから、漱石は彼を兄貴分として立てている。そのうちに子規が肺病になって、ほかに何もできなくなります。政治家にもなれないし、哲学者にもなれない。子規は俳句と短歌を作り始めます。一方、漱石は鬱々たる英語教師だった。松山や熊本へ行って、それから後にイギリス、ロンドンへ行く。ロンドンに漱石がいる間に、子規は死にます。

熊本の第五高等学校の教師だったとき、漱石が数年にわたって、ほとんど毎月百句、百数十句と俳句を作って、子規に送って添削を頼んでいた。僕の考えでは、添削してもらう必要のなかったものもたくさんある。逆に添削を必要としたものもある。夏目漱石はその場合も恬淡としています。漱石の俳句を見ると、推敲《すいこう》に推敲した俳句というのではありません。推敲に推敲した俳句というのは、たとえば芥川龍之介の俳句です。室生《むろう》犀星《さいせい》の俳句もそうです。しかし漱石の俳句は、口をついて出てきた俳句です。だから、俳家としての実力は、漱石のほうが上ではないかという気もします。

毎月俳句を子規に送ると、正岡子規は「夏目のやつ、下手くそだなあ」と言いながら、手を入れている。そうすると、たしかに良くなる場合がある。例えば、「玉瀾《ぎょくらん》と大雅《たいが》と語る梅の花」。池大雅《いけのたいが》とその妻の玉瀾が、京の町で大変な貧乏をしているように見えながら、ゆったりとした生活を営んでいました。池大雅は文人画の最大の巨匠であるだけではなく、日本絵画史全体のなかでも最大の天才のひとりです。もうひとりはいうまでもなく北斎です。玉瀾というのは、面白い女の人だった。あまり美人ではなかったらしいけれど、大雅とは琴瑟相和《きんしつあいわ》して、ふたりの逸話はたくさんあります。その逸話について話しだすと終わらなくなるから話しませんが、とにかく最初は「玉瀾と大雅と住んで梅の花」という句だった。それを「玉瀾と大雅と語る梅の花」と子規が直した。それだけで、大変ないい句になる。

そういう意味では、正岡子規は本質的に先生です。子規は先生をしたがる人。したがる資格がない人がしたがっているのは滑稽だけれど、正岡子規の場合はしたがる理由があって、しかもそれで良かった。俳句では選句が大事ですが、子規は「選句者としての俳人」というものの概念をきちんと作った人です。それを受け継いだのが高浜虚子です。虚子は膨大な選句をしました。選句したものは、毎月の「ホトトギス」に出る。全国からたくさんの句が送られてきます。尾崎紅葉でさえも一日に四、五千句を選んでいたから、たぶん一日に一万くらいは選んでいたでしょう。今の朝日俳壇などの選はたぶん一万以上を一日で選んでいます。選んだものがとてもいいという場合は、選句をする人の才能です。一日のうちに一万、砂子のごとき数のなかから、キラッと光るものを選ぶということは大変な才能を要求します。高浜虚子はその絶大なる能力を持っていた。なぜかというと、彼は素晴らしい俳人であり創作者だったから、人のものもよく見ることができた。俳句というのはそういう形式です。正岡子規も膨大なものを読んでいます。江戸時代のものをたくさん読んでいて、自分で「誰々の句でいいもの」と十句、二十句と選んでいる。批評能力と鑑賞能力と、そして創作力とがそろっていた。俳句の場合、選の基準となるのはことばです。ことばの善し悪しで決まってしまう。五七五という短いなかで、いいか悪いかが何で決まるかといえば、「何を」詠んでいるかということではない。「どういうふうに」詠んでいるかで決まる。ことばの能力のある人は、いいものが必ずよく見える。そういうことが分かるのは、本人自身が絶えず自分を鍛えている人です。

「ホトトギス」の雑詠欄はもっとも重要な欄でした。その巻頭に、第一位に載るということは、俳人が大喜びするわけです。生涯に「ホトトギス」で何回巻頭を取った、というのは、勲章中の勲章です。たとえば、村上鬼城《むらかみきじょう》はずっと巻頭だったということがある。『雑詠全集』というのが大正時代に十数巻出ていて、全部で八万三千句載っている。これは虚子が選んだものです。選んだものだけで八万ですから、落としたものはその何倍もある。そういう膨大な句の全集を何巻も作った。そこに高浜虚子の序文があって、巻ごとに毎回つけているのですが、最初の第一回配本の序文がいい。「選と云ふことは一つの創作であると思ふ。少くとも俳句の選と云ふことは一つの創作であると思ふ。此全集に載った八万三千の句は一面に於て私の創作であると考へて居るのである」。ただこれだけの序文なのです。これはそれだけの仕事をした人が心からそう確信して書いている。第一回配本の第一回の序文にそう書いたということは、それがいちばん強く念頭にあったということです。

正岡子規にもそういう選句の才能があった。だから、夏目漱石が送ってくるものを選んで、こうすると良くなるというのをちょっと書き直して送り返した。そういう意味で、漱石の文学における正岡子規の存在は、たんなる友達ではなくて、ことばを鍛えたということがあった。その子規が死に、漱石が虚子と親しくなるのは先ほど言ったとおりです。漱石は「ホトトギス」にずいぶん寄稿しますが、あっというまに大作家になってしまって、東大教師を擲《なげう》って朝日新聞に「就職」した。そのため漱石は「ホトトギス」に書けなくなってしまった。就職するときの条件として、すべての書き物を朝日新聞に載せるという一札を入れてある。そこで虚子と漱石は相談して、漱石が推薦する弟子の作品を「ホトトギス」に載せた。虚子はあまり気に入らなかったけれど、「しようがない、夏目さんはもう朝日新聞に買われてしまった」と載せてみたら、やはり評判が悪い。だんだん「あれはなんだ」となって、漱石先生のご推薦になった人々のものはどうにもいけなかった。寺田寅彦や野上弥生子《のがみやえこ》のものは良かったのだけれど、学生程度の人もかなりあったらしい。漱石は別に党派性がある人ではなかったけれど、広い意味ではこれも党派性でした。「ホトトギス」の側としては面と向かって言えないので一応ありがたく載せていたけれど、「評判は良くなかった」と虚子がはっきり書いている。

写生とは何か

結局、写生文といっても才能がものをいいます。イデオロギーは写生文でも、写生を書く内面は複雑に思考を重ねているのです。「写生」というのは「スケッチ」です。ものを見えたとおりに書く。しかし本当の写生は、それだけではなくて、むしろ想念を写す「写想」ということばが近い気がします。写生文は、この自分の想いと写実性を同時につかみとる能力がある人とない人では、全然違ってしまう。虚子は「写生」についていろいろと書いています。しかし、「写生文は誰もが試みて深くも広くもなる分野である」とは言っていても、自身は写生文の埒外《らちがい》に絶えず踏み出ています。ほとんどまったく空想の領域を雄飛するような作品もたくさん書いている。それは漱石も同じで、ロマンティックな空想力を豊かにもった作品を数多く書きました。けれど、書く態度は写生文です。

写生というのはそういう意味でとても面白い概念です。

写生とはなにか。昭和四年一月に福岡で行った講演で虚子はこう言っています。「私は多年写生といふことを強調してゐます。此写生といふ上にはむろん客観の二字を冠すべきであります。之は主として客観写生の技をゆるがせにすべからざることを痛感してのことであります」。

そしてここが大事です。「繰り返して申しますが、写生の技であります。思想の方向は一切拘束しないのであります。如何なる感じを以て自然に対しやうが其点は全く無拘束であります。或者は冷《ひや》やかな感じを以て自然に対する、或る者は暖き情を以て自然に対する、或者は楽しんで自然に対する、或者は悲しんで自然に対する、或る者は肯定の目を以て自然に対する、在る者は懐疑の目を以て人生に対する、在る者は親愛の情を以て人生に対する、在る者は嫌悪の情を以て人生に対する、或る者は怪力乱神を説き、或る者は凡庸の生活を描く、すべて其等は拘束しないのであります。只写生の技を重視するのであります」。

つまり、写生される対象に区別があるかどうかは一切関係ない。ただ、自分が重視するのは写生の「技」だということです。写生というものの思想的な基盤はどうでもいい。技が大事である。例えば、ある人はとても空想力豊かでまったく荒唐無稽《こうとうむけい》なことを書く。そういうことを書きたい人にも、「いいですよ、どうぞ写生しなさい。その荒唐無稽のものもそれは見た人の対象なのだから、それを見て書けばよろしい。私の問題というのは、お前さんがそれを見て描くときの腕だよ」ということです。思想は一切拘束しない。技術だけ。写生という考え方の基本はこれです。これが大事なことです。

日本の俳句はそれ以後、虚子の敷いた写生の道を突っ走ってきました。それはたいへん広い道だった。彼が言っているように、人によってそれぞれ写生すべき対象がみんな違う。冷ややかに人生を見る者もいるし、暖かに人生を見る人もいる。考え方は別だけれど、そんなことはどうでもいい。ただ、それを描く「技術」は厳正に判断する。その技術さえ良ければ、荒唐無稽なことを書いても写生文として通る、というのだからたいへん幅の広い考えです。このため、日本の俳諧、俳句文学はそれで覆われてしまった。

なぜこれが通ったかというと、俳句は短く、五七五しかないからです。どんなに頑張って七転八倒してみても、五七五しかない。そうすると、いちばん根本のところをぎゅっと締めておけば、あとは何でもいいということが逆に言える。いちいち、「お前さんの思想傾向が気に入らないから駄目だ」とか、そういうことは一切ない。どんな破戒《はかい》無慚《ざん》なことでもいい。思想的なことはよろしい、見事な俳句にしてくれるならそれでいいということです。虚子の「写生主義」、後に出てくる「花鳥諷詠《かちょうふうえい》」という考え方は、両方とも根は同じです。それをなんとかして打ち破ろうと思って、新興俳句の人たちも、前衛俳句の人もいろいろやってみるけれど、牙城《がじょう》はひっくり返らない。ひっくり返るのは自分です。どんなに長く続いてもだいたい四、五年です。残念ながら、潰れてしまう。それは、虚子の間口が膨大で、技術だけを問題にするという、ある意味では恐るべき寛大さを持っていたからです。

五七五という宇宙

虚子は技術に関していえばたいへんな人だった。それは虚子の句を見ればわかります。たとえば、有名な句のひとつで、

　去年今年《こぞことし》貫く棒の如きもの

という新春の句があります。これは呆《あき》れ返ってしまうような句です。「去年今年」というのは俳句の用語でいえば、新年を意味する季語にすぎない。新年の夜中には、去年と今年が平等に見えているでしょう。つまり十二月三十一日から一月一日までの間を意味

する季語で、その極端に狭い時間しか本当は意味していない。ところが、「去年今年」ということばはものすごく広いでしょう。去年と今年。俳句の季語には魔力がある。「去年今年」と言われると、聞いた人がまず膨大な時間の広がりを考える。その下に「貫く棒の如きもの」と言われると、「これはなんだ」ということになる。虚子はそれについてはなにも言っていない。知らん顔をして作って、「これでできた」と言って新年のNHKで放送された。それを川端康成《かわばたやすなり》が聞いたか新聞で見たかして、「恐ろしい人だ」と言ったとか。

五七五という短い俳句のなかで、その句は恐るべき広がりをもっています。何を言っているか分からない。僕ははじめてこの句を読んだとき、鬼の鉄棒《かなぼう》の刺《とげ》が出ているもの、それから毛脛《けずね》を思い出しました。つまり、なにか知らないけれどとても暴力的です。だけど、改めて見直してみると、なにもそんなことは書いていない。ただ「去年今年貫く棒の如きもの」ということしか書いていない。そういうものが高浜虚子における技術です。五七五という短い詩型で最大のものを作ってしまう。凡庸な俳人は、五七五のなかで一所懸命なにかを言っているけれど、それを言えば言うほど言ったことしか表現されない。虚子は逆に五七五のなかでほとんど何を言っているのかわからないほど、朦朧《もうろう》とした意味を大きくつかみとってきて、しかしことばはきちんきちんと押さえてゆく。「去年今年貫く棒の如きもの」とは、動かしがたいことばです。それを読んだ人が頭のなかで膨大なイメジを描けばいいのであって、句そのものはきゅっと元のところを縛ってあればいい。その元を縛っているのが技術だということです。

高浜虚子は、正岡子規から受け継いだ「写生」という概念を広げていって、写生主義、客観写生と言った。恐るべき魔力に富んだことばです。ほとんどの人は、「写生」と言われるから馬鹿正直に写生してしまう。虚子はそういうことを言っていない。「写生はとても大事だ」と言っているけれど、「いちばん大事なことは五七五のことばだよ」と言っている。ほかの人は、見たものを一所懸命書けば写生になると思っているけれど、そうではない。写生をするというのは、「私はこれを見たから写生になります」というのではない。「全部きちんと見ました」、その後で「こういうことばに表しました」というところで勝負が決まる。その勝負は、結局写生主義なんかではないわけです。自分のもののとらえ方、ものを見る目が決定的です。それはどこで表れてくるかというと、五七五のなかに入っていることばによって示されます。

けれど、ほとんどの俳人はそこに気がつかないというか、写生主義ということばで誤解してしまう。これは、現代の文章についてもまったく同じ観点で批評ができます。「私はこう思って書いたから、それで分かるだろう」というけれどそうではなくて、「私はこう思って書いた。その書いた文章はこうだ。それを読んで読者がもう一回、私が感じたことをこの文章を読んで感じてくれるかどうか」というところまでいって、はじめて評価になる。ところが大抵の場合が、「私はこう思って、こう見て書いたのだから、それで分かるではないか」というふうに言う人が多いですね。批評というものはそれでは成り立たない。そこが大きな問題です。高浜虚子という人は、そういう巨大な問題を、俳句という器のなかできちんと押さえて、死ぬまで悠々とその道を突っ走った人です。

印象鮮明さ

正岡子規が写生を思いついたのについては、じつは彼が少年時代から絵が好きだったということがあって、それが大きな影響を与えています。けれど、それだけではなくて先人の句のなかでは蕪村を発見したことがたいへんに大きかった。その当時、すでに松尾芭蕉は今ほどではなかっただろうけれど、相当神格化されてきています。一方、与謝蕪村とかその他の芭蕉よりも一世紀くらい後に――普通中興期の俳諧といわれる、安永とか天明という時代――俳人が続々と出ますが、その人々はまだ明治の正岡子規の時代にはあまり評価されていません。言ってみれば、ついこの間の人たちということです。徳川時代の中期ではあるけれど、子規も明治のはじめの人ですから、僕らが蕪村を考えるのとは違って「この間までは生きていた人」という感覚だった。この間の人だから、ちょっと小さく見える。松尾芭蕉はもうすでに遠い人ですから、それだけ巨大に見えた。正岡子規はその、この間の人の蕪村を称揚したわけです。

子規が誉めた最大の理由は、蕪村における写生的な句の明確な面白さということでしょう。それは絵画性とつながってくるのですが、正岡子規における写生ということから少し顧みてみると、先ほども言いましたように子規は学生時代から絵が好きだった。そして、大学予備門という、今でいう高校上級生くらいから、三年間絵についての勉強もしました。いろいろとスケッチをし、模写や遠近法や、陰影をつけるにしたがってボリュームが出ていくようなものまで、絵画の基本的な技術の初歩を勉強していた。その後、坪内逍遙の『小説神髄』が明治十八～十九年に出ます。そこに世態風俗や人情というものを描写することが小説のいちばん大事な本質だということが書いてあるわけです。子規はそれについて読んでいるうちに「これだ」と思った。世態風俗を描写するということ。すなわちそれは、自分がやろうとしている俳句にも適用できると思った。絵画においては模写、小説においては描写、そういうことが彼のなかでうまく融合していく。そのときに、ちょうど彼が絵描きから教わったことばがあって、それが「スケッチ」ということだった。

「写生」ということばは、明治二十七年、子規が編集者をしていた「小日本」という新聞の挿し絵画家として絵を頼んだ中村不折《なかむらふせつ》から最初に聞いたらしい。その頃、絵描きのほうでは写生ということばは使われていたようですが、文学の用語として「使えるぞ」と思ったのは子規です。だから、子規は明治二十七年頃からそのことばを意識しはじめた。考えてみたら、十年ほど前からいろいろと勉強していた絵の観念と、坪内逍遙の『小説神髄』の観念とみんな同じではないか、というふうになったのでしょう。写生を、ひとつの重要な方法論としてとらえる。見えたものをひとつひとつきちんと写すこと、しかし何を写すかという選択は本人の自由に任せる。何でもかんでも写さなければならないというわけではない。選択があって、そのうえできちんと写すということが大事です。

　その考え方の上に立って、子規はこういうことを言っています。「印象明瞭といふことは絵画の長所なり。俳句をして印象明瞭ならしめんとするは、成るべくたけ《ママ》絵画的ならしむることとなり」（「明治二十九年の俳句界」）。これは明治三十年に言っていることばですが、要するに印象明瞭であることが必要だ、それは絵画の特質であるけれど、俳句もそれに倣って印象明瞭にしなければならない、と言った。それは同時に蕪村を誉めたたえることにつながっていった。蕪村の工夫はたくさんあるけれど、正岡子規が与謝蕪村のなかでとくに取り上げて誉めたのは、蕪村の句の絵画性です。蕪村自身が絵描きですから、そういう意味ではぴったり合ってしまった。その結果、正岡子規の場合にはことばを飾らない、誇張を加えない、ありのままに見たものをそのまま模写するという考え方になった。そういう考え方だけではまだ駄目だ、ということまで思い至らなかった。というか、思い至る前に死んでしまった。それをさらに突き詰めて、「写生というのはこうだ」と単純化していったのが、高浜虚子です。

　明治十年代、二十年代は社会的動揺の時期であったから、文学史的、あるいは美術史的にありとあらゆる試みが行われたけれど、なかなか実らなかった。そういうなかにおいて、正岡子規が「写生——これが大事だ。なぜならば印象明瞭だから」と言ったのは、客観的にはとても見事な戦略戦術だった。つまりわけのわからない、ごちゃごちゃしたものを一気に単純明瞭な筋に統一した。それが短詩型文学における正岡子規の門流の勝利に結びついたわけです。はじめは、子規の門流には高浜虚子だけではなく、河東碧梧桐《かわひがしへきごとう》という人がいた。この人も虚子と同じ松山出身です。もちろん正岡子規も松山ですが、松山で育った大学生と中学生三人が仲睦まじく俳句の勉強をして、それが日本全体の俳句界を革新してしまった。

明治二十年代の社会的様相からして、あの段階で、俳句という形式は滅びても不思議ではなかった。和歌という形式も、滅びてもおかしくはなかった。明治二十年代で俳諧と和歌は、五七五、あるいは五七五七七という形式としては滅びてもおかしくないほど気息奄々《きそくえんえん》たるものでした。ところが和歌も俳句も、恐るべき力で甦った。甦った最大の理由は、何あろう正岡子規が唱えた「写生」ということばです。それは、大変なことだったのです。戦略戦術として、じつに見事だった。彼は直観的にそうした。短歌についても、明治二十七年に与謝野鉄幹《よさのてっかん》が『亡国の音《おん》』という旧派の和歌をやっつける連載を新聞に書いた。それにほとんど雁行《がんこう》して、正岡子規も俳句だけではなく短歌もやらなければならないということで、明治三十一年『歌よみに与ふる書』を連載で新聞に書きます。鉄幹と子規の一撃二撃によって、和歌は短歌になった。この「和歌」と「短歌」のことばの違いは面白いものですが、話が長くなるから省略します。最近僕が出した本、『一九〇〇年前夜後朝譚《ごちょうたん》』にのべてありますから、参照してください。

「短歌」ということばはナショナリズムが興隆してくる明治三十年代の半ばに定着しま

す。それまでは「和歌」と言っていました。俳諧文学も同じで、写生が大事だということを力説しはじめ、『病牀六尺《びょうしょうろくしゃく》』などでも何度も書いた。また実作例として、明治二十九年の段階で、高浜虚子と河東碧梧桐のふたりを中心としたこの当時ではまだ素人の俳人たちの俳句を評価して、「これが新しい俳句だ」というお墨付きを子規が与えた。お墨付きを与えられても、実力がなければ駄目であったけれど、ふたりとも実力があった。とくにその当時は河東碧梧桐が素晴らしく良かった。例えば碧梧桐の俳句で、明治二十九年に正岡子規が誉めた俳句のひとつは、

赤い椿白い椿と落ちにけり

印象鮮明です。ほとんど画家の菱田春草《ひしだしゅんそう》などが描いた日本画と同じです。こういう句を出して印象鮮明であることが分かったから、「なんだ、俳句というのはこんな簡単なものか。またこれほどに印象鮮明なものか。これは面白い」ということで一斉に広まった。

それまでの俳句というのはアイディアだった。人にはよく分からないアイディアを句にしてみせ、見事な工芸品を作っているように見える句が上手とされる風潮があった。そういうものの善し悪しは分かる人には分かるけれど、分からない人には分からない。碧梧桐の「赤い椿白い椿と落ちにけり」はどんな人でも分かる句です。それは俳句の大

衆化という最大の課題に一挙に解答を与えました。

それが現在の俳壇、ならびに歌壇、朝日俳壇や日経歌壇などを生み出す源流だったわけです。今はほとんどの新聞が俳壇、歌壇を持っている。だいたい普通は素人といわれている人が投稿します。なかに素晴らしいものもときにはある。なぜ読めるかというと、当然選者が選んでいるから。しかし、それぞれの選者によって選ばれているものが全然違います。一万、二万の同じものから選ぶけれど、ほとんどまったく重なっていない。つまり、選者の選択眼、選句眼というものがそこにあるわけです。いつ見てもつまらない句を採っている選者と、いつ見ても必ず何か見所のある句を採っている選者というのが当然出てくる。それくらい恐ろしいものです。専門俳人、つまり弟子をたくさん持っている俳人は、膨大な数の非専門俳人によって支えられています。雑誌そのものがすでにピラミッド型になっていますが、それは、すべて正岡子規、高浜虚子からつながってきている。そういう意味でも面白い。なぜなら、それは単に俳句の問題ではなく、社会と文芸の関わりの問題でもあるからです。

江戸期の月並俳諧

実は、それは正岡子規から始まったことではありません。江戸時代には、すでに膨大な数の俳句大衆というものがいた。僕は以前尾形仂さんと一緒に、何日も対談をしましたが、それが『芭蕉の時代』（朝日新聞社）という本にまとまっています。そのときに、尾形さんがとても面白いことを話してくれました。尾形さんは、大体長く話はしない人です。碩学《せきがく》中の碩学で、頭のなかにはたくさんの知識が詰まっていますが、このときはふたりでかなり脱線的なことをしゃべりました。もっともこれは脱線ではないのですが、実際にとても面白いこととして尾形さんが語ってくれたのは、「月並俳諧《つきなみはいかい》」という、現代俳句でもっとも嫌うべきものとされている俳句についてです。もっとも、お歴々とはいえ、本当は自分たちも月並俳諧を作っているのに、それに気がつかない場合もある。月並俳諧が何を意味しているかも分からなくなってしまっているのです。

文化《ぶんか》・文政《ぶんせい》時代というのはその月並俳諧の普及時代として軽蔑されましたが、江戸文化の爛熟《らんじゆく》時代です。それが天保《てんぽう》年間までずっと続きます。小林一茶《こばやしいっさ》の時代も絡んでいます。この時代は、遡れば芭蕉までもその空気を吸っていますが、芭蕉も蕪村も点取り俳諧の唾棄《だき》すべき欠点に、まったく足を取られずにすんだ人です。逆に、小林一茶は点取り俳諧の宗匠になりたくてしようがなかったのにもかかわらず、田舎者だと思われたからか、とにかく先生になれなかった。結果として一茶はお金持ちになれなかったけれど、それが幸いした。多くの人が点取り俳諧の宗匠になって、ある場合にはそれで十分に食っていけた。その代償として、自分の俳句は作れなくなってしまう。しかし、その時代の編集者的な立場ですから、とても栄えた。なんだか今のことを言っているような気もしますが、とにかく編集者的でした。編集者というのは、偉大な力を持っています。日本文化というのは古代から編集者によって成り立っていたんですが、それについては前にも話しました。

尾形さんが対談のとき面白いことをたくさん話してくれたので、その概略を紹介します。まず最初に、プロの俳諧師がどんなものだったか。プロの俳諧師というものは今の日本で言えば、さしずめ雑誌や新聞の俳句の欄を持っている人でプロ中のプロ俳人でしょう。これは収入のことだけを言っているのではありません。「選」をする人だからです。プロの俳諧師は、連句の時代は本当にプロフェッショナルでなければ人の句の選はできなかったけれど、やがて時代が下ってくると、連句のような長いものは作れなくなってくる。七七を出題して、五七五を募集した。その七七と五七五がうまく出会うと、これはいいというのでその五七五に丸をつけて、そのなかから優秀な人に点を与えるということになります。これは以前お話ししましたように、川柳で盛んだった。そして、川柳だけではなくて、俳句についても同じことが行われるようになりました。

例えば、ひとつにはその先生の個性があって、採る句の傾向がある。それを投句する人は調べます。そして、「この句はあの人のところへ投句すれば、採られるかもしれない」と思って投句する。採られるとなぜいいかというと、景品があるからです。みんな景品が欲しくて投句したので、別に芸術的な善し悪しはそんなに問題ではないわけです。趣向が面白ければいいから、一句で勝負する。この人ならばこの句を出せば引っ掛かってくれると思う先生のところへ出す。また別の先生には、別の句を出す。だから、芸術的な自分の作品の完成という意欲はまるでない。前句付《まえくづけ》の場合、出された題に対して当意即妙に五七五をつけていくというかたちです。ですから、「あの先生はこういう傾向だ」というレッテルを貼られると、だんだん投句者が「これでは駄目だ」と投句してこなくなる。逆に、それをうまい具合に先生のほうでカバーしてなんとなく幅広そうにしていると、たくさんの人が応募してくる。ただし茫洋《ぼうよう》としてつかみどころのない、なんとなくいいように見える句というのは、どこへ出しても駄目です。必ずあくが強い句が当選する。

そうなってくると、俳句といっても投機性が強くなってくる。今のクイズ番組と同じです。僕は前からそう思っているけれど、日本の俳句の精神はテレビ局にもっともよく継承されています。もちろん新聞歌壇、俳壇は真面目にやっていますが、俳諧のもう片方のいわばおかしみ追求の精神がテレビのほうに分担されている気がします。クイズは、点取り俳諧でいうところの最初の問題の句です。それに対して、視聴者のなかでとてもうまく答える人がいると、「あなたはとてもうまいですね」ということになって、勝ち進んでいく。ですから、俳諧精神というのは今の日本のマスコミュニケーションの先端にはっきりと継承されています。これはまったく馬鹿にできないことで、小説を論じていくよりは短詩型文学を論じたほうが、物事の単純な姿が見えてくる。

俳諧の大衆化

月並俳諧というのは、発句一句ずつで勝負します。発句一句ずつで勝負するというのは、つまり前句付のような問題は出さない。ただ、もちろん俳句だから「夕涼み」「夕立」と、季題を出している。たんに「句を出しなさい」というのは俳句の場合ありえません。ルールがあるから勝負になる。点取り俳諧や月並俳諧の精神が現代のテレビジョンに流れているというのには、理由があります。テレビジョンも、誰でも彼でもいいというわけではなく、クイズならクイズのルールがある。ところが、対比していえば、現代詩では一切ルールなしということだから、現代詩は絶対テレビジョンには乗らない。単純な理由です。そういう意味でルールのある俳諧というのは、マスコミュニケーションにとても乗りやすい。だから、いつまでも生き延びる。

僕たちは「そんなのは月並だよ」と言いますが、そのことばは、月並俳諧からきています。選者の傾向を受験する人々が選んでくるから、本人の心の底で思っていることとは違うものも平気で出します。作品そのものが趣向だけのものになってしまう。で、「月並」というのは、毎月毎月やったからです。連句と連句に関わっている前句付のような種類のものから展開して、月並俳諧になった。前句付だと、問題で引っ掛けてくるから、それに応じなければならないけれど、月並俳諧というのは、俳句そのものとして良ければいい。いくつか季題は出題されますが作りやすい。機知に富んだ応答をしなくていい。それでまた、人々が投句しやすくなった。

今いった本のなかで尾形さんがこう言っています。「投句者の数が月々十何万人という膨大な量です。宗匠ひとりの一回の催しに、小さいところで三千か四千、ちょっと有名だと五千から八千の人が投句してくる。毎月定期的に催される『連月句合《れんげつくあわせ》』のほかに、神社に額をかかげるとかいう名目で募集するのもある。これが『奉燈奉額句合《ほうとうほうがくくあわせ》』で、また、年に一回とか数年に一回の大規模な興行のときには、『永代奉納句合《えいだいほうのうくあわせ》』というのをひらく。このときには八千から一万ぐらいもの投句があつまる。北は松前から南は鹿児島まで、全国いたるところから投句してくるんです」。

催しは、ほぼ毎週あります。「奉燈奉額句合」というのは、神社に額を掲げたり祭礼をやっているお社《やしろ》に提灯《ちょうちん》を掲げる名目で、句を募集した。さまざまな名目があって、その度に句を募集する。募集するということは、応募する人がいたということです。そして応募はひとりにつき、二八蕎麦《そば》と同じで一句について十六文を取った。受験産業にも似ています。現代日本の、大衆文化状況のすべての源泉がすでにここにある。現代日本の大衆文化状況は、文化・文政時代にすでに成立し、完成していたわけです。「日の下に新しきものなし」です。

「永代奉納句合」のときには八千から一万くらいの句が、北は松前、南は鹿児島から投句されてくるというので僕はびっくりして、「そういう催しがあるときには、あらかじめ相当前から天下に公示するのですか」と聞いたら、「それがそうではないという。「連月句合」のときには一月のうちに一回転するでしょう。触れを出し、投句をし、選をして発表する。それをわずか一ヵ月の間にします。通信網の発達たるや、たいしたものだった。一枚の紙に当選者の句と名前と住所を載せて、それをきれいな刷り物にして投句した人全部に配る。それを見て、「ああ、駄目だった」、「やったあ」と。賞に当たった人はそのうちに賞品が来る。ひょっとしたら当時の日本の郵便事情は今よりも良かったかもしれないくらいです。狂歌でも川柳でも同じことが行われたから、大変な人数が右往左往していた。

「公示するにはどうするのですか」と僕は聞きました。するとし、木版一枚刷りのチラシを作る。小さい紙切れだけれど、なかには絵入りとか色刷りのものもあったという。そういう月並句合というのが、江戸でいちばん盛んに行われた。その研究については、尾形さんが先鞭《せんべん》をつけています。何百年も前からの古い神社や仏閣に行くと、奉納されたものがたくさんあるはずです。例えば、室町時代などもそうでしたが、戦争に行く場合には武運長久を祈って、神社にまず集まって連歌を詠みました。作られた作品はそのまま奉納してくる。それが自分たちの武運長久祈願になる。そういう意味では、鎌倉時代の道元禅師《どうげんぜんし》の頃でもありえました。神社仏閣と詩歌文芸とは、たいへんに密接な関係があった。大坂でも名古屋でもそれはたくさんあったといいます。

・尾形さんは「それぞれの土地に総元締みたいなのがいるんですね。有力者とかパトロンなんてものじゃなくて、ひとつの企業ですよ（笑）。本部があり地方支部があってね。あつまった投句の選をして天地人とか等級をきめて、入選作を刷りものにする」と言っています。それを送り返すのですが、入選者は有頂天になって喜びます。そして、「一句の投句料が二八蕎麦とおなじで普通十六文ですから、投句が四千あれば十六文の四千倍の収入があるわけです。そこから印刷費、通信費、入賞の句への賞品代、助手の人件費などを出す」。だけど、尾形さんが計算してみると、月に一回これをやったくらいではとても食っていけなかった。だから、あちこちで同じような選をする。つまり、プロフェッショナルです。投句者のエネルギーもすごいけれど、選者のエネルギーも大変なものだった。選者は、句を作ることなどできなくなります。また、投句されてくるものの選び方にしても、どうしても同じような傾向になってくる。少し風変わりな句で面白いものがあっても、目に入らなくなってきます。だいたい似たようなもの、今までの自分の趣味でいいと思ったものが出てくると、採ってしまう。必然的にある傾向が決まってきます。だから、月並俳句は芸術的な観点からいうと駄目だ、ということになる。それは当然です。「月並俳句」というのが蔑称《べっしょう》になるのはそのためです。

僕は「宗匠になるのはたいへんですね」といった。尾形さんはこともなく、「いや、簡単に宗匠になれるんですよ」と。「ある宗匠の助手を二、三回やった人が、半年ぐらいたつと今度は自分が選者になってやっている。旗本御家人とか絵描きとかが、道楽のほうが収入がいいというので専門にやるようになり、たちまち躍り出てくる」。つまり、辻々《つじつじ》にそういう宗匠がいた。お隣さんもやっている。お隣さんのところには、つぎつぎと応募者がくる。自分のところには集まらない、となればがっかりすることもあったでしょう。だから面白い。その点では、まったくの庶民文芸です。投句する庶民は、誰も強制していないのにみんな喜んでやっていたわけですから。

ことばの面白さというのは、のめり込んだら大変なことになる。いくらでものめり込みます。ことばほど長持ちのする娯楽はない。娯楽品だということを認識しておかないと、逆に真面目なものができなくなってしまう。また、ことばというのはいくらでも娯楽品になれるということを知らないでいると、真面目な表情で、じつは娯楽にさえならないものを作っているということになる。そういう意味で、このエピソードには他山の石というところがあります。こういうものは明治以前に終わったかというとそうではなくて、尾形さんのおっしゃるには明治二、三十年代まで、ところによってはもっと後まで、同じ形式で続いていたそうです。だから、正岡子規が俳句革新を唱えた明治二十五年という年、その時期がどれほど重要であったかお分かりだと思います。今はそれを新聞が利用しているかたちになっている。

月並というのは、なんでもかんでもくだらないかというと、そうではない。僕らはほとんど見ていないけれど、尾形さんのような人が膨大な月並俳諧を研究して調べていると、なかにはとても面白いものがたくさんあるらしいということが分かってくる。飯田龍太さんがかつて昭和四十年くらいでしたか、「月並礼賛」という短い文章を、集英社の俳諧の全集の月報に書いています。それにはパンチがありました。近代俳句が「月並」だと一概に否定してしまった梅室《ばいしつ》とか蒼虬《そうきゅう》とか、小林一茶以後の天保俳諧のなかには、じつはいいものがたくさんあると。実際にその後、飯田さんはそれを連載で雑誌に書いて本になりましたが、たしかにいい句がたくさんある。桜井梅室という人は幕末の大家だったから、逆に明治以後正岡子規に完全に見捨てられてしまったけれど、今読むといいものがかなりあります。

結局、月並というのが類型化とか陳腐ということばの代名詞になってしまった。今言ったように、読者が勝手に、この先生のところにはこういう句を出しておけばいい、あの先生のところにはこの句を出しておけばいいということでやっているからです。必然的に自分自身の内側から絞りだされてきたものではないから、当然ほかの人のものを真似したような句になる。でなければ、箸《はし》にも棒にもかからない自己再生産にしかすぎない。いずれにしても、きらきらしたものはなくなってしまって、本当に陳腐なものになってしまう。月並俳諧というのが、類型化とか陳腐とかの代名詞になっていくのにはそういう理由があります。

もうひとつ、尾形さんがたいへん面白いことを言っています。月並俳諧とか、一般に俳諧というと、我々は庶民の文芸だと考えるけれど、必ずしもそうではないところがあると。「江戸の月並句合に投句している人たちの肩書を見ると、番町とか永田町、霞ヶ《かすみが》関《せき》、四谷といった武家屋敷の人たちが意外に多いのです」と言っている。山の手の武家屋敷です。武家と、一方では膨大な庶民がやっている。武家と庶民、中央と地方が全部いっしょくたになって大変なエネルギーでやっていたのが俳諧の運動です。月並俳諧は盛んにならざるをえない。誰も彼もが芸術家であるわけがない。みんな物真似です。だから、俳諧の大衆化現象と月並俳句化現象とはまったく一致しているということです。

その裏を言えば、現代俳句がもし大衆化したとすれば、月並俳句になってしまうのは目に見えています。そのなかで月並俳句でないようにしようと思って必死になっているのが、現代のプロの俳人たちです。前車の轍《てつ》があるから、「またあのようになっては困る」と心ある人は思っていると思います。それが現状です。

芭蕉先生

そういう傾向は、芭蕉、蕪村の時代にもあった。芭蕉ははじめ日本橋に住んだのに、日本橋を見捨てて深川の芭蕉庵に引っ込みました。深川は、その当時としては同じ江戸でもたいへん田舎です。日本橋あたりは経済の中心で、今でいえばデパートもあれば銀行もあり、そこでやっていこうと思えばできた。同じような店がたくさんあったと同時に、そこに寄生するようにしていた俳諧師もたくさんいたはずです。そういう場所で俳諧師たちは大衆を相手にして点取り俳諧をし、点をつけては返していた。それ以外の俳句を教える宗匠も、実際に俳句を持ってこさせて「これはこうするんだ。季語というのはこうするんだ」と教えることもありえた。つまり全部ひっくるめて言えば俳句で「食えた」のです。ちょっとした気の利いた俳諧師で有名になってくれば、日本橋界隈《かいわい》で店を張ればよかったわけです。

芭蕉ももちろんはじめはそういうつもりだったのでしょう。ところが見回してみて、「これは駄目だ」と思ったのが芭蕉とほかの俳諧師との違いだと思います。そして芭蕉庵に移って、今度は無一文に近い状態になった。自分の食器と、飯を炊くための米も五升ぐらいあれば御の字のようなものでした。

はる立《たつ》や新年古き米五升

という彼の句があります。新年で、去年の米がまだ五升あるという喜びを詠んだめでたい句です。それが新年の句ですから、深川での芭蕉はそれくらいの生活を選んだということです。その生活と彼を支えてくれたのは、魚の問屋さんの杉風《さんぷう》という人です。彼の別荘が深川の芭蕉庵で、そこへ住まわせてくれ、飯なども定期的に運んでくれたのでしょう。彼を慕う弟子はわざわざ深川まで足を運ぶ。深川は田舎ですから、また気分が違います。其角のような、日本橋界隈で酒と女で毎日楽しくやっているような人は、ときどき芭蕉先生のところへ行くと生き返ったようになる。性格はおよそ正反対だったのに、芭蕉は其角を高く買っていた。其角は大酒飲みで、女は絶えずいたでしょうし、つきあっている人は大名クラスの侍から大金持ちの商人まで。そういう人物が芭蕉の弟子です。たぶん芭蕉は、其角とかその他の人々を通じて下情に通じたのでしょう。それは俳諧師としてはとても重要なことです。時世に遅れないためには、今の流行は何だと聞かなくても教えてくれる弟子が必要だった。芭蕉の俳句に、意外なくらいに、その当時の現代的な活気にあふれた世界の消息、経済などの消息が出てくる。それは芭蕉が別に株をやっていたからではなくて、弟子から聞いているからでしょう。だから、弟子は芭蕉にとっては必需品、そして弟子にとってこの先生は普通には見つけられない宝だった。相互にとってこれはとてもいい関係です。

蕪村の生き方

蕪村の場合はどうだったかというと、やはり同じです。蕪村は芭蕉とはまた違って、生活態度からすると芭蕉のように禁欲的ではなくて、むしろ反対にエピキュリアン的だった。その証拠に、彼はもちろん劇場が大好きだったし、踊りにも行っている。また、歌舞伎でも贔屓《ひいき》の役者が何人もいた。

ある夕暮れ、蕪村の絵の弟子の少し若い男が蕪村を訪ねていきました。すると、門が全部閉まっていた。戸も閉まっていたので、「先生いらっしゃらないな」と帰ろうとしたら、家のなかから音がして、変な声も聞こえる。泥棒でも入ったのかと思って、ドンドンと戸を叩くとやおら奥から顔を出したのが蕪村先生だった。「なんですか、すごい声がしましたからびっくりしました」というと、「君か、上がれ」というので、彼は上がります。「先生、何をしていたのですか」と聞くと、蕪村は傍らに、箒《ほうき》やはたきのようなものを持っている。「いや、今日は歌舞伎で俺の好きな役者がとても面白い芸をしたんだよ。女房たちがいると具合が悪いのだけれど、ちょうど用事で田舎へ行ったから、これはしめたと思って役者の声色と仕草を真似していたところだったんだ」。晩年になって、祇園《ぎおん》の芸者の恋人がいたことは有名ですが、「春風馬堤曲《しゅんぷうばていきょく》」「澱河歌《でんがか》」という名作は、その彼女との交情を抜きにしては語れない。

蕪村は絵描きです。放浪時代は、最初関東にいました。関東に彼の俳諧の先輩筋に当たる人がいて、その人を頼って千葉、茨城のあたりをうろうろしていました。みんないい人ばかりで気持ちがよく、十年ばかり居ついてしまった。その間は、絵を描いて暮らしていたが、やがて京都へ上ります。京都から丹波へ行って、また京都へ戻る。生涯いたのは京都が多いのですが、もともとの生まれは大坂の毛馬《けま》というところです。家はどのへんにあったかとか、そういうことはだいたい分かっていますが、あとの実情は一切分からない。貧乏だったか、どんな暮らしをしていたか、家産はどれくらいあったか。毛馬堤という堤があって、「春風馬堤曲」はそこを詠んでいますが、とにかく分からない人でした。

それが、ある時期からは分かる。蕪村は生涯に、画人としての号を十くらい持っている。俳人としても五つくらいある。場所が変わったり気分が変わったりするたびに付け替えていて、いろいろな作風の変化があります。絵描きとして有名になってくるのは五十代前後でしょうが、それ以前から買っている人は買っていて、傑作もたくさん描いていた。

その時代の有名な画家としては、一方には池大雅がいます。大雅と蕪村はお互いに認め合っていて、有名な合作があります。「十便十宜図《じゅうべんじゅうぎず》」という国宝になった絵です。これは大変な傑作で、「十便図」が大雅で「十宜図」が蕪村です。大雅の絵は傑作ばかりですが、なかでも傑作のひとつが「十便図」です。この「十便十宜図」のエピソードでも分かるように、蕪村は池大雅という本当の天才と肩を並べて絵描きとしてやっていけた人です。

しかし、大雅よりも蕪村のほうが絵に俗っ気があるともいわれた。理由は俳諧の匂いがするというのです。絵描きプラスの何かがある。売り絵も相当描いていたでしょう。大雅も売り絵はたくさん描いたけれど、ずっと京都に住んでいたということが蕪村との違いかもしれません。ただし、やはり大旅行家だった。蕪村は放浪して歩いたから、行く先々でその土地の大金持ちなどに画題まで注文され、「こういう図柄で描いてほしい」ということも、たくさんあったに違いない。注文に合わせて描いたのでしょう。蕪村の絵の展覧会を見ると分かりますが、傑作がある一方で、小さいものでは色紙程度でなんとなく気を抜いているように見えるような絵もないではない。大雅はそれがありません。大雅は、一本のすっとした線を引いても大雅です。ピカソと同じです。

蕪村は、そういう意味で苦労人だったにちがいない。もうひとつには、勉強家だった。とくに漢詩の勉強家だった。芭蕉も大変な勉強家でしたし、日本の大詩人はみな勉強家です。紀貫之、藤原俊成、定家についても言うまでもなくそうで、一生涯勉強していた人です。正岡子規もそうです。あまり勉強家でなかったのは高浜虚子くらいでしょう。だけど、なんでも分かっていた人で、その意味では変な人。膨大な文章を書いているけれど、どんな文章も面白い。頭がいい。それはともかく、与謝蕪村は漢詩・漢文の勉強家であったことは一目瞭然明らかで、その点では芭蕉の後をきちんと受け継いでいます。今言ったように、芭蕉という人と蕪村という人は気質的には違いますが、目標としたところで一致するところがあったということです。

芭蕉復帰への流れ

芭蕉と蕪村の間に約百年の開きがありますが、その間、芭蕉のお弟子さん、去来や丈《じょう》草《そう》や支《し》考《こう》などの人々の個性的な歩みがあります。去来や丈草はどちらかというと、ひとりひとりが孤立して、それぞれが気分のいい人々です。去来は『去来抄』という有名な本を書いています。服部土芳という人は、『三冊子』を書きました。土芳と去来のものは、権威があります。もう一方で、あくの強い支考という人がいました。支考は頭のいい人で、本をたくさん書いていますし、漢文もたいへんよくできた。文人としてはたいへんなものだったと思います。さらに彼は編集者としても大変なもので、彼が編纂した本はたくさんあります。頭も良かった人ですから、芭蕉先生が亡くなった後、先生がお考えになっていた俳論はこういうものだった、と俳論を書き、同時に「先生はこう言った」ということをいろいろ書いています。もうひとり森川許六《もりかわきょりく》という人もいます。元は彦根藩の侍で、学問があって絵が上手で剣術もうまかったという人です。この人も芭蕉先生が亡くなった後、『宇陀《うだ》法師』という俳論集や『風俗文選』という蕉門作家の一大文集を編むなど、精力的に活躍し、「先生はこうおっしゃった」とみなが主張した。

いろいろな弟子がいましたが、そのなかで支考の流れが各地にできます。支考はだいたい平俗な俳句を作りましたから、結果的に俳句の大衆化につながりました。だから尾形仂さんなども、一面では支考を評価しています。支考が出たお陰で、芭蕉の俳句の流れというのはとにかく広がったのだと。支考のしたことにはかなりおかしいこともあるけれど、大衆化という点では最大の功績者でしょう、と言われて、「そういえばそうだな」と思ったことがありました。支考は健脚で旅行を多くしますが、その支考と伊勢の麦林《ばくりん》という人が、芭蕉の流れを引き、しかもとても平俗な俳句を作った。支考と麦林は頭文字を取って支麦《しばく》、支麦の徒といわれるくらいになって、平明そのものの俳句を作った。平明そのものの俳句だから、だれでも作れる。そこで、俳諧大衆化が進みます。芭蕉の衣鉢を継いで一所懸命やっていこうとするようなほかの人にとっては、まったく気に入らない。支考は裏切り者だ、ということです。偉大な先生が死んだ後はしばしばそうなりますが、結局、俳諧大衆化の流れが極端まで行って、蕪村の時代になっていきます。

蕪村の時代には蕪村をはじめとする心ある俳人たちが、一斉に出た。全員が決まり文句のように唱えたのは、「芭蕉復帰」です。もういちど芭蕉の精神に復帰しなければ駄目だ。俳句はこんなに地に落ちてしまった、戯言《ざれごと》でもなんでも俳句というのは冗談ではない、志のたいへんに高いものが俳句だったのだ、という。今それは天明時代の俳句と普通いわれていますが、天明よりもっと前から提唱されていたことです。蕪村も天明時代はもう五十代になっていますし、ただ天明時代は有名な時代ですから、それで代表させてしまった。

　同時代に江戸生まれで京都へ行って、京都の遊廓のなかで一生を過ごした炭太祇という俳人がいます。住んでいた遊廓は島原のまんなかで、島原でもいちばん大きい妓楼のひとつでした。そこの主人が俳句が大好きで、太祇をとても愛していて、その場に住まわせて食べ物の世話をした。炭太祇は、遊女たちに俳句や絵や字をいろいろと教え、尊敬されていたと思います。そういう意味では、島原では欠くべからざる人だった。遊女というのは当時では最高級の芸術家でもあり得ましたから、絵も書も文章も俳句も和歌も全部でき、教養は普通の女の何倍もなくてはならなかった。長い間そうだった。だから、そういう人々の指南役としては、炭太祇のような一流中の一流の俳人というのが必要だった。その炭太祇は与謝蕪村と親友です。蕪村もしょっちゅう島原に行って、そこで若い女と恋愛をする。炭太祇、加舎白雄《かやしらお》、それ以外にも江戸にも京都にも名古屋にも続々と優れた俳人が出ています。それぞれが一国一城の主《あるじ》だったけれど、一斉にどこでもかしこでも「芭蕉に帰れ」と言い出した。やはり危機感をみな感じていたのです。蕪村よりは遅れるけれど、夏目《なつめ》成美《せいび》、一茶という人々も続いて出てきました。

　蕪村についていえば、彼には有名な俳論があります。それは『春泥《しゅんでい》句集』という、自分の弟子の遺稿句集に書いた序文です。春泥とは黒柳召波《くろやなぎしょうは》という人で、蕪村が期待していたにもかかわらず若死にしてしまった。蕪村はがっかりして、召波の遺稿句集のために序文を書きます。とてもいい序文で、俳諧について生前の召波と問答をしたときのことを回想しています。自分が召波に向かってどういうことを語ったかというと、「俳諧は俗語を用て俗を離るゝを尚《とうと》ぶ、俗を離れて俗を用ゆ、離俗ノ法最かたし」といった。俳句は俗語を使って、じつは精神的には俗を離れることが重要だ、俗を離れて俗を利用する、つまり離俗の法がもっとも難しい。召波が「自然に化して俗を離るゝの捷径《しょうけい》ありや」と聞きます。大自然、宇宙の原理に則って俗を離れていくということについて、近道がありましょうか。そう尋ねたのです。蕪村は「あり、詩を語るべし」と答える。詩とは、この場合必ず漢詩です。「子《し》もとより詩を能《よく》す。他にもとむべからず」。君は最初から漢詩が上手だった、ほかのところで俗を離れる近道を求めてはいけないよ、と言った。なおも召波が「夫《それ》詩と俳諧といさゝか其致《そのち》を異にす。さるを俳諧をすてゝ詩を語れと云《いふ》、迂遠なるにあらずや」と聞くと、蕪村は『芥子園画伝《かいしえんがでん》』という本を引用して答えて「画家ニ去俗論あり。曰く、画去レ俗無ニ他法一、多読レ書則書巻之気上升市俗下降矣、学者其慎旃哉」。『芥子園画伝』とはその当時有名だった画論です。ここではつまり、「絵において俗を取り除くにはほかに方法はない。すなわちたくさん本を読むことが必要だ。そうすれば、本の雰囲気が上昇していくにしたがって俗っ気はだんだん下降する。学ぶものは慎んでこれを考えなさい」と言っている。さらに召波に向かってこういうことばがあるとも教えています。「それ画の俗を去《さる》だも、筆を投じて書を読《よま》しむ。況《いはんや》詩と俳諧と何の遠しとする事あらんや」。絵画において絵の俗を取り除くということだけでも、絵筆を捨てて代わりに本を読みなさい。まして漢詩と俳諧とどこが遠いということがあろうか。漢詩と俳諧とは近い。すると召波はたちまち大悟した。

芭蕉の漢詩的俳句

漢詩文主義というのは、俳諧を俗流に堕することから救う場合に取られているひとつの有力な方法であって、芭蕉もそうだった。芭蕉は漢文を多く読んでいます。芭蕉の愛読書は白楽天が筆頭で、李白、杜甫など、たくさん読んでいる。初期の芭蕉が詠んでいる句で漢詩の真似をしたものがあります。江戸の深川に草庵を決めた頃に多い。「深川冬夜の感」。これは五七七ではありません。

櫓の声波ヲうつて腸《はらわた》氷ル夜やなみだ

つまり、「櫓の声波ヲうつて」とは、深川ですからしょっちゅう漁船が通る。その漁船が冬の夜、櫓を漕いで波を打って通り、自分は腸まで凍る。「夜やなみだ」というのは、悲しいことがあって泣いているのではなく、むしろ思い詰めて詩を考えている、詩による涙でしょう。

もうひとつは「老杜を憶《おも》う」という題。老杜とは杜甫のことです。

髭風ヲ吹《ふき》て暮秋嘆ズルハ誰《た》ガ子ゾ

「髭風ヲ吹て」とは普通は言いません。「風髭ヲ吹て」と言う。わざわざ倒置をしていますが、倒置をするのは漢詩の常套手段です。白楽天の詩で、「林間に酒を煖《あたた》めて紅葉《こうえふ》を焼《た》く／石上《せきしやう》に詩を題して緑苔《りよくたい》を掃ふ」という、『和漢朗詠集』にも採られた有名な詩句がありますが、これなども倒置法です。「紅葉を焼いて酒を煖む」「緑苔を掃《はら》って詩を題す」というのが自然な叙法ですから。この句にはそういう影響があります。「髭風ヲ吹て暮秋嘆ズルハ誰ガ子ゾ」。暮秋とは晩秋。「風が髭を吹いて、暮れの秋どこかで誰かが悲嘆している。それは誰だ。それは自分だ」。

こういう漢詩的な言い回しは、芭蕉が新しい詩句を作ろうと苦しみに苦しんでいた時期に使われています。これはとても重要なものとして蕪村も知っていて、これの比ではないほどたくさん作っています。全体として中国趣味がある。「几董《きとう》と浪華より帰さ」という題の句があります。几董という彼のもうひとりの愛弟子《まなでし》がいて、大坂まで遊びにいって舟でずっと帰ってきたときの詩です。

霜百里舟中に我月を領す

「舟のなかで私は月を領す、霜百里」。霜百里というのは、まさに漢詩的な誇張です。「あたりは霜でいっぱいだ。舟のなかで私だけがこの名月を自分のものとしている」。大げさですが、ちょっといいものです。

石に詩を題して過る枯野哉

これは、白楽天の詩を踏んでます。「石上に詩を題して緑苔を掃ふ」。白楽天の秋の季節を冬の枯野に転じたところが工夫のあるところです。

白梅や墨芳しき鴻臚館

「鴻臚館《こうろかん》」というのは、平安時代に外国大使を泊めていたホテルです。梅が有名だった。「白梅や墨芳しき」というのは、墨磨《す》っては漢詩を書いたり、詩の応酬をした。つまり、「平安時代に外国人がやってきたとき泊める迎賓館である鴻臚館に、今や白梅がさかんに咲いていて、そこへやってきた使節が墨を磨ったり、あるいはお迎えする日本人が墨を磨って詩の応酬をしている」。

秋風や酒肆《しゅし》に詩うたふ漁者樵者《ぎょしゃせうしゃ》

「酒肆」とは飲み屋のことです。「秋風だ、居酒屋では漢詩を歌っている漁師、樵《きこり》」。こんなことはありえません。秋風が吹いて、一杯飲み屋で漢詩を歌っている漁師や樵がいたら、お目にかかりたいものです。このように、蕪村の句になると完全に創作された世界がある。これはまさに高浜虚子が言っていた写生術です。情景はまったくの嘘っぱちですが、句そのものは、写実的な絵そのものです。

これは虚子の言っている写生術のなかに入る。けれど、一方ではまったくファンタスティックなひとつの空想的な絵です。五七五のことばの世界できちんとできていれば、どんなものでも写生になってしまうということです。つまりある意味では、阿呆陀羅経《あほだらきよう》です。虚子の写生は「南無阿弥陀仏」「南無妙法蓮華経」を唱えているから、誰にでも適用できるともいえるわけです。これが蕪村の一面ですが、こういうきっちりしたかたちをまず作る技術を一般化したわけです。そして芭蕉が望んだのと同じように、漢詩によって俳諧の俗化を防ごうとした。確かに俗っ気がなにもない文人墨客趣味でもあります。が、同時に「霜百里舟中に我月を領す」というのは、とても大らかな自我の拡大があって、これは明らかに近代的になっている。ですから、子規が蕪村を好きだった理由というのはとてもはっきりしていて、まず印象鮮明である、ということです。芭蕉はある意味では印象不鮮明ですから。

芭蕉の句で、「石山の石より白し秋の風」という有名な句があります。石山というのは石川県の那谷寺《なたでら》です。あそこは石がたくさんごろごろしていることで有名です。だから句の中で石山というのですが、石というのはそこに存在はしていても本来なんでもない。そのなんでもない石山の石よりさらに白いのがこの秋の風。ということは、芭蕉の場合は無に向かっている。全体として虚無の世界です。石より白いということはなにか。秋の風が白いということはなにか、ということになる。秋とは白（白秋）です。春が青であるように、秋は白であるということを頭に入れて詠んでいると思う。しかし、句だけを見ると「なにもないよ、ここはなんにもない」と言っているだけです。

芭蕉のほうが聴覚的、さらに言えば触覚的ですけれど、蕪村はあくまで視覚的です。それだけ近代人的になっている。近代では、視覚と聴覚が重視されます。味覚と触覚と嗅覚は第二次的な感覚になる。日本人は昔から嗅覚、触覚、味覚というものを視覚、聴覚と一緒くたにしてやってきた。ところが、蕪村の時代になると多少視覚が優勢になった。そして、近代になって正岡子規になると完全にそうなってます。感覚の近代化というのがよく分かります。現代はどうかというと、感覚的近代であったところの視覚と聴覚だけではなく、触覚と味覚と嗅覚が俄然《がぜん》勢いを盛り返している時代だと思います。人々の欲求が全感覚的になってくる。だけど、我々は本当はすでにして失われてしまったものに憧れるというところがあると思います。それに気がついただけ、まだしも近代の視覚、聴覚だけが優勢だった時代よりは多少変わってくるかもしれない。だから、肉体の動と静を一瞬にからめとるダンスのようなものが注目される理由もそこにある。聴覚と視覚だけなら、やはり近代絵画、近代音楽だけです。

俳人、尾崎紅葉

もう一度蕪村から近代に向かってしめくくりをしようと思います。ほとんどの人が意外と思うでしょうけれど、尾崎紅葉の俳句についての問題点を話します。なぜかというと、尾崎紅葉の俳句だけならそれだけの問題ですが、じつは近代俳句の全貌《ぜんぼう》を話す上で、尾崎紅葉を除いて正岡子規だけを話すことは、少し一方に偏りすぎに思うからです。尾崎紅葉は近代俳句のもうひとつの流れの代表者として捉《とら》えなければなりません。そのことをお話しします。

尾崎紅葉という人は、空想力、想像力の俳句ということを考えていました。正岡子規は「写生」、言いかえると「写実」ということを言った。だから、写実とイマジネーションという、ふたつの流れが俳句の世界でも画然と共存していたわけです。我々が知っている俳句は、だいたいは正岡子規の系列にあるといってもいいものですから、ついついそのことを忘れるのですが、尾崎紅葉ならびに紅葉一派の人々のなかには、写実とは違う俳句を作っていた人がいたわけです。ただし意識的にはほとんど尾崎紅葉だけだったとも言えますが。ほかの人は紅葉の考えていたことがよく分からなかったと思います。尾崎紅葉は三十五歳で死にました。正岡子規も三十五歳で死んだ。三十五歳で死んだ人ふたりが近代を作った。そう考えると我々は馬齢を重ねていると感じますね。

　では、尾崎紅葉と子規はどういう関係にあったか。尾崎紅葉の俳句は、小説家としての尾崎紅葉、つまり硯友社《けんゆうしゃ》の最大の存在としての、散文作家としての尾崎紅葉とまったく共同歩調を取っています。年代でいうと、山田美妙《やまだびみょう》や石橋思案《いしばししあん》と一緒に硯友社を結成して文壇への第一歩を印《しる》したのは、明治十八年のまだ学生時代です。その頃すでに彼は俳句に親しみ、相当突っ込んで作っています。やがて明治二十三年には、巌谷小波《いわやさざなみ》や川《かわ》上眉山《かみびざん》を加えて、俳句結社「紫《むらさき》吟社」を興しました。「紫吟社」というのは、硯友社の人々が散文ではなくて詩歌文学を書くときの結社名です。この名前は硯友社の機関誌が「江戸紫」といったからです。洒落ています。だが窮するのも当然でしょう、助六ではね。ああいう恰好のいい遊び人は滅び、四国の山猿が勝つ。「四国の山猿」というのは正岡子規が自分で書いている。四国の山猿が勝って、江戸紫が滅びるという筋書きです。

　正岡子規も、その頃すでに相当俳句に深く入り込んでいました。子規は東大の学生のときに、中学生の高浜虚子と河東碧梧桐を指導していた。なんでもかんでも力任せに作る俳句ではあったけれど、学生時代でもあり、かなり自信があったわけです。二十歳前後には自分でいっぱしの俳句の師匠になった。紅葉も同じく明治十八年の二十歳そこそこで、硯友社を作っていますからほぼ同じです。その後正岡子規は明治二十五年に、自分でそう呼んだかどうかは知りませんが、一般に「日本派」といわれているグループを興します。俳句を積極的に、集団的に近代的に開拓していく。日本派というのは子規が本拠地にした新聞の「日本」にちなんでいます。一方尾崎紅葉も、明治二十八年に「秋《しゅう》声会《せいかい》」を興す。これは俳句の専門的なグループです。機関誌は「秋の声」といって翌年明治二十九年から始まりましたが、一年もたたないうちに、わずか十号でつぶれて解散しました。尾崎紅葉は大変な売れっ子、大家中の大家になりますから、普通なら俳諧などしているひまがない。にもかかわらず、彼は最後まで俳諧を作っていた。ただ機関誌的なものはやらず、その代わり読売新聞で選をしている。一日四千句くらい、ひと月の間毎日というのではないけれど、定期的に選んでいた。

紅葉の句

紅葉の句というのは、一読しただけではじつに難解というものがかなりある。正岡子規の俳句と本当に違う。それがとても面白い。どういう句を作ったか、ある一連十九句のなかから紹介してみます。この十九句の由来については、あとで話します。なかでは分かりやすい、ふざけたような通俗的なものを読みましょう。

その男恋はあらし甘《じ》酒を飲むこと七碗

「あんな男に恋が恵まれることはありえない。なぜかというと、呆れ返ったことに甘酒を七碗も飲んだ」という、まあ馬鹿馬鹿しい句です。紅葉には、こういう種類のほとんど駄洒落のような句もあるのです。いったいに彼の句には意識的に誇張があります。

井の端に燭《しょく》を呼び小鯵《こあじ》を割《さ》いてきほふ

「井戸のかたわらで、蠟燭《ろうそく》を持ってこいと呼んで、小鯵を割いて気勢をあげる」。これも馬鹿馬鹿しい。なにを言いたいのか、その中心が分からない。けれど、背後になにかの物語があることだけは確かです。

蛙恨《うらみ》を呑みて草むらに蛇の衣を裂く

これはわりといい句です。「蛙が、くやしいと恨みに恨んで、草むらで脱皮した蛇の衣をきっきっと裂いている」という。新イソップみたいな話でしょう。

危《あや》き哉《ふ》古き軒端《のきば》に梯子《はしご》かけて菖蒲葺《しやうぶふ》く

「古き軒端に」というと、百人一首の「ももしきや…」という歌のイメジがあります。そういうイメジを誘いだしながら、「危き哉」という全然別のことを言っている。「古き軒端」の情緒がありますが、それを当然意識して「危ないなあ。古き軒端に梯子をかけて何をしているかと思えば、梯子をかけてせっせと菖蒲を葺いている。危ないよ、古き軒端が崩れてしまうよ」ということです。だからなんだ、と言えばなにもない。しかも全部字余りの〝前衛俳句〟です。

俗物暁に起きて蓮華裏《れんげり》に茶を採る

「俗物が暁に起き出でて、蓮の花の裏でお茶っ葉を摘んでいる」。これも字余りで単純ではない。俗物が暁に目が覚める。蓮の花というのは明け方にパンッと咲きますから、そのころに起きて蓮の花の裏でお茶を採っている。蓮の花を観賞するのではなくて、俗物はお茶を採っている。蓮の花の裏側に茶摘みをするようなところがあるということはありえない。だから、その場合の蓮華裏というのは、蓮の花の咲いているあたりで、という意味かもしれません。それをわざわざ人を混乱させるように言っている。

泡盛の瓶《かめ》を鼓《こ》して涼床《すずみどこ》に人呼《よば》ふ頻《しき》なり

「泡盛の酒のカメを叩きながら、夏の庭の縁台で人をしきりに呼んでいる」。酒を飲みながら、早く来い来いと言っています。だからどうした、と言われればそれまでのような句で、これでは大衆化は難しい。

途中の夕立《ゆふだち》面《おもて》を洗うて三斗《さんと》の俗塵《ぞくじん》落つ

「道を歩いている途中で夕立になって、三斗も積もっていた俗塵が落ちた」。俗物の顔や体に塵がたくさん積もっているわけです。それが急に夕立が降ってきて、顔が洗われた。顔が洗われたのと同時に、俗物の俗の塵も落ちたが、それがなんと三斗もあった。

一夜鮓《すし》試《こころみ》につけて食ふに堪へず

この「鮓」は、もちろん関西風の熟《な》れ鮨《ずし》です。熟れ鮨は塩漬けした魚に飯を詰めて自然の酸味で食べられるようになるまでつけるか、あるいは魚の削《そ》ぎ身と飯とを混ぜ合わせて作るかするので、何日かおかなければならない。あったかい飯と飯の間に魚をおいて、上から重しをすると、一日二日と経つにつれて熟れてくる。それを「一夜鮓試につけて食ふに堪へず」とは、よほどきつい味にでもしてしまったのか、滑稽です。

落第の秀才哀《あはれ》なり小夜《さよ》すがら蛾を撲《う》つ

「落第の秀才が、夜に入ってしきりに蛾を撲っている。哀れだ」と言っている。

道辺《みちのべ》の石に小《ちひさ》き額《ひたひ》を鳩《あつ》むるは黐《とりもちつ》搗く也

黐《とりもち》というのは、モチの木の樹皮を石の上で叩いて作ります。黐の樹皮を叩いているうちに、だんだんねとねとしてくる。それを棒きれに塗ってとんぼを捕る。「道辺の石のまわりにがきどもが何人か集まって、小さなおでこを集めてなにかをやっている。なにをやっているのだ、と見ると黐を叩いているのだ」ということです。ただそれだけだけれど、なんとなくかわいい。

李《すもも》を沈め瓜を浮けて腹下《くだ》すなくんば幸《さいはひ》

意味がわからん歌ですね。たぶん李と瓜と両方食べたのでしょう。こういうところに紅葉の個人的な体験が投影されている。先ほどの「一夜鮓試に…」もそうでしょうし、また今の「道辺の石に…」というのももちろん紅葉が見ている。だから、「李を沈め…」というのも自分がやったことでしょう。ここでお分かりのように、五七五というのはひとつもありません。けれど、季節のことばは必ず入っています。つまり季語はある。

自由律俳句の流れ

後に出てくる新傾向の俳句というのは、じつはこの傾向の俳句です。尾崎紅葉の俳句と軌を一にしているわけです。彼らは意識していなかったけれど、傾向としては同じようなことをしていた。高浜虚子の盟友であった河東碧梧桐が新傾向の俳句を作って、一時期、明治の終わり頃に燎原《りょうげん》の火のごとくに日本中を席巻《せっけん》した。碧梧桐はそのために征《せい》夷大将軍《いたいしょうぐん》のように日本中を旅行します。その後没落しますが、新傾向の俳句ということでとくに若者など夢中になってしまった。それを批判的に見ていたのが虚子です。虚子は碧梧桐のすることを見ていて、これをずっとやっていくと危ないと思った。碧梧桐は虚子の親友だったから、気持ちとしては複雑です。こんなことをしていると子規が死んだ後の俳句は完全に滅びてしまう、というくらいに思った。新傾向の俳句は阿呆らしい。単純素朴なもので、しかも季語を持っているくせに、変に五七五を破る。そこへいくと、尾崎紅葉の句のほうがずっと曲があって、わけは分からなくても面白かった。

この碧梧桐のところからたちまちにして自由律俳句まで行ってしまう。そこに荻原井《おぎわらせい》泉水《せんすい》、その後に尾崎放哉《ほうさい》、それから山頭火《さんとうか》がいた。自由律で成功するのはいわば私小説だけです。だから、尾崎放哉にしても山頭火にしても、私小説として読まれて面白がられている。僕は放哉のほうが山頭火より俳人としては姿勢が高いと思う。ともかく尾崎紅葉の敷いた路線を突っ走る人がいたわけです。その後どうなったかというと、新興俳句がある。新興俳句は季語も捨てるし、五七五を守る人もいるけれど、可能性としてはそれも壊す方向へいく。その新興俳句では西東三鬼《さいとうさんき》、富沢赤黄男《かきお》、渡辺白泉《わたなべはくせん》、そして系列の最後に高柳重信《たかやなぎしげのぶ》がいた。重信が死んでから後は、亜流はいますが寥々《りょうりょう》たるものです。

つまり、そんなに運動として長続きしない。なぜかというと、自分を賭けねば成り立たないのが自由律だからで、これはじつに厳しい形式（あるいは無形式の形式）だったからです。自分を賭けて、究極、自分が形式そのものになってしまうところまでいかないと本物ではない。

自由律というのは律が外にあってそれに合わせてゆくものではない。五七五は外在していますが、自由律は自分で作るしかない。つまり、現代詩になってしまう。自分が自由律そのものになる。したがって自由律俳人は、自分を食い物にしながら自分と一緒に滅びていくわけです。だから、長続きしないのは当然です。けれど、すぐにみんな類をなして集まってきて、なんとなくそこでグループが成立しているように見える。実際に何百人も何千人もそういう句をやりたいという人がいる。しかし、ほとんどものにならないのは、自分の身体そのものを賭けないと成り立たないものだから。尾崎放哉は小豆《しょうど》島《しま》のお堂の堂守までして、最後には野垂れ死にするようにして死にます。山頭火もそうです。自分の体そのものがその人の形式になっているという意味で、このふたりだけが残ったのは当然です。尾崎放哉の自由律をほかの人が真似しても、それは自由律にはならない。この系列は孤独な戦いを宿命づけられています。作ろうとする人が、かならずぶつかるのがその問題です。私小説作家でも、自分のギリギリのところで、体はメチャクチャになるし社会生活はなにもできないという人が、「おれはこんなに惨めな生活をしている」と書くことによって有名になってしまうのと同じです。

才能を韜晦する

尾崎紅葉は、もちろんそういうことは書いていなかった。もっと雄大なことを書いていた。じつは今紹介した俳句は彼の「俳諧嚼鉄《はいかいしゃくてつ》」という文章のなかに出てくるものです。僕はこれを「われ俳諧において鉄を嚙む」と意訳します。「俳諧嚼鉄」というのは、紅葉がほんの気まぐれに書いたようにしか見えない文章です。だけど、この人は大変な文章家でしたから、我々が一行一行辞書を引かなければ分からないような文章をすうっと書いた。その点では夏目漱石と同じです。漱石の文章も、例えば初期の『漾虚集』のなかにある小説など一晩で書き飛ばすぐらいの意気ごみで書いていますが、我々には毎行辞書を引かなければわからないほど難しい字がたくさん出てきます。その「俳諧嚼鉄」で紅葉がこう書いています。

一夜満腔に句を生じて吐き得ず、此時十七字の桎梏その苦み寧ろ死を念はしめむとす、吟髭を拈断して血を出し、前後を忘じて喝すれば、声釣棚の落つるやうに響きて、みづからは心地嚢の裂けたるかと覚ゆるほどに、熱気夥しく口中を迸り出で、直ちに硯を衝きて在りける墨のかぎりを吸尽せば、早染の黒雲舞揚りて壁上に立迷ふことしばし、事の不思議に驚きて見てありけるに、その跡おのづから二十行の字を成す、就いて読めば尽く我言はむとせし所なり、こはそも俳の怪か、もしくは我

の魔道にや堕ちにける、とにもかくにも可秘々々、

ある晩自分は俳句を作ろうと思った。俳句が体のなかに充満していた。なかなかうまく吐き出せなかったのを、死に物狂いになって吐き出した。そのために句が責め木になって、その苦しみは「寧《むし》ろ死を念《おも》はしめむとす」というのだから大げさです。しきりに髭をよじりながら、ついにはそこから血が出るくらい、前後を忘れ果て、喝と一句吐き出すと、声は釣り棚が落ちるようにドーンと響いて、まるで心の袋が張り裂けてしまったように、熱気はおびただしく口からほとばしり出て、たちまち硯《すずり》に向かって突進し、磨ってあった墨も瞬く間になにもなくなってしまうというくらい、一気呵成《かせい》に書いた。黒雲が舞い上がって、壁の上に立ち迷うことしばらく、事の不思議に自分で驚いているうちに、見ると二十句書いてあった。読んでみると、ことごとく自分が言いたかったことだった。これはそもそも俳句というもののお化けか、もしくは自分が魔道に落ちてしまったのか、とにもかくにも秘すべし秘すべし、というような意味です。

二十句書いてあるのか、と数えてみると、いくら数えても十九句しかない。印刷で落ちてしまったのかもしれません。オリジナルの雑誌を見ても、その後単行本になったものを見ても、十九句しかない。いずれにせよ、これらの句はどんな出来のものか、彼自身にとってもわけの分からないものだった。そのなかから僕が今紹介したのは、まずは僕にも少しは見当がつきそうに思えた句です。

尾崎紅葉の発句集というのは三回出ましたが、そのたびに少しずつ句が発見されて増えている。この人は別号がとても多い。正岡子規も号が好きで、子どものときに号をたくさん作って、何人もが書いているように見えるがじつは子規ひとりで新聞を書いていた、というようなこともあったといいます。まったく同じことを石川啄木《いしかわたくぼく》がやっていて、一枚の大きな新聞を全部違う名前で書いた。軟らかいものはこの号で、硬いものはこの号で、と全部ひとりで作った。これは金田一京助の実見談です。

明治時代の人は別号に韜晦《とうかい》しました。韜晦するということはなにかを包み隠すことであって、ごまかすことではない。なぜ、そんなに号をたくさん作り、どれもこれもその人のものなのに韜晦したかといえば、自分のなかに多面的な才能があったからです。そういう意味で、号というのはそれなりの意味があった。おまけにその号は誰のものか分からない場合が多い。とくに若い頃の号は、自分が作っても誰もそれを知らない。だから、別号に韜晦することは多かった。子規の場合も紅葉の場合もそうだった。とにかく号をたくさん作って、だんだん発展させていく。「これもそうだ、あれもそうだ」と、発句集が三回出るうちに作品がだいぶ増えた。その代わり、すでに入れてあった句のなかで別人の句だったというものもあった。それが面白い。あの頃の人は自作について恬淡としていました。そういう意味でいえば、無駄に流された創造的意欲というものが紅葉時代にはたくさんあった。自分が書いたものを自分が書いたと言って、最後まで私有権を主張するということはしなかった。

俳席における紅葉

紅葉の俳句集にあるものは、今紹介したようなわけのわからない句ではありません。僕が言いたかったことは、早くからここまでいってしまっていた、言いかえれば、俳句というのはいこうと思えばここまでいけるのだということ。それがひとつ大事な点です。

では、なぜこういうものができるのかという、紅葉の作り方を巖谷小波が証言している文章があります。紅葉の句集のひとつ、『紅葉句帳』の巻末に「俳席に於ける紅葉」という巖谷小波の文章が載っています。巖谷小波という人は、十八歳のとき二十一歳の紅葉に入門して、それ以来ずっと忠実な門弟で、紅葉がいちばん信頼していた弟子のひとりです。どんなときでもずっと紅葉の傍についていたその巖谷小波が書いていますが、とても面白い。

時刻は大抵午後一時から。その時刻の五分前迄には、子《し》は吃度文台《きっとぶんだい》に坐つて居た。で、時刻が来ると直《す》ぐ題を出すが、其の題が頗《すこぶ》る難題。——初心の者には読み方さへ解らないのを、子《し》は親切丁寧に、一々それを説明してやつた。否、子《し》は例の癖として、艸体《そうたい》の頗る達筆に書くのだから、実に余にさへ、その文字の読めない事もあつた位だ。

時刻についてまず書いてある。「子」とは紅葉子。「文台」とは机。そして、「初心の者には読み方さへ解らないのを、子は親切丁寧に、一々丁寧に、一々それを説明してやつた」とあります。つまり、尾崎紅葉は啓蒙家です。それでいてこういう難しいことをしていた。そこに意味があります。「艸体」とは草書です。尾崎紅葉は、字が本当に上手だった。正岡子規も字は上手でした。子規のはとても素直ないい字。写生とそうでないところの違いでしょうか。紅葉の字は、読めないことはないけれど、流れるごときれいな字です。

兎《と》に角《かく》紅葉と云ふ人は、楽な道を楽に通るより、苦しい道を苦《くるし》がつて通るのを、万事に付けて快とする方であるから、一寸《ちよつと》した運座《うんざ》の題でも、成るべくむつかしい、人の滅多《めつた》に詠まない、云はゞ難題の作例の無い題ばかりを出し、他を苦める代りには、自分も一生懸命に苦しんでゐる。

随つてその俳句も、決して多きを貪《むさぼ》らない。僅に一題一句、時には句作無しに済ます事さへあつた。之に反して余の如きは、少くも平均一題二句以上は出す。巧遅《こうち》と拙速《せつそく》との関係は、子《し》と余に於て明かに代表して居た。イヤだらしいの句を沢山吐くなァとは、よく子《し》に罵られた事である。

巌谷小波という人は俳句ができてしようがなかった人です。だから、小波にはうまい句がたくさんあるのに「あの男は鼻歌まじりに作っている」と言われて重んじられない。近代文学以後、すべて真面目なものはいい、不真面目に見えるものは駄目だということになった。実際はそうではなかったのに、小波の句は言われるところのそのちゃらんぽらんにいくらでもできてしまうほうの代表作みたいに見えたのです。

この小波の文章を読むと、紅葉の先ほど読んだ句があのようになるのは当然だと分かる。うーんと唸って苦労して、かっと吐き出すと、なんだか分からない句を作っているのですが、ことば全体を見るとへんてこりんに面白い。つまり、ひとつには必ず誇張する。誇張する場合、決して一筋縄でいかないようにする。それから、意外なことに自分の個人生活を素材にしているらしい。そこのところはやはり近代俳句です。また、漢語とくだけたことばをうまく組み合わせる。それも俳諧の特徴です。そういうことをじつにうまくやっている。僕は紅葉という人の生き方は、正岡子規が出なければ案外俳句をそのままずっとリードしていって、俳句を片隅のとても洗練された人々だけの芸術にしていた可能性が大いにあると思います。つまり、尾崎紅葉の俳句は正真正銘の前衛俳句です。もちろん大衆化するはずがない。そのために、正岡子規の存在した意味が逆照射されてたいへんよく分かる。

俳諧の技術

正岡子規は写生と言っていますが、写生ということは何でも材料になります。例えば、ここにいくつか花がある。花を選り分ければ、たちどころに三十句ぐらいできるはずです。ひとつの花について、できる人は一句ずつ作っていく。実際、正岡子規はそういう修業をしました。初期において虚子と碧梧桐を弟分として抱えていた頃は、夏に大学から松山へ帰省すると、すぐにふたりを「俳句をやるぞ」と呼び集めた。そして、季語の題を出すわけです。ふたりともうんうん唸って、だいたい十句ずつくらい作る。経験のない人では何も書けなくなります。季語ではありませんが、仮に「郵便ポスト」ということばを出されたとすると、郵便ポストを一度か二度注視したことのある人は一句か二句はできるでしょう。けれど、ポストをしょっちゅう見ている人は十句くらいは作れる可能性がある。あのポストの口のなかはどうなっているか、あのなかは暗いけれどあったかいか、そう思っただけで句になる。ただ単にぼんやり見ている人と、実際に触ったり匂いを嗅いでみたりしている人とでは、明らかにそこで差がつく。写生とはそういうことです。

じつは写生というのは、外にあるものをただたんに見て書くのではなく、それと自分はどうかかわったのか、ということが問題です。すなわち自分自身の生き方と一緒です。これをもう少し突っ込んで考えると、題詠というものがあります。俳句は季語があるから題詠ですが、歌にも題詠があります。例えば、「煙草」という題で十分以内に五つ歌を作りなさいと言う。すると、十分以内で五つというのは結構きついから、死に物狂いで作る。そこに差があって、できる人はすぐにできる。できない人はできない。その違いは大きい。どう違うかというと、写実的にものを見ている人と、ぼうっと見ている人の違いが出てくる。だから題詠が写実の反対だというのは、とんでもない話です。題詠でちゃんとしたものができる人は、じつは写実している。ものを見ているから書けるのです。

それは今の短詩型だけではなく、現代詩も散文も含めて言えます。絶えずものを見て接触しながらかかわっている人と、ただつらつらと「美しいものがあるな」と観賞しているだけの人とでは、写実的なものが書けるかという点だけでも違ってしまう。もともと題詠とは、ことばを与えられ、そのことばからなにかを発想するのですが、そのことばの向こうにものが見えていなければなにもできない。次の瞬間からことばを超えて、そのものずばりのものに触わりにいかなければならない。ですから、写実性と写意性はじつは同じです。ところが、写実は大事だけど空想的なものは駄目だ、というふうになった。それは正岡子規の教えたことをなにか誤解しています。虚子にしても、写生と言いながら写生どころではないものをたくさん作った。一流の人はみんなそうです。

もう一度正岡子規のことについて最終的に言っておきましょう。写生ということを言ったことによって、正岡子規は、いくらでも句は作れるという道を作ってくれた。尾崎紅葉は、巌谷小波が言っているように、うんうん唸りながら作った。紅葉はことばだけを一所懸命見つめた。ことばの向こう側にものがある。そのものを見る場合にも、尾崎紅葉は素直に見たとおりに書くことを嫌った。それをなんとかして別のものに変えようとする。ことばの錬金術を試みたわけです。一方、正岡子規は逆にことばをまったく透明に、一見ことばはいらないと誤解されかねないほどにしてしまった。けれどじつはことばは、没個性的に使われることで解放され、見えたものを忠実に書いていきます。そこにこのふたりの違いがとてもはっきりあって、正岡子規の生き方でいうと見えたものはなんでも句になる。これは驚くべきことで、世紀の大発見といってもいい。それによって、俳句というものが誰にでも作れるものであるという道が開かれ、大衆化した。写生は天明時代にもあったし、天保時代にもあったということになれば、大衆化現象というのは絶えず繰り返されています。今新しい大衆化現象というのは、正岡子規から始まって虚子に至って巨大なものになり、その門流がずっとつながってきて、現在の大衆社会化現象とぴったり一致したから、新聞でも雑誌でも、近ごろはテレビジョンでまで句会をするようになったわけです。ですから、革命的な発見だったけれど、それはなんでも見たものを書けばいいよ、というただそれだけのことだった。

子規の場合にはそれで済んだけれど、虚子はそれをもう少し理論的に説明しなければいけない立場におかれたから、いろいろと言った。けれど、単純に言えば、先ほど引用したように、思想はどうでもいい。どんなことを考えていてもよろしい、問題はことばにするときの技術です、と言ったのがとても良かった。なぜならば、技術というのは行き着く涯《は》てがないから。磨かれれば磨かれるほど、さらに磨かなければならないのが技術でしょう。つまり、技術には果てしがない。同時に、ものを見るということにも果てしがない。深く見る人と浅く見る人と、同じものを見ても全然違うでしょう。深く見る人は、見れば見るほど、さらに深くまで見えるから、果てしなく見えてしまう。それをことばに表すときに、ことばにうまく表せる人と表せない人とで差が出てくるのです。それをうまく表せる人はもっとうまく表せるはずだという思いを抱きますから、技術には果てしがありません。ちょうど近代・現代科学の発展がそうであるようにです。科学というのは一面技術です。科学技術は、とくに医学や化学的なものは、現実では果てしなく進歩します。例えば、遺伝子工学というものなど、その是非はともかく果てしなく進歩していっているようです。どこまで行けば行き着く涯てに来た、ということはありえない。それと同じです。

和歌から短歌へ

虚子のしたことというのは、現代科学の最先端と同じことです。それが今の大衆化された俳句の後ろを支えている。意味はとても大きい。ですから、俳句なんてくだらない、と思っている人は、自分で知らないうちに自分の尻尾《しっぽ》を噛んでしまう。子規と紅葉のような対比は、短歌の場合のほうが少ないですが、もちろんある程度はあります。例えば、今の人でいえば塚本邦雄《くにお》さんのしていることなどは、もちろんふたりの行き方も資質も全然違うけれども、紅葉的な壮絶さがあります。最近の塚本さんの歌は、ほかの人の理解を拒絶しているようなところがあるでしょう。子規は短歌も作りましたが、対極的に見られるのは「明星《みようじよう》」の人たちです。けれど、「明星」の人たちは必ずしも紅葉的ではない。もっと、シンプルだった。

俳句より短歌のほうがシンプルです。五七五プラス七七で方向が決まってしまう。五七五だけだと、先ほど読んだ紅葉の俳句のように、八方に向かってしまっていて、どこに球を投げているのか分からないような句ができる。ところがその後に七七をつければ、それが日本語であれば必ず感情を統一する。だから詩型は短歌のほうが長いけれど、内容は逆にある意味で単純になってくる。

短歌は七七がついているがゆえに、感情をストレートに言うこともできる。また、包み隠すように言うこともできる。しかし、なんらかの意味で、表現するものが、俳句に比べ「これはこのことを言っている」というのがはっきりと分かるようになっています。端的に比較すれば、俳句は完全に主語を消してしまうことができる。ことばとしては確かに分かるけれど、「いったい、これで何を言おうとしているのか」というのが分からない。「去年今年貫く棒の如きもの」というのは、僕は「わあ、すごい」と感動するけれど、全然感じない人は「何よ、そのわけの分からない鵺《ぬえ》のようなものは」というふうになる。短歌の表現では「去年今年貫く棒の如きものワレハナントカ…」となるから、この句のような言い方で押し通すことは、短歌には不可能。したがって、必然的に、感情のかたちがはっきりしないような短歌はありません。

短歌の場合、内面世界の消息が問題になります。同時代の出来事がたくさん歌われます。だから、戦争が起きれば短歌は戦争の歌であふれ、原爆の問題が起きれば「原爆はけしからん」という歌が多く出てくる。時代を写し出す点では、短歌は俳句よりもずっと積極的です。病気にしても、例えば癌の歌でなんともいえず悲痛な秀作がたくさん歌われています。癌ほど人を苦しめるものはないという考え方があるから、癌の歌というとみんなが注視する。そして、そのなかにいい歌がある。そういう意味では、同時代性というのをとても重んじます。現代短歌をずっと見ていけば社会のクロニクルが浮かんできます。現代俳句にはそういうことはありえません。俳句は、自分の思想感情を、なんらかの意味で「私はこうだ」と押し出すように言うことはほとんどありません。だから、逆にとても広い範囲で適応できる、どんな場合でも当てはまる句が出てくるということがありえます。歌の場合はそうはいかない。病気の歌はどこまでいっても病気の歌で、その代わり同時代性はとても豊かです。

「和歌」といわれた時代は題詠で、「夕立」「朝焼け」という題がまずあって、その題に合わせて歌を作った。それが和歌の時代でした。ところが短歌になってからその題が取れる。それはどういう意味かというと、「折りにふれて」「偶成」「嘱目」といった題がつく。「折りにふれて」ということは、つまり題が無いということです。折りにふれて自分が感じたことを書いてある。季題はもともと和歌からきていますが、和歌における季題に導かれて歌が作られるのではなくて、短歌では、自分の気持ちに導かれて歌が作られている。つまり、四六時中、なんでも季題になるということに気がついた。それが明治の末の出来事で、自然主義と軌を一にしている。自然主義というのはつまりはそういう運動でした。

それ以前の時代の浪漫派というのは与謝野鉄幹・晶子です。鉄幹・晶子には、明らかに季題的な要素があります。正面きって朗々と歌を詠みあげるという感じがある。もう一方の「折りにふれて」というのは、ぼそぼそと折りにふれて何か感じたことを呟くという、そういう違いがある。しかし、さすがに明治・大正時代までの歌人は、歌を必ず二回詠みあげたので、歌は詠みあげられるものだということが意識のなかにあります。朗々と詠めるというのが鉄則だった。与謝野鉄幹・晶子の時代は明治三十年代ですが、やがて与謝野晶子が浪漫主義を踏み越えてなんでも歌えるというところへ出ていきます。鉄幹のほうが浪漫派的です。例えば、戦争を詠んだ歌は、鉄幹の歌がいちばん張りがあって、丈高い。「老いたるは皆かしこかりこの国に身を殺す者すべて若人」、どんな場合でも若者は先に死んでいく、生き残るのはいつでも老いた賢い人ばかりだ、というような歌を歌う。これは批判です。日常的な出来事があって詠んでいますが、詠まれていることはとても大きな世界です。浪漫派、ロマンティシズムというのはそういうことです。

日常的なところから出発して、広いところに出ていくのが浪漫主義ですが、逆に自然主義は広いところ、大きなところにはいきなり行かずに、小さなところから大きなところへ行って、もう一回小さなところへ帰ってきます。行ったきりの浪漫派より、自然主義のほうが行って帰ってくるというところがあって始末がいい。そのために短歌は生き延びることになった。初期の与謝野鉄幹的な立場だけならば、なんらかの意味で歌は歌いあげて、日常的な細かいことをごちゃごちゃ言うというのを潔しとしなかった。「そういうものは俺は歌わない」と思ったでしょう。初期の彼の歌は、誰かに向かって朗々と呼びかけています。それが、彼の場合でさえ、中年期以後はだんだんそうでなくなってくる。自然主義文学の思想が介入してからだと思います。その場合に重要な歌人は、大正時代になってからだと窪田空穂《くぼたうつぼ》です。この人は「ぼそぼそ言う」ことをわざわざやっている。彼の『濁れる川』という大正四年の歌集は、「ぼそぼそ言う」歌ばかり並べた。だから、出たとき歌壇では評判が悪かった。ところが今になってみると、窪田空穂の八十九年の生涯のなかで、『濁れる川』は初期の代表作です。つまり、それだけ革命的だった。

　なんでもないことをなんでもないように詠むということは、恐るべきことです。それまで歌人は、選ばれた題材を使って選ばれた人のたいへんに志の高い気持ちを歌った。そういうものであった歌が、そのへんにいる普通の人が「おれはなんと貧乏なんだ」とぼそぼそと呟いているのを歌にしてしまった。その間に、石川啄木、啄木と親しかった若山牧水《わかやまぼくすい》、その少し前の時代に一足先に出た前田夕暮《まえだゆうぐれ》、北原白秋《きたはらはくしゅう》などが出ています。斎《さい》藤茂《とうも》吉《きち》はもう少し後に出た。伊藤左千夫《いとうさちお》の弟子で、正岡子規の写実主義の門流です。伊藤左千夫は正岡子規に師事したから、茂吉は直接の弟子ではなく一代置いた弟子だった。ただ茂吉の場合は大きな才能で、自然主義的なものをふみながら、『万葉集』以下の日本の和歌の伝統の影響をも受けて歌を作っています。

二本の流れ

こう見てくると、正岡子規の出現は決定的に重大でした。「写生」ということばを見つけたことでそうなった。写生の句というのは、特徴があって、まず第一に易しい。単純なことを言って、複雑なことは言わない。複雑なことを言うと文学的になってしまうから。それは写生の気持ちの反対です。写生は自然と一緒で透明であればあるほどいい。そして、たくさん作れる。早く作れる。尾崎紅葉はすべてその逆をいったわけです。たとえば子規のもっとも早い時期の句で、

あたゝかな雨がふるなり枯葎《かれむぐら》

という句があります。「枯葎《かれむぐら》」とは枯れた雑草ですが、そこに暖かな雨が降っている。「枯葎」というと冬ですが、「あたゝかな雨」というと春です。季節をどちらにとるか、読み手によって変わってくる。仮に「枯葎」という冬の季節に重点をおけば、冬の季節の「枯葎」なのに雨がすでにあたたかく降っているということです。いずれにしても、とても単純でしょう。

若鮎の二手になりて上りけり

やはり若い時期の、有名な句です。川がふたまたになったところの状態を詠んでいます。ふたつに川筋が分かれたから鮎も二手に別れて上っていったという、ただそれだけの句です。

毎年よ彼岸の入《いり》に寒いのは

母親のことばが自ずから句になっています。これは明治二十六年の句です。「あたゝかな…」は明治二十三年で、彼は二十三歳です。「柿くへば鐘が鳴るなり法隆寺」という明治二十八年の句も、「鶏頭の十四五本もありぬべし」という晩年近い句も、何を言いたいのかを改めて問うと、かえって分からなくなるほどあっさりしています。

最後の句のひとつ、絶筆のひとつに、

糸瓜《へちま》咲て痰のつまりし仏かな

「糸瓜《へちま》咲く」というのは九月。痰《たん》がつまったのは自分ですが、「仏かな」と書くことで、死期を前にした自分を一種客観化しながら、仏と同一視して軽みを持たせています。

解釈の上でややこしい解釈をなにも必要としないのが写生句です。これはどんなに自分は能力が乏しいと思っている人でも、「私もできるかな」と思える句です。ところが、先ほどの尾崎紅葉のような句を見せられて、「やってみようかな」と思う人は、まずほとんどいないでしょう。その違いがふたりを分けた。けれど、ふたりともとても真剣だった。

尾崎紅葉についていえば、なぜそういうことをしたかという決意のようなものを、別の短いエッセイに書いています。題名は「革命の句作」といい、明治三十一年の「太陽」の正月号に載った。冒頭まず「近来書生流ともいふべき無作法の俳句流行を極めて」いる、と言う。全然でたらめだ、というのです。言いかえれば、紅葉自身の句は無作法ではないわけです。「滅亡の兆《てう》はおろか也、既に俳諧堕地獄の阿鼻叫喚、前代未聞の曲事たり」と、言うことは凄いのですが、そういう前置きをおいて、芭蕉以後二百年の俳諧は「古池の水を腐らして鼻持もならず」、要するに芭蕉の門流は堕落してしまったと言っている。その後がまた勇ましい。我々は談林的な雅び方では駄目だし、正風(蕉風)でも駄目だから、新しい革命をしなければならない。あまり無茶苦茶をすればすぐに滅びてしまうにちがいないけれど、我々としてもそれはしない。しかし、なにか新しいことをしなければ俳句は潰れてしまう、というのが彼の気持ちです。とにかく冒険しようと言っている。

「但衷《たゞうち》に道の誠を存せむことを忘るべからず、しかれば殺傷すと雖《いへど》も無名の師《いくさ》にあらざるを、神仏もなど容《ゆる》し給はざらむや、憂ふるなかれ俳諧全滅の今日は、則ち俳諧復興の明日《みやうにち》あるべき前《ぜん》一日なり、豈《あに》大いに乱さずして可ならむや、

踊れ〳〵踊らぬ奴は腰抜よ」

これでは、俳諧の大衆化ということは絶対にありえない。この人は純正浪漫派です。それに対して、子規というのは自然主義の系列です。そういう時代の風潮でした。与謝野鉄幹が仕事ができなくなっていくのと同じように、この線でいけば紅葉も駄目だったでしょう。けれど、三、四年後には死んでしまった。しかし、紅葉のこういうものを読んでみると、同じ時代に必ずふたつの流れがつねに共存しているということが分かる。一方の流れだけが強調されているとき、もう一方の流れは隠れているけれど、必ずまた現れてくることがあるということです。同時代の浅薄さにうんざりしたら、虎視《こし》眈々《たんたん》として一千年前に復帰し、十年後の世界へはね返ってくるのもいいことでしょう。我々には常に強力なバネがなくてはならないと思います。

最後に、尾崎紅葉をあんなにすごい句だけで理解されるのは本意ではないので、発句をいくつか引いておきます。どれも気持ちのいい句です。

春寒や日長けて美女の嗽《くちそそ》く　　紅葉
雨を帯びて麗はしの粽《ちまき》到来す
星既に秋の眼《まなこ》をひらきけり

初冬や髭剃りたての男ぶり
鶏の静に除夜を寝たりけり
死なば秋露の干ぬ間ぞおもしろき　（辞世）

あとがき

「まえがき」にも書いたことですが、私が日本文学史のようなものを語るということは、およそ考えられないことに属していました。それは第一に、ちゃんとした学者のなすべき仕事であって、私のようなその道のアマチュアにすぎないような人間が口出しすべきことではないと、ずっと信じてきたからです。

しかし、今は多少考えが変りました。私はちゃんとした学者ではありませんが、文学史というものにはいろいろな書かれ方がありうるのではないかと思うようになったからです。

別の言い方をするなら、今私にとって文学史とは、「それぞれの人が持っている、当該言語（この場合にはもちろん日本語）に対する愛着の気持ちを、その言語が有する文学作品をダシにして語ること」だと思われるのです。「愛情」というと少しよそよそしくなりますので、「愛着」というのですが、私は自分の日本語に対する愛着の気持ちを疑うことができません。まあ、これだけは確かなことと言っていいらしい。

読み、書き、喋ることも一応できる言語として、私には英語とフランス語があります。それぞれ好きな言語です。非常に好きだと言っていいでしょう。それぞれの言語を用いている時、なんとすばらしい言語だろうと、英語についてもフランス語についても思います。私が使えない無数の言語についても、国際詩人祭や作家会議のようなものに参加して、朗読される詩や散文を聞いている時など、意味はわからなくても伝わってくるその言語の底力については、片時も眉に唾をつけるような気持ちになったことがなく、時々はうっとりしてその言語を崇拝するような感情を抱くことさえあるのです。

言語というものは、人類が発生以来持ってきた無数の持物のうち、比較を絶して「よきもの」であったし、これからもそうであるだろうと私は思います。言語は個人よりはるかに偉大なものです。

そういう考えを持っている人間として「文学史」を考えてみると、文学史とはその言語への、無限定で深い愛着を、文学作品というある種の限定のもとにあるものを通じて、なんとか披瀝《ひれき》してみせるものだ、ということにならないでしょうか。

少なくとも私が今こうしてまとめることになった日本文学史は、私自身が持っている日本語への愛着に、ある程度の歴史的背景と形式的（詩歌だとか散文だとかの）整備とを与えてみたものにほかなりません。そういう意味でなら、私たちのだれもが、自分自身の日本文学史を持っているのですし、努力すれば、それを書くこともできるのです。そういう可能性を持っている者の一人が、実際にそれをやってしまったのがこの本だ、と思って頂けると嬉しいのです。

顧みれば、もちろん私だけの特別強い関心事もあったと思います。旧制中学三年の後半、日本の第二次大戦敗北とともにものを書くことを覚えた世代の人間として、外国語（最初はもちろん英語ですが、ついでフランス語）への関心はどうやら特別のものがあったらしいので、年齢で言えば三十代の終りごろまで、私が最も好んで読める本は、実をいえばフランス語と英語の本でした。

大学で専攻したのは国文学科でしたが、国文学、つまり日本文学の学生としては、要するに腰の定まらぬ、ろくでなしの学生にすぎませんでした。国文学の学問研究をするよりもずっと強い度合で、私は自らが日本語で詩を作り、散文を書くことにのみ打ち込んでいましたから、その点からしても、地道な研究者の立場からすれば、鼻もちならない学生だったわけです。

日本文学史などというものはこういう学生にとっては、身の毛もよだつような無味乾燥な知識の羅列と見えたのです。笑うべき哀れな錯覚です。自分でもそれを感じないわけではなかったのですが、仕方がない時は仕方がないのでした。天網恢々《てんもうかいかい》疎にして漏らさず、テキはちゃんとカタキをとりにやってきます。それは、日本語への愛着が深まるにつれて、当然の帰結としてやってきます。私たちに日本語への愛着を最も多様な形で明瞭に自覚させるもの、それこそ文学、特に詩歌だからです。

私は英語やフランス語の本を翻訳することもやりました。それほど数多くの本ではありませんが、詩や美術書の翻訳を、これは二十代の初めから二、三十年のあいだ、時々やりました。幸運だったのは、私がこれらの翻訳を通じて、「これはおれ自身の日本語を鍛えるのに大変いい」という考えを一度も撤回せずにすんだことでした。翻訳をしたことのある人なら多かれ少なかれ覚えのあることだと思いますが、実を言えば、自分の日本語を少しでもましなものにしようと願うなら、最良の手段の一つは、外国語を日本語に移してみることです。それによって、私たちは初めて、実際の経験を通じて、自分の日本語を外側から見直し、日本語の思いがけないほどの合理性や柔軟性に目を開かれることにもなるのです。

少なくとも私の場合、そのようにして外国語を敬愛すると同時に、日本語への愛着を深めることを知りました。大学の国文学科を卒業すると同時に、できれば入りたいなと希望した通り、新聞社外報部という、日夜横文字と付き合うのが商売である部に入ることができ、まる十年間在社して横文字ばかり読んでいられたことも、私には幸運でした。日本文学を多少とも私が客観性をもって知るようになったのも、こういう経験と別物ではなかったと思います。私は自分の書く詩の言葉を、多少ともましなものにするためもあって、日本の古代から近代に至る文学作品を、必要に応じてあらためて読み直しました。しかし、何しろ学生としてさえいい加減な読み方しかして来なかったのですから、どうしても自己流の読み方しかできなかったのです。

私にとってただ一つの免罪符は、「必要に応じて」読んできたということだけです。そう私は日本文学を、必要だから読んできました。泥縄式の読み方も始終やりました。そうしなければならないことがしばしばだったからですが、それだから逆に印象強く読むこともできた面がありましょう。

この本はそういう人間が語ったものです。日本文学の専門家でない人間が語ったものですから、必然的に穴ぼこだらけの文学史です。しかし、語っていることについては、どれも自分がきわめて大切だと思っていることばかりです。少なくとも、日本文学史についてて考えるなら、この程度のことは知っていたほうが面白いよ、と思うことばかりのつもりです。

別の言い方をすれば、「僕はここにあるようなことを知り、味わうために半世紀近くかかりました。でもこの本を読めば、そういう時間の無駄はだいぶ省けるかも知れない。その分あなたのほかの関心事に熱中してくださいな」ということです。

終りに、この本をまとめる上で数知れない恩恵を蒙《こうむ》った先学諸氏に対し、あらためて心からお礼を申し上げます。

一九九五年弥生

大岡　信

新装版のためのあとがき

二冊本として刊行した旧版が、多くの読者に迎え入れられ、思いがけずも好評を得たのは、著者として望外の喜びです。一冊本として新たに世に出直す本書も、読者によって愛読されるものであるよう、心からねがいます。

旧版刊行後少なからぬ方々からお便りを頂きました。中でも、大著『日本文藝史』（講談社、五巻）を完成された碩学小西甚一氏は、まことに思いも寄らないほどのお褒めの言葉を下さり、とりわけ私が「歌謡」について弁じ、いかに歌謡が日本の詩歌において中核の地位を占めているかについて、長々とのべたことを喜んで下さいました。私の歌謡に対する知識は、元来が小西先生のきわめて先駆的な研究から得たものが中心なのですから、言ってみれば、これで多少のご恩返しができた、というようなことになるでしょうか。

実は小西さんは、そのあとに仰天するような数ページを付け加えて下さいました。つまり、旧版初刷りにあった誤記・誤植類を、何ページ何行目の何、とリストアップして指摘して下さったのです。これには驚き、感謝の思いでいっぱいでした。有難いことに初刷り刊行後、日をおかずに二刷りが刊行されることになりましたので、ご好意に甘えてただちに訂正することができました。私は俳人加藤楸邨さんとその晩年親しくして頂いたのですが、小西さんは楸邨と大学で同級の親友だったのです。楸邨は晩学で小西さんよりずっと年上だったのですが、俳諧文芸を通じて、お二人は楸邨が亡くなるまで、きわめて親しい友人同士でした。

小西さんが私のために異例の好意をお示し下さったのには、楸邨さんの遺徳のおかげもあったと思うのです。これも「文芸」というものの大切な価値を証《あか》す一例であろうと思います。

小西さん以外にも、旧版を読んで下さった方々の中には、私がうっかり記憶違いのまま誤った地名や人名を喋っているのを、注意してきて下さる方々もあり、著者としてはまことに有難いことでした。数字については、私は実に苦手で、平気で百年くらい間違えて喋っていることがあり、固有名詞についても同断です。お恥ずかしき限りです。小さな訂正を必要とすることは、今後もあるかもしれないと恐れますが、読者の寛大なご理解、ご叱正《しっせい》を賜れば幸いです。今はこの新装版の幸運な船出を祈るのみです。

一九九八年十月末日　　　　大　岡　　信

本書は、一九九八年十二月に新書館より刊行された『あなたに語る日本文学史〔新装版〕』を文庫化したものです。

あなたに語《かた》る日《に》本《ほん》文《ぶん》学《がく》史《し》

大《おお》岡《おか》信《まこと》

令和5年 8月25日　初版発行

発行者●山下直久

発行●株式会社KADOKAWA
〒102-8177　東京都千代田区富士見2-13-3
電話　0570-002-301（ナビダイヤル）

角川文庫 23785

印刷所●株式会社暁印刷
製本所●本間製本株式会社

表紙画●和田三造

●お問い合わせ
https://www.kadokawa.co.jp/（「お問い合わせ」へお進みください）
※内容によっては、お答えできない場合があります。
※サポートは日本国内のみとさせていただきます。
※Japanese text only

ISBN 978-4-04-400783-6　C0195

角川文庫発刊に際して

角　川　源　義

第二次世界大戦の敗北は、軍事力の敗北であった以上に、私たちの若い文化力の敗退であった。私たちの文化が戦争に対して如何に無力であり、単なるあだ花に過ぎなかったかを、私たちは身を以て体験し痛感した。西洋近代文化の摂取にとって、明治以後八十年の歳月は決して短かすぎたとは言えない。にもかかわらず、近代文化の伝統を確立し、自由な批判と柔軟な良識に富む文化層として自らを形成することに私たちは失敗して来た。そしてこれは、各層への文化の普及滲透を任務とする出版人の責任でもあった。

一九四五年以来、私たちは再び振出しに戻り、第一歩から踏み出すことを余儀なくされた。これは大きな不幸ではあるが、反面、これまでの混沌・未熟・歪曲の中にあった我が国の文化に秩序と確たる基礎を齎らすためには絶好の機会でもある。角川書店は、このような祖国の文化的危機にあたり、微力をも顧みず再建の礎石たるべき抱負と決意とをもって出発したが、ここに創立以来の念願を果すべく角川文庫を発刊する。これまで刊行されたあらゆる全集叢書文庫類の長所と短所とを検討し、古今東西の不朽の典籍を、良心的編集のもとに、廉価に、そして書架にふさわしい美本として、多くのひとびとに提供しようとする。しかし私たちは徒らに百科全書的な知識のジレッタントを作ることを目的とせず、あくまで祖国の文化に秩序と再建への道を示し、この文庫を角川書店の栄ある事業として、今後永久に継続発展せしめ、学芸と教養との殿堂として大成せんことを期したい。多くの読書子の愛情ある忠言と支持とによって、この希望と抱負とを完遂せしめられんことを願う。

一九四九年五月三日